U0898718

驹长老

在**清末民初**到**新中国**成立之间半个世纪的乱世，
怀川故地，生活着一群**正气浩然**、**充满理想**、有家国情怀的人，
他们用自身在历史中沉浮的**灿烂故事**，为这河山命名。

樵声 著

河南文艺出版社
·郑州·

开 篇 语

此书来自生养我的故土和曾生活于此的先辈。为我爱和爱我的人做点什么,是我一直的念想,如今我做了。

过程属于我,功德属于母亲。

母亲,就是我深爱着的怀川。

章　目

楔　子

阳春三月，上午。

“去吧！”随着一声轻喝，月山寺山门内闪出一头毛驴。它苍灰色，脊背黝黑，腹部稍白，耳朵直挺着，浅灰色的眼圈嵌着一双又黑又大的驴眸。

驴背上横搭的褡裢，已很有年头。褡裢左右两个垂着的兜袋空瘪着，上边的“月山寺”字样已很模糊。驴儿回头看了看，然后掉头南下，穿过了山门广场，接着又下云梯，潜入了蜿蜒的下山小径。

它出了山口，走了约两里路，进入一条长长竹巷。这时迎头来了一队武装，人高马大，兵械铿锵。骑马在最前边的，是怀庆府衙门的同知章九酬。他身着朝服，三十六七岁模样。紧随其后的是怀川商会会长冯冠彰，着绅装，年龄与章九酬相仿。

驴儿走到近处，章九酬一眼瞅见驴褡裢上“月山寺”三个字，遂一勒马缰，马儿便嘶鸣起来，还将前蹄腾空，挠挠又落地，队伍迅疾停下。

毛驴出奇地镇静，先驻足，后往路边挪挪，看看眼前的这干人，嚅了嚅略显松垮的驴唇。

冯冠彰打量了一下它，说：“这厮！”章九酬冷冷一笑，从牙缝阴沉沉挤出一个字：走！

队伍继续北行。驴儿慢吞吞南去几步又停下，勾头往北看看，见队末一骑士背后搂腰坐着个小男孩，也正回头看它。驴儿先鼓鼓鼻息，又咧咧嘴巴，并噗噗喷了两声响鼻，像笑、像哭也像招呼，然后一甩头朝南奔去，踏出一阵嘚儿嘚儿的蹄响，扬起了一串尘花。

第一章　古刹风云

一

一九〇六年，即清光绪三十二年。豫之西北，太行山南麓，百里怀川中段，一个叫月山的地方，有座金代古刹，名叫月山寺。

月山峰峦起伏，长满了翠柏。山外竹林连绵如海，房舍掩映其间。衔接村落的一条条竹巷，时而幽深，时而豁然，热天遮日头，冷天避雨雪，老婆婆串亲戚，小媳妇走娘家，身上连雨丝雪片都沾不着。

章九酬、冯冠彰邂逅驴儿的那条竹巷，南去可经西庄、七方最后进入清化镇，北去可经花园，前、后桥几村，上月山。

三月的月山很美，山道旁一枝枝荆条泛出嫩绿，林隙间光裸的连翘枝干冒出了一簇簇黄艳的花儿，漫山遍野的柏树前几天还一派灰蒙，几天工夫就变得油绿油绿。

万木葱茏中，月山寺被当阳峰、凤鸣山、虎啸山三面环抱，阁檐、殿脊、亭角，在阳光下闪着一道道眩目的光，木鱼轻唱，风铃叮咚。

一干神采各异、体态彪悍、仿如金刚罗汉的僧人刚从山门涌出。他们簇拥着一个年逾花甲、又瘦又矮的干瘪老头儿——清了住持。

清了身着黄格网透褐红底色袈裟，深眼窝，高颧骨，长着一对三角眼，相貌古怪而坚硬。他的肩头有棱有角，袈裟水瀑般垂下，空空荡荡的，好像里边裹着的不是血肉之躯，而是几根已经风干的朽骨头。

这时，章九酬带着队伍已来到山门前。他身高体壮，长方面庞，通天虎鼻，厚嘴唇，两道剑眉间英气外溢，罡气十足。冯冠彰身材微硕，圆胖脸膛，弯眉大眼，嘴角上翘，笑容自带，满脸福相，一副商人派头。一旁还站着一个十二三岁的美少年，饱额、大眼、白脸，一身西洋打扮，白色衬衣，藏青吊裤，后脑勺还拖着一条乌亮乌亮的辫子。

清了率众僧迎上前去，合十揖道："贫僧有礼，悦迎同知大人和冯会长驾临寒寺，幸甚，幸甚，阿弥陀佛。"

章九酬哈哈笑了几声，声若洪钟："长老不必拘礼。"冯冠彰笑着对清了频频点头，十分恭敬。

三人寒暄之间，清了一眼瞅见美少年闪着大眼正好奇地盯着自己手上拨捻着的念珠，于是问："这位公子是……"

"哦，这是京城的翁公子。"章九酬笑着回罢清了，对那少年说："来，小公子，见过长老，他可是吟诗联句的高手。"

翁公子原本只顾看清了手里的念珠，一听说他精通韵律，马上眼睛一亮，上前鞠了一躬："拜见前辈，晚辈有礼了。"说罢退后恭立一旁。

清了看在眼里，捋了把胡须说道："我说呢，原来是京城来的！小小年纪，落落大方，显然是教化有成，如果贫僧没猜错的话，公子必是贵胄子弟。"

章九酬笑了："长老好眼力，实不相瞒，公子乃京都协办大学士、户部尚书翁宴辞老前辈的公子。"

清了马上说道："翁公子天庭丰，地阁润，目秀眉清，儒雅灵秀，一看便知上承祖德，后继优学，将来必是栋梁之材，身居庙堂之高。"

章九酬含笑点了点头，说："托长老的吉言，我这里代翁老前辈谢过。"接着又打趣道，"长老如此待见小公子，给你做徒儿如何？"

清了顿时眉开眼笑："哎哟章大人！恁开这样玩笑，老衲我当真了你可别后悔！”

章九酬听了哈哈大笑。

清了见其笑得开怀，突然语气凝重地说：“只怕是太可惜……”

章九酬不解地问：“咋了？”

清了微微一笑，一板一眼地说：“要说这可惜，一是可惜章大人和公子的令尊会舍不得，舍不得他仙界神瑛坠尘世，舍不得他光耀门庭念落空；二是可惜贫僧我清了会舍不得，舍不得用这山门野寺损其贵，舍不得用这晨钟暮鼓耗其心；三是可惜我大慈大悲的佛祖会舍不得，舍不得他是股肱栋梁无庙堂，舍不得他有济世才华难堪用。章大人你说说，这岂不是太可惜？且还是天大的可惜？”

章九酬听完清了的三个可惜，遂感慨道：“长老虽是玩笑，却顶得一篇好文章，个中道理，颇有意味。”

清了慌忙拦住章九酬：“不敢，千万不敢，即兴闲话，怎敢妄称文章？更沾不上一个好字！小公子若能不负教化，成日后一介英才，为天下谋些福祉，老衲倒是求之不得。”说完，还悄悄看了翁灏元一眼。

章九酬暗想：“张口社稷、闭口苍生，哪像一个空门中人……”

清了看了一眼章九酬，合十笑着说：“请，请两位大人和公子方丈用茶。”

章九酬回过神说：“哦，长老请。”

行走之间，章九酬问：“妙聪师父不在？”

清了回道：“他去嵩山少林誊写些经文，以厚寒寺经藏。”

当清了陪着章九酬步入寺院时，太阳已爬上了凤鸣山，把月山满月形的山坳尽照无余。

整个月山，像尊巨佛。当阳峰，像佛首一样坐落在月山坳的最北端。东边的凤鸣山和西边的虎啸山则像其左膀右臂。怀抱之内，麒麟岭在左，月山寺于右，互为依傍，旋合一体，颇像太极图的交尾阴阳鱼。

麒麟岭系虎啸山支脉，起于北，抻于南，最南端是凤皇台。传说此处落过凤凰，开山鼻祖空相的灵塔就坐落于此。

当阳峰北靠群山，俯瞰山坳，往南依次是大士阁、毗卢殿、大雄宝殿、天王殿和山门，一层层错落下去，碧绿的琉璃瓦在阳光的照射下如阶瀑般流下，最后从山门一泄而出，铺成广场，蔚为壮观。

广场南端临崖建有石雕护栏，西起麒麟岭，东至凤鸣山，东南角的豁口往下是云梯。九九八十一个石阶斜抻沟底，与掩映在柏林里的山道衔接。

护栏内侧矗立着一面丈余高、四丈宽的影壁。背靠影壁北眺，寺院的殿脊廊檐层叠交错，绿辉煌煌，唯大士阁与瞭望楼之间的藏经楼楼顶孤领风骚，金黄独俏，仿如楼内的数万册佛经禅典的灵光，正穿透屋顶射向天际，光芒远烁。

章九酬是月山寺的常客。

在清了的陪同下，他先到大雄宝殿上了香，后从龛台后门出去，往左行至东廊，南下进了方丈。

章九酬刚要入座，回头不见了翁公子，遂问冯冠彰："小公子呢?"冯冠彰立马要回去寻找。

清了揖十回道："大人们莫虑，刚才路过空相碑时，我见他驻足细看，于是贫僧就差徒儿觉慧陪他，估摸他们一会儿就会回来。"

章九酬说道："哦——有劳长老了。"

清了说："哪里哪里，小公子这样来日的人杰，于未冠之年惠至寒寺，实乃佛门之幸，就算烦劳些，也是心甘情愿!"

章九酬呵呵一笑，随口说道："大觉者夸少年期许来日成神器辞惊雅客。"

清了听了，遂赞道："同知大人出口即妙言，好一副上联!"

冯冠彰插嘴说："长老可不能有来无往，也和一句吧!"话音刚落，翁灏元就进了方丈。

清了微微一笑说："我试一试，只是不要见笑。"随和道："小灵童敬老衲妄谈今时亦谶言笑慰愚僧。"

章九酬马上由衷言道："长老真不愧是圣手，字工、韵齐、意巧，九酬领教了!"

冯冠彰也一旁夸赞道："厉害，长老果然厉害!"方丈内顿时笑声潮起。雅雅联韵，徐徐茶香，和不远处悠悠入室的鱼歌经诵，顷刻间弥漫了方丈每个角落。

过了片刻，翁灏元冷不丁又冒出一句：“真好！”众人看看他，他正凝神于迎门墙上的一副中堂。

中堂的中幅，是真草隶篆一百个“悟”字，左右两联写着：空心教无悟，相意禅有宗。

章九酬遂问：“好在何处？”翁灏元脸一红，腼腆地欲说又止。

清了看了一眼翁灏元对章九酬说：“这里曾来过不少官宦后裔、书香子弟，像小公子这般年纪就夸奖此联的，老衲还真是头遭遇到……”章九酬赞许地点点头。

少顷，翁灏元又将目光投向了清了手里的念珠。清了见状暗想：“这孩子……有佛缘？”

老友隔久不见，自然话多。素斋茗茶，手谈代语，转眼几个时辰已过。当章九酬和冯冠彰告辞了清了准备下山时，太阳已沉到了虎啸山后边。

清了陪同章九酬刚出寺院大门，就见一头毛驴从寺前广场东南云梯口攀跳了上来，后边还跟着一个三十多岁的庄稼汉。他高个头，挺鼻梁，紫铜脸，眼不大但有神。一身布衣，上缀三五处补丁。补丁杂色，但不扎眼，还把一身上下衬托得既干干净净，又清清爽爽。

清了对一个小沙弥吩咐道：“觉慧，快去看看，问那施主有何事。”觉慧十二三岁，身材小巧精瘦，“哎”了一声就朝庄稼汉跑去，简单说了些什么，然后拢着驴脖折回来。

“长老下山……不不，是驴儿……”觉慧走到清了跟前，磕磕巴巴地说，“上庄姜行的春生，误把他的盐放进了咱的褡裢，然后叫人撵来拿。”

“这不是竹巷那头驴吗？”冯冠彰笑着瞟了一眼驴儿，然后说，“呵！两条腿撵四条腿，够他呛！”

“他追到半路，怕自己拿遭路人误会，所以才一直跟到了这里。”觉慧说过，从褡裢里取出一只绣有白色佛字的杏黄色荷包，交给清了。

冯冠彰夸道：“这玩意儿，好精致。”

章九酬不动声色，瞄了荷包一眼。

清了看了眼章九酬，对冯冠彰说：“过奖了，那是妙聪的手艺。”说罢，将话题又转到了驴身上，“说起这头驴儿，贫僧甚慰。有时它一天下山几趟，来回路上，从没受过惊扰。山寺与货栈一般是账单结算，偶尔使用银两，也从未少过厘毫。一则是佛佑山寺，二则是民风淳朴，驴儿才得了‘驴长老’这个雅号，可见法轮有度，功德无量，阿弥陀佛……”

翁灏元高兴地上前拽住了清了的袈裟，“长老长老，那驴儿是自己上下山？”

清了立刻抚住翁灏元的发辫，笑笑说：“是的，小公子！这驴儿极有灵性，只要把购单放入褡裢，说一声去吧，它便会自己下山，采得货物后自回山寺。”

翁灏元兴奋起来：“真有趣！还是个长老！”说罢，遂松开袈裟，走上前围着驴儿转圈看，并编顺口溜道：“长老长老并不老！你才几岁就说老？嘴上胡须没一根，岂敢自称驴长老？”

翁公子即兴打油，引得众人大笑。

清了见翁灏元只顾驴儿，看看那汉子又问觉慧：“我咋看着他眼熟？”

“他是刘子彦。”觉慧说。

“哦。是铁算盘？”清了问。

“是的长老，正是他。”觉慧回道。

“那就让他拿去吧，不要难为他。”清了嘱咐。

“铁算盘？”冯冠彰感了兴趣。

“是妙聪首座的俗家弟子，打了一手好算盘，方圆数十里无人不晓。”清了回道。

“好大的招牌！这么说妙聪师父就是金算盘啦？”章九酬呵呵笑了。

清了随之一笑，说：“惹大人笑话了，阿弥陀佛……”

翁公子正看驴儿，一听说铁算盘，又嗖地窜了回来，拽住章九酬衣角问：“什么铁算盘，算盘还有铁的吗？”

章九酬原本想把话题引到妙聪身上，但清了偏偏绕过妙聪，把驴儿说得很周全，于是回过头抚住翁灏元的脖颈，说：“铁算盘，意思是说那庄稼汉算盘打得好。”

翁灏元听了又问：“他会凤还巢、凰展翅吗？”

章九酬见翁公子问起没完，就将话引开："这些，住持长老最清楚，干脆把你留下来，好好讨教如何？"说罢，他又转头对清了说："长老莫怪，公子生性好奇，请包涵。"

清了呵呵一笑："无妨无妨，童言无忌。"然后又对翁公子说："那汉子是上庄的一个庄户，是妙聪的俗家弟子，师父教得好，徒弟也上心，所以练了一手算盘绝活。那驴儿也是妙聪调教的，经年久了，便闻名乡里。加之他还会灸脉、丹青和词律，不少人慕名来访，熟些的就直呼其名，陌生的就称养驴长老，时间一久口传多了，这养驴长老四个字，偏偏把养字省了去，于是妙聪就成了驴长老。又由于驴长老名字里有个驴字，不详内情的，还以为长老就是头驴呢，所以才闹出这人驴混淆的故事来。刚才觉慧是一时口误，才用他师父的绰号喊了驴儿。"

翁灏元乐了，看了看清了和驴儿，满脸的好奇跟喜欢。

章九酬笑着说："公子还不赶紧谢谢长老？"

翁灏元有点羞涩还未开口，清了就揽过了话头："不用、不用，贫僧还想请教小公子呢！"并笑问翁灏元："小公子，能给老衲说说百悟图那副联吗？"

众人看来，这显然是个难题。没想到翁灏元大出众人意料："长老在上，晚辈就以此补失礼之过，好吗？"清了一颤双眉，遂瞪圆了三角眼，说："后生可畏！再好不过！你可是抬举老衲了！"

翁公子大人似的一挺前胸，侃侃而道："空心教无悟、相意禅有宗，是副藏首嵌尾联。我看了碑文，首者：空相，乃月山寺开山鼻祖的法号。其大致是说，空相乃真空之体相，是超出一切色相的境界，其不生不灭，不垢不净，不增不减。尾者：悟宗，乃喻示禅界法理悟是根本。顾名思义，是说定要懂得有相之世间万物本无定态，所呈之表相皆缘于性空，所以事无常态，相缘真空，悟则知空，空而能刚，刚则识相，继而能为天下公而教化不悟，为社稷稳而普度苍生，而所有这些，全都强调一个悟字，所谓百悟图，是……是说这真草隶篆一百个悟字，相变是法，悟是本宗，乃既固本宗又善法变的意思。"

翁灏元讲到此处，戛然止住，不仅众人惊诧，就连章九酬也觉意外："学过佛法？"冯冠彰连连咂嘴，道："太了不得！太了不得！"唯清了反而安静下来，问："没了？"眼里还莫名其妙地闪出了泪星。

"没了。"翁灏元不好意思地笑了笑，说，"不、不不，还有，有请长老和前辈们原谅晚辈谬释，不吝指教……"

众人听翁灏元说的还有，是一套谦虚话时，除了清了，全都不约而同地笑了。

清了擦了把眼角，双手合十胸前，感慨地说："稚稚童子，竟将百悟图释得如此之透，真乃神童！我月山寺要是有小公子……常来，那该是多大的造化！阿……弥陀佛……"

清了最后一句佛语，语调特别，仿如他唱了"阿"字去别处转了一圈，回来后才唱的"弥陀佛"三字。章九酬马上从清了说的"小公子常来"品出，他并非仅是喜欢小公子，虽一时没想好说什么，但仍为清了对小公子流露的真挚高兴。他来之前就想好，准备在清化城处理公务期间，把翁公子托付清了照看，好让公子吮吮月山的灵性。现见清了待见公子，自然十分高兴，然正当他准备开口之际，突然咔嚓一声，半空响了一声炸雷，使整个月山都发抖了，把所有人都惊了个趔趄。

峰峦翠微间，顿时云坨竟至，化作大雨倾盆，刹那间就把满山的柏树浇了个透湿。奇异的是，仅仅转眼工夫，老天便云收雨住，只留下山门广场依旧干嘣嘣的滴雨未落。众人浑身上下，连点潮气也没沾。

乍暖还寒之季，偶尔远来春雷小唱，并不稀罕。但碧天朗朗且还是落暮时分，转眼间雷彻头顶，猛雨如注，还真的少见。

奇异的天象，使所有在场的人你看我我看你，连大气也不敢出。只有翁灏元不顾这些，口里蹦出一句句清亮的话语，提出要跟刘子彦去看打算盘，并连连问章九酬："可以吗？可以吗？"

章九酬看看浓云速散的天空和湿漉漉的柏树，又看看脚下的干地面，心神游移地说："中、中，好……"

清了见状，忙喊："觉慧，快！你去喊住那刘子彦，就说小公子要去他家，叫他一定好生伺候。"说罢看了看天空，抚着翁灏元的发辫，并将其往怀里搂了搂，仿佛怕谁伤着他的罕世宝贝。

章九酬纳闷地看看清了："慢着！"然后喊住小沙弥觉慧，"等我到了山下，再告诉他不迟。"清了对章九酬笑了笑，缓缓松开翁公子，说："真不好意思,贫僧不该代大人应允的……大人和小公子一路走好……”

“长老保重,告辞。”章九酬不温不火。

“阿弥陀佛……”清了垂首合十最后说。

章九酬一行下了云梯,疾步远去。清了驻足于云梯口目送。他花白的双眉有点下垂,眼睛眯得像睡着了,雪白的胡须铲子似的朝前挺着,柔软的胡梢迎风飘舞。

章九酬在山脚下赶上刘子彦,说翁公子想去他家小住,学打算盘。刘子彦既高兴又惶恐。在他看来,这干人等,连粗手大脚的兵士也都是吃皇粮的,个个都是贵人,更何况穿了一身洋装又玉人般的翁公子呢,于是脱口而出:“好好!好……”但底气很显不足,“大人在上,俺庄户人家,只怕慢待了小公子……”

“哈哈,那倒不怕!”章九酬边说,边朝京城方向揖了拱手礼,“小公子的父亲乃国之良相,当今鸿儒,不会难为你的。”

“给!”冯冠彰随手抛给刘子彦一个银袋子,“接好了!这是十两银子!伺候好了,爷我另有犒赏!”

刘子彦哗啦一声接住银袋。章九酬吩咐手下:“你们去两个人,把公子送到地方再回清化。”然后对冯冠彰说,“时候不早了,咱们走!”遂策马喊了一声,“驾!”率众疾奔而去。

章九酬走了,月山寺又恢复了它日常的宁静。清了住持却把一颗心悬了起来。

原来,章九酬月山之行并非闲游。他是三个月前去的京城,向朝廷汇报有关革命党怀川谋事情况。总理衙门见他精明干练,遂将怀川外资企业与地方矿域之争事宜一并交与他,并折报光绪皇帝御准。

去京城之前,章九酬从怀庆知府廉惜芝那儿曾接到河南巡抚转来的朝廷密牒,要他暗访缉拿孙文乱党怀川总召集、月山寺首座妙聪。不承想他两次密派捕快赶到月山捉拿,都扑了空。

离开北京后,还在途中,他就又得到朝廷快马追来的通报:乱党准备在广东潮州起事,除了在怀川筹集了大批银两,还从天津口岸进口了一批枪械、弹药,已先由水路运至道口,然后又经道清铁路运抵怀川,就近藏匿,正准备转运广东。

他一回到怀川，首先到清化接洽商会，安排好与英商福公司的谈判事宜，马上就上了月山。因为他知道，要想发现并截获乱党的银两和武器，必须首先盯住妙聪。

按说，章九酬是月山寺的常客，不仅跟妙聪性情相投，且交情也不薄。但他报国之心甚切，在此等大是大非面前，不愿有丝毫懈怠。赴京归来，有家不归，假闲游月山以探虚实，才是他的用心所在。

可惜的是，月山之行没能使他如愿以偿。但作为亲领皇命专处矿域之争的他，也不能久留。因为到了晚上，英商福公司和怀庆地方煤炭企业，要在清化城的燕宾楼谈判。

二

章九酬去了清化。刘子彦领着翁公子一进村，马上招来不少人看热闹，坊间立刻被搅得沸沸扬扬。

对庄户孩子来讲，除了翁灏元拖在脑后的辫子，全身的装扮无一不是新鲜玩意儿。看热闹的孩子中，刘子彦大儿子达文也在其中，十三四岁模样，黝黑、精瘦、大眼。他跟着翁公子瞅了一阵，然后旋风似的跑回了家。

当翁灏元和刘子彦来到家门口时，达文领着三个弟弟达武、达双、达全已出了院门，和街坊邻居的孩子们一起，后簇前迎，使翁公子多少有些局促。

“走开、走开！”刘子彦一边吆喝，一边对翁灏元说，“翁公子别怕，他们这是待见你哩！”话音没落，一个苗条俊俏的女人出现在翁公子面前，三十五六岁模样，刘海鬓界层次分明，肤色不算太白，但又细又净，略宽的眉心微翘的鼻，溜溜的杏眼饱饱的唇，上着镶灰边的水蓝色夹袄，下穿略显褪色的酱紫色裤子，腰间系着一帘藏青色碎花围裙。

“他媄[①]，这是京城来的翁公子，今天住咱家。”刘子彦憨笑着对她说。

---

① 怀川旧时对母亲的称呼，此仅取读音 mei。

“哦……”乔杏儿先一怔，后马上冲着翁灏元笑了，“哦，快来、快来，孩子！”拉着翁灏元就进了门。

刘家小院说是院子，其实只有一面南墙。墙体是土夯的，明显经过修葺。门楣很简陋。空旷的院子里，只有两座土夯墙的小瓦房，西屋两间，北屋也是两间。房后是竹林。院东毗邻一大片破旧房子，大部分已垣残壁断只剩根基，仅有两三座没塌架但也摇摇欲坠。据说，破院落的主人姓丁。

上庄村乃刘氏宗村，丁氏是唯一的外姓家族，但其为何人绝家败，已经近百年，无人说得清。

刘家西屋门前种了棵丁香树，还不太大，但冠儿婆娑，荫下几层碎砖支着一块四四方方的青石板，除了冬天和刮风下雨，刘家都是用它做饭桌。

乔杏儿手脚麻利，没费多大工夫就做好了饭。一碗咸菜，一盆盐水煮南瓜，七碗玉米面粥和一筐黄澄澄冒热气的窝窝头，摆了满当当一石桌。

他们不知道翁公子平日里吃什么，但玉米面粥和窝窝头是刘子彦家仅有的吃食。为翁公子特意加的，也仅仅是一直没舍得吃的那个老南瓜。

很意外，面对这些粗粮糙饭，翁灏元竟狼吞虎咽，还粘了半脸的黄面星星，并连连说：“好吃，真好吃！”这使刘子彦和妻子多少有些安慰。在春天青黄不接的日子里，这已是他们最奢侈的饭菜。

吃过晚饭，天黑了下来。刘子彦要达文哥儿几个陪着翁灏元去玩耍。翁灏元想说什么，却又止住，仅是看了一眼刘子彦。

乔杏儿向刘子彦使了个眼色，他马上问：“小公子累了？”翁灏元摇摇头。

“哦！”刘子彦恍然地马上对儿子们说，“快，领小公子一起打算盘。”

几个孩子除达文年龄稍大外，达武、达双跟翁灏元差不多。最小的是达全，顶多四岁。翁灏元看看这个，又看看那个，然后又看了看刘子彦。刘子彦猜了猜他的心思，笑着说：“去吧公子，他们都会。”

除了达全继续吃，哥儿仨领着翁灏元进了北屋。少顷，北屋窗棂格格亮起了黄光，随之响起了噼里啪啦的算珠声。

刘子彦朝北屋望望，又看看乔杏儿，憨憨地笑了。“傻……还笑，你这是从哪儿弄来一个活宝贝，明天吃啥？”乔杏儿笑着嗔怪道。

“吃啥,白面馍,肉炖粉条！不中啊?”

“说哩能！连老南瓜都没了,哪儿去弄?”

“哪儿弄?”刘子彦侃笑着,不慌不忙地从腰间摸出竹烟袋和烟包,又把烟锅杵进烟包,摭出烟末,然后将烟嘴衔上,点着烟锅,狠狠地吸了两口,但就是不说话。

乔杏儿看他这样,一把将烟袋夺了去:“问你哩!”

刘子彦也不回话,突然从怀里掏出了银袋子:“咋样,十两银子,够了吧?”

乔杏儿问:“哪儿来的?”遂把烟袋还给了他。接着,刘子彦把巧遇翁灏元从头到尾细说了一遍。听得乔杏儿一双杏眼愈发水灵。

“这银子,够咱花上三年两载的。”刘子彦说罢,还乐陶陶地哼起了怀梆,“隆格里格隆……”

乔杏儿看他高兴得孩子一样,忽然眼帘一垂。

刘子彦忙问:“咋了?”

乔杏儿说:“没啥……”

乔杏儿嘴上应着,眼睛却瞅着北屋。北屋的算盘声越来越急促。刘子彦侧耳听听,不禁纳闷:“谁打的?”并马上站起。

乔杏儿跟着刘子彦悄悄来到北屋。昏黄的煤油灯下,翁灏元正打“八大规”,手法娴熟如行云流水。片刻,达全探探头,也进了屋。

“他打得好吗?”乔杏儿用手轻触了下刘子彦,悄声问。

“好,真好!”刘子彦夸赞道。

“好孩子……啊不,小公子,真是神手……”刘子彦夸后问道,“谁教的你?”

“老师。”翁灏元没抬头,只顾打算盘。

“老师？京城的吗?”刘子彦盯着他的脸问。

“嗯。”翁灏元停下手。

“会蛟龙蜕吗?”刘子彦问。

“不会。”翁灏元摇摇头,后又问,“前辈会吗?”

“来,我试给你看。”刘子彦说完,攥住算盘就甩了个“货郎摇”,哗啦一声，然后啪地扣在桌上，天珠地宝，全紧贴到了中梁上下。

翁灏元惊呼：“啊！天地同春！”

刘子彦惊愕地看了看他，然后用左手虎口压住算盘一角，手指下抠，把算盘挑在半空，将右手束成鹰嘴状，然后又舒展开，啪嗒啪嗒地打了起来。一副算盘，一百二十颗珠子，开始一拨拨轮番跳动，算珠的清脆响声，舒缓时似珠玉落盘，急骤时又似旋风呼啸。

翁公子看着看着，连蹦带跳地拍起了双手：“凰展翅、凰展翅！”

达文哥儿几个乐了，乔杏儿也乐了。等刘子彦一口气打完，翁灏元问：“前辈，会凤还巢吗？”

刘子彦见翁灏元不仅喊出了天地同春，还知道蛟龙蜕，刚喊了凰展翅，现又问凤还巢，于是问：“公子没见过凤还巢？”

“前辈也会吗？”翁灏元又问。

“公子记得不，打凰展翅前是啥？”刘子彦反问。

“天地同春。”翁灏元说。

“你看现在是啥？”刘子彦又问。

“还是天地同春……”翁灏元回答。

“明白了不？”刘子彦笑了。

“哦！后一半就是凤还巢！”翁灏元恍悟。

刘子彦笑了，但笑得有点不好意思，他突然觉得自己不该在孩子面前卖弄，于是说：“不早了公子，先歇息，赶明儿我教你蛟龙蜕。”

“好。”翁灏元勉强答应。

“一会儿我给你讲故事。”刘子彦见他隐忍，于是说。

“前辈，讲驴长老好吗？”翁灏元说。

“嗯？”刘子彦迟疑了一下，说，“一会儿给你讲一个更有趣的，南蛮人盗宝。”

翁灏元眨巴眨巴眼睛，看了看刘子彦，似心有不甘，但仍然得体地微笑了一下，说：“好，谢谢前辈……”

刘子彦遂对乔杏儿说：“去收拾一下，小公子该安歇了。”

乔杏儿说：“好。”然后说：“走，都睡去！”遂将达文几个撵走。

微弱的油灯光里,刘子彦用怀川话讲述:

“几百年前,在月山凤鸣山的东坡上,有一块老大的红石头,一年四季都热哩烧手。有时候,石缝里头还会冒出一股股的烟雾,说黑不黑,说黄不黄。

“不管打柴哩还是放羊哩,遇到个雨雪天,烘烘衣裳烤烤馍啥哩都很方便。乡亲们都说是月山寺的老佛爷显灵,为咱老百姓办好事。还说那大石头是个神鏊。每到节令,不分贫富,也不分男女老幼,都要给神鏊上香磕头。

“直到十年前, 一天月山来了一个南蛮人,黄头发,绿眼睛,叫什么罗萨蒂的,说话叽里呱啦像鸟叫。他在月山一带到处转、到处看,刨刨这儿,挖挖那儿,谁也不知道他要干啥。可是有一天,神鏊旁边突然出现了一个老深的洞穴。是一个放羊哩发现的。他伸手一摸,神鏊已没一点点热气。

“他扯开嗓子喊啊喊,终于喊来老多老乡跟僧人。山坡上,石堰上,到处都是人。不少人还跪在神鏊四周,有的哭,有的喊,就跟天要塌一样。

“后来乡亲们发现,自从那神鏊变凉,再也没有见过那个南蛮人,这才弄明白,可能是那个南蛮人,盗走了大石头下头的神火,神鏊自然变得凉哇哇。”

翁灏元心疼地问:“没再找找他?”刘子彦咬牙骂道:“找个球! 那鬼货! 谁知他是哪儿的! 又咋找他!”稍停片刻,刘子彦突然问,“南蛮是哪儿? 你可听说过?”

翁灏元回道:“南蛮之说,出自《礼记》,是指越南人。那里的人披发衣皮,吃生食。你说他黄头发、绿眼睛,像西洋人,不是南蛮人。”

刘子彦问:“你见过西洋人?”

翁灏元说:“我在京城见过,章同知跟冯会长去清化,就是要去见西洋人。”

刘子彦问:“章同知? 就是月山见的那个章大人?”

翁灏元说:“是。同知等于副知府。”

刘子彦问:“见西洋人干啥?”

翁灏元说:“听说是为了怀川煤炭,还有什么红界、黄界,说英国人多占了咱的矿域,朝廷发了大脾气。”

刘子彦问:“是朝廷发话了?”

翁灏元摇了摇头说:“我不知道。”

正值此时,乔杏儿端了一盆水进来:“来,小贵人,快洗洗,好歇息。”“嗯,谢谢婶娘。”翁灏元说。“咦咦,可不敢,可不敢喊俺婶娘,俺是庄户人家,真个承受不得!”乔杏儿忙不迭地说。

翁灏元没再接话,洗漱后就在北屋住下。他天资极慧,才华远超同龄人,但毕竟是个孩子,听的是神鳌故事,心却一直惦着驴长老,并期望着要是能看看那驴儿下山来购物就好了,迷迷糊糊入了梦。

神鳌的故事,在当地流传甚广,因为它暗合着十年前的一段往事。翁灏元也猜对了,那个所谓的南蛮人,还真是个洋人,意大利的,名叫康门斗多·恩绮罗·罗萨蒂。一八九六年,他带着有清政府加印的意大利驻北京公使馆的文函,来到月山一带。名义上是代表国际社会来华调查“中日战争后华殃情状”的,实际上是进行地质勘测与调查。他频繁活动于晋豫交界一带,前后待了十年时间。神鳌下神火被盗一事,其实是窝煤距地表近,含硫多,自燃后又因勘探被阻断而已。

一八九七年三月,罗萨蒂回到欧洲,四处奔波,说服了英皇女婿劳木讷侯爵和意大利首相罗叠尼,共筹资两万英镑,在英国伦敦成立了英商福公司。

公司成立后的一日傍晚,泰晤士河面上的雾气越来越浓,并慢慢攀爬上岸,先是像多头蛇一样贴着地面四处蜿蜒,后又魔鬼般躬起并变幻着身形,悄悄地袭入每一个街区。

天越来越黑,稀落的路灯柔软而幽暗,堪农街一百一十号劳木讷侯爵的官邸,却灯火通明。

伊丽莎白公主、劳木讷侯爵与一个个达官贵人和社会名流觥筹频仍。意大利首相罗叠尼的私人代表吉尔还带着他的吉卜赛情妇前来助兴。疯野的舞姿和裸露的脐臀,把诱惑和贪欲搅拌在一起,弥漫了整个大厅。

“尊敬的罗萨蒂先生到!”随着门侍一声吆喝,乐曲戛然而止,掌声如潮水般涌起。罗萨蒂清了清嗓子,绘声绘色地讲起了中国的河南怀川:

“那个地方叫怀川,古时候叫覃怀……那真是一片神奇而充满希望的土地，有连绵的青山，荡漾的河水，和大海般浩瀚的竹林。你们见过吗？那里的土地是黑色的，就像被石油浸泡过一样，肥得冒油。那里的农民还种有很多奇怪的植物，最有名的是生姜和山药，又能当食品又能当药治病。知道那里的土地为什么那么黑吗？是煤炭！地下有很多很多的煤炭，而且是无烟无味的香砟[①]。香砟啊！我尊敬的女士们和先生们，尊贵的伊丽莎白公主殿下和劳木讷侯爵殿下，你们能想象吗？那里的黄种人夸赞他们的土地是卧牛之地，日进斗金！日进斗金啊——”

“什么是斗？罗萨蒂先生！”意大利首相私人代表吉尔打断了罗萨蒂喊道。

“斗，盛粮用的量器具！一斗比十四磅还要多！”罗萨蒂腮帮痉挛着，面颊放着红光。

那天晚上，在英国伦敦堪农街一百一十号的晚宴，是为罗萨蒂返回中国专门举行的，他们一直狂欢到很晚。

此后不久，腰缠万贯的罗萨蒂回到了中国，先后收买了翰林院检讨吴式钊、分省补用道程恩培和庆亲王奕劻，搞了一个空壳“豫丰公司”，由吴式钊当代表出面，与罗萨蒂在北京总理各国事务衙门签订了《河南开矿制铁以及转运各色矿产合同》，后于一九〇二年五月，在怀庆府修武县所辖的焦作镇，正式建厂开矿。

英商福公司在焦作开挖的五个矿井先后出煤后，他们还修了道口至清化的铁路，与卫河运输管道相衔接，把一车车被其称为香砟的优质无烟煤，通过道清铁路运至道口的水旱码头，然后用小火轮运至天津港口，装上远洋轮船，运往大洋彼岸。

在以后将近半个世纪的时间里，英国皇室及贵族们的豪华壁炉里，烧的都是怀川的无烟煤。

二十年过去了，往事被岁月掩去了真容，史实被演绎成了神话传说。怀川人记忆里的罗萨蒂，并非已经定格了的遥远记忆，而是一直继续的现实。此刻，他作为英商福公司的首席代表，正现身于清化城的燕宾楼里。

---

① 英国贵族对焦作煤炭的昵称。

夜，越来越深。

翁灏元心里惦着神鳌去了梦里，找驴长老。刘子彦反手拉上门正要离去，突然又犹豫，并抬手打了自己右额一掌："你啊你！真糊涂！这么个活宝贝，出点啥事可咋了得?"黑暗中的他浅浅一乐，赶紧到西屋跟乔杏儿打了个招呼，掂条薄被就出了屋。

他先搬了个竹躺椅冲着北屋门摆下，然后往上一躺，将双腿呈八字摆开，双脚往两只门墩上一蹬，把北屋门堵了个严实。

三

乔杏儿正准备灭灯睡去，一眼瞅见桌上的银袋子，遂想起刘子彦先前为十两银子高兴的样子，顿时心神紊乱，思绪一下回到了十五年前。

乔杏儿原本是庄西村乔家的大小姐。她只有一个弟弟。父亲乔典令，是远近闻名的大士绅。

乔典令原也是贫家子弟，是乔杏儿外公看其精明实诚，便将乔杏儿母亲嫁给了他。后经一路提携，乔典令很快发达起来。

乔家有竹林百亩，良田数顷，在怀庆府首县河内县城沁阳和清化镇都开有丝绸庄。单是其宅院，就一连五进。除了带有左右跨院，还有后花园。

乔杏儿先读私塾，后又到天津卫读洋学堂女中。十六岁那年，她从津门回家经清化镇，没等到管家田叔，反遇到几个孟浪子弟作歹。是年轻气盛的刘子彦路过救了她，为救她胳膊还被刀子划了个口子。乔杏儿慌忙掏出手帕替他捂住。手足无措间，乔杏儿羞涩而动人，焕发出迷人的风采，让十八岁的刘子彦看得发呆。

管家田叔赶到后，一边千谢万谢，一边拿些银两给刘子彦。刘子彦没接就离了去。但他带走了那方手帕。从此，乔杏儿就把他刻进了脑子。

第二年高中毕业，她违父命拒绝西洋求学，执意返乡，说是帮父亲料理杂务。其父不知爱女心思，虽为女儿弃学而憾，但也为她佐商尽孝有所慰藉。可是后来，当乔典令得知女儿所做的一切都是为了贫小子刘子彦时，不禁大怒。但无奈他爱女心切,强忍了怒懑,欲赶紧给她找一个望族子弟嫁过去,以了心愿。

为此,乔典令邀媒无数,但乔杏儿至死不从,并顶撞其父:你当年不也是穷小子?我外公不嫌弃你,你有何理由嫌弃刘子彦?并信誓旦旦地说,宁愿挨饥受冻也要跟刘子彦。

乔杏儿跟父亲较量了整三年。乔典令为此伤透了脑筋。后看乔杏儿一天天大了,便赌气对管家铁言以告:小姐既然已鬼迷心窍,你可邀那刘子彦上门提亲,接小姐过去,但约法三章,不准挂红,不动响乐,不陪嫁妆,净身出门,由她受罪去吧!害得同样是富家出身的乔母整天哭天抹泪,操了不少的心。

乔杏儿二十岁那年。一个中秋的雨日,凄冷而阴沉。刘子彦的娶亲人马静悄悄地来到乔家大院门前。

乔家门楼宽阔的抻檐下,挂着几十个褐黑色的牌匾,镏金大字一个个明亮晃眼:泽被乡里、明达士绅、仁商善贾,等等。无一不彰显着主人的尊贵和富有。

门两侧两尊石狮子龇牙瞪眼,张扬着威严和霸气。紧闭的朱门前,乔杏儿一人独跪,细雨沥沥。

少顷,她以湿淋淋的头磕了三下门前青石。待她刚起身,大门突然开了一条缝,闪出了一女佣,那女佣手里拿把黄色的油布伞。乔杏儿转身上了刘家娶亲的轿子。女佣一直看着她离去,连手里的雨伞都忘了撑。

乔杏儿刚坐进轿子,就见一方手帕从轿窗递进来。乔杏儿接过一看,帕子竟是几年前替刘子彦捂伤口的那方,遂心里一暖,泪如泉涌。

这个出身大户又上过洋学堂的千金小姐,为了爱也许不怕父亲的绝情,但她不可能不寄希望于轿外的丈夫。她擦了把泪眼,把轿帘掀条缝瞅了瞅。

刘子彦气宇轩昂地骑在马上,没有礼帽羽翎,也没有崭新行头,但胸前斜盘十字的猩红绶带和大绣球,还是把他装扮得与往日大不一样。乔杏儿心头一热,想:这人,会久居人下?

当娶亲队伍回到上庄村时,已近晌午。说来也怪,天气竟突然转晴。刘家炮仗连连,唢呐阵阵。惹得乔杏儿忍不住掀轿帘看去。一街两旁堆满了枣红色的嫁妆。大的有八仙桌、太师椅、衣箱褥柜、妆台脚凳;小的有食盒柳斗、茶几衣架、缸坛盆瓮,甚至毛掸鞋拔,可以说是想什么有什么,一应俱全。红花花、亮堂堂地一大片,足足摆了半条街。乔杏儿一下子愣住了。

这时,轿窗外突然有人说:“小姐,老爷和夫人叫小的来送亲了!”这声音她再熟悉不过,是管家田叔。她赶忙理理刘海又捋捋衣襟,正准备出轿,却又停住,隔着轿帘问:“田叔,你这么办,谁吩咐的,是老爷还是太太?”

“是……是老爷……和太太……”田叔结结巴巴地回答。

“田叔!”乔杏儿稍显愠色地说,“说实话!”

“是太太……”田叔不禁惶恐,“也有老……”

“好吧,不难为你了,劳你差人还抬回去吧。”乔杏儿平静地说。

“抬回去?”田叔惊诧不已,“这咋中?你就是真生老爷的气,也不该不顾及太太啊!这可是她背着老爷当了自己的首饰细软,还给你带来五千两银票,用作置办田庄房产……这么重抬回去,还不要了太太的命?”

“田叔!”乔杏儿明显含怒,“你就别藏着掖着了,你哄得了我吗?”

“小……小姐请听我解释……”田叔口气明显见软。

乔杏儿马上一口堵住:“别了,我替你说吧,钱是太太给的,对吧?嫁妆是老爷故意寒碜我的,对吧?他明知道刘家就那几间小房,弄这些嫁妆往哪儿塞?不就为要我好看?他落个财大气粗的假仁义,我落个不忠不孝的下贱女。你回他,我至死再不认他!”

田叔一时张皇无措,后慌忙喊来刘子彦,想让他和和稀泥,以求两全其美。

“小姐……”刘子彦来到轿前喊。

“是你吗?”乔杏儿贴着轿帘问。

“嗯。”刘子彦往轿帘靠了靠应道。

“东西不少,还有五千两银票,咱要不?”乔杏儿问。

“我听你的,咱没有我可以挣。”刘子彦口气倔强。

“田叔,听见了吗?人家不稀罕!嫁鸡随鸡嫁狗随狗,我就要给人家做媳妇了,还是听人家的吧!”乔杏儿说。

田叔听乔杏儿没有捅破嫁妆的底细,悬着的心多少放下些,于是赶紧应道："小姐贤惠，小姐贤惠，我按你说的办，按你说的办。"

从此，乔家父女的心，便系上了死疙瘩。

如今十五年过去了，乔杏儿为刘子彦生了四个儿子，还手把手教他读书识字，并拜月山寺首座妙聪为师，硬是把这个目不识丁的贫家子弟，教化成了文算全才，并闻名乡里。

刘子彦虽勤劳上进，无奈命运不济，父母多年有病，并先后去世，生活格外艰难，连累得乔杏儿受了不少的苦。为此，旧时绝情日后渐悔的乔典令不忍女儿吃苦，曾多次托信欲修复亲情并提携刘子彦，均遭到了乔杏儿的拒绝。她执意等着刘子彦凭自己的本事改变命运，并觉得只有那样，才是她实实在在的指望，也是孩子们的指望。

翁公子的出现，尤其是刘子彦对她炫耀银袋子，使她非常不安。她对他十五年前不为满街嫁妆和巨额银子所动的事记忆犹新。她喜欢当年的他。她即刻打定主意，那十两银子，除了照顾翁公子必须用的，一个子儿也不能要，甚至饭菜，也要尽量分开吃。想到此，她的心一下清爽许多，没有了睡意，于是披了件夹袄，来到院中。

阳春三月，夜还很冷。月亮为空旷旷的院子泼了一层朦胧的光。偶尔唧唧的春虫，似乎有点怕冷，不愿轻易吱声。

乔杏儿来到北屋门前，借着淡淡月光看了刘子彦一会儿，又脱下夹袄给他加盖上，这才回了屋。

西屋的窗纸亮了一会儿就灭了。一大片云影蹑手蹑脚地翻墙进了刘宅，把满地的月光卷收了起来，院子马上变得漆黑。

四

时至子夜，月亮再度从云里钻出。月山寺偌大的建筑群在月光下错落栉比，影影绰绰，弥漫着神秘的气氛。

月光下，山寺一派朦胧。其北高南低错落而下的态势依旧明显，如阶瀑般流淌着，流到山门广场时突然消失，仿佛流入了一池湖水又被突然冻结。

山门广场白蒙蒙一片，空旷而静逸。从广场西去，地势缓缓爬高，在二十步开外陡然隆起一大坨平台。平台上林木森森，只有两条屋脊和三个塔尖飘浮在林梢上端，被月光映抚着，玲珑而缥缈。这便是远近闻名的凤皇台。开山鼻祖空相就安寝在这里。中间最高的那尊灵塔就是他的，那塔高高耸立在月光下，俯瞰着周围的一切。

凤皇台完全独立于月山寺外，位于寺院的西南角，但它是月山寺的灵魂。

凤皇台原名凤凰台。乾隆皇帝驻跸月山，其母曾下榻于此。河内候补县丞杜麟正为取悦乾隆，进言将凰改皇。龙颜大悦，不仅同意此谏，还将“凤皇台”三字赐杜麟正书写，并擢拔他为河内县正堂，即刻赴任。

皇帝也好，母后也罢，包括一字登堂的杜麟正，早已成为佳话一段。刻有杜麟正书写的凤皇台三字的石牌坊，历尽沧桑，依旧矗立在凤皇台北端中央位置。

从石牌坊下穿过，南行丈余，便是空相和尚的灵塔。灵塔坐北朝南，五步开外呈八字立着两尊小塔。两塔间铺着一条青砖小道，北起空相灵塔，南去从清风轩中间穿过。

穿过清风轩，可进入一个狭长的小院。小院东西两头垒有半人高的女儿墙。中间是三开间的明月禅房，门朝北，带走廊，正面是清一色的落地隔扇门窗。廊台下两侧一边一棵海棠树。门楣上悬着一块牌匾。匾上“明月禅房”四字，出自明末清初大书法家董其昌之手。

清了是傍晚时没用斋就来到凤皇台的，盘坐在空相大和尚的灵塔前已近两个时辰。

月儿西行，时至亥末。清了静静盘坐着，眼不睁，口不语，一手揖在胸前，一手拨着念珠，仔细地回忆着章九酬在山上时的情形，以及翁灏元对百悟中堂的释说。

清了跟历代月山寺住持一样，一辈子都会为月山寺的香火永继而殚精竭虑。在他看来，翁灏元得天慧有佛根，是一个绝佳人选。无奈僧俗两界，似隔关山重重。

按说，清了已有意中人，妙聪便是，但他觉得妙聪的凡心太重。这使得他一直不敢将妙聪列为宗牒嗣册。所以当他见翁灏元人品贵重又才识两全时,就萌生了度他出家的念头,甚至妄念:若翁公子继承方丈衣钵,自己立时圆寂也在所不惜。

此刻,繁星似织,柔风习习,月光洒满了凤皇台。空相和尚灵塔清瘦的身影,矗在皎皎月光里。清了在蒲团上端坐着,倾听着耳旁细语般的丝丝风响,进入了一种通灵状态。

恍惚间,清了觉得空相大和尚又回到了月山,并依稀听到一阵隐隐约约犹如闷鼓和铙磬交织在一起的禅乐,持续而悠缓,如歌如诵,十分清晰:"但凡玄物,法禁他用,莫擅妄念,切记之,切记之……"

清了闻此,心头一颤,慌忙下了蒲团,颤抖着四肢,倒头便叩:"徒儿一定谨遵师命,一定牢记,一定……"

清了说完,又仔细听了听,听到的却是自语的回声,于是怯怯地抬头看看,四周空空如也,只有空相灵塔矗在月光下。四周静得出奇。

"但凡玄物,法禁他用,莫擅妄念……"这几句话,是历代住持传下来的,乃空相大和尚的原话,距今已经七百多年。清了后来将它录入自己编纂的《空相演喻》,并曾引用入跋:

> 兹亦宗师空相潜演授足之阐语,逊曰及八百年弗后也,余旁注拙纂所得,故须谨遵师祖曰,但凡玄物,法禁他用,莫擅妄念。切切依嘱传之。
>
> 清了

空相,据碑载,乃郇姓,山西沁水人。其幼时在家玩耍,忽闻临街歌曰:莫到老来方学道,孤坟尽是少年人。遂动了无常之心。出家后于二十二岁拜少林和公为师,剃度后广游天下。后他来到怀川,见月山上峰峦叠翠,坳如盆月,清泉集瓮,遂结庵于此,拓基建寺,丸泥种柏①,借萤雪广读,忍饥寒深悟,终成一代宗师,教化高足无数。

① 泥裹柏籽晒干成丸,用弹弓射上山崖,逢雨而萌。

空相还留下了洋洋万言的短章碎句、诫言禅语，此后经月山寺历代高僧笔传口述，代代承递，最后至清了手里。

清了先后用时十年，苦参精悟，阐释批注，将其编纂成集，取名《空相演喻》。长期的深研彻悟，清了将空相的思想精髓完全吸纳入自己的灵魂。每逢他坐禅悟道，时常会聆听到一种声音，似闷鼓又像铙磬，悠缓而持续，神秘而凝重，有一种令人神往的美感和使人敬畏的魔力。

此刻，那熟悉的声音再度响起："但凡玄物，法禁他用，莫擅妄念，悟则皈依，悟则皈依……"清了跪伏于地，屏息恭听，诚惶诚恐。

许久，清了才缓过神。他抬头看了看，唯空相的灵塔独耸夜空，四周除了一棵棵的柏树，什么也没有。他缓缓挪下蒲团，心里一片空灵。

迷蒙之中，清了来回飘忽在现实和遐想之间，耳闻的是空相教诲，看到的却是空相灵塔，亦真亦假，时梦时幻。突然，只见他双肩一搐，猛地睁开了眼睛，他又想起翁公子追问驴长老的情形，以及章九酬深邃而暧昧的眼神。

其实他很清楚，章九酬今天来月山，是为了妙聪。想到此，他的思维迅疾跌宕起来，排浪一波接着一波，肉身却纹丝未动。他双目微闭，合十端坐，就像一尊铁铸的雕塑。

此刻，清化镇的燕宾楼却灯火辉煌，觥筹交错。

怀川商会会长冯冠彰、英商福公司代表罗萨蒂等，时而委婉相向，时而唇枪舌剑，只有同知章九酬四平八稳，耐着性子调停斡旋，当然也只能是调停斡旋，因为代表民族煤业的商会尽管众志成城、全力抗争，无奈朝廷正顾忌南方孙文乱党，早有"夷可暂委，内须尽抚，勿予乱党以乘"的圣谕，所以章九酬虽然不甘心妥协英夷，但也不愿意落个"予乱党以乘"的罪名。

后经无数个回合，直到第二天深夜，才算勉强斡旋出了一个"暂持现状，待旨以决"的合约草本，并准备送朝廷御准。可他转而又忖：不妥！虽眼下有南方乱党之忧，朝廷也有妥夷抚内的旨意，"暂持现状，待旨以决"尚可，但万一乱党稍缓，妥夷丧土之责就会落到自己头上。加上自己是专事捕盗、矿事的同知，万一有个纰漏，轻则治罪，重则丧命，到那时悔不晚矣？想到此处，章九酬打了个寒战，立即给京都的恩师翁宴辞修书一封，详陈了情由，准备随合约草本一并发呈。直到这时，章九酬才长吁了一口气，心绪稍缓。可是仅片刻工夫,他的心就又悬了起来——他把翁灏元独自撂在上庄快两天了。

天一亮,章九酬身着便装,和冯冠彰一起,骑马出了清化城北门。

清化城距离上庄八里路,有一半蜿蜒曲折在竹巷里。原野散发出融融春意。竹巷内两旁的篱笆,还缠绕着去冬的枯藤。篱脚的青草刚刚崭露头角,又逢竹林浇灌,一路走来,偶尔能听到篱笆外小溪流水的汩汩声,同时还有鸟鹊声从竹梢上撒落。百里怀川也只有这里,才有这翠竹听流碧、鸟鸣唤草青的韵味。

从清化到上庄,要依次经过西庄、七方两个村子。当章、冯二人穿过了最后一孔竹巷来到上庄时,早集已经开市。

刘子彦领着翁灏元,刚好来到一家货栈前。章九酬看见后眉头一舒,遂问冯冠彰:"这么早,他俩咋会在这里?"几乎同时,刘子彦和翁公子也看见了骑马的章九酬和冯冠彰,二人已来到门前,正翻身下马。

货栈门楣上,悬挂着一个长方形匾额,上雕四个金箔大字:上庄姜行。章九酬边下马边问:"哎,冯会长,咋是姜行?只卖姜啊?"

"回大人,他们也经营百货。"

"百货搭姜车?"

"大人明鉴,这上庄姜自宋时就有了名气,现在不仅闻名全国,还远销西洋、南海诸国,货行以姜之名商百货之实,相得益彰呢!"冯冠彰稍顿又说,"哈真是的,我多嘴了,大人也是此地人呢!"

"呵呵,"章九酬一笑问道,"庄家是……"

"汉口茂盛祥公司,老板黎青云。"冯冠彰笑着说。

"黎青云?"章九酬倏地回头。

"你认得他?"正得意的冯冠彰有些意外。章九酬自觉失口,忙定了一下神,淡淡地嗯了一声,看了看门楣上的匾额。这时他才看出,"上庄姜行"四个字遒劲而苍野,迥异于一般商号牌匾题字的柔润风格,并隐隐透出了一种肃杀气息。但他并不畏惧。他得中进士后仅任了一个六品通判之职,后因侦破捕盗有功,又得翁宴辞推荐,才把砗磲顶、鸳鸯绣换成了水晶顶、白鹇绣,出任怀庆府同知,官居从五品。他无时无刻不勤勉敬业,宁可肝脑涂地,也要报答恩师和皇上的知遇之恩。自从朝廷密诏缉拿妙聪，他一直在明察暗访。今偶然获知上庄姜行的幕后老板是汉口乱党头目黎青云，他马上就把月山寺的妙聪与其联系到了一起。他还意识到，上庄姜行很可能就是乱党怀川与南方的秘密驿点，两条清晰的线脉顿时从脑中浮了出来：月山寺—上庄姜行—汉口茂盛祥公司；妙聪—黎青云—孙文。窃喜中，章九酬收起谜底，沉了沉心思，然后微笑着问刘子彦："你们这是……"

"回大人，小公子要看驴呢！"刘子彦说。

"看驴？"章九酬看了眼翁公子。

"哦，嘿嘿。"刘子彦憨憨笑笑，又说，"公子昨天就嚷嚷着要看月山的驴，可昨儿个驴没来。俺今天一早就领他来了，怕错过时辰。"

章九酬听了，下意识朝北看了看，说来也巧，月山寺那驴儿正背着褡裢，款款地踢踏而来。

章九酬看着看着，眼神突然凝住，觉得那驴儿诡谲而神秘，好像它原本就不是畜生，而是妙聪。

按说，章九酬与妙聪交情不薄，二人不仅年龄相仿，习性也相近，相互一向钦佩有加。可是，妙聪突然间成了革命党怀川的首领，着实使章九酬意外。

驴儿四平八稳地来到姜行门前，把两只前蹄踏上台阶，踢踏了几下，又咔咔打了几声喷嚏，像是给店伙计打招呼，然后闪烁着又黑又大的眼睛，回头瞥了瞥章、冯两人，满眼的不屑。

章九酬顿感浑身不自在，马上咬牙在嗓子眼内骂了一句："这畜生！"

"哎哟！长老今天可是早啊！"

随话声，店里走出一个二十岁出头的小伙儿。只见他个头不高，胖得已没了脖子，弯眉、细眼、圆鼻头，天成地就的一副憨厚相。他刚要伸手去抚那驴儿，却看见章九酬跟冯冠彰站在门外，马上把笑往脸上一堆，说："啊！两位老爷好！请请请！"明显恭媚有加，然章九酬仍感觉自己在他眼里远不如一头驴，心里不由就憋上了火。

翁灏元一见驴儿就兴奋，上前拢拢驴脖，又抚抚驴耳，连喊了两声："驴长老！驴长老！"并自语道，"真有趣儿，真有趣儿！"章九酬看着他高兴的模样，心里遂劝慰自己："咳！我跟一头驴较什么劲！"于是马上笑了，"哈哈，这孩子！跟这头驴倒是有缘！"

店伙计一边笑脸迎奉，一边从褡裢里掏出一只荷包，章九酬一眼瞅见，即刻喝道："慢！"并一把抓住店伙计的手，"你是春生？"

"老爷怎……知道小的名字？"店伙计口气吃惊，但满脸的笑一点未减。"我看看中不中？"章九酬冷笑着，他觉得店伙计笑脸背后还有另外一副面孔。

"大人是赏光俺，咋会不中？请……"春生一边察言观色，一边微笑着递过了荷包。章九酬已在月山寺见过此荷包，杏黄色的，绣有白色佛字。他打开荷包，里边有张货单，上边列着杂货名称和数量，洋火、蜡烛、纸张、毛笔、油墨等。

油墨？章九酬遂想起前一阵出现在沁阳、清化和焦作等地的油印传单，于是问春生："油墨还有吗？府衙的告示和公文也常用……"后将荷包还给春生，并夸赞道，"好手工。"

春生笑得更狠了："是是是，好手工，听说是月山首座妙聪师父的手艺。油墨是为月山寺印经进的货，大人如果要，我们马上给您备！"

"又是妙聪……"章九酬心里顿时响起一阵小鼓，神经一下子绷紧。他突然察觉到，一种看不见的神秘力量，正从月山发端，朝自己暗暗袭来。他纳闷，月山寺作为中原四大名刹之一，从达官贵人，到皇亲贵胄，无不把此处作为瑞山福地，怎么突然变得如此诡谲？正值此时，翁灏元突然拽住章九酬的衣角喊："快看！快看！"

"啥？"章九酬边问边顺着翁灏元手指的方向看去，"驴长老"正驮着鼓鼓囊囊的褡裢，悠悠远去。

"驴长老走了！它自己走了！"翁灏元高兴地拍着手。春生看了看翁公子，再次礼让章九酬跟冯冠彰："请大人里边用茶。"弓着腰，满脸笑。

章九酬的注意力刚被翁公子拉回来，就又被驴儿牵了去。他怎么也没想到，购物单上赫然写着的油墨，虽然装进了褡裢，但并没有被驴儿驮回月山。

五

驴长老走后，章九酬笑呵呵地问翁灏元："咋样？你算盘打了，驴也看了，咱们该走了吧？""刘前辈的算盘打得忒神！"翁灏元用奶嗓京腔回过章九酬，又上前拉住刘子彦的手，"谢谢前辈！"

刘子彦腼腆笑笑，缓缓放开翁灏元的手，拿出钱袋子，然后对章、冯二人说："大人给的银子还剩了些，现还给大人。"说罢便将银袋子递给冯冠彰。

章九酬对冯冠彰会意一笑，冯冠彰立刻对刘子彦说道："小公子照顾得不错，你既然不要银子，就赏给你个饭碗吧！你看中不中？"

"饭碗？"刘子彦瞪大了眼睛，轮番看着章、冯二人。

"你可去清化找怀丰煤业公司王经理，他那里正闲着一只饭碗。"冯冠彰说罢，看了章九酬一眼，后对刘子彦说，"你倒是得了一个饭碗，却让老爷我损了一百两银子！"

"损了一百两银子？这……这是为啥？"刘子彦诚惶诚恐。章九酬哈哈大笑起来，笑得刘子彦满脸惶惑。

"不关你的事！也算你小子有福气，还不快谢过章大人？"冯冠彰假意厉言道，"快将小公子扶上马！"

刘子彦尽管没弄明白损了一百两银子是怎么回事，但他明白"饭碗"的意思，于是赶忙把翁灏元抱上马背，然后扑通跪地，并连连叩首："谢过章大人！也有冯大人。谢过章大人！也有冯大人……"章、冯二人看了看磕头如捣蒜的刘子彦，双双微笑着踩镫上马，挥鞭朝南而去。

刘子彦回到家中，把刚刚发生在姜行门前的事情原原本本向乔杏儿学了一遍。刘子彦得了个饭碗，乔杏儿十分高兴，但对于冯冠彰为何输了一百两银子，照样也揣上了一个闷葫芦。

原来，在清化镇赶往上庄的路上，章九酬和冯冠彰曾打了个赌。因章九酬担心翁公子受委屈，在马背上曾问过冯冠彰："小公子不会有事吧？看那刘子彦是个厚道人。"

“厚道不厚道谁知道，不过两天，就给了他十两银子，谅他不敢造次，除非他缺心眼儿！”冯冠彰说。章九酬笑笑说：“你们这些商人，不管啥都用银子衡量，你以为你那十两银子谁都在乎啊！”“别人我不敢说，但那铁算盘刘子彦，一定在乎！”冯冠彰道。

章九酬听了，任马儿又走了几步，突然一勒马缰问冯冠彰：“咱俩打个赌？”

“赌？……啥？刘子彦？”冯冠彰先是不解，但马上就明白了，“好啊！恭敬不如从命，我听大人的，咋赌？”

“会长说！”章九酬说。

“还是大人说！”冯冠彰道。

“那好，我说就我说，但不能反悔！”章九酬又说。

“哈哈，我的大人，我敢吗？！”冯冠彰道。

章九酬说：“要我说，既是仨人的事，就得拉上刘子彦一起赌，咱俩赌银子，刘子彦赌前程，你看中不中？”

“啥？那刘子彦的前程如何赌？”冯冠彰问。

“这好办，你我赌一百两银子，顺便给刘子彦赌个饭碗，谁输谁帮他弄个差事。”章九酬话音刚落，冯冠彰就拱手说：“大人真乃性情中人，重情重义！刘子彦这小子，仅伺候了两天小公子，就捡了个天大的便宜！大人在上，冠彰钦佩！银子，咱俩亲兄弟明算账；至于那前程，只要他退回那银子，他的前程我就独自揽了，也算我冠彰跟大人共一回人情！”

章九酬见他情之昂昂、言之凿凿，尽管事情不大，但足以见心，故不由得恳言道：“冠彰兄，承蒙抬爱，甚幸！”

冯冠彰见他称己为兄，便受宠若惊，遂激动地说：“大人言重了，能跟大人这样的贤达相识相交，乃冠彰三生之幸。大人奉旨专项处事华夷煤炭之争，但凡需要冠彰者，在下一定唯大人马首是瞻，一则尽绵薄以报皇恩，二则守德行以佑故土，绝不推辞！”

“好！冠彰兄既出此言，我九酬也是七尺男儿，说定了！你我兄弟从今日起二心一志，报皇恩佑故土，责无旁贷！”

幽幽竹巷，马蹄声和着笑语，恰又来微风徐徐，把竹叶吹得簌簌作响。

章九酬情怀难抑，一首七言脱口而出：清溪竹巷谁人赌，会长同知自有输。子彦若将银两退，送他一个好前途。

“好一个送他一个好前途，章大人好句子！是否如愿，就看他刘子彦自个儿的造化了！”冯冠彰说。

刘子彦果然不负章九酬所愿，确实赢得了一个前程。但章、冯二人哪知，这一得意的巧做，不仅是刘子彦不为钱财所动，更缘于乔杏儿的刚强秉性。

章、冯二人带着翁公子穿竹巷，步阡途，一路言笑，很快就出了上庄，经西庄又穿过七方。

刚出七方村口，他俩遇到一个壮年汉子，推着独轮车，蹒跚走来，又蹒跚离去，车轴还发出吱呀呀的响声。车夫走一步扭一下胯，唱着怀庆梆子，高亢而嘹亮：

清化鞭炮上庄姜，
前桥篓子后桥筐。
柿沟梳篦侯山扇，
许良竹器柏山缸。
麻庄凉粉中里桶，
和庄还有芝麻糖。
李封王封好煤炭，
牛磨竹帘孝敬香。
七方丝绸名天下，
闺女个个美娇娘。

“呵呵，他推车的样子真好玩，唱的是什么？”翁灏元在章九酬身后问。“是这里很有名的一支歌谣，唱的都是当地的土产和手工。”

章九酬回答过翁灏元，又对冯冠彰说：“冠彰，考你一问如何？”章九酬问。“哟呵，你是大学问人，我可经不住你考。呵呵！”冯冠彰说。

“这个并不难，七方村闺女为何个个都是美娇娘？”章九酬问。“哈！这倒难不住我，主要是因为七方家家养蚕、缫丝、织绸，闺女们都是室内劳动，无风吹日晒，个个细皮嫩肉，除了个个都是美娇娘，还有‘七方闺女不用相’之说。”冯冠彰回罢即问，“对吧大人？”

“别看你是清化人，与七方近在咫尺，可是再问一个就未必知了，你知道曹雪芹不？”“这咋会不知，他的《石头记》眼下流传甚广，但……这和七方有何关系？”

“说得好，当然大有关系。他的曾祖父叫曹玺，曾任江宁织造，后辈们世袭官职达六十年之久。曹雪芹于康熙五十四年出生在江宁织造府。这七方村的丝绸业，就归江宁织造管。咋样，有关系了吧？哈哈！”

“这么远咋归南京江宁织造府署？”冯冠彰问道。章九酬回道：“在怀川看，南京是远，但在京都看，从南京到怀川，那就不远了。”

“原来如此，章大人真是博闻强识。”

“史称这里是卧牛之地，日进斗金，果真名不虚传！”

你言我语间，三人很快就到了清化。当时的清化，只是一个小镇，南北有沁、丹两河经过，又有上万亩的竹林荫蔽，土地肥沃，农产颇丰，加上这一带的人心灵手巧，手工业十分发达。尤其是怀川煤矿业的快速兴起，外埠人大量涌入这一带，使清化镇从东关到西关，五里长的主街道商号林立，奇货纷呈，非常繁华。

众商号除了丝绸庄以众成势外，以独特工艺而驰名的共有三家：侯山折扇坊、竹墨轩、鸿禧珐琅金楼。侯山折扇曾受到乾隆皇帝御口亲赞，称其为怀川翘楚；竹墨轩用竹炭烧制的怀川覃怀紫墨曾一度被文人墨客誉为“墨金”而走俏京津；而鸿禧金楼的金银制品，尤其是珐琅嵌丝制品，专供清廷后宫，闻名遐迩，相当有名气。当时民谣唱道：

清化街，
五里长，
曲里拐弯到许良。
从百姓，
到皇上，

吃穿玩用都鲜亮。

锦绣衣，

黛丝网①，

金银珐琅满头香。

文四宝，

侯山扇，

覃怀清化美名扬。

侯山扇也好，黛丝网也罢，对刘子彦来说，眼下都不如“饭碗”重要。冯冠彰赏给刘子彦的“饭碗”，就赋闲待主于清化镇主街西头燕宾楼旁的怀丰煤业公司，它还有一个让人眼馋心动的名号：怀丰煤业总公司账务总管。

燕宾楼，是清化镇名流富绅最喜之地。二楼最靠里端有间幽室，叫云竹阁，宽敞而精致，清一色红木摆设，案有香笼，几有兰吊，显得既高贵又雅致。迎门是红木镂空屏风，中间镶嵌一横框，内裱宣纸，上书一首七绝《云竹》：菁菁雅韵纤竿秀，气节凌霄劲若松。静卧淳风乡野地，意存高远在云峰。落款是“印哲句杜严书”。

吃饭期间，翁灏元问章九酬：“这首七绝甚好，为啥最后一句用意字？”“哦？若是你呢？换成志气的志字？”章九酬笑着问。“你怎么知道我想的是志字？”翁灏元停下了咀嚼。

“哈哈！”冯冠彰笑了，然后问翁灏元，“你就不想猜猜这是谁的七绝？”“上边印哲句、杜严书，不是很明白吗？”翁灏元说。“哈哈，还说明白呢！我看你还是不明……”冯冠彰话说一半，就被翁灏元抢过了话头：“哦！前辈名九酬，字印哲！杜严是谁？”章九酬说：“杜严是清化人，字友梅，光绪三十年的进士，后入翰林。”翁灏元又问：“前辈，他怎么不用志而用意字？”“等你今后做了官就明白了。”章九酬说。“这和做官又有何关系？”翁灏元不禁疑惑。章九酬见他打破砂锅问到底，于是转了话题：“你赶紧吃好了，后晌还有不短的一程路哩。”

---

① 女人盘头用的髻网。

“下午就要回沁阳?”冯冠彰问。“嗯,几个月了,该回去看看了。”章九酬说。冯冠彰忽然想起什么,唤了一声大人刚要开口,章九酬截住了他:“冠彰兄既然引吾为知己,但凡私下无须再客套,有话直说。”“好好好,谢大人,啊不,九酬兄。”冯冠彰圆过磕绊后问道,“那刘子彦算术看来没问题,但他行文走账不知咋样?”

“哦……”章九酬略作思忖后说,“应该没问题。”

冯冠彰话一出口便自觉多余。他和章九酬是一起认识的刘子彦,几天来两人形影不离,章九酬怎会所知更多?章九酬的回答使他稍安,然他还是觉得章九酬对刘子彦动了心思,只是不知为何罢了。

其实,只不过是章九酬心里藏着一个人,比冯冠彰多留心了一个细节而已。藏的人是妙聪,细节则是月山清了说刘子彦是妙聪的俗家弟子。至于刘子彦会不会行文走账,在章九酬看来问题不大也不重要,因为他的真正目的,并非给刘子彦一个饭碗,而是通过这只饭碗,把刘子彦网入自己的视野,让其成为发现和缉拿妙聪的一条引线,自己则可以不动声色地通过冯冠彰,随时掌握刘子彦的动向。

冯冠彰做梦也想不到,从竹巷打赌开始,章九酬就开始暗布巧局了。

不愧是官场的玩家和刑事通判的高手,章九酬才思敏捷、广闻博记,善于从不起眼的琐情杂事中发现蛛丝马迹,然后拨开迷雾,穿越蹊跷,找到自己迫切需要的东西。表面上,他豪爽大气、快人快语;于暗中,他心机缜密、足智善谋。他越是漫不经心、轻描淡写,心机就越是凝重如铸、深不见底。

少顷,章九酬起身说道:“灏元,还是你说得对,志字好,意思明了,读来上口!”然他心里想的却是:“妙聪啊妙聪……刘子彦来得可真是时候……我是离他的老师——驴长老您,越来越近,已经气息可嗅了!”

翁灏元听章九酬又说起那首七绝,便来到横幅前。他未来得及说什么,章九酬就转了话头:“好了冠彰兄,我就告辞了!”“说走就走啊?”冯冠彰说。章九酬哈哈一笑,领着翁灏元就下楼上马,离开了清化。

章九酬果然猜中,此刻妙聪确实离清化不远。就在他和冯冠彰在燕宾楼揣摩刘子彦的时候,在月山东南、上庄西北的洪家庄园里,也有人正揣摩着章九酬。

同样在一间雅室，同样是富丽堂皇，且也是三个人，除了庄园主人洪戢、洪小囡父子俩，另一个就是章九酬踏破铁鞋无觅处的驴长老——妙聪。

六

从上庄到月山寺，有六里之遥，要经过花园，前、后桥三四个村子。驴长老出上庄，过花园，刚进入一条长长竹巷，竹林里就闪出了月山寺的小沙弥觉慧。觉慧从褡裢里取出两盒油墨，又往北走了一段，转入了西去的竹巷，只剩下“驴长老”独个儿。那驴儿沐着春光，一路蹄花儿，从容地向月山走去。

觉慧出了竹巷，眼前豁然开朗，一个气势宏大的庄园出现在眼前。庄园坐北朝南，北临上秦渠，南边靠竹林，东西两厢是农田。觉慧叩开大门刚进去，大门就关闭了，且关得严丝合缝。

庄园围墙比一般宅院高许多，但又比城堡低不少，四角四个碉楼，墙脚不少地方碱化严重，有的地方还附着由于天冷而板结的青苔。庄园显得苍老而浑壮，尤其是它高阔的门楼。但很奇怪，门前两尊石狮子慈眉善目的，嘴角还挂着淡淡的微笑。据说原来的两尊凶神恶煞般，是祖上将庄园传到洪戢手里，才改成现在这般模样。

洪家办有一个爆竹厂，坐落在庄园西南角。雇了三十几个工人，全是外地人。庄园四周土地宁可空着，也不种树木，庄稼和竹林都离它很远，说是为了防火以确保爆竹厂的安全。这使庄园显得既霸道，又内敛。洪家生产的爆竹，冠名清化烟花，非常有名，主要销往北京、天津和东南亚等地。

除了爆竹厂，洪家在天津卫和北京还开有钱庄，不过都是传说。究竟有没有，谁也说不清。但有一样倒是千真万确，每每灾荒，洪家必开仓放粮，周济乡里，做善事无数，洪戢自然成了清化西北乡月山、上庄一带最有名的大善人。

觉慧进了洪家庄园，油墨被管家钱必铭收下。钱必铭三十岁左右，身材上长下短，眼睛不大，但黑眼珠不小，眼眶里几乎无白，嘴唇薄得让人一看就知，这是一张好歹话都能说也很麻利的嘴巴。

他带着觉慧往纵深走去。一进院门，迎面的砖雕影壁中间是个神龛，里边端坐着大肚子弥勒，一直憨笑着，好像这庄园的主人怀揣了满肚子的高兴事。觉慧行至此处，驻足合十叩首了一下，然后跟着管家继续往里走。左行三丈有余是二进门，门两侧一边一棵石榴树，躯干苍老但鲜翠满枝，格外妖娆。

二进院内，东西厢房都是六开间，带走廊。花圃的牡丹和芍药已经挂蕾。正面的客位是暗七明五布局，出厦很宽，四根红漆大柱站立在肥硕的石鼓墩上，擎拱着厚重的雕梁画栋，祥云吉兽色彩如新，与柱子对应的四根悬柱上缠蟒腾雀，雕工十分精美。三尺余高的窗台由青石铺就，往上至檐下万字组合的窗棂不再是通常的麻纸糊裱，而是玻璃，并有彩玻镶嵌其间，透出一种上海、天津卫等大城市才会有的那种时尚风格。

客位里光线很好。进门两侧是成排的官帽椅，正面摆着一面宽阔的紫檀屏风，每扇上端中央嵌着玉屏。屏风前依次是条几和八仙桌，桌两边是太师椅。条几上陈设着画桶掸瓶，靠玻璃前墙分左右摆着两张窗桌，一桌放着留声机，一桌放着西洋钟，典型的中西合璧风格。

钱必铭领着觉慧穿过客位，绕过屏风，进了三进院。他先安排觉慧在西厢房等着，自己去通报。觉慧左等右等，快中午时钱必铭才来，叫他先去用斋，然后见洪戢老爷。

三进院两厢房依旧带廊，但仅是四开间，所以比二进院要浅些。迎面是团花圃。花圃中央站立着一块一人多高的太湖灵石，苗条不说，还剔透玲珑，活脱脱形似一个美人鱼。这在北方即便是官府，也是很少见的奢侈品。太湖石正北，就是这偌大的庄园的心脏——洪戢居住的三进院堂屋。开间布局和阶、柱、檐、窗与二进院的客位大致相仿，建筑的每个细节仍然精致，只是色彩要沉稳很多，窗台比客位的稍高，清一色的麻纸糊窗。这一切，使得三进院的风格显得很素雅。

堂屋内光线虽比不上客位亮堂但也不弱，只是略显柔和。迎面挂着一幅寿字中堂，中间一个大大的寿字，并配有旁联：身自善中寄，岁从心里来。对联字句简白，意表明朗，可看出主人以善葆全、以静求安的处世养生之道，但横批明显有点古怪:土来土往。说它隐晦,字意却很明白;说它是警言,却又不知所云。桌两旁两把太师椅空着,摆在中间的方桌上两只带碟茶碗已经沏好茶,闻那味道,是纯正的福建大红袍。

午饭后,宾主一起来到客位,妙聪持念珠于右,洪戢端着水烟袋于左,其子洪小囡坐在离妙聪最近的官帽椅上。

“南方孙先生带话过来,至诚感谢老前辈慷慨以助,并要我转嘱老前辈,不必过虑眼下艰局,贵体安康乃关乎怀庆抗夷保域之大局,一定要保重。”妙聪道。

“没事没事,老朽皮实着呢!”洪戢回过妙聪,咕噜噜吸了一口水烟,又转问儿子洪小囡,“那油墨到了?”

“回父亲,到了,是小觉慧送来的。”洪小囡说。

“快叫他来。”洪戢说。

“好。”洪小囡说罢喊道,“有请客人!”

洪戢放下水烟袋,呷了一口茶,然后说道:“从鸦片海战到眼下,快七十年了,这大清朝越来越不成样子。原先只卖远疆,现今都卖到咱怀川家门口了,真叫人连心疼带肚疼。为了推翻这大清朝,抵抗洋人,死了多少后生!我现在是年岁不饶人,身体也大不如以前,光会花点银子,这算个啥,有机会请务必跟孙先生捎个话,只要需要,老汉我绝没二话,一个字,给!”

“谢谢前辈,太谢谢了,阿弥陀佛。”妙聪说。

觉慧一进屋,见妙聪在座,高兴地喊:“啊,师父!”后又跟洪家父子打了招呼:“小僧见过两位前辈。”“章九酬来了月山?”洪戢笑着问。“是。”觉慧说。“听说他是为英国人的事儿。”洪小囡说。

“你先回去吧,好好照顾长老。”妙聪对觉慧说。“好,告辞前辈,告辞师父。”觉慧对洪戢父子和妙聪一一施礼后离去。

洪戢看着他的背影说:“这孩儿,眉清目秀的,这么小,父母怎舍得叫他当和尚?”

“穷人家,这不稀罕……阿弥陀佛……”妙聪说。

“看来,章九酬盯得很紧。”洪戢说。

“没事,现在他已在往沁阳的路上,很快就顾不上了。”洪小囡笑说。

“哈哈!”洪戢爽朗大笑了两声,而后对妙聪说,“囡儿都已经安排好了,够他章九酬在沁阳安生一段日子……你尽管放心在这儿小住,莫管他春夏秋冬!”

妙聪听了洪戢的话,遂猜测洪家父子可能在沁阳对章九酬做了手脚,心里不由局促起来。尽管自己眼下是朝廷通缉的要犯,时刻处于险境,但为自己的安全而对章九酬布黑局,仍于心不忍。因为除了佛性所规,更在于无论自己还是清了,对章九酬都有一定感情。

“老前辈莫非要……”妙聪刚开口洪戢就打断了他:“俗事!俗家之事!囡儿办事妥帖,懂规矩,晓分寸,绝不会伤他一根毫发,师父还是静心无骛的好。”

“师父尽管放心。”洪小囡边插话,边借过父亲的水烟袋,也咕噜了几口。“阿弥陀佛,烦前辈费心了,弟子听由前辈,听由前辈,阿弥陀佛……”妙聪说完还特意站了起来,朝洪戢父子依次轻俯稽首。

妙聪年龄不足四十岁,形容清俊,面廓英刚,举手投足儒雅沉稳,一看就是那种心地宽阔、悟性通达的人。

相比之下,洪小囡却是另外一种风格,他五十二三岁的样子,个不高,又饱又高的额头几乎把脸占了一半,五官全集中在下半部,月牙儿似的眼睛,眼角稍微下垂,宽嘴巴地包天,嘴角上挑,生就的自来笑。乍一看他长着寿星的头颅,却配了副弥勒佛的脸。也许这就是怀川人通常说的异人异相,跟大象无形同样贵重。而那洪戢,年逾八旬,身材板直,鹤首童颜,面癯目炬,宛若玉树临风。虽然他与妙聪年龄相差不少,但风范上相得益彰,同具有处变不惊、执掌乾坤的气质。

从三人的对话可以看出,章九酬人还没到沁阳,那边已经有棘手的麻烦在候着这位非等闲之辈的同知大人了。

楚河汉界,高手过招,均在不动声色间。

章九酬带着翁灏元和一干武装随从出了清化的西城门,又穿过许良弯曲而深长的幽幽竹巷,涉丹水,过沁河,终于看见了沁阳城。

他过了沁河桥,在西岸收缰停马,站在西河堤上,把城内的一切尽收眼底。春阳下,近处河水盈盈,堤柳柔柔;远处阡陌朦胧,紫薇升腾。他刚舒展了一下身躯，就又长叹了一声，大清朝的败象，他自己的无奈，一起袭上了心头，遂自吟道：怀庆阡陌秀，蒸霭踱堤河。社稷危船漏，遥天问龛驼。

章九酬踌躇满志，嗓音嘹亮，却又隐忍收句，气势渐萎。不难看出他既志怀高远，又心境难娱。他吩咐手下送翁公子回沁阳城，自己骑马沿着沁河堤北上，到了山脚，下马步行折回南下，直到太阳隐于袤野，慢慢地把布满西天的凌乱绯霞一层层收罗去。

他出生于月山东北方十二里路的桥沟村，学成于沁阳，他爱这方故土甚至这里的风尘草木和弥漫的气息。在他离家三个月的时间里，无论是省城和京都，抑或是沿途一路，他目睹了大清朝的衰败之象，官僚奢靡，民生凋敝，尤其是一踏上故土，想起顶头上司知府廉惜芝收受贿赂拙丢矿域一事，他兴冲冲的一颗心马上变得冰炭同炉，冷不得也热不起。虽然他在京都已将廉惜芝的情况上报朝廷，但由于庆亲王弈劻暗保，却只得了一个“其侦逆有功，暂不饬查”的回旨。这不禁使他想起了祖父章金华。

章金华曾任河北省道员，因其弹劾贪腐巡抚而遭陷害，被诬写反诗而下狱。章九酬的父亲章伯明是个秀才，变卖了所有家产，领着年幼的他四处求告，虽侥幸救人出狱，祖父却落了个发还原籍永不再用的下场，后抑郁而终，家道由此中落。后其父蜗居老家桥沟，重新学耕练耙，靠仅留的几亩薄田，艰难度日。也许天命眷顾章氏家族，使章九酬遇到了王娴馥，得岳丈周济，虽没有囊萤映雪，却也是寒窗苦读，一考而中，使章家中兴有了指望。章九酬常思常省，总想方设法忘掉祖父的不堪命运，将社稷皇恩置于心头，勤勉奉公，清廉守职。以求上告慰列祖列宗，下报答皇恩浩荡，一展抱负。

可眼下，大清朝国是浑噩，江河日下，使他这个满怀报效心思、才华超群的中年汉子，刚才还意气风发，转眼间变得心事重重。后来，他想起了老友妙聪，心似被猫爪挠了一般又乱又疼，心里一遍遍苦唤：妙聪哟妙聪……

章九酬与妙聪相识，是在他出任怀庆府通判之初。当时，距焦作西十余里的李封村曾发生一起“元代许衡墓盗案”。许衡，字仲平，又称鲁斋先生，李封村人。元朝大臣，后辅明朝，任京兆提学、太子太保、国子祭酒、集贤大学士等职。为鼓励汉人仿其弃前朝降后朝，乾隆帝驻跸月山时曾颁旨御祭。许衡不仅在当地被百姓们奉若神明，就连河南省及怀庆府衙也慎敬慎重。

案件发生后，省、府衙门催办连连，章九酬却一筹莫展。

一个春日，章九酬从李封查案归来，路过月山，一是想了解了解月山寺墓葬的情况，以供参考，二是也想顺便陶冶心境，于是就上了月山。

凤皇台上，两个僧人正在树荫下手谈。一个五十多岁，一个三十出头。章九酬上前暗观，二僧厮杀半天，难分伯仲。棋至告尾，老僧突然说道："这棋，还真有点像李封的那个墓案。"章九酬不由一惊。

"师父，那案件有官家呢！"年轻僧人说。

"莫非你管？"老僧神秘一笑，看了眼章九酬。

"恁是说应该避开洪家，从旁系入手？"章九酬马上意识到老僧的不简单，直截了当地问。

"洪家？你是……"老僧微笑着问。

"敝姓章，名九酬，恳请高僧指点迷津，请受晚生一拜！"章九酬忙后撤一步，拱着手说。

"哦！原来是知府衙门章通判！幸会幸会！"老僧说道，"没想到你的棋这么好！我就这么随口一说，你竟能结合棋局，窥出许衡墓盗案之端倪，真了不得！"

"不敢……"章九酬既兴奋又窘迫，瞬间红了脸膛。

"快，赶紧请章大人方丈用茶！"老僧边说边起身。年轻僧人也随之站起。

三人来到方丈。初次相识，少不了寒暄。老僧是当家住持清了，年轻的是首座妙聪。二人说早闻章九酬进士出身、学富五车云云；章九酬也附赞二人是禅学大家、多有听说等。相谈甚欢间，清了满足了章九酬所询，还介绍了盗墓世族洪家的情况及旁支旁脉，并支招章九酬。

许衡墓案告破后，章九酬名声大噪，月山寺亦成了他乐往之地。每每路过总要谒访。吟诗联句，手谈对弈，使他与清了和妙聪的情谊日深月厚。可他万万想不到，才几年的光景，曾帮衙门破案的月山寺会和革命党搅在一起；满腹经纶、德行端正的老友妙聪，竟还成了朝廷密牒缉拿的要犯。

呜呼！这浑噩的大清朝，也太不争气！他们若是盗墓贼那般的人也就罢了，可偏偏他们都是布施行善的贤达僧侣、经纶满腹的禅界精英，怎么都投了乱党？哀哉！若非我皇命在身……可我毕竟皇命在身啊！就算我不在乎所谓的皇命，不还享着社稷的俸禄不是？……嗟夫！

想到此处，天色暗尽，章九酬叹黎民又憎乱党，念社稷又懑朝廷，左嗟右叹，惆怅无尽。直到下了河堤，隐约可见那黑乎乎又高又大的东城门楼了，他才上马疲沓而归。

章九酬回到自己府宅时，已掌灯许久。门楼檐下两只章字茜纱灯笼，发着黄麻麻的光。

章九酬刚下马，大儿子天温，十五六岁模样，就从门廊下灯影里疾步走出："你可回来了大大①！"与天温年龄相仿的家丁仝挡忙上前接过缰绳，把马牵去了马厩。

"怎么了？"章九酬止步问。

"私塾出事了……"天温压着嗓子说。

"何事？"章九酬一愣。

"佩瑶姑姑不见了……"天温回道。

"嗯？咋会？……多时了？"章九酬眉头顿时皱起。

"早上出门，说是来咱府上，到半后晌也不见回去，这才知道出了事。"天温说。章九酬问："亲戚、交好，都找了吗？"天温回道："都找了，凡是想到的旮旯缝道都找了。"章九酬又问："小公子现在哪儿？"天温回道："翁公子跟天俭弟在一起，刚还吵着闹着要见佩瑶……"

章九酬听着走着，脚步越来越慢，最后停下对天温说："我现在回府衙，去跟你媄说一声，照顾好小公子，别出差错。"天温说："大大放心，我记住了，你用过饭再去吧！"章九酬说声"不用了"，正好见仝挡从马厩回来刚进二门，于是喊道："快备马！上府衙！"直奔大门外。

转眼工夫，仝挡就把马牵到了章九酬面前，递上马缰，一弓腰跪趴在地。章九酬脚穿戎靴，稍有踌躇，仝挡马上察觉，道："老爷快！"

章九酬赞道："爷我没看走眼，你越发懂事了！"

仝挡原叫仝娃，是去春头上新觅的家丁。他当值的第一天，恰章九酬久

---

① 怀川旧时对父亲和叔父的称谓，现仍有人用。

出归来,仝娃看他陌生挡了驾。章九酬自报姓名后,他仍说主人放话才能进。

仝娃身子骨精瘦,面色白皙娇嫩,双眼皮大眼睛,慈眉善目,明明是男身,却十足女相。章九酬见他单纯执拗,十分喜欢,“你叫啥?”他回道:“仝娃。”

“仝娃?”

“嗯。”

“是金银铜铁的铜?”

“不是,是人工仝。”

“你识字?”

“不识字,俺听别人说的。”

“人工仝,呵呵!”章九酬笑了,“哪个娃儿不是人做的?你叫个娃,再加上你那姓,太难听,就冲你今天敢挡爷的驾,就叫挡好啦,哈哈!”就这样,仝娃从此改叫仝挡。为此,夫人王娴馥还谑章九酬说:“人家孩儿长了一副观音相,啥名字不好,你叫人家挡。挡啥?还挡你进不得家门啊!”章九酬哈哈一笑,说:“挡啥?挡灾、挡难、挡妖魔鬼怪!”

当时此不过是句戏言,没想到,这仝挡在章家从此就扎下了根,成了章家的心腹不说,在四十年后一次生死攸关的紧要关头,还真的挡了一回天大的灾。

府衙离章宅顶多两里地,章九酬快马加鞭,一到府衙便立即协调府属,召集值备捕快,并通告戍城兵备予以配合,像过筛篦一样对沁阳全城按街排巷、挨门逐户地进行盘查。

章九酬虽足未出衙,但整夜没有合眼。在捉拿妙聪、处置矿域的关键时刻后院失火,这完全打乱了他的谋划。

夜越来越深,府衙内很静,只有章九酬的窗户亮着灯。他踱着步,身影投在偌大的窗户上,遮过来又移开去,就像一片来回腾挪的乌云。

佩瑶,是京城大学士翁宴辞的亲侄女,翁公子的叔伯姐姐,不仅容貌出众,且聪慧过人。其因父母双亡,由翁宴辞抚养。当时,折桂私塾主人贺老先生贺墨汀还在京城任天官,与翁宴辞交往深厚。佩瑶从小天资伶俐,喜好诗词韵律,于是便常常请教当时已是京城诗词大家的贺墨汀。后贺墨汀告老还乡,办起折桂私塾,翁宴辞便把十二岁的佩瑶托付于他,到沁阳继续承教。

从此，佩瑶认识了二十岁的章九酬。一个青年才俊，一个情窦未开，开始仅是学兄学妹相处。五年后佩瑶渐省人事，才俊还无心丽人却有意，并把闺阁之心书信与伯父，翁宴辞闻信即喜，因为他受贺墨汀委托力荐已中进士两年的章九酬出任怀庆府通判已被御准，若侄女能与其喜结秦晋，自然也就遂了自己的爱才惜女之愿，可以说是天大的好事。无奈父母早给章九酬定了终身，使得佩瑶寄情空对月，花逢倒春寒，从此半病半恹地一蹶不振，在折桂私塾一荒就是好几年。

其间，翁宴辞曾写信给贺墨汀，暗示佩瑶可以妾委身，总比积郁成疾或误遇纨绔和孟浪要强得多。遗憾章九酬是书香世家，早有不允纳妾之家规。是历尽世态举重若轻的贺墨汀乾坤妙手，在折桂私塾的后庭悄辟了一处精致小院，帮二人暗合了并蒂，成全了这蓝衫配红颜的巧姻缘。

章九酬得翁宴辞官场提携后，遂将恩师知遇之情附和皇恩，并立志报效。然而，就在他调停华夷矿域之争初有进展，捉拿妙聪刚有眉目之时，佩瑶突然失踪，就像有一把无影刀，迎面朝他心窝刺来，令他顿时乱了阵脚。

章九酬不时理出一个个思路，马上又一个个掐断。他搞不清这把无影刀的操手究竟是谁，又在何处。在他看来，如果此事是单纯图谋佩瑶，或许还有些回旋余地；若是与革命党有瓜葛，就会变得十分棘手。

妙聪？不不不，他绝不会……想到此，他直感脊背一阵阵发凉。他十分清楚大清朝国运衰败，风雨飘摇，国人人心思变，连朝廷都无奈的革命党，他一个小同知能有何作为？眼下这潭浑水真是太深太深。为此他彻夜难眠。

黎明前一阵风起，后由小至大下起了雨。斜竹影入画，薄窗雨发声。章九酬心烦神乱，佩瑶一刻不归，他一刻难宁。当各路人马缉查无果回到府衙时，天色已亮。

七

翁灏元一觉醒来，见一个十三四岁的小姐姐侧立于床榻不远处，扑棱一下坐了起来。小姐姐先问安:“小公子早!”后上前几步自报:“我叫樱桃,来伺候小公子。”“谢谢小姐姐!”翁灏元回罢,还暗自吟了一句:名樱桃似樱桃,好看又小巧。然后笑了。

“你笑啥?”樱桃边帮他穿鞋边问。

“笑姐姐好看。”翁灏元说。

当翁灏元跟着樱桃洗漱过到客位用餐时,章九酬已回家,和夫人王娴馥一起等在那里。

夫人面如盈月,白皙富态,一双弯黛下卧着一对丹凤,润唇皓齿,贵、福、丽一下占了个全。翁灏元一进屋她就招呼:来,快来孩子!樱桃把椅子往前挪挪,叫翁灏元坐在夫人身边,然后拈双筷子,一实一虚双手递上。

“谢谢夫人,谢谢姐姐。”翁灏元说。

“还是京城来的有礼数,对下人也周全。”夫人夸奖说。

“你何时回桥沟?”章九酬边吃边问夫人。

“我听你的……也想早点回去,老太爷和老太太在家,我着实放心不下。昨个俺娘又捎信说俺大大最近身体不好,我想回家时顺便也看看。”夫人回道。

“我原来有要务去清化,现佩瑶出了事情,怕跟翁前辈没法交代,所以脱不开身,过一阵子闲暇了,我去看望老泰山。”章九酬说过又吃完了饭,见夫人未动碗筷,于是问,“你咋不吃?”夫人未来得及回话,翁灏元停筷问:“我姐姐怎么了?”章九酬一愣,遂遮掩道:“没事,你父亲就要来了,怕你姐姐在外耽误久了,错过见面机会。”夫人也马上夹菜给翁灏元搁碗里,“小公子真懂事,这么小就知道牵挂人。”然后对章九酬说:“我不急,等你跟公子吃了,再吃不迟。你也不必把俺大大挂在心上,顶多就是受点风寒啥哩,想无大碍,你操心办好衙门里的事情就中,家里头的事你别太费心。”

翁灏元开始专心吃饭。章九酬看看公子和夫人,说:“嗯,夫人贤惠……我记住了。”夫人听赞,脸上腾一下红了。

章九酬从没这样当面夸赞过夫人。今儿由于心里揣着个佩瑶,夫人又心纯如水地替自己着想,难免愧疚油然而生。尽管如此,他仍盼夫人早早离开,自己好放开手脚,集中全力找佩瑶。他的身心已被牢牢钉在了沁阳城。

章九酬安排车轿送走夫人，已快晌午。他刚轻松些，天温就说了一个令他更吃惊的消息，说贺墨汀的助教弟子、达昌银号王老板之子王书宁，昨晚也没回家，刚有飞镖递话，这才知道被绑票，赎金开价一万两。

“时限几日？”章九酬忽地站了起来。

“只说届时来取，并无约定。”天温说。

章九酬眉头一皱暗想：一个失踪，一个被绑票，而且都与折桂私塾有关，会不会是一蔓两瓜？正值此时，仝挡又报：“贺老先生来了。”章九酬对天温说：“你去迎一下，我马上过去。”

章九酬换上礼服来到客位，先招呼一声“久等了”，然后单膝跪地对贺墨汀说：“老师在上，学生有礼，昨天回来就该去跟老师请安的。”

贺墨汀七十开外年纪，面圆红润，发辫很小，额头宽阔，眉毛已经全白，眼不小，但并不全睁，沉思一会儿才慢慢地说：“知道你在忙佩瑶的事情，我看此事来得蹊跷，你可要想仔细了，看看这背后有啥玄机，一定要稳住。”

“我记住了。”

“快起来吧。”

章九酬站了起来刚坐下，贺墨汀就说：“达昌银号的王老板一大早就到私塾，要我给你好好说说，他就王书宁这一个独苗，央求你千万搭救他。”章九酬回道：“老师不必过于着急，我定会操心书宁，不会有闪失。”

师生两人不外，很快就切入了正题，弄清了王书宁与佩瑶失踪几乎在同一时间。这就证实了章九酬的分析，判定此事乃一脉两端。但他不明白，为何要对王书宁和佩瑶一起下手。

他把家里和折桂私塾有关的人脉仔细捋了一遍，脑中慢慢浮现出一个人：绿萼。她曾是贺墨汀的学生，据说也是大家闺秀，虽早已学成离去，但会不时来住几日，且跟佩瑶情至闺蜜，一向要好……但转念一想，一个小女子断然不会做绑票这般事。章九酬怎么也不会想到，这个绿萼，偏偏是洪小囡的女儿。

绿萼受父亲之命，专程到沁阳，待了整两天，等来机会，在佩瑶去章府的路上将其连缠带哄拉上了车，并刻意路过达昌银号让王书宁给家里说一声。紧接着，在去折桂私塾的路上，王书宁被绑票。

佩瑶多次听章九酬说起月山，也看过他不少写月山的奇文妙句。她很向往月山梦幻般的神韵和神奇的传说，到月山一游，是她早有的愿望。

她跟绿萼一起，坐着洪家的马轿，一路颠簸一路说笑，傍晚时到了洪家庄园。

佩瑶不会想到，其师贺墨汀夫妇此刻正度日如年，担心着她的安危，更想不到章九酬已经回到了沁阳，并把沁阳城翻了个底朝天。

是夜，洪家庄园已安静下来，丫鬟已经准备好热水，以备绿萼和佩瑶洗漱。

忽然，一个女人的声音隔窗喊道："妞妞，老爷叫你快去一下。""二媄，你跟大大说一声，我马上去。"绿萼应过，又对丫鬟说："好好伺候姐姐。"

窗外又喊："先生要是不回来，我明天就去沁阳找你了！"绿萼回道："知道了！"然后又对佩瑶说，"姐姐先洗着，我去去就来。"说罢就旋风似的出了屋。

屋里只留下丫鬟伺候，佩瑶问她："左一声老爷，右一声大大，隔会儿妞妞，又隔会儿先生，到底谁跟谁啊？咋回事？"

丫鬟吟吟一笑说："俺是下人，说不好主人会嚷俺，我伺候你洗脚吧。"

佩瑶问："几岁了？叫啥名？"

丫鬟说："八岁，俺叫桃儿。"她杏仁脸，身子骨瘦瘦的，眼睛大得出奇。

绿萼来到前院，刚踏进其父的居室，洪小囡就笑呵呵地说："妞妞事办得甚好！"绿萼上去就噘着嘴儿埋怨："好啥好，看这事将来咋收场！你只说是为了救爷爷，救全家，究竟咋了？佩瑶跟这事有何牵扯？"说完，还朝洪小囡背后乜斜了一眼。

一个二十来岁的女人，明眸皓齿，鹅蛋脸，正扶着洪小囡的肩膀一边揉摩，一边活泼泼地挤眉弄眼暗示绿萼别莽撞。洪小囡发现绿萼眼神异样，遂抬手拍了搭在自己肩上的手，说："红果别闹！你是长辈……"然后劝绿萼，"别急好闺女，听大大慢慢说，只因事情火烧眉毛，所以才说是救你爷爷跟全家，不过，还真是为了救人。"

"谁？"绿萼问。

"月山寺妙聪师父，和章同知。"洪小囡敛住笑说。

“他俩怎么了?”绿萼又问。

“你爷爷和妙聪师父伙做的事,虽是善举,但一旦叫章同知晓得,就会有危险,甚至丢性命。”洪小囡严肃起来。

“我就不明白了,那你咋说还要救章同知?”绿萼问。

“其余就不要再问了,为父绝不是戏言,说多了,怕你在佩瑶那里裹不住。听大大的,你就当啥都不知道,只管陪佩瑶在月山玩好,就是立大功了。”洪小囡庄重地说道。

“大大,我不管事大事小,将来你可得叫我有法子面对佩瑶姐……”绿萼说。

“就这?”洪小囡问罢又说,“为父可以保证,不但叫你有法面对,弄得好的话,她和那章同知还得谢咱们哩!”

绿萼半信半疑地说:“是吗?”然后问道,“叫我来就是说这事?”说罢扭头就走。

“还有呢!”红果插了一句。

“啥! 深更半夜的,识字等明天! 哼!”绿萼用后背说。

“老师,我想跟你一起睡,说说话!”红果喊。

洪小囡猛回过头,笑着佯瞪了一眼她:“你,是她二媄! 闹起来没完了?”

红果扭身一旋,转到洪小囡面前,往他的怀里一坐,伸手托起他那弥勒佛一样的下巴:“知道呢! 我就是试试你,看你舍不舍得我去。”说完便咯咯咯地笑了。

“你这是闹罢闺女又闹老子,啥时候你才能长大!”洪小囡轻轻捋拨开红果的手,“记住乖,我派她那件事,她一直心里膈应着,闲了多陪陪她。”

“我的好老爷,这还用你说? 果儿在这大园子里,过谁啊? 还不是过你跟萼妹妹? 放心好了!”红果正儿八经地说。

“你说啥?”

“啥说啥?”

“你喊绿萼啥?”

“萼妹妹啊!”

“你啊、你啊……”洪小囵无奈地又是龇牙又是咧嘴，说，“又乱套了！”红果终于明白自己犯了口误，又咯咯咯地笑了起来，后才说：“别生气，以后不了，中不中？”

“你这闺女！这话你说漏嘴儿回了？又有几年了？你跟我俩也就算了，有时大庭广众你也瞎放炮，总是不长心！”洪小囵半嗔半怜地说。

“哼！就得时不常当你面喊几声萼妹妹，好叫你牢牢记着俺跟她本来就没差几岁，一辈子都把俺当亲闺女待……”红果的口气，顽皮中带着羞涩。

“好好好……老汉我听你的、听你的，中了吧？”洪小囵说完，乐呵呵地笑了。

八

绿萼和佩瑶一大早就出了洪家庄园。

佩瑶身着墨绿棉旗袍，绿萼身着紫红小袄藏青袂，轮番提着一个柳条箱，一路欢言笑语，上了月山。

月山寺的建筑布局，是禅界建筑的一个奇迹。它既有皇家殿堂的恢宏气势，又有南方园林的娟秀气质。若把它比英俊男子，它太过柔软；若把它比婀娜女子，它显然又多了些英刚。它美轮美奂，独具一格，有一种别处再难寻见的雅致。

二人攀上云梯步抵山门时，禅院走出清了住持和几个僧人。清了招呼道：“是佩瑶、绿萼两位姑娘吧？恭迎！恭迎！”佩瑶看看绿萼，绿萼看看清了：“是啊，您是……”

“老衲清了，昨儿个就听说两位姑娘今天要光临寒寺，有失远迎，万请包涵，阿弥陀佛……”清了说。

“您就是清了长老啊?!”佩瑶看他模样古怪，声若洪钟，又恰恰是章九酬时时提起的清了长老，遂惊喜招呼道。

“正是老衲，莫非姑娘……”清了话说一半，佩瑶自觉失口忙接过话茬儿："早听绿萼说起过你呢！说你是禅界高人、词律圣手……"

佩瑶借绿萼来掩饰，绿萼却不识相："佩瑶姐姐，我啥时给你讲过啊？"佩瑶见绿萼一下端了底子，遂用手指轻捅了一下她的腰。绿萼看看佩瑶，又瞧瞧清了，一时不知说什么好。清了把一切看在眼里，先唱了一句阿弥陀佛，然后说："姑娘们见笑了，这里哪有啥高人、圣手，只不过是装斋的布袋、烧烛的蜡台罢了！请请请，快请两位女公子……"

佩瑶跟绿萼见清了长老机巧而风趣，便不再拘谨，随他登上了麒麟岭的凤皇台，先从空相和尚塔一侧绕过，然后南下穿过清风轩，来到明月禅房前。

清了侧后一步俯首合十说："请，两位姑娘请。"佩瑶驻足看看门额上的牌匾，马上赞道："真好，好清丽的名字！"绿萼还念出声来："明月禅房。"并笑着说佩瑶，"这么个超凡脱俗之地，还不吟诗一首？""别闹！你这诡妞！"佩瑶嗔过绿萼，又羞涩地看了清了一眼。清了即刻说道："姑娘但吟无妨。"佩瑶闻言赶紧说："长老在上，小女岂敢妄之，待另有闲暇，再向长老讨教。"

"也好，恭敬不如从命，二位姑娘先行歇息，中午可到客堂用斋，老衲就不打扰了，告辞，阿弥陀佛……"清了说。

"长老慢走。"佩瑶说。

佩瑶和绿萼站在廊下，一直等清了穿过了清风轩，才一起进了明月禅房。

绿萼进屋将提箱往床头地上一放，就把自己撂到了床上，半喊着说："哎呀！我还真有点累呢！"独个儿躺了一会儿，不见佩瑶回应，于是一翻身坐起来，朝佩瑶瞅了瞅，见她正看着冲门的迎面墙发呆。

绿萼悄悄上前，从后边搂住她的腰肢轻声问："姐姐，有啥好看的，这么专心？"

佩瑶看的是一幅中堂，画的是水墨观音。观音面秀神清，软衣柔袂，一手拈细柳，一手持净瓶，坐在上实下虚的莲台上，就像飘浮在云穹之上。中堂两侧是副对联，字不大，柳体楷书十分工整：

女卧莲蓬容颜少 言箴铭寺

耳听钵磬诵语恩 音姣照匀

妙聪(聰)？诗韵？莫非作这画这联的，就是章九酬时常提到的月山首座妙聪？好机巧的妙联！佩瑶心里既好奇又赞叹，遂将对联熟记于心，然后才对绿萼说:“画儿真好，联儿更好。”佩瑶说完，又慢慢挣开绿萼双臂，把禅房内看了个仔细。

房子三开间，门开正中，窗分左右，深不过一丈二，宽三丈有余。东间靠山墙摆着一张朱红色带裙板的虎腿床。床铺整洁有致。床前附有脚凳。床南头立着一个横搭衣架，毗邻横立着一个木格书架，把卧室与中室隔开。书架上放有经籍数摞。床北头就近是个高台茶几，紧挨着茶几临窗摆放着一张半圆窗桌。西间窗下是砖砌的煤火台，火口上煨着一只擦得亮锃锃的钟形铜壶。已是农历三月了，炉火早已熄灭。煤火台近门口处放着盆架，上搁一只宽沿黄铜面盆。屋子正中迎门是张书桌，贴着靠墙的条几摆放。若没有迎门墙上那幅水墨观音和条几上的佛贴、香炉、净瓶等，而是加上一个小梳妆台，明月禅房简直就是一个精巧而雅致的闺房。

煤火台对面，靠南墙放着的镢锄、草篓等物，给房间又添了一些农耕韵味。

佩瑶回头看了看这一切，心里充满好奇。“看来，这月山还真是个好所在，你常来吗?”她问绿萼。

绿萼说:“以前是的，小时也见过清了住持，沁阳念书后就来得少了，所以记得模糊，他要不说，我还真认不出来，听我大大说他精通格律，这月山景致多，故而那奇词妙句也就多。”

“妹妹说得好，这水墨观音就是个罕物……”

“罕物?”

“嗯，这月山，这对联，还有那看似稀松平常的镢锄、草篓，无一不是罕物，还有些神秘呢！可是……”

绿萼见佩瑶把快要出唇的话用舌儿又卷了回去，忙追问道:“可是啥？神秘？我咋看不出?”佩瑶觉得一两句说不清楚，就把话岔开:“那是你心思不在这儿呢!”

“你别说，你倒是赞不绝口，我咋一点提不起神，除了那柏树，满山价的秃……秃和尚！”绿萼说完，就咯咯咯地笑了。

“哈！身处仙境瑶池的绿萼妹妹思凡了！真是的，我只顾自己了，倒把你那书宁小哥差了信使。”佩瑶微笑着说。

绿萼把鼻音一拧说：“哼！谁稀罕他！呆头呆脑的。”绿萼嘴上如此说，却心虚起来，因为她知道王书宁这个信使已经被绑票，而自己恰恰是这一切的始作俑者，于是赶紧掩饰道：“走，姐姐，咱们出去玩！”拉着佩瑶就出了门。

二人出了明月禅房，佩瑶好奇地问：“昨晚在家喊你的是谁？怎么你喊她二娭她喊你老师，她说老爷你喊大大，都是咋回事？”

绿萼咯咯咯笑了：“那是红果，是我大大的填房。是早年间我大大去陵川收账回来路上捡的。那地方叫八陉古道七十二拐，山岩崩塌，爹娘被砸死，她倒因小解滞后几步幸免于难。当时她才三岁，我大大带着她沿途问了一路，也没问出谁认得她。把她领回家又养了几年，就给俺娘当了贴身使唤。前年，俺娘得肺痨过世，大大本想陪些嫁妆给她找个女婿，没承想她死活不愿离开，又加上我是她领着玩大的，爷爷便做主叫她给大大做了填房。”

“她才多大啊？”佩瑶问。

“呵，她大我两岁，今年二十一。”绿萼回道。

“先生又是谁？”佩瑶又问。

绿萼说：“我俩原先是以姐妹相称的，一向贴己，我从沁阳回来后，她眼馋我会写也能画，就叫我教她识字，我便难为她喊我先生。本来是主仆，突然分了辈分，我别扭，她不甘，所以就经常半真半假地耍闹，后来慢慢习惯了，也就不分大小老少了，呵呵呵……也由于她一半像娘、一半像姐地上心照顾我，大大也就特别喜欢她……”

两人一路说着，很快就攀上了月山最高处——当阳峰。气喘吁吁间，忽听西北方传来一阵喝喊和顿足声，两人遂蹑手蹑脚地绕过大士阁，来到了课蜜泉北边一片丛林边，透林隙看去，不远处一块平缓的山坡上，有数十个青壮僧人正在习武。

两人悄悄潜于草丛中正要看个仔细，忽听背后有人说：“两位姑娘小心摔着，可前去看个清楚。”

二人倏地回过头，见是清了长老，遂不好意思地笑了。“俺们女流之辈，还是不打扰师父们的好……”佩瑶说。绿萼遂跟着说：“倒是听说过温县有太极，嵩山有少林，月山有八极，只是俺还没见过。”

“哦！”清了说，“绿萼姑娘不知，说到这八极拳，可是月山寺的一大功德哩！”

“愿听其详，长老快说。”绿萼接过话茬。

“好。”清了一口答应，然后说，“姑娘如闲暇，请往前走些个，听老衲慢慢絮叨。”

二人随着清了，从当阳峰下山。清了边走边说：“说起这八极拳，不能不提起一个人。距今七百多年，这一带受了灾荒，常有些强人流寇出没，袭扰乡民。当时，直隶保定的一个武进士出家月山寺，取号苍公，后继位空相师祖，当了月山寺第二代住持。这期间，他创立了八极拳。从此以后，一是有佛法鼎佑，二是武威震慑，一些打家劫舍的小蟊贼从此无了踪影，保了这一带平安无虞。从开寺至今已近八百年，眼前这满山的翠柏，就是空相、苍公两代住持先行，以后又代代相传，率众僧丸泥种柏留下的。”话间，三人已通过一个凹坡小径，来到了月山东岭凤鸣山。

“请问长老，啥是丸泥种柏？”绿萼插问。

“哦，你不说我倒忘了，丸泥种柏就是把柏籽用泥包裹成丸晒干，然后用弹器将其射到人畜难达之处，逢雨而萌，于是就有了这满山苍翠。”清了释道。

三人边走边说，不觉就走到了凤鸣山的最南端。佩瑶回头北看，将禅院的殿堂亭阁尽收眼底，又眺瞰南方，把山口外浩瀚的竹海和广袤的阡陌细细观览。

“这儿好美……”佩瑶正赞叹着，忽见不远处有一石碑，上刻四字：无声影碑，于是就问：“这里咋孤零零立了一个碑？无声也就罢了，咋还是影儿？”

“哦，这无声影碑，所谓无声，是随虎啸山西侧无声法师的灵塔而起的名字；所谓影，是说它是无声塔的影子，是为化解无声塔雷击之劫而立。”清了说。

“可管用？”佩瑶边问边开始绕无声影碑转圈。

“别说，还真管用，自打立了此碑，无声法师的灵塔就再没被雷击。”清了说。

“太神奇了！”绿萼几乎是喊着说。

清了看了眼绿萼说：“是的，真乃功德无量！有多少代的僧侣、先哲艰辛不怠，才成就了月山寺今日的辉煌，使其与偃师白马、登封少林、汴梁大相国齐名，被称为中原四大名刹。快八百年了，又有多少霸主争锋，世事轮回，都已灰飞烟灭。唯独这月山，恰似一轮明月，怀川永照，以其依山傍岭之势、林秀园精之美、经藏碑刻之丰，名驰天下；它也似一双眼睛，凌空俯瞰，静悄悄地观览着丹、沁二河，浩荡东去。

“你们看，这东西中三个大院，房舍数千，僧人众多……看这边，前边是文学馆，后边是武学院。再看那边，八大景、七小景，个个玄妙，处处神妙，还有山外那无涯竹海，万顷良田，这可都是怀川的宝物啊！”

佩瑶围绕着无声影碑转了一圈又一圈，心却粘在清了的话语上。听清了止住话头，遂将目光投向他。

清了的眉毛和胡须突然抖动起来，也许是因风起舞，也许是因情而动，眯成了细缝的眼睛，出神地凝望着山外，好一会儿他才回过神，手指着一丈开外的一条下坡小道，说：“来、来来，走这儿下，两位姑娘请。”

绿萼在前，清了于中，佩瑶在后，三人相携而下。佩瑶边走边琢磨：“真是没想到，这清了住持，怎个了得？明明他身处空门，言语间却尽含世事，除了俗世之忧，更有苍生之眷，字字句句无不透出一个‘情’字。九酬哥曾多次提起他，说他善诗词、通文史，我还以为钦佩的是他的文采。今天看来，并不完全，而是二人心脉互通，和对天下、对苍生的念眷……”

佩瑶抬头看看，绿萼已远，遂对清了说：“长老先下，我休息片刻，随后就来。”“好好好，老衲先走一步，姑娘自便。”清了说罢就离了去。

清了走了，佩瑶又驻足瞭望，把清了细数过的月山般般景致又细细地扫看了一遍，再联想骁勇的武僧、水墨观音图、玄妙题联，顿生不少感慨：“月山哟……难怪九酬哥常来这里，为美妙景致、神奇传说、儒雅僧侣、丹青碑刻，写下那么多的妙词绝句。这么个灵秀地，这些个脱凡僧，怎会不使他心驰神往、时时牵挂？可眼下，他在哪儿呢？”

突然,一阵清灵灵的喊声飞上山来:“佩瑶姐姐——快来啊——我在客堂——”

佩瑶掬起手喇叭:“来了——”

九

佩瑶和绿萼听清了如数家珍般把月山的历史、人文讲了个仔细,兴致格外盎然,用过午斋便又上了山,把什么七星塔、课蜜泉、望景台、苍公洞等,逛了个遍,也看了个够。

大雄宝殿门旁有个带护栏的四角亭,栏内外各有一口水井。两井咫尺之距,却一个苦涩,一个甜甘,惹得佩瑶好一阵惋叹:“绿萼你看,这两口井,要是一对恩爱人该多好,天荒地老,也不会分离哩!”说罢又吟道,“连环双井同檐下,三尺瀛台暗诵经。今日甘甜曾著苦,朝天两眼仰珑亭。”

绿萼听了,偷偷一笑,然后瞄了一眼佩瑶说:“姐姐也是,比啥不好,若真是对恩爱的人,哪个会舍得自个儿亭下般般好,别个亭外风雨遭?”绿萼的一席话,把佩瑶说得一下红了脸。幸好,绿萼没注意到她的细微表情,还夸她:“呵!姐姐真好才华,把那俩井写得人儿一般活生生,睁着双眼看亭子呢!”

二人玩得尽兴,要得开心,一下午时间,倏忽已过。当佩瑶和绿萼用过晚斋,走出禅院大门时,天色已暗。虎啸山上空残留的霞霭,丝丝缕缕的,开始逐渐消隐、暗淡。刚刚攀上凤鸣山的月亮,无力而浅淡。立在禅院门前一左一右的钟鼓二楼,已经模糊成影。佩瑶驻足少顷,看看左又看看右,遂即兴而吟:“鼓卧西楼钟挂东,庚年相伴两心空。夜来明月游禅院,谁抱银盘梦霓中?”

“哎呀我的瑶姐姐,这可是佛门净地,这才傍晚就净想些偎啊抱啊的,这月山的明月恐怕要迟好一会儿才会亮呢!姐姐要抱的明月是哪个?又为哪般?”绿萼说罢便咯咯咯地笑了。

佩瑶自觉失口,遭绿萼贫嘴,本想回敬几句,下意识四下瞅瞅,并无旁人，也就宽容了她："好妹子，别胡扯，好吗？"

绿萼见佩瑶央求，本想打住，但又按捺不住活泼的性子，于是假装答应："好，我听姐姐的。"然后又将话头一转，神秘兮兮地说："不过，一会儿你得悄悄告诉我，明月是谁？银盘又是谁？"随之更放肆地笑了，一溜烟儿跑了去。佩瑶发现上了绿萼的套儿，狠狠骂她："你这个诡丫头，看我得机会咋整治你……"并撵了过去。

当她俩回到凤皇台明月禅房时，清风轩走出了一个小沙弥，上前先行揖礼道："两位施主，长老怕您累着，特叫小僧备了沐盆，烧了净水，待施主们用过，可招呼小僧收拾。"

绿萼问："你叫啥小师父？"

小沙弥回："小僧觉慧。"说罢，他一揖，后挪两步，头也不抬就要离去，佩瑶马上喊住他："喂，小师父，这凤皇台是空相先师安寝之地，怎就容得俺女儿家在此洗沐，合适吗？"

觉慧说："俺听说，别说洗沐，原本女施主连住都是不让住的。当年乾隆爷来月山，太后也跟着来了，也怕这样不合适。当时的净吉住持劝她说，太后母仪天下，是天下人的母亲，也就是俺僧人的母亲，佛家讲善，善里自含孝道，太后住住洗洗，不仅没有妨碍，还会给禅院带来吉祥。太后这才答应了，还夸奖净吉住持是孝僧。后来太后还特意交代，要在明月禅房前再盖一个房子，遮挡遮挡。"

佩瑶问："以后就有了这清风轩？"

觉慧说："是。太后还下了懿旨，说今后只要有女眷来此，都可洗沐，也算告知天下的女眷，月山寺知道感恩，僧人们都有孝心。"

绿萼夸道："你小小年纪，倒是聪灵，竟知道这般清楚！"

觉慧忙低头合十，后退一步说："小僧不敢，更不知道这些个，还是住持长老怕女施主拘谨，才教了我这番话。"

佩瑶听了，深深被清了的细心所感动，于是叫觉慧捎个话过去，谢谢清了住持。觉慧说："好，施主没旁的，小僧就告辞了。"遂离去。

佩瑶觉得觉慧同样了不得，一个小孩子，却把话学得如此精细，于是朝着他背影喊道："小师父，你多大了——"随即一句清亮的童声从黑幽幽的远处传回:"俺十三——"

明月禅房本来就不大,进门处摆了两只椭圆沐盆,特意多点了几根蜡烛。估计是怕水溅湿了,蜡烛都置在书架顶端,把室内照得很亮。热腾腾的水汽弥漫着,使迎门墙壁上那幅水墨观音变得很朦胧。

二人褪去衣袂分入沐盆,开始时缄默无语,生性活泼的绿萼耐不得长寂寞,忍不住就先开了口:"呀! 平日里只见姐姐大眼儿,巧嘴儿,白白的皮肤葱手儿,没承想姐姐的身子更是叫好,白生生长条条的,嫩藕儿一般,真是个美!"

佩瑶好似心有旁骛,先是嗯了一声,后又突然:"嗯?"等绿萼把话说完她才说,"你啊,洗个澡也不消停,我哪有妹妹的好……到底年轻。"佩瑶正说着,一眼瞅见绿萼左乳上像粘了片树叶儿,于是问她:"那是啥?"

"嗯? ……哦,是个胎记。"

"那,名字就是照它起的?"

"听说是,有点发绿……"

"是吗? 这可是稀罕……"

"啥稀罕! 咋也比不得你那又圆又大的俩宝贝稀罕,比桃子还好看,比玛瑙还圆润……"绿萼正说着,突然呆住,佩瑶正巧从沐盆里裸立起来,身后书架上的烛光把她冒着水汽的胴体轮廓照得异常鲜亮,肩膀稍微下溜,身躯略显丰腴,胸腔不阔,但两乳十分饱满,甚至夸张,蛮腰两侧的凹线对称而流畅,肥硕的臀部连着两只修长的腿儿,湿漉漉地,简直似水光流瀑一般。

站起后的佩瑶本想用水泼绿萼,见她呆呆地看着自己,立马缩入沐盆说:"别胡扯了好吗? 姐姐求你了……"

绿萼终于安生下来。二人洗罢,又喊来觉慧把屋里收拾干净,月亮已经高高地挂到了月山的上空。

辽阔的覃怀大地,月夜是很美的。月光下绵绵延延的太行山一抹黛色,怀抱着百里怀川。丹河和沁水如两条银丝带,从西向东缓缓飘过。

从群山中冲出的亘古即在的道道鸿沟,给怀川大地划上了条条伤痕。幸好月光很柔弱,比阳光内敛得多,可以把遗憾变成忘却,把丑陋变成模糊,使爱它的人可以用想象把所有的瑕疵和残缺予以修复。

月山的月夜更美,月光比别处清亮许多。有时仅弦月一勾,也总是将光芒倾力释放，尽可能地把太阳能够看到的一切再现和复原，包括细节。

月山太美了，以至上苍无憾。

明月禅房的烛光很快就熄灭了。觉慧披着一片毛毡斜倚在清风轩的过道里。月光下一个瘦小的身影正经过禅院门前，向凤皇台走来。莹莹清辉下不难看出是清了住持。夜深人静时来凤皇台坐禅的只有他。

他像往常一样，面朝空相灵塔，盘上觉慧准备好的蒲团，双手合十闭目端坐。他似乎在期待着什么，也似乎想说些什么，但四周除了满地的月光和树影，什么也没有。清了的身影很快就凝固了，但他的内心波澜迭起：

“师祖在上，徒儿蒙昧……我究竟该如何是好？推来算去，吾辈遁入佛门流年经久，入瀚瀚经卷，耐寂寂长夜，处处事事励求皆空，可万空差一时方晓身难空，时时刻刻以彻身空，可全身近无时才知一念未空。且这一念，尽因冰天雪地里收了这个徒儿——妙聪，从此再难空。为了他，吾一直殚精竭虑，也曾言传身教，因其苦大仇深便给予疏慰，知其天资聪慧便促其自觉，但吾万想不到在他将成一介禅瑛时，反把我自己牵染了红尘，助其有违佛理，弃其又悖慈悲，不自觉地演了一出带徒反被徒惑的故事来。眼下知府衙门的捕快、眼线，成天在月山附近窥探，谁能保课蜜泉的那些秘密不成祸端？毕竟那都是杀戮之器啊！今天若被姑娘们撞上，官府、兵家再一旦获知，何愁这八百年古刹不陷灭门之灾？吾也知徒儿他联盟抗夷暗助革命党是保社稷、佑黎民，但这山寺毕竟是大清帝临幸之地，加之以恶制恶也有违祖制，吾着实是进退两难啊……

“再者，就连那盗墓世家洪家庄园也是亦步亦趋，向我月山越逼越近了。先有妙聪暗藏于洪家，后有洪家女公子绿萼上山，这究竟是咋回事？是为那汉佛？那汉佛可是我月山寺的镇山之宝啊！我真解不透这无垠之玄机！福兮祸兮？万请空相先祖屈尊莅临，指点迷津……万请！万请！万万请啊……”

可是，无论清了怎样祈求，凤皇台依然寂静如死，没有一丝丝的响动。空相大和尚始终未至。寂坐如铸的清了一骨碌退下蒲团，匍匐在地，参问道：“先祖在上，莫非叫徒儿自悟自修？若是这般，徒儿清了也就只能按佛宗为矩，临机而断了……”

突然，不远处传来一阵窸窣声，就像是一丝柔风掠过几根草尖。紧接着他嗅到了一股游丝般的气息，于是缓缓坐起来，低声问道：“回来了？”

“是……师父。”随应声，空相塔影里走出了妙聪。

“无恙吧？”清了开始捻珠。

“是，师父。”妙聪说。

“你先去方丈，我这就过去。”清了说话时身子纹丝未动，也不睁眼，只是继续拨弄手里的念珠。速度缓慢而均匀。妙聪走后，俄顷清了又问：“睡着了？”“没有，长老。”清风轩的阴影里又走出觉慧。

“嗯……好，真瞌睡就打个盹儿，但要机灵点。”

“嗯，徒儿明白。”

清了没再多说，一倾身下了蒲团，离开了凤皇台。觉慧把蒲团收起来放入清风轩，然后又回到门口，直挺挺地伫立在月下清风轩的阴影里。

突然，凤鸣山传出了几声驴叫，激越而昂扬，在山谷里回响了片刻，而后渐渐消隐。清了知道，这是妙聪在瞭望楼一侧的驴棚伺候驴长老。那厮好久不见妙聪了，当下一见太高兴。

十

瞭望楼是为保护寺院安全所建，底座方正，坐东朝西，梯形伫立，高达四丈有余。驴棚是间矸棚，就搭在瞭望楼与山崖间的夹缝里。

月山的牲畜车轿，一般都在山门外的下院，唯有“驴长老”住禅院内。

夜已很深，矸棚内墙上的马灯亮着悠悠黄光。刚从凤皇台下来的妙聪往料槽里添了些秸草和杂粮，搅拌几下后又绕到槽后抚拍了几下驴的脖颈和臀股。驴儿叫唤一阵，忽闪着眼睛看了妙聪一会儿，咀嚼几口又停下，拱了拱他的手臂。

妙聪熄灭了马灯，来到方丈。清了已坐在进门左侧的谈桌旁等他。妙聪十分清楚，清了有话要说、要问。师徒二人，每每言及重要事项，清了总是以棋手谈。

谈桌后边是一柱落地蜡台，一人高的样子，上端托着一个小小的圆盘，盘中央卧着一只红色的蜡果。蜡果不同于蜡烛，芯捻是用手指粗细的荆条褪皮晒干，然后裹粘棉絮而成，好处是一旦点燃从不倒芯，更不哭蜡，且灯头硕大，能把方丈居什用物，照得明明白白。但也有无奈处，唯灯下谈桌黑。所以又加了盏矮脚石雕荷叶灯于谈桌，荷叶半卷的边沿上趴着一根软线，挑着灯花，把一方棋盘照得经纬分明。

妙聪站着叩首合十，恭恭敬敬地道了声阿弥陀佛，说："师父，徒弟让係担心了……"

"但凡摊上，便是佛命，不必自责。"清了淡淡地说。

"身体可好？"妙聪问。

"还好。"清了掀开竹棋篓盖子，拈出一白子说，"深夜回寺，想必你有事，坐下说吧。"

妙聪入座打开棋篓，手执一黑，点三三掷于盘："师父请。"

"前几日章九酬、冯大人来了。"清了说罢，落白子一枚。

"听说了，我在洪家见了觉慧。"黑落。

"还来个小公子，甚了不得，百悟图不仅释得，连你那副联儿和空相先祖几句箴言都点到了，我真想度了他……"白落。

"那可不容易。"黑落。

"是。更何况先祖有诫，但凡玄物，法禁他用。"白落。

"哦？师父说他是玄物？"黑悬。

"嗯。那天他们正要下山离去，我是真的舍不得那孩子，不防晴朗朗的天突然四方来云，炸雷凌空，眨眼工夫就大雨倾盆，把整个山寺从头到脚全盥洗了一遍，可偏偏把山门留白，滴雨未见！你说怪不怪？那孩子若不是玄物，怎么会有那样的怪异？先祖说法禁他用，若套到那孩儿身上，还不是另有用场？老衲我寻思着，来日他必堪大用。你说呢？"白子一直悬着，到此终于落下。

"嗯……"黑跟着落下。

"该回寺了？"白稍悬即落。

"三日后仍须出去几日，很快就回来。"黑落。

“那就好。”白落。

“银两已齐备，两三日可随课蜜泉藏物运走。”黑落。

“眼下最当紧的还是红黄界？”白落。

“这个虽当紧，但英人不会占得便宜。”黑落。

“要谨慎，有一件事……”白悬而不落。

“请师父指教。”黑也悬着。

“洪家小姐差点闯了课蜜泉……”白落。

“我知道了。”黑落。

“既然知道，老衲就还得唠叨几句。洪家可是个盗墓世家，各代长老传嘱，他们盯着山寺算起来已有二百多年，老当家洪戢和儿子洪小囡，可都是难缠的主儿，豢养的那帮武丁，更不是吃素的。”清了说完，白落。

“师父放心。其实到了洪戢老爷手里，洪家已金盆洗手，他们现在的主要心思，是扭转家风，教化后人，孙儿们也确实大都在国外读书、做事。此次南方起事，洪老爷还慷慨解囊，出资不菲，孙中山先生十分敬重他。”妙聪讲完，黑落。

“我只关心汉佛。以后无虞了？”白落。

“没那么简单，洪家过去门徒众多，支脉繁杂，怕是管得了自家却管不得旁人……东方不暗西方暗，残渣余孽犹有未绝，所以还需提防着……”黑落。

“看来你心里有数，那我就安心了。”白落。

“师父，为徒还有一事相求。”黑落。

“嗯？”白落。

“到时候，你可告诉她俩，翁公子来过……”黑悬。

“哦……催她们离开月山？”白悬。

“是。”黑仍悬。

“何时？”白仍悬。

“四日可。”黑仍悬。

“也就是说……于你走后？”白仍悬。

“是。”妙聪说过，黑白子同时落盘。

清了又审了审弈局未半的残棋说:“还好,你纵横捭阖,章法有度,可看出你心静如水,老衲我暂可安心了。”

“谢师父……”妙聪站起揖后,开始收棋。

“咋收了?”清了问。

“师父该歇息了。”妙聪回。

“你看何时了。”清了挑起山羊胡朝窗户一指。妙聪看天已破晓,正要离去,清了又喊住了他,“等一下。”妙聪回过头时,清了反倒犹豫了,少顷才说:“佩瑶的底细你可清楚?你要招呼好了,以防节外生枝。”

“她是同知章九酬的外室,是洪家为我专门请来的,只不过她自己不知而已,我自会妥善处理,倒是章九酬迟早会知道我这几天在寺里……所以,师父一定要想好了托词。”妙聪说着,拐回到谈桌旁吹灭了蜡果和荷叶灯。

清了轻轻点点头说:“我心里有数,朝廷是密牒通缉,窗户纸又没捅破,就连章同知也没说你是乱党不是?我自信能够予以应对,你操好你自己的心,就算替老衲操好了山寺的心,阿弥陀佛……”

“嗯……我又扰了师父的清净了……”

“希望你也能早些清净下来……”

“知道了,师父。”妙聪最后说。

妙聪出方丈时,天已大亮。他洗漱一番又吃过早斋,沿着禅院西侧的厢廊拾级而上,绕过大雄宝殿,踏着之字形对开的阶梯,来到大士阁前,临堰而立,先扫了一眼山外的广袤原野和连绵竹海,然后由远及近,把目光一层层收拢回来,将整个禅院尽收眼底。

清晨的禅院很宁静。凤皇台传出了一阵说笑声。妙聪寻声望去,见一红一绿两个身影在腾挪跳动,便知是绿萼和佩瑶。几乎是同时,凤皇台上的佩瑶跟绿萼也看到了站在大士阁前堰边沿的妙聪。

“这是谁?咋像他?”佩瑶心里嘀咕。

“姐,你看那和尚,多像姐夫!”绿萼上前挽住佩瑶的胳膊说。“你胡说啥啊,怎么叫姐夫?再说了,人家是出家人,更不能这么口无遮拦!”佩瑶说。

“像,真像!你看他那身段、体姿还有气概!”绿萼出神地仰望着,忽而又转过脸说,“他太像姐夫了!”佩瑶听她依旧信口不拘,于是又说:“好妹妹,我求你了,别姐夫姐夫的好不? 这里叫惯了回沁阳难免失口,到了那时,还不把姐姐窝囊死?”绿萼听了此话,更是不忿:“失口就失口,好叫你那同知哥哥及早把你明媒正娶,岂不更好? 免得这番做贼一般喊声姐夫还得捏嗓子。”尽管这率真泼辣的话语有些隔皮儿估瓤的味道,但还是说到了佩瑶的心窝里。

“你啊……呵呵……”佩瑶听得惊心,闻得震耳,但心里并不排斥,甚至越发喜欢绿萼,喜欢她充满阳光的心域,喜欢她冰雪般的聪明。

“快,别闹了,那人朝这边来了。”佩瑶说。

“哎呀,坏事,咋会是他?”绿萼边说边往佩瑶身后躲。

“谁?”佩瑶问。

绿萼欲言又止,并不回话,只定定神,装出了啥也没发生的样儿。

“是绿萼姑娘吧?”妙聪远远招呼。

“没承想是恁,老远见你在大士阁呢!”绿萼微笑着说。

“这位是……”妙聪问。

“是我沁阳念书的同窗姐姐,佩瑶。”绿萼说。

“师父好。”佩瑶边打招呼边乘机把妙聪上下打量了一番,觉得还真的跟绿萼所述一样,除了面容跟章九酬有别以外,无论是个头、胖瘦,还是气概,确实相像,也是个看一眼就感觉可依靠的汉子。

妙聪合十说:“佩瑶姑娘你好,贫僧妙聪,阿弥陀佛。”妙聪? 佩瑶马上想起了明月禅房那副对联,不禁分心,话也就乱了伦次:“昨天就曾看、听……听说过师父。”

“哦?”妙聪略显疑惑。

“是。”佩瑶马上道了个万福,转而言道,“昨天就听说师父是诗词楹联的行家,还望小女子有需时师父不吝赐教。”

“姑娘言重,折煞愚僧了,此地僻静,孤闭山内,比不得姑娘见多识广,该愚僧讨教姑娘们才是。”妙聪道。

正值此时,觉慧走上前来,合十说:“师父,早斋已备好,长老请女施主去用斋。”

“好，你先去。”妙聪应罢觉慧，又对佩瑶和绿萼说：“有请两位姑娘。”二人同声应道：“师父请。”

在凤皇台去往客堂的路上，妙聪在前两人跟后，还说起了悄悄话——

“哎妹妹，你怎的认识他？”

“前些时在我家见过他，还直直地盯着我看，看得我浑身不自在。我还想，咋这样不安分！”

“你也太决断了些！”

“你别说，那天羞得我顾不得看他，可今天见了，还真是一表人才，咋偏偏做了和尚？”

佩瑶听绿萼如此说，咯咯一笑，马上又止住，悄悄说：“你啊，真舍得胡说，还说人家不安分呢！”绿萼把嘴儿往佩瑶耳朵上凑凑说：“你哪儿的话！没看他年龄？叫爹都成！姐，说实话，我老有一种似曾相识的感觉……”

“嗯？”佩瑶盯着绿萼。

“真的……”绿萼看着佩瑶的眼睛点了下头。

下了凤皇台，三人一起穿过山门广场时，云梯口突然闪出一头驴来，背上驮着一条鼓鼓囊囊的褡裢。妙聪上前抚住驴脖，从侧兜里取出一只杏黄色的荷包装入怀中。

“咋就它独个儿啊？”佩瑶问。

“嗯……”妙聪刚要开口，话茬就被绿萼接了过去，“它去山下采买，向来都是独自！它还有个大名鼎鼎的雅号呢！”

“哦？是……”佩瑶问。

“驴长老。”绿萼说罢，佩瑶忍不住笑了，“驴咋会成了长老？”后又敛住笑，先看看妙聪，又看看毛驴，继而往北看了看月山寺那一派辉煌，心里暗道：这妙聪，这驴儿，还有这月山，还真是个有故事的地方……

十一

佩瑶在绿萼陪伴下，徜徉于月山的林姿峰韵，可谓不亦乐乎。沁阳的章九酬此刻却深陷困局。佩瑶诡异失踪,王书宁被绑票,转眼间已到了五天头上。

冯冠彰从清化两次捎信来,说刘子彦迟迟没有到位,这使妙聪的气息越来越淡,章九酬身在沁阳城,心却两头跑。

短暂的五天时间,妙聪将十万两白银和武器弹药,成功地运出了怀川,后转到汉口的革命党人黎青云手里。同时,由于英商福公司非法扩域内的四号井开始出煤,使他费尽周章促成的地方煤业与英商福公司的"暂持现状,待旨以决"合约,成了一纸空文。

消息传开,整个怀川的民族企业、商业以及士绅百姓,无不义愤填膺。全国第一大报《申报》很快就刊出了这一消息。清廷为推诿责任,遂发布讯文,并照会英国政府,要求其对在华企业严加管束。同时,还颁牒下达河南巡抚衙门,斥责其御夷不力,并知会怀庆府。这使得怀庆知府廉惜芝立马乱了阵脚,急得如热锅上的蚂蚁,一大早就来找章九酬。

廉惜芝五十岁左右,个头不高,赤红脸膛,浓眉圆眼,长着一张大而方的嘴巴,貌似很忠厚。他一进门就吆喝:"这如何是好?这如何是好?"然后在茶几旁落座。

章九酬心事重重地坐在公案之前,并不回话,甚至连屁股也没抬。不远处窗桌上的卧钟,发出嘀嗒嘀嗒的响声。廉惜芝看了章九酬一眼,欲说还休,接着拿出汗巾擦了把额鬓,自稳其躁后说:"章大人,冒昧了,情况既如此,该如何是好啊?"

章九酬缄默不语。按说,廉惜芝是孔雀着身蓝宝石顶戴的一域重臣,今又是屈尊下访,而章九酬只不过是其副职,且是以主待宾,怎么说也该按官场礼数,但他摆出个怠惰不屑的模样,着实叫廉惜芝脸上挂不住。正值此时,恰好一个有眼色的手下呈茶上来,边倒茶边与廉惜芝寒暄:"大人请用茶,请用茶。"尴尬的气氛才稍有缓解。

廉惜芝端起茶碗,吁了几声,刚呷了一口,章九酬突然开了口:"这还不是你要银子要出的功德?"廉惜芝噗的一声,把刚入口的茶唾回了碗里,然后把茶碗往茶几上一放,火烧眉毛似的叫唤起来:"哎九酬老弟!那银子我可没私纳一两啊!"说罢便端起茶碗,把刚吐的茶重新喝到了嘴里,但马上又吐了出来,使劲呸道,“真晦气! 你这是要呛死我啊?!”

章九酬看看廉惜芝,停了片刻才说:“我倒听说了,你在焦作勘审英商扩展地案时,说了一句先拿银子什么都好说,结果叫人家钻了空子,这边给府衙送来区区万两,那边就打桩开界,结果呢……银子你也不敢多捞,英人倒占了咱二百八十亩地……”章九酬话说半截,就被廉惜芝急急挡住:“别、别别! 啥叫不敢捞? 是我压根就不会捞!”

廉惜芝遭蛇咬般叫唤起来。章九酬考虑他毕竟是顶头上司,遂将话头往缓处引了引:“大人啊,在下绝不是有意使你难堪,我随你又不是一两日,难道还不知大人? 怕的是英人不识相,再弄些丑样不可收拾,上边一旦追究,即便是如大人所说,不照样满城风雨? 甭说别的,就是给你来个事出有因、查无实据,还不一样毁了大人的清誉?”

“哎呀老弟! 知我者印哲也! 哎,对了,老弟的红颜知己佩瑶姑娘找到了吗?”廉惜芝话锋突转。

“这老狐狸!”章九酬在心里骂道。他十分清楚廉惜芝是暗示他私养外室同样为官律所不允,于是马上用话堵上:“大人在上,切莫以讹传讹,玷污了翁宴辞老前辈名声。再说了,红颜也好,知己也罢,她和王书宁首先是大清子民,余身为同知,分管捕盗是职责所系,要是大人觉得在下经手此事不妥,就由大人亲管或另派最好不过……”

“哟哟哟,说岔了不是? 老弟虽是文官,从通判做到同知,在刑捕缉盗上屡屡建功,我……”廉惜芝话说一半。

章九酬打断他:“我以为,眼下这都是些鸡毛蒜皮,既然发生就不能不管,但咱们最当紧的,还是革命党和外夷滋事,我倒真希望惜芝兄与在下共谋对策,既抚皇忧又制夷奉法,以图长治久安。”

“哎呀! 我的同知大人,你这话我待见听,你说、你说,我听你的!”廉惜芝说道。

“嗯……”章九酬轻声应过,遂缓缓挪出公案,踱着步子想心思:“他虽然没有敢动那明面上的一万两银子,但私下怕是已经和英国人有了瓜连。既然现在朝廷不知,省里也无问,我就是来个暗中彻查,弄清楚子午卯酉,也得三五月或半年。眼下头绪多而要务急,还莫如暂缓时日,谋个同路,先按下革命党怀川谋事和眼下的反夷民怨，才是正理……”

想到此，他停下脚步，看了眼巴巴的廉惜芝一眼，然后坐下对他说：“万事安为先，首先召集河内、修武两县以及沁阳、清化、李封、焦作等地华煤公司、窑厂和名望士绅、乡镇村甲，申明我奉旨抗夷之决心，以缓时局；再就是安内攘外并举，立刻派修武戍县兵役，到焦作摆开封井架势，逼夷会谈，履行合约；再再之就是，不怕明虎就怕暗蛇，要精选密探、捕快，布网于清化、焦作一带，缉查乱党，尤其不要忘了月山，即便捉逮不着，也要造出个老大的气势，以钝其锐……”

章九酬正侃侃而谈，廉惜芝突然一拍大腿，“太好了！”

“莫急，还有最后一条，也是最要命的一条。”章九酬边说边走到廉惜芝跟前，端起他的茶碗涮涮倒掉重新斟上递给他，“以上所述，不仅要做，且还要说，还要赶紧说。不仅要对省里说，还要对朝廷说。不然非但交不了差，到了摘顶戴、交发配的时候，怕是连个说辞也没有。就是不忌讳乡亲父老的唾骂，也不能毁了日后见祖宗的脸，否则可就真真地成了一个屈死鬼！”

廉惜芝端起茶碗喝了一口说：“是是是，我这就着人起草文函派快马呈报！”

“不不不，太慢了！发省可行，但京都太晚了！清化至道口的铁路正试运行，电报事务员都是华人，可联系商务电报，转呈总理衙门，但要使些银两，以免旁泄。如果此路走不通，三月初八京汉铁路已经通车，可以走道清铁路转京汉铁路，虽莫如电报快，也要比马强得多。”章九酬说。

“好好好，就这样！老弟真是腹有乾坤，运筹帷幄啊！”廉惜芝兴冲冲地说，来时的焦急与狂躁，全无了踪影。

章九酬坐到了廉惜芝对面，端起茶碗连唇都未碰就又放下，出神地看着窗桌上的座钟，眉毛突然拧成了一疙瘩。

廉惜芝不禁心悸：“九酬老弟，咋了？”

窗桌上那座卧钟，嘀嗒声越来越响。突然，章九酬抡起拳头，一下砸到茶几上，震得壶碗乱跳，咣当作响。

原来，他是想起了佩瑶和王书宁的事，肠子顿时悔青：章九酬啊章九酬！怎么只考虑佩瑶的失踪和王书宁被绑票是一蔓两瓜，而没识破这是革命党在调虎离山？一伎之屏竟成山岳之障，把你牢牢困在沁阳城，好让你顾不得那妙聪！

想到这里，章九酬大声喝道："来人啊！即调二十四快马，备齐军械，随我到月山！"廉惜芝见章九酬突然发飙，吓了一大跳，眼珠子都差点掉出来。

不难想象，章九酬一旦兵发月山，见了佩瑶，几天来的混沌与蹊跷一定会水落石出。但不凑巧，在月山玩得正开心的佩瑶和绿萼，却由于一个偶发事情，要马上离开月山回沁阳，甚至一刻也不愿多待。

十二

这天一大早，妙聪离开了月山。吃罢早斋，佩瑶跟绿萼一起去看当阳峰后观景亭旁的乾隆御诗碑。碑上刻着乾隆帝在月山吟的一首诗：金山行影几千秋，方锁高峰水自流。美景一时观不尽，天缘有份再来游。

"呵呵，这便是那才子皇帝的诗吗？"绿萼念完说道，"他整整一首也不及姐姐一句呢！"

"你这大嘴巴可真敢说，我可承受不得！"佩瑶说。

"也太平常了。"绿萼说。

"呵呵！"佩瑶笑了笑说，"这你就不懂了不是？这首诗要放到常人手里，兴许就挨上了你说的平常，但放到皇帝那儿，可就有了琢磨头儿。"

"咋了？原本不好因为是他的就成了金莼玉粒？姐姐该不是拍马屁吧？"绿萼说。

"看你说的，我啥时候说它好了？是说有琢磨头！你想想，做个皇帝大老远地跑来，能写出这悠闲而安静的句子来，还不是心无杂虑、国泰民安？诗面虽说有些简白，但看着明白，读着上口，指不定他是告诉老百姓，月山是个好地方，还没走就又想来了呢！"绿萼听了，也不回话，只是莞尔一笑。

"咋了你？"佩瑶问。

"我真不明白是姐姐讲的理儿好，还是姐姐的嘴儿巧，难怪我姐夫他……"绿萼话说一半佩瑶就截住了她："难怪他喜欢我对不对？哼！说也怪了，正说那早已作古的皇帝，不说妙聪，也不说王书宁，咋就偏偏扯上他？明摆着一桌子的佳肴，你咋就老惦着我夹在筷头的菜？”

“你！”绿萼一字出口，脸涨得通红，抬手就要不依佩瑶，佩瑶不但不躲，反而把脸凑上前去：“又想欺负姐姐？给给给！”一下弄绿萼个冷不防，转而又突然搂住她说，“好妹妹，就这吧，叫姐姐占你一回便宜。老是欺负姐姐，你就真个不心疼？”说完便咯咯咯地笑了。尽管如此，绿萼还是不拉倒，遂佯出狠狠的样子拧了她一把。

二人边说边下山去客堂用斋，在方丈门口遇到了清了。

“姑娘早。”

“长老早。”

本来招呼打过要各走各的，可偏偏那绿萼好事，侧身往方丈门里瞅了瞅，清了随之礼让：“姑娘若不嫌弃，可寒寮小坐。”这样一来，二人就不得不进屋了。

一进门，佩瑶首先就盯上了那幅百悟图中堂。清了见状，眉梢一悦，出口言道：“看到翁姑娘，我便想起前些时随章大人来过一个翁公子……”

“你说章九酬吗？翁公子？十二三岁模样？”佩瑶一句三连问，并不自觉一把挽住了绿萼的手，看着清了等回话。清了悦然地说：“是啊！”然后又试问：“莫非……”

“他是小女子的家弟。”佩瑶恭敬回答后说，“弟弟来了，我得赶快回沁阳，就此跟长老别过。”

“哦，原来是这样！那老衲就不劝留姑娘们了。几天来，寒寺舍陋斋薄，再怎么尽心也难免疏漏。万一委屈了姑娘们，还望多多体谅。阿弥陀佛……”清了合十俯首说道。

“长老可不敢这么说，连日来前辈悉心关照，何来委屈？倒是俺不少给寺里添麻烦，该好好谢谢师父们和长老恁呢！”佩瑶说罢，还道了万福。

“好、好、好，那这谢意我就照单全收了！不过……”清了笑着说着，突然一嗔脸转了话头，“光嘴上谢谢就中？好歹也得练练手吧？这样才显郑重，才是真的对寺僧和老衲的褒奖！”

佩瑶错愕了，绿萼干脆脱口而出：“练啥？”清了说：“筷子。”

"什么?"

"吃斋的筷子。"

绿萼马上咯咯笑了,佩瑶同样也被清了的幽默逗笑。二人不得不安下心来,用过午斋,才离开月山。

清了按妙聪嘱咐,刚把佩瑶打发走,章九酬就带兵上了山。三路兵马,两路经由凤鸣山和虎啸山,一路由他亲率,直插山门。他还下令:凡高低胖瘦形同我者,即拿无误!

章九酬攀上云梯,来到禅院门前,刚巧清了从凤皇台走下:"同知大人!老衲有失远迎,有失远迎!"

"不必客气,妙聪呢?"章九酬直截了当。

"妙聪今天一早走的,寻他有事?"清了回过又问。

"明月禅房有客人?"章九酬又问。

"是,是洪家庄园绿萼小姐,还有个女伴佩瑶姑娘,她们刚刚下山。"清了神情坦然。

"嗯?"章九酬这时才知佩瑶原来被窝藏在月山,脸色马上愠阴下来,憋着气不说一句话,便上了凤皇台,把明月禅房里里外外看了个仔细。

"同知大人似有要务在身,如需寒寺和老衲协助,请大人随时差遣……"清了紧跟章九酬一侧。

"要务不敢,无非是些俗事,已经十分打扰。这月山禅院乃御封之所,你我虽佛俗有别,但都该将惜这佛界之净地,万一当悟未悟,该戒不戒,败了自己的德行,伤了菩提,那就要万劫不复了,望长老念及旧好,成全在下才是。"章九酬一番话,绵里藏针锋芒未见,但里外深浅都点到了。

清了听了,马上合十说:"阿弥陀佛,大人说得极是,也只有大人在这多事之秋,能采中庸而顺时势,替贫僧指点迷津,佑我寒寺,我代众僧谢过大人……"

"那就好,今天咱们算是把话说明白了,再有差池也算事先尽了礼数,俗家告辞。"章九酬说罢命令左右,"走,下山!"

"大人用些茶再走吧……"清了说。

章九酬头不回口不语,带着人马下了凤皇台。

清了见章九酬嚼着狠话还带冷脸打人，便不再赘言，念了一句阿弥陀佛，把章九酬一行送到了云梯口。

月山之行，章九酬空手而归，加上饥肠辘辘，使他攒了一肚子的火，一路促马加鞭，把憋着的气全撒给了马屁股。

章九酬回到沁阳时，天已全黑。他没进府衙，也不回家，而是先拿些银子让奔劳一天的随员们去喂嘴巴，自己径直去了折桂私塾。

贺墨汀见他就问："佩瑶有音讯了？"

章九酬很意外："她还没回来？"

贺墨汀轻轻点了点头。章九酬看佩瑶没有回来，遂把月山的情形又仔细想了一遍，猜佩瑶和绿萼可能先去洪家，然后才会回沁阳。在他看来，清了向佛、妙聪于世、自己奉朝，三人各为其主，才把俗世争端和佛界向背搅和到了一起。君子交手，旧情难泯，心到九分还要想了又想，下手一寸也要一迟再迟，想来佩瑶不会有安危之虞。于是说道："没事，估摸佩瑶快回来了。"谁知话音刚落，就听外边有人喊："回来了！回来了！"章九酬下意识刚想站起，人就进了屋。但他没想到，进门的是王书宁。他二十五六岁的样子，面色白净，除了身子略显单薄，还算是一个标致男儿。

贺老夫人扭捏着小脚闻讯进屋："可回来了！可回来了！"章九酬忙迎上前扶师母坐下，然后问王书宁，"你咋回来了？"弄得王书宁不知如何说好。章九酬忙解释说："哦……我是说，你咋回来的？"

"我逃回来的。"王书宁回答。

"赶快回家说一声啊！"贺墨汀说。

"我已经回过家了。"接着，王书宁把佩瑶去月山前叫他捎信、如何被人劫持到神农山二仙庙，又如何趁绑匪喝醉挣脱绳索逃回来等，说了一遍。

贺老夫人心疼地说："受苦了，受苦了……"

王书宁说："苦倒没受啥，他们说我值钱，一直好吃好喝待我。就是我自己吃不进也睡不好，生怕家里担心。"师母正抚慰着王书宁，忽听门外又喊道："回来了！佩瑶小姐也回来了！"

佩瑶一进屋就笑吟吟地说："师父、师母好……"然后向贺老夫人走去。老夫人一把拉住她就哭了："我的闺女，把人急死了……"佩瑶不禁愕然：

"咋了这是?"众人你一言我一语,佩瑶这才知道了自己逍遥月山的五天,竟是折桂私塾和章九酬度日如年的五天。

贺老夫人正嘘寒问暖,章九酬却魂走神移:"二人同时失踪是为调虎离山,以保妙聪的安全,这已毫无悬念。可他为何又公然现身月山?难道月山是他的必回之地?"他由此突然想起了革命党的那批枪支弹药,遂失口骂道:"秃驴好手段!"

一屋人吃惊地看着章九酬,只见他蔫怏怏地从椅子上强撑着站起来,对贺墨门和夫人说:"老师、师母,晚辈先告辞了,你们说话……"

贺夫人见他连看都不看一眼佩瑶就走,于是问他:"咋了?不陪佩瑶说说话啊?"章九酬仅看了看老夫人。佩瑶赶紧打了圆场,说:"几天劳累,早点歇息吧……再说,都为我操心,也该回家看看了……"

章九酬躲开佩瑶的眼睛,仅嗯了一声便离去。贺夫人吩咐做了碗酸汤面叶,佩瑶心不在焉地抿了三两口,也离了去。

佩瑶回到属于自己和章九酬的后小院时,女佣王嫂正好从院子走出:"小姐,我刚收拾了一遍,已点上灯,等我去打水过来你好洗洗。"

"劳烦王嫂了。"佩瑶应罢就进了院子。屋子窗棂格亮着。月光洒满了小院。佩瑶进屋后,看了看室内的摆设,心里一片空荡。

灯光是条几上戴玻璃罩的煤油灯发出来的,灯苗很小,佩瑶上前拧了拧,看着灯苗一点点长高,室内缓缓亮了起来。王嫂端水进来,见佩瑶趴在桌上看灯苗,于是说:"我怕你待会儿才回来,就把灯头拧小了。"

"还是王嫂周到。"佩瑶一侧身子赶紧说。

"来小姐,你怕是累了,我伺候你洗吧。"王嫂说。

"不用,你辛劳一天了,我自己来。"佩瑶说。

"谢谢,姑娘待下人总是这么好。"王嫂说过便离去。佩瑶洗过正要闩门,王嫂声音忽又传来:"哟,章大人!等我再弄些水来,你也洗洗。"佩瑶明白王嫂是喊给自己听,遂心儿一暖,捋了捋刘海刚站起来,章九酬就进了屋。

二人稍微对视,便紧紧黏住。后佩瑶轻轻挣脱章九酬的怀抱,朝窗外喊:"王嫂好了没有?"

"来了来了……"声音由远至近。王嫂进屋,把水盆搁下,然后轻轻带上了门。

佩瑶伺候章九酬洗了，又把煤油灯从条几上挪到靠近床铺的细高条灯桌上，一同入榻帐中。

橘黄色的灯光透过纱帐，化成了缠绵的氤氲，开始在榻帐狭小的空间里弥漫。

“哥，没到家看看？心疼俺才回来是吗？都是我不好，惹你操心了……”佩瑶的语调体贴而妩媚。

章九酬对佩瑶如饥似渴，顾不得回话，急切地先替佩瑶又替自己褪去了小衣。

略微的粗鲁，催醒了佩瑶的心。她将丰满的前胸贴上了他硬朗的胸膛，说：“抱紧，哥……”

章九酬紧紧地箍住佩瑶，说：“拿住我。”

佩瑶喊了一声“哥……”后又轻吁一声，把脸背朝他。

章九酬一手抚着她脖颈，一手从她腋下伸过，将两乳爱来惜去。佩瑶开始哥哥哥地喊着，吟声不绝，香汗淋淋，并痴迷着呢喃起来：“求你，我的好人……”“嗯，依你……”章九酬语音柔弱，但躯体强劲。

“哥，别心疼……”

“瑶……”

“想死你了……我不去月山就好了……”

“咳……”章九酬突然停下身子，一把推开佩瑶，然后翻身坐起，叹息道，“我不中了……”佩瑶也随之起身，与他并肩坐着问：“咋了？”

章九酬狠狠骂道：“妙聪啊妙聪，你这秃驴！”并懊恼地举起双拳，朝自己双鬓狠狠夹击了一下：啪！佩瑶恍然意识到是自己提及月山分了章九酬的心，于是愧疚地喊了声“哥”，一头拱入他的怀里，说，“都怪我不好，都怪我不好……”眼角，还闪出点点晶莹。

五天来的风云跌宕，看似有了一个结局，但余波久久难平，它不仅搅黄了章九酬跟佩瑶的合欢梦，同时也使远离尘世的月山彻夜难眠。

夜已很深，月山寺的方丈仍亮着灯。

清了独坐蒲团之上，手持念珠，一粒粒缓缓拨捻着。章九酬临走时的一席话，如撂下了一根绵里针，一直扎着清了的心。一连数日，他茶饭不思，身不着榻，精神恍颓。直到第四天傍晚，妙聪回到月山，他才勉强打起精神。

"师父才几日，怎么这般无神？"

"无妨。"清了简单回过，开门见山，"佛祖慈悲……此次巧藏佩瑶，调虎离山，手段是不是过于阴巧？章九酬可是个可戮不可辱的士子，其仕途正顺，心智也高，受如此挫败，怕是要跟山寺系上个死结……"

妙聪说："我想到了，此次瞒天过海，用他红颜知己做押，实属无奈。悟则睿，睿则明，他若真的忧国忧民，有朝一日定会想通。这个小芥蒂，不该成虞。"

"听你话音，你似乎对他另有所期？"清了问。

"师父明鉴，不过现在还不到火候。"妙聪道。

"哦……还真指望？"清了又问。

妙聪回道："嗯，他的恩师翁宴辞，翁公子的父亲，也是佩瑶的叔叔，在朝廷领太子太保，一品加大学士衔，是个胸怀坦荡的开明大儒，有说连康有为、梁启超二人对他也十分敬重。他也受康、梁二人的影响。戊戌变法失败后，二人出逃，翁宴辞曾暗中给予资助。南方领袖对他一向抱有厚望并暗有接洽，估计他日后会顺应潮流，鼎力南方。至于章九酬，他和我们毕竟仅是皮囊有别而秉性无异，暂居佛槛内外而已。在翁宴辞影响下，他弃暗投明我看是迟早的事。"

"怪不得！"清了说。

"嗯……"妙聪应道。

"章九酬了不得，翁公子就更有来头……还有那佩瑶，虽和翁公子皆为妇幼，但都是人精。不过也好，这样一来我反倒可以放心了。月山无虞就好。你司法有度，如能使我月山的老友九酬开悟，那便是我怀川天大的幸事！阿弥陀佛……"

清了说完，眉心即刻舒展，红润也悄悄爬上了面颊，心里郁结了几日的焦虑，顿时稀释了不少。

妙聪看了眼清了，点头念道："阿弥陀佛……"

十三

“姐姐！姐姐！”

翁灏元一大早就随绿莩来到了折桂私塾,一进东南角的后小院就喊。绿莩已经到沁阳两天了,是想暗里窥窥动向,也顺便慰慰佩瑶。

折桂私塾,是贺墨汀的宅院和所办私学的总称,是一个典型的怀川风格的四合一跨的两进院落,位处沁阳城天主教堂西侧斜对面。

院子门开西北。进了大门,左行两丈有余是二门,二门内便是贺墨汀居住的主院。二门外往东有一小门,门口挂有凹刻的匾牌,上写:折桂私塾。里边洞天深邃,房子全部带廊。佩瑶、章九酬的小后院,与私塾仅一墙之隔,非常隐蔽。去后小院,须经贺墨汀主院客位廊前东行入内。后小院只有四间东屋,带廊。院南墙很矮,中间一孔月亮门,直通后花园。墙外翠竹竿竿,枝叶婆娑,把小院衬托得既灵秀又清朗。

绿莩领着翁灏元,推开虚掩着的东屋门,往室内扫了一眼,然后回头问:“姐姐不在,一会儿再来还是等着?”翁灏元说等着吧,开始打量屋子。

室内陈设很简单,迎门摆了一张方桌,后连条几,左右摆着两把椅子,墙上挂着一幅墨竹中堂,两边联曰:绿雨梳荷嫩,碧池映月明。落款:印哲沐手。

左边的卧室与中室的分界是一个镂空屏风,屏风后里端是一张带顶木床,内挂纱帐,床头靠窗是灯桌。中室靠右是个透空书架,上边摆放着《诗经》《尚书》《晏子春秋》《西京杂记》《诗品》《文心雕龙》等。书架后边摆着一张小小的鼓形圆桌。桌旁配有两墩鼓凳。桌上放着木制围棋盘和两只青花瓷棋子罐儿。靠窗放着的书桌上墨盒未盖,狼毫斜卧,旁铺一笺白纸,上录的是佩瑶在月山吟的两首七绝和明月禅房的玄联。翁公子拈起正要细品,佩瑶和章九酬进了门。

“灏弟弟!”佩瑶红着眼睛喊。

“姐姐!”翁公子刚转过身,佩瑶就一把搂住了他,滚着泪说:“姐姐好想你……叔父婶娘可好?”

“嗯,父亲说迟些日子就要来看你呢!”翁公子边替佩瑶拭泪边说。佩瑶高兴地回头问章九酬:“真的?”章九酬说:“真的。恩师将奉旨督察京汉铁路,也顺便巡视道清铁路,还要游游月山。”

“听萼姐姐说前几日你在月山?”翁灏元问佩瑶。

“是啊……”佩瑶说着看了章九酬一眼,发现他正暗里看着绿萼。

“快别提了,都是我让姐姐去了月山,惹得这一串串的祸事……”绿萼说。

“这怎么能怪你?”佩瑶说罢问章九酬,“你说对吧?”章九酬即刻回道:“是的。事情已经过去,你姐姐这不好好的? 不要放在心上。”

佩瑶甜甜一笑,马上对绿萼说:“来,快坐下说话。”

几人刚刚坐下,翁灏元便指着诗笺问:“这联儿,姐姐没配批吗?”佩瑶用细细的葱指拈起诗笺说:“这联可不是我的,来灏弟弟,你细看看。”

翁公子接过诗笺念道:女卧莲蓬容颜少,言箴铭寺;耳听钵磬诵语恩,音姣照匀。

“意思不难明白,是讲观音于月下教戒门徒,对吗姐姐?”翁灏元问。

“弟弟甚聪,可是,那为何是月下而非日下?”佩瑶问。

“有照而非日即月,是因此匀非彼匀而主弱,既弱必是主阴,故而是月。”翁灏元道。

“还有呢?”佩瑶问。

“不知道,姐姐说给我。”翁灏元说着,还侧过脸看了看佩瑶。佩瑶笑着说:“这是拆字合部联……”翁灏元脱口而出:“妙聪(聰)诗(詩)韵! 好机巧的联对! 驴长老……妙聪?”

“呵! 还真是机巧得很呢! 我现在才明白,你在明月禅房发呆竟是为它! 那和尚还真了得!”绿萼一旁叹赞。佩瑶笑看一眼绿萼,问翁灏元:“除了你猜出妙聪,还有吗?”

“应该有横批的……”翁灏元说。

“这可没有,此联就写在一幅中堂上,本无横批。”佩瑶说罢,马上又亲昵地问,“要不,灏弟弟配一个?”

“不要配了，此联早有横批，且比联更机巧，悄藏暗隐，颇有意趣。”章九酬截住佩瑶说。

“是吗？”佩瑶惊愕地问，“在哪儿？”

“不在中堂便在门楣。”章九酬道。

“明月禅房？”佩瑶一声讶异，后又问翁灏元，“灏弟弟明白吗？”

“屋外门匾上的‘明月禅房’四字，就是横批。”翁公子回道。

“此法叫字联景批，写时靠心境，破解是趣味，但这样作联太做作，小气了些，公子不必模仿。”章九酬说。

佩瑶听章九酬先褒后贬，想他还是因为与妙聪过招失利而郁积有怨气，嘴上虽然不再说啥，心里却认为字联景批之法不仅仅是技巧，也是种境界。对联机巧灵透，横批妙隐无形，看似情状谙于微，但人文衔接自然，彰显了写联人清洁博爱的心地和通达宽阔的情怀。

后绿萼和章九酬分别告辞，离开了后小院。佩瑶的心，没有随着他俩的离开而平静。

在佩瑶看来，无论是相貌还是谈吐，妙聪和章九酬都是刚正性情男儿。尽管她不知妙聪所为是何等业事，但也能猜想到与眼下局势有关。叔叔多次在给她的信中说大清朝已失尽民心，革命党渐成气候。她一直担心章九酬因报国心切而误上漏船。眼下章九酬智输妙聪，弄不好会逞一时之骄而意气用事，那就必然会铸成大错。她想到这一层，顿时忧心忡忡：那月山若真与革命党有瓜葛，叔父不就有了安危之虞？

佩瑶从此开始为两个男人牵肠挂肚，一颗聪慧而柔软的心，从此也牵挂上了月山。

章九酬一直对妙聪耿耿于怀，深陷挫败的痛苦中，甚至连床笫之欢也不能够。但他依旧殚精竭虑，苦心孤诣，硬是从对手幻影般的行踪里，拨出了一根稍纵即逝的线索，将绿萼暗暗锁定，并寻踪觅源，盯上了洪家庄园。

说起洪家庄园，章九酬于上任通判之初，就曾因许衡墓盗案请教过清了，由此知道了洪家的底细。

洪家祖籍广东潮州。康熙年间，其祖上有洪肃达者，自少顽劣，最喜旁门左道，后随茶商至河南洛阳一带，与偃师当地一些无赖结缘并入行盗墓，很快发迹，置下很大产业。洪肃达诡谲善谋，除维持家族当代富贵外，还四处查访，凡皇亲贵胄、豪绅巨贾之葬，都要打听个仔细，并分类记下，预定开掘时间，以便传承后代，世袭永昌。后洪肃达手下开掘当地一个大户的墓穴，贩卖葬品时被人认出，洪肃达被逮住，并被凌迟。此后举家从洛阳迁出。

雍正二年，月山无声住持圆寂下葬，洪家曾多次派人密窥、了解墓藏之详，以备日后图谋。由于月山寺对无声塔防范甚严，洪家一直不得翔实。更庆幸的是，洪家传到洪戢这一代，不知是天意使然，还是孽罪当止，洪戢来了个金盆洗手，并立了诗书传家、慈善为本的家训，先叫洪小园饱读诗书，后又送俩孙子留洋深造。

可眼下，为躲避朝廷缉拿，妙聪布局，绿萼涉案，说明洪家亦卷入其中。在章九酬看来，盗墓营生系人所不齿的天大罪孽，无论是官宦、庶民，还是革命党或僧侣，抑或亲朋挚友，只要与靠扒坟掘墓过活的人沆瀣一气，无论什么交情都算走到了头。作为堂堂的朝廷命官，同时又是书香士子，他不得不学那王母娘娘造天河，与妙聪来个银簪划界，墨白两分。

第二天一大早，章九酬就赶到了府衙，并征得府尹廉惜芝同意，集中刑探、捕快六十余人，兵分南北，一路从济源到修武沿山一带，一路从孟州到原武[①]黄河北岸一带，把交通要道秘密扎上了口了。他亲自统调戍城官兵四十余人，驻扎清化，以便东可以驰援焦作，西可以回击沁阳，中可以虎视月山。由此可见，他是铁了心要将妙聪缉拿归案，并彻底清剿其死党同盟，一雪前耻。

章九酬将一切部署停当后，返回府宅，把全家老少集中到了客位。

女佣、丫鬟及家丁数人悉数到场。五个儿子除七岁的天让随母亲回了老家桥沟外，天温、天良、天恭、天俭四人一个不少。

章九酬端坐着一语不发，还不时地端起茶碗呷一口，把儿子们一个个上上下下看了一遍又一遍。

少顷，章九酬突然发话："你们五个给我跪下！"天温、天良、天恭、天俭四个赶紧从一侧挪至正屋堂前，扑通通跪了个齐整。只有九岁的天俭忽闪

---

① 明清时归怀庆府辖，但方言随卫辉府。

了一下眼睛说:“大大你错了,都是哥哥,没有弟弟。”

“嗯?”章九酬温和地问,“你胡说啥啊你?”

“李婶——”章九酬喊。

“哎!”一五十岁开外女人慌忙跪下说,“老爷请吩咐。”

“起来起来,起来说。”章九酬说。

“该如此的,老爷只管吩咐就是。”李婶依旧跪着。

章九酬看她一眼,说:“你来家已经快十年了,你也看见,家里还没有这么不消停,几天来事端连连,你要多费心,我即日要外出一阵,使女、丫鬟、家丁、厨子,就都交给你了,谁不听使唤你回头禀我。”

“老爷放心,你和太太都待下人不薄,不用我咋操心大家也会尽心尽力的。”李婶说。

“那就好。最当紧的是几个公子,饿点冻点不算你们过错,只是学业不可荒废,下学回来也不得外出,一定照看紧。”章九酬说罢,又对儿子们说,“你们几个,都给我听好了,天温你是老大,长兄为父,大人不在他们都交与你了,要勤督勤察,带好他们。”

天温听父亲点自己的卯,赶紧把头伏地:“是!孩儿一定记住,大大尽可放心。”

章九酬说:“你们几个……特别你这个老三天恭!我听说你最近跟些调皮蛋搅在一起,才十三岁,就满嘴都是啥抗夷、革命的词儿。你可给我听好了,你还没那豆子大,抗夷有朝廷呢,革命万万沾不得,革谁的命?革皇帝命是吧?革他的命就是革我的命!科举虽然去年已废,但要想修身、齐家、治国、平天下,还得好好读书!”

天恭不低头,也不言语,反倒是天温、天良、天俭三个把头埋得很低。

章九酬突然把茶碗往桌上使劲一搭,大喝道:“天恭!说你呢!”天温赶紧用手捅了一下天恭,天恭这才伏下身子,低低说了一句:“记住了。”

“没吃饭你?!”章九酬大怒道。

“大大息怒,我记住就是了,我病几天了,肚子不好,嗓子也痛。”天恭稍微抬高了嗓音。

正值此时,一年轻军官来到客位,上前单腿跪下,拱拳道:“在下李宽成禀报大人,人马已经齐备府前。”

“好！即刻动身!”章九酬说罢站起,急匆匆出了大门。小哥几个你看看我,我看看你,天恭第一个起身,其余才跟着一个个站起。

“快去啊少爷们,还不出去送送老爷?”李婶说。“就是,快!”天温说。但当哥几个来到院门外时,章九酬已骑上马正交代兵士什么。天良看了看天温,转过脸问天恭:“哎,老三,问你个事。”

“啥事?”天恭问。

“啥时病的,吃药了吗?”天良黠笑着。

“没事……”天恭刚开口又咽住,看了一眼天良。天良扑哧笑了。

“三哥说瞎话！你压根就没病!”老四天俭突然插话。哥几个哄地笑了。

哥几个正乐呵,章九酬又下马折了回来,在天俭面前蹲下,抚了抚他后脑勺的小辫子,拍了下他肩膀说:“俭,你刚才是说你也是哥哥,仅弟弟天让不在,对吧?”

“嗯……”

“记住乖,你是天让的哥哥,但也是他仨的弟弟,在家要听哥哥们的话,好好念书。”

“嗯……”

“你这孩子性情实诚,心思也细,听大大把你四人喊成了五个,心里就容不得,大大高兴你这样,说明你这小心眼里头有天让弟弟……你给大大记住了,只要你好好念书,老实做人,将来一定有出息。”

“嗯……”

“记住了?”章九酬最后问。

“记住了。”天俭最后回答。

章九酬说过天俭,马上跃身上马,带着队伍,沿街北上。当队伍快到府前街时,章九酬收缰勒马对属下说:“你们先行,东门外等我。”然后顺东北方的教堂西侧斜插过去,来到一个藕塘边。佩瑶在等他。

章九酬下马说:“我要走了。”

佩瑶走上前说:“一人在外,你自己保重……”

章九酬交代佩瑶："孩子们平时在私塾多，你多操心，勤照看照看。"

佩瑶说："你办完差就回来，切记不要太劳累……"章九酬听了，眼睑一垂，并不言语，转身上了马。马走出几步又返回，面对佩瑶踢踏了个八字，然后才掉头奔去。

十四

章九酬来到清化，已经后半晌。他将所带人马安排在兵营住下。傍晚时分，他换上便装，走出了兵营。冯冠彰派来的迎轿已经在候。轿子一路快走，很快就到了燕宾楼。轿子刚停下，轿帘就被掀开："大人慢点……"

"是子彦啊！"章九酬抬头一看笑了。

"是我，章大人辛苦……"刘子彦多少有点拘谨。

"多旦来的？"章九酬问。

"来几天了。"刘子彦边答话边侧身在前，一路恭敬地陪章九酬上了楼。

云竹阁内，冯冠彰已等着。桌上菜肴已经摆好。刘子彦开始斟酒，章九酬悄悄看着他。冯冠彰看在眼里，说："章大人，我是特意把子彦带来给大人敬酒的。来，我先敬大人一杯！"

"来子彦，我们一起。"章九酬道。

"哦大人，小人不会，我还是安心伺候大人喝好，顺便感谢二位大人的恩德。"刘子彦说。

"子彦不必客气，你若不是打一手好算盘，章大人就是想帮你也没福分不是？说来说去，还是你自己的造化。来来来，你赶紧给章大人端一杯！"冯冠彰说。

"我记得你是妙聪师父的徒弟。"章九酬看了看刘子彦。

"是。说起这，我很感激妙聪师父，没他，我哪来的手艺，也不会认识两位大人。章大人，请！"刘子彦边说边双手端杯举至眉齐。

"好，来，冠彰兄，咱们干！"章九酬邀冯冠彰一起饮干杯酒后问，"子彦最近见过妙聪师父没有？"

“见了。前几日我去了趟月山，想给恩师打个招呼，说了也巧，师父刚从少林回来，已经住了几天，说是第二天又要走。师父听说是章大人提携小人，一再交代我，说大人是天下少有的好学问，为官清正，叫俺一定不辜负大人的恩情。”刘子彦恭恭敬敬地说。

章九酬一边听一边打量刘子彦，他头戴圆顶瓜帽，身着中灰长衫，外套藏青夹袄，袖口还翻挽着衬白，背在身后的大辫子既整齐又光亮，怎么看都不像从竹巷田头走出的庄稼人。

“子彦以前在别处干过吧？”章九酬问。

“没有，第一次出家门。”刘子彦说。

“不对吧，我看你接轿迎人、端茶倒水，都很有章法哩！”章九酬说。

“实话实说，子彦但说无妨。”冯冠彰在一旁帮腔道。

“我、我真没干过，大大、大人……你、你说章法？”刘子彦说着说着，额头的汗珠就滚了下来。

“对，你这一招一式可是都在行啊！”章九酬道。

“哦，我以为大人说啥哩，就是礼数不是？嘿嘿，俺是刚刚学的。”刘子彦说。

“刚学的？跟谁学？咋学的？”章九酬很纳闷，心想：这还能现学？

“是师父教俺的，教很多的……叫俺时刻注意，嘴要慢，腿要勤，钱多钱少不懒人，还告诉我说，迎来送往更要注意，冬春扶脚下，秋夏掀帘门，送人偏身后，接客侧前身，还有……还说酒要满，茶要欠，待人不能看贵贱……”刘子彦话说一半，章、冯二人就大笑起来。

刘子彦见他俩笑得上气不接下气，也憨憨笑了。章九酬先止住笑，他觉得刘子彦的做派仿佛在哪儿见过，又一时想不起来。恰巧刘子彦又说：“俺师父真是能人，开始我笨手笨脚，后来他的一句话点通了我。”

“哪句话？”章九酬问。

“回大人，师父说出门在外，见人皆佛，参照佛礼改成俗式就好。”刘子彦回道。

“这就对了！我说眼熟呢，全是佛礼套路，故而看着中正不阿、庄重大方。”章九酬说。

“为这，我跟媳妇在家还练几晌哩！”刘子彦说。

“哈哈……”章九酬、冯冠彰又一阵大笑。

通过刘子彦此番话，章九酬不仅没找到自己需要的东西，反而越发喜欢上了这个与自己年龄相仿的庄稼汉，于是问道：“子彦今年多大？”

“回大人，我三十七，丁卯年三月，属兔。”刘子彦说。

“我三十六，戊辰年八月，属龙，你为兄长。”章九酬道。

“万万不敢，小人何德何能敢跟大人称兄道弟？你和冯大人给了我天大的前程，今后就是俺的再生父母了……请再受俺一拜！”刘子彦说着便要下跪，章九酬马上拦住他，满脸笑容。

冯冠彰见状，乐呵呵地说：“章大人慧眼识珠，真是竹篱笆上摘玛瑙，土坷垃里拣元宝，叫我冯冠彰也跟着落了个大大的人情！来章大人，咱们和子彦共饮此杯！”

“小人真个不太会喝酒……”刘子彦慌忙推辞。

“喝了！喝了我就认了你这个哥哥！”章九酬话音未落，刘子彦的眼泪就一下涌出，也不言语，端起酒杯咕咚一声就咽下了肚，还狠狠呛了一口。

章九酬、冯冠彰又是一阵开怀大笑。

杯起盏落间，刘子彦心纯似水，憨实外溢，把章九酬感动得不仅喜欢上了他，还对妙聪肯对一个俗家弟子花心思心悦诚服。

但他没想到，刘子彦从轿前掀帘到云竹阁劝酒，妙聪所教，并非仅仅是让刘子彦知礼数，而是要麻痹章九酬，好让刘子彦从他缜密的监察网中溜出来，只要刘子彦远离了是非，就等于掐断了自己身后的尾巴。

云竹阁一次薄饮，使年近不惑的刘子彦与章九酬、冯冠彰结下了不解之缘，也使刘家中兴有了指望。此虽说是得了些妙聪谋篇布局之利，但最主要还是刘子彦心有赤诚家有贤妻的造化。

三人酒过三巡，夜交子时才散去。

刘子彦回到怀丰煤业公司后，并没去歇息，而是回到办公桌前，摆开账本，仔细地翻阅起来。尽管他算术高超，也跟妙聪学过行文走账，但如今他面对的毕竟是商企财务，真正弄懂一个个科目并厘清相互之间的关系，也非易事。

也许刘子彦天生就是一个财务总管的料，也许是他知恩图报刻苦钻研，他很快就发现，资金在公司内部各项支出、使用方面虽有瑕疵，但额度微不足道。最关键的是，他发现公司年度总销售量在基本持平的情况下，利润却在逐年下降。其直接原因是工资、辅助材料不断上涨，本地销售价格却保持着几年来的一贯水平。

冯冠彰多次向他提起，英商福公司的煤价一降再降。他们究竟是咋实现的？为此，刘子彦颇费了一番脑筋。

十五

柳絮儿，杨、苟穗儿纷纷凋落。树叶先嫩黄后鲜绿，再后又变成浓绿。转眼到了农历四月中旬。

一天早上，刘子彦拿着新填的内外销基本情况一览表，来到总经理王梦池的办公室，笃笃敲门道："王经理在吗？""进来吧！"里边说。

刘子彦推门进去，见王梦池拖着一条大辫子，正对着镜子斜眼瞅自己。他看着镜里的王梦池说："你如果不忙，我想请教个事。"

王梦池转过头，白胖的脸上堆满了笑："哪里话？快坐。你总是客气，远近闻名的'铁算盘'，又是理财走账好手，千万不要说请教，有啥要帮忙尽管开口。"

刘子彦不防他这么夸自己，也不知怎么就冒出了一句："王经理的辫子真好看……"把王梦池夸得脸马上拉了下来，使刘子彦多少添了些紧张。

刘子彦先讲了基本情况，后问："外销不畅、价格下降，主要是啥原因？"

"咳！还会有啥原因，福公司顶的呗！真没一点办法！所以冯大人和窑主们一直为此事着急。"王梦池说。

"哦……"刘子彦略思后问，"这事该咋办？"

王梦池不解地看了看刘子彦，轻咳了几下，佯装清嗓，然后才说："这些年，咱们所有华办公司的总产量保持在年销售三十万吨上下，但福公司第一年就生产十一万吨，才短短不到四年，截至今年二月，他们的日产量就达一千多吨，一年下来，保守算算，也有三十六万吨，已经大大超过我们，可是用工总数还不及我们八成。他们还有自己的道清铁路，掌控着煤炭外销的通道。人家也不是不叫我们用，但运价要比他们高出四倍，产量产量上不去，裁人人又裁不掉，哪儿还会有啥利润！如若一直这样下去，怕是越来越不……”王梦池正说着，忽然转而问道，“听得懂吧？”

“听得懂、听得懂。”刘子彦赶紧说。

“咳……”王梦池长长叹了口气，继而说，“子彦老弟，咱俩都是雇来的，吃黑饭要保黑主咱没啥说，我也不把你当外人，我在想，跟那英国人斗，光争那红、黄界，是路道吗？”

“王经理，你说的我不太明白，但那矿用地域，咱总不能看着英国人说拿走就拿走吧？那可是老祖宗留下的。”

“是，这英国人也太霸道，这是咱中国，对吧？咱那皇帝老儿也不知干啥吃的，咋就不管管呢？！”

“嗯……”刘子彦听王梦池跟自己想的是一个理，先前的紧张便缓解不少，于是就放了放胆子谨慎地问，“听王经理的意思……除了争红黄界，还有其他办法？……”

王梦池不慌不忙地拉开抽屉，拿出个花哨而精致的小彩瓶，磕到手里一点什么，又捏到鼻孔处，哧溜一声猛吸一下，然后打了俩喷嚏，马上变得精神抖擞。

“王经理病了？”刘子彦问。

“嗯……病？”王梦池不禁乐了，“这是鼻烟。来尝尝？”

“不不不，谢谢王经理，我不会。”刘子彦慌忙推辞，后又说，“没啥事的话……”

“好，你先忙，有啥需要我协调的你尽管说。”王梦池说。

“中。王经理你忙着，在下告辞。”刘子彦起身微叩了下头便离去了。

刘子彦前脚刚离开，章九酬和冯冠彰后脚就进了王梦池的办公室。

“哎哟！冯大人、章大人驾到，快请坐，请坐！”王梦池赶紧站起，满脸堆着笑说。

冯冠彰正欲说，忽有杂役来上茶，遂伸手一摇，示意等会儿。杂役走后他才郑重地说:“章大人有话问,要如实禀报。”

“那当然……一定、一定。”王梦池说。

“刘子彦这些日子咋样,能胜任吗?”冯冠彰问。

“人勤快也上心,刚还向我问情况……”王梦池回答。

“他住公司?”章九酬问。

“是的,整天搂着账本很本分。”王梦池说。

“他是上庄的,离家也近,没分心吧?”章九酬问。

“没有、没有,向来没有。”王梦池说。

章九酬一一问后,丢了个眼色给冯冠彰,示意已问完。冯冠彰忙接上话茬:“那就好。他毕竟是新手,最当紧的是叫他尽快熟悉情况,早成手,用起来也方便。”王梦池说:“是是是,我记住了,多帮他,早成手。”

王梦池话音刚落,响起了敲门声:“王经理,我是子彦。”王梦池不敢回应,看了看章、冯二人。章九酬微点了下头,冯冠彰马上说:“进来吧!”

刘子彦推门一看章、冯二人在座,高兴得不亦乐乎:“哎哟,章大人、冯大人都在啊!”章九酬、冯冠彰笑了笑,并不搭腔,使刘子彦有些进退两难。

冯冠彰马上说:“这是办公场所,不能像私下交往一样,要态端庄、意平和才好。”

“是,我知道了,刚才冒失了,请大人原谅!”刘子彦说过欲退,“大人们坐,我一会儿再过来。”

“既来了,想必你有事,章大人也不是外人,说吧。”冯冠彰说。

“我想请两天假,回家看看。”刘子彦说。

“来后就没回过家?”冯冠彰问罢又说王梦池,“这就是你不对了,离上庄也不过八里路,晚上走,早上来,并不耽误多少啊!”

“我说他多回了,他是一天到晚看账本,总说顾不过来。”王梦池说。

“好吧,我代王经理准你了,给你三天假,回家看看。”冯冠彰说。

“王经理……”刘子彦欲言又止。

“冯大人已经准了,我敢不准吗?赶紧谢过冯大人就去吧!哈哈!”王梦池说道。

“三天用不了,我后天就回来,谢过冯大人,章大人坐,我告辞了。”刘子彦说完便退去。

“好吧，我也该走了，还有些事情要处置。”章九酬说。

“刘子彦……还有要交代的吗？”冯冠彰问。

“你的人，你做主才好。”章九酬笑了。

“好，我明白。”冯冠彰说。

章九酬走后，冯冠彰正要离去，王梦池多了一嘴：“咋了？刘子彦有啥事？”冯冠彰扭头看了他一眼，说：“他不有事才请假吗？你又不是不在场。”

这话噎得王梦池一下呆住，半天才缓过神：“我……在下多嘴了。”“我看也是。”冯冠彰一脸不悦，说完就离了去。

王梦池被冯冠彰戗得够呛，悻悻然一回头，恰刘子彦正从公司出来，遂问：“回上庄？”“是。”刘子彦回罢正要走，王梦池却又喊住了他，“子彦，我有话。”

刘子彦回转身问道：“有何吩咐？”

王梦池本想问刘子彦出了什么事，见他毕恭毕敬，遂想起冯冠彰的满脸不悦，于是笑着改了口：“子彦，说句不该说的话，大众场合，女人不能夸男人辫好，男人不能夸女人脚小，男人对男人，就更不能夸辫子好……”

刘子彦慌忙道歉：“对不起王经理，子彦不懂事，以后绝不会了……”

刘子彦走后，王梦池突然觉得别扭，稍思便抬手轻捋了自己下巴一掌：“嘁！你这不是自己寒碜自己吗？臭嘴！”

章九酬刚走出公司，李宽成就牵着两匹马从对面走来，并递上马缰。章九酬接住马缰：“宽成，一会儿有个年纪、个头跟我一样但瘦些的人会过来，他叫刘子彦，你给我盯住他。如果他回上庄，你就返回，如果他去别处，你就跟到底，看他何时回上庄。不能跟丢，更不能惊动，明白吗？”

“小的明白！不能跟丢，更不能被发现！”李宽成说。

“好小子，你是个明白人，但不要骑马。”章九酬说。

“是，我懂，那就有劳大人了。”李宽成把自己的马缰也交给章九酬，迅速返回了街对面。

章九酬一人二马，回到兵营，百无聊赖，于是就自摆棋盘，操起一本明代林应龙撰的围棋棋谱《适情录》开始研演，等待李宽成。可李宽成竟让他等了整整一天。那盘棋是摆开又收起，收起又摆开，直到天黑用了晚饭，李宽成也没回来。他再也没心思研棋了，于是把交代李宽成的话反反复复地回忆了几遍，觉得并无疏漏。直到时交亥时，李宽成才趺趺撞撞地回到兵营。

"咋回事？咋到这个时候？"章九酬问。

"大、大人……容、容我……"李宽成灰头土脸，上气不接下气。

"来人啊！"章九酬喊道，"快弄点水和吃的来！"

李宽成咕咕咚咚一口气喝了两大碗水，慢慢稳住神说："大人，刘子彦离开清化没回上庄，直接上了月山，一直到午饭后才离开。是个小和尚送他下的山。他搭一辆拉货的马车去了焦作，我一直等他住下才回来。"

"住哪儿了？马车呢？"章九酬问。

"焦作马市街一家客栈，马车去了别处。"李宽成说。

"好，你吃过就歇息，准备三个人，明早五更天出发！"章九酬道。

"嗻！大人！"李宽成说。

十六

一九〇六年的焦作，虽仍属修武县管辖，但已不再是早年的小集镇了。当章九酬和李宽成赶到焦作时，它已经完全苏醒。熙攘的人流里，章九酬等身着便装，仍可看出他们的与众不同：一个个高头大马，双目如鹰。

章九酬先派李宽成到刘子彦下榻的客栈打探。其余人牵马至僻静处等候。他自己则来到了马市街。

马市街的北段，头端坐落着英商福公司的矿用设备修理厂。修理厂南边街两旁的建筑零落而分散。空旷的地段上，有不少用竹茅和简易材料搭建的小破房。房子之间，横七竖八地扯了些拼接起来的长绳，一段粗一段细的，上边搭晒着破衣烂衫和被褥、尿布之类的东西，五颜六色的，颇像军舰上的万国旗。

街中段的路两旁，商铺一家挨着一家，按摩院、理发店、澡堂、百货店、银楼、丝绸庄、饭店等，应有尽有。有一半的建筑风格已经欧化，高耸着或尖或圆的顶子，不过都是用中国传统的秦砖汉瓦建造的。门头上的罗马浮雕略显粗糙，题材大都取自希腊神话或圣经。

熙攘的街道上，黄种人有两种：要么衣衫褴褛面黄肌瘦，要么衣着鲜亮肥头大耳。不时还有西装革履和袒胸露背的白人男女招摇而过。除此而外，还有为英人服务的非洲黑人和印度灰人。

街两旁的杨树有的已碗口粗细。街道笔直地向南伸去，最后进入一个宽阔的大门。水泥包衣的大门门垛上，挂着一个牌子，上写：道清铁路机车修理厂。

门内横着三副铁轨，一半露天，一半被座张着大口的高大厂房吞进。一个火车头卧在其中一副铁轨上，一半在房内，一半在房外，正呼呼喘着粗气。

章九酬正独自走着，忽听不远处传来了鼓号声。原来，每天上午八点，英商福公司的门前都要举行升旗仪式，印度人吹着洋号敲着洋鼓，中国警卫则整齐列队，向英国国旗敬礼。他们先要吹吹打打一阵子，然后在“天佑女王”的乐曲声中把米字旗送上一根高高的杆子。结束时还要撒些奶糖和水果给孩子们。

章九酬正朝鼓号喧天的方向张望，突然背后有人喊他：“章大人！”是李宽成。“刘子彦一早就走了，去向不明，要不要分头找找？”章九酬思忖片刻说：“不用了。”转身向鼓号齐鸣的地方走去。

英商福公司门前，鼓号终于停下，一拨拨的孩子潮水般涌上前。一个梳大辫、着西装的中国人开始喊叫：“大伙儿都听着，现在要升大不列颠及北爱尔兰联合王国的国旗了！升旗时谁都不准吵闹，不准乱跑乱走。都要规规矩矩地学着敬礼！福公司老总亚历山大·利德先生说，英国旗一旦在咱这儿升起，就不会再降下来！今天就是降下来，明天还要在这儿继续升！升罢旗，还要发奶糖、发水果！”

章九酬耐着性子看完这一切，锁了锁眉头说：“走，招呼弟兄们，找个地方先吃饭。”

鼓号声再次响起。章九酬几个在一家扯面摊前停下。正吃饭间，忽见一个十二三岁的男孩子疯跑过来，一个六七岁的女孩紧追其后，并哭喊着：“给我——给我——”

章九酬咣的一声撂下碗筷，一个箭步就冲到了街中，抓住了小男孩的胳膊，喝道："干啥！还给小闺女！"但没想到，男孩抓住他的手就咬。他低头看着恶狠狠的男孩，把手缓缓松开但并不撤去，任凭他咬。男孩牙关越来越松，最后一把推开章九酬的手臂说："关你啥事！"

章九酬责问道："说！为啥欺负这小闺女？还抢人家！还给她！"小男孩瘦脸矮鼻梁，眼睛冒着火。章九酬再次一把抓住他胳膊，厉色喝道："拿出来！"

很快，围了不少人看热闹。

男孩看看章九酬，又看看围观的人，虽然有点胆怯，但仍然强撑着，把手里东西朝章九酬脚下一掷，倔强地说："不许吃英国人的糖！"

"你这么大个汉子，难为小孩子干啥！""就是！不是吃饱撑的吧?!"围观的人们开始为小男孩抱不平，小女孩也突然闪到章九酬面前，护住那男孩。

章九酬见状问道："小闺女是你啥?"男孩回道："她是我妹！吃英国人的糖，大大要打的！"说着还流下了泪。小女孩扭头看了一眼男孩，哇一声哭了。

"小妞妞，不哭，我给你买山楂串儿。"章九酬笑着去拉女孩，女孩把手一缩，根本不让碰。

恰在此时，一个三十多岁的女人跑上前来，一边问咋了一边挤进人群，把两个孩子护到身后，瞪着章九酬。李宽成拿着一串糖山楂递过去："大嫂，别误会，我家大人给小妞妞买的。"然后讲了来龙去脉。女人羞涩地换上笑脸说："大人别在意，是他大大不叫吃英国人的糖果。"

"明白！明白！"章九酬笑了，并抚住男孩的脑壳问："叫啥?"男孩不回答，只频频看母亲。

"他叫常有。"女人说。

"多大了?"章九酬问。

"俺哥哥十二岁！"小女孩见女人笑了，于是就放开了胆子，边擦泪眼边抢着说。

"你是好人，是大官吧?"女人赶紧把男孩拽到章九酬面前说，"快！常有,你遇到贵人了,快磕头、磕头!”说罢还脆脆地笑了。

“不!大大说人穷志不短,我不磕!”小男孩犟着说。

章九酬一阵哈哈大笑,伸手轻抚了一下男孩的脑勺,弓下腰身捉住他一只臂膀说:“好小子!你给爷记住了,我是怀庆府知府衙门同知章九酬,长大了想做事就去找我。”

围观的人们顿时一片唏嘘:“哟!是个同知哩!”“我就看呢,仪表堂堂,一定是个好官家!”

章九酬遂对女人说:“大嫂!你养了个出息儿子!待他长大了,记着叫他找我!”

女人听了,高兴得一边说好好好,一边拽过儿子说:“快!常有!给大人磕头!”男孩看看母亲,又看看章九酬,虽然不愿磕头,但先前的敌意已荡然无存。

章九酬哈哈一笑,双手抱拳说道:“大嫂就别难为他了!”然后转身说道:“走,宽成!”说罢便踩镫上马,双腿一夹,扬鞭甩了个脆响,啪!

章九酬箭似的射了出去。李宽成一激灵喝道:“走!”遂和另外三个兵士一起翻上马背,策马而去。

十七

刘子彦的突然失踪,令冯冠彰和王梦池都很纳闷。王梦池讳莫如深自不敢在冯冠彰面前多嘴。冯冠彰认准了刘子彦失踪肯定与章九酬有关,但也只能揣着明白装糊涂。可是一来二去的,眨眼就挨到了第六天头上,他再也熬不住,因为怀丰煤业毕竟是实体经营,不能没个管家,于是他乘上轿子,到戍城兵部找章九酬。

冯冠彰来造访,章九酬已经料到。冯冠彰一进门他就问:“为刘子彦吧?”章九酬先声夺人,冯冠彰犹豫了片刻才回道:“是。”

其实,章九酬早就想明白了,刘子彦失踪的背后,肯定有妙聪的身影。只要有妙聪,他就不会不顾及刘子彦刚得的饭碗,也不会为摆脱缉捕而把刘子彦牵涉其中。如今,刘子彦的失踪已成明显破绽,故章九酬推测,刘子彦所涉之事,除了家事,就是公司的事。

“你没给他安排别的差事吧?”章九酬问。

“没有、没有,真没有!”冯冠彰急切回道。

“看你急的,我又没有别的意思,也许是为了公司之事?”章九酬说。

“不会不会,我又不是不知道他在大人这儿有用场,岂敢擅为?再说了,若为公司我隐瞒作甚?他刘子彦就更没必要这样,你说是不是?”情急之中,冯冠彰满头冒汗。

“冠彰兄真乃明白人,不要多虑,我看刘子彦一定回来,也快回来了!”章九酬说。

冯冠彰听了,心里半信半疑,嘴上却说:“我信!绝对信!凭你对他的恩典,他绝不会辜负大人!”但他心里想:你要是危及他性命,他会坐以待毙吗?遂匆匆告辞了章九酬,刚出兵营,就碰见了匆匆赶来的王梦池。

王梦池边擦汗边说:“回来了!回来了!刘子彦回来了!”

冯冠彰心想:啊?章九酬还真把握得分厘不差!于是马上说,“那就快、快告诉章大人!”

冯冠彰说罢正要上轿,却又折回对王梦池说:“算了算了,还是我去回他吧,回这要命的章大人!”

冯冠彰作为怀庆商会会长兼怀丰煤业总公司的大东家,虽然性情直率,却也是极精透的人。他不谙政治,对章九酬这种神机妙算的本事深感惧悸。为刘子彦悬着的心是放下来了,可他仍一百个不愿意搅和进这既劳神费力又心惊肉跳的麻烦里。

冯冠彰回过章九酬,二人遂分乘两顶轿子,一起赶往怀丰煤业。王梦池一路小跑跟在后边。

当三人赶到公司时,刘子彦正等候在总经理办公室,胳膊吊在脖子上,还缠着绷带,衣服有几处挂破,胡楂黑长,脸膛瘦了一圈。

冯冠彰连连问道:“你咋成了这副样子?啊?你干啥去了?啊?”章九酬一旁默不作声,悄悄猜谜似的打量着刘子彦。王梦池边递茶边说:“别急别急,慢慢说……”刘子彦憨笑着:“我去英商福公司下了几天井……不知道他们咋发现了我,后来就使坏打了我……”

“下井？你干吗去下井?”冯冠彰很诧异。

“我想看看他们的产量为啥那么大,价格为啥比咱便宜。”刘子彦说。冯冠彰听了,久久才说出话来:“嗨！子彦老弟……我……我说你啥好呢?”

“冠彰兄啊！咋样？我当初跟你打的赌值得吧?”章九酬笑着说。

“是……是章大人。”冯冠彰回过章九酬,上前握住了刘子彦的手说:“子彦老弟……”立马红了眼睛。

“冯大人,没事……”刘子彦依旧憨憨笑着。

章九酬一直微笑着,内心却有另一番景象。他敏锐地察觉到,刘子彦此举,不简单。

李宽成曾给他讲得很清楚,刘子彦去焦作前上过月山。刘子彦却只字未提。如果刘子彦不是忽略或忘记而是掩盖,那就只有一个原因:妙聪还在月山。

冯冠彰和王梦池久久沉浸在对刘子彦的钦佩和感动中。章九酬也被刘子彦的忠诚所折服,但他那颗不服输的心,早已暗离躯体,直扑妙聪,还认定不日可剑指月山。他铁了心要拿下这个曾使他敬佩有加并惺惺相惜的老对手——驴长老妙聪!

十八

跌进农历五月,月山越发美了。它不仅拥有绚丽的色彩,更有一种奇特的芬芳。

从三月开始,无论是连翘花、山桃花还是野杏花,一茬茬绽放又一茬茬凋谢。花味种种,总含有女人的脂粉气。

但到了五月,情形就大不一样,淡紫色的荆花呈娇一时,散发出一种怪怪的药味。这里土生土长的男人,平日总是偏爱这种味道,说这味道很坚硬。外乡人很难理解味道的坚硬指什么,这里的男人却总是无师自通。当然也有不少女人喜欢此味道,不过她们的说法更离谱,说那是男人的味道。

峰壑林莽间，只要有了此味道，满山的马唧鸟儿跟叫油儿便起劲地鸣唱，把月山的精气神，一下就激发了出来，色声味俱全，美得醉人。

可是五月初六这天，月山突然变得异样，已近午时了，马唧鸟儿和叫油儿还没动静，偶尔试探几声，也是胆怯怯的。

自从章九酬断定妙聪仍在月山，很快将全部人马从济源至原武南北两线集结到清化。步兵六十三、骑兵四十一，共计一百零四人，于五月初六四更天，兵分三路，从月山背后的当阳峰及东西两翼的凤鸣山、虎啸山，秘密潜上了月山，埋伏在漫山的柏树林里。

精挑细选的以李宽成为首的十八名骁勇，随章九酬潜伏在瞭望楼东南不远处柏棵草丛里，虎视着山门。章九酬还下了死命令，若有僧侣和山民误撞设伏，就地控制，不服管制者，格杀勿论！一旦火哨腾空，埋伏在当阳峰、凤鸣山、虎啸山的三路人马就迅速收拢，像三根铁索，把禅院死死捆住，自己则亲率十八名精锐直扑山门，杀入禅院，捉拿妙聪。

从天麻麻亮开始，章九酬透过林隙，一直密切地观察着麒麟岭、凤皇台以及山门广场。

寺院共有三个门，中、东门紧闭，只有西门开着。门前闲逛的几个闲散僧人，个个身强体健，一看就是新布的暗岗。

月山寺有八极武僧，又做了防范，但章九酬依仗百余兵勇又挟官府之威，仍自信一旦动手，必是风卷残云。

“大人，动手吧！”李宽成低声说。

“不行，恐怕情况有变。”章九酬说。

“咋了？”李宽成问。

“往日里零星香客早上山了，现在却一个未见……”章九酬稍顿又说，“你马上下山，看山口是否有人挡驾。”

“嘛！”李宽成应过迅疾离去。

章九酬紧盯着山门，心里盘算：只要山口有人挡驾，就说明寺里必有妙聪，甚至会有更大的头目，若如此，寺里极可能埋有重兵。

李宽成很快回到了章九酬面前：“报大人，已经探明，果真有人挡驾！”

章九酬盯着李宽成的眼睛，并不答话。

“动手不?”李宽成问。

“你知道为何挡驾不?”章九酬问。

“说明妙聪在寺里。”李宽成说。

章九酬不置可否,继续盯着李宽成的眼睛,眼神越来越犀利,后突然发问:“敢干不?”

“有何不敢?充其量就是几个秃驴加乌合之众,岂能奈何我官府精兵!”李宽成沉稳地说。

章九酬听了,轻蔑一笑,说:“我看也是!要的就是你这赤胆忠心!任凭他刀山火海,阎关鬼道,爷我闯定了!”

时值正午,章九酬一声令下:“发号!”李宽成手里火光一闪,啾的一声凄厉,火哨就蹿上了天,在半空划了一条美丽的抛物线。

三路潜伏人马马上从满山的苍翠里弹出,跃草棵,跨岩堰,顿时杀声撼天,朝寺院冲去。章九酬亲领精锐直扑山门。

山门前和凤皇台几个暗哨一看兵勇如潮,迅疾退回了禅院。寺内僧人还没弄明白发生什么事,所有佛殿、住舍就被兵士封住了门。

意外的是,当章九酬率八名精锐来到方丈门前时,门两侧突然冲出十几个禁卫军士,一下子阵列于方丈和客房门前,个个身着黄马褂,手握快枪,犹如铜墙铁壁陡然竖起,把章九酬和李宽成及其属下镇得哗啦一声,全僵到了那里。

“大胆!”随着一声怒喝从方丈内传出,走出一个人来,严厉斥问,“是章九酬吗?”

章九酬抬头一看,大惊失色。原来站在他面前的,竟是自己的恩师——太子太保、一品顶戴、加大学士衔的翁宴辞!

翁宴辞年约六旬开外,高挑身躯,清瘦面庞,邃目如潭,一绺花白的胡子自然垂下。他的左右,一个是清了住持,一个是他的老对手——驴长老妙聪!

翁宴辞看着章九酬缓了缓口气说:“还不跪下!”他话音刚落,十几个禁卫就齐刷刷将快枪入套,并嚓的一声,一起将腰刀抽出半截,齐声喝道:“跪下!”

章九酬马上跪倒在地:“恩师在上,学生章九酬拜见恩师大人……”

“你也太冒失了!”翁宴辞说完看了妙聪一眼,妙聪会意上前躬身道:“章大人快快请起……”

章九酬一把甩开妙聪,缓缓站起来默立一旁。

“怎么? 还不叫人退下?!”翁宴辞说罢转身进了方丈。

“退下……”章九酬窝囊地喝道。

“赶紧告知斋堂加斋备饭,好好招待将士。”妙聪对近处几个僧人说道。

“章大人受惊了……”清了对章九酬说,“请,请大人里边用茶……”

“长老请……”章九酬讪讪回道。

“阿弥陀佛……”清了道。

进了方丈,翁宴辞、清了分左右坐于正堂,章九酬跟妙聪坐在左侧谈桌两旁。

“九酬,觉得奇怪是吧?”翁宴辞看着门外问。

“恩师大人在上,请不吝赐教,学生当洗耳恭听。”章九酬恭敬站起面朝翁宴辞说道。

“章大人坐下吧,坐下说。”清了说。

“站着也好,印无力则字不清,心不痛则记无牢。”翁宴辞说,“早知你一直欲擒妙聪,在京师就想告诉你实情,无奈事频之秋,万一差错反而罪累汝身。老夫本想一到月山就马上告诉你,可恰恰铁路彰德[①]段因水患毁基受阻,这才改了步道从百泉过来,故而拖了几日,没承想你竟如此莽撞!”

翁宴辞正说着,一禁卫来报,说怀庆知府廉惜芝到。翁宴辞拖着长腔说:“那就请他进来吧——”然后又对章九酬说:“你坐下吧。”

“谢过恩师前辈。”章九酬回了翁宴辞刚坐下,怀庆知府廉惜芝就诚惶诚恐地进了门,倒头便拜:“怀庆府府尹廉惜芝见过老前辈翁大人!”

“哦! 廉知府来了?”翁宴辞冷冷一笑。

“大人……”廉惜芝胆怯地看着翁宴辞。

“知罪吗?”翁宴辞低声问道。

---

① 今安阳一带。

“大、大人……”廉惜芝圆胖的身躯突然抖如筛糠。

“来人啊!”翁宴辞突然拍了下桌子,倏地站起,抱拳举至左额,厉声说道,“怀庆知府廉惜芝及所在人等,跪听圣谕!”现场所众闻声即跪伏于地,方丈骤然静寂。翁宴辞换了一种特殊的腔调说:

怀庆知府廉惜芝这个人!廉惜芝、廉惜芝,甚负朕恩,他既不清廉,又不惜之,贪受贿赂,擅卖矿权,养夷患而丧域土,激黎民而危社稷,也别要他回京交顶戴了,就在河内按大清律处置,报河南省备个案就行。就这!一字不改念给他!

钦此

廉惜芝闻毕,赤红的脸膛一下血色全无,一张方方的嘴巴杀猪般号叫起来:“大人冤枉!大人冤枉啊!”

翁宴辞拍案而起,怒喝道:“拿下!”两个禁卫立刻上前将廉惜芝架出了方丈。

“恩师大人……”章九酬下意识喊道。

“怎么?怕他冤枉?”翁宴辞眼含责备地扫了一眼章九酬问。

“我……”章九酬欲言又止。

“先用斋吧,用过斋再说不迟。”清了赶紧打了圆场。

午斋过后,刚出客堂门翁宴辞就说:“九酬啊!本来我和清了住持、妙聪师父心情甚好,都被你的冒失搅乱,罚你陪我等转转,不会委屈吧?”

“恩师大人在上,学生万万不敢……”章九酬说。

“不敢陪我?”翁宴辞问。

“不不……”章九酬一时语塞。

“你们听,他还是说不啊!”翁宴辞说完,清了、妙聪就笑了。随后,几人一路言笑,沿廊依次经过观音殿、灵芝堂和藏经楼,踏着之字形对开石梯,攀上了大士阁前面的石堰。

大士阁三重飞檐,墙含暗柱,外挂悬梯,高五丈有余。正面门楣上,悬挂着曾任明末翰林、清初礼部尚书的大书法家王铎的“极目中原”匾额。

“九酬啊，这字如何？”翁宴辞问。

“当然是绝好的千秋之笔……恩师在上，晚辈不敢妄言。”章九酬回道。

“好在何处？不妨说与我几个揣摩揣摩。”翁宴辞又说。

“回前辈，明末曾有‘北王南董’之说，王铎、董其昌并驾齐驱，世誉神笔。王铎的字，出规入矩张弛有度，虽流转自如但内稳如磐，具有力道千钧之势……”章九酬道。

“我好像听说过，这月山也有董其昌手迹？”翁宴辞问。

“是，云梯下入口甬道牌坊上‘御道’和明月禅房的牌匾，就都出自董其昌之手。”章九酬回道。

“同知大人说得对，南董北王都来过月山，并留有墨宝。”清了道。

“流转自如却内稳如磐怎解？”翁宴辞继续问。

“学生愚钝，还请恩师大人跟长老赐教。”章九酬说。

“字如其人，章如其生啊！”话语间翁宴辞突生感慨，继而说，“乱世须慧眼，更要如磐心，王铎不愧一代名士。”

清了略点了点头：“甚是！大人真是思深若海，言深入木，阿弥陀佛……”

“此理，妙聪可释否？”翁宴辞问。妙聪听问，遂把话头引给章九酬：“翁大人乃当今鸿儒，怕是早已成竹在胸，同知大人才学渊博，悟性灵通，若他屈尊就释，必会周全，小僧着实不敢弄拙。”

“惭愧……妙聪师父客气了，还是请师父明言……”章九酬话虽如此，但并不拿正眼瞧妙聪。妙聪不卑不亢说：“也好，不过，翁老前辈和师父在上，愚僧言有左谬还望多多指正……王铎乃明天启二年进士，后入翰林，清立后授礼部尚书衔。此人为官清正，尽力于民。翁大人赞其书法‘字如其人，章如其生’，是说其行草飞腾跳踯、流转自如之间却稳如磐石，中正不阿，喻指王铎仕途曲蜿，先为明朝官宦，后做大清之臣，但辅国弼政躬民之志从未偏移半分，这样的人才是真君子……”

“说得好！好啊！”翁宴辞听妙聪说到此，不禁赞叹，后又接着说，“妙聪师父身在禅界，却心系苍生，看似尘缘未了，实则佛法有度。方丈室中堂的对联‘空心教无悟，相意禅有宗’也是妙聪写的吧，相空而生，禅宗有度，说的就是一己之私绝抵不过天下苍生！如若官仅为私，禅仅为佛，天下苍生何寄？官与佛犹有何用！说到底就是，不管做谁的官，都该为民做事。”说罢，他看了看章九酬问清了：“长老，是这个理吧？”

清了说：“岂止岂止！所言极是！台下身在俗世庙堂，慧根庞茂，整日里朝事民情缠身，仍把俗间禅界的理都悟得这般明白，可吾等固守空门，一辈子都在专心彻悟，费尽心神也没悟出个十之一二来，真是惭愧！阿弥陀佛……”

清了说完，悄悄看了看章九酬。章九酬睨了一眼妙聪，缓缓后挪了几步，陷入了沉思。

翁宴辞邀登大士阁，引议王铎字，是以先贤之聪，省后昧之蒙。再加上清了和妙聪的精陈巧释，使他迷茫混沌的一颗心，犹如浊绢浴涌泉，一层层被搓揉，一丝丝被淘洗，转瞬间清爽透明起来。他看看翁宴辞又看看清了，满目敬意。可他的目光一遇妙聪，马上就窝囊油生，心里一百个不痛快。他又回味了一下妙聪关于王铎的说辞，心里骂道：“挂羊头卖狗肉，真乃巧言令色，鼓舌如簧！这个狡诈的头陀，太阴巧歹毒了些！”

翁宴辞和清了相互一觑，又看看章九酬，既像有所担心，又像有所期待，不说一句话。少顷，翁宴辞轻叹了一声，转身走出了两步，背朝章九酬，再次将目光投向了王铎的“极目中原”。

章九酬看出了翁宴辞的等待，思考了片刻，缓缓转身过来，上前在翁宴辞背后跪下，呜呜哝哝地说：“恩师大人在上，晚辈知错了……”

翁宴辞遂转身一看，马上斥道：“你知错了？哼！看来你完全被赌气冲昏了头！你岂止是错！老夫我白疼你这些年！在京都时我就告诫你眼下乃多事之秋，万事要稳妥，你才回来几天，就弄出这么些事来！给你！自己一字一句看去吧！好好看！用心看！等掉了脑袋，怕是你再无机会！”语毕，遂将一纸信件掷给了章九酬。

章九酬赶忙拾起打开，原来是知府廉惜芝秘呈朝廷军机处的紧急函报：

军机处诸安并祈呈圣御：

余谨述，经查怀庆府同知章九酬与孙文乱党怀川总召集月山寺首座妙聪、汉口乱党要犯黎青云素有瓜葛，密建月山至上庄姜行又至汉口茂盛祥公司之联络通道，并指使外妾翁佩瑶和盗墓世家之女洪绿萼假游月山以掩，转运乱党资银及枪铳弹药等。本府理应缉查了案，然无奈章九酬执掌兵备人缘甚厚，故祈派要员赴覃，制恶于先，避患于后。此十万火急，恭呈祈准。

怀庆知府廉惜芝谨奉

丙午壬辰丁亥

章九酬万没想到，廉惜芝对妙聪的了解竟比他还多，他竟能如此穿凿附会地诬陷自己。这样攸关一家老小生死的一封诬告信，怎么会在恩师翁宴辞手里？他张口结舌："这……这是咋回事？"

翁宴辞气得只说了声："你……"就再不说什么。章九酬蓦然意识到此时问信极不合适，于是立刻上前扑通跪下，说："恩师大人，晚辈万死难报前辈保全家安危之大恩大德！"并咚咚咚一连磕了三个响头。

翁宴辞见章九酬把头磕得撼石有声，遂说："莫言谢我！若不是廉惜芝的幕宾姚秉辛送信洪家然后又知会妙聪师父，妙聪师父又带八极武僧连夜蹲守，半道截住信函，莫说是你，就连老夫的身家性命也要葬送你手里了！"

"老师！"章九酬悲怆地喊了一声，即刻泪水涟涟，"真没想到……没想到，怎么竟会是这样……"

"还不赶紧起来，谢过妙聪！"翁宴辞厉声喝道。

陷入懵懂的章九酬忽又觉天旋地转，眼看就要瘫倒，妙聪疾步一把扶住了他。章九酬稍微定神见是妙聪，遂动情喊道："妙聪师父！"

妙聪随之回道："九酬兄！"

清了马上赞道："善哉！善哉！"并随之开心笑了。章九酬和妙聪四手叠攥，紧紧地握在一起，炽面对泪眸，心心滚烫，口口难言，久久说不出话来。

翁宴辞见状，长吁了一口气，往前走了几步，迎风立在石堰边沿，背着手臂，昂首挺胸，看着山外的一派葱茏，感慨道："九酬啊！怀川明月重现韶华莫忘驴长老。"章九酬听后擦把眼睛，略思便亢奋应道："禅院高僧巧施义举该夸妙聪人。"

翁宴辞脸上浮出满意的笑容，回过头来，见章九酬羞愧地刚把目光从自己脸上挪开并埋下了头，便说："还算行，你还没乱心智。"

章九酬赶紧回道："恩师如此教诲，晚辈再不会乱了……"

翁宴辞放缓口气："那就好……"

几人都是吟律之人、词林雅士，兴致勃勃之际，自然都不肯错过。妙聪出口就来了个上联："翁老前辈禅心若朗可谓先贤泽后世。"清了马上和出下联："章少晚生禀性乃真亦称后辈傲今雄。"

"哈哈，谬也，谬也！二位大师所言过重了！"翁宴辞朗声说道。

"绝非我师徒俩言重，而是大人褒奖太过，贫僧着实不敢冒领……"清了诚恳地说。

翁宴辞听了，朝清了近了两步说："一点不过。此事若不是你这高足化腐朽为神奇，挽倾厦于将覆，哪还会容得咱们在这月山上吟词弄律？九酬他藏头嵌尾，拼了个怀禅老人，又赞了妙聪师父，理当如此，理当如此啊！"

清了和妙聪听了，正欲开口，却被章九酬抢了先："恩师虽居庙堂之高，心怀禅镜，确实是泽后世，但晚辈绝不敢妄领'傲今雄'三个字……"

"翁大人你看，要不是章大人点破，我还真不知道被妙聪的上联牵着，也凑了一句藏头嵌尾的下联哩！翁章世雄，太好了！后生可畏，后生可畏哩！"清了笑着捋了把胡须说，"这百里怀川有他们这些后生，真是幸事啊！"

翁宴辞听了清了的话，点头笑笑，感慨地说："住持虚怀若谷，情贯苍生，绝非一联一诗一词的技巧文采能比，后辈们务必以长老为楷模啊！"

清了听了，由衷说道："更有翁大人的舐犊之情，着实叫老衲动容……后生们千万莫要辜负……"

章九酬庄重地点了点头。

妙聪双手揖十："阿弥陀佛……"

翁宴辞突然喊道："来人啊！请圣旨——"

十九

翁宴辞一声招呼，堰下石阶和大士阁左后迅疾闪出了一队兵士。为首一人，身着黄马褂，手捧镶金红木盒，另有几人端盆拿帕。最后边是觉慧，还牵着大名鼎鼎的“驴长老”。

除了翁宴辞和驴儿，所有在场人都已蛙伏在地。翁宴辞伸手于盆，象征性地浣了下手，然后拿巾帕擦干，恭恭敬敬地将圣旨接过并抻展，一字一句地宣道：

奉天承运，皇帝诏曰：

怀庆府同知章九酬为官清廉刚正，勤勉剿乱，赤心抑夷，着即接任怀庆府尹职，越晋四品；月山寺住持清了，广布佛恩，惠及当域，赐日月龙腾旌旗一面，凌空方丈，以示褒奖；月山寺首座妙聪，百草惠乡民，韵律贯儒风，虽畜名长老，有玷菩提，然养畜有悟，教化民风，并成趣事，故而有功。即日起畜之野号并山寺九百八十六亩课税一并免去，以正佛名，宜兴禅寺。

钦此

“领旨谢恩……”清了、妙聪、章九酬等唱道。

“圣旨宣毕，尔等退下吧！”翁宴辞说道。待那禁卫士兵刚刚远去，翁宴辞自己却忍俊不禁，哈哈大笑起来。清了、妙聪也随之笑了。

章九酬顿时莫名其妙。一头驴儿咋弄出了这么大的动静，一个绰号竟换得了免去月山寺所有课税？后经妙聪详述了实情，章九酬才恍然大悟。

原来，妙聪获知府尹廉惜芝密函呈报要对章九酬下黑手，遂率武僧截得密函，暂囚信差，并连夜赶往河南巡抚衙门，将情状告知倾向革命的巡抚大人，另起草省府报文，历数了廉惜芝的种种逆施，虚拟出一个革命党怀川地区总召集“吕詹劳”，并说“驴长老”系月山寺的首座妙聪驯养毛驴意外所得之绰号，驴长老即妙聪，妙聪即驴长老，与所谓的吕詹劳根本就是两码事，但廉惜芝玩忽职守，误将绰号为驴长老的妙聪当作乱党怀川总召集吕詹劳，擅动兵马四处缉拿，以至于贻误战机，使吕詹劳乘乱私运枪械、银两得逞，并侥幸逃脱，同时历陈其贪贿渎职、纵夷失土之实，要求朝廷据其之过，予以严惩。就这样，妙聪既消了章九酬和翁宴辞之灾，也使自己化险为夷。至于那驴长老绰号连同月山寺所有课税被一并免除，实属意外。

章九酬听过妙聪所述事之始末，回味感慨无尽。翁宴辞突然发问："那两个信差现在何处？"

"已于昨日遣放回乡。"妙聪回道。

"该叫他们继续供职才好，你说是吧九酬？"翁宴辞说。

"是，理当如此。"章九酬回罢翁宴辞，遂转而面向妙聪，由衷赞道，"师父菩提妙手，实乃大智慧之神人啊！"

妙聪听了马上说："九酬兄过奖。眼下朝廷浑噩，外夷逞强，山河破碎，面对怀川苍生之苦，贫僧只不过是欲尽绵薄罢了。无奈吾心愚智钝，无意间累及了九酬兄这样的贤达，甚至差点把翁老前辈也牵扯其中。眼下翁老前辈屈尊体恤，九酬兄亦能不计前嫌，贫僧感激涕零，怎敢妄称菩提妙手之盛名啊！"

妙聪的话，使章九酬不仅心服而且情动，感佩间一时还没找到话语，翁宴辞倒先开了口："九酬啊，真该好好想想，今后该怎么办。"

"一定、一定，妙聪师父的恩德在下永志不忘！"章九酬言铮如磬。

"差矣！"翁宴辞捋了把胡须说道，"妙聪此举，绝非一私之能，更非为私而工。现如今，局势纷纭，外忧内乱，天灾频仍，加之人祸，使我好端端的泱泱大国日月无光。就连这过去被称作卧牛之地日进斗金的百里怀川，也是民不聊生，一派败象。按理说，外资入内也并非坏事，但廉惜芝之流中饱私囊，丧权失土，一味退让外夷，伤我民本，致使大批民营企业破产，工人们难以度日。如若这样继续下去，我大清朝可真的要国将不国，民亦不民了。"

翁宴辞说到这里，停了下来，思忖片刻后又直面章九酬说："你临危受命，接任知府，一定要以怀川百姓为念，抑夷保地、安抚民生，以顺天时，这才是乾坤正道。"

“是！晚辈一定会铭记于心，绝不贪一己之私，顺天时而惠百姓，竭尽全力！”章九酬说。

翁宴辞听了章九酬的铿锵回话，转而对清了和妙聪说：“月山居怀川正中，背靠太行，俯瞰全川，东临煤业重镇焦作，南傍商贾云集之地清化。九酬新任知府，权柄在握，再加高僧在此，依佛布缘，定能政安一域，施惠全川。”说到此，翁宴辞话锋一转，拱拳说道：“宴辞拜托了！这里已事毕，老夫该去看看孩子们了。长老莫笑话，宴辞乃俗人，难舍儿女情长啊！哈哈！”

“此言差矣，人非草木，孰能无情？只不过佛情以众世情有专而已，离开了情字，便人无可继，佛恩向谁？又谁祈佛佑？阿弥陀佛……”清了言道。

翁宴辞听了，再次拱拳：“长老乃彻悟之功德圆满者也，宴辞钦佩之至！我这就告辞了！”

翁宴辞在章九酬随扈下，告别了清了师徒，离开了月山。但他并没有西去沁阳，而是南下去了清化。

在刀光剑影和心智博弈中跌宕了大半天的月山，此刻终于恢复了宁静。

太阳西坠，光芒被虎啸山遮住，一层薄薄的雾气从林隙树缝中缓缓渗冒出来，使麒麟岭东侧的月山寺少了些明丽，多了些灰白，只有凤鸣山山顶的柏树林梢还亮着。

日落一分，山暗一尺，当凤鸣山最后一缕夕照终于退去时，夜幕降临了。

晚些时候，清了住持在妙聪陪伴下，登上了凤皇台。空相灵塔前，已摆好两个蒲团。二人共同面北，一左一右，双手合十，盘坐无语。

月亮升起，把银光洒满了凤皇台。不远处偶尔会响起马唧鸟儿的漏吟，还有些不知名的虫声若断若续。一阵风掠过，虫儿咽声，凤皇台一下变得死寂。

少顷又一阵风来，比先前大了许多。二人空灵恍惚着，感觉先祖空相似又回到了凤皇台。一个幽远神秘的声音突然在半空响起：“清了、是了……清了、是了……”反复念诵了足足有半个时辰才隐去。

“听见了吗?”清了的口气，夹杂着哀惧。

“嗯，有点隐约……师父听得清白?”妙聪小心翼翼地问。

“是，清清楚楚，明明白白。”清了似有哭腔。

“为何反复呼唤师父名号?”妙聪又问。

“了也，轮回之始终也……”清了呜咽了。

“师父，大清朝果真濒临了时?”妙聪再一次问。

“这些已不重要……这，也许只有先祖知……你先回去吧，我还须时辰。”清了好像灯油耗尽一般，突然变得少气无力。

“是，师父。”妙聪走出几步又回头看看才离去。

月山寺一整天的风云跌宕，对清了来说已经不重要。他听得很清楚，空相说清了即清亡。可是，清了能放得下大清朝，未必能放得下月山寺。对他来说，月山寺是他的一切。

偌大的凤皇台，月光比先前亮了些。清了端坐于蒲团，袈裟呈圆形虚落在地，加之月光似清水也似薄云，使他像坐在祥云莲座上一般。

一片寂静中，清了亦幻亦梦，自语道：“朗朗明月，古刹通灵，法度轮回，莫非有秩焉？自先祖空相于金正隆三年开寺至今已近八百年。明永乐三年、乾隆廿三年，山寺两度因毁重建，间隔均为三百年。迄今已又过了一百四十八年，所余一百五十二年内，这月山又将重蹈覆辙？按先祖制序，吾取名曰清了，先祖复唤其号，无非是说大清朝至吾辈即到了时。朝廷已失德，民众自唾弃，此乃天经地义。可是山寺呢？你说的是清了是了，抑或是清了事了？我也知您曾留下有清了寺了之箴言，今晚您一遍遍地呼，难道真的是这月山寺也走到了尽头？若如此，岂不是吾于生时了月山，月山了于吾手里？吾辈斗胆问请，为何选了徒儿承受这万劫不复的罪过？先祖在上，这月山的宗谱可是您老人家排的序，为何让我摊上了一个清字辈？且还取名为了字？何至如此！何至如此啊——”

皎皎月光下，空相灵塔静静矗立着，清了盘腚如昆，躯体刚直，头颅前倾，合十于腹，指叩眉心，悲泪流下，恰似怀川的两支水脉：一条丹水、一条沁河。

清了一个人哭了很久，也说了很久。

妙聪并没远去，他一直站在鼓楼前，在不远处看着凤皇台，看着空相灵塔上的斑驳月光。

第二章　联手抗夷

二十

清晨，初阳刚跃上沁河堤。

沁阳城睡意还没完全退去。大街小巷鲜有人行。散落在全城的数十个大大小小的泊池，已有女人在捶衣洗菜。

折桂私塾后花园也有一汪泊池。

花园内湿气很浓，泊池水面上贴浮着一层很淡的白汽，由于没风，那水汽一动不动。忽听嘚儿一声，一小石子落水，化作一圈圈的波纹悠悠荡开，水汽开始微微晃动。佩瑶站在池边，手持书卷，看着水中的树影变了形又复原，一副百无聊赖的样儿。

“佩瑶姐，佩瑶姐——”绿萼的声音。

佩瑶刚回过头，绿萼就跨进了斜竹半掩的月亮门：“姐姐，我想死你了呢！”“想，还这多天没有音讯，要是不想呢？”佩瑶讥道。

“姐夫那邦还好吗？”绿萼问。

“咋老是姐夫姐夫的，你是谁家的小姨？真是的！”佩瑶嗔怪道。

“你！别说话恁歹毒，我知道你船头歪在哪儿，还不是记着我哄你去月山？哼！”绿萼脸横着，嘴角却挂着笑，并偷偷瞄着佩瑶的脸，“多少积点口德，别到时候谢我都来不及，把你那知府大人赔给我我都不依你！”

佩瑶先是在泊池边一个人想心事，担心着章九酬公事不知怎样，叔父翁宴辞也不知来了没有，绿萼突然出现，使她把自己上山、章九酬上当攒着的心气不觉就撒了出来，但马上就后悔了，后悔不该意气用事，怕给章九酬再惹麻烦，于是矫情地噘起了嘴儿：“哼！谁跟你一般模样，三块石头也支不出个稳来。俺个只有同知，哪有什么知府大人给你赚，想的倒是美！也不嫌羞臊，哼！”

“我说你有你就有，你可是真舍得？”绿萼仍是一味调皮。

佩瑶心里惦着章九酬跟叔父，遂把话题岔开：“说！老实跟姐说，是哪个俏郎君绊住了你腿，这么多天也不来看看我！”

“哪有啥俏郎君，我大大收红果当我二媄时，二哥不在家，如今他带着二嫂跟侄儿从南洋回来，大大非要留我在家多待些日子陪他们，去去陌生。”绿萼说。

“你二哥二嫂走了？”

“还没呢。说是焦作有个英商福公司，叫他去当工程师，在家跟我爷爷正闹呢！我家老祖宗也是，非要把我那侄儿也送来折桂私塾，我嫂子不愿意，说都啥时候了，科举也已废除，还学那些八股文章干啥！要上洋学堂。”

正值此时，街上忽然传来一阵锣声。“姐，快！是姐夫！回来了！”绿萼说完，拉起佩瑶就往外走。

佩瑶把绿萼的手一拂，也不说话，又认真听了听，然后惊喜说道：“快，是叔叔来了！”

绿萼很惊诧：“叔叔？哪儿又冒出个叔叔？你咋知道是什么叔叔来了？”

“嘻嘻，这你不知道了吧？走！咱路上说。”佩瑶拉着绿萼边走边说，“这大清朝的官员，开道锣声是有定制的，知县七声锣，意思是代人喊话‘军民人等齐闪开’；知府是九声，即‘官员军民人等齐闪开’；巡抚是十一声，即‘大小官吏军民人等齐闪开’；而十三声锣，属一品大员或钦差专用，即‘大小文武官员军民人等齐闪开’。怎样,明白了?”

绿萼顾不得回答,只沉溺于听觉,直到连听带数十三声锣响完,才喊道:“哎呀,你叔叔原来是钦差!”

当佩瑶和绿萼来到街上时,街上已人涌如潮。一支浩浩荡荡的仪仗正由东向西缓缓而行。最前是一兵士举着小红亭为前导,后跟遮雨用的大红伞,然后是遮阳的绿屏扇,再后是鸣锣的四个兵士,又有举着肃静、回避木牌四人随其后,官衔牌上写着“太子太保一品大学士”,后紧随皂役四人,一遍遍喊着:钦差正堂,官民礼让!然后是八个身着黄马褂的禁卫,前边两人还提着熏香笼,后边是八抬大轿。八人抬轿,四人备勤。轿子一旁,章九酬骑马伴行,其服饰已换成了青金石顶、云雁缠身的正四品服饰。轿后跟着骑马的巡捕和兵士,最后是辆囚车,枷笼里站着衣冠不整的廉惜芝,他蓬头垢面,再无往日的风光与体面。

佩瑶和绿萼挤在人堆里,各种说辞不绝于耳:好家伙!是皇帝来了?不是,是一品钦差!哟,还有黄马褂哩!那不是廉知府吗?怎么突然被囚了?

佩瑶先惊喜后又纳闷,再想想绿萼在折桂私塾那些疯疯癫癫的话,于是就问:“咋回事?”

“信了吧?把他赔给我?”绿萼说罢,咯咯咯笑了一阵才又说,“我的好姐姐,别问了,我也是只知道九酬哥当了知府,廉知府咋突然成了阶下囚,我也不明白。”

直到仪仗人马渐行渐远,佩瑶跟绿萼才回到折桂私塾。临近午时,知府衙门来人通报:太子太保、一品大学士翁宴辞恭请贺墨汀先生携翁佩瑶、翁灏元到知府衙门过话。

知府衙门,坐落在府前街距离城东门不远处,坐北朝南,门开八字。此刻,府衙正门敞开着,一旁的惊堂鼓昂首伫立。贺墨汀、翁佩瑶、翁灏元刚来到衙门前,李宽成即迎上来,带领三人穿过正堂,来到后院的客厅。早已换了便装的翁宴辞和章九酬双双走出。

“墨汀兄!”翁宴辞喊道。

“快,你们俩快过去!”贺墨汀对佩瑶、灏元说。

“不急不急,宴辞这里有礼了!”翁宴辞道。

“哪里！你我虽说是同朝为官，又相识甚久，但还该嫡亲为重。”贺墨汀说过又转对佩瑶、灏元道：“快，快见过令尊。”佩瑶领灏元上前一起跪拜了翁宴辞。后翁宴辞和贺墨汀相携进入了客厅。

客厅内早已摆好宴席，翁宴辞坐于主席，贺墨汀、章九酬分坐左右，其余依次入座。席无外人，杯盏未几便话入了内情，可谓其乐融融。正值此间，李宽成持纸笺来到客厅，递给了章九酬。“何事？”翁宴辞问。章九酬看了一眼便忙将纸笺递上：“姚秉辛的……”“嗯？”翁宴辞把纸笺接过，仔细地阅览后，轻吁了一声，“是个义士。”

“秉辛走了吧？”贺墨汀问过紧接着说，“人各有志，顺其自然吧！”

“贺兄早知？”翁宴辞问。

贺墨汀回道：“也不早多旦，昨晚他去过宅上，好歹他跟了廉惜芝已经五年了，情谊也不薄，听他那心思，原本是想救九酬贤侄的，昨天他有预感廉惜芝会伏法，说若如此，他就是为仁而不义了，刚九酬一提姚秉辛，我想就是此事。”

贺墨汀说到此，又突发感慨：“我当时非告老还乡不可，也是为此，官场久了，情谊交汇，黑白总是既相克又相合，往往叫人扶正有忌，驱邪难安。此次九酬虽化险为夷，变祸成福，但贤侄的秉性非仕途之君啊！”

贺老先生一席话，使得原本喜气洋洋的宴席陡然增添了些许的沉闷气氛。除翁灏元童心难悟、翁佩瑶晓得大半以外，其余人不得不冷静下来，再记起前些时那些心惊肉跳的情形，但凡一个细节出了问题，站在囚笼里的就可能是章九酬，兴许还不只是他一人。翁宴辞是资深的仕途老将，贺墨汀是深谙中庸的鸿儒，他们总能在时局世事的节骨眼上，洞察到无限风光背后的隐忧，这种隐忧有时会蛰伏数月、数年，乃至数十年。但他俩目前最担心的，是章九酬过于刚直的秉性。

是夜，翁宴辞父子下榻知府衙门，章九酬跟佩瑶则回到了折桂私塾的后小院。

夜已经很深了，折桂私塾后小院的东屋还亮着灯。章九酬在室内来回踱着，佩瑶则坐在床沿趁着油灯看姚秉辛留下的信：

章大人钧鉴：

在下秉辛叩安恭祝。余钦佩大人学识、心性。大人新晋，理应侍于左右，然往历终使心身难负公务之要，累新尹着实不忍，故企大人觅健贤而辅。余唯愿大人抑夷保民有为矣。

谨奉堂前

秉辛叩首

“咳……”章儿酬突然叹了一声。

“咋了？”佩瑶放下姚秉辛的信问。

“没啥……”章九酬说。佩瑶看他继续闷着，便不好再劝他什么。

“是舍不得那姚秉辛？”停了好一会儿，佩瑶突然细声细语地问。

“嗯？”章九酬似旁骛乍归，看了看佩瑶才说，“是。这一连几天，衙门里皂役、捕快，无一不在相互打听，问那姚秉辛。看来他人缘极好。”

佩瑶重新拿起信。

“他写了一手好字。”章九酬说。

“心更好……”佩瑶看着信说。

“是。寥寥数笔，拳拳之心，尽管殉垢而陨，但还是叫人眷顾。”章九酬惺惺相惜。

“你要是真舍不得，就唤他回来。”佩瑶把信放下说。

“观其文知其心重，恐夺命可，而移其志难。”章九酬道。

“志无须移吧？”佩瑶又晃一眼信说。

“何以见得？”章九酬惊异反问。

“其志不在官、禄，而在抑夷保民啊！”佩瑶说。章九酬听了，马上走到灯前，把信又仔细地品了品，说：“把灯头捻亮点。”

佩瑶捻了油灯，但仍不太亮，于是摘掉玻璃罩，剪去了灯芯的焦头。灯亮了许多。她正要把灯重新罩上，章九酬突然说：“你真是冰雪聪明！”遂把信胡乱一扔，猛将佩瑶揽过，抱到了床内侧。

“啊……”佩瑶惊了一声，轻柔吁喘道，“哥嫌灯暗……我以为还要再看信……”

“我要看的是你……”

“啊！哥……”

摘了罩的油灯，发着橘黄色的光，灯苗被阵阵袭来的床笫风吹得摇晃起来。

“你知……道吗？”

“啥……”

“我想叫你死了！”

“那就叫我死了吧……我的好人……”佩瑶娇喘起来，一串死不去又活不了的声音。

灯苗继续摇晃着，光线忽明忽暗，但一直亮着，并亮了很长时间，也许后来累了，终于慢慢熄灭。

二一

五六月份是怀川大地最好看的季节，也是月山、焦作、沁阳这一狭长地带最生动、最鲜艳的时候。北端的太行屏障全染成了绿色，山外一坨坨一片片的竹林似连非连，一个个小村落掩映其间。沁水长堤，丹河堰柳，池塘密布，稻畦错落，总给人一种错觉，以为这儿是江南或岭南某个地方。

洪家庄园身居绿野又远离庄稼和竹林，在阳光下灰压压一大片，气势宏大和独一无二使它显得多少有点孤独。苍老而浑壮的门楼前，此刻正跪着一个三十多岁的男人，他是怀庆知府衙门的首牌幕宾姚秉辛。

他是离开沁阳的第二天一早来到这里的。通报以后，里边传出话要他在门口跪等。眼看快中午了，大门才吱呀一声打开，走出了几个人。为首的是洪小囡。

“大大……”姚秉辛抬头看看，马上双手伏地深埋头颈。

“想明白了没有？”洪小囡问。

“明白了，我不该在新知府用人之际离开。”姚秉辛说。

“混账话！你哪明白了？”洪小囡厉声叱责。

“大大……”姚秉辛说，“哦！是抑夷保民之际……”

“算你没笨死！快起来吧，恁爷叫我接你。”洪小囡说罢，姚秉辛站起时一个趔趄，洪小囡赶紧扶住他，“慢点，坐一会儿揉揉腿再起来，免得落腿病。”

姚秉辛坐在地上这里揉揉那里捶捶，然后在家丁搀扶下站起来。他中等个头，额头饱满，面颊微凹，鼻梁直而鼻头小，眼睛不大但清澈有神，人显得内敛且有性情。他跟着洪小囡来到客位时，洪戢端着水烟袋刚把烟嘴从唇上挪开。

“爷爷，孙儿给您请安了！”姚秉辛说着又要下跪，洪戢拦住了他：“别跪了，坐着吧，好好长长记性！”姚秉辛犹豫了一下，洪小囡替他说：“大大，秉辛他明白了。”

“那就好，先回焦作团聚团聚，其余回头再说。”洪戢说。

“要是不中，我马上回沁阳。”姚秉辛说。

“这就对了！已经三十年了，你大大临死说的话我现在还能听得见。我答应过他，一不叫你干咱老营生，二不叫你行仕途，老老实实过日子。你去知府衙门，当时是权宜之计，想叫你为百姓做点事情，以救赎咱两家祖上损阴之过。你还记得你大大咋死的吗？”洪戢正说着突然问。

“记得，他没听爷爷劝，私下里‘支锅翻咸鱼’[①]中了瘴毒。”姚秉辛说。

洪戢捋了把胡须又说：“嗯，那年你八岁，从小读书机灵，我是真想叫你求个功名，无奈你父亲有言在先不叫你做官，我老汉不哄活人更不哄死人，既答应了就算数。从我这辈开始，咱再不‘支锅’惊扰祖宗，可那洋人来咱家门口‘支锅’，掠咱祖上留下的宝贝，那是无论如何也不能答应的！我知道你心善，这边不救章九酬你不忍，那边陷廉惜芝于囹圄你又心有愧，可是你咋就不想想，他是帮洋人挖咱祖坟哩！你大大当年是觉得欠了祖宗，那你现在抑夷保土不就是替你大大还债？父债该子还，天经地义，莫说是你，连你小囡大大和我，不都还在还吗？把廉惜芝拿下，你是还了一大笔债，立了大功哩！”

---

① 盗墓翻腾尸体。

洪戢说罢，拿起水烟袋正要吸，忽听下人报："月山寺妙聪师父来了。"

"请他进来吧。"洪戢说罢，端起水烟，划了根洋火，吸了几口，然后对秉辛说："叫你回家小住，不只是团圆，最近红、黄界之争越发厉害，朝廷软弱，夷人霸道，焦作那边恐怕很快就会闹起来，你顺便看看情状，了解些民情，待回到新府尹章大人身边，这些都是用得着的。"

"孙儿知道了。"姚秉辛话音刚落，妙聪便进了屋："洪老前辈，小僧有礼了，阿弥陀佛。"

"妙聪师父！快坐，快请坐。"洪戢热情扑面。

"有客人在，贫僧冒昧打搅了。"妙聪说。

"哦！你不说我倒忘了，这是我世交之孙辈姚秉辛。"洪戢应罢妙聪，又说姚秉辛，"来，快来见过月山寺妙聪师父。"

"晚辈见过师父。"姚秉辛浅浅鞠了一躬。

"怀庆府幕宾姚先生？"妙聪马上起坐合十，道，"姚先生在上，受小僧一拜，阿弥陀佛……"

"师父这是……使不得，可使不得！"姚秉辛见妙聪大礼相向，有些意外。

妙聪听了，不但不抬头，反而鞠躬更低，说："姚先生深明大义，转告内机，不仅使章大人因祸得福，也着实救了贫僧，保了山寺无虞，你是为怀川百姓谋了大福祉啊！贫僧代月山众僧也代清了住持，拜谢先生！"

妙聪说完，洪戢随即又一番话语，更慰藉了姚秉辛原本抑郁的心："秉辛啊，你该受此褒谢。你做的事，利友、利家、利我怀川，是件大功德！你父亲灵若有知，必笑慰九泉哩！"

"谢谢前辈们了，晚辈理该担当，以后但凡攸关我怀川百姓之事，我决不推辞！"话一出口，连姚秉辛自己都感意外，意外自己怎么说出这番话语来。

"哈哈！"洪戢见状，一拍大腿说，"这就对了！这才算有出息！"洪小囡也在一旁连连点头称是。姚秉辛听了这话，尽管年近不惑，却羞涩得像个童儿，红了眉心。

洪戢又哈哈笑了一阵，然后让洪小囡领秉辛洗漱并给妙聪安排斋饭。

洪小囡和姚秉辛离去后，洪戢问妙聪："师父今天想必有事？"

"是，只是……"

"但说无妨！"

"那就冒昧了……前辈是否知道月山那头驴儿？"

"大名鼎鼎的驴长老，老朽怎会不知？哈哈！"

"正是此物。原本倒也没啥，就是识个路途而已。眼下朝廷将其野号、杂役连同月山寺数百亩的课税一并免掉，无疑是件幸事。可这样一来，我怕这驴非但免不了野号，且会叫得更响，一旦传至京畿，指不定还会添麻烦……"妙聪说。

"哈哈，我听说了，那驴长老可是给月山立了旷世之功啊！哈哈！"洪戢笑说。

"前辈过奖了。我想，驴儿野号既然难禁，继续养在山寺便不妥。贫僧乃出家人，以慈悲为怀，故不能他图，想托给前辈暂养一时……"妙聪说。

"就这么个事？"

"是，前辈若有不便……"

"那有啥不便，也就喂鸡一般多了把谷糠而已，再说了，那驴长老乃山寺灵物，来我洪家，蓬荜生辉哩！哈哈哈……"洪戢笑道。

"甚幸、甚幸！这真是那驴儿的造化了！"妙聪说。

"岂止！这都是你神机妙算之功啊！"洪戢感慨道，"回想前一阵子，成功地资助了南方，惩治了贪官廉惜芝，救了章九酬并使他加官晋爵，还赚了月山寺免去课税，真比那水浒、三国里说的事还热闹。概观始末，全仗了你那头活蹦乱跳的小驴儿！"

"哦！哈哈，阿弥陀佛……"妙聪笑着念了声佛语后说道，"那驴儿确实是添了不少趣由，但终归是巧合而已，倒是老前辈调佩瑶，困同知，送密信，才使得危情顿消，转厄呈祥。"

"哪里哪里，全是师父智慧超凡，妙手筹运，才有这大好结局！"洪戢说罢，转而忧心忡忡地问道，"听说福公司扩域后新开的五号井也要出煤，可真？"

"真的，近日焦作便有动作。"妙聪说过又问，"前辈，是不是有文笔可荐?”

“那就好!”洪戢赞过问,“文笔?……是说文书吧?”

“正是。现在焦作那边亟须文书,我是僧人多有不便,所以想找一个既通晓官文,又详熟怀川世情之人。”妙聪说。

“现成的啊!哈哈……”洪戢笑了。

“哦?”妙聪很疑惑。

“猜猜看?”洪戢向前倾了倾身子。

“姚秉辛!”二人异口同声,随之大笑。

洪戢和妙聪正笑着,忽然进来一男青年,二十几岁样子,高挑个头,眉清目秀,着浅灰西装,深色领带,戴了一副二饼眼镜,进门就盯着妙聪看。

“哦,这是小囡的二小子书砚,在英国学矿业,刚从南洋回来。”洪戢转而对男青年说:“快来见过妙聪师父。”洪书砚上前招呼道:“师父你好!”

妙聪合十道了一句阿弥陀佛,算是回话。

二二

一大早,王梦池和冯冠彰正在经理办公室说话。

“昨晚听焦作回来人说,福公司工人要罢工。”冯冠彰说。

“我也听说了。”王梦池说。

正在此时,刘子彦推门而入:“哟,对不住,不知道冯大人也在。”说罢,正要退出去,王梦池喊住了他:“快来子彦,冯大人正要问你事情。”

“冯大人好。”刘子彦招呼说。

“快坐。”冯冠彰说过,又问,“福公司和怀川公司情状明述,写好了吗?”

“好了,我刚刚又核对了几组数字。”刘子彦站着说,“经过测算,咱们窝头里掘煤劳效和福公司基本一样,工作面咱可以再大些,但恐怕运不出来。我们输就输在巷道运输上,和外运外销。”

“这是明摆的,除了井下,就是电和路。”冯冠彰说。

“主要还是他们往国外卖很多。”刘子彦说。

冯冠彰听了，踱了一会儿说："国外市场眼下咱还顾不上，当务之急是解决用电和铁路运输。要想办法搭搭焦作罢工的顺风车……"

刘子彦看看王梦池，又看看冯冠彰，说："对了，说到焦作罢工，我有个想法……"

冯冠彰转头看刘子彦。刘子彦怯怯地说："不知道合适不合适……"冯冠彰说："快说，你不说，谁知道合不合适！"

刘子彦说："找我师父帮帮忙，他好像跟焦作那边有联系，正跟英国人作对……"

冯冠彰听了，顿时满眼放光："妙聪？""嗯……"刘子彦应道。冯冠彰打量一番刘子彦，联想其去焦作打探一事，问道："子彦，你说实话，去焦作前你是不是见过你师父？他教的你到英国人井下了解情况，对不？"

刘子彦不好意思地笑了："是。他看我为咱公司着急，便点拨我去打探。对了，我无意间提到你叫我写的那份情状，他还问我能不能给他一份。"

冯冠彰问："你没问他要这干啥？"

刘子彦说："他是师父，他不说我不好问，也没敢给他，我想先问问你跟王经理。"

冯冠彰听完，一笑三摇头："哈哈，你这个老实疙瘩啊！"

刘子彦顿时糊涂了："不中？"

冯冠彰笑了："你啊你，中、中，一百个中，赶快给他！越快越好。"

刘子彦终于明白过来："给他送月山？"

冯冠彰急切地说："愿哪儿哪儿，都中，越快越好！你要把你写的送到妙聪手里，你就给爷立大功了！要快！我现在就去沁阳找章大人。"接着，又对王梦池说："快通知备马！"

王梦池跟刘子彦把冯冠彰送出公司大院时，王梦池说："咋这么急？路上千万小心。"

冯冠彰听了，止步回头，看怪物似的看着王梦池，并和蔼地问他："说啥？"王梦池吃惊地看着冯冠彰，搞不清他什么意思，一时不敢回答。

"说了这半天，你当真不知我为啥急？"冯冠彰冷冷问。

“我……”王梦池更怯了。

“子彦,告诉他……”冯冠彰不耐烦地看了王梦池一眼说。

刘子彦轮番看了看二人,略显犹豫。冯冠彰突然瞪大眼睛,冲刘子彦猛喝一声:“告诉他!”然后跨马而去。

王梦池从来没有见过冯冠彰发这么大火,脸都吓白了。少顷,他对刘子彦发起了牢骚:“你看看老弟,他这是咋了?我是真不知道嘛!”然后又问:“他叫你跟我说啥?”

“说我写的那份情状。”刘子彦说。

“这我知道呀!”王梦池说。

“他叫我尽快给妙聪师父送去。”刘子彦又说。

“这我也知道啊!”王梦池说。

“其余呢?”刘子彦问罢又说,“可能他嫌你不知道为啥给我师父送去。”

“你知道?”王梦池嘴软了。

“我似乎明白,但不知道对不对……”刘子彦说。

“你说说看……”王梦池额头沁汗。

“我想会长是说我师父已开始帮我们了,他如果知道咱那份情状的内容,便知道怎么对英国人提条件,也知道咋帮咱。所以冯大人叫我快给师父送去……”刘子彦说。

“他去沁阳干啥……”王梦池掏出手帕,擦了擦额头,压低了嗓子问。

刘子彦说:“福公司那边员工罢工,可能联合地方煤业,那样的话局面就难以掌控,知府衙门就会因怕民变而出面干预。要是知府衙门和咱们暗中商量着来,既可压英人,又可安民心,局面就会好许多,但这可能给章大人带来风险,会长怕章大人不敢出面,这才急着去沁阳……”

王梦池听着听着便发起怔来。“王经理,咋了?”刘子彦问他。王梦池清醒过来:“哦,没啥。”说罢欲走,忽又停下问,“你咋知道这么多?”

“嘿嘿,听我师父说的。”刘子彦老实回答。

“你有这么个师父,真是你的福分……”王梦池说完此话,慢吞吞地离去,双肩耷拉着,有点蔫。

二人回到公司以后,刘子彦拿了“福公司和怀川公司情状明述”,去了月山。

当冯冠彰风风火火赶到沁阳时,已过了晌午。他找了家馆子胡乱填饱肚子,就上了知府衙门,除见了章九酬,还意外见了妙聪。

三人稍事寒暄,冯冠彰就说明了来意。但他没想到,章九酬冷冰冰地撂了一句:“胡闹!”然后又说,“朝廷的钦差还在怀庆,他一再强调,要我们审时度势。民众不管如何和英国人斗,说到底也是劳资双方。即便是地方煤业参与,也不过是外企和内企斗法。但官府一旦介入,就不是那回事了。闹不好会落个以抑夷之名挟民造反的罪名,那就麻烦了!”

章九酬一番说辞,使冯冠彰一时无语。略顿,章九酬又说:“你们先坐,我到后堂交代个事情。”遂离去。

“你带来了?”妙聪问冯冠彰。

“啥?”冯冠彰问。

“福公司和怀川公司情状明述。”

“嘿！真是……我叫刘子彦给你送月山了！不过……”

“不过啥?”

“你咋知道我来是为此事?”

“我想子彦不敢擅自做主,必然跟你言明,你一旦知晓此事便知其分量,必会争取府衙支持。”

“我叫子彦送月山了,这咋办?”

“那我就直接回月山。”

“那知府大人这里呢?”

“贫僧想,佛归佛,俗归俗,官归官,民归民,各有各的规矩,你说对吗?阿弥陀佛……”

冯冠彰听了,明白章九酬是明修栈道暗度陈仓,既要联合抗夷,又不能授人以柄,于是说:“明白！明白!”终于将悬了一路的心放到了安静处,并掏出汗帕,擦了擦冒烟的前额才又说,“妙聪师父……你……”

“冯大人但说无妨。”妙聪说。

冯冠彰不慌不忙地擦过汗,又把汗帕仔细折好放入袖中,然后往前靠了靠,啃住妙聪的耳朵说:“你可真是个神人……”

“阿弥陀佛……阿弥陀佛……”妙聪看看冯冠彰,不回话只捻珠,声音愈来愈小。

冯冠彰本来想再感慨几句,看妙聪马上变成了泥胎的模样,于是忍住。

少顷,章九酬回到客厅:“我要去神农山了。翁大人过两天就要返京,我也得有些准备。关于冠彰兄所说的事情,你们自己酌情办理就是。其余事项,等我送走了翁大人再说不迟。”

冯冠彰遂说:“好好好,俺们的事俺自己办,决不能牵扯知府衙门。翁大人事情要紧,翁大人要紧……”

章九酬淡淡一笑说:“你啊……”冯冠彰眉头一舒,遂看了妙聪一眼。妙聪仍在默默地捻珠。三个人辗转腾挪,话也只能说到这份儿上,然冯冠彰却意犹未尽,总想从妙聪光光的脑袋里再撬出几分明白。

章九酬急着要走,妙聪要回月山,冯冠彰不得不跟着离去。三人一起出了知府衙门。

章九酬骑马带队,出北城门直奔神农山。妙聪、冯冠彰一起,骑马出东城门沿沁河堤北上。约莫走了三里路,二人便上了沁河桥,径直东去。

刚下沁河桥,妙聪就甩了一响鞭:“驾!”那马儿奋蹄腾空嘶鸣了几声,然后踹起一溜土尘,疾奔而去。冯冠彰见一向斯文的妙聪陡然成了个武士,心里不由叹道:“好身手!”又连连喊他:“妙聪师父!妙聪——”他本想也弄个响鞭,谁知喊了声“驾”,鞭儿没响,反而撩自己脖颈一下,于是狠狠抽了马屁股一鞭。

冯冠彰追了大半天,才在紧贴一片竹林的路口撵上了下马等他的妙聪。

“你太快了!太快了!”冯冠彰在马背上说。

“过了这片竹林,我就北上了。”妙聪边说边上马。

“哎!别别!我还有话!”冯冠彰急切喊道。

“呵呵,请讲……”妙聪笑了。

冯冠彰消停下来,掏出汗帕擦了擦,然后说:“妙聪师父,鄙人知道师父您是巧弄乾坤的大手笔,这事可是关乎百姓生计的大事啊!万请师父鼎力而助!”

“是怀丰煤业吧?”妙聪说。

“这不一码事嘛!”冯冠彰稍急。

“呵呵！一码事、一码事，不过先生言重了，妙聪乃区区一小僧，何敢贪此巧弄乾坤之盛名！出家人不打诳语，贫僧一定会竭尽全力！但有一事相告，先生不知有无心思?”妙聪说。

“请师父明示。”

“洪家庄园可知？洪家的二少爷书砚回来了。”

“当然，我和洪小囡又不陌生，二少爷回来又咋了?”

“听说他在英国学的是矿业，毕业后他大哥叫他去了南洋，结果没有用武之地，归国后本打算效力英商福公司，洪戢老爷死活不依，你该去凑凑热闹。”

“好，好!”冯冠彰貌似有悟。

“好嘞！那贫僧就告辞了!”妙聪言毕，又是一个响鞭，连喊两声:“驾、驾!”马儿先把头朝低处一拱，然后朝天一挣，就风驰电掣而去。

妙聪刚远去，冯冠彰突然后悔:“凑凑热闹？啥意思?”又凝神自语，“真没想到，空空禅界，怎么就出了这个心怀大义，谙熟世情，又精于帷幄变通的高手……”

二三

话说两头，刘子彦赶到月山时，妙聪正在沁阳。他一直等到太阳快落山，妙聪回到了月山，才把“福公司和怀川公司情状明述”交给了妙聪，然后下山回了上庄。

好日子光阴快。一不留神，刘子彦离家已俩月。他从没在外待这么久。

此时的刘子彦，已经今非昔比，虽还不是满身锦缎，但已经短褂、长衫、宽挽袖了，头戴一顶黑色瓜瓣帽，一手握着折扇，一手提着柳箱，尽管离乡绅的装扮还差点，但明显区别于庄稼人和小买卖人。乍一看，最起码是有钱人的管家或幕宾之类的体面人。

从月山到上庄，他经前桥、穿后桥、过花园，走过条条竹巷时，还招来不少好奇的眼光。碰到一些个篾匠,熟些的会调侃他两句:“哟呵！这不是铁算盘嘛！发达了啊!”夹生半熟的,会对他点头示好。尽管刘子彦有些不太自在,但还是很高兴。他是想用这身打扮,向乔杏儿讨喜欢。傍晚时他一进院就喊:“孩儿他娭,我回来了!”

院子静悄悄没人回应。刘子彦把提箱跟扇子放在丁香树下石板上后,走到灶台前,拿起水瓢就往水缸里舀,直到咕咕咚咚灌了个够。

他一阵畅快扔下水瓢时,才发现乔杏儿正倚着门框在看他。刘子彦扫一眼自己的前襟下摆,笑着说:“杏儿,俺回来了。”

乔杏儿黑瘦了不少,但精神依旧。她嚅了嚅唇儿,也没话,仅用一双杏眸把刘子彦好一番看。

刘子彦走上前想抱她,乔杏儿一把挡住,脸一红说:“别,把衣裳弄污了……孩儿们快回来了。”

“孩子们都哪儿去了?”刘子彦眼扫一圈院子。

“就小四儿去门外耍了,几个大的都去学了。”她说。

“去学?”刘子彦很纳闷。

“嗯,你捎的钱用不着,就先叫他们去了学。”她回道。

“那点钱够用吗?”刘子彦问。

“我给先生说好了,你回来就给补上。”乔杏儿说。

“钱一个子儿没动,你们咋过啊!”刘子彦又问。

“这不也过来啦?”乔杏儿说。

刘子彦盯着乔杏儿,看着看着,猛上前又想抱她,她再一次挡住并挣开他:“孩子们快回来了。”刘子彦拉住她的手说:“来！快来看!”乔杏儿捋了把刘海,问:“啥?”

两人来到丁香树下石桌旁,刘子彦打开了提箱:“给你,都是你的!”

白花花的银子,足有百两之多。

乔杏儿吃惊地问:“才俩月,这么多?”

刘子彦说:“月份是二十两,其余是冯大人赏的。”

乔杏儿继续问凭啥,刘子彦这才把焦作下井、刺探英商福公司的事讲了,听得乔杏儿含泪而笑,灿烂如花。紧接着,随着一阵喧闹,孩子们涌进家门。

四个儿子一见刘子彦，顿时怔住。刘子彦遂喊道：“傻蛋一堆！吃怔啥啊！”小哥儿几个一窝蜂拥上去，一起大大、大大地喊着，又抱胳膊又抱腿，把刘子彦和乔杏儿乐了个透。老四达全眼贼，一眼晃见提箱里的银子，问：“娭，这是啥？”

乔杏儿砰一声合上盖子：“啥！书，房，还有媳妇！”三个大的啥也没看见，闻声追问：“啥？啥？”乔杏儿不理会，提箱进了西屋。达全一把拿起折扇，拧着劲总打不开。刘子彦一眼瞅着，夺过折扇就给了达全一巴掌。达全哇地哭了。乔杏儿飞快从屋里跑出：“咋了咋了？”

“这可是宝贝，弄坏我可不饶你！”刘子彦抚弄着扇子说。

“啥宝贝扇子，你竟舍得打孩子？”乔杏儿埋怨过刘子彦又开始哄达全，“不哭乖，赶明儿娭也给你买个，不稀罕他那破扇子！”

“破扇子？你知道不，这扇骨是鬼见愁[1]木头做的，扇面是杜翰林的字……”刘子彦正说着，乔杏儿一把夺过就要撕，吓得刘子彦惊呼：“哎！千万别！那可是侯山村扇子王的手艺，十几两银子哩！”

“啊？那么贵？你咋舍得？！”乔杏儿哭了，随手一杵把扇子搡给刘子彦，扭头离去。

丁香树下吃晚饭时，刘子彦想跩，乔杏儿想听，一个问一个答，再加上孩子们冷不丁插些闹腾，很是热闹。刘子彦想起啥就说啥，什么同知章九酬升了府尹，朝廷还免了驴长老杂役，原来的知府廉惜芝被罢官入狱，自己一个月能挣多少银两，每天都是咋吃咋睡，但凡想起便不落下，一股脑地往外倒。直到吃完了也说累了，乔杏儿先收拾了锅碗瓢盆，又给孩子们一个个洗了，才跟刘子彦领着达全进了西屋。

北屋的灯没多会儿就灭了。西屋的灯灭得稍晚些。灯一灭屋内便有了响动。那响动，开始时很谨慎，也没章法，但很快就张狂起来，还有了节奏。咣当咣当的，一听就知道是周公晃床板。达全不懂，也经不住晃，没儿回合就醒了：“娭！你跟俺大大在弄啥？”床板马上咽声。黑暗中乔杏儿哄达全

---

① 稀有树种无患子的别称。

说:“快睡乖,有老鼠。”

平日达全胆最小,只要听说有老鼠,就会马上乖乖睡去,但今晚不,可能是刘子彦在家壮了他的胆子:“老鼠老大大? 逮住了?”

“老大大! 快睡吧!”乔杏儿不耐烦地说。

“哈哈哈……”刘子彦忍俊不禁。

“笑啥,叫你迟些迟些,就是不听!”乔杏儿嗔怪的声音尽管很小,但还是传入了达全的耳朵:“不要怕媄,你要是怕,叫大大帮你。”

“真乖四儿,我帮你媄。”刘子彦兴奋不已。

“嗨……”乔杏儿幸福而无奈。

很快,达全再不作声,并迷糊睡去。床板重新咣当起来,好久才安静。乔杏儿又提起那把扇子:“你不觉太贵了些?”

“我知道你心思,那是冯会长给我的。”刘子彦说。

“真那么值钱?”乔杏儿问。

“可不是! 那扇骨是用鬼见愁木做的,既辟邪又难寻,上边的字,是马营村杜严写的,听说是个进士还入了翰林,再加上是扇王亲手做的,就更金贵了。”刘子彦解释道。

“扇王是谁?”乔杏儿问。

“侯山村的刘汉羽,乾隆爷来月山时就使过他祖上的扇子,直夸他祖上的扇子好呢!”刘子彦说。

“看来还真是个好东西。”乔杏儿高兴起来。

“那是!”刘子彦说。

“哼! 扇一好就不要人了?”乔杏儿嗔怪。

“你净睁眼说瞎话,我啥时候不要你了?”刘子彦说着就又动起了手。

“你……我是说你要扇子不要儿……”

“我知道,我说的是你……啥时候俺都不会不要你……”

“注意身子中不中,不累得慌?”

“我的傻人,一试不就知道了?”

二人寥寥数语,遂催床风骤起,顿化春水荡漾。后他挽着她的手,她脸贴他的胸,直到天明。

刘子彦一觉醒来，乔杏儿已做好饭菜。达文、达武和达双，已去私塾，只剩达全还在梦里。

吃过早饭，刘子彦交代乔杏儿，先把欠的学钱补上，再给自己和孩子们添些衣裳。乔杏儿说大老爷们不该管这些鸡毛蒜皮，做好外边的事才是正理，并塞给了他十两银子，嘱咐他有斗金不济老财，有文钱要帮佃户，然后把他拾掇得毛光面净，送出了家门。

刘子彦扣着瓜瓣帽，提着柳条箱，拿着纸折扇，穿下庄、过七方，还一路哼着怀梆，很快就到了清化。

刘子彦靠铁算盘，本来就有名气，再加上他从清化到月山，又从月山到清化，来回这么一走，很快就声名鹊起，都说上庄的刘子彦发达了，成了人物。

二四

就在刘子彦返回清化的当刻，翁宴辞从沁阳启程返京。随着十三声开路锣响，翁宴辞的仪仗队浩浩荡荡地从沁阳的知府衙门出发了。章九酬、贺墨汀、佩瑶，及知府衙门兵勇衙役若干，分别以轿、马、步随后。

队伍很快就出了城东门，然后沿沁河堤北上。过了沁河桥，队伍即停下调整。各种衔牌、仪仗尽数收起。步兵改前哨，随后是禁卫。八抬大轿换成了车轿，八个骑兵分两组，前后拱卫，最后边是数十个士兵。章九酬、贺墨汀等纷纷落轿，与翁宴辞辞别。

“恩师大人，修武、焦作那边正跟英国人闹，多有不便，请见谅晚辈不能亲送。”章九酬恭敬言道。

“老夫年纪是大了些，但孰轻孰重还辨得清，眼下抗夷保民正酣，你循章避嫌是情理之中，这老夫懂得。”翁宴辞说罢，随即携贺墨汀离开了章九酬几步，悄言窃语：“墨汀兄，九酬年轻气盛，要多指拨……再就是他和侄女佩瑶的事，还望兄待时施之委婉……”

“放心翁大人，有老朽在你尽管放心……再说了，我也有不少事情麻烦他们哩!”贺墨汀说,“不过,你带走灏元我可是真舍不得啊!”

“那就给你老兄留下?”翁宴辞笑着说。

“哪能!还是回京城吧,长久计,大处计,还是京城鸿儒荟萃,公子一定会借浪腾云。”贺墨汀说。

“快来灏元,跟贺老伯伯礼过。”翁宴辞说。

翁灏元原本偎在佩瑶肘腕里,听父亲喊他,闻声即前来,并施跪拜大礼:“孩儿辞别老伯。”

“哎哟哟,我的好侄儿,不用这样,不用这样!”贺墨汀待翁灏元起来,然后挪前两步贴近翁宴辞低声言道:“我有话想问你……”

“请。”翁宴辞说。

“这灏元小侄……你可心里有数?”贺墨汀问。

“墨汀兄的意思是?”翁宴辞试问道。

“我观灏元小侄的面相……”贺墨汀话说一半,翁宴辞就截住了他:“墨汀兄忘了?我五十岁那年得此犬子,曾写信告知,你还替他演了生辰八字,说他将……”

“对对对,你这一说,我才想起,既然如此,那可要好生看好了他……”贺墨汀说。

“借兄吉言,但愿他将来能成不愚,效力国是民生,我们还能指望什么呢?”翁宴辞说。

“翁兄乃国之贤臣,只是生不逢时啊!咳……”贺墨汀说到此处,突然悲怆落泪,“好端端一个大清朝,咋说不中就不……不说了、不说了,赶紧上车赶路吧!”

翁宴辞见状,脸色也阴沉起来。两个老朋友眼中不觉都露出离别的伤感,相互安慰叮嘱了一番后,翁宴辞这才慢慢转身向车轿走去。

开道锣声再度敲了十三响,向辽阔的原野上远荡,章九酬、贺墨汀、佩瑶等望着翁宴辞的队伍远去,直至目穷。

当晚,翁宴辞到了焦作,后在修武知县等人迎送下,于次日晨上火车,离开了怀川。

翁宴辞走了,翁灏元也走了。章九酬自京城回来后两个月的风云跌宕顿时平静下来。他把这些日子所有的事情前前后后又捋了一遍才发觉，自己心里有个深暗模糊的角落，随着翁宴辞的离去而变得明朗清晰起来。那里藏着他对大清朝的不甘，也藏着他对革命党的疑虑，他想象不出以后没有了大清朝，世界将会是什么样子。这短短两个多月发生的事情太多太突然了。他完全是身不由己地被一股硕大的浪潮卷着走的。新乌纱没能够缓解他的心神疲惫，抗夷保域一事却又山雨欲来，抗夷保域的狂飙一旦掀起，自己和知府衙门无疑会被卷到风口浪尖。在抗夷保域大是大非面前，他无论是作为官宦还是士子，都不能含糊，甚至不惜肝脑涂地。正可谓：将有必死之心，士无怕死之意。

章九酬送走翁宴辞后，在知府衙门整整待了一天，把新近积压下来的民案卷宗看了不少。

傍晚时分，他回到了自己的府邸，一进门就被告知，夫人从老家回来了。

章九酬的府宅位于城南门内西侧约半里处，坐南朝北，一连四进，门开东北。一进院东西狭长，正中是二门，二进院堂屋是客位，从两侧绕过堂屏便进入三进院，正房章九酬和夫人的居室是座两层小楼，楼两端各有一个窄小的通道可入后院，家用、杂役、厨房、仓储都在这里。

夜里，章府光线很暗。除了居室，只有通道转弯处嵌在墙壁里的灯窑，会发出一点微弱的光，但时间很短，它会随着章九酬和夫人的房间熄灯而熄灭。

用过晚饭，章九酬和夫人王娴馥回到了自己屋。放在正堂桌子中央的西洋式丛光蜡台已经点燃。五根蜡烛其中的一支略高些，被其余四根拱卫着，构成一大团橘黄色的光，把室内照得亮堂堂的。

章九酬刚坐下，夫人便拧着一双小脚走到屋门口，喊道："樱桃，给老爷备水。"

"哎！这就来！"随着一声清脆的回应，不多会儿，樱桃就端盆进了屋。她把水盆放到章九酬脚下，又就近搬了一只矮凳放在盆边，准备帮章九酬洗脚。夫人说："今天我来伺候，你先候着。"樱桃随之站立一旁。夫人坐上小凳，然后去脱章九酬的鞋袜。

"夫人车马劳顿，还是樱桃来吧……"章九酬说。

“我也不咋累,倒是你这些日子辛苦。只怕是当知府又添了不少新劳累,你可要将惜自己。”夫人说。

“老人都好吧?”章九酬问。

“都扎实,放心吧!”夫人说罢,遂挽起袖子,将章九酬裤脚高高挽起,又撩水把小腿沐湿,用两掌上下捋,最后又把脚趾缝一一拨洗。

“还是夫人,耐心细致。”章九酬温和赞道。

“俺妇道人家,不能白白享用这富贵荣华,该如此的。只是几个老人牵扯,不能常在你身边,委屈你了……要是再有个人在你身边贴身伺候着就好了……”夫人的语速不快不慢,声音干净好听。

“这……”章九酬听夫人话里有话,本想说“这是哪儿话”,又觉不妥,所以把要出口的话换成了,“这些粗活,下人干也中。”

夫人伺候章九酬洗完,便让樱桃收拾,并嘱咐她:“再端些水放到里厢。”

“就在这儿叫樱桃帮你洗吧。”章九酬说。

“那咋中?俺个没学问,内私不出堂已是老爷宽厚了,再不避得远些,倒显得俺不知礼数了。”夫人说罢,站起来去卧室收拾床铺,樱桃则端盆出了屋。

樱桃端水回来直接去了卧室一侧的幽暗处,章九酬看了也不作声,因为他知道夫人对脚很讲究。说夫人讲究其实是无奈,她对自己被誉为金莲的小脚,可以说是又爱又恨,恨它丑陋,恨它无能,也恨它拖累自己走路都难。可是她又爱它,因为章九酬莫名其妙地喜欢它。他说她走路时因为它才如软柳摇曳,又说它上了床似彩莲含苞,所以她不能不讲究。每每睡觉前,她总是把它洗了又洗,还要辅之花露,生怕有一丁点的异味,然后坐在床沿换了睡鞋再上床。

在那个畸形的年代里,小脚是美女的重要组成部分,甚至被看作脸、手之后的第三张面孔,偶尔也因男人钟情排在第二甚至第一,成为“逐臭君子”[①]的图腾,所以女人对鞋很讲究,尤其是睡鞋。睡鞋也称晚袜,从不下地,属睡觉专

---

① 对嗜爱女人裹脚男人的谑称。

用，一向被富贵人家的女人们看重，王娴馥更是把它讲究到极致。她从老家回到沁阳做的第一件事，就是去鞋铺取回她三月前定制的睡鞋。

她洗完了脚，吩咐樱桃点燃床头的油灯。她没有像往常那样到床边再换睡鞋，而是悄悄地坐到了正当屋章九酬同侧的椅子上。

夜深了，章府院门口的灯笼早已摘下。院内照道的窑灯相继熄灭，只剩下章九酬和夫人房间的窗户还亮着。夫人到他一侧好一会儿他才发现，于是他没话找话，说起了新近发生的事情。弱黄的烛光，掩去了半老徐娘的她颜面上些许的瑕瑕，只剩下盈月般的白皙面庞和弯黛下的一双丹凤，以及巧鼻润嘴。她耐心听完章九酬的讲述后说："你说这些俺都似懂非懂，只觉得你身边要是再添个贴实人伺候会更好些，我刚才说的，你看到底中是不中？"

"不用了吧？"

"再纳一房吧，我不在时，你也好有个说话的人。"

"夫人贤惠，我心领了，只是……"

"是祖训吧？你想，自爷爷之后，在你以前，咱家是布衣，布衣之规咋能合你官宦之身？现今你是怀府八县父母官，有多大地方就有多大事情，里是里外是外的，我一个人真是不中，老人们又住惯了老家不肯随咱，误了家里再误公事，俺个真是担不起。"

章九酬乃性情中人，听了夫人一席至情至理的话，满腹的歉疚顿时化作爱意，遂起身上前张臂想抱她，突然又停住，见她一双脚空悬着，睡鞋很鲜艳，遂问："刚做的？"

"嗯……"她仰脸一笑，又轻抬了下脚，惹得他一弯腰捉住她一只脚："来，我看看。"夫人遂轻颤道："哟……"

睡鞋离丛烛更近了，颜色很鲜艳，做工很精巧，白色筒浅绿沿，脚背淡粉足尖红，很像一对含苞荷。章九酬捏着她一只脚左看看、右瞧瞧，顿时喜形于色："真妙……选料也好，经纬缜密薄如蝉翼，尤其这合首鸳鸯绣，像游在水里一般……"

"爷好学问，真是会夸……"夫人眼波流转间，章九酬突然松开她的睡鞋，一下抱起了她，亲着她的脸就往卧间里去，夫人顺势往他怀里一偎，问：

“爷还有心思?”

“嗯……”他把她搁在床上。

“我不信……要是真有,你得答应我件事。”她说。

“好,答应。”他边应边替她解上衣。

“我的爷,轻点……”夫人声音开始发颤。

“来,我来,看看你的小娇莲……”这次,他把她两只脚一起捧到眼前,口气十分顽皮。

“我的?”她佯装嗔怨。

“我的!”他笑表歉意。

“就佩瑶姑娘了好不? 我喜欢她,哪天把她迎进门,爷说中不中?”夫人问着,见章九酬只顾忙着她的脚,就开始自宽下衣。

章九酬完全被夫人的言语和真诚所感动,没了话语,只剩意欲,三两下就褪去了夫人的裙袂和小衣,把突兀喷涌的激情全部倾给了她。久旱期甘雨的她被章九酬一会儿抛上云端,一会儿又掷入海底,气喘吁吁,呻吟不止:“我的爷,你还是不输当年,你要折腾死俺个了……你真是我的爷……”

夫人很贤惠,但并不愚昧。尽管她知道自己所受之欢是菱借荷芳,可她还是很乐意并觉得幸福。

后来,于乏累和慵懒中,章九酬的身躯蜷了起来,把头缩入夫人怀里,像突然成了一个孩子。

夫人立马把右手从他脖下抻过去,勾住他的脖颈,左手轻轻地抚弄着他的鬓角和面颊,慢声细语地讲了许多,说佩瑶如何如何惹人疼,娶回家如何如何好,等等。

章九酬半醒半醉,支支吾吾间,也不乏温甜之语,但对于夫人的美意,他直到最后也没说句利索话。

二五

王娴馥是在翁宴辞离开那天回到沁阳的,转眼已经三天。三天里,章九酬一次也没去折桂私塾后小院。

晨时，在私塾的学生到来之前，是折桂私塾后小院最宁静的时刻，也是最美的时刻。

阳光掠过东屋房顶把白墙月门外那丛竹子的枝梢映得有点泛黄。佩瑶又像往日那样到泊池边上小踱了片刻。她看着水里树木和青竹的倒影，或成丛或成林，唯独自己孑影单单，禁不住一时情动而自怜起来。万般惆怅，杂陈五味，顿时涌上心头，遂吟了几句，默记于心，回到后小院东屋又用工笔录下：清冷。一竹斜枝，泪乱湖中影。满月水波明，薄雾淹池镜。书院诵声时宁静。踱轻步、梦残何醒。心韵凄凄叹词令，咫尺谁人应。

她录好后又反复读了，觉得过于幽怨，遂揉成一团，刚扔到木簸箕里，隐约听外边有人问："佩瑶姑娘在不?""在哩，刚才我来拾掇院子，还看见姑娘在后园里转，慢点走，夫人。"听声音，是王嫂在近处回话，很清朗。

"夫人?"佩瑶一惊，想是王娴馥来了，慌忙整整衣襟和发鬓，迎出去道了个万福："夫人好，佩瑶有礼了!"佩瑶神情还算自然，心却兔儿般跳。

王娴馥脚小不便，很少到折桂私塾。今天一早她独自到此很是突兀，佩瑶赶忙让座："快、快请坐，夫人。"王娴馥不慌不忙坐下，也不说话，只专心把屋子看个仔细，看得佩瑶心慌意乱。

"王嫂，茶水伺候夫人。"佩瑶掩饰说。

"哎!"王嫂应了，很快就上好了茶。

"这屋小了点。"王娴馥说。

"嗯……"佩瑶听夫人说房小，一时语塞，转了话题，"夫人近来可好?"

王娴馥看出了佩瑶的拘窘，于是笑吟吟说："别老叫夫人，叫我姐姐不更好? 来佩瑶，来我跟前……"佩瑶听了，犹豫着站起，怯怯挪到王娴馥面前。

王娴馥拽住佩瑶一只手儿，说："妹妹真比貂蝉还俊。"佩瑶唰地红了脸。

王娴馥爱怜地笑着说："瑶妹妹……别怕，姐姐不是恶人，你跟姐姐说实话，愿意跟他一辈子不?"

佩瑶看着眼前自己相识多年又很敬重的女人，马上被她慈爱的眼神和直接的话语打动，一下跪倒，扑簌簌滚落下不少的眼泪，嗓子也突然嘶哑："夫人……佩瑶愧对了……"

"傻妹妹！姐姐也是女人哟……知道不?"

"嗯……夫人是观音在世……"

"可不敢这么说，一个目不识丁的睁眼瞎，哪会是啥观音！快、快起来，咱姊妹坐着说话。"

王娴馥说着说着，眼圈便红了。佩瑶站起来，慌乱看了一眼王娴馥，见她也含着泪，遂喊道："姐……"

王娴馥从衣襟内掏出一只帕儿拭了拭眼睛，然后缓缓地说："佩瑶妹妹，姐实话对你说，你们的事我早知道。当年，是我答应了贺老先生，他才撮合，并备下了这后小院的。按说，明媒正娶接到府上，是最好不过。可是老爷家有旧规，人年轻，又是刚入仕，还只是临缺待补。我呢，便只顾了他的名声，倒委屈了妹妹这些年……"

王娴馥说着，流泪不止。

佩瑶才情两尤，自然瞬间就懂得了王娴馥。她的泪水，既是作为一个女人出让爱情积攒下的疼痛和酸楚，又是向命运忍让和屈从留在心底的创口。这使佩瑶不能不为自己所为感到愧疚。这么多年过去了，自己愉悦在爱的蜜液里，享受着章九酬的鲜活和美妙，可是到头来却发现，这蜜液竟有一多半是另一个女人的泪水酿制的。

王娴馥哽咽了一下继续说："佩瑶妹妹……我实话实说，老爷他丝毫不知情，我也不能对他说。我喜欢上他，那年他才十七岁。按说，也是官宦家门，爷爷叫章金华，当过河北道员。后来家道败落，全家省吃省喝就供他一个上学。当时我死活要跟他。老人就俺一个闺女，拗不过就依了我。俺大大很会做生意，家里富足，后来就自己掏钱叫老爷来沁阳城念私塾。俺大大隔一阵就来一次，骑着毛驴给他送钱，把银两藏在毡帽里。老爷也很争气，中了进士，官府给钱太少，还是俺大大又添了些，才置办了现在的家业。俺大大不在乎钱，就在乎房上那钢叉吉兽。你也知道，那都是有功名的人家才有的。他逢人便说女婿是个进士，房子上有吉兽还带钢叉。咳，这都是老皇历了……"

王娴馥说到最后，浅浅苦笑一下，转了话头："你是十二岁那年来的沁阳吧？"

"嗯……"佩瑶哭着。

"那时我一见你就喜欢，看你长得那个俊啊……现在想起还心甜。后来我有了大温……你也突然长大了，大得叫我心里难安生……俺好歹也是女流不是？后来，直到今天，我都理解了，要我是你，也会跟你一样的，见老爷这番男儿，谁不动心？后来贺老先生说了你心事，一来觉得你命苦，二来也是缘分，我偏偏压根就待见你……后跟贺老商定不跟老爷说，万一他面子上过不去一口回绝了，反倒会耽搁了你、苦了你。可眼下不一样了，我见你死心塌地对他好，孩子们也慢慢大了，我还得桥沟、沁阳两头跑，孩子们的学业我帮不上忙不说，老爷身边也确实需要个贴实人。我这思来想去，就想把你接过去，咱姐妹俩一起替他收拾好家，叫他不分心，做大事情。

"这里头，还有一层是，按大清律，官宦可娶妾，但不允私养外宅……我听说廉知府就写黑信告过他。今天说到底呀，也算姐姐求妹妹，无论咋样也要帮姐一把。再说了，还有你跟老爷的情分在里头不是？对不？……别哭、别哭，这该是喜事不是？"

王娴馥的话，使佩瑶很感动，明明自己亏欠夫人，夫人却说是求自己，所以只浅浅唤了声"姐——"，就再吐不出一个字。接着，她离座再一次跪下，将胳膊放在王娴馥膝盖上抓住她手，流着泪说："姐姐，只因辈分管死，不然佩瑶真该叫你声媄了，亲母女也不过如此，遇到姐姐这般菩萨心肠又通达事理，该是俺祖上积了多少的阴德，更是俺多大的造化！从今往后俺便是姐姐的人了，当牛做马也认了，即便是死也心甘情愿……"

佩瑶说罢，一头栽进王娴馥膝间，呜咽起来。王娴馥也泪悲脸下："好妹妹，快，快别哭……"一手托起佩瑶脂粉成泥的泪脸，边揩拭边劝，"快别哭了，苦命的瑶妹妹，你从小就父母双亡，今后就算有家了，中不中……"

佩瑶听王娴馥提及自己心酸的童年，更是悲情难禁，一头扑入王娴馥的怀里，浑身颤着，泣不成声。

王娴馥说劝抚慰了佩瑶好一阵，才离开了折桂私塾。她拧着小脚一步一颤回到家时，见几个马弁在府邸门前候着，章九酬正急匆匆往外走。

“夫人去哪儿了？也不要个轿子……”

“没事,我的脚再不走路就废了……老爷这是?”

“我先到清化,然后去焦作,那边出大事了,咱的人把英国人的矿井都封了,听说英国人还放了枪。”

“那就赶紧去吧……”

“嗯,夫人保重,我这就走了!”

“老爷也保重,太久就勤捎信回来。”王娴馥原地辗转着,看着从面前匆匆走过的章九酬说。章九酬顾不得回话,翻身上马而去。

二六

翁宴辞刚离开怀川,抗夷保域的狂潮就发端了。怀川大地乃至河南全省顿时风云四起。修武、清化、沁阳等地纷纷响应,传单、标语遍地,惊悚而醒目:河南要变成南非洲了！英商福公司盗我矿产！赶走黄头发鹰鼻子的强盗！团结起来,赶走福公司！等等。《豫报》于事件发生的第二天就做了报道:

> ……昨日,怀庆府修武县辖焦作镇突发万余众围攻英商福公司之事端,民众持棍棒镢锄等冲向矿区,捣毁铁蒺围墙,要求公司退出非法占域,矿警人员一度鸣枪恫吓……福公司所雇华员亦即启罢工,以做呼应。另有市民于福公司楼前请愿喊号,情状哄然。地方当局遂派员弹压调解无奏其效……据称,地方煤业和士绅百姓已连署提出条款六项,具体待详……

当章九酬赶到清化时,已经接近午时。往日熙熙攘攘的街道上,可见一堆堆的人在看传单、报纸一类的东西。他没有顾及这些,直奔怀丰煤业公司。

怀丰煤业总经理王梦池的办公室里,冯冠彰、王梦池和刘子彦三人正在分析事态,研究对策。

“你们看,这个条款六项,会有哪些内容?”冯冠彰问。

“外涉的,无非就是退回原地界,福公司内部员工也可能提出提高待遇,改善工作环境,其余还真不好说。”王梦池说。

“我最担心的就是工人待遇这一条。”冯冠彰说。

“为何? 这又不关我们的事!”王梦池说。

“糊涂! 他们涨,我们不涨? 涨,我们可负担得起? 若是不涨,又怎搭抗夷保域这趟车?”说到此冯冠彰想起妙聪,“哎,子彦,‘福公司和怀川公司情状’给妙聪师父了吗?”

“给了。”刘子彦回道。

“嗯? 你见妙聪了?”冯冠彰问。

“是,我亲自交到了师父手里。”刘子彦忙说。

“咋会? 你? 亲自交的? 你不是当时就去了月山吗?”冯冠彰很纳闷。

“是啊,我从公司出来就直接去了。咋了?”刘子彦赶忙解释说,“会长大人,小人知道这是大事。就是小事,我也万万不会撒谎的……”

“不不……”冯冠彰摆手打断了刘子彦,倏地站起来回踱着方步,拍着脑门想:我和他是同时分别去的月山和沁阳,清化离月山近,可他是徒步,最少得一个时辰,我骑马去沁阳,也是一个时辰,他不可能和我于两地同时见到妙聪。“见鬼了?”冯冠彰脱口而出。

其实,刘子彦见妙聪,是在妙聪从沁阳回到月山之后。冯冠彰他什么都问了,偏没问刘子彦啥时见的妙聪。

“啥?”刘子彦莫名其妙。

“哦,不不,我再好好想想……好好想想……”冯冠彰没回刘子彦的话,心思马上转了旁处,他怕福公司员工提出待遇问题会诱发怀丰煤业工人躁动。

正值此时,章九酬推门而入,冯冠彰愕然:“啊! 知府大人!”

“其余人等暂且回避,我跟冯会长有事商议。”章九酬进门就说。王梦池、刘子彦见章九酬情急于表,连客套也无半句就退了去。“什么情况? 冠彰兄赶快说一下!”章九酬急切地说。

“城里到处都是抗夷保域的传单,还贴不少《豫报》……”冯冠彰没说完,章九酬就打断他:“这些别说了,沁阳也一样。”

冯冠彰先说:“其余我就不知道了。”又问,“《豫报》上说的那条款六项,不知道究竟是啥?”

章九酬看看冯冠彰,思忖片刻说:“对你来说,最关键的有两条,一是福公司的电力,二是道清铁路,要求他们必须对地方开放,且实行统一的价格。”

冯冠彰琢磨了一番,后欣喜地说:“啊?!太好了!真是大手笔!要是真能那样,我们再进些设备,产量就能上去,价格也能下来……不过,我们没有这方面人才,能成吗?”

章九酬略思后说:“眼下最重要的不在这里,而是不能犯了朝廷的忌讳。”

二人正说着,刘子彦进了屋:“我师父来了。”章九酬喜出望外:“妙聪?快、快请进!”冯冠彰倏地站了起来。

妙聪一进门冯冠彰就说:“妙聪师父,您来得太好了!”

妙聪遂双手揖十回道:“阿弥陀佛……”章、冯二人一面寒暄让座,一面叫刘子彦赶紧上茶。

“自沁阳一别,倏忽几日已过,今焦作发端抗夷保域,正等师父指点呢!”冯冠彰说。

“哪里、哪里,贫僧只是观百姓情状不忍旁怠而已,妄言指点倒是羞煞贫僧了!今从焦作返回,受人之托带书信一封转呈,也顺路见见子彦,没承想章大人在,也算是天意使然。”妙聪边说边从佛袋取出一信递给冯冠彰。

冯冠彰打开信封,仔细地看了又看,少顷才问:“姚秉辛?姚秉辛何人?”后将信递给章九酬。

“哦?”章九酬接过信来,扫了眼落款后说,“是姚秉辛,原知府衙门的幕宾。”

信中写:

会长冯冠彰大人钧启:

抗夷保域,众议以为,福公司除遵守原与政府签订条款以外,须兼

顾当地民众权益之义务有六:

一、福公司须惠提员工待遇,不准擅降;

二、改善安全,惠涨伤、亡抚恤额;

三、福公司地处、采煤均限政府准域;

四、福公司电余须兼顾所域之需;

五、福公司铁路应兼顾所域之用;

六、福公司录职员,工须先取当地。

综上,有关员工待遇及伤、亡抚恤等势必累及民企,故先与斟酌。

另:此条款应由商会中保面签。

盼复

笔代:姚秉辛谨叩

章九酬看完,心里赞道:“好一个刀笔吏,果然不凡,一句‘此条款应由商会中保面签’,便把地方煤业也拉上了抗夷保域的船。”

章九酬很清楚,地方煤业一旦签字,就成了中保人,也是受益者。福公司提高工人待遇,地方煤业就不能不体恤自己的工人。此信仅要求商会作为中保签字而只字不提知府衙门,即便抗夷失度,也是绅民所为,与当地政府毫无干系。

如此机巧的谋划,章九酬清楚必是妙聪所为,钦佩之余不禁暗喜,遂将信还给冯冠彰。

冯冠彰接过信又仔细看了,信里关于电力、铁路两项,章九酬在姚秉辛信没到时已言及,说明他对此六项心里有数。最难办的是待遇问题。福公司职员涨了,自己就必须跟着涨。如若不涨,无疑会站到民众对立面。

冯冠彰正进退维谷,妙聪救了他的驾:“冯大人所虑,乃福公司提高员工待遇吧?”

“是!是啊!”冯冠彰边说边擦了把汗又说,“妙聪师父有无万全之策?”

“万全不敢,我倒想起一个人,记得跟你说过。”妙聪说。

“谁?”冯冠彰问。

“洪书砚。”妙聪胸有成竹。

“记得记得,但与此事有何干系?”冯冠彰纳闷。妙聪看了看章九酬跟冯冠彰说:“贫僧多嘴了,阿弥陀佛……我想,冯大人有工人待遇之忧,涨则难负,不涨负众……”

“哎呀!师父真高人!一语便中我心疾!”冯冠彰说。

“高人不敢,我想,抗夷保域若成,怀川即得电、路之力,再有行家入手,速购设备,产量上去了,还怕涨资?”妙聪说。

章九酬没等妙聪说完就笑了,冯冠彰更是欣喜非常:“只要有了洪书砚,便迎刃而解!哎呀呀!你可真是大慈大悲的大活佛啊!”

章九酬见冯冠彰如此模样,扑哧一声笑了,后又问道:“洪书砚何许人?”

妙聪说:“是洪小囡的二儿子,刚刚从国外回来,福公司要聘请他为工程师。”

章九酬说:“这么说,就看冯会长手段如何了?”

妙聪回道:“大人所言极是。”

冯冠彰突然沉下脸,一嗤鼻子,说:“哼!这恐怕不对吧?这抗夷保域之大局,乃冠彰一人之责乎?”

章九酬、冯冠彰笑了。

妙聪说:“好吧,此事由我办,阿弥陀佛……”

三人各自心里有数后,商定冯冠彰适时赴焦作,与姚秉辛一起代表绅民与英商福公司谈判,妙聪则找洪戢和洪小囡,说服洪书砚加盟怀丰煤业。唯章九酬去向成了难题。他若返回沁阳,距离焦作太远,万一有需就会贻误时机。他如待在清化,焦作局面一旦失控,作为知府居清化而不亲临,就显得说不过去。

“那咋办?总不能哪儿也不在吧?”冯冠彰调侃道。

“阿弥陀佛,冯会长真乃大智慧者也!”妙聪说。

“嗯?”冯冠彰顿时迷糊。

“就按照冯会长的巧计,来个哪儿都不在!”妙聪说。

“对,去月山!”章九酬紧接着说。

冯冠彰见妙聪已点石成金,将自己的一句无奈变作了锦囊妙计,暗想:

“我的妙聪师父哟,你还是人吗?”妙聪的心,却仍在章九酬身上,说:“既决定哪儿也不在,大人就委屈些,要晚些时候再动身,且不要着官服,不知意下如何……”

章九酬说:“妙聪师父想得周到,晚些时候咱们一起走。”

妙聪淡淡一笑:“依我看咱还是分头去,会长对贫僧还另有差遣……”

冯冠彰听了马上说:“差遣你? 我可不敢!”

妙聪笑了:“你不是安排我去洪家庄园吗?”

冯冠彰也笑了:“哈哈!”只有章九酬没笑:“找找子彦,唤他跟我到街里走走。”

冯冠彰马上朝门外喊:“让刘总管来一下。”

二七

章九酬在刘子彦陪同下,着便装去了一趟竹墨轩,买了两方早已订好的徽墨,又一起找了家小馆子吃了晚饭,后趁夜色,骑马上了月山。

山门前,夜幕下。觉慧等挑着两盏灯笼,简单寒暄,将章九酬迎到方丈。清了、妙聪已在等候。

章九酬一进门,清了便起身:“大人……”章九酬马上拦住他:“长老好,今无杂耳,不必客气,唤九酬即可。”

“此言甚合吾意,然毕竟大人乃百里怀川之父母,私下成习再有伤礼数于庙堂,那时就显得老衲形骸拙陋了,大人还不至于非那时见老衲出丑才满意吧?”清了侃言着让座。

“哈哈……”章九酬边坐边笑言,“好久没听长老闲言碎语间的机巧灵慧了,听长老言,胜读圣贤书啊! 对吧,妙聪师父?”

妙聪见章九酬话如游蛇,掉了头就冲向了自己,于是马上说:“今仅三人,师父和大人在座,非禅界圣贤,即庙堂高士,该我安分呢!”

“看看看,咱们三人,是来不了客套的,三言五语便请来了推磨鬼,只怕到了天明,也切不得正题,还是老衲先行打住,求知府大人一事如何?”清了说。

“长老言重，晚生怎敢担待一个‘求’字！若要九酬尽绵薄，尽管吩咐！”章九酬说。

“不过……”清了本来兴致勃勃，转而一顿才说，“我想先问问矿域之争的事。”

章九酬见清了把话头转到这上头，思忖少顷说：“此次绅民发端制夷，开局倒是不错，但最关键的，还要看电力、铁路的事最后怎样。”

清了听了，转向妙聪等下文。

妙聪说：“我看无妨。福公司电力充盈，余则废；路运效能余量竟有六成，余则亏。将废、亏变成银子估计不难。至于退归自域，面对众怒我看他们挺不了多久。官府如若施之影响，就能稳操胜券。关键是矿员提高待遇一事，最怕地方煤业鼠目寸光。”

章九酬马上义正词严：“敢！有我在，凡地方煤业胆敢与夷人合谋者，就诛其营照！好歹咱是家门口打狼，自家人不劲儿往一处使奋力自保，反而与狼为伍，岂能容他！”

妙聪接着说：“若如此，我就敢说，确保事成！”

清了感慨起来：“那就太好了！太好了！看来天意如此啊！老衲还寻思，自空相大和尚金正隆三年开寺至今已近八百年，传至老衲已经二十六代，尽受这百里怀川万千众生之奉养，如今此处规模宏大，名闻遐迩，鼎盛至最，若无有文志记下，世后必成憾事，故而老衲思索许久，欲代全寺众僧恭请章大人撰文以志，阿弥陀佛……”

“晚生才疏学浅，岂敢越俎代庖，这可使不得！”章九酬赶忙说道。

“知府大人不必过谦，老衲有此念头久矣，自忖撰此文者必须有三：一是有情，必是与我月山常相来往情意深厚者；二是有慧，必是悟我禅意又才华超众者；三是有位，须能代我百里怀川万千百姓者。大人与老衲经年交往，对我山寺情有独钟，又经纶满腹，今又得皇恩新晋，三者天合为一，非章大人莫属啊！”清了语切言真。

妙聪边听边频频点头，待清了刚说完就说：“师父说的是。远且不说，前时与大人逐鹿，深感大人君子之德昭昭，士子之心磊磊，无奈朝廷浑噩，国运日衰，难容得大人拳拳报国之心。师父今挚情相邀，皆为华夏之域，怀川之民，大人怎忍相拒？大人可不予师父，也可不予山寺，切莫辜负大人自己啊！”

清了跟妙聪后语搭前言，情挚言真，说得章九酬心潮如涌，浑身的筋骨也似庄稼拔节一样咯嘣嘣劲展，说道：“承蒙错爱，既说到此，九酬恭敬莫如从命，只有愧领其荣了，不过……恳请长老跟妙聪师父延缓些时，待了却一番心事如何？”

“善哉！善哉！不知大人何番心事，敢问否？”清了问。

“待那抗夷保域事成之日如何？”章九酬道。

章九酬此问，使清了和妙聪怦然心动，但二人并不显得多高兴，而是不约而同地将眼睑一垂，双手揖十，凝重念道：“阿弥陀佛……阿弥陀佛……”

章九酬稍惑便知他俩情涌如浪，故不再多言，仅悄然从襟内取出一长方形纸盒，对清了说：“托清化竹墨轩进了两方徽墨，但愿长老喜欢。”

清了接在手里，并不打开，也不细看，仅嗅了嗅盒子就夸赞道：“妙哉！是宋遗徽产的松烟宝墨，名相刘墉最喜欢它。阿弥陀佛，单等那煤炭的事了，我师徒一定为大人铺宣研墨！”

章九酬说：“岂敢、岂敢，折煞九酬了！”

妙聪说：“师父还早已为你准备了一方石宣呢！”

章九酬问：“石宣？碑石已经有了？”

清了说：“是，说明白了，也是因这块天赐之石，老衲才有了为山寺撰文的念头。”

章九酬问：“天赐之石？在哪儿？”

清了说：“虎啸山和麒麟岭间的沟坳，阿弥陀佛……”

是晚，章九酬落宿月山。前半夜风和月朗，天快明时，淅淅沥沥下起雨来，一下就是四天。天公看似不作美，也许是故意挽留章九酬，替月山索文。

二八

第五天清晨，天晴无风。

太阳刚从凤鸣山东坡上露头，殿堂之间，林莽之隙，还存有很多雾气，非丝丝缕缕，即片片团团，悬浮着一动不动，把月山修饰得如瑶池蜃楼。

整个寺院，似浮在云海，如梦如幻。

到了半晌午，山内的薄雾开始退去，阳光洒满了月山坳。山寺建筑恢宏一片，香客们越来越多，钵磬声声，佛乐婉婉，香云曼曼。

章九酬、清了、妙聪一起来到麒麟岭东侧的崖壁前。崖脚下斜躺着一块宽约五尺、长有丈余的青石。

"看，就是它！"妙聪说。

章九酬先看了看石板和对应的山体，然后捡起一块刃石砸了一下石板边，仔细端详了一阵后说道："真乃天赐之尤物！太行南麓之石，皆殿堂府宅所用之上品，从古至今，无论西都洛阳，还是东都汴京，乃至明前都建邺[①]，都曾来此采石。此石色青如墨，质如凝脂，还真是头回遇见！"

妙聪说："佛惠天赐……阿弥陀佛……"

清了说："我给它选了个好所在，请大人前往一看。"

三人上到大士阁，立足未稳，觉慧就攀上前来："师父，冯会长、刘子彦和一个不相识的人来了。"

"快快有请！请到这儿来！"妙聪说。

"不相识的会是谁？"清了问。

"估计是姚秉辛！"妙聪回道。

冯冠彰、刘子彦、姚秉辛能此刻一起前来，定是抗夷保域有了结果，章九酬遂疾步上前，妙聪和清了紧随其后，走至堰边，向下观望。冯冠彰、刘子彦、姚秉辛已来到了石堰下的之字形石梯下，气喘吁吁地边往上攀边喊：

---

① 今南京。

"成了！成了！咱们胜了！英国人全盘接受了条件,已经答应签字了!"

来到近处,冯冠彰兴冲冲地说:"真是过瘾！那个罗萨蒂,又是哈腰又是点头,乖得不能行!"

刘子彦突然瞠目:"他就是罗萨蒂?"

冯冠彰马上回道:"对啊！你还不知道?"

刘子彦又问:"就是偷神火的那个南蛮人?"

冯冠彰回道:"不是南蛮人,是意大利的。"

刘子彦听了,顿时懵懂。神鏊的传说让人感觉很遥远,盗火者罗萨蒂突然间成了现实中人,使他大半天才回过神。

妙聪仰天喊道:"我佛慈悲啊——"然后唱了一句:"阿弥陀佛……"清了合十端立,微笑不语。章九酬连连说道:"太好了！太好了!"

妙聪把姚秉辛拉到清了面前说:"这就是姚秉辛先生。"清了遂说:"此次抗夷保域全凭姚先生现场运筹,乃怀川之幸,万民之幸啊!"

"晚辈见过长老……"姚秉辛正回话清了,见章九酬前来,遂拘谨地喊了一声:"知府大人……"正要下跪,章九酬一把拦住他,反而自己一屈膝跪下:"秉辛兄！九酬在此代全家老小拜谢恩人了!"

"哎,知府大人这咋成？这咋成?"姚秉辛诚惶诚恐地赶紧搀扶章九酬。

章九酬长跪不起:"秉辛兄取大义而避私情,行天道而舍己身,该记住秉辛兄恩德的,何止我章家老小？更有这怀川的百姓啊!"姚秉辛几番努力,终将章九酬劝起。

冯冠彰也为章九酬的真诚所动,遂说:"是啊！单就姚先生那封寥寥数笔的信,就是神笔!"冯冠彰话音刚落章九酬就接着说:"说是神笔,一点也不妄！平实藏奥妙,袖珍演乾坤!"

姚秉辛说:"冯大人、章大人过奖,秉辛不过是捉刀代笔,实话相告,那都是妙聪师父的锦绣文章!"

章九酬听了,顿时心里一颤,禁不住心潮起伏,遂看了看妙聪,又看看清了,激动地说:"这神明的月山,今天真是贤达荟萃,九酬有辞了……"然后转身走到大士阁前石堰边沿,面朝正南,极目远眺,侃侃诵道:

穹天落，现蟾宫，凝朝露，紫桂馨。覃怀明月翠柏，当阳虎啸凤鸣，阡陌湘竹菁菁，沁河丹水去东。日启云台，月卧神农，戍卫洛阳，济飨汴京。天坛女娲济渎，商隐韩愈许衡，乾坤精华泽惠，藻辞半壁夺声。

牛角川，黍谷丰，卧牛地，煤炭兴。稻畦麦田姜垄，竹器梳篦烟花，怀药荆蜜纸扇，丝绸珐琅精工。晨闻钟磬，暮蕴笛笙，陋篱萤火，烛照窗棂。朱门草舍麻袂，荷锄耧耙女红，乡俗民风襄辅，滋养德行淳清。

月山寺，御碑亭，空相塔，缀七星。奇峰嶙峋峭峭，幽林森邃蓊蓊，泉水清澈汩汩，隙鸟划过匆匆。晴须雾看，雨待风听，禅香供案，木鱼诵经。楼台雕甍佛乐，碑刻楹联雅韵，僧寮禅洞苦砺，罔替操守永承。

极目瞰，众苍生，昙花过，一世匆。俗子墨客英雄，财富情色虚名，沉浮输赢成败，烟云碎梦残风。气节盘固，慈怀若卿，功予社稷，以妆史青。三山六水一田，吾当惜之半抔，先辈血哺桑梓，岂能失之一尘？

章九酬连词成句，四章一气呵成，远溯先古近及眼前，把百里怀川及月山禅院、秀美山川和精致人文尽罗其中，诵到最后嗓子都嘶哑了，脸涨得通红。所有在场的人无不心潮澎湃。

“真乃奇文，章大人运之通篇，谋其一句，岂能失之一尘？奇文啊！”清了激动地说。

“敢问长老，尘字……”章九酬欲问又止。

“章大人嫌尘字走韵吧？大可不必！要依老衲说，好就好在最后一个‘尘’字，通篇押争声清韵，最后跳以迟真韵，可使人细品尘字之良苦用心，甚好呢！”清了赞罢又问，“不知章大人以何命名其赋？”

“心思随录，即兴而为，还请长老赐教。”章九酬说。

“赐教言重了……”清了说，“我这半瓶子醋，就不瞎忙活了，还是妙聪来吧！”

“尘……毕竟稍显不足，要是改成‘盅’字呢？”妙聪正暗自斟酌，听清了言荐他来，于是说，“章大人出口即文章，想必早已拟好了题目，不妨直言相告，叫吾等钟耳养目一番才好！”

章九酬遂问：“《故园》如何？”

清了说:“嗯!《故园》好,平实切题而合抱中庸,甚好啊!”

妙聪说:“依我看,‘故’对偶于‘新’,一无迁徙,二未更新,所以我认为‘园’字朴实而本分,唯‘故’字略牵强些,不如随其‘园’而傍‘家’,就叫《家园》如何?”

“有道理!此可喻家如苑园,以圆为家,正巧寓意家园以圆为园,取去残守全之思,也算照应了联手抗夷、永葆家园之意,真是太好了!”清了说。

妙聪听了,略思后说:“如此一说,我倒有了新想法。‘故园’也好,‘家园’也罢,一个‘园’字倒真应了月山近处景色如画恬适如家的境界,然此赋毕竟是以月山为中,纵观环视所得,而月山乃禅界空门,此碑也将立于寺内,一个‘家’字还是显得有些突兀。依我看,换‘家’为‘怀’,既以‘怀’代喻怀川,又以‘怀’呵护家园,岂不更好?”

“《怀园赋》,甚好!”章九酬说。

“好!太好了!”清了随声赞道。

“好是好。”一直不语的冯冠彰突然开口,“只是章大人乃朝廷命官,皇恩未见一字,妥不妥?”

“阿弥陀佛,这么个浑噩的朝廷,不要也罢!”妙聪脱口而出。清了随之又说:“人心已丧尽,只怕大清朝撑不了几年了!清了寺了,清了寺了……”语气越来越轻,神情越来越凝重,眼里还泛出了泪光。

众人听清了突然喊起自己的名字,不禁愕然,全移目于他。清了神情恍惚,眼神迷乱,仿佛其灵魂突然出窍。妙聪也随之眼睑一垂,脸上气象顿然消失,双手合十,喃喃念道:“阿弥陀佛,阿弥陀佛……”

章九酬看二人突然悲怆,心里一悸,几个月的风风雨雨一幕幕现在眼前。从与妙聪胶着缠斗,到驴长老受封,又到抗夷获胜,可谓风云万象,步步惊心。他是从诡谲跌宕的变故中跌跌撞撞走来的。他困惑也迷惘,不知道自己将被汹涌的世事潮头推到哪里,又卷到何方。同时他也纳闷,清了口里喃喃的,究竟是清了、事了,还是清了、是了?

其实,清了所言,既非清了、事了,也非清了、是了,而是清了、寺了。此话出自清了的《空相演喻》,系空相大和尚七百四十多年前的话:

正文：

……清了寺了，夷患、内戮、文祸三荼后世运其昌至乙酉年农之课徭即行废黜。又甲子而复兴……

旁注：

……清了、寺了，乃清朝殒而禅寺殁……

清了、寺了，是清了早已窥破了的天机。他在担心，大清朝一旦覆灭，月山寺将危在旦夕。

一个月后，皇帝赐予的明黄彩绣日月龙腾旌旗，在方丈上空悬挂了数日，很快又摘下。《怀园赋》碑刻快完工时，章九酬又捎信给妙聪，把最后的“尘”字改成了“盅”。石碑也没按原计划立于大士阁，而是置于凤皇台明月禅房背后。由于它地处麒麟岭南段，故取名麒麟碑。

麒麟碑浑厚高大，用赑屃[1]驮着。碑前丈余，一个四面联通刻着吉浪祥云的长方形底座上，还半立半卧着一尊石麒麟。它面朝正南，凸目圆睁，俯瞰着山外。

又过了五年，到了一九一二年，宣统四年，初春时节，妙聪清化做佛事回来，带来一个消息，说是年仅六岁的宣统皇帝溥仪已宣告退位。惊得清了半天没说出话。他当年的含混话语，终于得到了验证，大清真的了了。

那天晚上，清了在妙聪的陪伴下，在凤皇台空相塔前打坐了一整夜。他深知大清帝国的夭亡已不可逆转，他更关心的是月山寺的命运。

---

① bì xì ，又称龟趺。

第三章　诡谲岁月

二九

五年时间，山河易主，物是人非。

章九酬出任知府的第二年，佩瑶在王娴馥张罗下被娶进了家门，后又生了一个女儿取名天真；姚秉辛已回到知府衙门，继续做他的头牌幕宾；洪书砚出任怀丰煤业总工程师，提高了煤窑的机械化水平，使怀丰煤业的煤炭产量在华煤企业里独占鳌头；洪家庄园的老当家人洪戢去世，其子洪小囡继承了父亲的紫铜水烟袋，成了掌门人；红果善待绿萼，柔怀下人，读书识字，处置家事，越发懂事地把洪小囡既当丈夫又当爹地伺候着，使洪小囡摒弃了门第之见，将红果以偏转正，誓不再娶，二十六岁，红果就当了洪家庄园的大太太。

一九一二年民国成立，怀川人几乎一夜之间剪掉了辫子。当然也有例外。

王梦池辫子长得太好一直舍不得，后显得太不合时宜，冯冠彰强行令他剪了。不承想他茶不思、饭不进，恍惚了几日，一气之下，带了几十个形态各异、色彩斑斓的鼻烟壶回了阳武老家。总经理由洪书砚兼任。

章九酬因怀庆知府衙门解散，丢掉官职成了封建遗老，姚秉辛也随之被遣散，回到焦作赋闲。从此，章家的境况日渐紧巴，王娴馥连自己的贴身丫鬟樱桃也辞了去。

只有刘子彦因对怀丰煤业有功，升任了财务总监。冯冠彰还资助他，用出资修缮村祠的方式，让他获取了东邻的破房荒地。刘家大兴土木，刘子彦华丽转身，摇身一变成了新贵，扔掉了旱烟杆，端上了亮锃锃的黄铜水烟袋。

刘家的宅院，原设计是三进院，基本完工时，冯冠彰死活不依，说刘子彦对怀丰煤业立下汗马功劳，非五进院不能彰显他冯冠彰的知恩图报和仗义，于是又加盖了两进，前后耗时整三年。

转眼间到了一九一五年。金秋时节，宅第新落，刘子彦大宴宾朋。怀川商会、怀丰煤业、上庄姜行以及十里八乡但凡有点名气的财主、乡绅都前往祝贺。

洪小囡亲临刘家新宅，并赠送了一块黑底金箔匾额。匾额上书刻三个金色大字：惠迪吉。寓示坚守正道自得吉祥之意。既透出了洪家的治家理念，又表达了对刘家发达过程的评价和祝福。匾额上还披挂着大红绸，为刘家新宅增添了不少的喜庆和排场。

平日里，洪家一向名威势大，很少与一般乡绅来往，遇到个红白喜事，洪家一纸贺笺就算是天大的面子。此刻不少人相向打听，哪个是洪家老爷。没承想刘子彦落第新典，洪家的当家老爷竟亲自出马，怎个了得！

洪小囡早就来了，由已三十岁的红果和十七岁的丫鬟桃儿陪着他。

客位正堂很宽敞，刘子彦、冯冠彰二人分主宾落座。旧朋好友和村里的族老济济一堂。乔杏儿坐刘子彦一旁。她穿着依旧，仍是前几年的老模样，有些过于简朴。

“都停当了吧？”冯冠彰问。

“这客位和厢房带前院都妥当了，后三院还没配置家具，妙聪师父说是工期太紧，尽力今天用上，万一跟不上，再挑好日子才能置办，看样子今天是不中了。”刘子彦说。

“也好也好，妙聪师父的话是一定要听的，那可是个神人！哈哈哈……"冯冠彰连说带笑。

"哎,妙聪师父咋还没到?"乔杏儿问。

"说是要来的。章大人呢?"冯冠彰问。

"前几日我还专门去月山请过,师父说过一定会来的!章大人那里早就捎信过去,也说要来的!"刘子彦说。

正值此时,已经二十三岁的达文疾步进入客位,腼腆地扫了宾客一眼,然后对刘子彦说:"大大,庄西村也来人了……"

"庄西村谁?"刘子彦问罢,看了看乔杏儿。达文说:"一个叫田叔,还有俩老人……有人说是俺外公跟婆婆。"乔杏儿猛地站起又缓缓坐下,眼睛一红,泪水止不住流下。"妙聪爷爷也来了……"达文又说。乔杏儿从前襟内掏出手帕,擦了擦眼睛,哽咽着对大家说:"大人们先坐,俺先下去,换换衣裳就来。"乔杏儿离去后,刘子彦看着达文,搓手踱步,一时无措。

俄顷,乔杏儿重新出现在客位。所有人一下子惊呆。乔杏儿上着浅紫色高领斜襟衫,下着水红裙袂,头上盘髻卡篦,还横插着一簪步摇。她脸上稍施粉黛,虽看上去半老徐娘,但也恰到好处,俨然一副贵妇人的模样。

客位高朋满座,乔杏儿精彩亮相,众人无不凝眸咋舌。突然有洪亮的嗓音响起:"哈!刘掌柜啊刘掌柜!我可是看到了!你刘家可是天定的福分,真该你发达!这老天爷早把这么个高贵的太太给你准备好了!天赐贤淑!富贵天成啊!"

众人寻声看去,当得知说话的就是大名鼎鼎的洪小囡时,顿时惊奇声四起,无不争相上前,除了跟洪小囡打招呼,大家还盯着他身后的红果频频看。

众人搞不清红果是谁,也不敢冒昧称呼。红果岁至三十,但看上去也就二十五六,鹅蛋形脸,明眸皓齿,一头黑发乌亮乌亮。

洪小囡看众人局促,哈哈一笑说:"这是红果,老朽内人!她很少出门,你们喊我哥的就叫她嫂,喊我大大的就喊她婶,喊我爷爷的就喊她奶奶!"说罢便是一阵朗笑。

众人被他的一串话逗得齐乐,红果笑得心嗵嗵跳,脸上一波波泛红晕,腼腆地稍倾了倾身子,做了个万福。顿时"老爷好、太太好"喊声一片,恭恭敬敬把二人往上座请:"洪老爷和太太快请中堂入座!"刘子彦、冯冠彰赶紧腾出位置。

“抬举老夫，抬举老夫了！”洪小囡呵呵笑着，当仁不让地偕红果入了主宾席。

人们终于看清传说里的洪小囡的真面目。看他上半脸，像老寿星；看他下半脸，又似弥勒佛。巧的是，小他三十二岁的红果，极像人们印象里的观音菩萨。老夫少妻天缘配，简直就是临凡下界的一对仙人。

当刘子彦夫妇在冯冠彰等人簇拥下出现在刘宅门楼前时，当年乔杏儿出嫁时的情形再现了。街两旁已摆满了新家具，红花花的一大片。不同的是，来的除了乔家的大管家田叔，还有乔杏儿的父母双亲。二老身后，站着妙聪。

尽管已经过了二十三年，但乔杏儿当年违父自嫁拒绝嫁妆的往事并没被人们忘记，今天刘家新宅落成，本就是闻名乡里的大事情，再加上有泰山、岳母来贺，马上成了天大的新闻。乡亲们蜂拥至刘宅的门前，稀罕着眼前的不凡时刻。

乔杏儿看着明显衰老的父母双亲愧疚难禁，两个老人看着近在咫尺又远似天涯的女儿同样也是百感交集，一时都不知如何是好。

妙聪走上前合十说：“皇天后土，父贤女孝，新宅落第，天伦该如常了！”边说边使了个眼色给刘子彦，“阿弥陀佛……”

刘子彦心领神会，马上拽上乔杏儿，一起下了台阶，双双跪在乔典令夫妇面前。

乔杏儿哭着说：“孩儿有礼了，感谢父母大人前来贺喜。”乔典令马上去搀扶刘子彦：“贤婿请起，快请起！”刘子彦还没站起，乔杏儿就起身抱住了老夫人，哭成一团。

妙聪把达文哥儿四个拽过去，说：“快，快跟外公、婆婆磕头！”

一时间巴掌声、吆喝声四起，不少人感动落泪。老迈的田叔一抖精神，大声喊道：“前庄西的伙计们听了！要小心加小心，莫磕着碰着，起抬了——”随着他一声吆喝，摆成龙阵的家具被纷纷抬起，鱼贯而入进了刘宅。

新落成的刘宅，门开东南，头院内中开二门正冲客位，两旁厢房均是三开间。五开间的客位除东西两间是半墙半窗外,中间三间全是落地隔扇门,清一色的朱砂红。

客位出厦很宽,四根红漆明柱鲜亮耀眼。隔扇门上镂空,下平实,六扇对开。十二块万字边框围着的平面上,彩绘着莲藕浮雕,鱼游浅底,蛙伏萍盘。

在田叔指挥下,仅片刻工夫,崭新的家具就把后三院每间屋填了个满当当。

每间房的家具,可以说是多一个显多,少一件嫌少,个个精致,处处得体,简直是专门为房间量身定制的。这一切,只有刘子彦心中有数。他问乔杏儿:"咋不见师父?"

"快去寻寻!"乔杏儿对身边的达文说。

"别去了。"乔典令拦住乔杏儿说,"他事先已要我转告子彦,说佛俗有别,大喜日子,俗家荤酒无忌,不要因为他而耽误了大家的兴致。"

"大大,他何时说与你的?"乔杏儿问乔典令。

"来时路上。"乔典令说罢又喊了一声,"闺女啊!"继而说道,"你们俩交了一位贤德之人啊！自你们定下了这吉日,他第二天就去了咱家,一边是好言相劝我跟你媄,一边是拿着你们盖房尺寸,帮助张罗家具,忙前忙后整整俩月,就是为了今儿个咱们阖家团圆……"

"子彦,妙聪师父丈量过这宅子?"冯冠彰问。

"那还用量啊,整个宅子都是师父画的图哩!"刘子彦说。

"师父!"乔杏儿喊了一声,又朝月山方向跪下,说,"恁的大恩大德,俺记住了……"然后磕了仨头。众人个个感叹。

"哪个是冯会长?"乔典令问。

"哦!"冯冠彰闻声赶忙上前,"乔老前辈,小辈冠彰。"乔典令马上捉住他手臂:"冯会长啊,多亏了你们,还有妙聪师父,你们都是大慈大悲的好人,老朽……"话还没完,洪小囡突然插上话:"乔老爷不要跟晚辈们客气,好人交好人,真心对真心,人人心有数,老天认得真,好人有好报,全得靠良心！哈哈哈……"

洪小囡一张口便又是一串,且话狠理真,话音一落,笑声哄堂,把满眼泪花的乔杏儿也逗乐了。她笑着看了看冯冠彰、洪小囡,抹了一把眼泪又四周瞧瞧,问刘子彦:“章大人呢?”刘子彦这时才注意到,刘家最要紧的交好都来了,唯独缺了章九酬。

三十

秋光短暂。怀川大地几乎是一夜间,就脱下了它黄灿灿的金装,转眼即到深秋,农田已播种些日子了,一畦畦一垄垄的中规中矩,但仍了无生息。古老的柿子树零落其间,树冠光秃秃的,至高处残留的果儿黄艳艳的,偶尔的三两片树叶已被霜打得紫红。

秋的衰败已无可逆转,铺天盖地,并化成阴冷的氤氲,袭进了村落,袭进了城郭,也袭进了沁阳城章九酬的府宅。

是夜,王娴馥的东厢房还亮着灯。

王娴馥从立柜里取出几件新衣,边挑选边说:“你这一病就是十天,连上庄刘家新宅也没顾上去贺喜。天越来越冷了,私塾的学生也越来越少,都上了洋学堂,是不是抽空去师父、师母那里看看?听说过冬的煤他们还没买呢!”

章九酬说:“买过了,昨天我已经叫人送过去了。子彦那里不去也罢,民国了人人都在走上坡路,唯我晦气,哼!”

“我的爷,俺妇道人家,不知该说不该说,啥叫上坡路下坡路,只要孩子们结实上进,就是上坡路。话又说回来,你也该歇歇了……”王娴馥说着,笑着看他一眼。

“嗯……”章九酬点了点头。

“师父、师母说想把私塾卖掉,你听说了没有?”夫人问。

“听说了,我也问了。”章九酬回罢夫人又说,“你把家里安顿好就行,那边的事我自会操心。”

“家里不用你担心,我都已安顿好,连过年要添的衣服我都备齐了。”王娴馥边说着边抖开一件棉袍,“这是你的,来,你先试试。”

“夫人操心了，太早了吧？”章九酬说。

“再操心也帮不上你啥，就是想叫你省点心。”夫人边说边让章九酬穿上新棉袍，拽拽这儿，抻抻那儿，“中中！还怪合适哩！哎对了，李宽成来过，那天你不在家，他说不等你了，在客位磕了俩头叫我捎给你。”王娴馥说。

“去哪儿了？”章九酬问。

“新衙门裁了他，他要回南阳老家。”王娴馥说。

“给他点盘缠没有？”章九酬问。

“他跟你这么多年了，这还等你说？我给了他五十两银子，他说啥不肯要，说真舍不得老爷，铁打的爷儿们哭得人心酸。”王娴馥说。

“最后还是没收？”章九酬问。

“收了。他只要三十两，说咱不如以前了，日子也艰难。”王娴馥说过就抽抽搭搭起来。

“仝挡呢？”章九酬突然问道。

“你就惦着他！刚宽成来拿了包点心，我叫他给师父、师母送过去了。”王娴馥说。

“咳……前些时，先是李婶离去，后是樱桃被她哥哥嫂嫂接走，现在又走了李宽成……就剩下个仝挡了……”章九酬说着说着，竟连声叹起气来。

王娴馥边帮他换棉袍，边把悦色慢慢浮上脸，说：“我知道你喜欢那孩子，一晃来咱家已快十年，都二十多的大小伙儿了，人勤心善，干啥事都叫人放心，再说了，我还没忘你当年的话，你不是说，还指望他挡灾、挡难、挡妖魔鬼怪呢！”

章九酬终于勉强笑笑，王娴馥见状赶紧转了话题：“想歇就早点歇？”

“嗯？”章九酬一下没转过神。

“累了就早点歇息吧，去吧，不要叫佩瑶太等。”王娴馥可着他心思劝道。

“今天不过去了。”章九酬说。

“去吧，妹妹还年轻，还须把心思多给她些。”王娴馥说。

章九酬听了没吭声。他太了解她，不想明确答应，更不想拒绝，那样只会使她更说些理由劝自己。

八年了，他一直对王娴馥心存感激。抗夷保域结束后，是王娴馥给他和佩瑶办的喜事，并把原来作为书房的西厢房腾出来给佩瑶，自己挪到了东厢房。而原来的正房改成章九酬的卧房兼书房。按她当时的说法，是想叫章九酬有个僻静的歇息之所，自己和佩瑶左右住下，也显得她和佩瑶肩膀头一般高，章九酬一旦不在家，她和佩瑶脸对脸住，便没了先来后到和高低贵贱的区别，也亲近。这件事，一度被偌大的沁阳城传为佳话，给章九酬挣了面子不说，两个女人也确实好得跟亲姊妹一样。

一晃八年过去，王娴馥和佩瑶无一点间隙。佩瑶身子巧，偏偏又生了个宝贝女儿取名天真，全家稀罕得了不得。再加上她一直把哥儿几个视同己出，勤督学业，几个孩子对她敬爱有加。佩瑶对王娴馥的深情厚谊知恩图报，对孩子们格外上心，言传教化，使得兄弟几个日渐出息。清廷颁布退位诏书已经三年多了，一会儿说是旧衙暂代，一会儿又说是新制即行，变来变去无适可从，俸禄也是一断了事再无说法。他搞不清楚这大清倾覆，究竟是好事还是坏事。想着想着，他便没了一切心思，于是哪儿也不去了，就此歇下。

王娴馥见状，遂走上前，哄孩子似的劝道："我知道你的心思，不做官也罢，好歹这里和老家还有几十亩薄地，节省些个，也够咱一家老小开销，你说是不是？去吧，妹妹会识文断字，也好给你解个闷……快去吧，嗯？"

"我歇堂屋，明儿个我要去月山，住几日散散心。"

"哦……那你歇吧，我跟佩瑶给你收拾一下。"

章九酬说罢回堂屋歇息。王娴馥去了佩瑶的西厢房，敲响了门："佩瑶没歇吧？""没上门哩，快来姐姐！"佩瑶开门把王娴馥迎进屋，"来，姐姐坐床上。"

"明儿个老爷去月山住几天，我想最好你也随他去，最近他总是心事重重，一人出去我也放心不下。"

"姐姐，你陪老爷去吧，我照顾家里。"

"我老是想去，我这残脚不答应哩！真是后悔缠这小脚，怎比得上你们啊！"

“姐姐可别说,老爷可是甚喜欢你的三寸金莲哩!”

“你这个妹子,又开我心不是? 过去他是喜欢……可是现在都变了,就连老爷,那辫子不是说剪就都剪了? 谁还稀罕这残脚啊!”

王娴馥嘴上如此说,脸上却泛出一缕得意,佩瑶看在眼里,窃笑着说:“姐姐咋会这么说,我看老爷他就特喜欢……”

“你不知道……”王娴馥刚要开口,一眼瞅着佩瑶偷笑,伸手就轻搡了她腰一把,“哼! 出姐姐洋相不是? 老爷也有喜欢你的地方哩……”佩瑶试探道:“俺又没啥特别的,再说了,我不信老爷还会给姐姐说这些……”

“想知道? 来……”王娴馥说着身子往前一倾,把嘴儿对上佩瑶的耳朵,话没说完佩瑶就羞涩地笑了。昏黄的灯光下,佩瑶像朵雾里的花儿。“你看你看,这么一笑,真真是好看,别说是大老爷儿们,就是俺,也动心哩!”王娴馥说。

“姐……你可真是会打趣……”佩瑶说。王娴馥侧头斜瞅了眼佩瑶微埋的脸:“嘻嘻,想老爷吧? 想他就去吧,我刚劝他来你这儿,他还不好意思哩!”

“姐……”佩瑶唤了一声,然后说道,“姐,你可别介意,老爷对你可是真好,只怕是他心里有事。替他想想也是的,开始他一心帮助革命党,后来朝廷垮台了,他自己倒落个没了官做,连个薪俸也没了,换换咱,也不好受不是?”

“好妹妹,不用劝我,我咋会不知道? 不过……”

“不过啥?”

“大清朝还会重起来吗?”

“那倒不会。”

“有句话我不知该说不该说……”

“跟妹妹有啥不好说的。”

王娴馥点了点头,略思了一下说:“妹妹,依我说,要是那大清朝真的没了指望,也得劝劝他别老钻牛角尖,这把年纪守着家业就中,该操心的是孩子们的前程。现如今已无了考取功名的说法,你是识文断字的人,这是不是最当紧的我说不准,明天你要是能陪老爷去月山,空闲时看能不能顺便给他提个醒……”

佩瑶听了，心里一颤，王娴馥不卑不亢地绕来绕去，最后在孩子们的前程上打住了脚。她马上将王娴馥为她和章九酬暗系红绳，安排后小院，叫自己帮着管理几个儿子学业，眼下又要提醒老爷关注孩子们的前程——联系了起来。这个识字不多的女人，竟有如此广阔的襟怀和眼界，佩瑶突然觉得她真真了不得，对她顿时肃然起敬，遂郑重地说："夫人在上，妹妹明白姐姐的一片苦心，一定会提醒老爷，商量个法子。"

"这样就好了，这样就好了，我真怕给老爷说核桃道出个柿饼来，用张三却喊了李四，笨嘴拙舌的反倒惹老爷生气。"王娴馥说。佩瑶听罢便笑了："别看夫人不是核桃就是柿饼的，可说的理儿倒是读书人也比不过的透彻哩！"

"你又笑话姐姐不是？俺就是愚钝才想得多些、久些，哪像妹妹一点就透，要不，老爷咋会恁喜欢！"

"姐……"佩瑶见王娴馥又打趣自己，一时接不上话茬，便撒娇唤了她一声，笑了。

三一

深秋太行山万木肃杀，灰蒙蒙显得很苍老，尤其是那处处可见的柿树，干枯的树干，总叫人联想到拄着拐杖的老人。

清廷倒台后，共和一直难立，先是袁世凯想称帝，后有辫子军张勋复辟，中原及怀庆地区几度出现政府管理中断，社会动荡频频，人祸天灾连至。

纷乱的世事中，月山寺更是难得安宁，寺产屡遭强抢，香客寥寥，日渐萧索，以至僧侣们糊口难继。清了只得卖掉下院部分房产，凭着寺院旧有的农田，自耕自种，艰难维持。

但这些，并不影响月山的娇美。万木凋零之际，它仍旧葱茏一派。整个月山冲，恰似一盘圆圆的绿月，寺院便是月里的仙阁琼岛，偶尔几声风铃叮咚，使禅院越发有了一种清雅韵味，超凡脱俗。

章九酬和佩瑶来到月山已经三天了。一大早，清了住持派觉慧领佩瑶去了洪家庄园，看望其闺友绿萼。到了后晌，章九酬独自闲暇，到方丈与清了手谈。章九酬执黑，清了执白。

“妙聪今天该回来了吧?”黑落。

“说是一早就从焦作往回赶的，现在已经半下午了，我看最迟晚斋时就会回来。”白落。

“看来他尘缘难了啊！哈哈，对吧长老?”黑落。

“阿弥陀佛……也难怪啊，原想大清关亡自然就会共和，谁会想到不是张勋复辟，就是袁大头称帝，举国不从，一旦由此开了战端，我华夏九州难免战乱频仍。妙聪那性情，又怎能安于青灯黄卷……还是由他去吧。”白落。

“长老言之有理。”黑落。

“不过，他最近遇到了点不大不小的麻烦……”白落。

“长老玩笑，还会有麻烦难得了他？我可不信，哈哈！”黑提白一子。

“没听说过？小沟渠里翻大船?”清了局外转话头，引得章九酬旁骛，倒扑得手，提其四黑。

“长老于棋外做功，这可是不太磊落了！哈哈！”黑子悬而不落。

“此话差矣！棋，子于盘，力在外也！”白也悬着。

清了和章九酬正此起彼落，觉慧忽进方丈说道：“佩瑶姑娘和绿萼姑娘来了！”

“哈哈，说曹操曹操到啊！”白子入盒。

“曹操？长老说谁?”黑子入盒。

“沟渠啊！”

“沟渠?”

清了见章九酬满面讶异，爽朗地笑了，“哈哈……无妨无妨，谜到开时方自解，莫急莫急！”转而又对觉慧说，“请姑娘先去客堂，该晚斋了。”紧接着，瞭望楼方向传来了两声驴叫。清了听了便知妙聪已归。

章九酬和清了一起把棋子一一收起，来到客堂时，佩瑶和绿萼已经在候了。一张圆桌，上边摆了六道素肴。清了刚落座就说：“再添双筷子来。”

章九酬见桌上已有四双筷子，于是就问：“还有谁?”“妙聪。”清了话音刚落妙聪就进了门:“阿弥陀佛,我来迟了。”

清了笑道:“不迟不迟呢!”佩瑶说:“刚刚好啊!”又跟妙聪打招呼:“师父好。”只有绿萼默不作声,瞧了一眼妙聪。

章九酬纳闷地说:“长老料事如神啊!”

清了不解地问:“何出此言?”

章九酬又说:“长老刚吩咐加了双筷子,妙聪就进了门。”

清了笑了:“大人没在意,刚才是贫僧听见了驴叫,故而想是妙聪已回来,去照料了那畜生。”“哈,怪不得!”章九酬说罢又问,“驴儿不是在洪家庄园养着吗?”清了回道:“那是四年前,清朝退位它就回来了。”

席间,章九酬跟清了边吃边聊,佩瑶极少动筷,并不时暗瞅绿萼。绿萼频频瞄视妙聪,妙聪只顾低头用斋。清了将一切看在眼里,说:“看来妙聪是饿了,用过斋便赶紧歇息。”妙聪嗯了一声,不再说话。吃饭的气氛越来越异样,章九酬揣摩不出个子丑寅卯来,席间的话也越来越少,把一桌斋吃得越来越冷清,很快便结束。

章九酬跟佩瑶一回到客房就问:“你们今天咋了?好像有啥事情。”

“看出来了?”佩瑶笑吟吟地反问。

“今天连长老说话都跟打哑谜一样,是不是绿萼和妙聪有啥事情?”接着,章九酬又把自己跟清了手谈时的情形说了个大概,并问佩瑶,“长老说那‘沟渠’到底何意?”

佩瑶还没回答,章九酬就悟出了个中缘由:“是……绿萼姑娘看上了妙聪?”佩瑶笑着点了点头。章九酬立刻追问:“妙聪知道吗?”佩瑶又点点头。

章九酬突然大笑起来:“哈哈哈……妙聪啊妙聪,你也有麦城之忧啊!你这条大船,进了沟渠,看你如何使舵?”本来笑着的佩瑶见章九酬忽成这样,反而一沉脸,说:“绿萼妹妹心痛死了,你还笑!该不是幸灾乐祸吧?”

章九酬忍俊不禁:“差矣!咋会是灾祸呢?妙聪这不分明是秃骷囊撞桃花,走了鸿运吗?哈哈哈……”

佩瑶也忍不住乐:“可把妙聪难为坏了呢!”

章九酬猛然意识到,像妙聪这样的禅界高士,绿萼动他的心思,岂不是竹篮打水、水中捞月?想到此,他顿生一种不祥的预感。他不仅知道妙聪,也十分了解绿萼。贺墨汀夫妇曾多次撮合,想让她跟王书宁缔结连理,王书宁对她很倾心,无奈偏偏她不待见王书宁,嫌其过于斯文。至亲好友也有不少提亲的,可她执意要自选郎君,现已二十又八,一旦她把心思用到妙聪身上,怎会轻易罢手?

"喂!你知道她最喜欢谁不?"佩瑶忍着笑问。

"看你,总不会是我……"章九酬看佩瑶笑里含讥,欲自嘲一下,可话说仅半,连自己都觉得蒙中了,"呵!还真是我?"

佩瑶笑了笑,遂把自己来月山如何见的妙聪,绿萼又说了什么疯癫话,给章九酬学了一遍:"起始时,绿萼仅是见妙聪的模样像你。后听说妙聪足智多谋,帮你脱险,又运筹帷幄,抗夷保域,便心生爱慕,还口无遮拦地说'妙聪,这个秃头哥哥,甚是机敏可爱!哪天我有兴致,去月山把他掳了'。当时我还以为她疯癫着玩闹,心想她凉一阵也就罢了,没承想她从此还真上了心。这几日她天天来月山,不知妙聪是真忙还是有意躲她,惹得她张口闭口都是秃驴呢!看样子她可真气得不轻。"

章九酬一笑说:"哈哈!没想到绿萼会是这样性情,眼力也不错。可惜妙聪早已皈依佛门,并参悟至深,岂是俗根不净、轻易就移了禅心的人?只怕是到头来耽误绿萼。"章九酬说到此,转而问,"咋不见绿萼,她住哪儿了?"

佩瑶回道:"但凡来月山,她只认准了一个地方——明月禅房。我正想问你呢,我去陪陪绿萼妹妹?"

章九酬说:"明月禅房处于麒麟岭最南端的凤皇台,僻静是僻静,房后便是深渊,是不是过于偏远了?"后又问:"妙聪会不会在那里?"

"看你说的,妙聪师父若在,你我何必这般劳神费力!"佩瑶嗔怪道。

"要去趁早,天黑下来路就难走些。"章九酬说。

少顷,佩瑶便来到明月禅房,见绿萼不在,就近唤了几声,也没人应,想四处寻寻,又觉不妥,于是就下了凤皇台。路过方丈时,门帘透出烛光,她有意无意地瞄了眼里边,清了正独自打坐。

佩瑶回到客房,章九酬问她:"咋回来了?"佩瑶说:"绿萼不在凤皇台。"

章九酬笑了:"哈!"

佩瑶说:“你还真言中了,我一会儿再过去。”

三二

绿萼晚斋后根本没回凤皇台。

她顺着凤鸣山西侧北上,又经大士阁往西一路走下,去了麒麟岭西的六公塔。

天渐渐黑下来,又慢慢有了月光。一身浅素的绿萼在六公塔院内徘徊着。

所谓的院子,不过是齐腰高的女儿墙围成的大半个圆,空缺出的豁口便是进出的门。

豁口处站着妙聪:“绿萼姑娘,不早了,这里风口气寒,天也黑了,再怎样这山上也不比庄园,还是回屋里妥当些。”

绿萼说:“我不怕凉。”并问,“这里有狼吗?”

妙聪实在回答:“现在季节不会,冬天偶尔有。”

绿萼说:“要现在就是冬天多好!”

妙聪一时纳闷:“冬天?”

绿萼飞瞟了妙聪一眼说:“是啊! 冬天就有狼了! 好叫它们叼了我去,免得我招人厌烦。”

妙聪笨嘴拙舌地忙用佛语应付:“佛祖慈悲,阿弥陀佛……姑娘请慎口……”

绿萼抢白道:“佛佛佛,又是佛,你心里除了佛,还有没有别的?”

妙聪急喊了一声:“绿萼姑娘!”然后又把口气缓缓,“这里是师祖安寝之所,还望姑娘静下心来,听贫僧几句劝……”

绿萼听了,一扭头走开几步,干脆不说话。妙聪迟迟没有开口,绿萼等了片刻忽而又转回,对妙聪好一阵奚落:“你咋不说? 小女子等着大师父哩! 你不是说自己不涉俗事吗? 这几天你哪儿去了? 是躲小女子呢,还是扶世济困、超度众生去了呢? 一个弱小女子你都超度不得,咋能超度众生?

哦,是怀柔天下去了!那你可真是大慈大悲呢!可咋就我值得你一个狠字?”

“绿萼姑……”妙聪喊了半截。

“别叫我姑娘好吗?你叫过我妹妹的,你是我哥,对吗?”

绿萼边说边上前环腰搂住妙聪,连连问道:“对不?对不?”妙聪不挣脱,也不迎合,只是把头压到合十的指尖,低垂眼睑,喃喃道:“姑娘撒手,姑娘撒手……”他厚壮的胸肌,被绿萼的心跳强力穿透,震得隆隆响。

少顷,绿萼突然松开妙聪,背过脸去,一把把拭着眼泪,再不说一句话。

“绿萼姑娘……”妙聪喊了一声,然后说,“姑娘莫怪,贫僧也是肉体凡胎,我何尝不知姑娘心思?贫僧自遁入空门,已有经年。原本以为,菩提镜台清净地,独善其身可自安,但国破民敝之状,使贫僧位卑不敢忘忧国,自洁不忍随浊世。姑娘说我热心俗事偏偏不搭理姑娘,殊不知贫僧常面危局,时刻有难测之端。加上贫僧眼下已近天命,而姑娘正值花般年华,我岂敢为一己之私,弃禅心佛事于不顾,妄俗世常伦于非分?若如此,毁了我妙聪一个的德行无谓,但耽搁……或毁了姑娘人伦之前程,我万万不忍。绿萼姑娘,这个心坎,我着实难逾啊……”

天越来越晚,绿萼听着妙聪的话,感到山风越发阴冷,后慢慢停了啜泣,缓缓回过头看了妙聪一眼说:“不早了,你今天刚刚外出回来,想必也累了,歇息吧,我这就回禅房去。”

“嗯……阿弥陀佛……”妙聪唱道。

绿萼说罢就走,妙聪随后,一步步挪下一个缓坡,经凤皇台又穿过清风轩,来到明月禅房前。

绿萼推开门迈进门槛,忽又停下,扶着门扇回看过去。妙聪正站在清风轩南门前,合十伫立着也在看她。近在咫尺,又似隔千山万水,禅地经堂,又恰是情天孽海。绿萼的心都要碎了,遂一转身进屋闩上了门。

明月禅房的窗户很快亮起烛光,妙聪凝思片刻,后一步三回头地离了去。

妙聪刚出了清风轩北门,就跟章九酬和佩瑶撞了面:“章大人,佩瑶姑娘……”

“绿萼姑娘呢?”佩瑶问。

“刚刚回房歇着。”妙聪说。

“佩瑶是来陪她,总担心这里过于偏僻……”章九酬说。

“谢大人提醒……但无妨,这明月禅房只要有女宾入住,凤皇台便通宵不缺人的。这还是乾隆来时太后留下的规矩。”妙聪说罢又劝道,“请章大人和姑娘回去歇息吧,尽管放心。”

“那就好,我们就回去了。”佩瑶说。

“大人和姑娘慢走,阿弥陀佛……”妙聪道。

章九酬和佩瑶走后,有一坨云西来,遮得凤皇台昏幽幽一片。妙聪走到空相塔前,撩起衣袂,盘坐于早早摆在那里的蒲团上,后说:“觉慧,你回去吧,告诉长老我在此,让他早些歇息。”“是。”随着应声,空相塔的背影里走出了觉慧,匆匆下了凤皇台。

云行东去,月儿复明,凤皇台重新亮了起来。

妙聪端坐于空相塔前,一边拨念珠,一边想心思:这人生在世,处处荆棘,心动则人妄,人妄则思愚,思愚则行之紊乱,世间诸般痛苦也就因心动而生。可是,心安人无妄,又何其难!只是这情缘并非慈善之物,又怎能妄为施舍?吾既倾心向佛,又岂能移花接木?不错,那尊尊佛圣,也真的个个是木骨泥胎,可是谁又知道佛非佛像而在佛理呢?佛理只要在,怎敢舍弃那天下苍生?想到此,妙聪便停下捻珠,将珠串穿到腕上,双手合十,反复诵道:“一念愚即般若绝,一念智即般若生……”

整整一夜,明月禅房的烛光始终未灭,妙聪心底的经诵也一刻未停。数不清他究竟念了多少遍。霜露,把他全身打得透湿。一直到天麻麻亮了,月山从迷蒙中一层层地缓缓现出身形,他才站起身来,将蒲团放回清风轩过道,下了凤皇台。

妙聪刚刚离去,绿萼就出了屋,她看着缓缓远去的身影,一时洒泪如倾。

三三

“你看见了吗？妙聪师父刚刚下了凤皇台……看似守候了一夜呢！”刚攀上凤鸣山的佩瑶喘息着说。

“哪儿？”佩瑶身后的章九酬回头向凤皇台望去，“那是绿萼吧？”佩瑶望去，果真见绿萼止目送着远去的妙聪。

“一对活冤家！”佩瑶突发感慨。

“两个难堪人。”章九酬和道。

“没有缘分难聚首。”佩瑶又说。

“不来月山不适时。”章九酬接道。

“好啊！就别诗了，你出个句子吧！”佩瑶笑了。

“啥？”章九酬很纳闷。

“嘻嘻……”佩瑶浅浅一笑，“你不是刚说不来月山不是诗吗？那就作联中不中？”章九酬听佩瑶又把话重复一遍才明白过来。“哈哈！真是机巧，想对联儿就明说，怎改老爷我的句子？”“咋了？知府老爷舍不得你那半瓶子醋？”佩瑶越说越活泼，把章九酬逗得情绪飞扬。“谁说我舍不得？你先出句！”

“好！”佩瑶信口就出了上联：凤皇台孤僧夜道难言隐。章九酬随声而和：空相塔痴女晨说不了情。

“你和得真快，真不愧进士出身！”佩瑶十分感慨。

“咳！进士、进士，快无食可进了！”章九酬自嘲道。

佩瑶自此次来到月山，一直记着王娴馥的嘱托，总在找机会提醒章九酬筹划孩子们的事情，见其将进士与进食挂连起来，便知机会来了，遂说：“既说到此，我又有一联，愿听不？”

章九酬说：“哦？说说看。”

佩瑶随口便出了上联：“进士不荫后来者。”

章九酬听了随和：“庙堂总盼先到人。”

章九酬和过，见佩瑶正微笑着深情地看着他，遂意识到佩瑶想告诉他，眼下的地位和废弃的科考都不能为孩子们提供进阶之路，而他的下联，又恰恰是说无论是国还是家，都需要人才，不由心头一热，生出浓浓爱意，动情地说："佩瑶……你一片苦心，有你，是后辈之福……"

佩瑶实话实说："佩瑶我愧领了，全是姐姐对孩子们的心思重，叫我代为提醒，你心中有数就好。"

佩瑶话音刚落，瞭望楼方向突然传来了几声驴叫，佩瑶遂问章九酬："你见过驴长老吗？"

"两个驴长老，谁知你说哪个！"

"我是说驴儿。"

"当然，你没见过？"

"见过，那驴儿有何特别之处？"

"不像人。"

"嘻！这岂能算特别？"

"当然。"

"何意？"

"像妙聪！"

章九酬刚说完佩瑶就笑了："你骂人家妙聪是秃驴？"佩瑶乐得弯腰叠背直不起身，后吃力忍住，倾慕地看着他，笑吟吟问："该不是你还记着妙聪师父的仇吧？"

"哈！我岂能忘记！这妙聪，简直是魔障！"章九酬说。也难怪，自从当年他跟妙聪各为其主交上了手，在重大事情上一向游刃有余的他何时占过便宜？但确又因败于妙聪而躲过廉惜芝的明枪暗箭，并加官晋爵，身不由己地支持了革命党，到头来却又落得个丢了乌纱绝薪俸。一想到这些，章九酬便觉得福兮祸兮般般有，五味杂陈样样生，说不清是啥滋味。

少顷，章九酬嘴角闪过一丝慧黠，笑着对佩瑶说："哎，我说，你一定要帮帮绿萼，缠住那秃驴，我就不信他铁打的心铜铸的肺，不能叫他辜负了人家姑娘的芳心才好！"

"呵！你该不是假人家绿萼的青春年华，去报复妙聪吧？"佩瑶说。

“这可是天报，是他罪有应得！这个佛心魔智的头陀！”章九酬不亦乐乎。

“你也别太得意，赶明儿把你的头也给剃了，来一个‘日落香残，除却凡心一点！’”章九酬立马接上：“哈哈，那我就给你个‘蟾拨玉润，弄得花萼两开！’”佩瑶刹那红了脸，一撇笑口嗔怪道：“你咋弄出这么个淫词滥调来！”

章九酬先一愣后一思也不禁红了脸，遂笑着说：“非故意，全是应急而和，真未想这么荤色。”

佩瑶见他还没弄懂自己的联，于是说：“我那联，可是老对子，没想到进士大人如此寡闻，嘻！”

章九酬不知是套，遂问：“是个成联？”

佩瑶说：“想知道就把头先剃了！”

章九酬笑了：“辫子都剪了，哪差这半缕杂丝？我舍得，你可也舍得？”

佩瑶说：“我太舍得，你剃吧，看这儿没刀没剪的，你如何使得！”

章九酬玩笑地用双手在头上比画了一番说：“愚人在举，睿者在意，爷我已经剃了，该你说了。”

佩瑶隐忍一笑说：“炉熄火灭，早有意马站边！”

章九酬佯怒道：“啊？你骂我秃驴啊？可恶！”佩瑶扑哧一声笑了。少顷，佩瑶把话儿又转到绿萼身上：“你说，妙聪跟绿萼，会有指望吗？”

章九酬支吾道：“有，莫须吧……”然后问佩瑶：“去见识见识那驴长老？”

佩瑶一口应允：“好啊！”

上山难下山易，二人很快就到了瞭望楼夹道里的驴棚。棚内驴长老正在悠闲地吃草。

石槽里的草料是新添的，拌有少许的荞麦、玉米等杂粮。大清朝已寿终正寝四年，那毛驴却不见老，双耳宽长挺得很精神，浅灰色眼圈衬得黑大的驴眸依旧有神。它停下吃草，专注地看了看章九酬和佩瑶一会儿，然后才又继续咀嚼起来。

“别说，这驴儿还真是好看，身子骨也硬朗，很精神。”佩瑶说。

“是。跟妙聪一般模样，你看他那副样子，好像啥事都心里有数。”章九酬嘴角挂着笑。

“你看它,咋了?”

“啥咋了?”

“咋五条腿?”

“嗯?”章九酬纳闷一瞅,原来是驴儿元真出囊,已快挨着地面,遂忍不住笑了,并趴在佩瑶的耳朵上说:“你啊你……我的傻妹妹,人有时还三条腿呢……”

佩瑶又仔细看了看,扑哧一笑,一把抓住章九酬胳膊,又是拧又是掐,好一阵子佯作不依。章九酬一边躲闪一边调笑:“幸亏此长老非彼长老,要真是那妙聪秃驴,将来还不害苦人家绿萼姑娘?”“你!……好可恶……”佩瑶眼儿一瞪,脸一红,正要不依他,棚外突然传来说话声:“是何人在背后拿俺开心?好端端的清平世界,倒是巴望旁人摊上个苦吃?”

二人正嬉闹,一听绿萼来了,赶紧忍住。佩瑶还惦着那驴儿元真未收,慌忙迎出驴棚,将绿萼挡在了棚外:“一头驴儿有啥好看的,非叫我来看它做什么?”一边佯装埋怨,一边拉起绿萼就走。

“你们咋在这里?”绿萼问。

“难道只许你来?”佩瑶笑着反问。

“我找妙聪。”绿萼说。

“俺们来看驴长老。”佩瑶答。

“都是一回事。”章九酬黠笑。

“咋叫一回事?没看好似闯了绿萼领地似的?”佩瑶笑侃道。“谁稀罕秃驴!”绿萼骂着,眼泪扑簌簌地滚落下来。

佩瑶见自己又捅了绿萼痛处,赶紧掏出帕子,替她揩拭了两把,连连劝道:“好妹妹,别哭,有姐姐和哥哥为你做主呢,放不得这个秃驴,好吗?”

佩瑶口里劝着绿萼,心里却想着自己,过去自己不也是如此?苦恋章九酬那段,一夜夜、一日日,又何尝不是愁肠百转?但自己面对的还只是一个王娴馥,而绿萼呢,面对的却是法力无边的佛啊!佛太强大了……想到此处,眼瞅着妙聪突然进屋,无数个形态各异、面容相迥的罗汉也蜂拥而入,手持绳索,将妙聪捆麻花似的五花大绑了起来。妙聪不仅动弹不得,还十分顺从，表情随和而麻木，安静地看着绿萼。佩瑶的心狠狠地揪了一下，咬了咬嘴唇，这才知眼前的一切是自己的幻觉，遂于内心悲楚喊道："佛祖啊，求求你对绿萼法外开恩，给妙聪松松绑吧……"

章九酬看佩瑶和绿萼悲怜在一起，说不上话搭不上茬，看着眼前的绿萼，想想当初的佩瑶，顿时也感慨起来："女人一旦有爱，便是死心塌地，可是商道、仕途、名利场的男人们，能如此的，又有几个？"

三四

妙聪是在章九酬和佩瑶之前去喂的驴。章九酬、佩瑶和绿萼从驴棚出来，回到客堂，妙聪已去了清化。

饭后，佩瑶陪绿萼回了凤皇台的明月禅房。章九酬为妙聪和绿萼的事，去找清了，想探探口风。

章九酬一进门，清了说："快请，章大人请坐。"同时吩咐觉慧沏茶。

沏茶时清了说："大人来几天了，茶饭未必可口，尤其是女眷，若有不妥，我交代斋房另行关照。"

章九酬说："长老不用客气，已经很周全。不过，我今天另有事叨扰。"

清了问："是妙聪的事情吧？"

章九酬说："长老镜台天慧，啥事都胸中有数。"

清了笑着摆了摆头，正欲开口，恰觉慧斟茶，于是等觉慧离去才说："何谈相扰，大人为绿萼，我为妙聪，本就是一回事，老衲正要跟章大人求教呢！"

章九酬说："长老言重，我乃俗子，借寓禅寺，本应膜拜从佛，如今却为俗事懈佛门规诫，有点大不敬了。"

清了说："哪里、哪里，无世便无禅，无俗亦无佛。再怎么说，月山也非海市的蜃、梦中的楼。僧俗两界一向互通，人空还俗时时两便，都不是铁定的规矩和不变的法则，顺其自然乃法轮正道。更何况，身在空门未必空，人于俗世未必俗。不然，大人怎么会在这秋尽入冬时来这月山？这便是人遇烦恼心向空，身置空门思难静。但凡能超脱此困者，不是圣贤就是禅瑛呢！仅此一事一时，大人未必就是慧根不牢，妙聪也未必佛堂必守呢！”

章九酬听清了暗示妙聪可返俗，遂说：“聆听长老高论，颇有教益，妙聪有你为师，亲父子也不过如此，真叫人感佩。”

清了呷口茶说：“千万别说什么高论，全是老衲诳语，请大人见谅。”

章九酬本来谨慎，清了一番话后，不觉大意起来：“长老若是能……”但话只说了一半。

清了听了笑了笑说：“想让我出个章法吧？章法寓于情状，我能帮的，仅情状而已。说句玩笑大人莫怪，老衲若是坐着马车卸轮子，你不会说老衲俺缺心眼吧？呵呵……”

章九酬脸一热，自觉言过：“真不好意思，冒昧了。请长老见谅，还望体恤俗子……”

清了没再接章九酬的话，而是直诉情状，把妙聪的来龙去脉讲了个仔细：

“光绪十七年，老衲岁值天命。冬天家母去世，隆冬又逢大雪，处处陌路难辨。奔丧返回途中，在修武山门河，我看见麦秸垛下露出了一双人脚，遂上前把人拖出。此人个头不小，衣着褴褛，骨瘦如柴，手脚满是冻疮。我摸摸他，还有口气儿，于是赶紧找了个庄户，好说歹说，把身上盘缠悉数给了，人家才帮我将他弄回了家。整整俩时辰他才醒来。我问是哪儿的，他不说。我又问去哪儿，他还不说。后来我问跟我当和尚中不中，他想了想，掉了眼泪，最后点了点头。就这样，我把他带回了月山。

“那年他二十二岁。我原以为他是贫家子弟，习学练武怕都晚些，后才发觉我多虑了。他不但博学，而且聪慧。经史子集、诗词歌赋、灸针卜算，样样精通。但凡经楼里晦涩难懂的典籍，他打开便识得也释得，还写了一手好字，真草隶篆无所不能。

“后来，我按月山宗谱给他取号，可他说自己有，叫妙聪。我问他何处皈依何处戒牒，他却再不言语。我估摸他定有隐痛，也就不再难为他。除他有点原武口音外，其余我一无所知。话又说回来，过去僧陀转寺，沿袭旧称也是常有的事，于是我就随了他仍唤妙聪。但不管怎样，我月山寺能得这样的才俊，还不是天大幸事？既是天赐华宝，何必问他来处！这样的少年才俊，落魄到如此境地，其灾由劫数一定非同一般。一则是老衲不忍多问触其痛处，二则是觉得他可以承袭这山寺祖庭，所以就多有担待。

“他来月山的第三年，七方丝坊有个毕老板，常来月山，看中了妙聪打得一手好算盘，遂私下央我劝妙聪还俗，成全他家小女。我铭志司佛了数十载，深知佛门薄褥饥肠之艰、青灯黄卷之苦，于是就默许了毕老板自图妙聪，也算企望他有个好前程。但没想到，妙聪决意不从。后来毕老板纠缠厉害，妙聪才实情相告说，他有过一个女人。

“原来，他十七岁时喜欢上了一个寡妇女佣的女儿，叫葛小芹，并使其怀孕。其父闻讯大怒于厅堂，动家法将妙聪打得三个月不能下床。还说寡妇教女无方淫坏了他家公子，将其杖毙于暗室，并把小芹赶出家门。实指望妙聪他回心转意，致力于科考，光耀门庭。未承想妙聪天生是个情种，身未痊愈就趁夜出走，发誓一定要找到葛小芹和她肚里的孩子。

“一个豪门子弟，锦衣玉食惯了，可谓肩不能挑、手不能提。几年下来，他全靠行乞打杂风餐露宿支撑，走遍天涯海角，终无结果。那天他说起此事，一遍遍地喊我师父，号啕大哭说他父亲禽兽都不如，人家小芹才十六岁，说自己辱没家风也好，说自己不肖子孙也罢，不管如何责罚暴打，他都认，但作为父亲不该杀其母逐其女，且不念及自己的亲孙孙！

“他当时还说：‘师父你想想，小芹独自一人，无依无靠，还怀有我的孩子，他们竟有如此的狠心！啥狗屁官宦人家书香门第！啥朗朗乾坤清平世界！简直就是杀人的魔头，吃人的地狱！’那天他边哭边说，甚是可怜。他说小芹才十六，可他自己又大到哪儿去？不也才十七？不都还是孩子？

“他心里有过这小芹，又有过自己的骨血，咋能再容得下他人！从那以后，我就回了七方的毕老板。几年过去，妙聪慢慢静下心来，随我专心事佛，钻研佛经禅典，旁习八极拳棒，还真成了一个文武全能之僧！日子久了，我才慢慢得知，他祖上著书立说、诗文传世者即达二十多人，出贡生三十多人，举人十三人，六人中进士，三人入翰林。”

清了讲到此处，突然问章九酬：“大人可听说过‘德承一脉六进士，恩绥三世三翰林’一说吗？”“这怎会不知，那是美誉名相……”章九酬话说一半，突然咽住，吃惊问道，“莫非妙聪乃怀川原武陈亭令的后人？”

清了回道：“正是……大人真是广征博记。我就是听他说了家里的功名，才猜测他是陈亭令的后人。”

章九酬问：“那长老如何肯定？”

清了回道：“我也是三年前才核准了此事。陈氏家寺的净空和尚西去咸阳法门寺路过本寺，我便有意引他说起陈家才俊，他说二十年前，当时陈家读书习武的子弟就达三十余人，才俊中有一个最出色的，名济渊，曾在家庙皈依取号妙聪，十七岁时因私好用人之女被逐出家门，还说他前史后传、诗词歌赋以及珠算天文无所不能，我便对上了号。”

“陈济渊？”章九酬问，“咋说是逐出家门？”

“对，陈济渊。至于说逐出家门，不过是顾及家族脸面，把污垢玷与妙聪罢了。”清了说。

“净空和尚来月山，妙聪师父知道吗？”章九酬问。

“知道。净空原在抱犊山出家，他入住陈氏家庙时，妙聪已离家两年。”清了说。

“你没对妙聪提起过？”章九酬问。

“今天是第一次说起，觉得大人有用。”清了说。

章九酬说：“谢长老。真没料到妙聪遭际如此坎坷，也难怪他对大清深恶痛绝。知道了这些情状，我便知晓该如何应对了。长老明理于情状，指路于教化，真乃大慈大悲，九酬钦佩。”

“弗然，他心淤所憎，可不仅仅是对大清，而是对所有富贵人家。这些年老衲也是不愿他心结偏激，影响禅悟，有意识叫他多涉世事，不避官宦士绅，以化心疾，不想他秉性使然，反倒陷入了尘世，我断他是尘缘未了，故不忍再荒废他。再说了，别说是他，即便这月山宝刹，谁又能保得它代代恒昌，香火永继？”清了说着说着便走了神。

章九酬见状，觉得清了话有他音，于是问：“听长老言，难道月山寺会有不测？”

清了回道：“阿弥陀佛……一切该有定数，冥幻茫茫，天机岂是老衲参悟得了的？姑且随缘吧……随缘，阿弥陀佛。”

章九酬离开方丈，回到客房，见佩瑶正伏案丹青。“说得怎样？”佩瑶问，但手不搁笔。章九酬没回话，开始在房间踱来踱去。佩瑶又草草涂抹了几笔，歇下手问他：“咋了？”

章九酬把清了所述学了一遍，使佩瑶好一阵感慨。少顷，章九酬说：“依我看，绿萼与妙聪的事须放一放，我真闹不明白，长老分明对月山得一妙聪而庆幸，现如今，他咋会舍得妙聪返俗呢？”

佩瑶说：“我也觉得蹊跷，正想问呢，似乎有更重的隐情。”

章九酬说：“按说，人世沧桑本无定数，闲聊话语间有些感慨也是常事，但说到月山香火不保时，长老的神情就好似看到那一天来临似的，甚为惆怅……”少顷，又问佩瑶，“你刚才在弄啥？画画？”并走到书桌前。

桌面上平铺着一方白宣，画的是一丛斜竹傍凸石。石头上卧着一只木鱼，鱼槌掉在地上，杂草半掩。

“有点意思。”章九酬说。

“那就题几句吧！”佩瑶说。

章九酬把画儿拿起来，凝思片刻，又笑着看了看佩瑶，拈笔题下一首五言绝句：枝枝斑竹泪，顽石有鱼知。点化人何在，檀槌谁手司。

佩瑶看了，遂嘻嘻一笑媚着眼儿说：“该不是想叫我去劝那妙聪吧？”

章九酬笑了：“你说呢？呵呵……”

三五

妙聪回到月山，已经傍晚。佩瑶用过晚斋，便到方丈北边观音殿隔壁的灵芝堂去找他。

门虚掩着，门缝透出微弱的烛光。佩瑶叩道：“妙聪师父在吗？”“是夫人吧，快快请进！”妙聪说。

佩瑶进屋，见房间不大，迎门只放一张小桌，正中墙上挂着《达摩一苇渡江图》。

图下桌两旁两把椅子，屋里端铺着一张小床，靠床不远立一中药柜，地上卧着一套黄铜药船。除此而外再无他物,显得异常简洁。

佩瑶落座后说:“别叫我夫人,有些生分呢,还是叫我佩瑶好。”“也是,我也觉得拗口。”妙聪说后又问,“几天来还住得惯?”“难得的清净哩!”佩瑶回过又问:“师父今天去了清化?”“是,我今天去清化做了个佛事。”妙聪说。“我不打扰师父吧?”佩瑶问。“不会。”妙聪回过说,“姑娘找我是为绿萼吧?我也想找佩瑶姑娘帮忙呢!”

佩瑶觉得他已有准备,于是直截了当地问:“妙聪师父果真意已决吗?”

妙聪回道:“实属无奈。佩瑶姑娘饱读诗书,通晓事理,自会理解贫僧。余遁入空门已经二十五个年头,早已独自惯了,现今已年近五十,与绿萼姑娘比,犹如黄昏落日,见底油灯,同时也因另有使命,时常天南海北食宿无定,且随时有不测之端,贫僧着实不忍将黄花配朽木,耽误了她。”

“师父难道没看出绿萼姑娘何等执拗,又怎是劝得了的人?”佩瑶问了,妙聪一时无语,佩瑶接着说道,“是师父心气儿高,绿萼姑娘入不了眼,还是另有蟾桂在心?师父恕小女子直言了。”

“绿萼姑娘才貌两尤,贫僧何尝不知,但无奈贫僧已经许身空门,立志事佛,以天下苍生为念,怎敢轻易中途而退,以负佛恩……”妙聪说道。

“苍生亦俗世,妙聪师父岂不知?虽不知师父另有使命之详情,但也猜得一二,还不都是尘世之忧?又怎将佛俗两分置一柔弱女子于不顾?若是真不忍耽误绿萼姑娘,怎忍心拒之千里,毁她一生?佛心使然?因惜而弃?”佩瑶说着,越发口齿伶俐,见妙聪一时无语,遂不好意思起来,“小女子冒昧了,请师父千万莫介意,只是心急话语也就快些,一则是为绿萼妹妹忧虑,二则是不忍师父错此善缘……”

“姑娘不必多虑,妙聪虽愚,但还是明白姑娘慈悲心怀的,阿弥陀佛……”妙聪说。

“既是明白俺一番心怀,俺就想再多说一句……妙聪师父,绿萼姑娘此番情意,不容再错过了,不然前车之鉴、旧伤之痛,可是要真的付诸东流了……你说呢?”佩瑶说。

妙聪听佩瑶话里有话,便猜想师父清了已将自己身世和遭际告诉了章九酬和佩瑶,尽管当初是家族悖拗,自己做不得主,以致葛小芹和孩子生死不明，但现在绿萼对自己痴情如斯，如若强行放弃，自己岂不又伤害了一个女人？前者可用年少不谙世事或家族不义假以托词，可眼下呢？一个近知天命之年的人，再叫绿萼有个三长两短，自己良心安在？想到这里，妙聪把头埋于怀中，久久不说一句话。

桌上的蜡芯不时地因结焦爆花毕剥作响，还忽而闪烁跳动几下，光芒很耀眼，很快就复于平静。佩瑶自觉话有些重了，有点不自在，于是欠欠身子起来说："妙聪师父，原谅小女子直率了，若得闲，就多陪陪绿萼姑娘吧……我告辞。"妙聪把佩瑶送出屋子，说道："佩瑶姑娘万请放心，贫僧还知道此事轻重。"

佩瑶离开妙聪，没有回自己住处，而是直接上了凤皇台，叩响了明月禅房的门："绿萼，开门。"

"姐……"绿萼开开门，扑上去就搂抱住佩瑶，呜咽起来，"姐……这秃头和尚，妹妹该如何是好？如何是好？"说着，便止不住地落泪。绿萼冷不防一扑一抱，使佩瑶心头一颤，鼻儿一酸，顿时也泪落潸然，说道："不急，慢慢来，好吗？"

佩瑶劝绿萼坐下，一眼瞅着桌子上有几页凌乱纸笺，上画满了碎句残词：可恶的头陀，啥经纶满腹，不过是草脏泥胎，充个啥达摩罗汉？连一个弱小女儿都垂怜不得，还偏偏要拯救芸芸众生，释迦牟尼信？观音菩萨信？还是驴长老你自己信？浑妙聪，傻秃驴……铁石心肠的头陀！

佩瑶看了，行行尖酸，句句愤懑，涂得张张都是怨，却字字皆含情，竟一时不知如何说起。

"佩瑶姐姐，我恨他。"绿萼含着泪道。

"妹妹，不是姐姐偏袒旁人，你凭啥要恨人家？是他心里、嘴里先有了你，后又变卦？还是他把彩头给了旁人？但凡事情，都要有个是非曲直不是？你的是和直，在哪儿？人家的非和曲，又在哪儿？"佩瑶看着绿萼，脸上一直温和。

"我咋就不该恨他？这个理儿，姐姐是最该明白不过了！章九酬不也是先有个王娴馥还照样依了你？他妙聪就该凭那满佛堂草捆的身子彩塑的泥胎绝了我？说是了却了红尘，还不是照样时时刻刻眷顾着那尘世纷争？

你一到九酬哥那里就成了添香的红袖夜读的灯,咋一轮到我他就成了诵经的罗汉化缘的僧?”绿萼的话,语调不高,但一句比一句跟得紧。

“好妹妹,留点口德好不好,再说了,人家说过对你有心思不成?要是没说过,你岂知他想还是没想过?你又怎能如此霸道埋怨人家?”佩瑶一边察言观色,一边连连问。

“他没说过不假,但他心里有我,真的有我……姐姐……”绿萼说到此,委屈的泪水一下就涌了出来,“真的姐姐,他心里早就有了我呢……”

佩瑶见绿萼忽然变得泪人儿一般,再品绿萼那话里的意味,便觉得另有蹊跷,莫非妙聪给绿萼留下了啥念想?于是问绿萼:“嗯……是吗?”“不是姐姐的事,姐姐怎会上心?”绿萼嗔怪后又问,“你还记得第一次来月山见他吗?”

绿萼的提醒,打开了佩瑶尘封九年的记忆,她想起了第一次上月山跟绿萼一起见妙聪时的情景。绿萼曾讲过妙聪似乎对她有意,并觉得自己跟妙聪似曾相识,现在看来绿萼早对妙聪蓄下了心思。也难怪,一个情窦初开的少女,八九年的情愫沉淀,该有多少的忧思悱恻!她也是女人,她相信绿萼的判断,也更理解绿萼的期待,于是她更加怜惜起绿萼,看着绿萼巴望的眼睛说:“好妹妹,姐姐想起来了,也明白了,是他惹的咱女儿家,决不能轻易拉倒,好吗?”绿萼听了佩瑶这话,悬着的心才算稍有缓落,叫了一声:“姐!”遂一头拱进佩瑶怀里哭了。佩瑶抱着绿萼,轻轻地抚着她的肩头和头发。

许久,绿萼不再抽泣,直起身子对佩瑶说:“姐,不早了,你回去歇息吧。”“不了,我已经跟你哥打了招呼,今晚姐姐陪你。”佩瑶说。

三六

佩瑶去了凤皇台陪绿萼,章九酬独自待了一会儿,就去了妙聪住处。

“快快请,章大人。”妙聪见章九酬进屋,遂起身言道。

“此来有一事讨教。”章九酬开门见山。

“大人还劝贫僧莫客气,自己反倒与贫僧生分了。”妙聪一边倒茶,一边呵呵笑着说，“请大人直说无妨。”

“观眼下时局，袁世凯称帝在即，乱世之秋，战端难禁，几犬子眼看一个个成人，现无了科举进阶之路，这样荒废着有些不忍。”章九酬说。

“大人真乃慈父也，前几日上庄刘子彦还专门上山问及他那几个儿子。”妙聪说。

“哦？”章九酬很诧异，“一个未通世事的庄稼汉子，这才几年，竟有了如此的眼界。”

“大人所言极是，贫僧也是如此心情。他得大人之提携，如今家道中兴，原本也打算育人于科举，但时势变迁，不得不另图长久。他向我打听眼下的时局，还特意问到保定军校的情况。”妙聪说。

“你说的是北洋速成武备学堂吧？”章九酬说，“这刘子彦还真非等闲之辈！”

“正是，不过还有一条路……”妙聪说。

“请师父明示。”章九酬道。

“留洋，不过……”妙聪略顿又说，“他跟你心系一处，但相向迥异，他是为齐家，而大人您却是想叫孩子们志怀高远。”

“哪里！九酬不才，一个大清朝轰然坍塌，实实叫我灰透了心，最多也是企其格物修身而已，哪还有什么志怀高远！”章九酬多少有些沮丧。

“话是如此说，贫僧知道大人心有芥蒂，但大人好歹家业不薄，过个安稳日子怕是不难，若不是有壮志之心，在这乱世纷纭之际，怎会念念不忘后人之前程，难道大人真的就是为了孩子们发达致富不成？”妙聪说道。

章九酬听了，心里顿时波澜四起，嘴上却说：“哪里、哪里，我倒是跟刘子彦一样想法……”

“这倒无关紧要，常言道，师父领进门，修行在个人。学业乃技耳，志向何处，全凭自己。所以，大人和那刘子彦殊途必然同归，至于后辈之未来，那就看造化了，大人说呢？”妙聪道。

妙聪的话，让章九酬想到自己的过去，少年得志，又中途改弦，到头来两手空空，心里顿时成了乱麻。

“以我的想法，不管将来路径如何，人生一世草木一秋，鼓励后辈胸怀天下，悲悯苍生，造福黎民，乃吾辈之职责，属人间正道……”妙聪说着，脸上泛了红光。

章九酬遂情绪涌动，仿佛少年时齐家、治国、平天下的豪情被重新点燃，钦佩地看着妙聪说：“师父哪像空门禅界之虔徒，实乃忧国忧民之义士。”

“呵呵，大人笑话了。你我既知己，也就僧俗不忌，故不忌言差但求理真了，仅供大人斟酌。”妙聪说。

“九酬绝非客套，师父使我茅塞顿开，这话发自真心。”章九酬说罢，起身对妙聪说，“不早了，该歇息了，九酬告辞。”遂离去。

章九酬走了，妙聪坐上蒲团，很缓慢地拨着念珠。一片静寂中，黄幽幽的灯苗仿如凝固了一般。

章九酬、刘子彦的子嗣之虑慈父之忧，勾起了妙聪对葛小芹和未出世孩子的想念。

一晃快三十年了，妙聪出家月山寺也已整整二十五年。晨钟暮鼓，青灯黄卷，逐渐使他充满仇恨也充满眷顾的心慢慢冷却下来，就像死了一般。眼下，绿萼却把他再度激活，躯壳内一颗凡心又蠢蠢欲动。

空门僧难空，绿萼好似为提醒妙聪久远的记忆而出现。昨天傍晚是他第一次被绿萼拥偎，自然也勾起了他对葛小芹的美好回忆，也多少唤醒了些他沉睡多年的欲念。

她太像葛小芹了，也是那般清瘦，那般眉眼，甚至是那般性格。可她的确又是洪家庄园的千金小姐。妙聪既想见她，又怕见她。

他既为绿萼的执着而担忧，同时又很难为情所动。他曾自检行为是否失当，也曾想用自己身世回绝她，却始终开不了口。他怕伤害她，仿佛伤害她就是再次伤害葛小芹。他只能情无所动、身无所动。

绿萼在佩瑶的安抚下慢慢入睡。四更天时，她破茧似的悄悄脱离了躯壳，恍恍惚惚看了一眼熟睡中的佩瑶和自己，然后就轻飘飘地下了床，溜出了明月禅房，在月山的上空飘来飘去，无处落脚。

三七

月山此刻的上空，悬着一轮光盘。亦阳亦月。

她先在六公塔、凤皇台附近的上空飘忽了一阵，然后驻足凤皇台向东看去。她心生好奇，平时从凤皇台是看不到灵芝堂的，怎么现在却看得见？甚至依稀可见灵芝堂窗口的光。她朝着灯光，飘下了凤皇台，然后悄悄将禅院门前的开阔地一跃而过，顺着钟楼下的台阶蜻蜓点水似的拾级而上，又飘过方丈、观音殿，先悬停后驻足在灵芝堂门前。

门帘里边，昏黄的灯光下，妙聪盘蒲而坐，像座钟儿一般。绿萼久久地看着他。

后来，妙聪站起来，走到门口，先关门后上闩，又将灯光熄灭。那一刻，绿萼的心都要碎了。她感到万分委屈，不得已原路徒步返回，边走边拭泪。

她搞不明白妙聪为何将她拒之门外。是没看见自己吗？也许是隔着门帘？她下意识地又回头看了一眼，却见妙聪屋子的灯光重新亮起，还响起了开门声。

她欣喜地折了回去，正要迈进门槛，脚下的地面突然开裂，她一脚踏空，啊了一声，就掉了下去，向渊底坠落。她恐惧地闭上眼睛，又惊惧地把眼睁开。树妖藤怪，魑魅魍魉，狼虫虎豹，飞快地从她身边闪过。她干脆把眼睛闭上，再不睁开。

她听到有人一遍遍地呼唤她名字："绿萼！绿萼！绿萼！"她睁开双眼时，看到的却是佩瑶。佩瑶正抓住她的胳膊使劲摇晃着，她这才知道自己刚才是在噩梦中。

绿萼急促喊了声"救我！"，紧接着浑身痉挛起来，嘴里胡话连连："傻婆婆……杀鸡……鸡元元爹……娘娘亲……"

突然一道闪电划过，月山及禅院被照得雪亮。紧接着咔嚓一声炸雷，几乎把整个月山都震碎了。雷的沉闷回声轰隆了很久。后下起大雨。

雷响秋冬交替之际，且在四更天，甚不多见。清风轩过道下值更的僧人给妙聪和清了报了信。章九酬、妙聪、清了等先后赶来,绿萼正昏迷不醒。

觉慧最后进的屋,一副惊魂未定的样子,手里拎着一把没撑开的伞,浑身透湿。

妙聪坐在绿萼枕旁的椅子上,给绿萼号脉后,从怀里取出一个佾包,一层层打开,一排长短粗细不一的灸针,整齐排列着,闪着清光。

众人站在床前看着。妙聪先抽出一根针,刺进了绿萼的人中穴。然后又把银针一根根地从针囊里抽出来,依次刺入鬼信、鬼垒、鬼心等穴。

妙聪扎到第六针鬼枕穴时,正捻着念珠的清了眉毛一耸,心猛揪了一下,问道:“难道……”“嗯……”妙聪应过,又扎了鬼床、鬼市两穴。

停了片刻,妙聪从囊里抽出了第九根针,久久悬在手里,似有千钧之重。

清了看出了妙聪的犹豫,说:“再切一脉吧……”

妙聪像似没听见,突然起针,直刺鬼窟穴。绿萼全身剧烈一搐,三股黄褐色的污浊液体就从她口鼻冒了出来。众人手忙脚乱好一阵,才算收拾好。绿萼安静了下来,继续昏迷着。

突然,妙聪的双耳扇动起来,众人看到,无不诧异,唯清了好似没看到,安静地捻着念珠。

“啊——”绿萼于昏睡中惊呼了一声,然后继续睡去。清了脱口骂道:“孽障!”所有人都吃了一惊,目光齐聚清了。清了平静喊了声觉慧,说:“你过去一下,到无声法师的灵塔看看。”

觉慧正要离去,被妙聪拦住,并夺过油布伞,疾步走出了明月禅房。

妙聪很快就回来了。他出去时打着伞,腰部以下仍被淋得透湿。觉慧有些心不在焉,妙聪给他伞时,手悬片刻他才接。回屋后,妙聪什么也不说,清了也不问。佩瑶、章九酬猜谜似的看着他仨。

清了问妙聪:“还用再给绿萼姑娘切一脉不?”

妙聪回道:“不用。阴孽不见阳谋,曙前即醒。只是她醒来便要胃口大开,该给她做点饭才好。”

清了笑笑,说:“看来,绿萼姑娘也不知多远处走了一遭,累得够呛。”

妙聪双手合十:“阿弥陀佛……”

天麻麻亮时,绿萼醒了。

佩瑶含着泪花说:“总算醒来了你,吓死人了。”

绿萼看是佩瑶,问道:“我咋了?”

佩瑶说:“咋了?你一直发高烧,说胡话,折腾了一夜,多亏了妙聪师父。”

绿萼问:“他人呢?”

佩瑶说:“他和长老刚走。”

绿萼欠欠身子想坐起,但浑身疼痛,一点也动弹不得。佩瑶赶紧扶住她。

妙聪离开凤皇台,直接去伙房给绿萼弄吃的。章九酬随清了来到方丈。

章九酬问:“妙聪师父行针时,长老怎会突然发怒?”

清了说:“大人见笑了,此乃旁门左道之玄学,妙聪行灸后室内阳气正盛,绿萼心神亦开始平缓。她突然啊了一声,必是有外因袭扰。老衲遂按所处方位时辰起卦,演算出西北乾位有异。凤皇台位处中土,土位能生乾位之金,但金位不能回克中土,克中土者,必有外木作祟。大人不是外人,老衲坦言相告,无声塔有宝物,怕是有人动了它心思……如果我没有判断错的话,乾位必有木金相合之异物……否则不会回克中土,自然绿萼也不会于好转之后而重受惊吓……”

章九酬一愕:“哦?”又吞吐道,“长老……”

清了见章九酬欲言又止,遂说:“请直言。”

章九酬问:“长老占术娴熟,可我记得佛家忌占卜。”

清了说:“大人有所不知,从唐代始,佛家就接纳了道家抽签占卜之能,藏传佛教留下的占卜典籍更多……不过,我刚才都是揣测,待会儿妙聪跟觉慧回来,就清楚了。”说完又问,“章大人,还记不记得绿萼的胡言乱语?”

章九酬说:“好像是元元爹、娘娘庙啥的……咋了?”

清了说:“对,她说……傻婆婆……杀鸡……鸡元元爹……娘娘亲……”

章九酬马上说:“对对对,绿萼说的就是这,一字不差!”

清了听了,把头轻微点点又摇摇。

正值此时,妙聪手掂一根细长木棍,进了屋。他的身后,跟着觉慧。

觉慧已二十一岁了，个头与妙聪比肩，虽无妙聪伟岸，倒也罡气十足。

三八

“看来，我们的客人来过了。”清了看着妙聪掂的木棍说。

“是。二百年了，终于来了。”妙聪说。

“在哪儿找到的？”清了问。

“麒麟岭东崖下的石缝里。”妙聪说罢，把木棍递给清了。

“啊！果然有外木！”章九酬惊愕说道。

清了颠倒着木棍两头看了看说：“看样子，这上边还有个东西。”“是。”妙聪说。

“啥东西？”章九酬问。

“还不清楚，但可以断定是盗墓所用之物。”清了说。

“为了那无声塔的宝物？”章九酬问。

“基本可以断定。”清了说。

“等谁？谁等？竟能等二百年？”章九酬又问。

清了回道：“大人有所不知，此宝物乃法门寺为彰表无声法师功德所赠。二百年说的是入土时间。从雍正二年到眼下，有人觊觎此物已经一百九十一年了。”

章九酬说：“哦？这么久？”

清了说：“是祖辈相传。”

章九酬说：“何方神圣，竟能如此？竟敢如此？不会是洪家吧？他们可是早已金盆洗手！”

清了说：“大人记忆真好。老衲几年前曾跟你说过此事，洪家也确实金盆洗手。眼下洪戢已经去世，洪小囡尽管是个晓古今知书理的贤达，可一下子彻底退出江湖，也绝非易事。话又说回来，念念不忘无声塔汉佛的，未必一定是洪家的人。你想，洪家在道上根深叶茂，嫡系旁支纵横交错，只要有一处漏过风声，就难保无人不惦着这尊汉佛。庆父不死，鲁难未已。远且不说,方圆数十里之内,就有一个人,可能知晓。”

章九酬问:“谁?”

清了说:“姚秉辛。”

章九酬说:“他? 不可能吧?”

清了说:“大人说得对。他虽是近处唯一可以算得上是洪家的旁系之人,非但不可能,而是绝不会,也正由于此,俺们的对手就完全隐于暗处了……阿弥陀佛……”

少顷,清了又对觉慧说:“再往远处寻寻,看是否能将这棍上的器物找到。”觉慧说:“是,我这就去。”

觉慧走后,章九酬问:“关于那无声塔,听说不少蹊跷,甚是玄乎,是人云亦云还是真有其事?”

“你是说无声塔曾几度重修吧?”清了问。

“是。”章九酬说,“据说有二十几次?”清了笑了笑回道:“那倒是以讹传讹了,从同治四年到光绪二十三年一共九次。最后一次是我去汴梁大相国寺授经回来的第二天,与前八次一样,都是雷击所致。”

“整整十八年了,再无坍塌过?”章九酬问。“这就要问妙聪了,真乃佛门之大功德哩!”清了捋了把胡须。妙聪闻言马上说道:“岂敢妄冒其功!是受长老所示,在凤鸣山立影碑以镇,方解了无声塔坍塌之虞。”

“是那无声影碑吗?”章九酬问。

“正是。”清了说着突然话锋一转,问道,“绿萼姑娘不知怎样了?”妙聪惨淡笑了笑说:“估摸她已经好了,刚才送去斋饭,简直是狼吞虎咽,跟一辈子头遭吃饭一样。”

章九酬听后笑了,说:“妙聪师父,你的针灸之法,真叫人开眼界!”

妙聪解释说:“哦,是鬼门十三针,系治疗邪魔癫狂的临急救命之法。”

章九酬问:“鬼门十三针?”

妙聪回道:“此法救得便救得,十三针使完还不能让人转危为安,便求生无望,是鬼门关上救人命,所以叫鬼门十三针。”

章九酬说:“我见有一针当时你犹豫了。”

妙聪说:“是,那是第九针,对于绿萼来说,此针是关键,成则无虞,败则入危，尤其深浅更为重要。如得当，此针可使她马上安好。如拖到非用后四针，性命堪忧，风险太大。”

章九酬感慨道：“原来这样！”

妙聪说：“全凭师父教授，我是比虎画猫而已。”

章九酬哈哈一笑说：“九酬虽不才，还是能看出长老也是杏林妙手的！”

清了听了，微微摇了摇头说：“说实在的，当时我也拿捏不准，倒是妙聪心慈胆壮，一针便把绿萼从鬼门关拽了回来！”

清了话音刚落，觉慧一脚踏进方丈，兴冲冲说：“找到了，找到了，在凤皇台西石堰下找到的！”

三人看了，是件一头细一头粗的筒状铁器。细头呈全筒状，粗头呈半筒状，端处很锋利。

妙聪从觉慧手里接过，拿起木棍，朝小筒穿进，又铁器朝天，把木棍朝地上磕磕，然后拎起来说：“洛阳铲。”

章九酬大惊失色：“还真是木金相合之物！长老你太神了！是冲着无声塔来的？”清了点点头，后对觉慧说：“没啥事了，你忙去吧。”觉慧走后，清了看了看洛阳铲，捋了把胡须说：“器具邪则人无善也！阿弥陀佛。”少顷又问妙聪：“藏棍子的地方仔细看了？”

“是。”

“来了几个人？”

“三个。”

“是不是再去看看藏匿铲子的地方？”

“明白。”

妙聪说过离去，很快转回，说：“师父神明，洛阳铲藏匿处只去了一人。”“长老真是明察秋毫……觉慧？”章九酬惊惑不已。

清了苦笑着点点头，说：“大人不知，这个觉慧！他来了十年，我和妙聪教化他十年，没想到他还是叫歹人派上了用场。”章九酬问：“还真是他？”清了说：“是。”妙聪说：“师父，我是真不忍心啊！这样一来，他可要真的毁了。”清了沉思片刻说：“法轮有度，皆因定数，这些个都不是你我能够执掌的。不过，要盯紧他点，千万别叫他丢了性命，也许有天他会迷途知返，回头上岸……”

“我会的，师父放心。他虽然二十一岁了，但毕竟还算……是个孩子。”妙聪说。

“孩子？差矣！外贼入寺，内鬼接应，一把洛阳铲，他先是暗自藏匿以求自保，后又主动缴你我手上以掩其踪，天下哪有这样诡异的孩子啊！”清了振振有词。

“嗯，师父说得对，我记住了。不过，此事还需从长计议为好。”妙聪劝道。

“那是自然。你去看看绿萼吧，如无大碍，可派人先送她回家，再抓几服药给她，好好调理一段。”清了说。

“好，我这就去。”妙聪说。

“我跟妙聪师父一起过去。”章九酬说。

“好，大人慈悲，阿弥陀佛……”清了站起合十相送。

“章大人请……”妙聪礼让道。

“客气了。”章九酬说。

二人先到灵芝堂。妙聪抓了黄芪、莲子、金银花、龟玉、绿矾几味中药，按剂量包好，又写了嘱帖，便和章九酬一起去了凤皇台。

妙聪出了方丈，一路匆匆。章九酬紧赶慢赶至与妙聪并肩，会心一笑，绕着圈调侃道：“妙聪师父，你精通灸针药理，要是干脆在这寺里开个医房，是否与救度苍生更近？到时候，我也剃了这烦恼丝，来给你做个春药翁如何？”

妙聪听出章九酬讥说他红尘难舍，却又躲避俗缘，不动声色地说：“这没啥难处，只是可惜了你。”“咋讲？”章九酬问。

妙聪浅浅一笑说：“我只能救躯身，而救不得心魂。往大处说，章大人饱读四书五经，通晓汉书左传，又能诗词歌赋，还善刑事通判，乃救世之良才；往小处说，章大人有妻有妾又膝下儿女满堂，可谓齐家之能手，当个春药翁岂不可惜？再说了，两位夫人，一璧翡翠，一环玉珏，守得你死死的，到时还不秃驴秃驴地把贫僧骂死？”

“哈哈哈！”章九酬见妙聪绕来绕去，又原路返回讥讽自己不仅难舍俗世，且还深陷红尘，笑了一阵后说道，“按你所说，你铁心拒绿萼于千里之外，倒是豪杰风范、英雄气概？”

章九酬此番话，虽未把妙聪一口气噎着，但也着实捅到了他心里最柔软处。妙聪再无话语，只顾低头走路。章九酬暗暗看了看他，心里充满得意：“你这个秃……今天我可算出了一口气！嘿嘿……”

三九

方丈内，只剩下清了一人。他把昨晚至眼下所发生的事情仔细捋了一遍。绿萼和妙聪之事虽棘手，但可缓一缓。可觉慧卷进盗墓一事，就完全不同了。稍有差池，就会酿成大错，甚至搭进觉慧的小性命。

清了掐指算算，觉慧到月山已经整十年。当时的觉慧才十一岁，俗名石头。领他来的夫妻二人自称是觉慧表亲。说觉慧不到一岁时父母双双病亡，自己勉强收养。本来家里孩子就多，现在都大了，再养不起，故送来讨个活命。说起也怪，表亲掏心剜肺似的，连面相也像亲生，却一走了之再没回来看过。后来想想，也许是怕说他俩心太狠，所以就没再深究。

当时，觉慧个头矮小，身材精瘦，一双大眼很是有神。清了见他懂事勤快慧根好，就把他留在身边，授号觉慧，同时让他师从妙聪，由妙聪亲自教化。这样一来，既遂了清了怜惜之心，又得了妙聪教化之利，可以说是两全其美。觉慧也算可塑，读书写字、演习佛事，长进很快，使清了和妙聪分外待见。可后来突发了一件事，让清了和妙聪心生芥蒂，对觉慧另操了一番心。

他十五岁那年，农历正月十九，是观音菩萨诞辰。大雄宝殿前正在举行俗子皈依礼，人头攒动，人山人海。眼看时辰已到，却不见取皈依名牒的觉慧。妙聪心觉蹊跷，遂亲自去寻。最后在无声灵塔处见到觉慧，他正与一个陌生人窃谈。

妙聪隐蔽观察了一番，然后派小僧唤回觉慧并盯梢陌生人。意外的是，那陌生人并没入寺，而是沿着麒麟岭西坡，悄悄地下了山。

如今六年过去了，觉慧一直安分。无论是清了还是妙聪，除了暗里防备，其余均无两样，教化引导从不懈怠。一则是看觉慧佛心渐有，慧根见长；二则是看其小小年纪又孤身一人，举目无亲。总想对他继续施之教化，以期他自识良莠，迷途知返，成一介禅瑛。但洛阳铲一事，完全毁灭了清了的指望，觉慧不仅走上了旁门左道，且还如此机巧善变，使清了不得不担心觉慧走得太远并积重难返。为此清了反复思考：究竟是何许人，十年前掷下这颗闲棋冷子，蛰伏于禅院，觊觎佛宝，以图谋之？

从六年前发现他勾连外人起，清了和妙聪不得不将师徒情、怜悯意暂放一边，将计就计，未雨绸缪，把觉慧当作防火的墙、堵水的堰。一旦对手激活这颗棋子，二人便能从明处转为暗处，以觉慧入手获得讯息，掌控全局。

今天，这颗棋子终于被激活，且有不俗表现。但其毕竟年轻稚嫩，刚出手就露了马脚。尽管清了跟妙聪不忍把觉慧置于两军对垒之间、杀机四伏当口，但为保山寺护汉佛，又不得不把这场戏演下去。

清了把主意定下，继续盘蒲而坐，静静地等待着章九酬和妙聪从凤皇台归来。

约莫半个时辰，二人回到方丈。

清了遂起身让座："章大人快请！"后又问妙聪，"绿萼姑娘估摸这会儿已到家了吧？"

妙聪说："是，送她的人此时应该在返回路上。"清了接着说："也烦劳章大人了，贫僧谢了，阿弥陀佛……"然后陷入凝思。

"长老还有心事？"章九酬问，"还是无声灵塔的宝物？"

"章大人慧眼，正是。"清了话音刚落，觉慧进了门。清了说觉慧："从昨晚到现在，你都看到了，有人盯着无声师祖的灵塔，你是你师父和老衲最信得过的徒儿，当格外上心。"

"徒儿知道，绝不会马虎半分。"

"那就好，知道在哪儿上心吗？"

"知道，无声灵塔。"

"不。"

"嗯？"

"来我跟前，交代与你。"

觉慧赶忙把耳朵凑上清了的山羊胡。清了小声说:“凤鸣山的影碑改为白日守候,夜里要将人手放到无声灵塔。一定要上心尽力,不能有半点的惰怠。”

“是,徒儿记住了。”

“好,退下吧。”

“是。”觉慧应过,便离去。章九酬很纳闷:“佛门内务,按说我不该多嘴,这样一来,岂不等于告诉了歹人,宝物在无声影碑处?”

“大人再想想?”清了笑了,妙聪也笑了。

“是要告知歹人宝物就在灵塔之下?”章九酬略思便问。

“正是。”清了说。

“哦……”章九酬刚有醒悟,清了和妙聪就一先一后突然离座,跪在章九酬面前。

清了仰面喊道:“章大人请受我师徒一拜!”章九酬顿时大惊失色:“这是为何？这是为何？快快请起！快快请起!”

清了揖十端跪,面朝皇天。妙聪全身伏地,额贴后土。过了片刻妙聪才直起腰说:“出家人拜佛不拜人,章大人若先答应了即是佛,长老有要事相求。”

“两位高僧如此大礼,想必事关圣德佛尊,若须在下以身相许,也绝不能有半个推托了。请长老吩咐,九酬义无反顾!”章九酬说过便屈膝而跪。

三人屈膝接腕于地,清了说道:“章大人明鉴,大人所闻无声灵塔,屡遭雷劫,影碑镇邪,全然障眼法！此宝物真身,乃大唐所铸,高一尺零八分,重十八斤十八两十八钱,镶一百零八颗珠宝。此宝贵重,尚不在金银,也非珠宝,而是腹腔内藏的一个纯银小棺,内置纯金桶盒,敛着释迦牟尼真身脚趾舍利一枚。无声法师,乃咸阳法门寺住持元清长老的梦纳弟子……”

“何为梦纳?”章九酬插问道。

清了回道:“法门寺元清长老,一百一十岁那年,一日卧禅打坐,梦遇一哑僧持自著《月山经》求教,遂收为弟子。醒来后元清自觉蹊跷,后四海寻觅,方得知河南怀川月山寺有僧人名曰无声。月山有寺,僧号无声,不正合了哑僧和《月山经》?

“不幸的是，元清长老得知此讯息时，无声法师刚刚圆寂，享年八十四岁。元清长老遂派人将这唐代宝物——舍利金佛赠予月山寺为镇寺之宝。”

“天下竟有这般巧遇！”章九酬惊叹不已。

清了继续说：“没承想无声法师下葬之日，洪家就盯上了。好在一百多年后，家里出了个洪戢，端正开明，终结了家族的盗墓营生，去了月山近忧。然远虑之下，谁保无虞？有虞而忧，心安而怠，但凡万事最怕百密而一疏，这正是老衲担心之处，也是今天老衲要恳求大人之处！

“当时，元清长老佛箴曾告，要把宝物明供以龛供世人瞻仰以弘扬佛法。无奈我中华自甲午后夷祸频仍，战乱不止，天灾人祸，民生凋敝。此后几代先祖，一直到眼下老衲和妙聪，可谓殚精竭虑，费尽了苦心，期盼能使宝物安好。可是……”

清了说到此处，徒然悲怆：“可是我算得了人世，又岂能管得了天意？仔细算来，月山自金正隆三年开寺，至今已两度毁灭重建，跨时均为三百年。最后一次重建是乾隆廿三年，距今一百五十六年。倘若三百年一周期真乃月山之宿命，还剩一百四十四年，其间如重毁重建，岂非厄运又不远矣？”

说着说着，清了浑身颤抖，泪流满面：“老衲现逾古稀，月山现如今日渐败落，无论将来是否重建，我无论如何也不愿意见到它毁灭那一天！可我又不能不虑及那一天，如果那一天真的如期而至，老衲亦不在人世，妙聪再有个三长两短，那盖世佛宝不就永难见天日，辜负了元清长老明供之以龛、供人膜拜以弘扬佛法之夙愿？章大人虽非佛家人，但仁心慧智，学富五车，文韬武略，加上又有官身，故老衲我代月山寺众僧，泣血以求，拜托章大人了！”清了说完又要叩拜，被章九酬一把拦住，铿锵言道：“神灵在上，长老不必如此，只管吩咐就成！”

清了正说着，话头突然转向：“好好好，老衲就直说了，其实那佛只不过是镀金而已，是清化鸿禧珐琅金楼复制的赝品，里边就是个铜疙瘩，对佛家来说，价值连城，对世俗来说，顶多换斗麦子……”

清了边说，边抓住章九酬右手，用食指在其掌心一笔一画地写了个“顶”字，然后使了个眼色给章九酬，并用手指了一下门口。门外响起一串脚步声，急促北去。

妙聪追出，觉慧进屋，清了一阵眩晕，眼看要摔倒，章九酬一把扶住他，搀到椅子上，连连呼唤：“长老！长老！”觉慧也赶紧上前，一声挨一声喊：“师祖！师祖！”

俄顷，妙聪返回，满头是汗，气喘吁吁。他话也顾不得说，就给清了切了一脉，然后掐住人中穴，一阵发力，清了长呜了一声，慢慢睁开眼睛。妙聪马上吩咐觉慧去烧点水。

清了环顾四周，见只有章九酬和妙聪，问：“那人是谁？”

妙聪说：“不知。”

章九酬问：“会不会走漏风声？”

妙聪说：“估计不会。”

章九酬问：“长老啥时候发现隔墙有耳？”

清了说：“我改口之前。”

章九酬问：“听到的？”

清了少气无力一笑说：“不是，是妙聪听到的。”

章九酬问：“玄了，妙聪听见你咋知道？”

清了正要开口，见觉慧送水进屋，身后还跟着佩瑶，再次昏了过去。

四十

深秋的月山，在焦急的等待中，送走了昏蒙蒙、冷飕飕的夕阳。凤鸣山、当阳峰、虎啸山构成的门字形山坳，把偶尔从山外的竹海、阡陌翻卷进来的雾气，严严实实地兜裹着，好似兜裹了一大团秘密，不肯撒手。

掌灯时分，清了慢慢苏醒：“天黑了？”妙聪说：“是，师父，章大人和夫人一直守在这里。”

清了看看章九酬和佩瑶，问：“绿萼姑娘现在怎样？”

佩瑶说：“师父忘了？她已经被送回家了。”

清了苦涩笑笑：“看我这记性！”然后说妙聪，“扶我起来吧，去凤皇台。”

章九酬说:“这如何使得,多少吃点东西才好。”

清了没有回话,被妙聪搀扶下床。章九酬欲上前搭手,被清了挡住:“没事章大人,妙聪陪我去就成。”

章九酬担心地看看妙聪,妙聪说:“我心里有数,大人和夫人早点安歇。”章九酬、佩瑶听了,不再多劝,也不说啥,随二人出了方丈。

夜深了,章九酬和佩瑶回自己下榻处,清了在妙聪和觉慧搀扶下去了凤皇台。

夜幕下的月山无一点风,凤皇台雾气弥漫,如云烟般缭绕。空相塔挺拔而坚定地伫立着。清了坐南朝北,盘蒲而坐。妙聪和觉慧站在他背后,一左一右,双手合十,无一丁点声响。

临近子夜,三重佛殿的窗户还亮着微弱的光。整个禅院寂静如死。突然,几声高亢的驴叫从凤鸣山瞭望楼下传出,禅院打了个激灵,凤皇台的雾气开始游动,亭角殿檐的风铃开始叮咚,清了梦呓般地问道:“听到了吗?”

“嗯,阿弥陀佛……”妙聪回答。

“觉慧你呢?”清了问。

“啥? 我……我没……没听到。”觉慧惶恐起来,忙睁开眼看看四周,直发怵。

“好好参悟,根在佛心,待有了佛心,你就能亲聆先祖的教诲了。”清了说。

“是,徒儿谨记。”觉慧边说边忍不住又朝四周望望。清了突然骂他:“混账! 四处看啥? 要闭目沉心!”

觉慧急看一眼清了后背,顿时惊惧。他从没见清了这样过,被吓得浑身哆嗦,扑通跪倒,紧接着就是一阵响头:“徒儿记得! 记得! 永不敢忘……”

“我再问你,送你上山的那表亲究竟是你啥人?”清了问时,仍背朝觉慧。

“师祖——”觉慧先喊了声清了,后又喊了声妙聪,“师父——”最后突然匍匐在地,颤抖了片刻后猛抬起头,悲痛地喊道,“那是我爹和我娘啊——”然后号啕大哭。

觉慧许久才忍住,看看清了,又看看妙聪,说:“他俩原本说过几年就接我回家，谁知竟一去不回头。我也托人打听过，据说他们后来出过一次门，就再没有回家。去年秋天，家乡有人来进香，我还特意问起，他们说家里的房子都塌了……怕是我爹我娘早不在人世了……”

觉慧说完，过了好久清了才说：“觉慧啊，你已经老大不小了，说你糊涂吧，你却能想到父母可能已不在人世；说你不糊涂吧，你却一直瞒着我跟你师父……咳，事已至此，也不要过于忧伤。连日来你也累了，一会儿早些安歇吧。”

觉慧似霜打了一般，低低地说了声谢师祖、谢师父，然后泣立一旁。

清了问妙聪：“你追出去没见人？”

妙聪稍微迟疑，说：“见了，他从凤鸣山东坡下的山。距离太远，看不清模样，但可看出此人有腿疾。”

“腿疾？”妙聪的话，让觉慧想起了赠驴人王魁。但他马上就否定了自己：“罪过、罪过，这般的下作，怎会是王魁那样替父报恩的好施主！”

这时，驴叫声再度传来。清了说：“驴儿怕是饿了，你跟觉慧先过去吧，我待一会儿再回去。”“好，师父不要太久。”妙聪说完和觉慧一起离了去。

路上，二人先是沉默无语，后来妙聪问觉慧：“师祖先是说你糊涂，后又说事已至此，你可明白？”觉慧说：“我若早告诉师祖和师父，爹娘兴许有救。是我害死了自己的亲爹娘。”

“不，应该说是贼人，那帮要挟你爹娘，要他们送你来月山出家的贼人害死了他们。”妙聪说。

偌大的凤皇台，只剩下清了一人。后来刮起了风。此风，始于青萍之末，穿梭在荆灌之间，后来摇松撼柏。

在呼呼嘶啸的风声中，空相大和尚又回到了月山。犹如闷鼓和铙磬交织在一起的教诲声，又开始在凤皇台的上空飘荡、回响——

“佛门乃空，法轮天佑，时事无常即有常，既是有常无须忙，善缘恶果皆定数，心放宽，行得当，方渡尘世任沧桑，何须忙！何须忙！何须忙……”

“先祖在上，山寺还有多少时间？请先祖明示……”

“何须忙……何须忙……何须忙……”

“请先祖明示……明示啊……”

“何须忙……何须忙……”

清了反复地问，空相始终未答。疾疾秋风，越来越弱。空相之声，越来越小。凤皇台开始安静下来，四周的雾气也逐渐开始散去。

清了睁开双眼看了看，一轮皎月，已悬至正当头，清辉洒满了凤皇台。

清了下了蒲团，自信悟到了“何须忙”的真谛，就是要沉稳，莫慌忙，以不变应多变。由此看，月山兴许还有时日。至于汉佛，清了以为，只要能牢牢把握住觉慧这个命门，对手便始终处于被监控之下。正可谓：一夫当关，万夫莫开。

妙聪很快发现，只要凤鸣山无声影碑上出现一粒石子，觉慧就会于早上出山一趟，与一个陌生人会面。

又是一天早上，章九酬和佩瑶要离开月山，去方丈跟清了辞别。正巧妙聪也在，章九酬一进门问：“长老好些了吧？”

清了笑了：“让章大人忧心了，真过意不去。”

章九酬说：“长老客气了，有件事我一直不解，那天隔墙有耳，我曾问你怎么知道的，你却说是妙聪发觉，可长老恁又是如何得知？”

清了说：“绿萼姑娘病魇那天，章大人可见妙聪耳动？”说完还看了看妙聪。妙聪仅笑着轻摇了摇头。

章九酬笑了一阵说：“谢过两位高僧，九酬告辞！”佩瑶一旁跟了个万福。

清了笑着说：“何言谢字！非妙聪雕虫小技，亦老衲涉嫌卖弄，大人不耻笑我俩就心满意足了！”

最后，妙聪把章九酬和佩瑶一直送到云梯口，说觉慧已经雇好了车轿在山门等着。章九酬拱拳谢别。

到了山门，章九酬和佩瑶别了觉慧，就坐上车轿上了路。车上，佩瑶问章九酬：“你跟长老说的妙聪耳动，不是绿萼闹病那天？”

“不是。”章九酬说。

“哦……”佩瑶略思，赞道，“妙聪好了不得。”

“长老又怎了得？”章九酬叹过，遂耳语把清了相托汉佛的情形说了个大概，然后抓住佩瑶手欲写。佩瑶一挣，看着章九酬的眼睛，轻轻摇了摇头。

但章九酬仍拽住不放,在她手心写了两个字:佩瑶。

佩瑶心儿一颤,眼就红了大半,并喃喃道:“妹懂了……”遂落下泪珠数串。

章九酬和佩瑶回到沁阳,已是半下午。刚进家门,全挡就郁着脸迎上来说:“老爷快！三个少爷走了,夫人生气了!”章九酬和佩瑶相互一觑,一同疾往客位。王娴馥一见章九酬和佩瑶就哭着说:“都走了！都走了!”

佩瑶走到王娴馥跟前,唤了声姐姐说:“别急,慢慢说慢慢说。”章九酬在王娴馥对面坐下,看了看一旁的天俭和天让,天俭马上说道:“大大,大哥二哥三哥都走了。”

“去哪儿了?”章九酬皱眉问道。王娴馥抹了把泪眼,欲说却泣不成声。天俭回道:“当兵去了,说是保定。”

章九酬劝道:“夫人不要急。”然后问,“啥时的事?”王娴馥长长吁了一口气,流着泪开始叙说——

原来,头天晚上天俭就对王娴馥说,三个哥哥背着他和天让两个商量什么。次日晨她没来得及问,哥仨就跪到她面前说要出远门去上学。她说上学是好事,须等他们父亲同意才行。后弟兄仨说马上就要出发,她就慌了神。尽管平日里她一直为孩子们的前程着急,也曾交代佩瑶提醒章九酬给予关心,一下走仨,她无论如何也不敢做主,也舍不得。后弟兄仨执意要走,王娴馥拿盘缠给他们,他们不要,说是去军校,管吃管花销。王娴馥一听是去军校学打仗,马上变脸,说一个不准去。

说到此,王娴馥哭出声来:“老爷啊！你和佩瑶不在家,我也太没用,没拦住……最后弟兄仨磕了几个头,叫我捎给你……要你保重,还说……不会给你丢脸……”

王娴馥哭着说着,佩瑶欲劝又忍住,先使了个眼色给章九酬,并说:“五个儿子一下走仨,姐姐如何受得了?你该给姐姐拿个主意……”

章九酬嗯了一声说:“夫人莫急,知道你心疼,可是事到如此,是不是再反过来想想……你平时教育他们,好男儿要勤学上进,忠君报国……不是?”

佩瑶听章九酬想用夫人自己的夙愿安抚其离子之痛,觉得是泼油救火,马上插话道："老爷你想，夫人一向明达，也知道孩儿们该走人间正道，这还不是舍不得？也怕你心疼？"王娴馥听了，一把抓住佩瑶的一只手哭了。

章九酬马上改口："夫人心意我何尝不知！他们如今不忍虚度，自奔前程，还不都是夫人相夫教子的功劳？再看看沁阳城，多少官宦商贾子弟，纨绔孟浪，要我说，该咱章家庆幸哩！"

王娴馥听了章九酬这番话，虽然忧容仍旧，但平静不少，她又想起了另一件事："说起来也是，西关李员外那门亲，天温一直不愿意，会不会是躲婚？"

佩瑶接着说："这样也好。老爷和李家是老交好，若悔婚长辈磨不开脸，不悔婚委屈小辈们也不合适。别说你们，连我也心不忍……走就走吧，躲了个不称心的婚姻，又有前程可奔，弟兄仨还能有照应。姐姐该想通才好，我说得合适吗？……"

"还是佩瑶妹妹心思巧，总能把话儿宽到我心里去……"王娴馥边说边把佩瑶的手背拍了拍，紧紧握在手里。

过了好多时日，王娴馥才从离子之痛中摆脱出来。

世道日愈艰难，家境每况愈下。

折桂私塾由于洋学堂兴起日渐惨淡，后转让给达昌银号并改为新式学堂——河内中学。膝下无子的贺墨汀夫妇，于一九二四、一九二五年先后辞世。章九酬、王书宁为其送终。其终生所蓄一万二千六百五十元大洋按遗嘱，设为"折桂学金"，由章九酬和王书宁为督审师，用于奖励资助成绩优异的贫家子弟。

大名鼎鼎的"驴长老"一九二四年秋寿终正寝，卒年二十七岁。妙聪和觉慧亲自为其挖坟下葬，并栽了棵冢柏以志纪念。那冢柏几年工夫就长得根深叶茂。此后很多年，附近的乡民仍可以很轻松地指认此树，并称其为御柏。从没有人质疑没皇帝了哪来的御柏，众口一词说它被皇帝老儿加封过，没有树碑立传已经很委屈了，栽棵柏树带个御字，多少可去点寒酸。

怀川人就这样，重情谊讲忠义。"驴长老"生于斯，葬于斯，也算是善缘广厚，死得其所。

"驴长老"去世第二年，焦作煤矿闹起了大罢工。正因此罢工，章九酬的四子天俭，在福中矿务大学（河南理工大学的前身）参加了共产党。老五天让，也学着仁哥哥上了军校，不过地点非保定，而是去广州入了黄埔。

四一

一九二七年五月，国共合作的北伐，正节节取胜，军阀吴佩孚被冯玉祥赶出河南，所属吉鸿昌部进入怀川。

六月的一天，怀川工农学商各界在焦作盛大集会，欢迎北伐军。国民党焦作市党部主任巩亦清主持大会，妙聪代表怀川宗教界致欢迎辞。

傍晚时分，妙聪回到了月山。他向清了介绍了会况，还言及巩亦清很不一般，从国际到国内，从全国到怀川，口若悬河滔滔不绝；吉鸿昌也是慷慨激昂，发誓肃清军阀，使百姓安居乐业。

“幸事，幸事！战乱可止，民生有望啊！老衲八十有余，真遇到好年景了！”清了说过，还吟了首七言绝句：怀川百里齐欢闹，百姓迎来北伐军。残破山河祈重整，天联国共建奇勋。

“师父可是好多年无此雅兴了，今天出口成句，字工韵齐，我跟和一首给师父助助兴？”妙聪说。

清了一笑马上说道：“快吟来！老衲等不及呢！”

妙聪稍思便步韵和道：覃怀明月禅光照，绕水盘渠柳色筠。古刹千年期盛世，义师已复故园新。

“呵，柳色筠，故园新！还是你的好，老衲怎么也吟不过你啊！”清了道。

“师父过誉。还是师父的好，言简意赅，朗朗上口。”妙聪说着，不觉话锋一转，感慨道，“会上的巩亦清，说辞甚是精到，明明都是些大道理，却都讲成了大白话。耕者有其田，他说成人人有地种；居者有其屋，他说成不管男女老幼都得有个窝窝住。但凡一句话，总能说到人心里。相比以前的革命党，他丝毫没有那些陈腐味道，与最底层的人很亲近。”

“哦，凡能善待穷人的，都有佛心。”清了说。

“是。他问起乾隆御碑，说得空一定来本寺观瞻。还说到信仰。他说信佛、信道、信儒、信自己都行，就是不要信洋人、信军阀！”妙聪说。

清了仔细品了妙聪的话，由衷地夸赞道：“说得真好！看来怀川有望了！”

可是仅仅过了不足一月，便风云突变。一日，刘子彦一大早就气喘吁吁上了月山，说冯冠彰要他来告知，清化驻军已传出风声，说月山寺是怀川最大的封建尾巴，要坚决割掉，寺院撤销，改为公园，所有僧侣，全部驱逐返俗。

清了听了，如雷击顶。

月山古刹，大难临头。

方丈室内，妙聪和三五僧人在侧，清了住持正襟危坐，手持念珠，却只捏着其中一粒捻转，眼睑低垂，满脸肃穆。众僧有的恍惚，有的哭泣，有的噤若寒蝉。

正值此时，觉慧进了方丈：“长老，不好了，来了不少的兵士，已将山门围住，只准出，不准进，正在驱赶香客。”

清了看了看觉慧说：“看你慌张的模样，成啥体统！”觉慧受了清了的斥责，遂合十站立一旁，不再作声。

清了缓缓站起，一阵眩晕，妙聪上前一把扶住。清了定了定神，站稳了脚下，说：“走，去看看。”

当清了住持在众僧簇拥下来到禅院门前时，果见军队三步一岗五步一哨，已将山门广场封闭，士兵们正在山门前影壁上贴布告。一个青年军官带着两个马弁走上前来问道：“哪个是清了住持？”

清了还未来得及回答，云梯口一阵嘈杂，呼啦啦拥上十几个武僧，个个持矛携棍，怒目圆睁。随着一阵枪栓响，士兵们也把子弹顶上了膛。青年军官见状遂转身拔枪朝天放了两响，并大吼道：“都别动！谁动老子打死谁！”

武僧们哗啦一声顿呈扇形摆开，棍矛横指，一起跺脚吼道：“喝！”地动山摇。

清了连喊两声：“谁敢造次！谁敢造次！”荷枪实弹和血肉之躯，刹那间对峙在一起。

“还不放下！”妙聪厉色呵斥。武僧们一个个回头看看，极不情愿地收起器械，收拢退到清了和妙聪左右。

“长官是例行公干，持枪弄棒的，成何体统，休得无礼！”清了的话是对众僧说的，眼睛却暗暗瞄着青年军官。

青年军官见危局已缓，遂收枪入套上前行军礼道：“国民革命军第二集团军吉鸿昌师第三团团副章天恭奉命执行公务。为开民国革命之新风，破除迷信，造福民众，特前来送达博爱县政府改月山寺为中山公园通告。请住持接洽！”说完，便将一个黄色信封递给了清了。

清了接信看过，然后递给了妙聪，并说：“只三天时间。”妙聪嗯了一声，并未看信，只盯着青年军官，觉得他有些眼熟。

“狗屁革命！先革和尚命啊！也不怕遭报应！”众僧愤然。

“住口！退下！”清了喝道。

“你们也退下！”章天恭对手下喊。

兵士们和众僧刚退下，章天恭就压低嗓子说：“长老莫急，请借一步说话。”

清了看一眼章天恭，又跟妙聪互递了眼神，说：“请，快快有请。”

清了和妙聪回到禅院，刚进方丈，章天恭就一下跪倒在地，恭敬地说：“两位前辈受惊了，晚辈家父章九酬，我这里给前辈赔罪了！”

清了说：“章大人公子！快，快请起！”

妙聪赶紧把章天恭礼让起来，说：“我说咋面熟哩！”

一直跟在他们旁边的刘子彦也兴奋地说：“太好啦，太好啦！”

清了问：“刚在山门前老衲恍惚闻得博爱县咋回事？”

章天恭回道：“哦，回前辈，河内县一分为二，沁河以西设沁阳县，沁河以东，取孙中山倡导的‘自由、平等、博爱’精神之‘博爱’两字设博爱县，职陆岳为县长，清化为县城，改寺为园，就是博爱县府的政令。”

妙聪问：“在焦作欢迎北伐军集会上，巩亦清主任、吉鸿昌将军还说信仰自由，咋会转眼就封寺逐僧？”

章天恭稍思后说：“要说起这……还是那天集会上妙聪前辈惹的祸……”

妙聪惶恐看了清了一眼：“啊？这咋说……”

章天恭回道：“前辈不知，四月十二日，国民党在上海大清党，逮捕枪毙很多共产党,随后席卷全国。当时修武县当局已知国民党焦作市党部巩亦清的真实身份是共产党焦作总头目,当晚就准备逮捕他。是黎团长派我提前报信,他才侥幸逃脱。你致辞时多次重复他的话,被修武县党部盯上,说你是秃头红党,月山是逆党巢穴,除密令捉拿外还改寺为园。我们团长谎称你已逃匿,但封寺改园一事就在所难免了……望前辈赶紧想对策。”

妙聪问:“你们团长? 他为何如此?”

章天恭一愣,说:“我想他是怕冒犯佛家吧……”

妙聪稍思,向清了突然跪下:“师父恕罪,是徒弟给山寺招来了天大的祸殃! 僧员将何处安身啊……师父——”哭喊间他蛙伏在地,浑身战栗。

清了倾下身子,扶住妙聪肩头说:“非也……快起来。”然后问章天恭,“令尊近来可好?”

“还好,家父知道山寺困潦,还特意交代晚辈留些资费给长老,以暂解燃眉之需。”章天恭边说,边从斜挎着的公文包里取出两百块大洋,“钱不多,请长老收下。”

“这如何使得?”清了说。

“使得使得! 家父一向敬重长老……”章天恭说罢又看了看妙聪接着说,“家父对两位前辈无论是人品、才识,一向钦佩有加,如今寺院遭难,虽杯水车薪,但还望笑纳!”

“令尊也知道封寺改园?”清了问。

“知道,封寺改园一事早几日就定了,我昨天回沁阳说起此事,他还骂我没早些告知前辈呢,后听说由我出面专处此事,才稍有安心,所以这钱务必收下,不然我怎回家父?”

“好好好,那老衲就收下。”清了说。

“家父另特意嘱咐,若两位前辈去无安所,沁阳府宅和老家桥沟都可安身。”章天恭说。

“章大人真是侠肝义胆,菩萨心肠!”刘子彦插话道。

“这位前辈是……”章天恭看了一眼刘子彦。

“哦! 这位是怀丰煤业财务总监……”妙聪话未说完,章天恭就脱口说道:“哦,是家父常说起的铁算盘刘叔!”

“不敢不敢,若不是章大人当年成全,哪会有我今日,令尊是我的大恩人啊!”刘子彦说。

“承蒙前辈们对家父厚爱,晚辈代为有礼了!”章天恭说着便要下跪,刘子彦将其一把拉住,说:“贤侄莫要,贤侄莫要。”章天恭没再跪,恭恭敬敬鞠了一躬,然后说:“若没有其他事,晚辈即回清化复命,前辈们要抓紧善后,如有紧急情况,给我捎信。好在吉鸿昌将军深明大义,对月山绝不会赶尽杀绝,我也会暗中相助。”清了边听边站起身来,上前抓住章天恭的双手,动情地说:“好后生! 好后生……”

“承蒙抬爱,前辈珍重,晚辈告辞。”章天恭说罢,妙聪和刘子彦将其送出山门。

妙聪和刘子彦回到方丈,不见清了,遂四处寻找,最后在大雄宝殿找见。

清了独自一人,合十盘蒲在释迦牟尼佛像前,闭目凝思,正处于一种超然的静态。

妙聪和刘子彦蹑手蹑脚进了大殿,静悄悄合十伫立在清了身后。香案上,中间最大的香炉里只插了一根香,一缕又细又淡的烟,无丁点晃动,垂直着向上延升,直达释迦牟尼的胸前,然后从脖颈两侧向耳畔升浮,最后分散化无。

这种幽静而神秘的氛围持续了很久。一直到独香燃完,清了才开了口:“妙聪准备笔墨,我有话说。”“是,师父。”妙聪应过,到大殿内东侧端出文房四宝,摆在文殊菩萨脚下铜钵旁的小桌上,研墨铺宣后说:“师父请。”

清了停了片刻,一边缓慢拨着念珠,一边沉沉说道。妙聪照实录下:

吾乃释迦牟尼门徒,空相先祖后世传人清了。吾自幼出家,得月山寺开蒙教化,现已是山寺第二十六代住持。兹德薄品陋,佛缘无厚,所遇不伦之世,遭封寺逐僧之祸,现请罪于菩提镜台,自领罚惩,并代寺宣嘱如下:

首要,即日打扫清理封贴所有殿堂,悉数封存所有佛物。其二,除斋堂火灶继用外,所有香火灯烛尽数熄灭。其三,即日起,妙聪、觉慧免去佛号,复其俗名,其余僧员可自行取决。末尾,即日起僧员可自行去留，每人大洋五块，作为盘缠之用。三日后，斋堂停供。

月山住持清了

丁卯年丙午月壬辰日

清了将“代寺宣嘱”念完，稍事平静后说：“扶我起来……”妙聪和刘子彦闻声即上前搀扶，这时才看到清了面如白蜡，大汗淋漓。起身后，清了双腿不听使唤了，一栽头昏了过去。

“师父！”“长老！”妙聪和刘子彦交替呼唤，声声惨烈，把大殿震得嗡嗡响。清了始终没有回应，只有几星尘土从殿梁上落下，呈颗粒状撒落在地，留烟尘一缕悬在半空，轻飘飘、慢悠悠地游移着，恰似清了临时走失的灵魂。

四二

正午时，清了还没醒来。由他口述妙聪笔录的“代寺宣嘱”已经贴了出去。

方丈外，到处都是僧人，光光的脑壳密麻麻一片，填满了院中、廊下、台阶。没有经诵梵唱，也无鱼钵钟磬，但这仍不妨碍他们用最虔诚的方式，静默着席地而盘、垂首合十，为一个他们既爱戴又敬仰的生命祈祷，祈祷佛祖，祈祷万物，祈祷他们笃信和敬畏的一切，以庇佑他们的当家人——清了。

方丈内，寂静得很，清了昏睡榻上。妙聪坐在床沿，正为清了切脉。刘子彦问：“咋样？”

妙聪说：“无妨，体虚劳累内火急冲所致。待师父醒来，我有现成的药给他喝，调剂调剂，可保无虞。”

刘子彦说：“也是，毕竟八十多的人了。”

清了突然嚅了嚅唇，说了些什么，妙聪忙凑上前。刘子彦问道：“说啥？”

妙聪把耳朵贴近清了的胡子才听清：“傻婆婆……杀鸡……鸡元元爹……娘娘亲……”

妙聪有些吃惊，清了喃喃说的，竟是十二年前绿萼在明月禅房闹病时的呓语。

“济渊！”随着一声洪亮的喊唤，清了醒来并张目寻觅。妙聪心里猛地一怵，一股彻骨的阴冷迅疾袭遍了全身。清了喊的，竟是他三十五年前的名字！

当认准坐在面前的是妙聪时，清了压低嗓子喊了一声：“济渊……”并伸出一只枯槁无力的手。

妙聪赶紧握住清了的手说：“师父……莫急、莫急……”

清了嚅嚅唇颤颤胡，说：“师父早知道你的名字……山寺已经山穷水尽，还俗吧，再说还有绿萼……”

妙聪说：“一切可缓，师父身体要紧……”

清了说：“老衲无妨，急火攻心而已，歇息歇息便可无碍，你跟老衲这么多年，让你受苦了……”

妙聪听了，马上离床跪下，说：“师父恩重如山，若不是师父救我于隆冬雪地，哪还有我今天囫囵之躯，实属再造之德！这是徒儿三生有幸，何来之苦？如今我已年近花甲，俗世还怎样，不还又怎样？有这山寺怎样，无了又怎样？即便没了这佛堂和菩萨，心头的佛灯照样不会泯灭，徒儿只要一息尚存，愿永远伺候师父左右……”妙聪说着说着，泣不成声。

“快起来，快快起来！”清了劝道。

“嗯。”妙聪站起后擦把泪眼说，“师父稍候，我已经熬好汤药，去给师父端来。”

“我去，我去。”刘子彦忙不迭说。

“也好，就在隔壁灵芝堂。”妙聪交代刘子彦。

“师父，徒儿有话不知当讲不当讲？”妙聪问。

“嗯，但说无妨。”清了道。

“以后不要再提绿萼姑娘了，你又不是不知，绿萼姑娘出家五台山集福寺已经六年了，何必再扰她。”妙聪说。

“你……”清了欲言又止。刘子彦端了药进来递给妙聪，扶起清了，妙聪将药一匀匀喂了，又安顿清了躺下，然后对刘子彦说：“你也辛苦半天了，先回去,我在这儿陪长老。”刘子彦遂离开了月山。

刘子彦走后,清了昏昏睡去。妙聪陪在一旁,毫无倦意。清了先前梦中说出的绿萼在明月禅房的呓语,使妙聪又想起了那段不堪的往事——

十二年前,绿萼在明月禅房闹过癔症,回到洪家庄园,神志一直混沌。按当地说法,绿萼的病叫花痴痨,只有赶紧婚配才能祛病还魂。

洪小囡后邀媒无数,均遭绿萼拒绝。断断续续地折腾了五年多,方有好转。后来,在六年前的一个秋日,绿萼又一次登上了月山。

秋天的雨夜。一个肝肠寸断的夜晚。明月禅房外,两株海棠树被雨水淋得沙沙作响。室内窗前书桌上,一株蜡台擎着一苗惹眼的橘红。妙聪和绿萼正你一言我一语说话——

“我叫你哥好吗?”

“嗯,叫我师兄吧……”

“我又不是空门弟子,如何使得?你想叫我也出家吗?”

“姑娘还年轻……”

“年轻?你忘记我多大了?”

“我是说姑娘比我年轻……”

“你比清了长老还老吗?”

“你我之间不干系长老的……不该说长老的……”

“咋不该?要说不该,是他不该收你这么一个徒弟!也不该这样教你这个徒弟!”绿萼连珠快语后一跃而起冲出了屋。妙聪一把没拽住,赶紧撵了出去。

潇潇雨中,绿萼扶着门西侧的海棠树站了一会儿,后又转身背靠树干,瞅着刚撵出禅房的妙聪哭了。

海棠淋雨,绿萼如沐。妙聪先是手足无措,后来终于隐忍不得,赶上前用宽大的臂膀把绿萼裹回了屋。进了屋妙聪才发现,自己两只胳膊已被绿萼死死箍住。

绿萼用脊背紧贴着妙聪前胸,背着脸说:“你想松开就松开吧,你松开我就去院里,去雨里……叫那雨水,泡死我这个鬼迷心窍的……”

她说话时全身颤抖着,湿漉漉的头发紧挨着妙聪的鼻息,散发着人体和雨水的混合气味。妙聪被动搂着绿萼的臂膀开始痉挛并不由自主地加力："别！你看你，都淋成啥了……"

绿萼冰凉的躯体开始逐渐温暖，又慢慢变得滚烫，一转身将酥胸偎上了妙聪炽热而硬朗的胸膛。妙聪血脉开始加速，躯体开始膨胀："小芹……"他突然喊道。

"小……小芹？"绿萼错愕了，原来多年来与自己争锋的并非满庙堂的罗汉和菩萨，而是一个女人。她倏地推开他，随即又把他抱得更紧，"她叫啥？"

"都过去了，不说也罢。"

"还活着？"

"不知道。"

"有孩子？"

"听说有。"

"现在在哪儿？"

"不知道。"

"还在找？"绿萼背过脸去。妙聪没再回答。

那天晚上，绿萼没住明月禅房，而是在武僧的护送下，回了洪家庄园。

后来没多久，就有消息传出，说洪家的千金小姐绿萼，去了五台山，出家当了尼姑。月山，自然再无了绿萼的身影。可是六年后的今天，清了突然莫名其妙地念叨绿萼在十二年前的呓语，并在梦中呼唤妙聪的俗名。妙聪百思不得其解，这一切，究竟意味着什么。

那天，清了从下午昏睡到晚上，又从晚上昏睡到次日晨，僧人们在院中祈祷了整整一夜，直到清了醒来。

四三

刘子彦回到上庄已是半下午。

饥肠辘辘的他，进头院，过二门，又穿客位到后主院，一见乔杏儿就喊她赶紧弄吃的，还把月山的变故跟她说了个仔细。

此时的乔杏儿，已俨然不是当年那个苗条清丽的少妇，也非十二年前刘家大院落成时那个半老徐娘，今她已五十五岁，沉稳而庄重，一看就是一个大户人家的太太。

她耐心地等刘子彦吃完又说完，思忖了一会儿才问："你准备咋办？"

"嗯？啥？"刘子彦抽了口水烟又吐出。

"回清化？"乔杏儿伸手扇了扇飘到眼前的残烟。

"你的意思是……"刘子彦拔出烟锅吹出烟灰。

"带上两百大洋，去月山接妙聪师父来咱家，要是不来就把钱给他，你看中不中？"乔杏儿说。

"中不中你都说了，我照办就是，嘿嘿！"刘子彦打趣说。

"看你！这不是问你，请你当家的？"乔杏儿眉眼一笑说。

"好好好，说的是，还是夫人周到。"刘子彦恳切言道。二人正说着，突然下人禀报："东家，冯会长来了。"刘子彦马上说："快请到客位上茶，我立马过去。"

茶刚上好，刘子彦和乔杏儿就从后门进了客位，冯冠彰问："山上咋样了？"

刘子彦说："咳！还能怎样！幸好是章大人少公子天恭来办此事，多少踏实点。长老已经发布宣嘱，封关了殿堂，已经开始遣散僧员……"

"真是作孽。北伐、北伐，咋伐起和尚来了！"乔杏儿说。

"这么说章大人已知道？"冯冠彰问。

"是，还叫天恭捎来两百块大洋。"刘子彦说。

"我来得仓促，可没带分文。"冯冠彰说。

"我已准备了两百大洋。"刘子彦说。

"好，我回头再送些去。在这节骨眼上，煤可以少出，公事也可暂缓，但决不能叫师父们受委屈。"冯冠彰说。

"说得好，你拿个主意，俺跟着。"刘子彦坚定地说。

乔杏儿坐在一旁听了，掏出方紫色的帕儿拓了拓鬓角耳侧和脖颈，又喊了声冯大人，说："钱，只能解一时之困，冯大人看有无长久之计……"

“夫人这一说倒提醒了我，上午吉鸿昌师第三团还派人找我筹粮饷，我回头可找他们问问……”冯冠彰说。

“那就太好了！”乔杏儿一喜，又说，“不过……这会不会使大人太破费？”

“冲着北伐，就是无月山此劫，破费也在所难免。叫师父们搭搭顺风船，万一成全，岂不两全其美？”冯冠彰说。

三人最后商定，冯冠彰清化斡旋，刘子彦月山送钱。冯冠彰一回到清化，即赶往吉鸿昌师第三团团部。

刘子彦下山回到清化时已是傍晚，他刚进公司，内勤就对他说：“会长交代，你回来哪儿也不要去，就在公司等他。”

“他没说去哪儿？”

“好像是请什么团长吃饭……”

“一个人去了？”

“还有洪总工程师。”

刘子彦听了，暗自一乐，右拳啪的一声击了下左掌，稳了稳神问：“燕宾楼？”“是。”内勤说。

刘子彦回到自己屋，一直等到快十点，冯冠彰才回，说事情有很大缓和，第三团已经答应，清了和妙聪可暂住月山，但不能住寺内，僧员可以慢慢遣散，县政府由他亲自打招呼。

“太好了！”刘子彦说。

“准备两万大洋，明早就送去，能先缓下来，月山兴许有救……”冯冠彰说。

“能吗？”刘子彦半信半疑。

“我看能……对了！”冯冠彰突然精神一振，“你猜，我今天见的是谁？”“不是团长吗？”刘子彦问。“看你说的，当然是。但这个团长可不一般，叫黎晋远，他父亲黎青云跟你师父是老朋友，也是辛亥革命党人。”

“哎哟——我的会长大人！看来还真有指望哩！”刘子彦高兴起来。冯冠彰很快离开了公司。

冯冠彰刚走，刘子彦就上了街，买了些卤鹌鹑和油炸花生米回来，取出一瓶酒，然后往桌案旁官帽椅上一坐，喝了起来。几杯下去，他就飘了，身子往椅背一靠，用中指、食指敲着节拍，咦咦哦哦地唱起了怀梆：

清化城美溜溜
泊池水绿悠悠
古槐扶老柳
枝丫梳绣楼
帘栊半掩娇影瘦
里头千金叫秀秀
斜依那个窗
眼含羞
细格盈盈腰白生生手
一朵鲜花大彩头
谁都想娶回家里头
…………

刘子彦正唱着，突然想起冯冠彰叫他准备钱的事，噌的一声就从椅了上弹了起来，脱口喊道："两万?"好似身上的肉被剜一样叫唤起来，"仅仅是长老和师父月山暂住，就两万?"

四四

怀梆，又称怀庆梆子，小梆戏、怀调也是它的别名。它形成于明洪武、永乐年间，主要流行于太行山之南和黄河之北这一狭长地带。它既有秦腔粗犷蛮野之风又有晋剧嘹亮婉转之韵，唯独与豫剧不相干。

怀川的方言就更特别，略带三晋之调，又挟蜀湘之味，偏偏与河南话不搭界。

凭语调，黄河南岸的人们总把怀川人称为河北人。据说在汉代蜀湘之竹移植怀庆时，不少运工落户于此，故对怀川方言有些影响。

怀川人，居家生活算计节俭，迎来送往热情灼面，是出了名的。尤其是许良、清化、上庄一带，水源丰沛，竹林茂盛，土地肥沃，物产颇丰。

相对的富足和安逸，使这里养成了喜交善礼的世俗民风。稍微过得去的庄户，也许衣服上会缀有补丁，但家家都有一套精巧餐具用以待客。

外乡人初来乍到，一看碗小碟薄，就嫌其小气。在享受了笑脸和美言后，最多落个半饱。有身份的体面人，知道这是最高礼遇。对于自家人和劳苦人，主人会简化礼数，用大碗深盘伺候。

冯冠彰曾有妙言："到怀川人家做客，进门知礼数，临走饿肚子。"是说与怀川人交往，初始都嫌太抠。不过冯冠彰的话还有另一半："跟怀川的人共事，路遥知马力，经久见真心。只要有了交情，要他命都无二话。"

当时，怀川男人大都不喜欢豫剧，鲜有喜欢京剧的，但几乎人人都会唱怀梆。好男儿十句诀为证：一手好字、两句怀梆、三杯美酒、四季衣裳、五官端正、六国留洋、七钱二分、八圈麻将、九交学者、十走官场。由此可见，怀川男人讲究仪表，崇尚文化，看重品位。

当时流通的银圆重量是七钱二分。十句诀里用七钱二分代指金钱，是说挣钱养家是男人本分，但不求万贯，也不是千元，而是二分，有钱即可。喻好男儿从不把钱看重。朋友有难，倾囊而助，把义字看得比命还金贵。

冯冠彰、刘子彦第二天就把两万大洋送到了吉鸿昌师第三团团部。路上，刘子彦抱怨说钱给得太多了，冯冠彰解释说，也有支援北伐的意思。不巧的是，黎晋远有急务去了焦作，说晚上才能返回清化。

眼看距月山封寺只剩一天了，好不容易挨到傍晚，冯冠彰、刘子彦急切地来到团部，黎晋远却并不着急，且湘鄂话口气很壮："啥子一天，博爱这个地方，我说了算！两位先生安心，等我有了空闲，就随你们一起去月山，看望一下子妙聪前辈。"话音一落，冯冠彰和刘子彦脸上就绽开了花。冯冠彰还把话往实处引了引："县政府不会为难你吧？别给你带来不方便……"

"冯会长，你啥子时候见过坐江山的难为打江山的？哈哈！我还是那句话，这一亩三分地，从沁阳、济源到焦作，还有新乡，都是吉鸿昌将军说了算！"

“呵！黎团长说话真来劲!”刘子彦离开团部以后一直很乐呵,冯冠彰却认为封寺是上边定的调,总怕夜长梦多。还好,又过了两天,黎晋远还真的弄了一辆带篷卡车,拉着冯冠彰跟刘子彦上了山。

月山的一切,还是老样子。清末时的官道,从清化仅通到山脚下的上秦渠。渠桥很窄,卡车只能停在南岸。

刘子彦和冯冠彰都已花甲内外,好在黎晋远带有随从,搀的搀、扶的扶,没多久就来到了月山寺。

在方丈门前,觉慧刚出门又转回:“冯大人来了。”妙聪马上迎了出来。

“黎团长,这就是你要见的妙聪师父!”冯冠彰上前说道。妙聪迎上前,黎晋远握住他手说:“妙聪叔叔,我是晋远啊!”妙聪喜出望外:“晋远？是小远啊！快请！咱们客堂说话!”

妙聪说罢,遂与冯冠彰、黎晋远一起来到客堂,刘子彦则去了方丈。

客堂三开间,共有十二扇木制隔扇,上半扇是四方对八角拼格,精巧玲珑;下半扇是花卉浮雕,栩栩如生。中间两门是合掌莲花。余下的十扇,左边五扇是梅、兰、松、竹、菊,右边五扇是牡、芍、榴、蕉、葡。

室内迎门是佛台,左间会客处摆了一圈对椅夹茶几,右间用餐处置放的是鼓桌和鼓凳。清一色的紫红家具,既端庄素雅又排场。

“快快请。”妙聪说。

“前辈请。”黎晋远说。

妙聪邀黎晋远中位入座,黎晋远不肯,冯冠彰赶紧退于侧座妙聪又不允。最后在黎晋远坚持下,妙聪和冯冠彰按主宾分坐,他自己落了侧座。

落座后妙聪问:“令尊大人一向可好?”

黎晋远回道:“好,但毕竟七十多了,精神大不如以前,前几日给他打电话说我在怀川,他要我定来看看前辈们,还一再叮嘱别忘了,说您是禅界精英,大学问家。今能亲临拜教前辈,是晚辈之福!”

妙聪说:“令尊投身辛亥,情寄共和,于我有携佑知遇之恩哩!”黎晋远笑着说:“晚辈却是拆庙的……”妙聪听罢便笑了:“阿弥陀佛！差矣！这可是舍小筑而成宏厦,相比北伐伟业,月山乃枝节。再说了,即便是拆庙,有两种人两方法……”

黎晋远说："请前辈指教。"

妙聪说："一种是小人举不义，一种是仁者顺天意。既是天意，自当坦然。今贤侄专程亲至，曲线拯挽，不正是天意？"

黎晋远遂由衷赞道："前辈果真如家父所赞，胸襟似海，见地甚深。"

妙聪笑着摆了摆手以示自谦，觉慧和刘子彦搀扶着清了进了屋。众人慌忙起身相迎。

妙聪等觉慧伺候清了坐下，便把黎晋远简单介绍。清了稍事寒暄后说："子彦跟冯会长又破费不少，老衲着实过意不去。眼下僧人已经多半散去，只剩老衲和妙聪、觉慧几个，着实也用不得这么多……"

冯冠彰说："长老这么说就见外了！不该客气的啊！"

刘子彦说："长老啊，冯会长还为北伐捐了两万大洋，黎团长已说服县政府，长老和师父可留少数僧人暂住，事情已缓解了不少。"

清了说："谢过黎长官！阿弥陀佛……老衲不才，入佛门已六十余载，修德不俊，积文乃瘠，终无所成，但遭难而得君子庇佑，也算深得佛祖垂怜了，怕只怕这明媚月山终究要毁到我的手里了……"

清了说着说着便流了泪，紧接着一阵咳嗽，没缓过气，又昏了过去。众人好一阵手忙脚乱，妙聪又灸了几针，待清了醒来后，冯冠彰、刘子彦和黎晋远才下了山。

晚上，觉慧伺候清了喝了点汤食后离去。方丈内，昏幽幽的烛光里，只剩妙聪陪着他。

"几天了，也不问我如何知道的你名字……"清了说。

"那天你一喊我的名字，我就想起西去法门寺曾路过咱这里的净空和尚，听他是原武口音，我猜他是家庙的师父。"妙聪说。

"是。听老衲一句，你返俗吧……我也了却一番心事。"

"师父说过，入空即空，徒弟已空。"

"空则皆空，你却不，不是吗？"

"佛亦空，仍慈悲万牲，我也空，亦不敢不念苍生。"

"你何空？"

"师父，聪乃体空。"

“嗯？”

“师父你想，若不是我由体而情，情萌而体动，怎致祸及他人？葛小芹的母亲命丧黄泉，她与孩子则下落不明，天涯海角，又该受多少苦楚……还不都是我的罪过？再不能因情动体而衍生罪孽了……这几日我也想了很多，徒儿我非情死，实乃体空，实罪空赎……师父莫再劝了！”

“人若无情，岂非草木？有情无体，情何焉附？令尊伤你过重，老衲也体谅。小芹此一去，已快四十年，恐怕早不在人世了。现如今月山山穷水尽……若你一个也就罢了，可是绿萼仍在，她在，你便尘缘未了……你好好想想，若是有个活话儿，就回我一声，我还有事情须对你另说……”

“嗯……”妙聪应道。

“你再想想吧……”清了最后说。

四五

第五天，月山寺变脸为中山公园，没照先前的揣测，搞个隆重仪式什么的，来了一辆军用卡车，卸下十几个人和包裹、锅碗瓢盆，乱糟糟地接管了寺院。

整个挂牌过程仓促、凌乱而粗糙，丝毫看不出具有什么特殊的革命意义和时代新风之类的名堂。先是搞了一个售票处，只三天就改成赠票处，过了两天干脆撤了。开始是没人买，后来赠也无人要，因整个寺院与山脉互连互通，根本封闭不了。

寺院改公园，没了和尚，断了香火，到处冷冷清清。殿堂、院落，开始时管理员还勤于打扫，仅个把月就惰怠起来，加上伙食也不好，总共二十几人，不出俩月仅剩九人。今天丢张桌子，明天丢把椅子，后天又丢个铜钵，没几天工夫，客堂和方丈那些值钱的家当就被捯饬一空，以至于后来取窗摘门扒梁卸檩，好端端的一个寺院就这样陷入了一场浩劫。

绅民多次要求县府采取措施无果。不久吉鸿昌师第三团又开走，只剩了个空壳县政府，要钱没钱要人没人，管理员们连生活都难以为继，最后干脆封死殿堂、院落,一走了之。

清了、妙聪和觉慧最初住在云梯下不远处一个废弃的马棚。后来山体滑坡,马棚被砸毁,不得已挪至麒麟岭西坡相传是空相结庵的土窑洞。

窑洞口朝西,窑洞砖砌的门脸已坍塌,妙聪将其做了简单修缮,才勉强可以使用。洞前是一小片平地。前走不足三丈是一条很浅但宽阔的沟壑。窑洞与虎啸山隔沟相望。

窑洞用水,须经六公塔、凤皇台,沿麒麟岭到当阳峰大士阁西侧的课蜜泉去汲取。这恰是清了和妙聪匠心所在。汲水时走麒麟岭可直接看到西侧的无声塔。

时间飞快,转眼就跌进农历八月。收过秋种了麦便是农闲。往年此时月山香客已很多,可是眼下到处冷清,既不像禅院,也不像公园,倒似一个被遗忘的陵园。座座殿堂,犹如一座座建在地面上的明丘①。

到了下旬,偏偏又下起了连阴雨,一直下到了九月十三,整个月山笼罩在雾蒙蒙的水汽中。

傍晚时分,妙聪正在洞口的简易雨搭下做饭。黄泥垒砌的灶台炉膛正红,火舌舔着柴口上端,柴火不时发出燃烧的毕剥声。袅袅上腾的缕缕炊烟,顷刻间就被淅淅沥沥的秋雨撕碎。

饭做好了。洞门敞着,迎门一张小方桌上,饭菜很简单:三碗玉米粥,一小筐窝窝头,一碗腌咸菜。

地上还放了只小砂锅,锅口上压了张草纸。一双筷子压在纸上。地上散落一些药渣。

三人正围着小桌子吃饭。不时会有喝粥的哧溜声。粥喝到碗底时,每人会掰块窝头,把残粥仔细刮到嘴里。

吃过晚斋,觉慧将碗筷收拾并洗了,妙聪点燃了麻油灯。夜越来越黑,雨越下越大。

“这天,真好像是漏了。”清了说。

“否极泰来,下午已经倒了西风,明日雨可停,但晴天须到后日。今晚

① 妻单亡入棺后临时砖垒在地面的坟丘。

起风再大些，明日即可晴天。”妙聪说。

“倒西风，云去东，一日阴，两日晴。有道是天时可预，世事难测。难道真的就这样了？”清了说。

妙聪听了，并不言语，端了砂锅出去又空手回来，先交代觉慧一会儿把药滗出来，然后劝清了：“师父不必过虑，世无常态局无定象乃常伦。自释迦东来，千百年先法门后白马又至普陀，还不是日益广盛？月山近八百年虽两度兴衰，不也是一次更比一次强？至于那天下，我看也是逢乱必治而后盛，只在时日而已。”

“话是如此说，但老衲毕竟是春末桃李秋后蝉，看不到那一天了……”清了说。

“师父……”妙聪喊了一声稍微停顿继而说，“莫怪徒弟妄言，师父差矣。殊不知您已经身在明天？”

清了问：“此话怎讲？”

妙聪说：“徒弟愚钝，偶有心得，佛门所修，自始至终皆离不了一个空字。但意空、欲空，尽受制于身难空。身不空而他空无稽。身体乃天地父母所赐，亦不能仅以殒殁为终。以修悟而达觉，以忘身而神空，实乃终生所欲。师父自入空事佛至今已数十载，早达此境矣！殊不知，今身乃俗身，俗身乃假生，俗身去时乃真身生，徒弟说得对吗？”

清了只看了看妙聪。

妙聪继续言道：“师父眼下所为，尽皆千秋万世能见之德，不正应了俗身去真身生之念想？到那时，我盖世华宝之月山宝刹必定碧煌一片舍利生辉，而师父您，俗身已去，真身即生，必然被佛光笼罩，端团莲座，云霭浮鬓，凤鸣耳畔矣……”

清了脸上慢慢浮出笑意，说：“阿弥陀佛，为师不敢妄念，但有了你这番话，为师足矣！”

妙聪马上说：“谢师父。徒儿想说的是，眼下月山寺之兴衰你我师徒虽不能左右，但这巍巍太行、百里怀川、明媚月山终有皇天后土相佑。眼下最当紧的，是要护好山寺之承脉，方能上可慰月山先祖，下可抚禅界后人，岂非万世之功德？试问，这千年不遇的劫难既不可拒，吾辈遇之岂不是幸事？佛祖炬目以瞰,你我师徒怎敢懈怠?师父在上,我说得对吗?”

清了说:“对,甚对!还是你儒修基厚,禅悟天成,也使老衲茅塞顿开。”

师徒俩正推心置腹,门外忽然大风劲起,不知什么还哐当响了一声,清了脱口言道:“起风了。”妙聪看了一眼一旁发呆的觉慧,说:“觉慧,快去看看。”觉慧遂出去又转回,说:“是水缸盖刮掉了。”

妙聪遂言道:“明日天晴,师父可以出去见见天日了。”

清了突然有了精神:“好、好、好,出去走走,明日就出去走走!”

妙聪问:“师父,该吃药了,一会儿再给师父号一脉如何?”

清了说:“我自己已号过了。”

妙聪说:“那咋行?”然后端起药喂清了喝下。

清了喝过遂说:“你忘了?你还是老衲的医徒哩!”

妙聪说:“师父恩重如山,岂敢相忘?只是师父忘了有句话也是你教的呢!”

清了问:“啥?”

妙聪说:“医不医己。”

清了朗朗笑笑,说:“那就来吧,切一脉!”

妙聪说:“不用了。”

清了问:“又咋了?”

妙聪说:“师父笑若铜钟,病魔已祛!”

清了说:“是的。后晌脉象已经恢复有力,但有杂弱异动,我揣摩是心神稍损。你一番话,杂异已祛!”

妙聪说:“我是昨日号脉时有所体会,知道师父的症结乃心里的苦楚所致,所以今天才莽撞冒犯,请师父宽宥……”

清了满意地笑了笑,抚须吟道:“窑中烛照禅心透,巧妙回春手,灌顶醍醐,辞惊惑盹,替解心眉皱……”

“江城月?”妙聪边问,边看觉慧。

“是,你接上吧。”清了说罢,也看看觉慧。

“我试试。”妙聪回罢,续吟道,“案前佛语连声又,任凭风云骤,笑看沉浮,龟年鹤寿,该是恩师绶!”

“济渊啊……谢谢……谢谢……”清了见妙聪马上接上，字字工，韵韵齐，理喻和祝福尽含其中，心里顿时火热，说，“我还是喊你俗名吧，老衲我此生有你，也真该知足了……”

清了说到此，突然落泪，抹把泪才又说：“可是济渊，你的命也太苦了……”

妙聪听了，将头埋下，再无话语。

洞外大雨潇潇，灯前真情切切，师徒二人促膝相谈间，只有觉慧心神不宁。当然，这一切瞒不过清了和妙聪的眼，更瞒不了二人的心。

四六

次日天晴，碧空如洗。

一夜之间，疾劲的西风把原本黑压压的雨云吹得干干净净。当阳峰、凤鸣山、虎啸山及麒麟岭的柏树湿漉漉地在阳光下焕发着鲜翠的绿辉时，只有云梯下的壑谷还残存着些许的薄雾，仍在慢吞吞地飘旋、翻卷，迟迟不肯远散。

吃了早饭，又收拾了，妙聪和觉慧便搀扶着清了攀上了麒麟岭。此刻，太阳已经高悬在凤鸣山上空。经麒麟岭东侧走到离无声灵塔不远时，妙聪透过林隙，瞅见无声灵塔旁有些异样，仔细看看，遂喊了一声：“不好！”跑了过去。清了在觉慧搀扶下趺趺撞撞地也赶了去。

无声塔的北东两侧，堆起了两个硕大的碎石黄土丘，灵塔一丈开外的地面出现一洞穴，斜伸塔底。洞口附近散落了一些陶香炉、漆盒及玉器碎片等。

“罪孽啊罪孽！如此下作必遭天谴啊！无声法师啊！都快二百年了，这帮贼人还是惊扰了您。罪过啊！罪过啊！”清了仰天哀号。

“觉慧下去看看……”妙聪阴着脸喝道。

“我？”觉慧的脸唰地白了。

“我什么我，又不是阎罗殿！”妙聪怒斥道。

“下吧，没事，你瘦些……”清了冷着脸说。

“嗯……”觉慧战战兢兢应了一声就往洞口里钻。

“慢！稍等。”妙聪止住觉慧，“等我，去去就来。”说罢便离去，好一会儿才转回，弄来几根绳子，拼接在一起，然后把觉慧拦腰系住，又掏出两根蜡烛和洋火给觉慧，说：“下吧，慢慢下，一踩到底就喊我，要一声接一声喊，不要停……只要听见你的喊声，我就知道你还活着……”

觉慧惊惧地看了看妙聪，一边嘴里胡乱嗯嗯应着，一边把两脚向盗洞伸下去。慌乱之中，觉慧两脚踩空，啊了一声就滑了下去，拽在妙聪手里的绳子一下就被绷得紧紧的。妙聪急切喊道：“喊啊！喊啊——！”洞穴里马上传出了觉慧丧魂失魄的喊叫：“师父——师父——师父……”

清了和妙聪互使了眼色，把无声塔从上到下仔细看了看，会意地点了点头。

“师父，这儿是风口，你先回去吧。”妙聪说。

“也好，别吓着他。”清了说。

“我知道分寸。”妙聪说。

清了走了，妙聪站在洞口，紧紧抓着绳子。

觉慧下到洞底，划了好多根洋火才点着蜡。墓室是砖砌的，拱顶结构，高四尺、宽五尺、纵深不足一丈。墓室潮气很大，不仅没腐味，还有一种淡香。觉慧觉得此味道很熟，但又想不起是什么。

墓室里端有一壁龛，已经空空如也。壁龛下地上有一只小陶罐，罐口已破损。觉慧端起晃晃，也无声响，后发现放罐位置有个小洞。伸手探探，里边像似有物，仔细摸摸，竟是一尊佛，正想拿出看看，忽然传来妙聪的喊声：“莫动里边东西！看过了就上来！”

觉慧在洞里喊道：“看过了！看过了！”

觉慧爬出洞口，许久才缓过神。还没来得及说情况，妙聪就说：“你先回去跟长老说一声，我去趟上庄。”

觉慧嗯了一声就离去，路上暗想：“难道是两尊佛？”

当他回到窑洞，清了正盘蒲打坐，双眼闭着，正不紧不慢拨着念珠：“来，觉慧，我问你。”觉慧走上去，恭恭敬敬站在清了面前。

清了问：“你师父呢？”

觉慧说:“师父去了上庄。”

清了睁了下双眼又闭上:“哦……无须怕,那是无声法师的陵寝,你去即是缘。无声先师德行高贵,法力深厚,邪魅孽障绝不敢近……明白吗?”

觉慧说:“明白,徒儿能去,是先师垂爱,自然庇佑。”

清了缓缓睁开眼睛,看着觉慧:“这就对了。里边是如何情状,仔细说说。”

觉慧回道:“师父不叫乱动,我啥也不敢触碰,本想看个究竟,但黑洞洞的啥也看不见。”

清了重新闭上眼睛问:“你不是有洋火和蜡烛吗?”

觉慧说:“是,洋火不好划,后来点着了,但洞里还太黑,我有点怕……”

“看见一个罐儿吗?”

“看、看见了……”

“那罐儿里是无声法师的真身……罐儿还好吗?”

“上半截烂了,不过……”

“不过啥?”

“里端墙上有个壁龛……”

清了听至此,突然睁开了眼睛,直盯着觉慧,问道:“嗯……里边有佛像吗?”

觉慧忙说:“壁龛是空的,我没见金佛……”

清了继续问:“金佛? 你咋知道? 谁跟你说是金佛?”

清了一句紧跟一句地逼问,觉慧不自觉失了口,额头滚下大滴大滴的汗:“我……我猜想的,要不他们会恁下功夫?”清了突然又放缓了口气:“哦……还有啥,好好想想……”

“没……没了。”觉慧说罢,忽又想起墓穴里那股香味,于是赶紧改口,“有,还有!”

“什么?”清了睁开双眼,似乎在期待。

“无声先祖墓室里有股香味。”觉慧有些高兴。

“就这?”清了失望了。

“嗯……”觉慧有些失落。

“哦,那是柏油之香……你起来吧。”清了有些心灰意冷。

觉慧刚站起来,清了就长叹了一声,说:“觉慧啊!你还是不老实啊!”

“师祖,徒儿不……”觉慧正要辩白,清了挥手拦住,然后说道:“你来月山时才十一岁。且不问你来自何处,又来干啥,但你不要忘了,是老衲跟你师父看你可怜,才收了你。

“你十三岁时得了伤寒,高烧不止,你师父守在床头喂药、扎针,四天三夜不曾合眼,硬是把你小命给捡了回来。可是你呢?那年观音菩萨诞辰之日,我跟你师父发现你跟外贼有来往。本来是想把你逐出山门,但看你年纪尚小,又举目无亲,也怕贼人加害你,所以就忍了你。

“你师父一边照旧教你读经识字,一边教你如何做人。冬怕你寒,夏怕你热,平日里还怕你吃不饱,遇到你喜欢的菜食,还专门交代饭堂给你留着。

“你二十一岁那年,洪家绿萼姑娘病魇凤皇台,外贼作祟,一把洛阳铲露了你马脚,我跟你师父并没为难你。一是怕贼人杀你灭口,二是期你迷途知返。可是你呢?现在你都三十三岁了,咋就如此冥顽不化?你啊!你啊——”

说到此,清了突然朝小桌拍了一下,啪的一声,缠在右手的念珠顿时绳断珠飞,撒了一地。觉慧浑身一颤,马上跪倒在地,惶恐地喊了声:“师祖……”

清了继续说道:“昨晚我和你师父说话,你一直心神不定,时走一刻,我心痛十分,盼你幡然悔悟,盼你回头上岸……可你呢?承佛家衣钵,受百姓恩惠,却干起了刨坟掘墓伤害先祖的勾当来!老衲我真是瞎了眼,白疼了你!”

觉慧跪在地上,耳膜似阵阵鼓敲。清了历数的桩桩件件,觉慧犹在眼前,他不曾想到,清了和妙聪对他的来因去果早已了然于胸,甚至到了行逆造孽的昨天晚上,仍以慈悲为怀,继续挽救他。多年的情意,眼下的宽宥,使觉慧悔痛交加。然而这一切,仍没能撬开他的嘴巴,继续对罐下那尊佛守口如瓶。恰此时,妙聪进了洞。

“师父,我回来了。”妙聪说。

“嗯……”清了轻声应道。

“怎样?”妙聪瞥了一眼觉慧问。

“他只说壁龛上的佛没了。”清了说。

“意料中的事。”妙聪接过清了的话,转而又对觉慧冷冰冰地说,“这么说他们得手了,你也该去领赏了是吧? 你去吧! 永远不要再回这里!”

“师父!”觉慧一愣,马上抱住了妙聪的腿,说,“徒儿知错了! 不要赶我走! 求你了师父!”

“知错?”妙聪直立身躯,俯首盯着觉慧,“直到现在你都不说实话,知啥错! 实话告诉你,他们盗走的,根本不是金佛! 贼人迟早会知晓,你出了这月山,便死无葬身之地!”说完便一抖腿把觉慧踢翻在地。

觉慧一骨碌爬起说:“说! 我说! 罐下边还有个金佛,他们没有发现!”

妙聪问:“刚才为何说不知?”

觉慧说:“他们拿错了,就说明他们并不知道还有一个,而我却是知情人,一旦再丢,我怕自己说不清……”

妙聪遂讥责道:“该不是想告知贼人再偷吧?”

觉慧声泪俱下:“师父饶恕! 徒儿确实有过此念头,但现在绝不敢了。真知错了! 但请师父也要为徒儿想想,他们以后万一知道我隐瞒实情,会杀我的!”

“算你还明白!”妙聪声色俱厉,“那无声影碑上的石子,谁放的? 哪儿的? 何许人?”

“徒儿只知他名叫小三儿,不知他哪儿的。”觉慧回道。

“是不是早些年在无声塔下见面那个?”妙聪问。

“是……正是他!”觉慧继续哭着。

“我再问你,十二年前,长老和章大人在方丈说话,是谁在门外窃听?”妙聪说。

“我不知道……”觉慧说。

“大胆!”妙聪突然发怒。

“师父啊! 我真不知道! 当时我从凤皇台下来,见你刚从方丈撵出,但我确实不知是谁!”觉慧边哭边说,信誓旦旦。

“你记得好清楚! 看来你早想好了此番鬼话,就等着今天我问你了!”

妙聪说。

觉慧慌忙回道:“我是怕师父误以为与徒儿有关,所以一直记得。想解释,但怕落个此地无银三百两。徒儿对佛祖发誓,徒儿绝不敢偷听……”

觉慧说完才发现,妙聪和清了早已安静下来,脸上也无了愠色,就像什么也没发生过一样。过了好一会儿,妙聪才问:“明天是不是先把盗洞给填上?”

“不必,还不到时候。”清了说。

“不到时候?师父何意?”妙聪又问。

“到时自知,让为师再想想……”清了回道。

“师父,磨驴无须鞭挞……”妙聪提醒。

“嗯……言之有理。”清了赞道。

觉慧跪在地上,擦掉眼泪犹豫了片刻,后以膝肘代足,匍匐腾挪着,开始一粒一粒捡念珠。

清了和妙聪没再理会他,但二人磨驴一说,引起了觉慧的注意。他小时曾见过驴儿磨坊劳作,只要戴上暗眼[①],它就会围着磨盘不停地转,向来不用鞭挞。所以他马上悟出,长老和师父这是要瞒人。不是瞒贼人,就是瞒自己。想到这一层,觉慧痛悔地落了泪。

瞒,是计策也是谋术。但将瞒故意示于被瞒人,就是诡诈之术了。但凡诡诈,不是亏心缺德,就是关乎性命。而清了和妙聪此刻既瞒又要让其知的,不是贼人,而是觉慧。

此刻,清了和妙聪,已经心似油煎。觉慧却全然不知,只顾趴在地上捡念珠,眼角挂着泪痕……

四七

月山千年金佛被盗,可以说是大案惊天,消息迅速传遍了百里怀川。一

---

① 牲口拉磨时戴的眼帘。

时众说纷纭，莫衷一是，引起了社会各界的关注和抨击。以革命的名义改寺院为公园、强迫僧人返俗，使博爱县政府臭名远扬。

此局面的形成，缘于妙聪的一封信。此信是觉慧探墓后妙聪去上庄时写的，由刘子彦送给了冯冠彰。信中写道：

章大人并冠彰、书砚钧鉴：

月山寺无声法师灵塔蒙掘，所葬法门寺赠汉代金佛遇盗。此惊天劫难系改寺为园、驱逐僧员所引发。恳请诸位贤达代言呼号，以挽山寺于即毁，救史物于荼毒耳！

月山寺住持清了泣叩首座妙聪代笔

冯冠彰、洪书砚、刘子彦当夜即赴沁阳面见章九酬，并商定借道各方通告社会，以求舆论支持。

不日，南京、北京、上海、天津、武汉、开封各大报纸均为此刊发了消息。当年的翁公子灏元，此时已成为国民党的要员，亲自撰写檄文《革命非反动》，抨击改山寺为公园、驱逐僧员为“滑天下之大稽，冒天下之大不韪，蒙昧无知，强奸信仰……”等。这无疑给濒临灭顶的月山寺带来了一线生望，同时也给清了、妙聪和觉慧居住的土窑洞，注入了一缕久违的轻松气息。

又是黄昏，暮阳如橙。

觉慧在窑洞口烧火做饭。洞内已暗了下来，但还没点灯。妙聪愉悦地说：“整整二十年过去了，当年的小公子翁灏元果真成了国之重器！甚幸！”

清了听了，很是感慨：“我看了那篇文章，真是檄文如匕，句句中的啊！”但也担心，“不会给翁公子带来麻烦吧？”

妙聪说：“应该不会，改寺为园、驱逐僧员，在区区怀川已算怵目，今公之于世，更蒙羞大雅，纯粹是糟践斯文，荼毒史物。改寺逐僧在先，金佛失窃于后，因果相向，我看没人敢为其辩解而甘愿落一个为盗墓贼开脱的骂名。”

“呵呵，言之有理。”清了笑说。

“师父，据说南京政府已要求地方政府复议月山之策，酌情速善，以避再殃。”妙聪说。清了听后久久才冒了一句：“祸兮福之所倚，福兮祸之所伏。”妙聪说:“是。我也正想,自月山建寺近八百年来,虽两度损毁,但凡声名重振,亦在太平盛世之时。此次系纠错,时逢乱世又在风口浪尖,势大而根浅,最怕节外生枝,使山寺反受其累。”

清了嗯了一声,再无下话。少顷,觉慧便做好了饭。待三人一起吃过,洞外彻底黑了下来。

浩瀚夜穹,一派青蓝,寥星无几。

矮小窑洞,油灯昏黄,清了蒲团独卧,闭目凝思,缓缓拨捻着手里的念珠。

妙聪凑着小桌上灯光,正缝补衣衫。觉慧坐在一旁的矮脚凳上发呆。过了足足半个时辰,清了突然自语道:也罢!然后对妙聪和觉慧说:“我有后事要交代。”觉慧一惊,妙聪一震,均不相信自己的耳朵。

妙聪喊了一声师父,觉慧喊了一声师祖,二人呜咽着,即刻泪倾如注。

清了说:“别怕,还不到时候,老衲还有事情要办。走,陪我去凤皇台吧。”妙聪赶紧掂起蒲团,带上香火,觉慧搀扶着清了,一起出了窑洞。

路上清了说:“今天月色真好!”

妙聪看看夜空,除了几颗若隐若现的星星,并无月的影子。觉慧哇的一声哭了,像正变嗓音的青涩少年,后忍了住。

清了说:“这就对了。要是俗家,你怕是几个孩儿的大大了,记住老衲的话,男儿有泪不轻弹……”

觉慧说:“是,师祖……”

妙聪没接话,他知道清了是间歇性失明,自己搀扶的,可能是他人生的最后一程。

师徒三人深一脚浅一脚来到凤皇台。清了渐渐恢复了视觉:“哦,今晚没月亮啊……”

妙聪说:“有。刚被云遮住了……”

清了问:“觉慧听到了吧?”

觉慧说:“嗯。”

清了说:“这就是你师父,心慈、智高、言慧。要好好跟随他……只有这样,我才放心,放你的心,也放你师父的心。”

觉慧带着哭腔说:“是……”妙聪急忙把蒲团递过,示意他别哭。觉慧接过蒲团,在空相塔前摆好,伺候清了盘上。

妙聪摆好香炉,插根独香点燃,然后和觉慧一起,静静地盘在清了左右。

静默中,清了开了口:“老衲时日将尽,怕是很难有个囫囵时辰说话了,今天要交代些个事情,当着空相师祖的面,你俩先答应了。”

妙聪和觉慧异口同声:“答应、答应。”

清了说:“第一件事,空相大和尚乃我月山开蒙建寺之宗,德行高厚,悟性极高,坛讲演喻曾留甚多,但关乎当代的,有这样的灵喻:‘清了寺了,夷患、内戮、文祸三劫后世运其昌,逢乙酉年农之课徭即行废黜,又甲子而复兴……’此话虽距眼下快八百年了,但据老衲细厘,与时事凑巧契合。清了寺了,是说大清朝殒而禅寺殁,夷患、内戮、文祸也会相继而至。但乙酉年农之课徭即行废黜一说,老衲甚是糊涂。也许真有天下农徭尽免那一天?若如此,山寺复兴之日也不会太远。

“我曾推算过,近处乙酉是民国三十四年,再远些的乙酉则是民国九十四年。莫非说孙先生三民主义之民国,要开尧舜始皇以来之先河焉?据此看来,你早年投身辛亥,致力民国,实为功德无量,乃我佛门的荣耀!此次月山遭难,虽说是厄运当头,却又闻当年的翁公子已是民国栋梁,也多少有些安慰。

“可是,若按空相先祖曾预,远的乙酉姑且不说,离我最近的乙酉也有十八年,我现在这副身板,是万万看不到那一天了!即便是能苟延残喘至民国三十四年,这十八年,已没了汉佛,再无了山寺,我何以苟且?想来想去,老衲果真是该走了!”

“师祖,那汉佛不是还在吗,咋能说您老人家没了颜面并苟且呢?”觉慧说。

“第二件事。”清了说,“眼下南京政府已要求地方复议月山之策,酌情速善,以避再虞。我估摸近日会来人处理此事,老衲也想挑这个时候,热热闹闹地离去,一则警示祈求俗世善待我佛祖禅庭,二则昭告天下汉佛确已失窃,以绝窃盗者不伦之心。老衲我也算是死得其所,以报佛恩了……”

“师祖啊——不能啊!”觉慧忍不住悲怆起来,“我愿随师父,就是拼上性命,也要保护好汉佛！师祖,你千万千万不要那样啊——”

“好徒儿,有你这番话老衲算是死而无憾了。今天当着空相先祖和你师父的面,老衲就把那尊佛交给你师父和你了,你在佛在,做得到吗?”

“做得到。但汉佛跟师祖徒儿都要,都要啊!”觉慧号啕大哭,许久才忍住。

妙聪盘坐着,一声不吭。

先辈们为保汉佛共设计了两道障眼法,且都在无声塔下的墓室里。第一道是墓室的壁龛,上有佛像一尊。第二道在无声灵罐下,也是佛像一尊。两尊佛像一模一样,皆为清化鸿禧珐琅金楼制作的赝品。真品汉佛从未入殓,一直由历代住持手把手地相传。

汉佛传到清了手里后,正赶上洪家金盆洗手,加上无声影碑迷局,确实让月山寺消停了许多年。

眼下,第一道屏障由于壁龛之佛被盗已不存在,第二道屏障也因觉慧而变得岌岌可危。但不能马上放弃,那样只会将贼人引至墓外,危及塔顶。

清了对第二道屏障没有放弃而选择加固,即以自决的方式以佐证罐下的佛是真品,把贼人的目光引回墓内,引到觉慧身上,使汉佛的真正传人妙聪,置身局外。

这样一来,只有使贼人相信觉慧是汉佛秘密的掌控人。而要想达到这一目的,就必须把住持之位传给觉慧。否则,即便瞒住了贼人,也瞒不住觉慧。若他察觉到自己只是肉盾,从而离心离德,最后破罐破摔,那眼下的一切努力都成徒劳。

所以,在妙聪看来,这是清了必然的选择。然清了大大地出乎了他的意料,喊了一声觉慧,说:“于我身后,你师父接任住持,你要好生辅佐他……”

“师父不妥!”妙聪赶紧打断。

“哦?”清了睁开了半眯的眼睛。

“徒儿冒昧了,师父你想,按先祖排列的宗嗣辈分,清字辈上继‘澄’字,下衍‘觉’字,而我是旁系客来之‘妙’字,岂能越俎代庖以违祖制？师父是不是再想想,多想想……再往深处想想……”

“不用再说了,老衲意已决。”清了平静地说。

“师父……”妙聪轻唤道。

依妙聪对清了的了解，他不该出现这样的纰漏。他很快就明白了，明白清了已决定把住持之位传给觉慧，之所以现在不传，是不到时候。住持易人，佛传衣钵，必须名随印信。如若让觉慧接任住持，清了就得把自己的《空相演喻》和另一专著《覃怀物藏》同时交与他。觉慧显然不堪此任。

清了缓了缓心神，思忖了片刻，然后顺水推舟："觉慧啊，你看你师父，一门心思都在你身上啊！也罢，容老衲再想想……我再想想……"

"不用多想！"觉慧诚惶诚恐地喊道，"千万不可！徒儿无才无德，怎能够堪此重任！千万不可啊！"

正值此时，凤皇台上一阵风起，清风轩和明月禅房檐角的风铃叮叮当当地响了起来。过了好久，风儿才慢慢停歇下来。一片宁静中，清了说："空相先祖说话了，可曾听到？"

"我听到了！先祖说人在佛在！"觉慧喊道。

"嗯……人在佛在……"妙聪附和道。

"那就好……"清了说道。

此后，三人无一句话。缄默中，清了久久地看着妙聪，眼神充满了慈爱和怜惜。他突然联想到妙聪的父亲，遂心头一热，化热泪两行，用心语对妙聪父亲说：仁兄啊！你咋想的？就因葛小芹她是女佣的女儿，你就把济渊这旷世英才抛到这孤苦的空门，让他受如此的煎熬？他太聪明了，也太善良了。但人太聪明就不能太善良，太善良就不能太聪明。只怕是你的儿子命中注定要在心狱里苦熬一辈子了。一辈子，那可是心狱啊……

祖徒三人品字形面对香炉，待了很久，妙聪点的那根独香早已燃完。

"香完了吧？"清了问。

"表面看是……"妙聪回道。

"觉慧，明白你师父意思不？"清了又问。

"啥？"觉慧惑然。

"你师父说香看着是灭了，其实永远不灭……"清了说。

"我懂了，师祖不会离开徒儿……"觉慧哭了。

"莫哭，扶我起来，去藏经楼。"清了说。

"嗯……"觉慧应道。

四八

大士阁、藏经楼和瞭望楼,依次从西北向东南贯穿在一条直线上。由于三个建筑所在地势不尽相同,看上去高低差别很大。

三重制的大士阁雄踞当阳峰,高高在上。五层制的瞭望楼由于立于凤鸣山脚下,所以看上去反倒比大士阁低了一些。藏经楼处于中间位置,虽说也是三层制,但由于基起半坡,故基本与瞭望楼比肩。

妙聪持烛在前,觉慧搀扶清了于后,上了藏经楼。

藏经楼秘藏重地在三楼。佛案佛龛位处中央,坐北朝南,释迦牟尼端坐其上。

觉慧把龛之左右的蜡烛一一点着,室内顿时亮了许多。清了打开佛龛旁一红木立柜,取出了两本线装典籍,双手捧着,然后对妙聪说:"顶礼膜拜,跪接。"

妙聪闻声,面朝佛龛,即行三拜九叩大礼,然后将双手举过头顶,两掌手心朝上展开。

清了把典籍放妙聪手里,一手按书,单手行揖,说:"此两本典籍,一是《空相演喻》,二是《覃怀物藏》。演喻者,是老衲研读空相先祖的诫言警语和残章碎句,又经甄别遴选、文批旁注而结集成册。此演喻以年代为序,着重研究从先秦燕昭王七年印度人尸罗将佛教传入对华夏历史的影响;物藏者,是老衲历经跋涉、采查笔录,耗毕生之力而编写的物志专著,共分人文地貌、物华地藏、水源气象、技工农作四个章节。前者为教化弟子所用,后者为资济苍生所询。今老衲把手相交,可谓佛传罔替,望尔认真研演,精髓永继,以利我山寺之永昌、怀川之长盛。可记清楚了?"

妙聪没有回话,突然默默地泪流不止。他先前的猜测终于得到证实,清了果然是假传住持之位,以便赢得时间,先将《空相演喻》和《覃怀物藏》传给自己。

妙聪擦了把泪眼道:"记下了,牢记,永记!"

清了听罢微笑着说:“甚好,回个话你也总叫老衲悦之意外,快快起来吧。”

清了把身后事一切安排停当,显得格外轻松。妙聪和觉慧更加上心地陪伴在清了左右,朝起暮伏,形影不离。

跌进十月,有关月山的趣闻逸事,仍在大江南北不胫而走。除了汉佛,王铎的墨宝、董其昌的手迹、乾隆的御碑,也尽随着改园逐僧丑闻的传播,名扬天下。

很快到了中旬,博爱县政府派人到月山揭去门封,把清了、妙聪、觉慧请回了寺内,并告知两日后正式复寺,届时将有社会各界人士上山志贺。

这一天,天高云淡,翠柏葱茏,名士多至,乡民士绅们也纷至沓来。一切都像月山迎来了一个喜日子。除了县长职陆岳及随员,月山挚友章九酬、冯冠彰、刘子彦、姚秉辛,以及洪小囡、洪书砚父子,也都一应前来。

山门广场上,人山人海。寺院门前,拼了三张八仙桌为主席台。职陆岳、清了、章九酬、冯冠彰、妙聪、洪小囡等在台上就座。

职陆岳五十岁左右,身着中山装,头戴礼帽,胸垂表链,显得很时尚。他的讲话热情洋溢。说月山是全县乃至全怀川的福祥之地,月山寺是百姓祈福祭恩之所,各界贤达和乡民百姓要倍加珍爱,等等。

关于改园逐僧、汉佛被盗,他只字未提。临了,他还对台下深鞠一躬,并使劲鼓掌。台下很少响应,窘迫之中他喊道:“下边请德高望重的月山寺住持清了长老讲话!”

在热烈的掌声中,清了婉言说道:“谢谢县长美意,其他老衲就不讲了。趁今天幸有各界名士捧场,若能援手相向把无声法师的灵穴填上,老衲将感激不尽!阿弥陀佛……”

“好!理当如此,理当如此!”职陆岳及其随员随声附和。清了、章九酬、冯冠彰、洪小囡等随之起身,会场骚动起来,人们潮水般向无声塔涌去。

直到此时,妙聪才恍悟,当初清了婉拒填盗洞,说还不到时候,原来是为了今天。

潮水般的人流中,妙聪腿沉似铅,面如青铁,搀扶着清了在前,章九酬、冯冠彰、刘子彦、洪小囡、职陆岳等于后,来到无声塔前。觉慧已准备好镐锨等在那里。树缝里，山旮旯，到处都塞满了人。

填埋过程，仪式在先。清了单手行揖、手捻念珠走在前，妙聪端佛水瓶拈柳枝于中，觉慧挑佛香悬笼随于后。三人默诵着地藏经，绕着塔转了三圈，最后由清了持锨铲了第一锨土，便开始填埋。

盗洞填埋平整后，觉慧先把吃斋用的小方桌摆在无声塔前，然后把蒲团放在小桌前。妙聪把香炉、佛水、瓶露、柳枝一一摆好。整个过程，悄无声息。

清了从妙聪手里接过三根香一一点燃，先中后右再左一根根插进香炉，接着盘蒲端坐合十叩首了片刻，然后在妙聪和觉慧搀扶下缓缓站起身来，面朝众人讲道：

“众位檀越、居士、香客，吾月山自空相先祖结庵开寺近八百年来，向蒙佛祖庇佑，深得乡民惠戴。贫僧入寺六十四年、住持五十年来，虽禅心刚固，但德薄悟浅，以致月山之佛宝横遭盗凌。

“今奉佛旨而公诉，告乡民士绅，所谓佛宝，若论价值，仅属铜铸包金嵌有彩石而已。所贵者，乃佛腹玉仿脚趾舍利，市价更薄，今假众宾之祥瑞，诚企向善者还宝于寺。

“历数月山吾以上二十五代住持，无一不功德圆满，唯贫僧德才两疏，才使我百里怀川之明媚月山呈颓废累卵之情势。故吾不敢以圆满自谓，只能以残躯领寂，以忏悔于佛祖禅庭，谢罪于天下苍生、乡里绅民……”

“长老切莫如此！”随着一声大喊，章九酬疾步走到了清了面前。

怎么了？怎么了……他要圆寂？他要圆寂？职陆岳、冯冠彰等还没明白怎么回事，章九酬脸色煞白，已一把抓住清了的双臂：“长老！何至如此啊！”清了双腿一软又挺住，妙聪和觉慧赶紧上前搀扶，人群顿时骚动起来。清了看了看章九酬，喃喃说道：“章大人……拜托了……”转而又说妙聪和觉慧：“来，扶着老衲……”

章九酬大概感觉到了清了圆寂之心已决，遂缓缓松开双手，往后退了几步，满眼噙泪。

清了在妙聪的搀扶下，离开无声塔一路向南走去。本来嘈杂的人群突然安静下来，没人说话，连声偶尔的咳嗽也没有，只有沙沙的脚步声，凌乱而空洞，朝清了跟了过去。也许，众人是想一睹死亡的尊容。

当人们随清了师徒来到凤皇台的西侧时，发现七星塔北边一片平地上，已堆放了一堆东西，上边覆盖着若干片草苫。

妙聪向前走去，步履稍显沉重，但很稳当，然后把草苫一片片掀掉弃于一旁。一个由干柴和柏树枝叶垒成的干柴堆露出了真容。人们一下呆住，意识到清了真的要走了，而那干柴堆，正是清了魂赴冥界的入口。

章九酬看看柴堆，又看看妙聪。他觉得妙聪已难指望，他的眼神既无奈又不甘。他还向四周急切寻觅，好想另有一个能阻止清了的人在附近。最后，他看到了洪小囡，洪小囡正来回踱着步，焦灼满脸，紧锁双眉，还不时地驻足，看看柴堆和清了。

在章九酬眼里，洪小囡亦正亦邪，是个手眼通天、脚踏泥淖的民间高手。他曾吃过他调虎离山的苦头，输给对手妙聪；他也得过他移花接木的甜头，赢了贪官廉惜芝。可内心深处，他仍视洪小囡为旁门左道。现汉佛被盗，清了自决，就凭他热锅蚂蚁似的样子，章九酬就认准了洪小囡，不可能脱得了干系。

当章九酬把目光重新投向清了时，妙聪和觉慧已扶着清了来到柴堆前。

面对死亡，清了定了定心神，示意妙聪附耳过去，用很微弱的声音说："济渊……那年，绿萼在明月禅房……说胡话……是说……杀她婆婆的是济渊的爹，她娘的名字叫……芹，如果没猜错，那绿萼……便是你的亲生女儿……"

妙聪周身一搐，惊恐地瞪大双眼，喊了声："师父……"泪水狂泻而下。

清了乏力地把眼睛闭了一下又睁开，说："答应为师，去找找她，最起码看看她……你跟她已不再是情天孽海，而是至亲骨肉……答应我……"

妙聪含泪盯着清了的眼睛，马上回道："嗯，好……我答应师父……"

清了缓口气说："万事皆天数，为汉佛计，为师接纳你的建议，就让觉慧接任住持吧……你要多操心与他……"

"嗯，徒儿明白。"妙聪说。

"再就是那汉佛……"清了歇了歇继续说，"除了佛祖的金身舍利……还有一紧要处……"

“嗯……”妙聪洗耳恭听。

“银棺之内，除了舍利子，还有一帛锦帖，上边……有空相先祖圆寂时留下的……箴言，是无声师祖用朱砂……写的……还说……还说，日升月恒时，金刚圣果日……”清了断断续续说。

“师父慢些……别急，慢慢说……”妙聪说。

“无声师祖身后历代……均口传，要知内详……须等它大见天日时再说吧……这也是‘但凡玄物，法禁他用，莫擅妄念’的意思……”清了声音越来越微弱。

“徒儿知道了……”妙聪说。

“还有……”清了歇息了好一会儿接着说，“还有就是，你要按我交代的去做，先答应为师我……”

妙聪说：“嗯，徒儿先答应。”

清了越说越吃力：“让漫山柏树为老衲灵塔……切莫留下痕迹，让后辈和香客们耻笑……”

妙聪痛楚地喊了声：“师父！”马上匍匐在地，压低嗓子呜咽着说，“徒儿求你了！别再说了！我记住了！”

清了轻轻点点头，朝着凤皇台和寺院的方向看了看，最后又看看伏在地上的妙聪，说：“快快起来，把我扶上吧……你们可以退下了……”妙聪赶忙爬起来，喊了一声觉慧，说：“来，扶师父。”

两人满含热泪，妙聪先把蒲团放上柴堆，然后和觉慧一起将清了扶上坐端。

清了端坐在柴堆上，缓缓地把躯干挺直，强撑着脖颈，傲然地高昂着倔强的头颅，用他一向铜钟般的嗓音喊道：“由觉慧接任月山寺第二十七代住持——”然后凝目前方，双手开始缓缓地拨捻念珠。

人们将目光全聚集在清了手里的念珠上。他捻珠的速度越来越慢，最后躯干陡然一挺，念珠停止了转动。

妙聪用衣袖拭了下双眼，仰首唱道：“月山寺第二十六代住持释清了长老，圆寂——”

唏嘘之声顿如潮起。所有的来宾、挚友、佛徒和乡亲一下子拥上前去，形成圈墙，把清了围在中间，久久地看着近在咫尺，端坐蒲团，虽死犹生的他。

由柏木条和枝叶叠垒的柴堆，无论枝干还是柏叶，油分都很充足，一经点燃，赤焰猎猎。

橘光青烟中，清了昂扬着头颅，高傲地挑着下巴，雪白的山羊胡被上腾的热流吹得高高飘扬。看他安详的模样，无人不信他还活着。

事后，妙聪和觉慧先后用了几天时间，把清了的骨灰分成若干，埋遍了整个月山。从此，清了的魂灵，融入了月山每一棵柏树、每一块山岩、每一丛草木。

清了圆寂觉慧继任，无疑是保汉佛一着妙棋，但过于悲壮。清了坚守信仰视死如归，妙聪殚精竭虑机巧谋划，使知晓汉佛底细的章九酬深感震撼和钦佩。

月山封寺逐僧之事余波未停，南京责令地方政府“酌情速善”还无下文，清了溘然圆寂之讯再掀波澜，全国不少报纸再度把“月山寺”三个字印到了头版或主要位置。一时间文牍累累，抨击连连，且所有文章、评论都在强调同一句话：“政府失德，高僧谢罪。”使得博爱县县长职陆岳狼狈下台，连同他那倒霉的名字“只六月”成了一个笑柄。

清了走了，觉慧接任住持，妙聪承袭了《空相演喻》和《覃怀物藏》。也许妙聪能精熟地把握保护汉佛之攻略，甚至能忠实地传承清了的遗志，但山寺厄运，国是混沌，仍使他深陷迷津，对辛亥和民国充满了困惑。

第四章　勘演迷津

四九

清了走后当天下午，觉慧搬进了方丈，妙聪继续住灵芝堂。暮色刚刚降临，油灯静静伫立着还没点燃，仿佛它需要先思考和品味一下入窗残照的意义。

历史有时很怪异。大清了了，人人期盼的共和来了，共和后却是无休无止的战乱；后来北伐来了，怀川也出现了生机，可又偏偏使月山蒙难。月山寺的僧侣和怀川的百姓，无不感到诧异和迷惘。

清了已去，方丈仍在，透窗而进的夕芒犹如它的老主人最后一缕气息，依依不舍，迟迟不去。

方丈内以往的奢华已经荡然无存。屏风床榻、八仙桌、太师椅、迎宾官椅、空相中堂、手谈桌几、高脚蜡台等，全都无了踪影。仅剩下三张木板床和刚从窑洞搬来的小方桌，默默地勾勒着新来的空贫和凄寞。

章九酬住的是方丈隔壁的客房，室内同样空乏而寂寥。他先是独自待了很久，后又去灵芝堂找妙聪。

天越来越黑，妙聪点亮了油灯。

章九酬问妙聪："我听说后来绿萼去了五台山？"

妙聪皱了下眉头："是，已经六年了。"

章九酬无意间提及绿萼，点到了妙聪的心穴。也许他自觉有些突兀，遂想转移话题，却又找不到其他话由，静默了一会儿，见妙聪精神很疲惫，便告辞了。

灵芝堂熄灯很晚。妙聪盘坐在蒲团上，魂不守舍地一遍遍思忖并责问自己：绿萼，真是你的骨肉？……如今长老走了，唯一的线索就是洪家庄园。去找洪小囡？他会如何想？当初你拒绿萼于千里，眼下若问，岂非说你又动了凡念，想找回她嫁你？佛祖啊……她咋会是你女儿？她的母亲真是小芹？小芹还活着？可是她活着又怎样？叫她原谅杀了她母亲的你那禽兽父亲？或者向她解释与你不相干，求她原谅你这个多情公子？不不不！绿萼不会是你女儿，绝不是！可不是又怎样？不是了你就可以说当初你不是不爱她，也不该拒绝她？如果真是呢？你就说你是她父亲，是你害了她的外婆和她母亲，还由于血脉你不能跟她做夫妻，然后她嫁她的男人，你继续当你的和尚，就当啥也没发生过？你啊、你啊！罪过啊——

妙聪的胸腔突然翻江倒海，一股咸腥像只鹿儿一样从心肺深处蹿了出来，红光一闪，哗啦一声，喷吐了一地的殷红。妙聪昏倒在地。

微弱的油灯，默默地一直看着他。他孤独而静静地侧躺在阴冷而潮湿的地面上，身躯半蜷，长时间一动不动。

天还没亮，他醒了过来，慢慢爬起，见油灯还亮着，席地而坐了好一会儿。直到鸟鸣破窗，朝阳入室，他才看清地上有一大片血渍，半湿半干，遂起身吹灭了油灯，开始打扫。

章九酬一觉醒来，走出方丈，妙聪已在阶扫庭除。他见妙聪脸色灰白，于是问："你咋了？"妙聪没回答，他又劝道，"你是圣僧，又不是不知道长老的去处，倘若是过于忧伤，那可真就是愚了……"

妙聪只是惨淡地笑了笑，也许他已把他此生最当紧的话一夜之间都说完了，仅道了一声阿弥陀佛。在他想来，清了所说即便是真的，自己已经入空，绝了尘缘，就不应再试图回头。

少顷妙聪说:“章大人说的是。长老先走一步,我能够想得通。人世间本来就浑噩,善恶交织,祸福转换。同样是活着,有的人在天堂,有的人却在地狱,长老兴许是正由于此才决意先走的……想多带走一份黑暗,给我等多留一份光明。”

章九酬听了妙聪的话,深有同感。思忖之间,看好天俭上山来接他,说车夫已在山下等着。他和章九酬是一起来的,当晚和车夫住在刘子彦家。

妙聪送章九酬的路上,他们走走停停,又谈到了时局。两人很困惑:北伐军进入怀川,一派新气象,怎么会风云骤变?国民党承袭辛亥衣钵,共产党舶来共产主义,同是革命党为何要反目成仇?他们一会儿为时局唏嘘不已,一会儿又为清了长吁短叹。同时,由于清了的圆寂,知道汉佛秘密的就只剩他俩,往日情分,翌日使命,使两人的心更贴近了一层。

当二人走至云梯口时,妙聪对章九酬说:“长老所托……如今唯剩你我。觉慧虽已从善,但眼下只能由他明修栈道,靠大人暗度陈仓。必要时大人恐怕得另有安排……贫僧拜托!”章九酬双手合十说了声“保重”,正要离去,忽又转回,“还有件事忘了……”

妙聪问:“大人请。”

章九酬说:“长老领寂时,有人一直在不远处来回踱步,几次欲前却又止步……”

妙聪有些吃惊:“哦?”

章九酬说:“是洪小囡老爷。”

妙聪平静下来:“不愧是大人,纷乱中仍能秋毫入目。”

章九酬看妙聪心似有数,故不再多言,并告辞。妙聪看着他的背影念道:“佛祖庇佑,阿弥陀佛……”

下山路上,清了圆寂的情形一直闪现在章九酬的眼前。心不在焉间,天俭突然喊了一声:“大大……”

章九酬停下回头问:“咋了?”

天俭说:“哦……没啥,小心脚下。”

章九酬听出天俭有心事,正想问他,凑巧已到车辆跟前,车夫又伺候他上车,于是就没顾上再问。

回到沁阳时，已是掌灯时分。今非昔比，县政府和一些豪商新贵已用上了电灯。章府大门口没安电灯，甚至连章字灯笼也不见了，很昏暗。

章府院内一切还是老样子，油灯已经点上。章九酬父母已经先后去世。王娴馥为照看房屋、田产常住桥沟。佩瑶和章九酬同居书房兼卧室。

吃过晚饭，佩瑶让下人打了水，然后坐在章九酬面前，准备帮他洗脚。女儿天真突然闯进来，上去就搂住章九酬的脖子："大大回来了，我帮你洗脚吧！"昏黄的灯光下，她柔柳身段，很像佩瑶。

"哎哎哎，你慢点中不中！十七八大闺女了，越来越没个规矩！"章九酬虽是嗔怪，但口气中透出浓浓爱意。

"来来来，别总是用嘴皮代替手干活，不出气力还讨好，便宜都给你一人占了！"佩瑶抢白道。

"媄，我大大远路回来定是累了，你伺候周到，也叫大大好好解乏，换个时候，真儿又不是没洗过！"天真说罢松开章九酬，还问了一句，"对吧，大大？"

章九酬没来得及作声，佩瑶就说："可不是！你大大咋会忘？猴年马月哩！"

天真莞尔，哼了一声说章九酬："你也不说俺媄，把她惯得不行，不会是你俩暗地里合伙吧，净讹旁人！"

佩瑶一本正经地问天真："咱家又添人口了？"天真顿时纳闷："添人？谁？我咋不知？"

章九酬被佩瑶跟天真的趣语所吸引，勉强笑了笑，佩瑶这才敢放开咯咯地笑了："不是你刚才说的？"

天真一下掉进闷葫芦："我啥时候说了？"

佩瑶忍住笑说："新添的人口，不就是你说的旁人嘛！"三人一起笑了。天真闹了一阵就回了自己屋。章九酬和佩瑶不多会儿熄了灯。榻帐里，章九酬长吁短叹。

"有心事？"佩瑶问。

"清了长老去了……"章九酬长长叹了一声。

"啊？"佩瑶惊讶地一骨碌翻身起来，刺啦一声划了根洋火点亮了灯，"咋回事？"

章九酬眼闪泪光,把月山的变故和清了的离去,一五一十地讲给了佩瑶。别看他五十七岁了,讲到最后,竟然哭得跟孩子一样。佩瑶偎着他,边替他揩泪边说:“可惜了,可惜了……”扑簌簌地也滚下不少的泪。

过了片刻,佩瑶问:“为一尊佛……值得吗?”

章九酬说:“也许以前并不值得,但现在值得了。”

佩瑶听了心里不禁一抖,喊了声哥说:“切莫小看此事,要小心再小心,它会招来杀身之祸的……”

章九酬说:“你知道就好……”遂展展身躯,安抚佩瑶说:“没事,我心里有数。”佩瑶嘤咛了一声,把身子朝他紧紧地靠了过去。

这一晚,两人点着灯说了好多的话儿,后不知不觉睡去。油灯默默看了他俩整一夜。映在窗格上的灯光,一直到次日清晨,才被太阳一层层地抹了去。

阳光下的章府明显衰老,再不能与二十年前相比。门窗的漆色灰暗而陈旧,且有了些许的斑驳,隔扇有些卯榫已经松动有了缝隙,但整个章宅依旧干净整齐。

章九酬起床时,佩瑶已准备好洗漱用水。章九酬刚洗漱过,佩瑶就端来了早饭:两碟小菜、些许油饼和一碗粥。这个清末贵族的生活程式已被大幅简化,增添了不少的随意。

“你吃过了?”章九酬问。

“是,就等你了。”佩瑶回过又说,“昨晚我一直犹豫,终了还是忍住了,吃过有事情给你说。”

“我说你咋老不瞌睡,东扯葫芦西扯瓢,现在就能说,干啥非吃过?”章九酬看了眼佩瑶,紧扒拉了几口就放下了碗筷,等她开口。

“前个晚上天俭回家一趟你知不知?”佩瑶问。

“嗯?”章九酬有些吃惊,“我就怕他不消停才叫他跟我去月山,他回来干啥?”

“不要急好不?我是他姨娘,你得叫我好做人不是?”佩瑶说。

“好吧,看他能给我惹出啥般样!”章九酬说。

“他送家一个人,身上还有伤。”佩瑶盯着他说。

“在哪儿?”章九酬胳膊碰了下碗筷,哗啦一声。

“别急中不中……”佩瑶赶紧收拾起碗筷。

“不要再说了,把天俭给我找来。”章九酬阴沉了脸。

佩瑶看章九酬严肃起来,嗯了一声便去送碗筷,后又叫来天俭在院里交代好,才陪着进了屋。

天俭一进门就跪下:“大大,别生气,听我跟你解释。”

佩瑶疾看了一眼章九酬,立马上前拉天俭:“跪啥,你大大也就是担心你,你如实说就中……”

章九酬看佩瑶一片苦心,心里不免担待,于是按着心火问:“是你们的人?”

天俭说:“是。”

章九酬看了一眼佩瑶,然后说天俭:“平时有事总捉逮不住你,一说去月山你答应得猴快,是专门为这事?”

佩瑶说:“天俭不该瞒,还不是怕你担心?”

章九酬沉着口气说:“哼! 你说你们都弄成了啥? 弟兄五个仨跟了不争气的国民党,你却领回家个挨杀头的共产党。还有你五弟,又去了啥黄埔军校,搞不清会再弄个啥党来。我这个家,非毁到你几个手里不可!”

天俭忙劝章九酬:“父亲息怒,救人要紧,巩先生伤口有些溃脓,再耽搁下去怕……”

章九酬听到此忙打断天俭问:“谁? 巩先生? 是巩……”

天俭说:“巩亦清。”然后问,“父亲,你认识他?”

章九酬反问:“是焦作的那个共……”

天俭回道:“是。他公开身份是国民党焦作市党部主任。”

章九酬马上急切起来:“那就啥也别说了。佩瑶,只有你最合适,赶紧雇辆车轿去月山接妙聪过来,告诉他家有枪伤病人,病人叫巩亦清。”

佩瑶走后,章九酬跟天俭来到后院磨坊楼上矸棚里,吊着左臂的巩亦清连忙站起。他中等个子,白白面庞,阔嘴挺鼻,眼睛不大却很有神。

“巩先生,受委屈了!”章九酬一进屋就说。天俭赶紧介绍说:“这是我父亲。”

"章老前辈,给您添麻烦了!"巩亦清说。

"不用客气,早听妙聪师父说过你,有幸今日得见。"章九酬边说边把屋里打量了一番,然后问天俭,"咋安排到这里?"

"这里后墙外地势较高,出走时方便。"天俭说。

"不妥。你就没想磨坊也高,晚上灯光会泄出去?赶紧换个地方。既然来家住,哪儿都一样,看紧门户就中。"章九酬说。

"挪到这院南屋中不中?"天俭问。

"中。"章九酬说罢就走,到门口时又转回头看了看巩亦清说,"真没想到,巩先生这么年轻。"

五十

妙聪被佩瑶接到沁阳已是子夜,一进章府,马上就由章九酬领着,去看巩亦清。

"巩先生,贫僧来晚了。"妙聪一进屋就说。

"焦作集会一别,今见面就劳烦师父,真过意不去!"巩亦清激动地说。

"一直盼再见到巩先生,没想到是这种时候,先生受苦了,阿弥陀佛……"妙聪说。

"今天能在这儿见到师父,这苦我可是受值了!"巩亦清呵呵一笑。

"巩先生客气了,我先看伤吧。"妙聪说过又说天俭,"烧些开水,最好再添盏亮些的灯来。"

"我去、我去。"天俭答应过便离去,片刻又返回,水来灯亮。妙聪先看了看伤口,发现有些溃脓,遂从一布包内取出银针和土制小刀、小夹,往热水里浸浸,然后说:"巩先生,伤有些溃脓了,需要清理清理,我用针麻,还会稍疼些……"

"你只管做,总比胳膊废了强。"巩亦清说。

"没伤骨头,溃烂也不太深,绝无妨碍,请放心。"妙聪说完,先用银针止痛,又用白刃清腐,最后上了些药粉,开始包扎。

“好家伙！比我下煤窑干一天的活还累呢!”巩亦清长吁了一口气，笑了。

“冒昧，叫先生受罪了。”妙聪边说边收拾。

“师父妙手，疼倒不疼，就是老惦着疼，惦得累得慌!”巩亦清幽默坦率。妙聪、章九酬和天俭一起笑了。妙聪看了看天俭问:“月山你接令尊时我没问，你就是天俭吧?”

“是。”天俭说。

“后生可畏，你做了件善事，阿弥陀佛!”妙聪说。

“谢谢前辈，晚辈应该、应该的……”天俭说。

“你照应巩先生，我跟你师叔客堂说话。”章九酬说。

“好，正合我意，巩先生也该休息了。”妙聪马上接道。

天俭把章九酬和妙聪送到客位，上好茶便离去。妙聪开门见山:“天俭使您受惊了吧?”

“师父心细，总是看得透我心思，不过，一听说他是巩亦清，也就顾不得那么多了。”章九酬实话实说。

“你知道他?”妙聪问。

“师父大概忘记了。焦作欢迎北伐军大会一下来，修武县就要抓巩先生，是天恭送信救的他，他一到家就跟我说了。”章九酬说。

“哦，我想起来了，是封园那天，你还让天恭捎去了两百大洋。”妙聪说。

“对，就是那次。看来……”章九酬话说一半。

“有心事?”妙聪问。

“看来，天俭跟巩先生是一伙的……”章九酬说。

“呵呵，这还用说？一伙不一伙咋了？依我看跟着巩先生未必是错，只怕是……”妙聪笑了笑，话说半截。

“咋了?”章九酬问。

“只怕是你身边这个天俭，也要离开了。”妙聪回道。

“我已想到，眼下也只能如此。不然他自己出事不说，还会连累家人。”章九酬说。

妙聪想了想说:“这个断不会，你五个儿子仨是国民革命军军人，一个还在黄埔,他们不会把你也说成是共产党。不过,我也犯糊涂,像巩先生这样人,政府咋就突然容不得呢?”

章九酬说:“我也想过。说实在话,我是向来不待见这个党那个派的,一向主张从宦疏朋、君子不党。也许我过时了些,我还是觉得自己好歹是个读书人。如今我无官在身,谈江山社稷牵强了些,可民族之本、百姓之忧亦不敢相忘。可是党派呢?既成党团,自有纲常宗旨,亦会贤达毕至,关键还要看能否把民族和百姓放在心上,否则就会你争我斗,兵戎相见。就拿国共两党来说,远的姑且不论,在怀川除了月山这回事,我还真挑不出国民党啥毛病,可我就是不喜欢!说这五个儿子吧,天让先不说,我最待见的是天俭,性情内敛些但从小好学、正派,也知老少。想那仨儿子吧,怕国民党短命;同情共产党吧,又怕天俭有失。真叫人左右为难,安生不得!”

妙聪立马笑了,说:“国民党推翻了满清,使你丢了俸禄,你自然不喜欢。共产党受国民党排挤、杀害,你自然会给予同情……当然这不是最主要的。”

章九酬说:“哦?愿闻其详。”

妙聪说:“是为兄忧国忧民之情怀,报效国家民众之志向,一句话,禀性所致。”

章九酬听了,微笑着轻摇下头说:“我,俗人也。妙聪师父乃脱凡之士,还不是照样情志所系?”

妙聪遂呵呵一笑,说:“正可谓,僧俗一样禀性难移啊!”

章九酬也笑了:“性情、性情,情寓于性也!”

妙聪和章九酬本来就情深意笃,话说到心款相通处,自然更是话如流水,没完没了。

这时,天俭来到门口,见屋里谈兴正浓,既不敢贸入又不忍离开。踌躇之间,背后突然有人唤他:“天俭?”天俭回头不禁一喜:“三哥!”

“谁?”章九酬在屋里问。

“我,天俭,我三哥回来了。”天俭边答应边进门,天恭紧随其后,一进门就喊:“大大……”然后又给妙聪打招呼,“妙聪师叔也在,晚辈有礼了。”妙聪马上站起来:“啊!是天恭贤侄!自从月山临危相助,好久不见了!”

“晚辈应该的!”天恭说。

“咋这么晚了回家?”章九酬紧接着问。

“今天受师部命令,回沁阳有急务,我趁空儿回家看看。”天恭说。

“啥事这么急?”章九酬问罢天恭问天俭,“你咋没睡?”天俭只顾打量天恭,丝毫没注意父亲问他。章九酬看天俭走神,又看看天恭,猛然想到了巩亦清,心里不由一紧,马上转头问天恭:“你,回来是……”

天恭见父亲话问半截又咽回,马上恍然,看着天俭问:“在咱家?”天俭没有回答天恭,把目光挪向章九酬跟妙聪。气氛即刻紧张起来,好似时间突然打个趔趄,又骤然凝固。章九酬顿时明白,天恭和天俭,都是冲巩亦清,一个是救,一个是抓,一对亲兄弟,已在对垒间。父子相见本应有的温情还没来得及露头,就被压上一坨冰。章九酬心一揪说:“你看看!你看看!咱俩话音没落,这亲兄弟就在家里摆兵布阵了!”妙聪并不回话,悄悄拨弄着念珠,把天俭和天恭轮番看。

天恭大惊失色:“当真在咱家?巩……亦清?”

章九酬斥道:“急啥!说吧,你想咋办?”

天恭出乎意料地说:“我听大大的……”

章九酬把脸一肃:“这件事……”略顿又微笑着问,“为父还可以做主?”

天恭说:“父亲在上,孩儿愿意谨遵父命,只是……”

章九酬听天恭话留尾巴,马上敛住刚浮出的笑意,端起茶碗呷了一口,盯着天恭在心里说:“你这小子……敢在老子家里抓人?”

妙聪见状插话:“九酬兄少安毋躁。天恭贤侄不是不通事理之人,你又不是不知,上次巩亦清脱险,就是他送的信。我虽不知贤侄涉足深浅,却还看得出他心中无恶,更何况今天之事仅限家中,总会有个两全之策,对吧天恭?”

妙聪垫前铺后,本想引个水到渠成,没承想刚还谨慎的天恭突然莽撞起来:“师叔言差了!你是知道的,我也救过巩先生,此一时彼一时,当时上海‘四一二’清党刚刚发生,情势尚不明朗,我杀伐决断自然难免踌躇。父亲又不是不知道,乡绅乃民之首,军队乃国之器,共产党专与乡绅富户为敌,结暴成匪以图割据,这势必会有伤辛亥革命和北伐之功。现王寇已分,经纬已明,国民党已气候大成,蒋总司令也严令宁可错杀一千,决不放过一个。此时将祸水引入家里,岂不既殃及门庭,又遗患国家? ……父亲在上,大是大非面前……”

天恭振振有词,章九酬不停喝水,脸色也越来越难看,最后干脆把茶碗往桌上用力一搁——砰! 截住天恭的话:“你混账! 你刚才留了个话尾巴,我就知道你的观音庙里藏妖精,长了颗魔心。辛亥之功? 我也对辛亥有功呢! 你们却没了我官,绝了我的俸,这是啥理? 说起北伐,老夫虽不太过问,但也略知一二,人家共产党处处打头阵,眼看北伐胜利,是你们的总司令同室操戈,擅开杀戮! 还说人家是匪,大清朝时你们不也都是匪? 啥狗屁王寇已分! 啥狗屁经纬已定! 你真以为这天下到了你们独家说了算的时候? 还胡扯什么你……杀伐决断? 就你? 你太张狂了吧! 杀伐决断啥时候已轮到你了?!”

天恭先是被茶碗响声吓了一跳,又被章九酬骂得晕头转向,正惶惶不知如何是好,妙聪突然呵呵一笑,说:“你这话就有点不讲理了吧,就因为你丢官没了俸禄,辛亥就一无是处?”

妙聪的话,噎得章九酬好一会儿才缓过神来,说:“那也不能说王寇已定、经纬已明吧?”妙聪说:“按易理而究,阳靠阴滋,共产党虽阳势弱但阴盛厚,国民党阳势盛而阴衰薄,此消彼长也好,此长彼消也罢,都尚需时日,现在还真不到谁独居天下的时候。就家私而论,还是取中庸好……”转而又问天俭:“贤侄,你说呢?”

天俭见斗室风云乍起,三人口舌犀利,自然格外谨慎起来:“大大和师叔都是心系天下的贤达,晚辈不敢卖弄,还望多指教才是正理……”

章九酬听了妙聪的辩思,又听了天俭的谦恭,心气儿自然舒缓不少:“你听听,你听你四弟,他越谨慎,我越信他。不是我说你,这当哥哥的,总该尊长让幼,别麻雀似的黄嘴尖儿没褪,就朝着画眉吼嗓子。你妙聪师叔既然说了,我今天就成全你俩,关上门摆擂,放开一辩,咋说也比你们弟兄俩到战场上刀枪相见强!”

妙聪见章九酬还是不依不饶,说:“依我说,天恭也并非全错,对天下苍生也是真情实意,这边天恭讲了真话你竟打棍子,天俭怎敢直抒胸臆? 你说对吧天恭?”

天恭正难下台,看好妙聪送梯,于是说道:“大大教训总是为孩儿好。四弟也不要顾忌,该说就说。别说在家,就是真的上了战场,我顶多也是放空枪。一母同胞,手足之情,孩儿还是明白的。”

妙聪遂夸道:“天恭说得好……”

章九酬听了,遂说:“天俭,你哥这话我待见听。要是你,你会咋办?也放空枪?”

天俭突然跪倒,说:“父亲、师叔、三哥在上,面对长辈和兄长,我原本不准备讲,不为别的,主要是怕长辈担心,是三哥直抒胸臆,叫我感动……”

妙聪劝天俭:“起来说,起来说。”

天俭没有起身,反而埋下了头,热泪暗淌:“谢过师叔,就叫我跪着吧,今天不跪,也许今后再无了机会……”

章九酬马上问道:“怎么?……你要走?”

天俭慢慢抬起头:“是……记得那年九岁,当时我们弟兄还小,你去抓妙聪师叔……”妙聪心里纳闷:这个天俭,都二十年了,提这事干啥?

章九酬问:“咋了?”

天俭擦眼回道:“那年,天让随俺娭回了老家桥沟,你临走前把我们哥儿几个叫来训话,你喊了我们哥儿五个,我说你喊错了,说天让不在家,在场的是四个。后来,在大门口,你骑上马了又下来,搂着我夸我心细、诚实,容不得你说错话,还交代我好好念书,一定要当一个诚实的人……多少年来,孩儿一直把大大的话记在心里,除了诚实做人,也诚实干事。既然父亲问我,看好今天妙聪师叔也在,孩儿也就直说了……

“说实话,我从没想过手足相残这件事,我刚才想了想,要是真有那一天,我不会放空枪,也不能放空枪,我不能背叛我的理想和使命。这绝非不讲人性六亲不认。刚才三哥提到了‘四一二’事变,当时国共两党联手北伐,四万万同胞无不拥护,然国民党同室操戈,一大批热血青年被枪毙砍头,血流成河。

“三哥很坦诚,我无话说,善则有道,义则得众,是古训也是常伦。国民党也讲善和义,然其善仅对乡绅,其义只是对一己。共产党不一样,其善是对苍生，其义是对全局。恕孩儿直言，放空枪一说过于狭隘。具体到我跟三哥，我绝不愿意兵戎相见。按说，人各有志，不得勉强，但我仍希望三哥以全民之益谨慎选择。即便是真到了战场上，我不会放空枪，也绝不会向三哥开枪，我会想办法救他，宁可牺牲我自己也要救他，叫他弃暗投明，为全民族效力。最后，我只想对大大和师叔说，我说的句句都是掏心话……”

说到此处，天俭神情肃穆，转而对天恭说：“三哥，我知道你今天来抓巩先生的，当然也会包括我。现在巩先生就在后院，我也在你面前，只要你发话，我们马上就跟你走……”

天俭一席话，使整个客位沉默了许久，章九酬自语般地连连说：“好……好。”转而又说天恭，“快叫你四弟起来。”

天恭马上去拉天俭：“四弟快起！”

天俭激动地喊了一声：“三哥！”

天恭拉起天俭，紧紧握住他的手说：“虽说是各为其主，但我今天服你！”

妙聪说道：“哈哈，这样好，这样好啊！”

章九酬却说：“好啥好，他还要为其主哩！”

妙聪笑了笑，然后示意章九酬附耳过去，低语道：“我说老兄……我倒喜欢天恭这一点。话又说回来，小到黎晋远，大到翁灏元，还不都是国民党？人好坏不能以党派分，咱俩不也曾你死我活？你不也是保皇派？”

章九酬听了，猛将身子向后一撤：“切！”然后捋着胡须笑了，“你啊你——”

天恭看看两个打趣的老人，说：“大大赶紧想办法吧，沁阳决不能久留！”天俭接着说：“大大，我正要禀告，我要和巩先生一起走了。”

“去哪儿？咋走？”章九酬问。

“先离开沁阳再说……”天俭说。

“不行，绝对不行！”天恭即刻抢过话头，把深夜回家的内情说得囤开底透，“巩先生受伤从彰德一到博爱，师部就得到密报，因怕地方上漏风，故决定军队直接缉拿。我团在修武离博爱最近，故而把任务交给了我们。当我们赶到时，巩先生已人去屋空。上边估计巩先生会朝沁阳、济源方向撤退，除了在焦作、修武均张网以待外，还兵分两路，一路奔济源一路来沁阳，还把带头像的通缉令贴得满天飞。我的人已经在警察局配合下封锁了所有城门，现在出城……已经不可能了。"

章九酬听了，什么也不说，不慌不忙地瞄着天恭。

天恭纳闷了："大大……咋了？"

章九酬仍微笑着："你……能成？"

妙聪笑着对天恭说："贤侄啊，你就不想想法儿，解去令尊之忧？"

天恭一时无语。妙聪笑问他："我跟你一起去，把巩先生送出城，你看中不中？"客位笑声顿起。天恭终于明白过来，父亲是怕他狐狸守鸡舍。

少顷，天恭和天俭离开客位，一出门天恭就劝天俭说："四弟，父亲年事已高，家里可是经不住折腾……"

天俭应道："嗯……我记住了。"

五一

沁阳城的秋天是幸运的。自从北伐军吉鸿昌部一路扫过，怀川大地从战乱的喘歇里获得了些许的安宁。

上午九点多钟，一辆吉普车左避右让，穿过人声鼎沸的府前大街，驶往城东门。

到了东门，车上跳下了章天恭。一士兵一溜小跑来到他面前敬礼："报告章团副！"

"咋样，有情况吗？"

"没有，长官！"

"好，辛苦了，来抽根烟。"章天恭边说边掏出盒哈德门递给他，"留着吧，多操点心。""谢谢长官！一定！"说着士兵又啪地敬了个礼，遂离去。

"站住！接受检查！"喊声传来，章天恭看去，天俭刚刚走过，身后跟着的一辆车轿被一警察截住。一个士兵赶上前去，喊道："里边的人出来！"

车夫是个中年人，赶紧跳下车掀开轿帘，轿里走出了妙聪，双手合十道：

“阿弥陀佛……”

“里边还有人不?”士兵问。

“有,是病人。”妙聪回了又说,“善哉,善哉。”

“病人也得接受检查!”士兵边吼边上去掀轿帘。

“慢!”妙聪伸手拦住他,“长官小心,是疯狗病。咬了你,贫僧就罪过了!”

“疯狗病?”士兵打量了一下妙聪,哗啦一下将子弹推上了膛,“疯狗病也得检查!”说罢又指使拦车的警察:“上!看看是啥疯狗病!”警察一手持通缉令,一手去掀轿帘,没想到他头刚伸进一半就连滚带爬跳下了车,“是是是、是疯狗病,厉害、厉害!”士兵看一眼惊慌失措的警察,便去掀帘,但只掀一半就放下了,“我的天!”

“阿弥陀佛……”妙聪说。章天恭走上前问:“怎么了?”“长官您看,您看……”士兵掀开轿帘。天恭不看还好,看了也着实吃惊,巩亦清头部冲着轿门,脸上、头上扎了足有三四十根银针,像刺猬一般,不禁暗赞:“好手段!竟弄成这般模样!”后又故意问妙聪:“扎那么多针,不会死人吧?”

妙聪回道:“善哉、善哉,长官菩萨心肠……此乃困犬甲子针……甲子六十,头部十五针,面部二十五针,身上二十针,一共六十针。”天恭点点头又问:“咋在路上扎?”妙聪翻眼看了看天恭想:“该不是当真了吧?”嘴上却说:“此乃颠震行针法,由于是外出患病,趁途中正巧运用此法。”天恭猛记起是演戏,禁不住笑了:“哈哈!师父真乃杏林高手!卑职见识了!”继而拱手言道,“佩服!”

“谢谢长官慈悲,长官必有天佑,阿弥陀佛……”妙聪说过便钻进了车轿,车夫也一跃坐上车帮,喊了声:“嘚儿嘚儿!”车轿很快出了城门。

妙聪与天俭会合后,才把巩亦清满头满脸的银针拔出,并说:“先生受苦了、受苦了。”

“没有没有,就是难受。”巩亦清说了又问,“真有困犬甲子针法?”妙聪笑笑,压低嗓子说:“献丑了,全是即兴编排,先生龙马精神,一个‘犬’字多有得罪,该叫困虎甲子针……”

“哈哈!”巩亦清笑了。

“啥困犬、困虎?”天俭问。

巩亦清悄声将过城门的情况告诉天俭,三人遂大笑起来。车夫听轿里热闹,于是说:“恁几个都是神人哩!真吓人,病说好就好了?”

“好好赶车!”巩亦清说了车夫一句,又说妙聪,“师父真乃奇人!”

“呵呵呵,哪里、哪里!要说奇人,非贫僧也!”妙聪连说带笑,先回巩亦清,又逗天俭,“你说对吧天俭?”

“师叔何意?”天俭见妙聪笑含趣意,故意问。

“贫僧岁临满甲,灸药半生,从没有这般行过针。今天略成小计,全凭仗遇奇人而呈祥。所以,奇人非贫僧而是巩先生!”妙聪说完,三人一起笑了。

就这样,三人一路言笑着,车轿北上至山脚下,然后折向东行,奔月山而去。

这条路一直靠山脚向前延伸,要比从沁阳到清化的公路难走许多。好在是胶轮大车,比前些年的木轮车快。车轮疾驰,原野飞旋,不时有杨树、柿子树缓缓向车后远去。也许是受车轿里的喜悦感染,也许是被沿山的美景陶醉,车夫不禁哼起了怀梆。

车轿里突然传出天俭的声音:“老乡!怀梆是要放开嗓子喊的!你没听说过啊?怀梆不喊,酒饭不管。你要小心到地方饿你的肚子!”

“好嘞!只要老板们愿意听,俺就给恁几个来两嗓!”赶车的汉子说罢,就亢奋地喊了起来:

胡说话话说胡
胡家有个老糊涂
拿镰刀当板斧
荞麦地里夯一锄
撅翻了老枣树
核桃落得唰呼呼
砸晕了老母猪
看好来了老糊涂

抱母猪哭老姑

嗡着奶头叫二叔……

嘹亮粗犷的怀梆野调,笑炸了车轿,惹闹了旷野。

马车朝东疾驰,下午两点多,到了月山西边约三里地的养马沟。妙聪付了车费,然后和巩亦清、天俭一起,背着行李绕后岭潜回了月山。

妙聪先将巩亦清和天俭安置在麒麟岭窑洞,然后来到方丈,刚喊了两声,觉慧就从驴棚处走了过来,并笑容满脸:"师父回来啦!"

"咋了恁高兴?"妙聪问。

"师父快来!"觉慧边说边折了回去,还不时回头冲着妙聪笑。妙聪纳闷地跟觉慧来到驴棚,一进棚就惊呆了,只见牲口槽边的立柱上拴着一头半大的毛驴。他疾步上前,好一番打量,又掰开驴唇看了槽口,不足一岁的模样,苍灰色,脊背发黑,双耳宽长而挺直,浅灰色的眼圈,眼睛灵动而有神,很像"驴长老"小时的模样,遂问:"哪儿弄的?"

"师父先说它像不像?"

"像,很像。"

觉慧遂腼腆地笑笑,并告诉妙聪:"我去柏山买油盐时遇到的。想买可我带的钱不够。主人见我喜欢,说你给他父亲看过伤寒病,叫我先带走驴,钱以后再说,还说这是小公驴的造化。"

"造化!造化!真是幸事!阿弥陀佛……"妙聪高兴地夸赞了一番,正要离去,忽又回头看了看觉慧,问:"主人是柏山的?"

"是……"觉慧见妙聪神情异样,赶紧又把当时的情形往细处说了说,"听别人喊,那人好像叫王魁,三十来岁,长得白净而斯文,右脚有点瘸。"

"嗯……"妙聪嘴上应着,却心不在焉。

"咋了?"觉慧问。

"哦……"妙聪回过神来,说,"等有空了,你去柏山打听一下那王魁和王财主。"

"嗯。"觉慧点了点头。

"哎对了,窑洞刚住下两位施主,我明天去焦作,帮他们办点事情,你照顾好他们。”妙聪说。

“好。”觉慧合十说。

五二

妙聪四更天起床，一大早就下山，搭了辆顺路马车，赶到焦作时，马市街已人声鼎沸。卖油茶的，卖羊杂的，还有什么豆渣糕、绿豆丸的，吆喝声汇同铁匠铺的叮叮咣咣声，此起彼伏很是热闹。

妙聪在一个小摊点要了一只烧饼和一碗玉米粥，一边吃一边看旁边一个拉洋片的。两个半大孩子趴在视窗上，艺人一边把根根绳子拉上拉下，一边敲打着锣鼓铙镲，悠悠唱道：

往吧里头瞧、往吧里头看
一张张洋片啊我挨张换
哎咳哎咳哟
说说怀川这牛角川啊
北有太行山
南有黄河滩
中间夹着个米粮川啊
哎嗨哎嗨哟——

往吧里头瞧、往吧里头看
一个个故事啊我挨个表
哎咳哎咳哟
表表怀川的宝贝蛋啊
菊花和地黄
牛膝和山药
西边还有个美月山啊

哎嗨哎嗨哟……

往吧里头瞧、往吧里头看
一个个稀罕啊我慢慢道
哎咳哎咳哟
道道怀川的三大宝啊
焦作矿的煤
当阳峪的瓷
月山还有个火神鏊啊
哎嗨哎嗨哟……

妙聪填过肚子，一路北上，来到一个较为僻静的路段，找到一栋坐落在路东侧的山墙临街的洋房。山墙上端，浮雕着建筑时间：1913。下方一人高处挂了一长方形木牌，上刻着：杰克·莱里斯。

院围墙是墨绿色的，门开中央，刚走出一个中等身材、方正脸膛、二十几岁的年轻男人，小臂扤着菜篮。他叫魏常有，是英商福公司一等秘书杰克·莱里斯的家厨。他和天俭一样，也是在焦作煤矿罢工中加入的中国共产党。已经几天了，他每天上午十点从栅栏门走出，等人接头。他没想到，来人会是个和尚。

妙聪尾随着魏常有到了闹市才与他搭话："劳烦施主，我想问铁棍山药哪里有……"

"要温县的？"

"是，只要赵郭村的。"

"哟！师父还是内行，你跟我来吧。"

他们一起朝前走了一段，在天主教堂门口一侧停下。魏常有从怀里掏出一封信交给妙聪，只说了一句："千万小心！"就匆匆离了去。

妙聪取过信件，搭顺路车回到月山时，已经傍晚。巩亦清接信看了，非常激动："妙聪师父！你可帮了我们大忙了！谢谢，谢谢！太谢谢了！"

妙聪看了一眼巩亦清手里的信，略微沉吟一下说道："巩先生慈悲为怀,以济世为旨,说谢的该是贫僧哩!”

“师叔过谦了,你搭救巩先生,又为我们如此辛劳,原本就该谢你啊!”天俭插话道。巩亦清动情地说:“妙聪师父,大恩不言谢,你是佛门大觉者,难能可贵,我们绝不会辜负前辈!”“巩先生为苍生百姓,吾等该如此的……阿弥陀佛……”妙聪合十唱罢,就离开了窑洞。

妙聪进了禅院,觉慧迎面走来,说他已经去过柏山,打听到得伤寒病的老汉是个财主,确实姓王。妙聪点了点头,正要说什么,一个小伙子突然来到他面前,一见就跪:“师父快,俺媄叫我来请师父,俺家出事了!”

“达武? 咋了?”妙聪问。

“我大哥叫县警察局逮了去,还……还……”达武说。

“别急别急,咱们现在就去,路上慢慢说……”妙聪劝起达武,二人一起下了山。

达武的突然出现,使妙聪无意间放下了对王魁赠驴一事的细查,甚至再也没有想起过。他万没有想到,此时的一疏忽,竟给十七年后的章九酬及整个家族,埋下了一个天大的祸根。

这也难怪,上庄的事太大,也太急,刘家眼下面临的,是一场前所未有的大劫难。

妙聪赶到刘宅,乔杏儿一见他就要跪:“师父快救俺!”妙聪一把扶住她说:“快别,咋回事,子彦呢?”

乔杏儿边哭边说:“子彦跟去了清化县城,他们是把达文绑在马尾上带走的,没走几步就摔倒了,站起来又摔倒,八里地还不知道拖成啥样哩……”

乔杏儿正泣不成声,正好刘子彦从清化回来,说是达文已被带到县城,拖拖走走,被折腾得血肉模糊。妙聪好一阵安抚,二人才算强忍悲痛,你一言他一语,抽抽搭搭地,把事情缘由讲了个大概:

惹祸的,是刘家这个宅院。

刘家原来院子很小,西北东三面无围,只有南墙连着一个简易的门楣,仅有的两座土夯墙秆棚顶的小房共四间,而现在的宅院是建在东邻原属于一个丁姓大家族的废墟上。

丁氏家族为何破败，近百年来无人说得清。十五年前，由氏族乡绅作保，让刘子彦出资三千两白银修缮、扩建村里祠堂，换取了那片废墟当宅基地。

刘宅落成后的十二年间，任何时候任何人从无异议，刘子彦反因按地价两倍出款被乡民津津乐道。可半月前，刘子彦突然接到县法院一张传票，说是远在天津一个叫丁大杰的诉刘子彦擅占其祖产。出面的是县里有名的讼棍曹扁舟。

呈堂证供，曹扁舟出具了丁大杰祖上传下的购地契约，卖方姓何，中人若干。刘子彦当庭质疑，上庄乃刘氏宗村，虽后添杂姓无几，都在丁家绝迹之后，中人姓氏不但不在其内，且还都是外乡人，一看就是伪造。

无奈的是，虽原告证据不力，但刘子彦出具的作保文书除证明其向村祠捐款外，不能作为购地凭证。又根据刘子彦已实际使用为由，判双方自行协商解决。后对方提出让刘子彦按当初出资的两倍折成大洋付与丁大杰。刘子彦断然拒绝。

没想到时隔仅三天，花园村陈疙瘩又状告刘子彦长子达文偷了他生姜两千五百斤，并且咋偷、咋卖、卖多少钱均人证、物证俱全。

无奈之下，刘子彦准备花钱免灾，集中精力应对地产之争。本商定好第二天就付赔款，警察局却又突然抓走了达文。直到这时，刘子彦和乔杏儿才知道，是遭了暗算。

妙聪听了，沉默了许久才问：“是花园村靠强抢无赖起家的陈疙瘩？”

乔杏儿说：“是，就是他，今年三十多岁，去年春还来咱家借过一千大洋，说急用一半天就还，第三天就还了。”

刘子彦补充道：“那会儿我心里也犯过膈应，他过去虽不正干，可现在家大业大了，还会藏恶钻奸？也就没放在心上。”

妙聪听了，沉默了好一会儿，最后突然站起，说他先去清化摸摸情况。刘子彦要陪他去，他说不用，并交代刘子彦照顾好家，遂离去。

在妙聪看来，刘子彦家道中兴，乍然显赫，怕是被歹人盯上了。宅基地和偷姜看着是谁也挨不着谁，闹不好却是个连环套，对方是想狠狠地讹刘子彦一笔。

五三

夜已深，也很静，刘宅跟平时没两样。

刘子彦四个儿子都已成家。除长子达文一家跟刘子彦住在三进院外，达武、达双、达全都住在后院。

家里没管家，一切由乔杏儿主持，妯娌们轮流做饭，基本可以说是父慈子孝，兄友弟恭，家秩有序。可这一切，突然被接踵而至的劫难击得粉碎。

刘子彦和乔杏儿都在西厢房劝达文媳妇。达文媳妇叫胭脂，她正看着熟睡的儿子印善抹眼泪。

乔杏儿劝她："不能再哭了，听媄话，还有个才十一岁的孩儿呢……再说了，还有妙聪师父、冯会长，都会帮咱的。"她话音刚落，窗外达双媳妇喊："媄！你快去看，达双在磨刀哩！"

乔杏儿和刘子彦旋即赶到后院，达双正凑着屋里射出的光线在门口磨竹刀。

"现在磨竹刀干啥？"刘子彦问。

"明天去砍竹竿！"达双不抬头，也不停手，闷闷回答。

"净胡弄……"刘子彦话说一半，达双抡起竹刀就朝门框上劈了一刀："我明儿个去把陈疙瘩一窝砍了，看他放不放我大哥！"

"你……"乔杏儿一听就急了，看看达双媳妇说："嗯，三儿你真中，好样哩！你明儿个啥时候去？跟我也说一声，先把我砍了！再把你大大也砍了，把全家都砍了，你赌去了！"

一声闷响，达双手松刀落，扭头回了屋。乔杏儿立刻吩咐达双媳妇："给我看住他，明天送吃送喝，不准他出这屋半步！只要敢，我就把你俩的腿打折！"

乔杏儿此话一出，把达双媳妇吓了个趔趄，惊怵地瞥了一眼她，躲着她绕了半圈才进屋，进了屋就闩门，闩了门就熄灯，屋内再无一点声响。乔杏儿和刘子彦盯着黑乎乎的窗口看了很久才离去。

二人回到三进院,西厢房还亮着灯。乔杏儿喊了声:“胭脂,早点睡吧!”遂和刘子彦回了自己屋。昏黄的灯光下,你看看我,我看看你,也无话,一门心思指盼妙聪。

妙聪到了清化,本想找冯冠彰,不料他去了焦作,故只见到了洪书砚。

此时的洪书砚,已不再是刚从南洋归来的小伙子了,已经三十多岁,中山装,戴眼镜,透出一种洋派的干练。他听妙聪说过情况后问:“达文啥时候被抓的?”

妙聪说:“今天下午。”

洪书砚说:“这几日冯会长没少费心,但所到之处都密不透风,要真是陈疙瘩弄的,就复杂了。”

“不过也好。”妙聪说。

“为何?”洪书砚问。

“他若不介入,咋会知道对手是谁?”妙聪说。

“您是说争地和偷姜是一回事?”洪书砚问。

“我看极有可能。”妙聪说。

“嗯……”洪书砚思索着。

“其实,一个字就可将此两件事挂连起来。”妙聪说。

“一个字? 哪个?”洪书砚问。

妙聪说:“假。你想想看,丁大成的地契是假的,中人是假的,诬陷达文偷姜是假的,证人也都是假的。前者刚至,后者即来,又都冲着刘家,还几乎是同一时间,不恰恰说明两只黑手一个祸心?”

洪书砚说:“言之有理,但他们岂肯承认? 再说了,就是承认,于事又有何补? 又如何能帮得刘总监?”

妙聪说:“对。咱们目前也不能戳透这张纸,俗语道撵贼不堵贼,一旦把他们逼到死角,他们就会孤注一掷下狠手。”洪书砚接着说:“这我相信,陈疙瘩在县城根基很深。他常跟警察局一个队长看戏、下馆子,跟天主教英国神父查理接触也稠密,更要命的是,他跟西关倒卖枪支、烟土那伙回回也有来往。”

“天主教? 他该不会是信教吧?”妙聪问。

“说不准……”洪书砚说。

言者无心，听者有意，妙聪从“天主教”三个字，窥出了一丝玄机。他第二天就通过冯冠彰了解到，陈疙瘩是个大孝子，其母信奉天主教。陈疙瘩与查理来往，是为讨好母亲。

冯冠彰拿出三千元大洋，捐给天主教堂，请查理神父出面，把争地产和偷姜两件事一起给陈母摊到了桌面上。

陈疙瘩坏得透顶，其母却菩萨心肠，再加上查理神父亲自登门，老太太觉得荣耀门庭，于是当着查理神父的面，叫陈疙瘩跪着，骂了他个狗血喷头。

最后，陈疙瘩撤了“丁大杰”的假诉，免了偷姜之诬，保出了达文，并带厚礼给刘子彦赔了罪。

对于刘家来说，天大劫难，来得很凶，去得也快，但一家老小几十口，就像是走了一趟鬼门关，着实吓得不轻。

达文是回来了，但命悬一线。

说起刘子彦四个儿子，达文最聪明，能写会算，可命运最不济。他虽娶媳妇早，却身体虚弱，一直到二十四岁才得了个儿子。没想到黄鼠狼专咬病鸡，作奸犯科偏偏就瞄上了他，被捆在马尾上连拖带走了八里路，左胳膊肘皮肤磨飞，骨头碴子外露，双脚几乎全脱了皮。再加上十几天的牢狱，一顿仅两个核桃般大小的窝头和一碗稀得映人影的菜汤。达文回家时，三分像人七分像鬼，每日昏睡不醒，睁眼就说胡话，即便是大白天，也是见谁指谁骂谁：鬼！鬼！鬼！

一天上午，查理神父在冯冠彰、洪书砚陪同下，来到了上庄刘子彦家。一家老少听说洋恩人来了，没等招呼，就齐聚到了客位。

查理是英国爱尔兰人，五十岁左右，个子高，背稍驼，谢顶围着一圈白发。按中国人的穿戴审美观，他今天帽、褂、裳齐全，每个细节都很讲究，风扣系得严严的，胸前垂挂着十字链，一身黛黑，肃穆而挺拔。刘子彦和乔杏儿说了一大堆感恩戴德的话，冯冠彰跟洪书砚也不吝赞美之词。

查理自然十分高兴，用怀川味中国话磕磕巴巴地问：“令郎如何了，好些了吗？”

刘子彦答：“外伤好些，内伤怕一时半会儿好不了，最叫人心焦的是成天晕乎乎,半痴半傻……”

“刘先生想治好令郎的半痴半傻吗?”查理问。

“当然了,求之不得!”

“包在我身上了好吗?”

“那就太感谢神父大人了！不管多少钱,只要能治好俺孩子的病!”刘子彦很感动。

“不是钱的问题,这是天主的旨意,只要加入天主教,天主一定会保佑他的……”查理一句突兀的话,噎住了刘子彦和乔杏儿。他俩深知当地的绅民对洋教一向排斥。说到底还是乔杏儿脑子快,马上就说:“神父大人,不巧老爷早已皈依佛门,中国有句老话,叫作……”

乔杏儿话才说一半,查理就截住了她:“知道知道,中国人是仁义为先,讲究一臣不事二主,我是很钦佩这种美德的。天主是仁慈宽容的,不会勉强刘先生的,但是令郎可以,这样的话,既不违背刘先生的信仰,也有利于令郎,天主一定会帮助他渡过难关的……”

“可是……”刘子彦欲说又止。

“没关系的。刘先生直说就行,天主宽容也仁爱,绝不会勉强令郎的。”查理说。

刘子彦犹豫片刻,说:“现在达文神志不清,身体也虚弱,现在入教怕是不……”

“大大!”达武突然喊了刘子彦一声,扑通跪下说,“大大跟媄不要作难,只要能救俺哥,我愿入教!”达武说罢,还没等刘子彦和乔杏儿反应过来,查理就抢先一步,扶起了达武:“太好了,太好了！你叫什么名字?”

刘子彦左推右辞,冯冠彰正想劝劝,见达武主动认领,就抢过话头:“他叫刘达武,子彦和太太教子有方,孩子们也知恩图报。太好了！太好了!”

洪书砚也赶紧帮腔:“是、是,教子有方!”

达武本来就性情直率,冯冠彰和洪书砚又这么一夸,他更是把义气顶上了头:“神父有恩于我刘家,我不能不报,只要神父大人肯尽心救我哥哥,我愿领我妻儿入教,永不反悔!”

查理连连夸赞道:“好孩子,好孩子,天主仁慈,叫我遇到了你这样的好孩子!”

刘子彦见冯冠彰和洪书砚都帮着查理说话,达武又是这般重情重义,心里便开始活泛起来,小声问冯冠彰:“这妥吗?”

“这有啥? 蒋委员长都信基督呢!”冯冠彰宽慰他。

“天主教和基督教一回事?”刘子彦又问。

“都是洋教,佛教也不是中国的。”查理微微一笑说。

“是吗?”刘子彦悄悄问乔杏儿。

“这话倒没错,佛教是从印度传过来的……”乔杏儿回答。

中午,刘家专门摆了宴席。最高兴的,是查理神父。开始时他夸刘子彦教子有方,几杯酒下肚就只夸达武了,到了后来,他谁也不夸了,只夸酒。本来就不太灵活的宽舌头最后只会发两个音:好酒。

五四

妙聪为刘家的事在清化待了几天才回月山。觉慧告诉他巩亦清和章天俭已走了两天,并留了一封信:

妙聪师父:

此次沁阳脱险,全凭师父运筹。吾等将不负师父相救之恩,致力于国家民族及劳苦大众之伟业。未能面别敬请恕谅,诚祈保重。

巩亦清　颂安

妙聪救了巩亦清和章天俭,也帮刘子彦度过了那连环套,却没有救得了刘达文。尽管后来查理神父多次带医生到上庄救治,但仍没挡得住达文年纪轻轻,就撇下娇妻爱子,撒手人寰。更不幸的是,达文死后不出一月,其幼子印善也因天花而夭折。只剩胭脂一人整日以泪洗面,后不久回娘家,一去不回。

这是刘家第一次因财富而遭受的血淋淋的打击。刘子彦不止一次想起坊间的老话：不做高官不害怕，不享荣华不担惊。他迷茫，也忧思，他不知财富还会带来多少劫难。他很怀念过去虽然清贫但很安宁的日子。不久，他辞了怀丰煤业财务总监之职，缩回到自己的宅子里，想靠着前些年置办的二十多亩地和积蓄，安安稳稳地过日子。

乔杏儿却不这样想，她甚至后悔没听妙聪的话，让孩子们学武从军。当时她是舍不得自己身上掉下的肉去经历枪林弹雨。可是今天，没去战场的达文不照样殁了？

刘子彦和乔杏儿在连丧儿孙的痛苦中挣扎着，过了中秋过大年，过了元宵节又逢二月二。

这天一早，乔杏儿和刘子彦把全家召集到客位，先说了些家长里短，然后叫女眷们领着达双五岁的儿子印义尽数退下，说是要商量大事。留下的是达武、达双、达全弟兄三人和达武的三个儿子印合、印平、印安。

乔杏儿把儿孙们一个个打量，算来算去，也只有二十六岁的达全和十六岁的印合叔侄俩能用上。可达全晚婚还无子，印合勉强可以却是长孙。手心手背皆是肉，乔杏儿不由落了泪。

达武见母亲哭了，忙跪下问："媄，咋啦？"达双、达全和印合、印平、印安也慌忙跟着跪下。

乔杏儿缓缓从斜襟口摘下帕儿，搁手里对折了一下，搌搌眼角，强稳着心神说："咱家得有人去当兵。"

"咳……"刘子彦叹了一声。

"是派丁吗？"达武问。

"不是。"乔杏儿说。

"我懂了，是撑门势？"达武又问。

"嗯，得去俩人。"乔杏儿又落了泪。

"媄，别难受，我去。"达全马上说。

"奶奶，我也去。"印合接着说。

乔杏儿一把拉起印合，拥在怀里，泣不成声："乖孩儿……我的好孩儿……你都看见了，你大伯和印善都殁了……咱家得有人顶门势，去当兵……中不中？"印合拿过乔杏儿手帕，一边替她拭泪一边说："中，奶奶……”

少顷，乔杏儿接过手帕，麻利地擦把双眼，心一横说：“好吧！都起来！就这样定了！都退下吧，我跟爷爷再商量商量。”

待他人纷纷退下，印平仍站着不动，刘子彦问他：“你咋了？”印平说：“老辈们大伯没了，俺小一茬印合哥是长子，家里离不了他，我替印合哥去吧。”

“乖，你这么小就……”乔杏儿话没说囫囵就又哭了。刘子彦看看乔杏儿，又看看印平，终于挺不住晕了过去。乔杏儿撕心裂肺地喊起来：“子彦！子彦——”

全家人闻讯赶来，一时手忙脚乱，先请来村里的大夫，后又去月山叫来了妙聪。

这是刘宅最难熬的一天。直到晚上八点多钟，刘子彦才睁开了眼：“印平……印平咪？”

乔杏儿忙把印平拉到床前：“快来印平，爷爷喊你……”

在刘子彦眼里，印平是孙辈里最木讷的一个，平时话不多，读书也不太灵巧，可他偏偏在事关家族命运的时刻，说出这样感人肺腑的话。刘子彦紧紧地握着他的双手，趁着昏暗的烛光，把他好一番端详。

乔杏儿看着刘子彦说：“你把人吓死了……师父刚给你扎过针，来半天了！”

刘子彦喊了一声：“师父。”

妙聪从乔杏儿身后挪上前说：“没事了，主要是肝火旺而内虚，近时你接连受惊吓，自然心力交瘁。好好歇息几天，我再抓些药给你吃吃就没事了。达全和印合，我看不能都去当兵，部队一旦开拔，天南海北就无个定数。我给黎晋远和天恭写封信，看能不能给他俩谁谋个警察差事，无论焦作、博爱、沁阳都行，万一家里有事，来回也方便。”

刘子彦说：“谢谢师父。”又对乔杏儿说：“叫达全和印合前来……我有话说。”

达全跟印合没等乔杏儿吱声，就来到床前，一个喊“大大”一个喊“爷爷”。

刘子彦眼睛看看达全和印合,思忖了片刻才说:“不是俺俩老的狠心,只因赶上了这恶年景。常言道:好男不当兵,好铁不打钉。你俩都是好孩子,一个孝子一个贤孙,现送你俩到不该去的去处,这也是没办法的事,但要记住,出门在外,做人干事,第一条就是要端正良心。我也不求你们高官厚禄,能够平平安安支应一阵子,世情好些你们就回来……”

妙聪接过话茬问:“知道为啥去当兵吗?”

达全说:“为家撑门势。”

妙聪说:“知不知道保家卫国?”

达全回道:“知道。”

妙聪说:“撑门势,就是保家,但不能忘了后俩字,卫国。国家、国家,无家不国,无国难家,从来都是一回事……”

乔杏儿听了,忙说道:“还是师父说得好,几句话就点得俺心亮堂。俺跟子彦俩都小心小眼惯了,是该教孩子们雄心大志,这才是阳关道,世道好了,家就好了。”

刘子彦见乔杏儿如此说,遂及时醒悟,马上说:“是是,师父说得对!快快跪下谢过!”

刘子彦话音刚落,儿孙们就呼啦啦跪倒一大片,还个个都磕了头。妙聪见状,缓缓将双目微闭,合十唱道:“阿弥陀佛,我佛慈悲……”

少顷,妙聪向乔杏儿要了笔墨,在刘子彦榻前的窗桌上,给黎团长和天恭分别写了信。

五五

第二天一早,叔侄俩就上了路。

黎晋远的国民革命军第二集团军十九师三团,驻在修武墙北村一侧的道清铁路中转货场内。从上庄到墙北,五十多里路,叔侄俩走了整整一天。

天已黑。门卫把达全和印合叔侄俩认真盘问一番,后将二人领到了黎晋远处。室内光线很亮。达全局促地把信递上,印合则稀罕地盯着吊着的白炽灯。

黎晋远看过信，叫人喊来了章天恭。章天恭看过信后说：“是父子兵。”黎晋远听说二人还没吃饭，遂让勤务兵去安排，并交代把二人的住处也安顿一下。

达全和印合走后，黎晋远问：“刘子彦，是不是怀丰煤业的刘总监？”

章天恭说：“是，团座好记性。”

黎晋远问：“留哪个？”

章天恭说：“团座定。”

黎晋远说：“那就把印合留我身边当勤务兵，达全交给你。明天你去焦作找警察局的毋局长，就说是我的亲戚。”

章天恭说：“好，我一定办妥，我想告假回家一趟，看中不中？”

黎晋远问：“沁阳？”

章天恭说：“不，回桥沟。父亲最近在老家张罗扩修祠堂的事，听说忙得够呛，我回去看看马上回来。”

黎晋远说：“你最近辛苦，给你三天假，到期必归怎样？”

章天恭说：“谢谢团座！一定按期归队。”

黎晋远笑了：“你我客气啥子！对了，你嫂子过几天要来，你家离七方不太远，顺便带几块上好的丝绸回来。”

章天恭回道：“好的！保团座满意！”

黎晋远又说：“一会儿你再去看看把他俩安排得怎样，这可是妙聪和刘总监俩前辈的人。”“好，我这就去。”章天恭说罢，就去了兵营的临时客房，达全和印合刚吃过饭。

章天恭进屋就说：“你们在家是享福，来这儿可是受罪。”

达全说：“俺知道。”

章天恭说：“那就好，印合留这里，你跟我明早去焦作。”

达全很意外：“焦作？”“对，焦作，你去当警察。好好休息，明天一早就走。”章天恭说罢离去。屋内只剩达全和印合，到底是累了，二人很快打起了鼾。

第二天一早，章天恭带着达全和印合坐兵车来到焦作警察局。没费多少周折便把达全安排停当，遂把兵车放了，借了警察局一匹马，直奔桥沟。

桥沟村，位于月山东北十余里处，坐落在山腹中一个小盆地里。村子南头一个凹形山隘，是从山外进入桥沟的主要通道。进了凹口走上一小段，左侧是祠堂和村学，右侧不远低洼处有一个池塘，取中北上，就算进了村。

桥沟，其实真是一条沟，只是不见桥。沟两旁缓升的坡地上挤满了农家房舍。起脊的瓦房很少，不是窑洞即是平房，屋顶大都用白矸土夯成。柿树、枣树、石榴树、桐树等一团团的绿色点缀其间，极富生气。

乍看去，很难分辨出哪家富有哪家贫穷。只有走近了才会发觉，尽管都是石墙，差别却很大。穷人家石墙由碎石干垒，最多是用三合土灌缝。富贵人家就大不一样，墙石大小一致，石面雕琢得很精细，块垒之间严丝合缝，施工时调整石材用的都是铜制钱。全村只有章九酬的宅院如此。

章宅两进院五开间，均带厢房，最后一排是窑洞，房顶是个打麦场。院门两侧卧着的不是石狮子而是两只石鼓，虽少了很多威严但多了份祥和。

进门可见院中有一棵枝繁叶茂的老槐树，树冠硕大，一些枝丫还从门楼顶端伸出墙外。门楼由上好的青石砌成，门楣上端及两侧阴雕有横批和楹联：承文德喻子孙知书达礼，固农本传后辈励俭倡荣。横批：耕读恒悌。

村学是章九酬任怀庆知府时捐助修建的。他还专门为学校写了一篇两千字文，按仁、义、礼、智、信、忠、孝、节、悌、廉共分十节，并经其叔岳翁宴辞修改润色。知府捐建，进士撰文，大学士润笔，这在偌大的怀川又有几处？更由于培养出不少青年才俊，使这所学校在方圆几十里内颇有名气。此次章九酬在家张罗扩修祠堂，目的是将祠堂和村学的布局做适当调整，扩大校园。

章天恭行至此处，见祠堂和学校已经修葺一新，这才感觉父亲干的是件上慰列祖列宗、下荫子孙后世的大功德。当他来到家门口时，看到有人跪在家门前，于是下马牵缰而行。跪着的人听到身后的马蹄声，回过了头。“灯笼？”天恭喊。

灯笼年龄与天恭相当，是章九酬一远房孙儿，排行老三，族里人都喊他小三儿。小三儿五短身材，皮肤黝黑，鬼头刀脸，长着一双黑少白多的泡泡眼。

“咋跪着，你咋了？”

“家里修祠堂，续宗谱，刻碑记，爷不叫写我名字。”

“那为何？”

“爷说我不正干，是不肖子孙……”

“快快起来，先起来，我找你爷说说。”

“不用了。他叫我跪一整天，我才跪仨时辰。他是想叫我死哩！”

“你等着，我去去就来。”章天恭把马系在拴马桩上，就急匆匆进了家。

院里大槐树下，章九酬坐在一个柳圈椅上，正冲着大门骂：“成天你不是作奸犯科，就是盗宅扒墓，还欺负人家后岗村老巴的儿媳妇！害得人家上吊觅死！论辈分，你还得喊人妗哩！章家咋出了你这个混账东西！要是在过去，我早就抓了你，割了你骷囊扒了你皮！”

章九酬身旁，站着灯笼的父母，衣衫褴褛。天恭上前先喊了声：“大大……”然后又给灯笼父母打了招呼，最后劝父亲：“跪时间太长不合适吧？”

灯笼的父母听天恭如此说，赶紧跪下，劝章九酬：“叔别生气，别生气……”

章九酬看也不看二人，说：“也得说你俩，就一个儿子！看看把他惯成啥模样？你们说说，他咋能上宗谱、见祖宗！”

“别喊了，别喊了，再说也是咱自家的事情。”随劝声，正堂屋走出了王娴馥。

“娭！”天恭上前喊道。

“天恭？”王娴馥一看是天恭，马上使眼色叫他搀扶灯笼父母，并埋怨他两口：“你们咋也跪，真是！”然后劝章九酬说：“我说老爷，正家风，教子嗣，也不是一时半会儿的工夫，你说是吧？”

面对王娴馥的劝解，章九酬不再作声。灯笼父母在天恭搀扶下站起身来。

章灯笼远远瞅见父母下了跪，遂起身入院，走到章九酬面前说：“你不就是做过几天官？现在你儿子又做官？我想通了！不上宗谱是吧？不上碑记是吧？日他娘的叫我上我也不上了！”

章天恭急喝了一声:“灯笼！你想咋?!”并伸手握住了枪把子。

灯笼斜了一眼天恭,冷冷一笑:“哼哼,你有枪是吧?”然后哈哈大笑了几声,突然对父母大声吼道,“下贱！谁叫你们跪求他的！不要脸了?”

章天恭见灯笼骂了自己父亲又骂他自己父母,遂唰地拔出了手枪,也不说话,稳稳地把子弹顶上了膛。

章九酬被气坏了,手指着灯笼却说不出话,王娴馥也被吓得脸上没了血色。灯笼父母起身去拦,被灯笼抖身甩开,并刺啦一声撕开衣襟,露出了赤裸的胸膛,怒吼道:“来吧！章天恭你有种就朝你爷爷我这儿打,不打你是孬种!”

章天恭一个箭步就冲了过去,来了个左手封喉,右手持枪,用枪管顶住了章灯笼的下巴。

“住手天恭!”章九酬厉喝了一声。

章天恭没有理睬父亲。只见他眼睛冷光外泄,眉心冒着杀气,用枪管顶着章灯笼的下巴,一点一点地向上挑,挑得章灯笼最后脸面朝上,只能用恶狠狠的双眼瞪青天。但章灯笼毫不示弱,脖颈上青筋暴起,嗓子眼呜呜着,如斗兽之鸣。

章九酬、王娴馥和灯笼的父母突然全部哑声。时间一秒秒过去,所有人仿佛都在等那“砰”的一声。

然而谁也没想到,灯笼母亲突然冲着老槐树一头撞了过去,顿时鲜血顺着脸颊流了下来。

“媄——”灯笼大喊一声冲上前,搂抱起母亲,一声接一声地呼唤起来,“媄——媄——”

章天恭顿时不知所措,其余人乱作一团,章九酬急切喊道:“快！快找陈先生！找陈先生!”

章九酬说的陈先生,是村学的老师,略懂点医术。待他赶到时,灯笼母亲已经苏醒。原来情急之中她仅是头皮被抢破,看着流血多,其实并无碍。王娴馥赶紧叫人将她抬到屋内床上,清了创口,敷了白药,做了包扎,末了还做了碗酸辣面疙瘩汤,煮了两个荷包蛋,并一勺一勺亲自喂了。

灯笼母亲,是个极温和又善良的女人。面对王娴馥的周到体贴,她嘴里除了谢个不停，还说自己命不好，给全村人丢了脸。灯笼也再无了先前的蛮劲，一旁耷拉着脑袋不作声。

其母稍微好些，便要离去，王娴馥死活不依。天恭也劝说父亲，把灯笼母亲留家养伤。章九酬明白王娴馥和天恭的用意，随即点了头，并嘱咐说灯笼父子可以陪着，吃喝花销一应供给。灯笼被感动得给王娴馥跪下，磕头像捣蒜，一口一个奶奶叫着，说自己是畜生，以后一定痛改前非，再不祸害人了，等等。

章天恭最晦气，觉得自己回来的不是时候，又赶上了不该赶上的事。章九酬狠狠地责骂了他一顿，说他不该把枪对准氏族乡亲，动枪械就会成仇人。章天恭虽嘴上承受了，心里却一百个不痛快。本来是三天假，他却只待了一个晚上，次日一早就离开了家。

灯笼母亲的伤在十天头上彻底好了，经王娴馥一再挽留，养了她整一个月，走时又白又胖的。

祠堂开典那天，灯笼名字不仅入了宗谱，也上了碑记。他见章九酬并非存心使坏，王娴馥又是菩萨般地照顾自己母亲，再想想自己平日里的顽劣，也算是良心发现，临了还在祠堂当着全村老小的面，给章九酬磕头赔了不是。

五六

章天恭装了满肚子的窝囊离开了桥沟。

马儿记得来时的路途，自个儿一路东行。快进修武地界时，章天恭突然记起给黎晋远太太买丝绸一事，马上收缰调转马头顺着原路返回。当行至月山脚下时，他没有南下去七方，而是北上去了月山。

思杂而路短，章天恭很快就到了月山寺云梯前。他拴好马，径直攀上云梯，刚入禅院，就遇到了觉慧。

“是章团副！欢迎长官光临禅院！阿弥陀佛……”

“您是?”

“小僧乃觉慧,封寺改园时见过长官的。”

“哦,妙聪师父在吗?”

“在。小僧给你带路。”

觉慧领着章天恭来到灵芝堂,一边侧身礼让天恭,一边隔着竹帘问:“有人吗?”“没有。”屋内回答。“我知道了。”觉慧应过又对章天恭说,“长官,请到方丈就座。”

来到方丈,章天恭看了看室内,除了三张木板床和一套小桌凳,再无其他,不禁感慨,过去的方丈是何等的雅致和气派。

章天恭刚落座,妙聪就进了方丈。

章天恭赶忙站起:“师叔您好!”妙聪边入座边说:“自上次沁阳一别已经快一年了,多亏你搭救巩先生,此次又因达全和印合之事麻烦贤侄,贫僧有礼了!阿弥陀佛……”

天恭说:“搭救巩先生也是搭救四弟,该谢师叔!今天回家看望父母,想拐到七方买些丝绸,也顺路来告知师叔,印合留在黎团长身边,达全在焦作谋了当警察的差事。”“太好了,我代子彦谢过。”妙聪说罢又问,“令尊、令堂最近可好?”

天恭回道:“还中,身体都算硬朗,父亲他最近忙于修葺宗祠,精神头大得很。”

妙聪呵呵笑了。在后来的言谈话语间,当得知天恭只在桥沟住了一晚时,妙聪问:“咋恁急?”

算是闲聊随侃,也算是倾吐块垒,章天恭顺便言及灯笼因不务正业、偷宅盗墓被父亲罚跪受惩一事。

“灯笼是章家子弟?”妙聪问。

“是。章灯笼,是个独生子,叔伯弟兄中排行老三,故乳名小三儿。”天恭回道。

“小三儿?”妙聪马上问道,“有……四十多岁,个不高,精瘦腿跛,下巴上有一颗毛痣?”天恭疑惑:“正是,师叔咋会认识他?”

“你刚才说他偷宅盗墓?”妙聪又问。

“是,是家父骂他的话。”天恭说。

“嗯，我明白了。”妙聪正说间突然又走神自语，“这么多年了……我终于找到了他！”

“你早认识他？”章天恭问。

“哦……是，不过都是过去的事了。”妙聪说。

妙聪表面轻松，但心里沉重。清了长老走后，掌握汉佛秘密的仅剩他和章九酬。当时之所以托付章九酬，除了对他人品、才识的钦佩，最重要的还是因他远离寺院，贼人极难想到此秘密会交由远离月山的一个俗子掌握。然这算尽心机的谋划，却恰恰把掌密之人送到了贼人面前。且二人还同宗、同族。这使保汉佛的一切障眼法和隔离墙顷刻间变得像纸一样薄。

“贤侄要去七方？”妙聪转了话题。

“是。”天恭说。

“咱们一起如何？”妙聪问。

“那就太好了！”章天恭说。

妙聪遂招呼觉慧取些大洋，跟章天恭一起出了寺院。

章天恭在云梯口解下马来，礼让妙聪。妙聪不肯，二人遂空马步行。

途中，章天恭问：“师叔前辈，小辈有一事请教。”

妙聪说：“莫说请教，有话直说啊！”

天恭说：“我跟觉慧找你时，他问有人吗？你明明在屋并回了话，可咋说没人呢？”“哦！”妙聪哈哈一笑说道，“这是清了长老生前设定的功课，是为了开蒙教化寺僧。”“是吗？请师叔不吝赐教，也叫晚辈开开眼界。”章天恭说着，还一挽缰绳递上前来，对妙聪说，“师叔骑上马，慢慢说。”

妙聪笑笑，摆手示意不必，后说道：“说起这功课，不少僧徒，只顾潜修佛理而疏了俗伦，出家人慈悲为怀，若慈悲只为自己，何言慈悲？故而必须晓得俗伦，方能将佛理结合于俗伦而觉他。此功课正是为此所设，以便僧徒学佛理时演习辩证之用。觉慧问有人吗，常礼也，故无错。但又有错，错在心不在焉，不该不喊我师父，我想他是见你高兴，只顾对你的礼遇而谬了寺内之礼法，我说无人是告诉他我不是平时说的人，而是师父。这一切，明显是他心有旁骛所致。我用‘无人’数落他，不该顾此失彼而失礼。”

“那觉慧咋说知道了？”章天恭问。

“这就是问题关键。我说无人,即反常。觉慧马上便知我已经开始进入功课,题目便是‘无人’。他说知道了,其中有两层意思:一是他对自己的问话做了反省,二是告诉我他知道自己该咋做了。”

“哦?”章天恭仍如云雾山中。

“他说知道了,就是说他知道自己错了,他应该问‘师父在吗’。他另一层意思是,已知我在做佛事不能帮他做人事,人事暂且由他代劳,他这才先领你到了客房。”

“啊!真是奇妙啊!神了呢师叔!”章天恭叹后又问,“这功课既有,将用之何处?”

“我再说一例你或许就明白了。”妙聪微笑着。

“嗯,愿听其详。”章天恭十分恭敬。

五七

妙聪接着说:“寺院新纳小僧学盘蒲打坐,十分难受,总静不下心,于是就问师父,你打坐不难受吗?师父说难受。小僧又问,难受还坐?师父又讲,不难受谁坐?”妙聪讲到此处,问章天恭,“明白些?”

“似乎明白,但不全明白……”

“你已经明白了。”妙聪笑了。

“嗯?”章天恭诧异着看看妙聪问,“师叔开了功课?”

“阿弥陀佛……”妙聪笑着唱道。

“可是我还不明白啊!”章天恭说。

妙聪和章天恭一路走一路说,不知不觉间就到了七方。

阳春三月,是七方村一年四季里最生动、最美丽的时刻。各家的蚕儿都已成茧,煮茧缫丝也很快到了尾声。家家户户的丝绸机还没有开启,全国各地的丝绸商就把七方主街一家挨一家的客栈、会馆塞得满满的。

大姑娘小媳妇都忙着串门走院比花型。个个穿得花枝招展,行走间还带着一串串银铃般的嬉笑声。一旦谁家的女儿画出了精巧美丽的花型,很快就会传开，然后一窝蜂地拥进她家院，比对着自个儿的花型评头论足，然后取长补短，修改提高。

经过几番交流，最后由族老和奶奶婶婶辈的老画工挑出几个或几十个上好的花型，全村才一起开织。

此时家家还未开机，但有一道独特的风景——合丝绳，已经提前呈现。

合丝绳，是七方丝织行当唯一由男人干的活。他们利用春忙和开织的空当，把去年淘汰的残丝和历年纺丝次品经过梳理整形合成丝绳。然后染成赤橙黄绿青蓝紫多种颜色，以供编织富贵人家幛帷、饰品的挂绳和妇女用的髻网。

正由于这个特殊的工艺，使七方有了一个附近绝无仅有的村中广场。每每到了合丝绳的时候，广场会摆上一对对的竹支架，一根根丝线两头搭在竹架上，下垂的线头上滴溜着一个带竹把儿的小铜球。男人们双手拿着两根规整光亮的长方形枣木板，奔来跑去，把一个个锃亮的小铜锤搓得飞速旋转，发出嗡嗡的响声。

男人们一支起合绳架，个个显得身手矫健，格外潇洒。当地除了夸奖“七方闺女美娇娘”外，还有句赞七方男儿的话：“合丝的男儿俊俏郎”。

“哎哟——妙聪师父今天咋舍得来了！”一个中等身材、虎背熊腰的中年男人跟妙聪打招呼。

“广江正忙啊！这不，客人要丝绸哩！”妙聪回道。

“你可真会挑时候，不知没开机啊！”广江说。

“哈哈！这你可哄不住我，我要压头货。”妙聪说。

“哟！今天是贵客！”广江突然走上前来，对章天恭施了一个拱手礼，“欢迎长官！”只见他剑眉炯目，声若洪钟。

“你，广江？是张广江？”章天恭问。

“是啊！你咋知道我？”广江问罢没等回答，就箭似的跑了出去，搓起了一波又一波的嗡嗡声。

“你认识他？”妙聪问。

“是我姨表兄弟。”章天恭笑了，后又问妙聪，“师叔，啥是压头货。”

“去年陈货。”

“陈货?”

“对,陈货。每年头牌花型只放出极少一部分,先趁势摸摸行市,一看抢手便作为翌年首批产品的花型。”妙聪说。

“也就是说,最好的花型第二年才发?”章天恭又问。

“对。你看他给你行了礼,对吧?”妙聪问。

“咋了?”章天恭疑惑地问。

“我要不问他要压头货,他便知道是一般应酬,绝对舍不得给你压头货的,一说要压头货,必是贵客。”妙聪笑着说。

“这么说,你不来我还买不到好丝绸?”章天恭问。

“也不是,是买不到压头货。”妙聪说。

“师叔……”章天恭终于明白,妙聪随其下山,就是为让他买到优等丝绸。恰此时,广江折回来问天恭:“长官是?”

“我是天恭啊!”

“三表哥? 哈哈!”

广江话音刚落,就又飞跑出去,去搓他的小铜球。章天恭对妙聪说:“他媄跟我媄是姨表姊妹,小时候常见面,后来我们常年在沁阳,现在见面少了。”“那就太巧了!”妙聪说。

最后,广江领着妙聪和章天恭,到村祠堂的库房里挑了几块压头货丝绸。张广江要留他俩到家里坐坐,章天恭想尽快赶回兵营,于是和妙聪一起告别了张广江。

丝绸是妙聪结的账。返回路上章天恭问妙聪:“师叔是专门为此下山?”妙聪说:“算是吧……黎团长有恩于我月山,也救过我妙聪,无奈贫僧无以为报。现在看好他有此小需,我也趁水和泥表表心意。更何况,达全和印合的事也是刚刚办好,我也算代你子彦叔谢一谢他。”

一个遁入空门数十载的弃世高僧,礼尚往来之间,竟如此心细如发、情真意切。天恭不禁感慨,再想到弟弟天俭和妙聪救巩亦清,章天恭恍然明白了妙聪所说的功课,脱口而出:“师叔,我懂了!”

“啥?”妙聪笑了。

“小僧所问,师父所答,相同一件事,却有两番情,有情则心悦而为之,无情则无意而拒之。无论是天俭、师父，还是巩亦清先生，之所以知难而进，是由于心中有大慈悲……这，是师叔说的意思吗？”

妙聪听过默点了一下头，说：“阿弥陀佛……贤侄不愧是名门之后，心似明镜。”然后话头一转，“天俭贤侄和巩先生都是心慈志大者，至于贫僧，该另当别论，只是遵佛祖教诲而自勉罢了，切勿谬赞。”

妙聪最后几句话，使章天恭再度陷入深思。在与妙聪分手后回修武兵营的路上，他好一番品嚼：天俭、巩亦清这样的共产党人，怎会与一个空门僧侣如此投缘？

章天恭于傍晚时回到兵营，先吩咐手下明早把马给警察局送去，连饭也顾不得吃，就去找黎晋远，向他详述了买丝绸一路的趣事，黎晋远听得津津有味。最后黎晋远还说了一句让章天恭做梦也想不到的话：“一个和尚，过去追随三民主义，现在对共产党人心许身随，绝非偶然……眼下共产党被国民党剿得穷途天涯，四处亡命，也许这正是国民党失败的开始……”

黎晋远这番话，使章天恭想到了父亲。一个清末遗老，虽然他一直认为自己是被迫反清，毕竟有功于辛亥，最起码算是国民党的同路人。可他总是横挑鼻子竖挑眼，什么破坏北伐，什么党同伐异，都是他指责国民党最常用的语汇，可是一沾上共产党的边，他便另番景象，连一向跟他胶着缠斗的妙聪，他也不计前嫌，精诚合作，冒险搭救巩亦清。父亲和天俭是至亲，妙聪是佛门中人，共产党到底凭的什么，让他们如此跟随？年近不惑、立志国民革命的章天恭十分不甘心，不甘心自己的国民党败给共产党，更不甘心自己的忠心赤胆付之虚妄。想到这里，章天恭对共产党的凝聚力，产生了一种莫名的畏惧。

“你怎么了？”黎晋远觉得章天恭有点心猿意马，于是问，“还在想妙聪？”

“是，我总觉得他太特别。”

“我曾听父亲说，辛亥革命时，他们曾私运枪支和钱款，妙聪绰号叫啥子驴长老……”

“是。”章天恭接着讲了“驴长老”的来龙去脉：妙聪巧运枪械、父亲追捕妙聪、皇帝褒奖清了、免去月山寺课税，等等，认真讲了一遍。黎晋远听完笑了:“哈哈,真没想到当年的他们竟如此翻云覆雨,这仨老头儿!”

“仨老头?”章天恭问。

“不对?”黎晋远纳闷。

章天恭想了想才恍然,除了父亲和妙聪,应该把黎晋远的父亲黎青云也算上,于是赶紧说道:“对对对！一点不错!”并笑了。黎晋远轻摇了下头,也笑了。

五八

七方买丝绸,妙聪一路谈笑风生,但心一直在月山,在桥沟,在觉慧和章九酬身上。原因是他意外从章天恭口里得知,小三儿竟然是章灯笼。

妙聪一路疾行,很快回到了月山。他先到方丈,不见觉慧,又回到灵芝堂,简单盥洗一番,然后盘上蒲团,闭目捻珠。

停了一会儿,觉慧进了门:“师父回来了。”“嗯。”妙聪应过说,“坐吧,我问你件事。”觉慧就近盘上另一蒲团说:“师父请讲。”

“小三儿最近可来过?”妙聪问。

“没有……真没有。”觉慧多少有点不安。

“我信你,有其他人来过吗?”妙聪又问。

“没有,师父,觉慧已不是过去的觉慧。若有,一定会告诉师父。”觉慧平静下来。

“你能不能见见他?”妙聪问。

“嗯？师父为何要……师父,我真不知道他是哪儿的,又在哪里……”觉慧重新不安起来。

“你不要急,更别怕,我知道你说的不是假话,也不是故意刺探你,而是需要你见他。”妙聪说。

“可是师父,我不知道他在哪儿啊!”觉慧说。

“我知道他在哪儿……咱需要了解他的动向,明白?”妙聪笑着说。

“啊!”觉慧终于明白妙聪是信任自己,遂说,“明白了！徒儿愿往,就是搭上性命,我也不怕!”

“远到不了那一步,不必说搭不搭性命这类话。”妙聪说。

“是,师父。”觉慧回罢又问,“我该咋做?”

“我一天没吃饭呢,是不是先给师父弄点吃的……”妙聪微笑着说。

“哎呀! 师父你不早说,怪我没长心哩!”觉慧说完就一骨碌离开了蒲团,去给妙聪弄吃的。

没多会儿,觉慧就把热腾腾的饭菜端了上来:“师父,你饿坏了吧,快、快吃。”妙聪刚吃了一口,突然想起了驴:“要把驴喂好。”

“嗯……呵!”觉慧笑了。

“你这个觉慧! 把我当驴啊?”妙聪说。

“非也! 尽管此长老非彼长老,但都是长老哩!”觉慧说完笑了,“驴儿我早喂过了。”妙聪嗯了一声,开始用斋,吃过放下碗筷就说:“走,看看咱们的长老去。”

二人来到驴棚。觉慧领回的那头小叫驴,已经出落得十分健硕。妙聪走上前去,摸摸它耳朵,抚抚它脊背,不由赞叹:“太像了,太像了……”

“是,跟原来的长老快一模一样了!”觉慧说。

“小三儿,他在桥沟。”妙聪突然转了话题。

“嗯……嗯?”觉慧有些吃惊。

“你咋知道他在桥沟?”妙聪自言自语说。

“我刚知道。”觉慧解释说。

“我不是问你,我是说你如果去找他,他会怀疑你咋知他在桥沟并能找到他。”妙聪说。

“哦……”觉慧这才恍然,“想叫我去找他?”

“对! 你骑驴去!”妙聪眉心一舒。

“骑驴去?”觉慧很不解。

“对,要在中午吃饭时候赶到。山里人喜欢在院外树荫下吃饭,可把驴儿闹出点动静,想法子把小三儿引出来……记住,他叫章灯笼,见不到就回来再想办法,绝不能叫他看出你是故意找他。”妙聪说。

“咋闹动静?”

“有办法，他若问你你就说盗走了汉佛，该给你好处。”

“我明白了，啥时候去？”

“明天。”

觉慧看妙聪胸有成竹，心里随之有了底气。妙聪说罢，刚要离开，忽又回头看了看驴儿，驴儿也正看着他，仿如活脱脱的驴长老复生，遂不由得动了念想，自言自语道：“真乃驴长老再世啊……阿弥陀佛……”觉慧看妙聪又想起昔日的驴长老，跟着合十念道：“阿弥陀佛……”

第二天早上，觉慧吃过早斋，正准备去灵芝堂，突然传来了驴叫声，于是直接去了驴棚。

觉慧刚到驴棚，正巧妙聪牵驴出来。驴背上的褡裢，是驴长老遗物，“月山寺”三个字，清晰可见。妙聪把缰绳递给觉慧：“以后就喊它二世吧……”

“啥二世？”

“驴长老二世。”

“哦……明白了。”

“给……”妙聪拿出一根寸许长的竹篾说。

“竹篾？”觉慧接在手里，“这有何用？”

“需驴叫时，把它卡在驴耳里。记住，沉住气。”妙聪说。

“好，我记住了……”觉慧说过，牵着驴儿直奔桥沟。

十余里山路，觉慧紧赶慢赶，终于在午饭前到了桥沟。在村头的泊池边，觉慧就近拔了些草蔓，配着玉米喂了驴。自己也一口干粮一口水地吃了个半饱，牵着二世就进了村。

树荫下，大人和孩子已扎上了饭堆。觉慧把竹篾往驴耳里一撑，那二世便疯癫起来，又是摇头又是晃臀，还带尥蹶子，嗷啊、嗷啊地蹦跳起来。可是，章灯笼并没有出现，人们也只是远远看着。觉慧怕折腾久了出意外，于是赶紧取出竹篾，二世马上安生下来。

觉慧不想无功而返，更不忍让妙聪失望，于是故伎重演，驴二世再一次跳叫起来，且越发疯狂。

章灯笼仍没出现。觉慧只得把竹篾再次取出，并掏出一把玉米想安抚一下二世，没承想二世竟犟着脾气摇摇头，还拱开觉慧捧着玉米的手，铿铿地打了两声喷嚏。

正值此时，村口慌慌张张跑来一个人，觉慧定睛一看，竟是章灯笼。他心里一阵猛跳。

“还真是觉慧师父啊！”章灯笼喊着跑到跟前，又问，“你咋来了？”

“三哥？你来这里弄啥？”觉慧故作惊讶。

“我……我就是这里的。”章灯笼磕绊着说。

“哦，我说呢！”觉慧说。

“我刚走到村口，就听了驴叫唤，心想俺村没人养驴啊？没想到是你！走走走，快到家里去，家里去！”章灯笼说。

“不了。我从后山回来，半路驴撒野，就撵来了。刚喂了喂它，还得赶紧回去，怕师父等我呢！”觉慧说。

“你不是当住持了？咋还有师父？”章灯笼很纳闷。

“看你说的。一日拜师终身为父，哪能一发达就不认师父的！”觉慧说。

“嘿！你真是讲义气！”章灯笼夸奖说。

“那倒说不上……”觉慧一转话头，“对了，我早想问你，那佛……你把俺忘了吧？”

“咳！别说了，是假的！”章灯笼一脸窝囊相。

“假的？”觉慧佯作吃惊，“怎么会！”

“前几天人家还让问你，到下边发现啥没有。”章灯笼说。

“我下去看了，除了一个烂罐子，啥也没有。”觉慧说，

“罐儿下边有啥没有？”章灯笼问。

“哦？罐下边？”觉慧吃惊问道，“下边有机关？”

“不知道，反正当家的这么说。”章灯笼说。

“当家的？……还要再取？”觉慧问。

“这你就别问了，咱们知道得越少越好……”章灯笼突然谨慎，后问道，“你没吃饭吧？走，回家去！”

“不了，我刚吃了点干粮，得赶快回去。”觉慧说着，牵着驴儿就走。

“那好，哎对了……”章灯笼想起什么却欲言又止，觉慧遂问他：“咋

了?”

“上次虽没得手,但当家的说咱有苦劳,给了你十块大洋,我手头紧给花了……”章灯笼磕绊着说。觉慧即刻引他:“我以为啥呢!再说了,当家的我又不认得。”没想到章灯笼说,他也不认得。

“算了、算了,不说了!觉慧师父,我会记住你的情义,以后报答你!”章灯笼说。

“呵呵,哪儿的话!”觉慧本欲再问,但见其口风甚紧,于是打了个哈哈便告辞了。

五九

觉慧和二世一路疾行,半下午回到了月山,把与章灯笼见面的情况说与妙聪。

在妙聪看来,章灯笼不过是整个棋局经纬方寸间一粒小小的棋子而已。但对他的背景,绝不能掉以轻心。江湖之上,人世之间,恰如手谈对弈,只见落子不见真身,棋术未必好,诡异赢三分,是典型的鬼谈异术。棋盘厮杀,输赢在外,乃对弈灵魂之所在。同样,在现实中,无论黑道白道,自己的招数已使尽,对方连影子都没露,剩下的就只能是挨打。

眼下,对手渗透、图谋月山的渠道仍是章灯笼和觉慧,这使妙聪多少有了些底气。认为只要控制好这个渠道,就等于掌握了整个棋局的主动权。

觉慧桥沟打探,不能不说是一招先手,出乎意料的是,这帮贼人既有耐心也有耐力,让妙聪苦苦等了六年才接招。

一九三四年,妙聪已六十多岁,尽管身体硬朗,却已须白若霜。月山寺在乡亲们和香客的资助下,虽然恢复了一些殿堂、佛像,但败落的景象仍一如既往。

觉慧住在方丈,妙聪仍住灵芝堂。除章九酬、刘子彦和冯冠彰时不常接济接济外,全凭求医问药者偶尔的光顾,才能够勉强度日。

年已八岁的小叫驴二世,依山林之惠,被妙聪和觉慧养得滚瓜溜圆。它的身影，经常出现在上庄、月山一带的小道上、竹巷间，不仅继承了驴长老的名分，也学了些驴长老的本事，经常提醒人们月山犹在，妙聪犹在。人们丝毫没有因月山的衰败和妙聪的见老而冷眼相看，很坦然地给予了妙聪、觉慧以及驴长老二世最起码的尊重。

一个春日，快晌午时，章灯笼来到了方丈门前。还没等他开口，方丈就有话传出："哟！三哥来了！""觉慧师父好！"章灯笼应声进屋。

觉慧问："今天怎得空？"

章灯笼反问："这里说话方便不？"

觉慧回道："这里是方丈，旁人不会来。啥事尽管说！"

章灯笼想了想，说："咳！我是吃黑饭保黑主，今天受人之托，给觉慧师父送谢礼哩！"边说边咣当一声，把两筒银圆搁到了觉慧面前的小桌上。

觉慧压低嗓子说："这么多？听说不值钱的。"

章灯笼顿觉意外："不会吧……"

觉慧神秘兮兮地说："有一次师父偶尔说起，说除了佛像那个铜疙瘩，里边的东西在佛家算是宝贝，但到世人的手里，根本不值钱。"

"啥宝贝？"

"听说是佛祖的脚趾骨，玉仿的。"

"脚趾骨？"

"是的，脚趾骨。"

"奇怪了嗨！他们要这干啥，不怕有脚臭气啊！"

"罪过了，阿弥陀佛……你切莫脏口，佛祖乃金刚之躯，哪来那些污秽！是玉石做的。"觉慧嗔怪后又说，"几年前在桥沟见你那次，我跟师父说过，师父说你们拿就拿吧，反正也不值几个钱。只是别动那罐子，里边是无声法师的真身，动了不吉利，会死人的。"

章灯笼有些吃惊："你师父也知道还有个佛？"

觉慧说："咋会！他听清了师祖说的，只是没见过。"

章灯笼咂了下嘴："我们当家的还真厉害，已猜到罐子下边有机关！"

觉慧说："师父说过，只要不毁墓室、留下脚趾骨就中。"觉慧越说越轻描淡写，章灯笼越听越迷糊，说："看来还真值不了这么多……"

“可不!”觉慧说。

“要是这样,这钱还不敢乱花哩!”章灯笼遂收起银圆。

“对,你说得极是。那铜疙瘩能值几个钱啊?!”觉慧见章灯笼信了自己,就乘机吓了吓他,“你想想,他们可都是黑吃黑的主儿,咱花了他的钱,结果弄了个值不了十块八块的铜疙瘩,反倒说咱们骗了他钱花,丢人不说,犯了心思,再出个人命啥的咱可经受不住……”

“太对了觉慧师父!你真是高人,你要是不指点,我还真敢做件糊涂事哩!太好了,你太好了……”章灯笼对觉慧一边连夸带谢,一边拿起大洋,塞到怀里就要走,但马上又犹豫了,“这样妥当吗?”

“妥当!一百个妥当,你当家的不值得,咱俩更不值得,你说对不?”觉慧说道。

章灯笼前脚走,觉慧后脚就找去妙聪。觉慧一进灵芝堂,妙聪就问:“走了?”

“嗯?师父咋知……他、小三儿来了?”

“哦,他来时我正在凤鸣山东坡。”

“怪不得……是,他走了。我是按师父六年前交代好的话,说与了他。”

“说了佛在罐下?”

“是……”

“说了我也知道此事?”

“是……”

“说了取佛留骨即可?”

“是……师父。”

“后来呢?”

“他给我一百光洋,后觉得不划算,又兜起钱走了。”

“嗯……”妙聪稍微沉思,又说,“只怕此法瞒得了他,却瞒不了他的主子。”

“师父,我们并无瞒他啊!”觉慧说。妙聪话一出口,马上觉得自己说漏了嘴,稍停片刻才说:“我是说能支走他,未必能支走他的主子……”

“明白了师父,我也担心。”觉慧说。

一个“瞒”字，就等于告诉了觉慧，罐下的真品其实是个障眼法。他不能明确告诉觉慧，那样会使自己没有一点余地。他只能忍痛让觉慧继续扮演挡风的墙、障目的叶，乃至替死鬼。这也是清了生前定下的计谋，于是他说：“你的对手绝非小三儿，而是他的主子。主子只要不露面，这件事就只能由你先挡着……”妙聪话音一落，觉慧就跪倒在地：“师父请尽管放心，徒儿知道佛命在身，万请师父不用再多说……”妙聪听完觉慧的话，心里一震，拉起了觉慧。

用过晚斋，把一切收拾停当，妙聪就喊了觉慧，一起上了凤皇台。

夜无风，月如钩。冷冷的凤皇台，空相灵塔在月光下显得很消瘦。塔下，盘坐着妙聪和觉慧，四周俱寂。

“你听见了吗？”妙聪语调平和。

“记得师父说过，其实不用听。”觉慧口气自信。

“为何？”妙聪疾声问道。

“早先听过，先祖的话已在心中。”觉慧缓缓回答。

“要是因时而异呢？”妙聪扬起语调问。

“徒儿耳听无异。”觉慧沉稳回道。

“又为何？”妙聪音露悦然。

“徒非耳闻亦自觉者也！”觉慧朗朗言道。

“甚好……你越发长进了……”妙聪夸罢又说，“你让为师颇有心得，给你一首七言古风，可试着咀嚼一番。”

“谢师父，请！”觉慧说罢，妙聪遂吟道：“钩月荫处隐玉珏，于无声处凭自觉。菩提镜台滋悟性，禅心法眼补圆缺。”

妙聪吟罢，觉慧又轻声重复了一遍。妙聪问道：“懂吗？”觉慧还没来得及回话，瞭望楼方向突然传来了昂扬的驴叫声。觉慧开心地笑出声来：“二世说，它懂了。”

妙聪没笑，轻声地问：“记住了？”

觉慧赶紧忍住笑：“嗯……”

六十

觉慧回到方丈，把七言古风用笔录下，为谨慎起见，就去找妙聪核对。

微弱的油灯下，妙聪看到觉慧把“玉珏”录成了“于绝”，就用笔勾改了过来。

回方丈后，觉慧把七言古风又仔细琢磨了几遍，明白师父是告诉自己，关于汉佛，他既不能说透，又满含期待，期待自己保护好汉佛。

妙聪一句，“只怕此法瞒得了他，却瞒不了他的主子”。觉慧当时就听出了弦外音，破解了罐下汉佛仍是赝品这一关键秘密，再联想到无声塔和无声碑的种种蹊跷，猜想汉佛的真正藏身之地不会在别处，或说就在附近。“禅心法眼补圆缺”，是暗示汉佛藏身于多次修补处？会在无声塔的顶端？

自从汉佛入寺，先是由师祖具实传至清了，后由清了以手心写字传至章九酬，到了妙聪和觉慧，就变成了仅凭意会，真乃青出于蓝而胜于蓝。

觉慧在清了和妙聪两代圣僧的教诲、辅导下，不仅改邪矫枉回头上岸，且还日臻成熟，出落成了一介高僧，成了掌握汉佛核心机密的第三人。

遗憾的是，觉慧虽把小三儿应付得很周全，却没能够弥补无声遗骨罐下赝品胎里带的破绽。清化鸿禧珐琅金楼的能工巧匠虽然巧夺天工，复制了两尊足可乱真的赝品，却没按真品腹腔内藏物进行配置。更要命的是，妙聪竟忽略了这一疏漏。

夜，越来越深，师徒俩很晚才离开凤皇台。灵芝堂的灯光先行熄灭，只剩下方丈的窗棂还发着微弱的光。独自打坐的觉慧在静默中把一切想得明明白白、透透彻彻，没有一点倦意。忽然，有人轻轻叩门：“妙聪师父，妙聪师父……”

“谁？”

“我是焦作的，你开门便认得我。”

觉慧拉开门闩，一个三十几岁的汉子进了屋：“我焦作的，妙聪师父不住这里？”觉慧说：“师父住在灵芝堂，请随我来。”

觉慧将其领到灵芝堂，见窗户亮着灯光，轻叩了下门："师父，焦作来了客人。"

妙聪开开门，来人说："我是魏常有。"妙聪马上说觉慧："你先去吧，有事我喊你。"

"师父还记得我？"觉慧离去后魏常有问。

"记得、记得，咱们俩见过的。"妙聪说过又问，"这么晚了，先生有何事？"魏常有说："深夜打搅您了。巩先生临走交代过我，说若有大事急事，可找月山寺妙聪师父……您不会介意吧？"

"不会不会，直说无妨。"

"救人……"

"人在哪儿？"

"焦作。"

"啥人？咋救？"

"我们内部出了叛徒，供出了我们一个领导，他公开身份是焦作中学的老师，被警察困在学校，必须马上救出来。要不就坏大事了，现在急需个乡下老汉进学校把他换出来……"魏常有说。

"老汉？"妙聪问。

"已经想好脱身办法，路上细说。当务之急是得赶紧找个老汉，要瘦高个，人要精明。"魏常有回道。

"何时动身？"妙聪问。

"关键是找好人，明天八点前必须进入学校。"魏常有说。

"咋走？"妙聪又问。

"有马车。"魏常有说。

"好，那咱现在就走。"妙聪说。

"现在？有现成的老汉？"魏常有问。

"有……"妙聪说。

"妙聪师父！这可真是太好了！"魏常有非常高兴。

妙聪嗯了一声又摇摇头，后到方丈跟觉慧打了招呼，就和魏常有一起下了山。

第二天早上七点多，坐落在英商福公司对面的焦作中学跟往日大不相同，大门口一左一右站着两个着黑装的警察。

一个身躯佝偻背褡裢的老汉在焦作中学校门前被警察拦住："喂！站住，干什么的？""哦，老总，我是给东家的大小姐送点玉米面，还有豇豆。"老汉说。

"大小姐？哪个大小姐？"警察一边摸褡裢一边问。

"哦！梅映雪，梅映雪。"老汉点头哈腰地回道。

"那是老余头吧——"随着喊声，学校里走出一个二十几岁的年轻女子，身材姣好，眉清目秀，肤色白皙，留着掩耳短发，身着月白旗袍。她对警察说："这是我家佃户老余头，来给我送粮食。"

两个警察只顾看女子，把老汉的褡裢胡乱翻翻，见果真是小米、豇豆、玉米糁等，就放了行。

停了一会儿，来校师生越来越多。梅映雪扶着背着褡裢的老余头，边说话边从学校里走出。不远处走来了身着警官制服的刘达全。

梅映雪送走老余头返回时，刘达全向站岗警察招呼道："快下岗了吧！"

"是队长！马上换岗！"

"辛苦了。我替你们一会儿？"

"不用不用……哪能劳烦队长！"两个警察忙说，"看，换岗的来了，来了！"刘达全回头看去，只见两个警察正朝这边走来："队长也在啊！""查岗。"刘达全说。

等换过岗，刘达全对刚上岗的两个警察说："大清早的，你们都给我精神点！人家保安团一直找咱的事哩！"

"日他媄哩！就凭他们没抓到共党啊？"一个警察说。

"那是他们的事，咱咋会知道谁是共党！再说了，咱只是配合。"另一个警察说罢还问达全，"你说对吧队长？"

"哈哈！"刘达全一笑算是回话。梅映雪又陪着"老余头"从学校走出。

刚换岗的警察喊："站住！"刚想盘问，刘达全说："给这个女老师送粮食的，是刚才进去的。"此"老余头"非彼"老余头"，而是达全的父亲刘子彦。

原来，妙聪、魏常有和刘子彦一进焦作，就分了工：妙聪找刘达全到校门口配合掩护刘子彦；刘子彦去学校；魏常有则负责把人接应到城东北山口的当阳峪。

当妙聪、达全配合刘子彦从学校安全撤出，赶到当阳峪时，见不远处的山坡上除了魏常有，还有一个三十多岁的瘦高男子和一个小伙子，正这儿看看那儿刨刨。

三人一到，魏常有马上领着他俩迎上前来，把妙聪、刘子彦和达全介绍给他。

瘦高男人长方脸，大眼浓眉，鼻梁直挺，紧握着妙聪的双手说："鄙人林秉清，谢谢妙聪师父，你在我们这边可是大名鼎鼎啊！今日得见，非常高兴！"

妙聪说："惭愧、惭愧，谬传了……真没想到，林先生这么年轻，装扮得太巧妙了！"

魏常有笑着插问："妙聪师父，你猜猜梅老师是谁?"

妙聪一惑："嗯?"

林秉清笑了："梅老师原是上海左联剧社的，会化装，她的真名叫林秉英，是我胞妹。"

妙聪遂说刘子彦和达全是父子，并讲了达全掩护父亲刘子彦的过程，众人马上乐了。

林秉清十分动情："太好了！还真应了一句老话，打仗要靠亲兄弟，上阵还是父子兵！只是……只可惜我与众位相识得太晚了！刚认识就要分手。"

"先生客气了，俗语道，百年修得同船渡，既有此缘，必有来日，阿弥陀佛……"妙聪言道。

"师父说得好，大恩不言谢。我一介书生，也无以回报，但一定会记住怀川百姓和师父您，天地可鉴。"说到这里，林秉清话头一转，"鄙人有事相托……"

"林先生请讲。"妙聪说。

"好。"林秉清说，"刚才我在山堰下看的是宋代的古窑遗址。那边有个石碑，立于宋朝崇宁四年，上边刻有《德应侯百灵翁之庙记》，主要是说绞胎瓷，在全国是绝无仅有的，只可惜已经失传。有一个叫凯斯·司瓦洛利的英国收藏家,乘在焦作福公司任职之便,在这里发掘出不少瓷器和碎片,又邀请瑞典工程师卡尔贝克来考察,收集了很多标本,发表了《关于焦作陶瓷器的记录》,这些书和宝贝,将来新中国定会用得着。"

"新中国?"妙聪问。

"对,新中国。中华苏维埃共和国临时中央政府,几年前就在江西成立了。我们要建立一个吃得饱、穿得暖、有房住的新社会!就是新中国。"林秉清说。

新中国,对不管妙聪还是刘子彦父子来说,最多是报纸字眼,不仅陌生也很遥远,但林秉清坚定的神情和不容置疑的口气使他们感到那美好前景仿如就在明天。

"找到了那篇文章,如何交给先生?"妙聪问。

"交给我妹妹秉英就行。"林秉清说。

"放心,林老师。贫僧一定尽力而为。"妙聪说。

"太谢谢了……面对前辈,我绝不敢妄称老师。前辈早年投身辛亥革命,多次营救我们的同志,你才是我们真正的老师!"林秉清说罢,上前紧握妙聪的双手说,"前辈,今天给你介绍一个人,是我的学生,叫钱复刚,说不定以后会烦劳前辈。"

林秉清随行的小伙儿马上招呼妙聪:"师父你好。"他学生模样,十七八岁,十分精干。妙聪看看他,感觉似曾相识,却一时难以想起。林秉清先后将两件事一并托付,使妙聪得到一种莫大的被信任感,他说:"好好好,恁是高士,扈随必才俊,贫僧一定尽力而为。"

"真乃海内存知己,天涯若比邻。谢谢前辈器重。"林秉清说。

"试玉要烧三日满,辨材须待七年期。先生亡命天涯之际,仍不惧安危,为自己未竟之功德而深谋远虑,甚至细微至一篇文章,着实叫老衲敬佩!"妙聪说。

"前辈好才学、好情怀,见识了!"林秉清赞道。

"惭愧,惭愧,先生才识双俊,满怀天下之忧,想必是大慈大悲的佛祖惠顾,才使贫僧今日有幸得识。诚望先生多多保重,以企有日,再惠怀川。阿弥陀佛……"妙聪越说越动情。

“我记住了,师父保重!”林秉清最后说。

六一

林秉清辞别了妙聪,沿山路一路东行至新乡北塔岗车站,乘车去了北平。

妙聪和刘子彦则由魏常有找了辆胶轮马车,送往博爱。在路上,刘子彦打听章九酬近况,不承想魏常有插问道:“章九酬? 沁阳的?”

刘子彦问道:“对,你认识他?”

魏常有突然兴奋:“我终于找到他了! 真是太巧了! 我能不能见见他?”

妙聪对魏常有笑着点点头,转问刘子彦:“咱去看看他?”

刘子彦说:“太中了! 不过,前些时在桥沟,现在他不知回没回沁阳。”

魏常有迫不及待:“那还不好办? 咱们先去桥沟,不在咱就往沁阳!”

妙聪问:“不会耽误你啥?”

魏常有说:“不会。车是一个朋友的,用个三两日不算啥问题。”

途中,魏常有讲了与章九酬相识的经过,说后来其父死于一次矿难,为了生计,他曾去沁阳找过章九酬。当时已是民国,衙门都换了人,他在那里待了几天没找到。

“你认识章大人是哪年? 有多大?”刘子彦问。

“那是光绪三十二年,我十二。”

“今年呢?”

“二十八年了,今年我四十。”

“师父,听出啥了吗?”刘子彦问道。妙聪笑而不语。

“怎么了?”魏常有好奇地问。

“那时,章大人正四处捉拿师父呢!”刘子彦说。

“哦?”魏常有一惊,“为啥?”

“到底是铁算盘,呵呵!”妙聪笑了。

“铁算盘?”魏常有满面讶异。

“哈哈！都是老皇历了!”刘子彦接着就把当年章九酬跟妙聪的故事讲给了魏常有,听得他直咋舌。

三人在不知不觉中赶到了桥沟,章九酬果真去了沁阳,王娴馥留三人吃了午饭。傍晚时分,三人到了沁阳。

妙聪和刘子彦的意外造访,令章九酬格外激动。他一手一个地拉住妙聪和刘子彦,泪光盈盈,连连说道:“老了,都老了……”

妙聪朝魏常有挑了挑下巴问章九酬:“你看他是谁？能想得起来不?”

章九酬仔细地辨认了一番,最终还是摇了摇头,问魏常有:“你是?”

“章大人……我是常有啊!”

“常有?”

“我是跟妹妹夺糖块的那个小男孩啊!”

章九酬一下抓住他的臂膀:“常有？你是常有？太好了！你现在干啥？我后来一直在等着你啊!”刘子彦插话道:“他去找过你,可是已经民国了。”

“你现在干啥？你母亲可好？那个刚强女人!”

“谢谢章大人还记得,还好!”

“你现在干啥?”

“我……”

章九酬见魏常有稍显犹豫,顿时明白,遂转对妙聪:“我真想不通,除了犬子天俭,有德行的人咋都跑那边去了?”

妙聪笑了:“天俭咋就没德行了？是大德行呢!”

刘子彦也笑了:“就是!”

魏常有问:“天俭？章天俭?”

妙聪回道:“对,章大人的四公子。”

魏常有高兴地说:“啊,太好了！真没想到！真没想到!”

章九酬问:“你们相识?”

魏常有先是笑而不语,后又马上点头。妙聪微微一笑:“都是拜佛人,何必问来处?”章九酬笑了笑说:“你们有自己的规矩,老朽冒昧了。”

魏常有赶忙解释:“不不,章老前辈,面对您老人家,没有不能说的!”

妙聪接过魏常有的话:“说起来也是。你还不知道,巩亦清先生就是章大人救助脱险的。”“这我咋不知? 是前辈和俩儿子一起救的巩亦清,只是不知前辈就是知府衙门的章大人。”魏常有回罢妙聪,又对章九酬说道,“章老前辈,太谢谢您了!”

章九酬先是心里纳闷:“俩儿子?”后恍然魏常有是把在国民党的天恭也算上了,遂笑着喊了声:“妙聪师父……”欲说又咽,妙聪不解地看着他。

少顷,章九酬才说:“妙聪师父,你不觉得这些年来人世沧桑,总是有一种人所不能的东西?”

妙聪说:“我也想好久了,也许天道使然,阿弥陀佛。”

章九酬略思索后说:“天道……说得甚好,也只有天道,才能使人身不由己……”

妙聪动情言道:“天道乃无为而尊,人道亦有为所累,所以亦无为亦有为……”

章九酬随之说道:“是。君者天道,臣者人道,毕竟是不一样啊!”

妙聪思忖片刻又说:“君臣之伦,世之道;天人之伦,理之道。前者亦为亦可不为,后者亦不得不为。也许这就是你说的不由己吧!”

章九酬赞道:“言之有理!”并说,“看来万事皆有定数,还是顺其自然的好。”

妙聪点了点头:“阿弥陀佛……”

章九酬和妙聪两人你言我语,魏常有越听越糊涂,于是悄悄问刘子彦:“他俩在说啥?”刘子彦憨憨一笑说:“我就更不明白了……”话音刚落,翁佩瑶的声音飘进了客位:“快快快,看谁回来了——”很快,一个身着国军军服的年轻军官出现在众人面前。

“大大!”军官进屋就跪。

“天让?”章九酬很吃惊。

“快起来,快起来……”翁佩瑶边说边要拉天让起来。

“莫管他! 叫他跪着回老子话!”章九酬突然动了肝火,佩瑶赶忙缩手,客位的空气一下子紧张起来。

“你哪儿来的?”

“回父亲,孩儿从剿共前线……”

“我问你!你哪儿来的!”

“我从江西……”

“我问你咋有的你!你该不是从石头缝里蹦出来的吧?你心里还有家?还有你嫫?还有你大大?”天让赶紧说道:“父亲息怒,孩儿知错、认错,打骂都行……”

“贤侄快起来,快起来,慢慢说与你父亲。”妙聪边说边一把拉起天让,并问章九酬,“你今天管不管我们斋饭了?你们父子的事情回头说,总不至于叫我们饿着肚子听热闹吧!”

“哈哈,就是就是……”刘子彦和魏常有随声附和,客位顿时热闹起来。翁佩瑶乘机说道:“饭好了,先吃饭,先吃饭。”给天让打了个圆场。

天让站起后看了眼章九酬,然后悄悄对妙聪说:“您就是妙聪师叔吧?谢谢师叔。”“贤侄客气了不是?”妙聪呵呵笑笑,然后又说,“咱们先吃饭,一会儿我还有事跟你大大商量。”

六二

老友见面,本来就愉悦,又新添了一个旧识魏常有,自然动筷少说话多,一直吃到很晚方散。

翁佩瑶把刘子彦、魏常有安排到客房先行歇息。章九酬和妙聪返回了客位。翁佩瑶点燃了多年不用的丛台蜡,把客位照得亮堂堂,又上了茶,说:“你们俩难得相见,好好扯扯,我给天让安顿一下。”后离去。

“妙聪师父,有啥事?”章九酬开门见山。

“你氏族里是否有一个叫灯笼的?乳名小三儿?”妙聪问。

“你咋知道他?”章九酬反问。

“此事说来话长,已经六年了。”妙聪说罢又问,“你可记得罚跪章灯笼?”

“记得。师父咋知这件事?”章九酬问。

“那天天恭离开桥沟，就去了月山。他偶尔提及此事，我所以知道。”妙聪说。

“这件事有啥要紧处?”章九酬很纳闷。

“因为他关涉汉佛……”妙聪说。

“章灯笼？……有瓜葛?”章九酬很吃惊。

接着，妙聪就把六年前觉慧到桥沟探虚实，眼下章灯笼又来月山等说了个仔细。“这个逆子，孽障！迟早会闹出祸端!”章九酬骂过又说，“不过，他兴不起大浪的。”

“是。这一点我看也无虞，但他毕竟离你太近……”妙聪的口气、神情无不流露出对章九酬的担心。

“师父过虑了!”章九酬哈哈一笑，不以为意地说，“一个小蟊贼，惧他作甚!”妙聪见章九酬坦荡无忌，一时找不到合适的话，于是沉默着。

这样一来，章九酬反倒谨慎起来:“师父若有啥交代的，尽管直言，九酬一定谨记。”

妙聪说:“嗯，我这是今天见了天恭才想起这件事，贫僧所忌，不仅仅是那汉佛。”

章九酬惑然:“嗯?”

妙聪说:“你想，现如今国共争锋天下，世事纷乱，政令不达，法度混乱，君子难度君子之身，小人常得小人之志。为兄刚正不阿诚然可贵，但近君子而远小人之古训，不可偏废。清了长老一去，知汉佛机密者仅限你我之间……如今家族藏奸于咫尺，还望九酬兄防微杜渐，切莫小觑。”

章九酬这才算吃透了妙聪的良苦用心，知其既怕自己因汉佛而遇不测，又惧自己因大意使汉佛难保，于是说道:“谢谢妙聪师父，一席话如醍醐在悬，我自会未雨绸缪，请尽管放心。”章九酬有了这番话，妙聪才算心有所安:“那就好，那就好，阿弥陀佛……”

妙聪话音刚落，翁佩瑶来到客位:“时候不早了，别光顾跟师父说话，忘了他一天的劳顿，耽误歇息。”“哈，还是佩瑶心细，妙聪师父歇息吧!”章九酬说。

“谢夫人……”妙聪说。

章九酬、翁佩瑶一起把妙聪送到客房，安顿好才离开。行走间，佩瑶对章九酬说："快点吧，当着师父面我不方便说，天让在咱门口跪半天了。"

章九酬回到自己居室前，果见天让跪在隔帘透出的幽光里。他走至跟前，看了眼膝下的天让，随口撂了一句："起来吧。"翁佩瑶没有说话，只是递了个眼色给天让。

其实，在这之前，她趁着章九酬跟妙聪说话，早已把天让数落了一番，说他不该娶了媳妇不回头，一去就是四年。并把自己的委屈也裹进，说弟兄五个不在家，天真出嫁连个送亲的哥哥弟弟都没有。偏偏女婿柳家少爷也是个共产党，把自己的庄园田产都分给了穷人们不说，还在济源山里头的原大寨闹红军[①]。如今都三年了，连个消息都没有……佩瑶边说边哭，还说嫁出的女儿泼出的水……后又埋怨小弟兄几个，一个个的，别说是亲爹亲娘，就是她这做姨娘的，也照样牵挂。

佩瑶先后两番话，看上去在倒苦水，其实也表白了她把哥儿几个当亲生的看待，希望天让理解她，好好跟父亲赔个不是。天让也十分理解佩瑶的一片苦心，一口一个二娭叫着，答应一定好好安抚父亲。

时下，天让已跪在章九酬面前。章九酬让佩瑶先歇息，佩瑶先劝他："有话好好说，天让回来一回不容易，也不要太晚，还有明儿个哩！"然后又说天让："你大大都是为你们好。"

佩瑶说完进了里间，正屋只剩父子俩，章九酬看了天让好一会儿，才开了口："你也是。八年了，中间你回来一次，给你娶了个媳妇就再没了人影，现在梓童都四岁了，爹娘不要，妻儿也不要？"

"大大，我……"天让语塞。

"算了，不用解释了。你们总有理由，我今天就问你一件事……"章九酬顿了一下又问，"你咋也跟了国民党？"

"孩儿不知大大何意，不想叫我跟国民党？"天让揣摩了片刻说。

"你跟谁我不管。你大哥二哥三哥也都是国民党，一个副师长，俩副团职，我从不拦他们。再说我也不想拦，我想听听你理由不中？"章九酬说。

---

① 1932 年中共河南省委举行武装起义，成立晋豫边苏维埃政府，后失败。

“大大,我说实话,我跟他们不一样。”天让说。

“一样的党一样的兵,你咋就不一样?”章九酬说。

“我出身黄埔,我是凭良心做事。”天让说。

“这话我听着怪新鲜,你黄埔咋了?你哥哥们还都是保定哩!难道没有凭良心?”章九酬连奚落带责问。

“我不是那个意思。”天让说,“哥哥们我先不说。我知道大大一辈子心都在国家和百姓,只是牛不逢时,先遇到清政府腐败无能,后又因共和乱世不济。我想我该承父命,真心实意地为国家和百姓做点事。要说凭良心,孩儿不能伺候你跟媄才是心里最不安的……”

“国民党能帮你实现这个愿望?”章九酬问。

“大大看能吗?”天让说。

“那你还……”章九酬话说一半,突然觉得天让是身在曹营心在汉,也许也是个共产党,于是说,“莫非……你跟你哥哥不是一回事?不至于以后兵戎相见吧?”

天让回道:“大大,你放心,现在还不到国共鱼死网破的时候,弟兄不会兵戎相见。”

章九酬马上说道:“你小看你大大了!就是兵戎相见又有何妨?不过,我倒想问问你,眼下最当紧的是啥?”

“抵御外侮。”天让说。

“还好,算我没看错你。‘九一八’事变,日本人占了东三省,国民党却同室操戈,天道人伦岂能容得!”章九酬说。

“大大说得极是!孩儿一定谨遵教诲!”天让马上说道。

“哼!别我的话一对你心思你就顺杆爬,共产党可是要杀头的,你跟天俭我最放心不下!”章九酬说。

“天俭哥是共产党?”天让很意外。

“是啥?跟你一样!都是上心劲不要命的主儿。一定要记住乖,保命是第一,没命了多好的念想也是风!”章九酬说。天让突然扑哧笑了。

“你笑啥?”章九酬问。

“大大你老了,学会护犊了,嘿嘿。”天让回道。

“你这个捣蛋虫!”章九酬笑了。

“你要年轻些,怕也是一个共产党。”天让说。

“你还真是共产党啊?”章九酬突然严厉起来,“再胡说我明天就送你到警察局。”话音刚落,他自己就又笑了,“跟你爹斗心眼,你还嫩点!要小心,记住,祸从口出……儿!”说到最后时,章九酬忽然肃穆起来,眼睛里满含深情。天让心头一热,遂泪如雨下:“大大,孩儿也请大大记住,孩儿不是共产党。”

“嗯?”章九酬看着天让。

“我真不是,我是同情四哥他们……”天让说。

“嗯……”章九酬虽半信半疑,却没再细究,只是问天让,“这次回来干啥,啥时候走?”“我被调到西北军杨虎城将军部,很快就走。”天让回道。“是国民党调你,干共产党的活?”章九酬微笑着问。天让腼腆地笑了:“大大……”

“咋了?”章九酬问。天让回道:“大大不愧是前清进士,真是智慧过人!不过,孩儿真不是共产党。”章九酬听了,马上便知道了天让的意思,遂斥责道:“废话!快休息,不早了。”

突然,内室传出了佩瑶的笑声:“呵呵……天让知道你大大的厉害了吧!”

“嗨!你看你这当媄的,偷听俺爷儿俩说话啊!”章九酬朝着内室喊过,又低下声来对天让说,“明天陪你妙聪师叔多说说话,那可是个圣人,你也多少学他点儿。”“好,大大安歇,二媄也安歇。”天让说。

天让刚走,章九酬就进了内室,宽了衣一上床就奚落佩瑶:“你今天疯了?听听就算了,还跟孩子凑热闹!”“你别说,我真是好几年没见你这么高兴,脑子真好使,哪像花甲之人!”佩瑶说。

“看你说的!爷我何时老过?”章九酬边说边伸出手来暗使乾坤,“你也不像五十多的人……”“哎哟哟我的爷,你疯了?”佩瑶声音突颤。

“不是疯是高兴……来快,今天我突然想了,不信你瞧。”

“啊!……你真疯了,人来疯,儿来疯。”

“你就别说我了,你看你都馋成啥了……”章九酬一翻身就变作了周公，好似遇到了活菩萨，磕头像捣蒜一般，把翁佩瑶这个才女徐娘，很快就送到了蓬莱。

六三

天让回到前院自己的居室时，窗户还亮着。四年前结婚那天晚上，窗户也是这样亮着光，也是这样寂静，唯一不同的是，眼下窗户没贴喜字。

当时，蒋冯阎大战接近尾声，在顾祝同部任见习连长的天让由于战功被提拔为营长。他回到沁阳，章九酬见他三十岁了仍孤身一人，于是就狠狠训斥了一番，什么不孝有三无后为大，什么不知子嗣有亵人伦，强摁牛头低饮水，凭着天让在黄埔时的一张戎装照，包办了王娴馥一个本家侄女王丽英给他当了媳妇。天让先是死活不依，章九酬派人一天到晚地盯着，寸步不离，直至把王丽英娶到家。

新婚之夜，洞房丛蜡如昼，半酣的天让，赌着气连丽英的红纱盖头也不掀，静静地挨了很久。

“给我掀开盖头呀！”一声甜美的呼唤，不温不火，使天让吃了一惊。虽说是头遭娶媳妇，但他从没听说过新娘喊着要丈夫揭盖头的。于是仗着几分酒劲，他将盖头一把揭去，没承想王丽英一下就入了他的眼。明晃晃的烛光下，王丽英白脸大眼，挺鼻俏嘴，看得天让直发呆。

“看啥？以后慢慢看，我去端水你先洗洗吧。”王丽英说着便站起来。这一站不当紧，竟把天让吓了一跳，她足足比天让高半头。幸好天让跟丽英换过生辰八字，知道她比自己小八岁，不然光凭个头，还误以为她是个大姐姐。就是从那一刻起，天让便糊里糊涂地黏上了她，被其支来使去，跟丢魂儿一般。章九酬和两个太太高兴得合不拢嘴。

十天头上，天让要走，近似于当了十天姐姐的王丽英突然变成了小妹妹，只抹眼泪不说话，叫天让心疼不已，难舍难离。

一晃四年过去了，天让看着从窗棂透出的黄光，内疚着迟迟不肯进屋。

“快进来吧，天还凉呢！”丽英在窗内喊道。天让硬着头皮进了屋：“还没睡……”说过话看梓童不在床上，又问，“妞嘞？”

“独个儿睡那邦里间。”丽英回罢又说，“快来洗洗脚。”

“嗯。”天让应过，就坐到了椅子上褪鞋。

“来，我帮你洗吧，腿疼吗？”丽英问。

“不……”天让有点难为情，刚开口又止住。

“罚跪不腿疼啊？腿不疼一会儿再给俺跪跪，一去就四年不回，最该罚你跪的是我……”丽英柔声柔气地嗔怪道。

夜深了，油灯从正屋桌上挪到床头。天让和丽英仰面同枕，静了好一会儿，还是丽英先说：“把灯吹了吧……”才撵走了短暂的陌生。

天让马上说：“吹不吹都一样！”说罢就忙了起来。丽英先是忍着不吱声，没多会儿就吁吁嘤咛起来，还说天让：“别走了中不……”天让看着她，也不回话，倾力给予。

久旱春禾，渴饮甘霖，一波波的春潮开始在榻间鼓起，并逐渐地向四周弥漫。沉淀经年的冷清被一扫而光。屋里所有的家什、物件包括空气，一下变得滚烫。

最后，天让突然散架，滚落在丽英身旁。丽英含着泪水柔柔地埋怨他说：“你哦……真是我的活冤家！”然后用锦缎般的修长身躯把他紧紧缠裹住。那一刻，天让插翅难飞，额头涂满了丽英的泪。

良宵夜短。天亮时天让一睁眼，见枕旁的丽英正看自己，于是问她：“早醒了？”丽英一声不吭，还是只顾看他。他揉了揉眼睛，见丽英哭着，便去搂她。丽英将身子一拱，拱得他激情再起，翻身一攀便再一次忙起。

二人很快什么也顾不得，丽英还禁不住地吟唱起来，但有点像哭。天让后来顿时失重，丽英正在细细品味，忽听哇的一声，对面传来哭声。

“快，梓童……”丽英一惊。

“嗯？”天让一乍。

一个四五岁模样、忽闪着一对大眼的女孩正站在不远处，朝这边看。二人慌忙穿衣起床，一个哄一个劝，好半天才了结。

丽英抱起梓童，说去给梓童洗洗，然后对天让撂了一句，“你也快过来！”便离了去。

剩下天让独个儿,摇头笑笑,正要离去,一眼晃见桌上放着一本手书的小册子。天让一看,是父亲的手迹《两千字文》。扉页上几行小字工整而娟秀:

吾族吾家亦仁孝立本,亦书香传世,撰印仁、义、礼、智、信、忠、孝、节、悌、廉十节,以教孙男嫡女。酬丁卯谨书,叔岳翁宴辞戊辰辞正。

印哲

《两千字文》是章九酬光绪三十一年写的。次年又经翁宴辞勘润。天让正看着,忽听丽英在外边喊:“快来吧,妙聪师叔要走了,你该去送送。”天让出屋赶上丽英问:“《两千字文》是梓童读的?是不是早了些?”

“大大原本是写些字块给她念,不想她认字飞快,后来大大就从桥沟拿来给她,也就两仨月,便全认得了。”丽英说罢,还笑着嗔怪了天让,“你还中,还记得自己是当爹的,哼!”

天让简单洗漱过赶到客位,和父亲一起送走了妙聪、刘子彦和魏常有。返回时,章九酬对天让说:“吃过饭我有话说。”

天让饭后来到上房,章九酬和佩瑶已等着。正当屋的桌案摆了供品,里端立着章氏祖宗的牌位,香、蜡已经点燃。天让一进屋,佩瑶便离去。

章九酬说:“今天我有事交代,看你愿意不愿意。”

天让说:“愿意。”

章九酬说:“啥事也不问,就愿意?”

天让稍思便说:“孩儿了解父亲,如此郑重,不是国家、民众就是氏族、子孙。”

章九酬低喝道:“好!”又轻拍了一下桌子,“这件事非同小可,甚至攸关性命。”

天让说:“想必父亲已深思熟虑,无论一家之私,还是关乎大局,我都会尽心,父亲放心。”

章九酬看着天让,压低了嗓子说:“这件事情,已经二百多年了。”

“二百多年?”天让十分惊愕。章九酬轻轻嗯了一声,遂缓缓道来:

“雍正二年，咸阳法门寺元清长老打坐困顿，梦一哑僧手持《月山经》求教。元清事后揣摩又四海打听，无声即哑，经名月山，正扣覃怀月山僧人无声。元清听闻无声佛道功高，遂赠汉代舍利金佛予月山以供观瞻，恰无声刚刚圆寂，反倒被洪姓盗墓世家盯上。为确保汉佛无虞，月山寺做两尊赝品随葬，真品一直未殓。后洪家传至洪戢，其幡然觉悟，并扭转家风。无奈门生旧部甚多，旁支杂系渐成气候，念念不忘这尊稀世罕宝，还派一个十二三岁的孩子月山剃度，取法号觉慧，潜伏查探，以备图谋。

“由此可见，贼人觊觎之心未泯。月山寺住持清了和首座妙聪为确保汉佛，先假雷击之名对无声塔顶实施破坏，后又谎称建无声碑可镇雷魔，最后将汉佛砌进了无声塔顶……”

天让叹道：“太不可思议了……”

章九酬继续说道：“七年前，月山寺突遭劫难，寺院改为公园，文武僧人也被尽数遣返。风雨之夜，贼孽施盗，窃走了佛龛上的赝品。

“清了和妙聪故意让觉慧下墓打探，发现另一赝品，适时对其进行了甄别。觉慧出墓后，隐瞒了实情。清了和妙聪念及他自幼出家，多年辛苦，不忍轻易割舍，并晓之以理动之以情，终于使觉慧幡然悔悟，浪子回头。

“让人不放心的是，贼人一旦知晓所盗乃赝品，岂肯善罢甘休？于是……清了住持……那可是一代圣僧啊！跟你妙聪师叔一样，都是难得的人品贵重，佛德深厚……”章九酬说到此处，突然哽咽，说不出话来。

“大大……后来呢？”天让问。章九酬说：“后来……后来清了住持就假戏真做，自了圆寂，佯证被窃金佛是真品，以绝贼人盗墓之心。同时，还让觉慧接任了住持，一旦窃贼再谋，就会被觉慧将其引到坛下的赝品上。”

天让看着父亲的脸，问：“清了，果真……走了？”

章九酬落下泪来，说：“走了。那天月山人山人海，众目睽睽，他涅槃飞凤，浴火升天，圆寂了……”

天让也哭了，说：“贼人要是发现又是赝品呢？”

章九酬抹把泪眼说：“这正是我今天要给你说的……他生前怕单线传承不牢靠，于是就托付给我，以保妙聪师父万一不测，还有我代为传承，确保汉佛无虞。”

天让拭泪问:“七年前就交给了父亲?”章九酬说:“不,是十九年前,当天也大意了,大白天的,没想会隔墙有耳……”

天让急切地问:“泄密了?”

章九酬说:“那倒不会,清了是写在我手上的。”

天让问:“现在又有了新情况?”

章九酬说:“不是现在,是六年前,发现咱章家的灯笼就是他们的同伙。”“小三儿?”天让十分惊诧。

章九酬说:“对,是妙聪师父发现的。他还提醒我说,贼人离我已经很近了……”

天让说:“大大,孩儿明白了,你和妙聪师叔身后我就是唯一的传承人。”

章九酬马上说:“对,可是为父想问你一句,知道为啥把此事交代给你吗?”

天让看了看父亲,庄重地说:“父亲在上,我是你儿子。”章九酬点点头,又摇摇头。天让又说:“若是哥哥们,也一定会的……”章九酬一时语塞,再次落泪,说:“你大大我不糊涂,现在他们都不在家,我只有靠你了。我的意思你清楚……你也都看见了,祖宗在上,你要上香发誓。”

天让再一次哭了。他完全听懂了父亲的暗示,他猜自己是共产党,所以才寄予自己如此大的信任。

天让举目案上:核桃、大红枣、油炸的麻花等,一尊红木牌位立在案中央,上边自上而下凹刻着一行涂金小字:堂上章氏宗族世代之神位。牌位两边端立着两根蜡烛,前边放着香炉。

天让先在事先准备好的面盆里净了手,然后点燃三根檀香,高举额前,凝思片刻,又把香一根根插好,最后跪在桌前的毡垫上,双手合十,庄重言道:“章氏九酬第五子天让承父命对列祖列宗立誓,为怀川之厚史苍生之福祉计,力保月山汉佛无虞,神明可鉴。”说罢,磕头三下。

天让事毕后看着父亲说:“大大放心,我会谨慎从事的。”

章九酬说:“好,你也该去陪陪丽英跟梓童了。”“嗯。”天让应过正要离去,又被章九酬叫住,他满脸慈爱地说:“我记得你们不信神灵……”

天让说:“我是你儿子,我信,大大。”

章九酬用一种十分特殊的口气说:“难为你了……”

天让心疼地看着父亲,颤着嗓子说:“没有。这是家事,面对的是祖宗……”

天让走后,章九酬久久地看着香炉里正燃着的那三根香,把天让的话仔细琢磨了好多遍。最后叹道:这个老五……

六四

林秉清离开怀川不久,妙聪就开始寻找瑞典工程师卡尔贝克写的《关于焦作陶瓷器的记录》。

当时卡尔贝克已离开焦作。妙聪和魏常有四处打听,得知卡尔贝克与一个英国收藏家凯斯·司瓦洛利非常要好,想找他碰碰运气。魏常有想到了英商福公司一等秘书杰克·莱里斯。

魏常有曾给杰克当过家厨。一九二五年大罢工开始的当天,魏常有要离开杰克家。杰克竭力挽留,但魏常有不愿背叛工友。其太太丽娜拿了些钱给他,他也婉言拒绝。丽娜很受感动,夸魏常有是个绅士。魏常有一找到她,她马上就答应了。

凯斯·司瓦洛利是焦作唯一不住洋房住四合院的英国人。他住在杨树街岑家银楼北边一个小胡同。院子不大,门开东北,四合不太标准,院中央栽着棵无花果树。院门开着,丽娜进院就喊:凯斯——

“Yes?”随应声,从北屋走出一个高个子的英国人,灰白头发大鼻子,穿了一身对襟盘扣的中式服装。

凯斯用流利的中国话说:“你们好!”

丽娜把妙聪介绍给他:“这位和尚师父来拜访您,和尚,你明白?”

凯斯说:“明白,太明白了,欢迎你!中国神父!”

丽娜笑了:“对对,中国的神父!”

妙聪合十说道:“阿弥陀佛……”凯斯见状,也学着用手揖十,说道:“阿弥陀佛，快请进！”

凯斯住的北屋是四开间，除东头一间辟为内室以外，其余三间一览无余。迎门是中国传统摆设，一幅山水中堂挂在墙中央。中堂下的条几上摆着花瓶、画桶、几柜，全都成双成对。紧贴条几的八仙桌两边是太师椅。房西头是书房兼客房，除了沙发、茶几、留声机，地上放了不少瓶瓶罐罐，尽是些寻常百姓家最常见的东西。

妙聪进门便一眼看出，中堂是自己画的：叠峰网瀑，禅寺立丁葱茏中。并配有藏头嵌尾对联一副：收罗天下千般妙，藏鉴世间一点真。中堂旁边，还挂了一幅月山寺的全景照。

丽娜替妙聪讲了来意，凯斯乐起来：“太好了，太好了，尊敬的大和尚先生！我来焦作已经二十多年了，您是第一个找我探讨中国文化的中国神父。我愿意和你做朋友，我们可以很好地交流。”

“谢谢先生。”妙聪看着中堂问，“凯斯先生认识冯冠彰？”

“哦？和尚先生怎么知道？”凯斯惊诧之余见妙聪的目光停留在中堂，遂恍然道，“哦！我明白了，这幅中堂是我委托冯会长请一位……也是中国的和尚……”凯斯话说一半，马上走近中堂看了看落款，紧接着就高兴得几乎跳起来，“啊妙聪先生！是您画的、写的！太巧了，太巧了！”

“阿弥陀佛……”妙聪这时想起，当时清政府垮台不久，刘子彦正盖新宅，冯冠彰曾代人求字画，说是个洋人收藏家，所以他在联的首尾藏嵌了“收藏妙真”四个字，没想到十几年后在这儿邂逅，这令他也非常愉悦。

凯斯激动不已：“我现在就拿焦作陶瓷记录给你看。”说完打开书柜取出一份报纸递给妙聪，“就是它，我只有一份，你可以抄录一下，好吗？”

妙聪回道：“好，好好，谢谢。”又问：“有笔墨吗？”

凯斯兴奋起来：“有有有！文房四宝怎能没有！太美妙了，你们中国人很幽默。”

妙聪不解其意：“幽默？”

丽娜说：“哦，凯斯先生说中国人很聪明，把笔墨纸砚说成四宝很智慧。”

妙聪笑了：“谢谢先生。”

凯斯拿出笔墨，说："很有趣，同样是写字，中国有两种定义，又叫写字，又叫书法，这个界限很不好分，我经常搞不懂，哈哈……丽娜，你搞得清楚吗？"

"我也搞不清楚，魏先生一定行。"丽娜说过又问魏常有："对吗？"魏常有忙说："不行，我更不行。"

凯斯笑了笑说："你们怀川，是有很多好东西的！济源那里有个阳台宫，是唐代的，是东亚第一个道家场所，已经有一千多年历史了。还有神农山，伏羲大帝和你们的女娲补天的故事都发生在这里。还有月山，现在也快八百年了，对吧？""是的，妙聪师父就是月山的大和尚。"魏常有说。

凯斯欣喜地对魏常有说："这我知道，我的不少客人都认识他。看到这幅画，大家都赞不绝口，尽管我似懂非懂，但看得出来他们对妙聪先生很敬重。"

妙聪看着凯斯那高兴的样子，念了一句阿弥陀佛，然后开始誊写。

凯斯突然提高了嗓门说："可是，你们政府太差了，保护太差了！这都是历史啊，不仅是你们的，也是我们的，也是全世界的……"魏常有听了有些不解。妙聪回头看了看凯斯。

"别误会，我的意思是，这些不仅仅是中国人的宝贝，也是全人类的宝贝。"凯斯说。

妙聪足足用了一个小时才抄完，他收好笔墨，又往凯斯近处挪了挪，然后说道："凯斯先生，你说是全世界的，是什么意思，能详细说说吗？"

"我的意思是，一个国家和一个民族的发展，都是世界的一部分。文化和文物，都是发展过程的证据。阳台宫、月山寺，不在于它的财富，而在于它悠久的历史。明白吗？一个不尊重、保护自己文化、历史的国家和政府是愚昧和悲哀的，都不可能长久。我说清楚了吗？"

妙聪没有回答，只是轻轻点点头，他想到了月山寺的座座殿堂，碑文藏经，也想到了师父清了留下的《空相演喻》和《覃怀物藏》，尤其是那尊汉代金佛。他反复琢磨了凯斯的话，感到他的脑子里，也有一种跟林秉清相同的东西，不过有些缥缈，甚至虚无，但它令人好奇，诱人向往。

"我看看妙聪神父写的字，不，书法好吗？"凯斯问。"当然当然。"妙聪说着，拿起刚刚誊写好的那篇文章递给了他。凯斯拿在手里，不住口地赞叹："太奇妙，太奇妙了！"突然，凯斯对妙聪说："妙聪神父，你们月山太美了！可我听说月山寺改了公园，还驱散了中国神父，事实果真如此吗？"

妙聪回道："是的，确实如此。"

凯斯情绪顿时激动起来："太荒唐，荒唐！我想象不出在我们英格兰、爱尔兰，若把神父赶走再把教会解散，会是什么样子！"

妙聪不想听由一个外国人对寺改园一事评头论足，遂转移了话题："凯斯先生去过月山？"

凯斯说："去，一定去拜访尊敬的大和尚先生！"

妙聪临走时，特意扫了月山寺的全景照一眼，暗想："这个英国人，有点所答非所问了……"

从凯斯家里一出来，丽娜就走了。妙聪从怀里掏出刚抄写的《关于焦作陶瓷器的记录》，双手捧着对魏常有说："劳烦先生了，请务必将此文转交林秉清先生，阿弥陀佛……"

六五

俗世俗人，大都一见和尚，仅凭那光光的脑壳，就以为剃掉了烦恼丝便斩断了对尘世间的一切眷顾，再无牵挂。晨钟暮鼓，清净一生。其实，每一个光脑壳背后，都有一个凄婉的故事，都有一个鲜活的灵魂。

妙聪回到月山，已是傍晚，吃过斋饭，就上了凤皇台。

他独自盘坐蒲团，左手揖十，右手捻珠，身如铸钟，思如潮涌。他想起了空相，也想起了清了，更想起了刘家的劫难和巩亦清、林秉清。他的内心充满了煎熬：

"先祖在上，师父在上，如今徒儿越来越迷惘了……不管是保汉佛，还是救刘家，也包括救那两个共产党人……这一桩桩一件件，无一不是该行之善，可是这又明显有悖于禅规佛旨，涉世太深。

"自从徒儿少年遭厄，眼前总是一片漆黑，是师父救我于隆冬雪地。从此与青灯古佛为伴，研经读典，深钻勤悟，灰死之心慢慢地纳入了一丝丝的光明，看到了佛的仁慈，也感到了佛的能量，可是徒儿很疑惑，法力无边的佛怎么就无法拯救数以万万计之天下苍生？

“从大清朝末期至今，每每有香客祈福祛祸于月山，所闻所见，有多少饥寒交迫？又有多少血泪斑斑？徒儿致力于佛事，倾心布道，妄想依佛力而救黎民，举绵薄以利众生，可是徒儿太微弱太渺小了。

“我曾为辛亥上香，也曾为北伐祈祷。可谁又能想到，辛亥成就了一个国民政府，国民政府却毁掉了我月山宝刹。北伐军进了怀川，却夺走了我的师父！

“我原来也想成佛的，也自信能够成佛，可眼下我已没了这份奢望，因为我知道自己成不了佛，也不愿意成佛，因为成了佛就要呵护功德也呵护罪恶！宽宥善良也宽宥阴歹！拯救苍生也拯救魔鬼！

“我至尊至圣的佛啊……我真想离你而去！可这浑噩人间茫茫俗世，又有哪儿是我的落脚之地呢？就连那仁人志士林秉清，还不是照样如此？”

他记起了林秉清所说的新中国，和清了留下的《空相演喻》《覃怀物藏》。他想站起，但没能够，整个身躯已久固成型，一点动弹不得。

他刚回到现实就觉察，彻夜待在凤皇台的，并非他一人。觉慧陪了他整整一夜。

妙聪悄悄地自查了通身的脉络，除了胸腔和头颅部位，躯干和四肢早已变得冰凉。他提了提丹田气，先送至额顶，又灌回中室，后抵四肢暖了双足和两手，直到最后暖回天庭，于心里暗喝了一声：起！

呼的一声，闭目盘坐的他站了起来，朝觉慧走过去。此时天已大亮。停了好一会儿觉慧才发现，问：“师父何时起来的？”

“饭做好了？”妙聪问。

“师父一夜没睡，怕也饿了，就及早做了。”觉慧说。

“好。”妙聪笑点了一下头，和觉慧一起下了凤皇台。用过早斋，妙聪就一头扎进了灵芝堂。

《空相演喻》和《覃怀物藏》，两部书均架构宏大，引证庞繁，参悟灵感遍布其间，充满了玄机和哲思。妙聪一沾手便放不下，昼夜不怠，忘了时光，只顾徜徉其间：

……黄龙三关乃三问，谓圣典未得释也！乃三答：生缘即轮回承递，佛手即慈慧勤勉，驴脚即耐久守恒也。

……困顿入梦，有声曰："瓜熟蒂落"，何意不解，顿醒睹观音幻影手持拂尘而去，留金刚圣果一枚，何意不知；空相塔下，闻师祖曰：月恒日升之时耳……

书中如此这般，有对情状的具体描述，也有对佛典的析解辨思，大致可看出清了的参悟状态和参禅打坐的意识流轨迹。

一天上午，妙聪去花园做佛事，回到月山已是半下午。他一进门就捧起《空相演喻》，沉迷其中。

笃笃、笃笃，随着几声叩门，觉慧门外喊道："师父——"妙聪打开门，觉慧进屋就问："没啥事吧？"然后说，"我先前已喊过你一回，你没吭声，今天来客人了。"

妙聪问："何时？"

觉慧道："今天上午，天让来了，让我陪他转了转，走时还写一信留下。"

妙聪问："现写的？"

觉慧说："是。"

妙聪接过打开，信中写道：

妙聪师叔尊鉴：

沁阳一别数日。今前来承父命，以期恭听教诲，并表寸心，无奈前辈出之躬外，甚憾。晚辈不日将西北归戎，特留言致以感佩，谨祝保重。

晚辈天让顿首

一纸薄笺，数语寥寥，文理通畅，唯其中"今前来承父命"几个字语法似有瑕疵，妙聪细细品之，发现其本意是"今承父命前来"，可是将"前来"二字往前一挪，此话便成了一语双关，有了“今来是为承父命”的意思，再加上“并表寸心”一句，这分明是在暗示，他已经接受了父命，来月山就是要告知一声，顺表决心。而所谓的父命，就是汉佛。妙聪知道，汉佛的秘密，已传到天让手中。

“好一个才俊!”妙聪赞叹了一句，遂掩卷而思，久久不能平静。自从北伐军进入怀川，他接触到了一个又一个共产党人，巩亦清、林秉清、魏常有，也包括章九酬四子章天俭，唯独章天让的身份最为隐秘。也许，这正是章九酬把汉佛秘密交与他的理由。章九酬作为槛外人，因汉佛殚精竭虑，且还把最小的儿子天让也牵扯其中，区区一尊汉佛，值得吗？想到这儿，妙聪不由得又担心起时局，想起了清了每逢关键时刻就会念叨的那些词汇，清了寺了，夷患、内戮、文祸，等等。

这些词句，清了在决定圆寂的前一天晚上曾提及，《空相演喻》里有详细记载：

> ……清了寺了，夷患、内戮、文祸三荼后世运其昌至乙酉年农之课徭即行废黜。又甲子而复兴……

并有清了旁注在侧：

> ……清了寺了，乃清朝殒而禅寺殁。夷患、内戮、文祸何焉？近乙酉乃民国三十四年，远乙酉亦民国九十四年，乃农之课徭即行废黜之日，又甲子而复兴……其曰复兴于民国一百五十四年，果有其日乎……

“果有其日乎？”妙聪读到此不禁吃惊，“眼下战乱频仍，民不聊生，显然此时不包括于内……其日，难道农之课徭废黜就发生在新中国？这可是旷古破荒的大事！若把民国纪年换成公历，最近乙酉乃一九四五年，再逢乙酉便是二〇〇五年至次年初月。如果农之课徭废黜发生在这甲子六十年间，新中国也就必然在此时段。那么，夷患呢？从师父批注看，大清了了，寺院也了了，紧接着该是夷患。夷，异族也，难道八国联军闹北京会重演？”想到这里，妙聪心跳嗵嗵，把《空相演喻》紧紧地捂在胸口，颤巍巍地唱了一声阿弥陀佛……这是一种近似哭声的吟诵，是极度的痛苦在胸腔里经好一阵碰撞，才迸出的声音。

妙聪不是未卜先知的圣人，他感知空间的绝大部分，仍是怀川这片狭小的天地。八国联军没有再来中国，怀川却意外地来了日本人。

第五章　怀川喋血

六六

一九三七年，时光痛苦地呻吟起来。怀川久旱无雨，农田龟裂，大片的秋苗被太阳烤焦成了紫铜色。月山山口外的一片片竹林先昏暗，又灰白，最后相继开花死去。

“竹子开花猫嬔蛋，朝廷坐不了两年半。”是怀川当地很有名的民谣。但凡知道这个民谣的人，无不打心底恐惧：以前都是关起门来换皇帝，这次可是日本人，难道是要亡国？

八月初的一天，章九酬回老家路过月山，妙聪说刘子彦来找过他没见着，正准备去上庄。二人一商量，遂一起下山，见了刘子彦才知道，他想打听打听时局。

刘家的宅院还是老样子，但已显得旧老许多。自从十二年前刘家遭劫后达武带妻儿加入了天主教，又加上印合当兵、达全做警察，刘家的腰杆和门面就算挺了起来。眼下，印合已经是国军的连级军需长，达全当了警察局的中队长。在一般绅民的眼里，刘家俨然已是豪门大户，连花园村曾不可一世的陈疙瘩,见了刘家人也是点头哈腰,说话只拣顺耳的说。

从宅院落成到今天,已经过了二十二个年头。妙聪、章九酬、刘子彦三人都年逾花甲。妙聪早年血气方刚的劲头早已难觅其踪。章九酬、刘子彦也只希望家族平和子孙安好。

刘子彦稍显发福,依旧端着他的黄铜水烟袋。章九酬蓄上了胡须,虽老态些但风骨犹存。妙聪虽也留了胡子,但看上去要比章刘二人年轻得多。老友重逢,感慨颇多。

刘子彦吸了一口水烟:“咱都老了。”

章九酬对妙聪说:“俺俩老了,你还不显。”

妙聪说:“老缘于心,记得当年洪家有幅中堂,配联是:‘身自善中寄,岁从心里来。’说的就是这个道理。”

章九酬略思后说:“颇有些顺其自然与世无争的味道。”

妙聪说:“横批是土来土往。”

章九酬遂问:“土来土往?”

妙聪沉思着说:“记得是,我琢磨多年,一直拿捏不准。”

章九酬接着说:“不过,这倒叫我想起了《皇极经世》中的一段话,独夫以百亩为土,大夫以百里为土,诸侯以四境为土,天子以九州为土,仲尼以万世为土。如今倭寇入侵,只怕我等连独夫也不能比,将无寸土安身了!”

“听说北平、天津都沦陷了……”妙聪说。

“听说了,天让来信说淞沪也开始吃紧。”章九酬说。

“淞沪是哪儿?”刘子彦问。

“上海那邦。”妙聪说。

“还好……”刘子彦说了一半觉得不妥咽了回去。

“子彦是担心印合吧?”妙聪问过又责备,“你真糊涂!眼下国军节节败退,这样下去,国土迟早会尽数沦丧,覆巢之下岂有完卵?”

“我……”刘子彦欲语又塞。

“印合在哪儿?”妙聪又问。

“听说在卫立煌部,番号我记不住了。”刘子彦说。

“要是卫立煌,天恭也在那儿。”章九酬说。

“是，天恭已是副师长，多亏他照顾印合。”刘子彦说。

“天温、天良呢?”妙聪问。

“都在国军第九军裴昌会部，天温是二十四师第四团的参谋长，天良是五十四师第二团副团长，听说还要来济源。”章九酬回道。

“天俭、天让两个……”妙聪话未完，章九酬就打断了他：“哈哈，你还是最惦记他俩吧?”妙聪一摇头说：“怎会！夷寇作乱，战端一开，地不分南北，派不分国共，人不分老幼，都该同心抗战不是?”

“极是。但天俭不是国军，一点音讯也无，天让信中倒是说要回来，不知他为何战前离队。”章九酬说。

“你怕他怯战?”妙聪问过笑了笑又说，“常言道知子莫若父，我看差矣！依我看来，你那几个儿子即便是一个个都怯战，天俭、天让万不会。”

“嗯……”章九酬略思后又说，“不过，你对共产党就那么有把握?”

“天让也是共产党?”刘子彦惊诧不已：“章大人这一家，三个国民党，两个共产党，将来可咋办?”

“天让不是，只天俭一个还不够啊? 咋办，只能打！不过现在还不会打得你死我活。”章九酬说道。

“阿弥陀佛……万事皆缘分、皆定数，眼下只要能共御外侮就好，善哉……”妙聪说。

三人正说着，乔杏儿来到了客位：“章大人、师父好。”乔杏儿打过招呼，于一侧坐下。她明显也见老不少，刘海已去，两鬓如霜，不过精神很好。

“你这当媄的也挂念孩儿们了吧?”章九酬问乔杏儿。

“咋会不挂念……”乔杏儿刚开口，刘子彦就慌忙截了去：“挂念也比不得章大人，五个孩子都在前线……”乔杏儿正欲再说，妙聪又抢了先：“子彦啊，牵挂归牵挂，大敌当前，国事为重，比不得平日里家长里短邻里是非，别说孩子们，真要是有一天要使唤咱这把老骨头，还能有半个托词?”

“师父说的是，俺跟子彦不是不明事理的人，我听说你们来了，就是顺便打听打听，现在日本人到哪儿了。达文不在了，达武也离太远了，达全好歹给政府做事，达双得了瞌睡病，正吃饭就会把碗给扔了，其余几个孙儿，只有印平二十三、印安二十一。剩下印义、印轩、印修仨最大的才十一，怕都派不上用场了,我想看看章大人家他几个哥哥都在哪儿,不行就叫印平、印安他哥儿俩投他们去?”

乔杏儿说罢,客位顿时无声。停了片刻,妙聪才说:“阿弥陀佛……”章九酬说:“女当家真是巾帼女杰钗裙领袖,我等钦佩哩!”刘子彦马上说道:“对!都上前线,打日本!”把烟袋放到了桌子上。

妙聪说:“等等也中,等天让回来,看看情况再说。”后又问章九酬:“你说呢?”“我看中!”章九酬说。就这样,几个老人你一言我一语地说了大半晌。午饭后,章九酬和妙聪告辞离开了上庄。

章九酬回到桥沟住了没几天,就返回了沁阳。

这时的沁阳城已是人心惶惶,谈日色变。不久又听说日军占了安阳,又沿京汉路南下,国民党军仍是一退再退。章九酬索性留下一个看门的,于春节前举家回了桥沟。

这年春节,章家是在惊恐不安中度过的。原因很简单,虽然日本人还没来,五个儿子却都在前线。刚过罢正月十五,第三天日军就南下占了新乡。

蒋介石为了迟滞日军进攻,炸断了黄河桥。日军沿道清铁路西进就成了定局。整个怀川因此而陷入了极度混乱。

消息是天让带回来的。他一进院子就喊:“大大!媄!我回来了!”

章家老宅本来就不大,从各房涌出的一家老小,顷刻间就塞满了院子。“快进屋,天太冷……”说话的是丽英,除了梓童拉着她衣角,手里还拉着一个女孩。天让笑着问:“梓婴?”“那还会是谁?又快四岁了……”丽英说着就红了眼。“快进屋吧,快进屋……快跟你大大说话,等着你呢!”王娴馥说罢,又朝丽英说:“快,去给天让弄吃的。”

天让进屋刚坐下,章九酬就问:“咋这时候回来了?”

天让憨憨笑了:“想你跟媄了!”

章九酬说:“就你嘴巧!快说,现在外头咋样!你为啥这个时候回来?”

天让回道:“新乡已经丢了,河南第三、四区党务专员郭仲魁带新乡一带大批党政人员全都跑了。修武、焦作一些工人、教师,还有学生,都跟共产党进了山,听说朱瑞也到了咱这儿。”

章九酬问:“朱瑞是谁?”

天让回道："是共产党中央北方局管军事的头头，来咱这儿组建抗日武装。"

章九酬问："哦？共产党的事，你咋这么清楚？"

天让看了父亲一眼又说："我是听说的。你不信？"

章九酬说："我不是不信。我是想，国民党逃跑了，共产党迎敌……"

天让说："大大，可是事实如此。"

章九酬问："你是咋回事？"

天让说："我？我希望国共共赴国难。"

章九酬说："我不是问你这，你一走就是四年！连个信儿也没有，为啥在这个时候回来？"

天让说："咳！一言难尽！我怕你担心，没告诉你，我参加了双十二事变。"

章九酬很吃惊："你参加了捉蒋？""你看看，没事。我这不好好的？"天让安抚父亲后又说，"我到西安后，没有去杨虎城部，而在张学良部任军官教导团团长，捉蒋我是配合行动，还守护过他三个小时。他还打听过妙聪师父。"章九酬听了，越发吃惊："他怎会知道妙聪师父？"天让回道："我灏元舅舅有可能是个原因。"章九酬说："此事咋会牵涉到他？"

"有一个叫黎青云的？"天让问。

"嗯，他是妙聪辛亥时期的老友。"章九酬说。

"这就对上了，黎青云是国民党元老，灏元舅舅现任南京政府高级幕僚，他们都有可能向蒋介石提过妙聪。后来我说你是前清的进士，他还连连夸我是名门之后。"天让说。

"你说这些干啥！"章九酬埋怨说。天让说："我还说到妙聪师叔的绰号驴长老，幸好我说了这些。"

"咋回事？"章九酬问。

"蒋介石软禁了张学良后，我们就被抓了起来，一共押到刑场七个，只活下我和另外一个人，最后才得知，我是陪斩。"

"咋回事？"

"说是上头有话，以示惩戒。"

“是蒋介石有话?”

“不知道,反正我活过来了。只可惜……张学良将军身陷囹圄……不少弟兄都死了。”天让说到此处,情绪很悲怆:“不过也值了,要不哪儿来的联合抗日?”

六七

新乡失守的第三天,日军沿道清铁路开始西进,几乎没遇到任何抵抗,就占领了武陟、修武、焦作、博爱、沁阳等地,并控制了主要交通要道。日军到哪里,就烧杀掳掠到哪里。铁钩般的魔爪,把怀川大地一下抓得死死的,一点动弹不得。

到了四月,月山所有的陋殿残堂,都塞满了逃难的人。

一天深夜,妙聪刚入睡,觉慧就来找他,说是一个小闺女在大雄宝殿癔症突发,又哭又闹。妙聪忙赶去给她扎了几针,才算缓解下来。其父声泪俱下告诉妙聪,他去地里干活,只剩他老婆和女儿在家,两个鬼子闯进了门,闺女从茅房逃出找父亲。待父女俩赶回家里时,姑娘的母亲已经死去,一丝不挂,满身血污。

乡亲们七嘴八舌接着说:上屯村十几个人去拉煤,回来路上全被日本人杀死,小鬼子在柏山放火,烧毁了半个村子,日本人还杀人喂狼狗……

大殿内哭声迭起。释迦牟尼及众弟子端坐莲台,或微笑或静默,大殿两侧诸位护法神将依然是怒目圆睁,妙聪在一旁静静地捻着念珠。

恰在此时,魏常有和达全领着七八个带枪的人急匆匆进了大雄宝殿。魏常有扫了一眼横七竖八坐着躺着的老乡对妙聪说:“这可不行啊,月山寺离山口太近,一旦鬼子来袭,那就坏大事了,得赶快叫老乡们转移!”

“他们连寺院也不放过?”妙聪愕然问。“那帮禽兽,他们要有佛心,就不来中国了……”魏常有正说着,突然想起什么,懊悔地说,“我们可能给月山寺惹麻烦了……”妙聪不解其意。魏常有接着说:“实不相瞒,我们刚偷袭了日军在博爱西关的岗楼,他们一直追到山下……”妙聪马上恍然,冷静思考了片刻,说:“既来之,则安之。其实我一直在想,这样下去也不是办法。乡亲初来时带的粮食、干粮都已快没了,山寺也无力接济,分开是迟早的事情。若是日本人直接进山,兴许还来得及逃跑,要是日本人摸不透情况不敢贸进,只用炮火攻击,就会酿成大祸。”

“你不说我还忘了,前些时柏山会议上就是这么讲的,说月山寺的乡亲要赶紧疏散。”魏常有说。

“柏山会议?”妙聪问。“是,是我们特委召开的会议,我们已经在焦作山里成立了抗日民主政府,组建了道清游击队。”魏常有说。

“我们是出家人……动枪动炮合适吗?”觉慧问。

“挽救民族危亡,匹夫有责,僧侣何以度外!再说了,除去动枪动炮,也不是没有其他事可做……”妙聪说。

“妙聪师父说得极是。眼下赶紧疏散老乡是件大事,拜托两位师父,我要连夜赶往焦作山里。师父若有需要,可去焦作修武大东村找我。”魏常有说完,带人匆匆离开了月山。

“咱们咋办?”觉慧有些紧张。

妙聪没有回答,来回踱了好一会儿,才说:“不要慌,但事不宜迟,今晚就动身。山里有亲戚的,明天一早撤离,没去处的今晚就得下山,各回自家,决不能在这里叫日本人一锅端。”

就这样,月山折腾了整整一夜,人走了多半。等到第二天一早,余下的人直接翻过当阳峰,撤离了月山。

喧嚣、纷乱了近一个月的月山寺终于平静下来。日升日落,月山寺又迎来一个久违了的寂静夜晚,月亮在云隙露了一下脸,很快又躲起来。

临近子夜,妙聪在前,觉慧在后,来到了凤皇台。觉慧点了根独香插入香炉,又和妙聪一起拜了空相塔,然后席地而盘,不说一句话。

月亮再没有从云里钻出,天下起了蒙蒙细雨,也许将其称为水汽更合适,一阵微风吹来,水汽摇摇摆摆,围着妙聪和觉慧舞动。

“师父……我……”觉慧欲言又止。妙聪不吱声,似乎知道他的心思,平静地等他开口。

觉慧迟疑了一会儿,接上了先前的话,说:“我想,当下这情形,师父若有住持名分，办大事会方便些。”

妙聪说：“嗯，不用了，你不用当住持了。”

觉慧问：“师父同意了？”

妙聪说：“不是同意，是天意，月山寺从此将了，你我都不用当住持了……”

觉慧问：“师父，你是说清了师祖说的那一天到了？”妙聪没有回答。

似雨似雾的水汽依旧无声地舞蹈着，冷气刁刁。遥远处还传来一阵隐约的雷声。那雷声，有点像将亡的老人嗓子眼里的响痰或者呓语。

一会儿，雨下大了，雨水打在柏树和荆棵的叶子上，发出沙沙的响声。妙聪和觉慧的衣裳很快就淋湿了。停了一会儿，觉慧站起来对妙聪说：“师父，该回去了。”

妙聪一声不吭。远处再次传来雷声，很闷，很沉。妙聪心诵了一句阿弥陀佛，然后自语道：“空相先祖走了……”

觉慧问道：“先祖说啥？”

妙聪说：“还是清了师祖说过的那些，忘了？”

觉慧说：“不敢忘。”

妙聪停了片刻才开口，有点像吟唱：“大清朝了了，师祖就了了，师祖了了，就该山寺了了……山寺了了，夷患就来了……也许，夷患了了，内戮就来了……何时是个头呢？呜呼——”

觉慧听得似懂非懂，悲情却一下涌出，他竟呜呜咽咽地哭了起来。

妙聪也不劝他，好像是有意地叫觉慧替他哭。停了好一会儿，妙聪才平静地说：“莫哭了……回去收拾收拾，咱们该离开这儿了。”

二人回到灵芝堂，妙聪问觉慧还记不记得封寺改园时朋友们送来的大洋，觉慧说他只记得章大人送过，妙聪说冯冠彰和刘子彦也送过，都放在课蜜泉洞水池里的薄石板下边，并让他去取出来。

觉慧按妙聪吩咐去了课蜜泉。妙聪开始收拾随身用品，并将《空相演喻》和《覃怀物藏》用油纸包裹好，放进了包袱。觉慧很快就折了回来，对妙聪说：“真没想到有这么多钱。”妙聪看了看觉慧说：“都是以前积攒的，除了师祖圆寂时用了一些，还剩两千六百一十块。”

“需要点点不?”觉慧问。

“你是怕少,还是怕涨?”妙聪笑着问。

“明白了。”觉慧说。

“诳语。”妙聪和颜斥道。

“谢师父。”觉慧憨憨笑了。

“你明白就好。利,义之聚,故见其利须思君子之义,无义之利非利,无私而馈乃义,利因欲则存私,利因仁而含义,故义不能以利计,利不能以私受之。”妙聪说。

“徒儿谨记。”觉慧由衷言道。

“说说看?”妙聪试问。

“君子之利缘于仁义,若馈赠出于仁义,不以利多少衡量,若赋予藏之私昧,真君子安肯私受?”觉慧说完,妙聪欣慰地笑了:“好!”话音刚落,随之传来了嗷啊嗷啊的驴叫声,觉慧扑哧一笑,妙聪问:“笑啥?”

“师父们夸我,焉有不悦之礼?”觉慧黠笑说。

“大胆!”妙聪见觉慧把自己当驴儿调侃,佯装斥责后微微一笑说,“不过,既然明白,就去伺候你师父吃饭吧!”紧接着那驴儿又是一阵叫唤,觉慧笑了笑说:“你看你俩,一个催一个喊,真是三人劳作小的受罪!”说罢便疾疾离了去。

灵芝堂内,妙聪独自坐于蒲团,闭目拨着念珠。觉慧喂过驴儿随即转回,劝妙聪说:“师父衣服还湿着,换换吧。”

“不觉得……”妙聪说。

觉慧没再多劝,只静静地陪着妙聪打坐。天亮雨停,二人的衣服已被躯体暖干。突然,驴儿疯狂喊叫起来。妙聪说道:“他们到底来了,我们该动身了。”

觉慧说:“我这就去牵驴儿。”说罢站起刚要走,就听轰隆一声,一颗炮弹在不远处爆炸。紧接着就是房屋倒塌和瓦砾的破碎声。后又经短暂的寂静,一拨拨的爆炸声接连响起,机关枪也嗒嗒嗒叫唤起来,一时飞砖走瓦、山摇地动。

觉慧急忙牵着驴儿走到灵芝堂前,妙聪还在蒲团上捻着念珠。“师父,该走了!”觉慧急切地喊。

“别慌,他们还有一段路要走。”妙聪边说边从容地从屋角掂起两个包袱,出屋往驴背上一搭说,“走!”

在震耳欲聋的枪炮声中,妙聪和觉慧牵着毛驴,出了方丈小院,然后向北走了不远就折向东,上了凤鸣山。炮声、枪声和瓦砾破碎声形成的声浪和爆炸掀起的尘土卷在一起,顿时弥漫了整个寺院,方丈、灵芝堂和观音殿很快被夷为平地,山门前的钟鼓二亭也不见了踪影,毗卢殿、大雄宝殿、天王殿一座座被炸得东倒西歪,一片狼藉。只有大士阁仅被炸塌一角,王铎的“极目中原”牌匾被震得半悬在阁檐上,荡来荡去。

妙聪和觉慧牵着驴儿,翻过凤鸣山,三五步一回头地离开了月山。快晌午时,二人到了桥沟。

王娴馥张罗了一桌饭菜,久久无一人动筷。“千年古刹……就这样完了? 这些倭鬼!”章九酬颤抖着胡须,哆嗦着双手,老泪纵横。“真可恶! 真可恶!”王娴馥在一旁直叹气。翁佩瑶心疼地看着章九酬。天让则铁青着脸,看着妙聪,两手交替着又是握又是捋,骨节发出咯嘣嘣的响声。

王娴馥看众人一个个都成了这样,于是赶紧张罗:“快吃饭吧,吃过饭看能不能有个章法。”

章九酬说:“也是……要我说,妙聪师父就在我这儿住下,这里虽说不如沁阳,但腾出一间半间房子还中。”妙聪说:“不了,吃过我就走。”章九酬问:“去哪儿?”妙聪说:“修武大东村。”章九酬看了看妙聪,点了点头。

天让问:“师叔能捎封信不?”

妙聪问:“带给谁?”

天让说:“巩县长。”

六八

妙聪、觉慧和二世傍晚时赶到了焦作东北山区的大东村。

此刻的大东村,人不倦,歌如潮。一些青年学生正用白灰往墙上写标语，字很鲜亮：国共联合抗日！打倒日本帝国主义！不做亡国奴！村子处处洋溢着生动跟鲜活，仿佛它迎来的不是夜晚，而是清晨。

觉慧走上前招呼："阿弥陀佛，请问施主，巩县长在何处？"一个手握笔刷的男青年回头见是个和尚，于是问："师父哪儿来的？找他干啥？""我是月山寺的，有信给他。"觉慧回答。

"巩县长下山了，听说月山……"青年学生正说着，忽然眼睛一亮，朝觉慧背后喊道，"林队长！有人找巩县长！"觉慧转身，见一中年男人，正朝这边走来。

"你是？"中年男人走上前问。

"施主好，我是月山寺的。"觉慧说。

"妙聪师父现在怎样？"中年男人焦急地问。觉慧指了一下前方不远处，中年男人看了看坐在石碾盘上的妙聪，又倏地回头看了看觉慧，惊喜地问，"妙聪师父？"没等觉慧回话，他就疾步上前，握住了妙聪的手，"妙聪前辈！大家急死了！太好了！太好了！"然后对那青年学生说，"快去，快找魏师傅！"

"魏师傅？"妙聪疑惑地问。

"魏常有啊！还有洪书砚，前辈都认识吧！"中年男人说。

"哦！认识，认识！"妙聪被扑面而来的热情感动得多少有点局促，"施主是？""走走走，回去说话，回去说话！"中年男人也不顾回话，拉着他就走，"中午时就听说日本人炮轰了月山，都在为你担心，这下好了！"然后又问，"月山咋样？""完了，全完了……"妙聪喃喃着，眼角泛出了泪光。

中年男人和妙聪在前，觉慧牵着驴儿跟在后面，来到一个石墙矸棚筑的小四合院，门口钉有简易木牌，上写着"道清游击支队"几个字。

进了院子，妙聪回头瞅见驴儿，忙说觉慧："咋把它牵进来了？"觉慧听了立刻掉头，却被中年男人喊住了："别走，这就是驴长老吧？"问罢，还哈哈笑了笑，上前接过了缰绳，好一番打量："驴长老，哈哈，好！哈哈，好！"

正在此时，有人边说边笑拥进院子，妙聪一看，来人竟是魏常有、洪书砚。妙聪一见洪书砚，心里就不由一揪，闪念了一下绿萼。

"妙聪师父，大家正担心你呢！"中年男人说。

“谢谢施主,阿弥陀佛……”妙聪回道。

“还施主啊?妙聪师父,你猜他是谁?”魏常有问。妙聪看了看中年男人,微笑着摇了摇头。魏常有问中年男人:“你们还没认识?”中年男子哈哈一笑说:“我可是早知道了妙聪师父,更知道他那大名鼎鼎的驴长老!”

“这位施主是?”妙聪问。

“这就是林秉清的弟弟、道清游击支队支队长林秉杰。”魏常有说。妙聪眉头一拧,一把抓住了林秉杰的手:“林队长……日本人可是真歹毒啊……上屯村十八个人被刺刀戳得半死,然后又浇上汽油烧;柏山村一千七百多间房被毁,七个大人被烧死,一个五岁男孩被刺刀挑着用火烤……在许良那边,他们烧了几百亩竹林,糟蹋女人,一个才十三岁,最后全都杀死……好端端的八百年古刹,也成了一片破砖碎瓦……这罪孽的日本人,必遭人神共诛……”妙聪说到激动处,竟昏了过去。

他早知道月山寺会遭劫难,这也是清了早就提醒过的,但他从未想过月山寺会毁到几乎片瓦不留的境地。

小芹走了,绿萼走了,清了走了,如今月山寺又没了,现实再一次蹂躏了他。

恍惚中,月山寺炮火连天,砖瓦横飞,一声巨响,无声塔被炸塌……妙聪被埋到了瓦砾中。这时他隐约听到一个熟悉的声音在唤他,他看看,是觉慧。

觉慧喊:“师父……”

这时,天已黑下来,桌前的窗台上,放着一只马灯。妙聪想起身,觉慧忙把他扶起。魏常有说洪书砚跟林队长有事走了,一会儿还会过来,他去弄点吃的,遂离去。

等他弄来饭菜,让妙聪刚吃过,洪书砚、林秉杰和一个熟悉的身影,就进了屋。妙聪一下呆住:“巩先生?”

“妙聪师父!我们又见面了!”说话的是巩亦清。

“我只知道找巩县长,真没想到会是你……”妙聪说。

“十年了,月山一别,已整整十年啊!”巩亦清说。

“是是是……”妙聪一面激动应承,一面从怀里掏出天让的信,递给巩亦清。巩亦清看完高兴地一拍腿:“太好了! 国民党第一战区罗奇的九十五师,马上要渡黄河北上来咱这儿,要咱们做些准备。”

“国民党? 你现在是……”妙聪有些纳闷。

“呵呵,师父有所不知,现在是国共合作时期,九十五师是东北军张学良将军的旧部,师长罗奇和大部分官兵都是东北过来的,国难家仇未报不说,也为张学良顶着一个不抵抗将军的名分不忿,正要寻着撵着日本人一雪前耻哩!”说罢,他突然想起什么,于是问,“妙聪前辈,你咋捎来此信?”当妙聪说明了情况后,巩亦清抓住妙聪的双手感慨地说,“妙聪师父,我们有缘分啊! 你多次营救我们的同志,现在又带来这个好消息,真是雪中送炭!”

一句雪中送炭,提醒了妙聪,他随即喊了一声觉慧,说:“把东西给我。”觉慧打开包袱,取出一个沉甸甸的小包裹,递给了妙聪。

妙聪打开包袱,抖开一层黄油布,里边露出一筒筒的银圆。巩亦清问:“哪儿来的? 这么多!”

“朋友捐的,就这么多,都带来了。”妙聪回道。

“捐的?”巩亦清又问。

“是朋友们多年的帮助,师父没舍得花,都攒了下来。”觉慧插话说。

“月山已毁,你多少留点……”

“巩县长,僧侣天下养,一张嘴我好对付。”

妙聪刚说完,巩亦清就站起:“妙聪前辈,亦清代我抗日军民,有礼了!”妙聪见状,赶忙站起,双手合十道:“县长言重了,言重了,贫僧虽在世外,但终归是炎黄子孙,现如今国将不存,岂能安然度外?”突然,院子里那头驴儿叫唤了起来,巩亦清问:“怎么有驴?”

“是贫僧的脚力……”妙聪说。

“哦,驴长老!”巩亦清笑了。

“正是,阿弥陀佛。”妙聪诵道。

“哈哈……”巩亦清又笑了,说,“前辈! 你的驴长老可是相当有名气啊!”

“此长老非彼长老也!”妙聪也笑了。

是夜,妙聪和觉慧住在道清支队隔壁一个狭长的小院里。院子只有东屋，是个半坡顶子的两间小屋。

夜很静，但妙聪满脑子都是炮弹爆炸和殿堂倒塌声，久久入不得梦。

六九

当东方刚出现一缕曙色，大东村的公鸡便开始鸣唱。已经早早起床开始打坐的妙聪这才意识到，这里不仅仅是大东村，更是俗世。

他出家后的几十年间，并非没离开过月山，也于别处闻过金鸡唱晓，但他从没有今天这种感觉，几声鸡鸣，使他突然从清净禅界坠落到了滚滚红尘。他睁眼看了看已经发白的窗格，然后又闭上眼睛，开始飞快地拨弄念珠，每当拨至佛头时便转回，循环往复一直不停，一遍遍心诵着：一念愚皆般若绝，一念智则般若生……

早饭是魏常有送来的，他还告知妙聪，说巩亦清一会儿过来。九点许，一干人来到妙聪和觉慧住处，巩亦清面还没露，爽朗的话语就进了屋："妙聪师父，你看我把谁带来了？"

妙聪起身，见巩亦清身后除了林秉杰、洪书砚外，还有一位戎装女子，很眼熟又一时想不起是谁。

女子笑着说："妙聪师父，我是林秉英。"

妙聪高兴应道："知道知道。你也是梅老师……"

林秉英咯咯笑了。

妙聪说："林秉英，梅映雪，都是好名字。你这是木兰从军啊！老衲还记得头一次见你的时候，你身穿月白色旗袍，举手投足，俨然大家风范。"

林秉英笑着浅浅鞠了一躬："前辈，那天你远处站着，当时只忙着掩护我哥哥，你啥模样都没有看清，一晃四年过去了，连声谢谢也没机会说。"

妙聪说："礼重了，重了。你们为苍生置安危于不顾，该谢你们才是。"

林秉杰说："妙聪师父，那是我们的分内之责。"

巩亦清接着说："妙聪前辈，你营救林秉清，可是一个大功德！著名的'一二·九'运动就是他去北平后领导的。这功德，是要载于史册的！"

妙聪听了遂问:"'一二·九'? 是不是福中矿务大学南下请愿惊动了蒋介石那一回?"

巩亦清说:"对,就是那回,蒋介石发了电报,说什么'诸君请愿各点,均已聆悉,爱国热诚,曷胜佩慰……'把学生们大大夸赞了一番呢!"

妙聪感慨地说:"由此看来,林秉清先生吉人自有天相,是上苍庇佑,哪会是贫僧人力所为啊!"

林秉杰说:"妙聪师父,还有件事告诉你,那篇《关于焦作陶瓷器的记录》,已经转给了家兄,他还叫我问候你。"

妙聪听了十分喜悦:"太好了,太好了,阿弥陀佛,贫僧得令兄这样的贤达牵挂,心甚慰,请务必转告,贫僧愧领了!"

林秉杰看了看妙聪,略思后说:"妙聪前辈,今天巩县长前来,是有事情跟前辈商量。"

妙聪闻后即说:"请巩县长直言无妨。"

巩亦清沉重地说:"妙聪师父,本想找个时间慢慢细聊,但我俗务缠身,怕忙起来就顾不得,所以想先问问,师父下一步如何打算……"

妙聪听了,神情顿时凝重,一时无语。巩亦清见状赶紧说:"要不这样,师父先考虑一下,等回头咱们再商量,你一定要等我回来。"

妙聪说:"有劳巩县长费心了……"

巩亦清说:"师父不必客气,怀川抗日救亡运动刚刚起来,师父慷慨解囊、雪中送炭,如今月山又成了那副样子,我们该替师父安排一下的。"

妙聪说:"多谢多谢,阿弥陀佛……"

巩亦清等人正准备离去,妙聪却突然问了一句:"书砚能否借一步说话……"洪书砚马上应道:"我送一下巩县长,马上回来。"

洪书砚送走巩亦清,很快就转了回来。妙聪支开觉慧,然后对洪书砚说:"岁月不饶人啊,你也是青春不再了……刘子彦家出事我第一次见你,那时你多年轻啊!"

"可不,转眼之间,我都快五十岁了。"洪书砚说过问妙聪,"前辈有啥事?"

"也无甚大事,多年不见令尊,想顺便问问,他一向可好?"妙聪说。

"家父还好,让前辈挂念了。"洪书砚说。

妙聪问的是洪小囡,嗓子眼里却憋着绿萼,所以话问得很曲隐:"家里上上下下都还好吧?"

洪书砚说:"谢谢前辈,儿子光明前段投奔我大哥一家去了南洋,只把孙子和孙女留在我身边,由我太太带着,还没来得及接出清化。家里只剩父亲和我二媄,日子还算安稳。"

妙聪慢条斯理地拨着念珠,好一会儿才说道:"那就好,那就好……河北那边都成了日本人的天下,不知山西那边啥情况……"

"我也担心哩!月山已经毁了,五台山也不知怎样……"洪书砚说。

妙聪遂问:"令妹还没联系?"

洪书砚非常无奈:"前些年都是我二媄去看她,近些年虽不再联系,但还是叫人牵挂。"

妙聪说:"空门心净自安,最难割舍的,还是家人……阿弥陀佛……"

洪书砚脸色阴沉下来:"是。尤其是我这妹妹,师父不知,绿萼其实不是我父亲亲生,她命很苦,家父每每念及此处,挂念更甚。"

绿萼非洪小囡亲生,是清了早就告诉妙聪的推断,但由洪家人亲口说出予以证实,还是头一回,这让妙聪心里一阵悸冷,面色一下变得灰白。

洪书砚很意外:"师父咋了?"

妙聪遂意识到了自己的失态,马上定了定神,把话往根上引了引:"不知当不当问,咋回事?"

洪书砚回道:"咳……说起话长,快五十年了……是个灾荒年,家父去山西做生意返回时夜经一个乱石滩,几只恶狼正撕咬一对母女。女人的后背、膀臂已血肉模糊,怀里搂着一个小闺女。女人原武口音,叫葛小芹,父亲问她家里还有啥人,女人没来得及回答就咽了气。第二天,父亲给了庄户些银两,埋了女人,把孩子带回了家……"

听着听着,妙聪拨弄念珠的手开始痉挛,竟无声地流起泪来。虽说妙聪是大慈大悲之僧,但为自己小妹痛哭成这样,这令洪书砚多少有些意外,他劝妙聪说:"前辈莫要如此,都是陈芝麻烂谷子了……"

整整十年过去了,清了圆寂时提醒妙聪绿萼很可能是他女儿这句话,时常搅得他心神不宁。他宁可相信绿萼是他身世的知情人,也不愿她是自己的女儿。这绝非是眷顾世俗之缘和儿女之恋,而是一旦确定绿萼是他的女儿,葛小芹就肯定命遭不测。

可是这一天终于还是来了,他不得不相信。那个山花般烂漫活泼而泼辣的绿萼,还果真是他的亲骨肉,而葛小芹,早已命归黄泉。

洪书砚正不知如何是好,魏常有一头撞了进来,说林秉杰让洪书砚去一趟。

洪书砚刚走,妙聪就把觉慧喊进了屋,说:“收拾一下,咱们得走。”

觉慧很意外:“咱们去哪儿?”妙聪没有回答,只是从包袱里取出笔墨,留信一封:

巩县长、林队长钧鉴:

贫僧至此得诸贤款慰,感佩之至。诸位身系抗日大业,吾乃空门弟子,多有不便,故先行告辞,以期后会。

妙聪留

巩亦清下午回到大东村时,大家正为妙聪的突然不知去向而着急。巩亦清看过妙聪留下的信,详问了洪书砚最后见妙聪时的情况。

“他会不会去崇明寺?”林秉杰说。

“崇明寺?”巩亦清问。

“是。在竹林七贤修隐地百家岩,往东十几里路,那里幽美僻静,又是佛门净地,我想他要是找落脚地方的话,该是那里。”林秉杰说。

“有道理,那就赶紧派人去一下,若能见他,尽量劝妙聪师父回来,但绝不要勉强,一切遵从他自己的意愿,如果不在,回头再商议。”巩亦清说。

“别派他人了,我去,现在就去。”魏常有说。

“能骑马吗?”巩亦清问。

“马我不会骑。”魏常有说。

“那不行,还是安排会骑马的,要速去速回。”巩亦清说。

“好,我现在就安排。”林秉杰说。

巩亦清、林秉杰派出的人策马东追，妙聪、觉慧却牵着驴一路北去，目的地是太行腹地建于南北朝的净影寺。

妙聪和觉慧经过一整天的饥渴跋涉，来到净影寺时，已是傍晚。山门虚掩着，觉慧正要叩门，妙聪说："不用敲，进去找慧慈住持即可。"

没多会儿，寺里突然嘈杂起来。很快，年约半百的慧慈和觉慧一起走出，身后还跟着一群僧人。

慧慈五短身材，圆头大嘴，锈鼻梁，生就的一副罗汉相。他一出寺门便慌张上前，倒头就拜。身后的僧人，也一个不落地全部跪下，蛙伏在地，感染得觉慧也下意识地一曲腿欲跪又挺直。

慧慈诚惶诚恐地说："师父！徒儿真没想到你会来！我真该去接接迎迎的，师父咋不给徒儿个口信，来到了小寺却不进去，还叫觉慧师弟打什么招呼，自己却在这儿累着，外人不知还好，倘若一个口风传出去，徒儿岂不要落得个不仁不敬的恶名？……万请师父不吝责罚……"

妙聪静默地站着，一直等到慧慈把话说完，才稍微弯下腰轻抚了一下慧慈的肩头，说："你老大不小了，还是这么心思重，我这不好好的？快起来吧……"

七十

净影寺的东邻，是一个仅有二三十户人家的小村落，叫影寺村。村子夹在南北两山之间，往东半里路是个矮矮的山包，从山包两侧绕过，正东又是一面绝壁，绝壁下是个很大的水潭，东南角上有瀑布入水，声响隆隆。

潭水被北东南三面峻峭峰峦合抱，漫山的苍翠把水面映得很绿。净影寺的读经阁远离寺院，建在水潭西岸的山包上。它高耸的秀姿连同蓝天白云一起倒映在水面，给人一种梦幻感。也许，正是这潭水之净和峰峦之影才使得寺院和村落共同有了这美妙的名字——净影。

到了夜间，净影寺更美，月亮悬在南山之巅，村子北半沐浴在月光里，南半则被遮在南山的阴影中。寺院坐北朝南，门前是片南北走向的狭长开阔地，夹在东西两座大山之间，当月亮游移到寺院正南方时，整个寺院就跳出了黑暗。高高的殿堂，矮矮的围墙，均被月光笼罩，就像披上了一层白色的纱。

妙聪用过晚斋，独自到寺院大雄宝殿入禅。殿堂不大，供奉着释迦牟尼和两个弟子，师居正中，徒分左右，一个是迦叶尊者，一个是金蝉子。

妙聪没有在释迦牟尼正前面，而是侧面团坐在金蝉子足下，手拨念珠，沉沉入定，仿佛此刻的他也成了一尊千年的佛塑，无血、无肉，也无情。

其实他之所以马上离开大东村，正是由于他有血、有肉、更有情。他不想和洪书砚常相处，那样会使他时不常地想起绿萼，于是他想到了净影寺。净影寺住持慧慈早年曾拜妙聪为师，学习填词作赋、灸针药理。

时入子夜，月光洒满寺院。慧慈和觉慧一起来到大雄宝殿门口。觉慧站在殿门外说："师父不早了，该歇息了。"殿内没有一点回音。

慧慈犹豫了少顷又劝道："师父，该歇息了。"话音刚落，觉慧突然喊了起来："啊！快看快看！那是啥？那是啥？"慧慈转身抬头一看，也立即惊呼："金灯！金灯！"并疾步跨进殿堂对妙聪说："快啊师父！这可是百年不遇啊！金灯照寺了！金灯照寺了！我终于见到了！终于见到了！"

慧慈的喊声，招来了所有的寺僧。他们惊异地看到，寺院的偏东上空，有两三只拳头大小的淡黄色光团，凌空悬浮着，正向西缓缓飘移。

慧慈又喊了几声师父，妙聪毫无反应。慧慈欲离不忍，欲留不能，好一阵犹豫，后突然省悟，慌忙退出了殿堂又退下台阶，扑通一声跪倒在地，将脸贴至地面，道："师父神明啊——您是活佛在世，是您给我们这山寺带来了这旷世的祥瑞啊——"慧慈话音一落，觉慧和众僧哗啦跪倒一片。

许久，妙聪走出大殿，于门口盘蒲而坐，悠悠讲道："说起这金灯奇观，不少先人曾写诗咏颂，元朝诗人王磐，就在《拱谷山》里写道：瀑布落晴雪，金灯开夜莲。金代诗人元好问也有诗为证：游人烧香仰天立，不觉紫烟峰头出，一灯一灯续一灯，山僧失喜见未曾。大概是说有的香客很幸运，碰巧会见到金灯。也有不少僧人在此修行一辈子也未曾见，后人还将此寺称为金灯寺。长久以来，究竟有无金灯，或金灯到底为何物，一直是争论不休……"

“可是我们眼见为实啊!”慧慈说道。

“是。金灯是有的,但到了清代,才开始把金灯影像和佛教区别开来,诗人程之珝就认为金灯乃天然现象,还写诗劝人‘非从白马驮来物,不稽之语莫轻传’。”妙聪解释说。

“师父……不是佛光,此为何物?”慧慈问。

妙聪回道:“嗯……要说这金灯之象,绝非这净影寺独有。月山寺清了住持整理集成的《空相演喻》有过记载,空相先祖于七百多年前曾谈及,月山就发生过此事,跟这里的金灯一样,也是先林间游走,然后悬空飘移,事情大都发生在夏初秋前。他在自己编撰的《覃怀物藏》中,曾曰:夷矿者言,金灯之像,乃兽之腐尸所生磷气自燃所呈。所谓夷矿者,指的是英国来焦作勘探煤矿的人。此象不仅在山林,在平原坟草杂生之处偶尔也会见得的……”

妙聪说到此,觉慧插话问道:“是不是鬼火啊?”

妙聪说:“对,正是。光之附近,必有腐尸,光色也会因环境不同而时黄时蓝,所以不值得大惊小怪。见到了自然是幸运,因为它确实好看,但说是啥祥瑞之兆,牵强了些。”

“师父真让我们长了见识!”慧慈由衷地说道。一干寺僧随声附和:“阿弥陀佛……”

“明白就好,退下吧,叫老衲静一会儿……”妙聪说。觉慧、慧慈和众僧遂各自回了居室。

妙聪走下了台阶,望着天空大半个饼月,又想起他生活了大半辈子的月山。多少个月夜,他从没像今天这样孤独。

结伴凌空飘浮的三两金灯,让他又想起了绿萼乃至葛小芹,他原本也可以是有人伴的,可此刻他只有自己。

悲楚顷刻间涌上心头,翻卷跌宕着,他吟了一首《长相思》:忍悲流,咽悲流,悲到金灯寺里头,孤僧岁岁忧。怅悠悠,恨悠悠,直到朱门豪府休,月明心泪稠。

明月当空,落地如霜,万籁俱寂中妙聪尘缘难尽。年轻时一朝情动惹来的这悲欢离合,使他感慨万千。然而,就在净影寺皓月俯照之时,绿萼所在的五台山不但无月光,还下着雨。

十七个春秋逝去，绿萼已更名觉萼，成了五台山集福寺的住持。她明显有点发福，比过去也白皙了些，满面的安详。此刻的她，正神安态稳地在禅堂独卧，手捻念珠，聆听着窗外淅淅沥沥的雨声，恍若隔世。

漫长的岁月，青灯残卷伴随着她，度过了无数个孤寂、冷清又虚空的日子。她一直保持着对雨夜的敏感。因为只有雨夜，她才会想起那个曾经的家。

她决定出家那天也是雨夜，尽管那个雨夜已经很遥远，她现在已不再为它肝肠寸断，却依然不能忘怀。

一九二一年秋天。晚上，秋雨霏霏。绿萼意外发现妙聪心灵深处藏着一个女人，情天瞬间坍塌。僧人们冒雨踏着泥泞，把她送回了家。当她跌跌撞撞地经过父亲房间时，屋里还亮着灯，洪小囡跟红果正说话：

"妙聪，是个了不得的人……"

"爷，我好像听你说过，他祖上还有人是宰相？"

"是，他叫陈济渊，有过女人，还有个女儿……"

绿萼听到"陈济渊"三个字，像雷炸额顶，一个踉跄，慌忙扶住窗台，往下听。

屋里又传出洪小囡的声音："他在十七岁那年，和一个寡妇之女好上了，那女的叫葛小芹。葛小芹有了身孕，济渊爹打得济渊三个月不能下床，还说那个寡妇教女无方，淫坏了他家公子，命手下人打寡妇以示惩戒，谁料，手下人竟失手打死了寡妇。葛小芹也被赶出了家乡。"

"老爷咋知道的？"红果问。

"我后来想成全绿萼，去找过清了，他无意间提到妙聪原来的名字叫陈济渊，我就对上了号……"洪小囡说。

"你脑子真好，十个人摞成堆儿也超不过你！"红果夸过问，"对上号？啥号？"洪小囡突然悲怆："哦……小芹肚里的孩子是……是个闺女……"

"闺女？"红果声音有些抖。

洪小囡迟迟不答，屋里寂静如死，红果哇一声哭了又戛然忍住，问："是咱绿萼？"

她是哭绿萼，也是哭自己，哭自己和绿萼都是黄连苦瓜。自己是出于感恩嫁了洪小囡,从此终身有靠。可绿萼呢?她如果知道了自己血淋淋的身世,且她爱上的还是自己的亲生父亲,怎能受得了?俄顷她问:“绿萼指定是妙聪的?”

洪小囡说:“嗯……咳,都三十年了……是秋天,我去山西回来路过一个乱石滩,忽闻有哭喊声,我带人赶上前,见两只恶狼正撕咬绿萼她娘,她怀里边搂着绿萼,拼命呼救,还喊一个人名,陈济渊!陈济渊!要叫怀里的孩儿记住,才两岁多的她哪能记住啊!”

“绿萼是原名?”红果问。

“不是。她胸口有一片青绿胎记,像花瓣,我就给她起名叫绿萼……”洪小囡说。

“绿萼太苦了……她太苦了……”红果说着说着,就又哭了起来。

突然,窗外扑通响了一声,洪小囡赶忙冲出了屋,见窗下躺着绿萼,马上去扶她,还喊来书砚、桃儿,把她抬回了她自己的屋。

绿萼醒了,洪小囡心疼地责备说:“你啊,这么个连雨天,跟从水里捞出来一样,不要命了?”说罢,回头看了眼正泪流不止的红果说:“快去!弄姜汤,再切点铁棍山药,还有人参,要快!”“我去!”桃儿接过说。绿萼倒像没事人一样,淡淡一笑说:“没事,大大……”等桃儿把姜汤端来又让绿萼喝了,洪小囡父子和红果才离去。

屋里只剩下绿萼,她记起家人多次说起自己的梦魇胡话,但从未想过其中竟藏着深海般的隐情,原本一直觉得红果的命最苦,到头来自己比她的命更苦,除了和红果都是捡来的外,外婆被人杀死,母亲被狼噬,且一切全由亲生父亲而起,自己还偏偏不伦地爱上他!难道,我来到这世上,就是为了这些?想到此处,绿萼一把拉过被蒙住了头,失声痛哭。

红果回去后问洪小囡:“此事只你知道?”洪小囡说:“糊涂,这还能对旁人说?说出去,还不要他俩的命?”

“老爷,刚才咱说话绿萼会听到不?”红果突然心乱。

“不会吧?她来时咱俩已经说完了……”洪小囡盯着红果。

“她要是早来了呢?不行不行,得再去看看!”红果说。

洪小囡听了,浑身猛一激灵,马上赶到后院绿萼房间,正巧绿萼把一条长巾系到了窗棂上。老人家疯了似的喊叫起来，救下了命不该绝的绿萼。

事后，一个偶然机会，洪小囡风闻绿萼在沁阳时曾与同窗王书宁交好，遂派人到沁阳提亲，不想王书宁半年前已病故。洪小囡不由连连叫苦。

半月后，绿萼悄悄离家出走。

后经八方寻找，有传闻说绿萼被一个尼姑领往山西去了。觅踪寻迹一年后方得知，绿萼已出家五台山集福寺。

洪小囡数次派人去劝绿萼，均遭回绝，绿萼甚至连面也不肯露。最后红果亲自去了一趟，才算见了一面。洪小囡说既成佛家人就别再打扰她了，可红果重情重义，一年看望一次，从不间断。

菩提镜台，悠悠长夜，心空、意空，万念俱空的绿萼又回到十七年前那个雨夜走了一遭。她很平静，也安详，仿佛是读了一本插画的经书。

忽然，一股小风吹来，帘儿一动，绿萼的心一颤。也许，搅乱她心神的，正是千里之外的《长相思》。檀香缭绕，佛灯幽幽中的她，很快就平静了下来。很显然，此时的她，已不再属于当年的情天欲海。

十七年了，她先师从集福寺原住持净尘师太，研学经理，旁修灸药，成为五台山众多寺院最盛名的佛理、灸药大师。后来，六年前净尘师太圆寂，她接任了住持。七七事变后，国民革命军第十八集团军聂荣臻部进驻五台山区，她除了为将士看病，还领着女尼们纳鞋底、做军衣，善名远播，被选为“五台山佛教救国同盟会”委员。当地人一提起觉萼师太，无人不赞。

七一

净影寺的清晨，来得很迟，因为它四周的山太高了。条状的蓝天已被朝阳映照得清澈如洗。很难灌进风的净影寺徙谷聚集着的白色的雾气纹丝不动，丝丝缕缕的不得已而悬浮在峰腰。偶尔有一只鸟儿从中穿过，使得白带状雾气突然抖动一下，旋卷片刻，然后缓缓地复于平静。

妙聪来到净影寺转眼已是第三天。战争和杀戮突然变得很遥远。在悲怆的心境里抑郁了两天的妙聪，逐渐平静下来，体力也恢复了许多，可是他仍然放不下月山寺，当然，大东村、桥沟，也许还有上庄，也惦记着他。

妙聪和觉慧住在西厢方丈南隔壁一个两开间的小屋里。师徒俩正在坐禅。妙聪突然停下捻珠对觉慧说：“快收拾一下，我们又该走了。”“去哪儿？”觉慧问。妙聪没回话。

原来，妙聪清晨打坐时，忽见一只麻雀飞入屋内，转而又飞去，遂占了一卦。卦象现：世爻为子孙卯木临休囚，应爻为父母子水临青龙。两处同动，世爻动得应爻动直接相生，又得日建相助，故而判定即日便有宿友至，同时，世宫之内兄弟爻动且遇官鬼爻临白虎回头克，又使他惴惴不安，因为卦象显示，自己将有弟兄面临灾难。

妙聪本想在大东村来人之前离开净影寺，但由于担心将有不测发生，所以缓留了一步。

觉慧收拾好，左等右等，眼看快晌午，妙聪却对他说：“去吧，迎一迎，他们来了。”觉慧这时才知，妙聪是在等人，于是赶紧迎了出去。

林秉杰、章天让二人骑着马，身着便装，腰挎短枪，身后还跟着一个背马枪的小伙子，一人三马，骑一匹牵两匹。

三人在觉慧引领下进了院子。妙聪和慧慈已在东厢房门前等候。林秉杰疾步上前说：“终于找到你了，再找不到你，我可是真的难交差了！”

妙聪微笑着说：“阿弥陀佛……”说罢，又将慧慈介绍给林秉杰。林秉杰马上对慧慈施礼说：“妙聪前辈在此，给住持添麻烦了。”

慧慈回道：“长官客气了，师父来我这里，是回家呢！”

林秉杰说：“对对对，是回家，佛家，但妙聪前辈心里还有个大家！”

天让插话道：“比佛家更大的家，国家。”

妙聪说：“队长言重，贫僧惭愧。阿弥陀佛。”

慧慈说：“快快请，请长官们跟师父屋里坐……”

进屋后，慧慈看到妙聪和觉慧已把行李收拾好，忙问妙聪：“师父要走？”妙聪却问林秉杰：“队长咋知贫僧在这里？”

林秉杰笑了笑说：“实话告诉前辈，是巩县长专门让书砚去桥沟问了章老前辈，才知你在这里，天让才领我们来了。”

“书砚呢？”妙聪问。

“书砚家里有急事先走了。”林秉杰说。

“原来是这样,真是烦劳诸位牵挂了……阿弥陀佛。”妙聪说罢又问,“洪家有啥急事?”

“不知道,只说他父亲捎信叫他赶快回去。”章天让说。言者无心听者有意,妙聪马上想到刚才的卦象,脱口而出:“坏了! 洪家要出事!”

“啊?”林秉杰吃了一惊。

“走! 马上动身! 一刻也不能缓了!”妙聪说罢就站起,急匆匆出了屋,并向寺外走去。

觉慧赶忙拿上行李撵了上去。慧慈一边追一边喊:“师父咋说走就走?”章天让也紧紧跟上边走边问:“啥事这么急?”林秉杰也跟上前去问:“前辈快告诉我,需要人手不? 到底发生了啥事?”

妙聪不得已对林秉杰说:“魏常有曾打过博爱西关岗楼,队长知道不?”

林秉杰说:“知道。跟洪家有关系?”

妙聪说:“没关系。可当地的人都知道只有洪家有家丁、快枪,日本人找不到魏常有他们,就会打洪家的主意……林队长,赶紧走吧!”

林秉杰顿时恍然,忙不迭说:“好好好! 走!”

章天让赶上前问妙聪:“能骑马不?”

妙聪道:“贫僧乃武僧教头! 慧慈! 把驴儿给我伺候好! 走! 桥沟!”

“好好好! 师父放心!”慧慈连连答应。妙聪双腿一夹马肚喊道:“驾!”马儿便箭似的奔了去。其架势,和刚到净影寺的他简直判若两人,更不像一个六十八岁的老人。

章天让是行伍出身,觉慧也时常习武,二人策马紧随其后。倒是作为道清支队队长的林秉杰,骑技显得生涩,转眼就被甩下了半里路。无奈,他对同行的小伙子喊:“快,追上去,告诉他们咱们回大东村!”“是!”小伙子抽了一下马儿喊道,“驾!”一溜烟追去。

妙聪和天让、觉慧一路疾奔,很快到了桥沟。

他们从北边刚进村,就见南边的祠堂方向慌慌张张走来了洪书砚,几人也顾不得寒暄,马上来到章宅门前,拴好马就进了家。

妙聪问了,洪书砚说,今天一早接家里口信,说昨日曾有几个日本人远远地指着庄园连说带比画，其父洪小囡怕出事，通知他千万别回去。但没想到，日本人当晚就进了家。

洪书砚闻讯赶回庄园时，家里的碉楼已插上日本旗。他没敢贸然进家，而是先去上庄见了刘子彦。刘子彦说鬼子是陈疙瘩的儿子陈渊石领去的，还说他刚从东洋留学回来。

妙聪说："这才要命。单是日本人，两眼一抹黑，出了家贼祸害就大了。阿弥陀佛……"

妙聪话音刚落，佩瑶进了屋，说上庄来了人，并手挑门帘对门外说："快来，来屋吧，快进来。"

来人是个小伙子，二十六七岁，一进门就说："我是上庄的，爷爷叫我来送信。"说着就掏出张纸来，但并不递上。书砚去接，小伙儿却不撒手，还说："爷爷交代要我交给章爷爷。"

"快来，我就是章九酬，你爷爷是刘子彦吧?"章九酬说。

"是，我叫印平。"小伙子说罢，还恭恭敬敬地给章九酬鞠了躬，然后才把信递上。

"好！子彦越发大气了，孙儿调教得如此懂理，好!"章九酬边夸边戴上花镜，扫了几眼后又把信递给妙聪看：

章大人安好：

适才花园陈疙瘩来家，说日本人怀疑洪家袭击博爱西关，要洪老爷交出枪支答应合作，并筹粮一百石，煤油、粮油共一千斤，就可以做良民受保护。现在已经把洪家老小全圈在家里，不让出去。陈疙瘩还说，他想把给日本人当翻译的儿子杀了，但下不去手。叫我转告洪家当心他。我弄不清内详，请赶快拿主意。

刘子彦

章天让问："陈疙瘩是谁?"

妙聪说："花园村一个混家，是个恶人，早年坑蒙拐骗、杀人越货啥都干，敲诈你刘伯房产、害死达文的就是他。"

章天让又问:“这样的人靠得住不?”

妙聪没有回答,只是交代印平:“你先回去,告诉爷爷叫他放心。”

印平脸上几乎没有什么表情:“还有吗?爷爷怕我说不好,说让你们写信给他。”妙聪审视了一下印平,见他虽然相貌平平,没有他爷爷刘子彦那份刚气,但慈眉善目,像是很有佛缘,于是就问:“孩子,你信佛?”

“我信天主教。”印平说。

“你大大是达武吧?”妙聪问。

“嗯。”印平回答。

“那好,你回去吧。叫你爷爷放心,我们会想办法的。有啥急事,及时来告知就行。”妙聪话音刚落,看好王娴馥进了屋:“先别让孩子回,饭弄好了,一起吃过饭再叫孩子走。”

吃过午饭,章九酬悄声说:“这孩子似乎木讷得很。”妙聪听了意味深长地说了一句:“子彦心里有数,不然不会叫他来,这孩子将来必成大器。”“哦?何以见得?”章九酬问。妙聪看了章九酬一眼,没再回话,似乎有些心事重重。章九酬问:“可发现那信里有异样?”“我注意了,字面没有说洪家的事跟陈疙瘩儿子有勾连,他却说想杀儿子,估计有难言之隐。”妙聪说。“难道陈疙瘩会舍子取义?”章九酬问。

妙聪回道:“看来如此。这个人有孝心也有性情。你想,他生逢乱世,要活路还想恪守孝道,误入歧途也是在所难免。虽说当年刘子彦是借其母之慈才算侥幸躲过劫难,但事后陈疙瘩从来不难为刘家,这就又多了一个义字。看宗祠比命贵,知孝者近忠贞,现在外族入侵国难当头,他把自己儿子看作大逆不道出卖祖宗的逆子也说不定。”

“看来是这样。现在关键是如何与洪家内部取得联系。”章九酬说。

“所言极是,可惜这儿离庄园太远了。”妙聪说。

“那该如何是好?”洪书砚急切地问。

“回月山。”妙聪说。

“月山?”章九酬叹惋说道,“那里连片囫囵砖瓦都没了,何以安身?”妙聪道:“还住麒麟岭的窑洞……让夫人给准备些食物就行。”

“好。再添匹马,我送您回去。”章天让说。妙聪说:“不用了,现在还早，几匹马来来去去也太扎眼，还得有劳天让贤侄把马还给大东村。”“这倒是。”章九酬说。

午饭后，妙聪和洪书砚、觉慧一起，带着印平离开了桥沟。

七二

四人赶到月山时，天已黑。妙聪让觉慧随印平一起下山去上庄拿铺盖，自己和洪书砚留下收拾窑洞。

觉慧从上庄返回月山时，妙聪和洪书砚已把窑洞拾掇干净。洞里仅有两张床，妙聪说看来得挤一挤了，把两张床并到一起。可此时，三人才发现，偏少了最不能少的东西：锅碗瓢勺。觉慧赶忙自责说都怪自己了，并说立刻回去拿，妙聪听了还没来得及说什么，印平就进了洞，面额汗津津的，提着一个大竹篮，锅碗瓢勺一应俱全。

“真是不该，叫你多跑了一趟，罪过了……”觉慧马上接过竹篮对印平说。印平脸上静静的，说：“你走了俺大大跟俺媄才想起，也怕师父们再往下跑，叫我赶紧送来。”

“太好了！”觉慧说。

“阿弥陀佛，人人皆佛，唯余凡人也……”妙聪说。洪书砚听得懵懂，也不便说啥，倒是觉慧听得明白，于是说：“师父的话，乃佛言，佛言者即佛。”

“非也……这是空相先祖的话。”妙聪说罢，见印平还呆站着，于是催促他赶紧回去，印平脸上还是静静的：“嗯，前辈再看看，还缺不缺啥佛用，我明儿送来。”妙聪听印平说佛用，不由多看了看他，心里赞叹：“这孩子，心里倒有气象。”

印平走了，觉慧看了看床铺说：“师父，太挤了，我还是另想办法吧……”妙聪说：“今天就凑合挤一下，明天去寻寻，看能不能找些草苫来，若真没有，弄些柏枝铺一铺就行。”

觉慧开始做饭，不多会儿就烧了一锅小米干饭，三人配着几根咸菜吃了。觉慧收拾碗筷，妙聪不言不语，只有洪书砚在窑洞里来回走动，显得心神不宁。

妙聪留心了一会儿洪书砚，又思忖片刻，也不说话，独自走出了窑洞。洪书砚问觉慧："前辈去哪儿了？""大概是凤皇台。"觉慧说。

子夜，皎皎白月滴溜溜圆，已经悬挂多时。

妙聪趁着蒙蒙月色，见地处山坳的无声塔和七星塔基本无损时，深感万幸，忘情地喊了一声："佛祖啊！"然后疾步来到凤皇台，跪倒在空相灵塔前，浑身战栗。

少顷，觉慧和洪书砚也来了凤皇台。"师父快，快起来吧，夜冷地凉，我带来了香火，给先祖们上上香吧……"觉慧边说边搀扶妙聪。

觉慧摆上香炉上了香，妙聪再次伏于地叩了头，然后站起走到凤皇台的东沿，朝东北方看去。月光之下，山寺原来梦幻般的廊殿亭阁，已没了一丁点影子，犹如一片乱坟岗。妙聪不禁悲怆至极，昂扬而诵：孽障覃怀施暴虐，血淹阡陌噩号声。乡民遭戮阎罗怒，内鬼投降百姓憎。师祖陵前僧会聚，七星塔下帅令征。恨将峰石成戈剑，殡灭东瀛日本兵！

妙聪的吟诵，起于丹田鸣于膻中穴，铿锵有力撼人心魄，使洪书砚和觉慧也觉振聋发聩热血奔涌。

觉慧愤然言道："对，师父！咱们不能拉倒！"洪书砚也是激情澎湃："前辈！咱不能这样忍下去啊！"

妙聪思考片刻，后猛睁开双眼咬牙说了一声"也罢"，然后一把收起念珠攥在手里说道："觉慧，你即刻下山，先联系几个武僧，然后分头联络，有器械的，带械归山，没器械的，徒手也要，总之，有多少要多少。大士阁西边的那五六间石窑洞损坏不太严重，斫棚顶子修修就能用，挤一下住三五十人没问题。书砚，你连夜下山，到上庄找刘子彦，要他想办法与冯会长取得联系，叫他帮你把家眷接出清化，令尊和庄园的事情由我筹划，先解决了这后顾之忧，然后再图那东洋鬼子！"

妙聪语调铿锵，口气果断，根本不似什么僧侣，而像一个大将军。

"好，我现在就去！"洪书砚爽声应道。

"师父……你呢？"觉慧突然问。

"不要担心这里。你们把事情办得越好，我就越安生。快去吧！"妙聪看觉慧一眼说。

觉慧和洪书砚走后，凤皇台安静了下来。妙聪盘坐在空相塔前，双手合十，也不捻珠，直到天亮。

当太阳爬上了凤鸣山顶，把阳光洒满了凤皇台，妙聪才缓缓站了起来，他先朝东北方寺院那一大片废墟看了看，然后才回过头来。

空相塔正对面的清风轩，房顶已坍塌大半。平日里略高于清风轩的明月禅房，已被夷为平地，两房间的狭长小院已被残砖碎瓦填满，两株海棠被拦腰炸断。

禅房南面刻有《怀园赋》的麒麟碑，连同驮碑的神器赑屃，已经无踪无影，只剩下一尊破了面相和头盖骨的石麒麟，侥幸得存，孤零零地瞪着圆滚的凸凸眼珠，惊愕地眺望着山外。

瓦砾和尘土中露出的一角纸物吸引了妙聪。他走上前，先挪开一根断檩，然后又清理了一些碎椽残笆，最终将其取出，原来是他亲手画裱的水墨观音图。

回到空相塔前，他将残片平铺在地，一片片地勉强将其拼凑起来。水墨观音早无了昔日的风采，满身灰尘，残衣破袂，净瓶不见，莲台亦无。那副拆字合部联，残破而污浊，能看清的也就三五字。

妙聪睹物思人、思情、思岁月，禁不住又想起了绿萼，也想起了恩师清了住持，更想起了章九酬、冯冠彰、刘子彦、巩亦清、姚秉辛……那张张鲜活的面孔，让他心思繁乱。于是他在心里念叨："人人皆佛，唯我凡俗。"继而思忖，"俗人不绝凡世，凡世不离俗事，该杀伐决断的，不能再辜妄了……"

他一边想着心事一边朝窑洞走去。路上，他心里沉甸甸装着的，都是洪家庄园，以及其掌门人洪小囡，他想象不出，那个八十多岁的老人现在究竟是怎样的境况。他回到窑洞，刚上蒲团，洪书砚就上气不接下气地进了洞。

"坏了坏了，我老婆和孙儿们恐怕是回了庄园！"

"咋回事？"

"我到清化见了冯会长，他说日本人去公司找过我，随后他就去了我家，想通知我老婆和孩子先转移到别处。可当冯会长赶到我家时，那里早已人走家空，冯会长还以为是我接走的。现在看来，我老婆可能带着孙儿回了庄园！这可咋办！这个糊涂女人！”洪书砚说。

妙聪停了会儿说：“贤侄，要沉住气。令尊是何等睿智之人。你的家眷即便是回去，一时半会儿的估计还不会有啥意外。我们想办法就是。”

洪书砚听了妙聪一番话，勉强说道：“我听前辈的，全凭前辈拿主意，我现在是……”

“书砚，我在寻思一件事……家里恁大个庄园，难道就没个备急的出口？”妙聪停下捻珠问。

“暗道？这我还真不知道。”洪书砚直盯着妙聪。

“那天去大东村送信的是不是钱管家？”妙聪问。

“不是。是钱管家托的他，叫什么春生。”洪书砚说。

“这就对了！日本人前天已进了家，信是昨天一早送出的，按常理，不是送信人能进，就是管家能出，目前外人进家不太可能，既然能出，就必然有暗道。”妙聪说。

“如果是有，咋不再联系呢？”洪书砚问。

“这也是我想不通的地方。”妙聪说罢，缓缓站起身来，在窑洞内踱了两步然后又坐回蒲团，垂下双眼，重新捻拨念珠，再不作声。

七三

妙聪猜中了，洪家庄园确实有条暗道，而这个暗道，原本只有洪耵、洪小囡父子二人知道。洪耵逝后，知底细的仅剩下了洪小囡一人。

魏常有带人袭击了清化城西关的消息一经传出，洪小囡马上意识到此事很可能波及洪家庄园，因为方圆几十里人人皆知唯有洪家有武装。洪小囡未雨绸缪，立即着手准备，坚壁清园，准备应变。可是，厄运突然而至，红果跟女佣桃儿去清化买人参，本来说下午就回庄园，结果直到晚上还不见人影。洪家遂派人四处寻找，一直到第二天下午，钱必铭才打听到，有两个女人被日本兵劫到竹林里，再没有出来。

钱必铭赶到后，发现果然是红果和桃儿，现场惨不忍睹。他赶紧通知了洪小囡。

洪小囡原本要亲自接红果和桃儿回家，但钱必铭死活不让，说是没法看。最后是钱必铭收殓了二人的尸首。可祸不单行，天没亮日本人就包围了洪家。洪小囡通过暗道，把出事的消息送到了大东村，并交代钱必铭，决不能叫鬼子知道家里出了红果和桃儿惨死这种事。

洪家庄园从睡梦中被惊醒，在火把的映照下，全家上上下下几十口子，被鬼子用刺刀和狼狗威逼着，集中在庄园二进院。在惶恐惊惧的人群中，八十七岁高龄的洪小囡，仍旧端着父亲传下的紫铜水烟袋。他眉须已经全白，身子骨明显佝偻，几乎占脸多半的额头，也添了不少皱纹，月牙儿似的眼睛和上挑的嘴角，使他依然看上去笑眯眯的。

带兵进驻洪家的，是日军中队长山田富一。其人四十岁左右，黑红脸膛，眼大而有神，眉毛疏疏淡淡，乍一看，在他脸上很难找到杀气。他和洪小囡的对话，靠的是年轻翻译官陈渊石。陈渊石不到三十岁，白净脸，中分头，算得上眉清目秀，一看就是蜜罐泡大的奶油小生。他的眼神多少有点忧郁。现下，他拾掇得毛干皮净。

他把洪小囡从人堆里择出来并请到客位。山田先叽里呱啦了一阵，然后陈渊石做翻译："久闻前辈大名，我受皇命差遣，实属无奈。据报，贵府私藏枪支，并与袭击清化西关事件有牵连，希望前辈交出凶手和枪支，大日本天皇将不计前嫌。希望您能为天皇效力！"

洪小囡听了翻译后，显得恍然又愉悦，但他并没回山田话，而是先问了翻译官一句："你是？""我是咱自己人，陈渊石。"翻译官说。

洪小囡手捧水烟袋，满面惊喜地对陈渊石说："哦，怪不得！听你口音像咱这儿的，太好了，自己人就方便多了。我说说，你好好学给他，人家大老远跑来不容易，可不敢闹误会。"

陈渊石把洪小囡的话译给了山田后，山田笑了："老先生很开明，很开明！说错了也没关系，以后要相处的时间还很长，大家是天皇的臣民。"陈渊石遂把此话译给了洪小囡。洪小囡连连点头说："对对对，长官说得好！这改朝换代是常有的事。我是眼看着大清朝垮台又换了民国的，这民国眼下又不行了，又要换天皇。说实在的，咱老百姓不管谁当皇帝，还不都是老百姓?”说罢,洪小囡又对陈渊石说,“小乖,你学吧,学给他。”

山田听完陈渊石翻译,满面笑容夸赞洪小囡:“老人家真是贤达!天皇和大日本皇军绝对保护洪先生!”

陈渊石将此话译给洪小囡后,洪小囡又是点头又是笑,吸了一口水烟后对陈渊石说:“太好了,你再学给他。说我家有枪,但没我的话,谁也不敢为难皇军,家丁不经我允许,是绝不会带枪出去的,一共有五条长枪,七条土枪,一把勃朗宁短枪,要是能留三两支就给我留三两支,不能留就全交!我老汉是个明理的人,做臣民的,得听天皇的,天皇就是咱的新皇帝,这一点我可不糊涂。”

陈渊石翻译后,山田略思后站起,先对洪小囡敬了一个礼,然后叽里呱啦了一阵。陈渊石马上对洪小囡说:“山田队长向你致敬,说你是大大的绅士,相信你绝对不会与袭击事件有关。枪你可以通通留下,安全问题请你放心,大日本皇军会像保护自己眼睛一样保护你和你全家。”

“太好了!太好了!谢谢长官!谢谢天皇!”洪小囡高兴得忙将水烟袋放下。他过于集中的五官,笑得非常生动,十分真诚。

山田看着洪小囡,无声而有力地笑了笑,又伸出一个大拇指冲洪小囡挺了挺,然后转身交代陈渊石:“你一会儿告诉他,人一个也不准出,否则将不保证他家人的安全,明白?”

陈渊石马上点头说:“明白!”

天亮时,院子里的火把纷纷熄灭,狼狗们也终于安生下来。透窗而入的光线使客位内的家具逐渐清晰起来。考究的款式,精美的线条,乌亮的色泽,以及高贵而雅致的气息,引得山田忘记了身边的洪小囡,只顾端详家具陈设,时而细品,时而抚摸,后又来到院中,把左右厢房的木雕窗棂和门扇仔细地打量一遍,他夸赞道:“真好!妙极了,还是大中华,大中华!”

陈渊石亦步亦趋跟在山田身后,不住地译告洪小囡:“太君说好呢!说咱中国好,中国的东西也好呢!”

洪小囡笑了:“看你说的,咱不好,人家漂洋过海来干啥!对吧?你告诉他,他要喜欢,我给他盖座宅院,再配上比这还要好的家具,娶个中国媳妇给他。”

陈渊石扑哧一声笑了，引得山田先是一怔。听了陈渊石的解释，山田开怀大笑，说："要是真那样，再好不过。中国人要都像老先生一样，王道就有了乐土，那就是人间天堂了！"

陈渊石把山田的话翻译过来，洪小囡乐了："对，人间天堂！哈哈！"后又问陈渊石，"你是哪儿的，咋跟皇军这么熟？"

陈渊石说："我是花园的，陈疙瘩是我大大，我去日本留学刚毕业，就跟他们一起过来了。"

洪小囡听了，马上喜形于色："你真有出息！可是帮我大忙了！有啥需要尽管给我老汉说。记住孩儿，我可不是小肚鸡肠，大清朝不行时，我帮过国民党，现在国民党是啥也弄不成了，成天打来打去不得安宁，咱得帮帮天皇，赶紧叫老百姓安居乐业才是正理，你说对吧？"

山田问翻译洪小囡说的啥，听陈渊石翻译后山田说："渊石君，明白了吧？国民党不行，共产党更不行，只有天皇可以救中国，救老百姓。你告诉老先生，大日本天皇陛下宅心仁厚，爱民如子，只要和我们好好合作，战争很快就能结束。我还想娶个中国媳妇好好过日子呢！"说完抽风似的哈哈大笑。

洪小囡听了陈渊石的翻译，速瞟了一眼山田，然后对陈渊石说："告诉他，这没问题，我知道他们喜欢中国女人，我给他娶个怀川媳妇，咱这儿山水好，房子好，媳妇更好，哈哈！"洪小囡说此番话时，面上笑着，心却阴冷着，眉心飞快闪过一丝不易察觉的狡黠。

当陈渊石把洪小囡的话再次翻译给山田时，山田突然消沉，嘴里喃喃自语起来。

洪小囡担心地问："他咋了？"

陈渊石说："他想日本的父母和媳妇、孩子了。"

洪小囡听了，马上哈哈一笑说："你跟他说一声，叫他把人都接过来，就住我这里，我养活。就算我老汉给天皇出力了。"

陈渊石听了，似信非信地打量一眼洪小囡："老人家……真舍得？要是皇军派你钱粮呢？"

洪小囡马上笑了，说："那算啥！只要我老汉出得起，绝不推辞！"

“你们说什么?”山田问陈渊石。

“我在说派钱粮的事……”陈渊石说。

“他同意吗?”山田问。

“他满口答应。”陈渊石说。

“太好了!”山田双手一击说,“他是模范良民! 我要和他做朋友,很好很好的朋友,你告诉他。”

陈渊石翻译后,洪小囡立马说道:“皇军看得起我老汉,三生有幸啊!”

山田没等翻译就握住了洪小囡的手,并侧着脸对陈渊石说:“老人家很好,我们太需要你这样德高望重的人了,要在门内派上岗哨,确保洪家的安全。明天要在庄园插上大日本国旗,要树立样板,只要拥护大日本皇军,就会得到优待保护!”

陈渊石一连嗨了好几声,还没来得及翻译,山田就转过脸对洪小囡行了一个庄重的军礼,并转身离去。

洪小囡端起水烟袋,笑眯眯看着山田的背影,点着洋火,吸起了水烟。随着咕噜咕噜的水泡声,他在心里骂道:“你媄那个屄,我哄不死你!”

尽管洪小囡是谙熟黑白两道的大玩家,可以驾轻就熟地骗过山田富一,但对陈渊石,他仍旧一百个不放心,因为怀川人的心最容易被怀川人猜透。山田一走,他马上把心思集中在陈渊石的身上,请他入了上座,说:“我说爷儿们,今天多亏了你,不然我洪家可就遭大殃了!”说罢又大声喝道:“钱管家!”

洪小囡这一嗓子,金属般刚硬还带回音,把陈渊石吓了一大跳,他着实没有想到,这个和颜悦色的老头八十多岁了,丹田内竟有这般霸气。

“老爷有何吩咐?”钱必铭旋风似的一进门就问。

“去取五百大洋来,谢过陈家少爷。”洪小囡说。

“是!”钱必铭应过,遂取了五筒共五百大洋回来,放到了洪小囡和陈渊石面前的桌上。洪小囡往陈渊石面前一推说:“陈家少爷,万请笑纳。”“这怎么好意思?”陈渊石嘴上谦让着,手却已伸到了桌面上,洪小囡笑堆满脸,说:“贤侄莫嫌少,先花着,需要时只管言语。”

“谢谢前辈,谢谢前辈!”陈渊石边收钱边说,“今后洪家的事包在我身上，尽管放心！”

陈渊石把钱装进提包，正准备离去，忽又转回头，说：“前辈，有件事晚辈可要交代你，山田队长说了，庄园里所有人，从现在起不得离开半步，不然人家日本人可不能保证你家人的安全。”

洪小囡哈哈一笑说：“翻译官多虑，有谁敢碰我洪家！不过既然皇军安排，老夫恭敬不如从命，贤侄放心！”

陈渊石说：“那就好，晚辈告辞。”

陈渊石走了，客位仅剩洪小囡、钱必铭主仆二人。屋里很静，只有洪小囡吸水烟的咕噜声。

过了会儿，钱必铭埋怨道：“老爷，不是我多嘴，像这吃里爬外的歹人，给他恁多钱干啥！”

洪小囡听了，脸上毫无情形，垂着眼睑慢条斯理地说：“你不懂……自古以来，男子汉大丈夫向来就在这花钱上见本事、比高低。这小子，他顶多就是一条好狗的价钱！不急，迟早叫这小子连同这帮不够尺寸的小倭瓜栽到爷手里……”说罢，他把水烟袋重重地往桌上一蹾：嘭！

钱必铭第一次听洪小囡说这么歹毒的话。洪小囡沉默会儿又说：“你马上派人去修武县大东村告诉书砚一声，叫他看护好媳妇和俩小孙儿，千万别回家，要快去快回，不能叫日本人知道你出去过。”

“可是老爷，门口日本人把着哩！”钱必铭满脸无奈地说。

“哼！他们休想困住我！我是谁，我是洪家的掌门洪爷！”洪小囡铿锵说罢，突然又放缓口气，“去找盒洋火。”

“洋火？……你手里不就拿着吗？”

“多嘴。”

“是……”钱必铭不敢再多说，赶忙找盒洋火过来。

“有了？”洪小囡问。

“有了。”钱必铭说。

“跟我来……”洪小囡起身绕过客位屏风，来到后院的西厢房，掏出一把钥匙打开门，然后掀开正当屋八仙桌的裙幔，伸脚往桌下一蹬，只听呼的一声，桌下现出一个黑乎乎的洞口。钱必铭吃惊地看着洪小囡：“这是？”

“去吧，下到底，左边有马灯，这里直通小辛庄火神庙隔壁一个小宅院，当家的叫春生，叫他去大东村找书砚。一点都不能耽搁，这把钥匙交你保管。”洪小囡说。

“春生？上庄……”钱必铭问。洪小囡说：“对，上庄姜行的春生。”钱必铭接过钥匙，一边小心翼翼地下台阶一边寻思：春生……自从抗夷保域得胜，已经二十多年没见他了，他怎会出现在小辛庄？我来的年数也不少了，没想到神不知鬼不觉的，这儿还备了一条生路……洪家的水可真深！

钱必铭下了二十多个台阶才踏着地。他划了根洋火，于左手三尺高处看到一盏马灯。他拧开灯罩，点着灯捻，眼前马上亮了许多。洞壁、台阶、洞顶全都是砖砌的，宽三尺有余，高不足五尺，很潮湿，也很阴冷，有一股淡淡的霉气。

他走了约一里路的样子，迎面遇到一扇木门，门后横着一根碗口粗的横木，两头担在两根石柱的凹槽内。

他先把灯放到地上，然后将横木挪开，打开了门。趁着微弱的光，可见五步开外还有道单扇门。他走上前推推，丝毫不动，又敲了几下，门扇停了一会儿才打开，并露出一张胖乎乎的圆脸。钱必铭脱口而出：“春生？”

“钱管家！”春生笑了。

“真没想到你在这儿！”钱必铭说过，把洪小囡吩咐的事交代完，赶紧返了回去。

钱必铭返回庄园的同时，陈渊石提着沉甸甸的手提包，回了花园村的家。

陈家坐落在花园村西头，是个三进院，虽比上庄刘子彦家少了两进，但门楼高大，气势上要更胜一筹。

陈渊石刚进二门，迎头就挨了一闷棍：“汉奸回来了？”陈疙瘩冷笑着问。陈渊石满不在乎地回了一句：“大大说啥啊！”陈疙瘩不依不饶：“咋了，学会鬼话，祖宗的话听不懂了？”

“真是老糊涂，全中国马上都成日本的了，到时候都是天皇的臣民，谁是汉奸！真是！”陈渊石说罢就走。

他一路吹着口哨，回到了自己的东厢房，从提包里掏出五百大洋，正往桌上堆,忽觉身后冷风袭颈,回头一看,脸上马上没了血色,双手一松,大洋扑通通掉在地上,双腿一软就跪在了地上,丢魂似的喊:“大大……”

陈疙瘩铁塔似的站在他身后,端着一杆长枪,用黑洞洞的枪口正对着他的眉心,阴笑着:“你真是我的好儿子,发财了?”

陈渊石的头发全竖了起来:“不,不不,这是洪家老爷给我的赏钱……”

“赏钱?”陈疙瘩问。

“大大,真是赏钱……”陈渊石嗓子来着哭腔,“真的啊大大!洪老爷还答应给日本人筹备些粮油哩!”

陈疙瘩端着枪的枪口原本已慢慢耷拉下来,可一听说洪家答应给日本人钱粮时,猛一下又抬起了枪口:“你媄那个屄!再瞎说我一枪崩了你!日本人糟蹋了洪老爷的太太,还杀了她,他还会给日本人粮食?!”

陈渊石马上大声号叫起来:“大大——!别别别!我说的句句是实!”后又纳闷地问,“你说啥?日本人杀了……洪老爷的太太?”

值此危急时刻,陈疙瘩的老婆和女儿突然出现,上去就把陈疙瘩连人带枪裹了住。

“天爷啊!要命啊!”老婆喊。

“大大,你干啥啊!”女儿叫。

陈渊石一骨碌蹿将起来,躲到母女背后哭喊道:“我说的句句是实话啊,大大——”

陈疙瘩看着老婆和女儿,不由心软:“你们松开手,叫我问问他。”“中中中,我叫他一定说实话,你把枪先收起来。”老婆说罢又呵斥儿子:“小专奸,你还不赶紧跟你大大跪下!”女儿也跟着喊道:“哥!你非叫大大打死你?!”陈渊石慌忙跪下。

“你说的是真哩?”陈疙瘩眯起眼睛问。

“大大啊!这时候我还敢蒙你?”陈渊石浑身颤抖。

“好,这件事以后再说,要是你说假话,我就把你口条铰了去!我再问你,听说前几日你领着日本人到处找花姑娘?”陈疙瘩连说带问。

“大大啊,这可不关我,我是被逼的,他们还说……”陈渊石话说一半,陈疙瘩又抬起枪:“还说啥?!”陈渊石张皇地回答:“我说我说……我要不带他们去,他们说……就来咱家。”陈疙瘩又问:“去洪家庄园是你出的主意?”陈渊石说:“他们叫我三天内找到袭击岗楼的人,不然就杀了我。”陈疙瘩转而问老婆跟女儿:“咋样?你俩听到了吧?”

“要命啊,你这小祖宗,你是引狼进家啊!害自己不说还害旁人!”陈疙瘩的老婆哭喊道。陈渊石说:“大大!媄!我不是没有叫他们来嘛!”陈疙瘩突然挣开老婆跟女儿,边骂边抡起枪托往陈渊石的头上砸:“我叫你找!找花姑娘!找花姑!找花……”骂的话越来越省略,砸的速度却越来越急,顷刻间把陈渊石砸得头破血流。老婆和女儿再次死死裹抱住陈疙瘩,女儿还喊道:“还不快跑!哥你等死啊——”陈渊石却一抖身站起,抹了把额头,又看了看自己黏糊糊的血掌,顿时泪眼双涌:“大大,要杀要剐由你吧,反正你不杀我日本人迟早也会杀了我……”

陈疙瘩一下愣住了。

陈渊石略顿继续说:“我从东北一路过来,日本人都是豺狼虎豹啊!跟我一起回来俩同学,都被他们杀了……一个被他们用四个手雷捆腰里,逼他杀个七八岁男孩,他不干,日本人就拉响了手雷……我还有个同学,被他们逼着糟蹋一个六七十岁的老妇……也不从,他们就割了他的下身……大大!他们都是禽兽啊——不,禽兽也不如啊!还有一次,他们逮住了咱们四个国军,把牙一个个全敲光,然后扔到冰天雪地……大大,媄……咱们那么多军队,只知道跑,谁顾得咱老百姓啊!你叫我咋办,咋办啊——”陈渊石哭说着又突然重新跪下,“我现在跟的那个山田,是我日本女同学的哥哥,他知道我不想杀人,也不想糟蹋女人,说我是个好人,对我还算照顾,可是我总不能一点事不干吧?我也曾想一跑了之,但眼下这全国都快成了日本人的,我能跑到哪儿去啊!”

“混账!你这个没有血性的脓包!你的同学都会死,你咋不死?!”陈疙瘩大吼道。

“大大,我明白你的意思。别说你,就连那个日本人山田,也一样嫌我没骨气,看不起我,一次喝醉了酒,还说如果他是中国人,一定会杀了我。我怕!不过都是过去的事了,现在我想通了,反正迟早要死,不如现在就死,看着咱的人被他们打死、烧死、活埋,我也受不了,大大,你杀了我吧,我认!”

陈渊石此话一出，陈疙瘩手反而软了，枪管再次耷拉下来。母女俩见他泄了杀气，便丢下他一起扑向陈渊石，又是擦血又是捂头，把他扶出了东厢房。

来到西厢房，母亲一边给陈渊石擦伤口一边说："儿啊，咱不跟他们干了，他们可真是一帮畜生，他们糟蹋罢洪家奶奶还给杀了……杀就杀呗，他们还往洪家奶奶下身插竹签，把奶子都挖了……"

母亲正哭说间，突然"砰"的一声，东厢房传来一声枪响。母女俩和陈渊石赶紧跑去，见地上一块砖被打得粉碎，陈疙瘩用冒着蓝烟的枪口指着地面，瞪了一眼陈渊石说："记住，为父没有杀儿刀，这一枪算是给你长记性，再作恶这块砖就是你！"

陈渊石一声不吭想走，陈疙瘩喝住他："站住！这些脏钱别放我家里！"说完就出了门，去上庄找到刘子彦，把洪家庄园为何插了日本旗，怎么想杀儿子，说了个仔细。于是就有了刘子彦给章九酬的信。紧接着，春生又按钱必铭的交代，把洪小囡的口信送到了大东村。

遗憾的是，此刻洪书砚的老婆苗允菁已先行一步，带着孙子孙女回到了庄园。这时，碉楼已插上日本旗，只准进不准出。洪小囡迎出客位，看看孩子，又看看碉楼，然后一跺脚，狠狠地抽了自己两嘴巴，并骂道："我咋这么没出息！"苗允菁听懂了公爹的骂语，顿觉委屈，眼泪马上下来了。两个孩子遂一个搂她腰一个搂她腿，一起哭喊起奶奶来。

七四

陈渊石虽然被父亲吓得不轻，但仍认准日本人占领全中国是早晚的事，临出门他还交代母亲和妹妹多劝劝父亲，江山不管是谁的，自己家平安就好，可他一出门心就乱了："按理说，洪家奶奶被害，洪小囡不可能不知，可他答应给日本人筹备粮油为何那么痛快？他可是洪爷……"

洪家受困转眼到了第四天。山田跟洪小囡摊了牌，要他准备一百石粮食，煤油、食油各五百斤。洪小囡一口应承："好办，家里粮食本来就有些，多少凑点就够了。"他还打开库房给山田和陈渊石看，说是买的赈灾粮没用完,看好贡献给皇军。山田听了,多次夸洪小囡是良民。洪小囡则说把粮食给皇军和给老百姓一个样,都是为天下太平,就是油太少了,他马上派人采购。山田却说出钱就行,采购的事他来办。其实,道清铁路三天两头遭八路军陈赓部袭扰破坏,几乎完全中断。洪小囡见山田篱笆扎得很牢,于是马上答应:“好!我出钱,我出钱!”

通过跟山田的对话,洪小囡意识到他是外松内紧,家里人如果再不脱身,就会死无葬身之地。但他又不愿意把粮食留给日本人,思来想去,他认为必须赶快与外边取得联系,可是儿子书砚不知何往,月山妙聪又难指望,最后他想到刘子彦,便立即派钱必铭再次潜出了洪家庄园。

晚上十时许,钱必铭回来了,说他见了刘子彦,并一起上月山见了妙聪和洪书砚,武僧们也已回去大半。妙聪听说有暗道,便说叫洪小囡赶快撤。

洪小囡说:“不行!绝不能把粮食留给日本人!”

钱必铭说:“妙聪师父已猜到你不会轻易撤离。俺们已经商量好,准备用麻袋装上麸糠、锯末和沙子,装成粮袋模样,把粮食换出去,然后再撤。”

洪小囡说:“好!只是晚上碉楼有岗哨,从库房到二进院要过五个院子,这么大动静……能行吗?”

钱必铭说:“老爷忘了晾药棚?……咱从库房西墙开洞,顺烟花厂晾药棚往南,到二进院再掏洞进去。”

“好好的房子挖了洞,咋遮掩?”洪小囡问。

“不用遮掩。鬼子从来不去,为保险起见,用过以后可堆些杂物盖上。”钱必铭说。

“好主意。一定办妥帖!”洪小囡说。

“妙聪已叫觉慧住春生家,方便咱联系。”钱必铭说。

“好……”洪小囡听到这里,明白了妙聪已将换粮偷运的所有细节都考虑好,庄园和月山的联系通道,也已完全贯通,于是捋了把胡须说:“只要妙聪在,全盘皆活,我也就放心了……”

第二天一早,洪小囡特意到鬼子居住的东跨院转了转,一见鬼子就笑着打招呼,并安排厨房顿顿鸡鸭鱼肉。几十个鬼子十分高兴,并学着山田的样子,对洪小囡礼遇有加。

一连三个晚上，每每后半夜，洪家的家丁、马夫、磨工和花匠一共二十多人在武僧的配合下，把成袋的麸糠、锯末和沙子通过地道运进来，然后把小米、麦子和玉米换出去。

最后一天大快亮，钱必铭跟家丁王贵来到洪小囡的居室外。王贵二十几岁，模样很机灵，他在外边等，钱必铭独自进了屋："老爷，大部分粮食已经换走了，表层那几十袋和两囤散粮暂时还不能动，用作掩护。今晚咱就可以走人了。"

"好，不过今晚不能走，明儿个还有五马车粮食要运进来。你马上去跟妙聪他们说一声，我们明天弄走粮食再撤，一粒粮食也不能留给日本人。"洪小囡吸了口水烟说。

"好，我现在就去。"钱必铭说罢正要走，洪小囡喊住他："慢！现在是关键时刻，交代好下人，决不能大意，一旦暴露谁也活不了。明天要好酒好肉多弄些，就说是粮油已备齐要庆贺一番，晚上叫这帮杂碎一个个吃饱喝足……再说。"

"明白了！"钱必铭说罢又要走，洪小囡再次喊住他："别急！"钱必铭驻足回头，洪小囡慢悠悠地点燃水烟，又咕噜了两口，然后笑眯眯地对他说："看看纸花、黑粮还有多少，看能不能支回锅……"

"老爷……你……"钱必铭喃喃道。虽然他投靠庄园时洪家已经行端道正，但隔三岔五的，一些老家丁说起往事，也能听到些这样的暗语。纸花是火药捻子，黑粮是火药。而支锅，就是盗墓的包括开穴、爆破、破棺椁、翻腾尸体等一整套脏活。可是眼下，庄园里哪有墓穴？

"照我的吩咐去做……"洪小囡说罢，把烟锅磕空，又摅满烟丝，然后划着洋火擎到眼前，并不点烟，而是用双月牙眼出神地看着，泪光闪烁。

钱必铭突然意识到，原以为洪小囡晚一天撤离仅仅是为了粮食，看来错了，他这是要替红果和桃儿报仇。

钱必铭哭了。是他接的大奶奶和桃儿。两人阴部插着大把的竹签，奶子全成了血窟窿。老乡们说鬼子把奶子烧了抢着吃。他把红果和桃儿拉回家时，洪小囡只看了一眼，连滴泪都没掉，后吩咐将两人的尸体用硫黄和蜡封一下，先放家祠，并交代严密封锁消息。

现在看来,洪小囡之所以不动声色,是要瞒天过海,在洪家庄园给鬼子设上一道鬼门关。一股英雄气,瞬间从钱必铭的丹田冒出,直顶脑门。他咬牙说道:“老爷!你真是我的好主子!我明白了!这样好,这样好,不枉我跟你一场……”

洪小囡一直盯着洋火头那团橘光,看着它燃烧,直到熄灭也没扔掉,仅把烟嘴儿从口唇挪开,轻轻地说了一句:“那就好,去吧……”

钱必铭压低嗓子吼了一声:“得令!”拖沓而来的他走时突然脚底生风,精神格外抖擞,出了门就喊上王贵,来到后院西厢房让他在门内守着,自己下了暗道,找到春生和觉慧,把洪小囡的意思讲了个透。觉慧马上把消息送到了月山,妙聪听后半天没说出一句话。洪书砚哭了:“不行!我爹这是要拼命!”

过了一会儿,妙聪才对觉慧说:“暗道门闩在内,无法联系庄园,你赶快回去和春生一起死守着道口,一旦联系上,说啥也要阻止洪老爷!”

钱必铭从暗道返回后,锁上西厢房,交代王贵不要走远,自己则来到了三进院洪小囡住的正堂屋。

三进院正堂屋的窗户亮着,门虚掩着,钱必铭推开看看,见里边空无一人,遂迅疾退出,站在院里往楼上看了看,这时才发现楼上的窗户亮着。

楼上,就是洪家祠房,一共七间。东西各两间,是存放祭祀用品的地方。中间三间,供奉着洪家世代祖宗和旁氏先人——为洪家立过大功的忠仆。

钱必铭来到祠房,昏黄幽幽的烛光下,可见正堂案上牌位林立,呈阶梯状一共摆了七层。最下层正中前边,孤零零地立了一个牌位,上边写着:堂上洪氏戢先考之神位。左右,站着两根白蜡已经点燃;正前,卧着一只香炉,三根檀香正青烟袅袅。香炉前是十碟吃食和供果。

红果和桃儿,主仆二人安安静静地并肩躺在祠房出口烟花的木箱里。尸体早已被钱必铭带人清洗过,也做了密封处理,但由于天热,仍有少许的腐味。

箱子敞着口,横放在案前地上。箱旁立着两只三腿圆面的鼓凳,一只凳上放着彩绘烟花的颜料和毛笔,另一只上坐着洪小囡。红果和桃儿的面部有伤但还算囫囵,一塌糊涂的躯体已被洪小囡拿白布盖上。

洪小囡手握毛笔，一边在白布上画胳膊腿，一边喃喃："红果啊，你过去多好看哟，就像个白玉人儿……可我只能用画给你补上了。这样要好看些，真的很好看。在我老汉心里，谁也没你好看……

"红果啊，你也太傻了。原来说给你找个好人家，再送你一套好嫁妆的，可你非嫁老汉不可。我也没能叫你生个一男半女……委屈不委屈啊你？可是话又说回来，老汉我对你是一百个诚心。

"今天实话对你说，年轻时我可没少拈花惹草，没个正形。至今还有个野种流落江湖。可自打有了你，我是铁了心只对你一个好，再没有非分之念，这私房话只有你懂……

"说起来你今年也是五十出头的人了，咋就不知深浅呢？你真不该去清化，那人参咱家又不是没有，弄啥非要去买更好的，你值不值啊你？你也不想想，就是一天三顿给我吃人参我又能活几天？还有你这傻桃儿，我没记错的话，你差一岁就四十了吧，说给你找个婆家，你死活不嫁，你说你离不开你的主子……嗨！这都是陈芝麻烂谷子了，不说也罢。但我老汉还是要嚷你这闺女几句，你咋不劝劝你的主子？真不该凡事你总是护她……难道你也信那狗屁人参？

"其实啊，我懂你俩的心思，你们俩也懂我的心思。这么大个庄园，我就凭你俩过日子，照应我吃喝拉撒，照应我穿衣起居。你们俩一共去了五台山八回，一年一回去看绿萼，我都记得清清楚楚，也只有你俩记着跟你们一样命苦的她……后来，我也曾想过，把我那个野种托付给你俩，好歹我过世后可以帮衬帮衬他，不饿死他就中，这不是为别的，只因他是个残疾。毕竟是我的骨血不是？嗨！现在说啥也都迟了，我已经都替他准备好了，他若是不再打月山寺的主意也就罢了，一旦他敢动邪念、伤人命，自会有人替我结果了他！可是现在，开弓没有回头箭，死活全看他自己的造化了……书砚和他哥哥都不知道这些，你俩这一走，我还能指望谁呢？

"我的好红果啊……原说绿萼这闺女命苦，真不料你比她更命苦……红果啊，你是真不该去清化啊……

"下辈子我还娶你当媳妇中不中？咱俩打头重来，我会一辈子只待见你一个人，要不中，你就给我当闺女，亲闺女……"

洪小囡说着哭着，其间还打了几个悲嗝，最后抹了几把眼睛又揉了揉，咬了咬牙接着说：“日他娭哩！你放心果儿，你的事还没完，我绝不会跟那小鬼子拉倒！我是谁？洪爷！我岂能饶了这帮乌龟王八蛋！我和钱管家都准备好了，我一定给你报仇！咱家里住的这几十个挨千刀的小鬼子，明儿个我就一个个把他们全给宰了，让他们去阴曹地府里给你和桃儿磕头赔不是！”

钱必铭听着、看着，最终忍不住哭出声来。洪小囡回头看看他，也不说话，又把红果和桃儿身上画了胳膊腿的白布整了整，才对钱必铭说：“你别哭了，上上香，陪我磕磕头吧。”“是，老爷……”钱必铭哽咽着说。

上过香，洪小囡对跪在蒲垫上的钱必铭说，磕仨就中，就是个心意。接着，洪小囡又让钱必铭把放颜料笔墨的鼓凳搬开，将蒲垫往前挪挪，然后面对牌位说：

“后辈小囡老了，三拜九叩是不中了，连跪都困难了，请祖宗不要责怪。自从大大定下家规，绝了旁门左道，小囡我一直安分守己，恭奉先尊，善待家奴，想领着子孙们好好过日子。可是大大，眼下是不中了，小日本到处杀人放火糟蹋咱的女人，现在又杀你儿媳，占咱庄园，强派粮款，把一家人全逼到了绝路上……我怎能饶他们！先人们说自古忠孝不能两全，我只有舍孝而尽忠了。我刚才跟红果已经说过，明天我就把咱家的小鬼子一个个收拾了，赎赎我的不孝之罪……请你们看在囡儿一片忠孝之心的分上，央央天爷爷地奶奶也帮帮我，一定保护好子孙和家仆，我求你们了，我在这里给你们磕头了……”

洪小囡说完，没有再下跪，还是坐着那只三脚凳，向着祖宗牌位点了三下头。钱必铭见状赶忙离凳跪下，边磕头边说：“祖宗在上，老爷腿脚不方便，我替老爷磕，磕九个，不，十八个！央求祖宗十八代一定要保护老爷全家，也保护我的老爷，我的好老爷……”

钱必铭泣不成声地说着、磕着，且个个都是响头，一下下砸在地板上，咚咚作响，震得整个祠房都发抖了。站起身时，他的额头上已是血糊一片。

七五

事情有时就那么巧，第二天一早，钱必铭与陈渊石各自想着各自的心事，一不小心，二人在客位碰了个满怀。陈渊石的帽子滚落在地，露出了头上的白纱布。他慌忙捡起扣上，一抬头见钱必铭的额头也烂着，遂问："你的骷囊咋成这样？"

"咳！"钱必铭打着哈哈说，"别提了，为了今晚宴席，老爷昨晚吩咐我看看还缺啥不缺，好今天一并采购，下台阶时摔了一下。"

"那今晚多喝点，补补你受的欠，哈哈！"陈渊石笑了。

"好啊！只要你赏脸，我奉陪到底！"正说间，钱必铭一眼瞅见陈渊石帽檐下的白纱布，遂问道："哎，翻译官，你的骷囊咋也烂了？！"陈渊石慌忙打岔："我得赶紧走，山田要我去清化帮他审犯人，这里就拜托你了，估计粮食一会儿就运来。"说罢扭头就走。

"你只管放心！老爷说他是头一遭给皇军办差事，一定要办得排排场场！"钱必铭看着陈渊石的背影说。

陈渊石觉得钱必铭的话有点膈应，但也没由头说什么，所以脚下迟疑了一下便匆匆离去。钱必铭冲他背影撂了一句："早点回来啊，我还等着跟你喝酒哩！"心里却想着，"这狗东西，咋跟我受的伤一样？也是磕的？"

待粮食运到，已是第二天上午十时许。钱必铭领着王贵忙前忙后，将卸下的粮食引领入库，又把押粮的七八个鬼子安排好，就去了洪小囡的住处。

洪小囡正在独个儿吸闷烟。钱必铭进屋喊了声老爷，说："粮食已经入库，几个小鬼子住处也都安排好了。"

洪小囡说："我知道了，那小专奸陈渊石刚跟我说过。"

钱必铭看看左右，问："那事……还是晚上？"

洪小囡声音低低地说："他们白天不准喝酒，也看好山田去清化办事，只能晚上。"

钱必铭说："我也听说了，宪兵队抓了几个抗日分子。"

洪小囡拿起水烟袋:“别的都别再管了……准备咋样了?”

钱必铭擦着洋火帮着点烟:“都准备好了。”

洪小囡刺溜吸了一口:“嗯,黑粮够不够?”

钱必铭甩灭洋火扔掉:“足够了,两千多斤哩!”

洪小囡重装烟丝,并接过洋火自己划:“怕是不够。”

钱必铭说:“不够? 咋会! 足够了!”

洪小囡翻了钱必铭一眼:“煤油、食油咱们一点没动,看好用上。这房子也一间不能留!”

钱必铭一惊:“老爷……庄园不要了?”

洪小囡说:“糊涂,这事了了,庄园还能留吗? 再说这庄园来得也不干净,土来土往,该还于天地了……真是尽物归天,人贪无用,该多少就多少,谁也不能多拥。”

钱必铭呜咽了起来:“老爷……”

洪小囡低声骂道:“混账……你哭啥?”钱必铭急擦一把泪眼忍住。

这是洪家最漫长的一天,每一分钟都揪着心扯着肺,单是洪小囡的水烟袋锅子,也不知装填了多少回。

傍晚时分,一个日本兵来到洪小囡居室,叽里呱啦地连说带比画,告诉洪小囡,说山田和陈渊石回不来,叫先开宴。

巴望了一整天的日本兵,终于等来了洪小囡为他们准备的送行宴。大门外的四个鬼子也撤回到庄园,闩上了大门。几十个鬼子开始时还算井然,没多会儿就闹腾起来,酒令声,嬉闹声,后来还有了日本歌声,群魔乱舞,乌烟瘴气。一直到晚上九点多,沸腾的洪家庄园才安静下来。原来住在东跨院整整一个小队,和刚来住到四进院的八个日本兵,一个不剩地酩酊如泥。

“老爷,不能再等了,等这帮杂碎醒来就不好办了。”钱必铭焦急地催促道。

“别急,我想想……我再想想……”洪小囡咕噜噜地吸着水烟,装了一锅又一锅。突然,洪小囡说道,“对了……”钱必铭瞪大了眼睛盯着洪小囡。

洪小囡问:“黑粮剩下没有?”

钱必铭说:“两千多斤哩。咋会不剩!”

洪小囡一听便急了:“你真糊涂！剩它作甚！你要带回去给你老婆熬粥喝？全用上！一星星也不留！”

钱必铭一拍脑门笑了:“哎呀！我真是该死！这时候我还节省什么！你一说我倒想起,咱们还有不少黄粮呢！”

洪小囡把水烟袋往桌上使劲一搁,说:“咋不早说！有多少？”

钱必铭马上回道:“估摸有两百……”“别说了,都弄来我这里！”洪小囡突然打断钱必铭,还掏出一沓纸票说,“给,这是四万六千块大洋银票。办好了,不论男女老少,一人一千块,剩下的一万块,交给书砚。”

“好！小人代所有下人谢过老爷！”钱必铭说罢离开。他先派王贵找人把余下的炸药一部分包成若干小份,其余的全运到洪小囡指定位置,又领人宰了门岗四个日本兵,然后把庄园全部人马集中到了客位门前台阶下,并在屋檐下挂了四个马灯,二进院立刻变得灯火通明。

洪小囡端坐在屋门口廊下,钱必铭恭恭敬敬地说:“老爷,全都准备好了。”洪小囡不慌不忙又装了一锅水烟,划根洋火点上,吧嗒吧嗒地吸着。他把站在台下的家人和家丁、用人、杂役、马夫等一个个看了一遍,然后轻轻说道:“开始吧。”钱必铭立马回道:“是,老爷！”

钱必铭走出客位,站在廊台最前沿,从腰里掏出银票在手里甩了甩,然后喊道:“大家听好了,现在庄园里每一座房都装了火药,浇了火油。咱们现在就开始干活,干利索了咱们分银票,每人一千块现大洋。干完活,就去老爷院的西屋,那有地道,是咱撤退的通道。

“王大富！该交代的,我已经都跟你说了。你在西屋等着,要把夫人和公子、小姐都给我照应好,擦破点皮,拿骷囊顶。

“李大锤！你带十个人,先把鞭炮三百捆,礼花弹八箱,一桶煤油,八包炸药,给东跨院那几间房给补上,点着了,鬼子要有活的从窗户往外跳,出来一个给我崩一个,崩罢了要验气,有一丝气补一枪,有两丝气补两枪,活的一个也不能留！

“郭二蛋！你领五个人到老爷后院东屋,给你二百捆鞭炮,四箱礼花弹,一桶煤油,两包炸药,也给他们补上,把那八个日本人给我结果了,然后先把东跨院点着,再点老爷后院东屋。

“老李头跟小四几个！听到前边的鞭炮一响，就从最后院子开始，一个院一个院给我点房子，不管是窗户还是门，划根洋火扔进去见火就跑。最后都到老爷院里的西厢房。大家记住了，办好了，出去就领银票，谁办砸了不仅没钱，我还要他的命！”

钱必铭意气风发，像将军布阵似的，一口气把所有事项说了个清楚，然后问洪小囡：“老爷，你看中不？”“中，给我留俩人，开始吧。”洪小囡看着钱必铭，乐陶陶地笑了。

“王贵跟毛蛋俩留下，其余开始！”钱必铭喊道。

女眷们和孩子们开始向后院转移，二进院瞬间安静下来，但这安静很短暂，东跨院和四进院很快就相继传来了爆炸声。紧接着，爆竹连天，枪声四起，礼花弹也一个个开始爆炸，杀猪似的号叫声随着火光冲天而起，整个洪家庄园从北往南，开始一层层地爆炸燃烧，熊熊大火直冲云霄。邻近的花园、小辛庄、上庄的乡亲们不少人从梦中惊醒，纷纷跑出屋子和院子，远远瞅着洪家庄园燃起的冲天大火和映红的天际。

过了好一阵，洪家庄园东跨院和四进院的礼花弹爆炸声才逐渐稀落，鞭炮声也慢慢地零落下来。

突然，随着一声巨响，位于庄园西南角的烟花厂腾起一团火光，砖头瓦块被掀到半空又落下，砸得邻近的房顶发出一波波噼里啪啦声，一颗颗礼花弹也随之飞向几十米的高空并相继炸开，一束束一团团耀眼的彩光，把洪小囡的脸映照得忽明忽暗，使他那张笑眯眯了一辈子的脸更加生动了。

清化城门上的日军岗哨一看到西北方的火光，就知道洪家庄园出了问题，于是赶紧通知了山田。

早已汇集到小辛庄春生家里的妙聪、洪书砚和觉慧眼见这突如其来的惊天变故，一时慌乱起来，他们先拥到暗道口，根本进不去，然后又向洪家庄园拥，但大门从内紧扣着，推推也是纹丝不动。

正值此时，忽见两个卡车射着贼亮的光柱疾驰而来，他们只得迅速撤退。

卡车在洪家庄园大门前停下，跳下三十多个鬼子，丸子下油锅似的被沸油散开，碰到锅壁折回往中央傍，围住庄园大门找死地撞。

此刻,整个庄园已是一片火海。一进院南屋的门窗也已吐出长长如蛇芯子的火舌,把屋檐下的雕梁画栋舔得火苗直蹿,毕剥乱响。

只有二进院安然无恙,洪小囡安稳地坐在客位正中的八仙桌旁,悠然地吸着水烟,桌上亮着马灯。

钱必铭急匆匆地来到客位,兴奋地对洪小囡说道:“老爷!杂种们一个没剩,干干净净!银票也都分过了,咱们该走了!”

“还有俩。”洪小囡不慌不忙地说。

“是说山田和陈翻译吧?”钱必铭问过马上又说,“他们肯定不会只来两个,前边鬼子已经开始破门了,我们赶紧走吧!咱的人已经全撤了……”钱必铭说到此突然想起什么,急切地问,“王贵跟毛蛋呢?”

“我叫他们撤了,你也撤吧……”洪小囡说。

“老爷……你呢?”钱必铭嗓子突然嘶哑战栗起来。

“你先走,我得把这俩杂碎捎上。”洪小囡把水烟袋放在桌上,边说边拿出一张银票,“给,这是十万大洋,要交给妙聪师父,院里头还埋有些金银珠宝,将来可以修月山寺用。但现在已来不及了,取于土归于土吧!就算替祖宗还债了,也算我替祖宗们给子孙们攒点阴德!”钱必铭听了,顿时泪如雨下,哭喊道:“老爷,何至如此啊——”

“我刚说的,全记住了吗?”洪小囡眯着眼盯着钱必铭说。

“记住了。”钱必铭边抹泪边说。

“要一字一句学给妙聪师父……明白?”洪小囡说。

“明白!”钱必铭说。

“你刚说啥?何至如此?”洪小囡看了钱必铭一眼说,“你不会算账啊?我已经八十多岁了,临走再捎走两个祸害,能救多少人啊!”

“咋捎他俩?”钱必铭问。

“枪呢?”洪小囡问。

钱必铭从身上掏出一把德国勃朗宁,轻轻放在桌上。洪小囡看看手枪,然后去拿烟袋。钱必铭抢先拿起,递给洪小囡,并划着火柴准备帮其点烟。洪小囡拿起枪,盯着已划着的洋火,低沉地说:“别动!地上可全都是火药!”

钱必铭定了定神，这才看见地上已经铺满了火药，除了正门通道，门槛两边阴影处，火药铺得很厚，再往里边，是七八个炸药箱子。这时钱必铭才恍然，洪小囡已让王贵和毛蛋将剩下来的黑、黄火药全用到了此处。

“老……”钱必铭“爷”字还没来得及出口，就听轰隆的爆炸声从大门口传来，随着一阵瓦砾声，鬼子冲进了一进院。

“赶快走！再晚就来不及了！”洪小囡厉声喊道。

“老爷！”钱必铭一下跪倒在地，声泪俱下，“我不走，我陪着老爷！老爷啊——”几乎同时，头进院响起了突突突的机枪声。

“快走！”洪小囡手持勃朗宁，黑洞洞的枪口指着钱必铭的眉心问，“你要坏我的事吗？”钱必铭见他心如钢铁已撼不动毫厘，只得一狠心离了去。

钱必铭前脚刚离开，山田、陈渊石后脚就进了二门，几十条日本三八大盖，齐刷刷地指向客位，昏黄的马灯光下，洪小囡稳坐客位正堂，傍在官帽椅背上悠然地抽着水烟。

山田伸出双手，示意士兵们放下枪，然后一步步走向客位。陈渊石紧随其后，并提醒山田：“他有枪。”山田摇摇头，说：“他不会。”

山田在洪小囡对面坐下：“老人家，你真不该把事情搞到这种地步，杀了我这么多士兵。”说罢，他转而对陈渊石说，“翻译给他。”

陈渊石对洪小囡说：“山田中队长说了，你不该这样，杀了他这么多士兵。”

洪小囡冷冷看了一眼山田，说：“该不该杀，你的天皇心里最有数，在你们来中国前，天皇就该跟你们讲清楚。”

陈渊石把洪小囡的话翻译给山田后，山田接着说：“我以为你真把我们来中国看作跟你们换皇帝一个样。”陈渊石如实做了翻译。

“你以为中国人都缺心眼？”洪小囡对山田笑了笑，转而又冷了陈渊石一眼，“告诉他，你这个杂种。”

“你……”陈渊石见洪小囡一反平日的慈眉善目，突然变得恶狠狠的，愕然欲怒，并看了眼山田。山田瞪他一眼说：“记住，不允许你对他这样。”

“是！”陈渊石看着山田，垂下眼睛。

“老人家，说实在的，我也不喜欢战争，更不喜欢杀人。但在战争中，我确实杀过你们中国人，因为我不杀他们他们就会杀我。可是我的士兵没有准备杀你，我更不想杀你，你却利用我的信任杀了他们，我见到这么多士兵被杀，还是头一次，且还是死在一个中国老人的手里。我现在搞不清楚，我是该马上杀了你，还是对你表示钦佩。”山田说罢，陈渊石做了翻译。

洪小囡听后微笑着说：“为了你的士兵，你可以杀了我，老汉我不埋怨你。”并问山田，“你说你钦佩我？”陈渊石将此话翻译后，山田说：“是，你是一个有骨气的人。”

陈渊石看了看山田，并翻译了他的话。洪小囡听完，哈哈一笑对山田说：“看来日本人跟中国人一样，都是娘养的！”并鄙夷地瞪了陈渊石一眼，“但你这个狗东西除外！”

陈渊石照实全译后，山田淡淡一笑说：“老人家很睿智，也很幽默，我想过这个问题，我杀过不少中国人，但他们都不是我最想杀的。”

陈渊石翻译后，洪小囡问山田：“你最想杀谁？”

陈渊石翻译了这句话后，山田只是笑了笑，并没有回答。洪小囡也笑了笑，并问陈渊石：“喂！傻小子，明白他的话不？”“明白，他早就说过，他最想杀的是我。”陈渊石说。

“哈哈哈，你很聪明。”洪小囡大笑几声，接着对山田说，“你是个不坏的人，要不是两国交战，你我会是好朋友，很好很好的朋友，忘年交。”陈渊石翻译后，山田说：“谢谢前辈，你是一个我最钦佩的中国人，可你欺骗了我。你说要给我盖房子，还给我娶个中国媳妇，那时你就准备杀我的士兵是吗？”陈渊石照实做了翻译。

洪小囡突然大笑：“哈哈，媳妇！哈哈哈……媳妇！你还记得媳妇……”

山田惊愕地问陈渊石：“他怎么了？笑什么？”

陈渊石猛然记起洪小囡的太太被杀一事，犹豫了片刻后回答山田：“他的太太被你的士兵强奸、杀害，还被挖了乳房……”

山田刺啦抽出佩刀，怒骂了陈渊石一句什么，又唰地把刀插入刀鞘，转而走到洪小囡面前，深深鞠了一躬。洪小囡吃惊地问陈渊石：“他怎么了？”

“他知道洪大奶奶的事了，向你道歉。”陈渊石说。

“你跟他说的?”洪小囡问陈渊石。

“是……”陈渊石回答,眼神很复杂。

“道歉?”洪小囡看了一眼山田冷冷一笑。

“什么?”山田各扫一眼陈渊石和洪小囡。

“他说道歉不顶用。”陈渊石用日语说。

山田沉默着,做出了一副无奈的样子。他似乎想表达某种无辜。可遗憾的是,大和民族的任何一个人,已无一幸免地全成了零部件,组装到战争机器上,人性早已异化,甚至泯灭。山田本人更是如此。

洪小囡接着说道:“你们不该糟蹋我媳妇,更不该杀我媳妇。你们既然杀了我媳妇就不该来我家,你们不来我家,我想杀也杀不了你们。你们不杀我媳妇,来我家我也不会杀你们。杀了我媳妇你们又来我家逼粮派款,我不杀你们咋对得起我媳妇!道歉?我日你娭!道了歉就能救活我媳妇?我就会饶了你们,再给你娶个中国媳妇?哈哈哈……”

山田见状问陈渊石:“他什么意思?”

陈渊石被洪小囡绕口令似的连珠炮弄得稀里糊涂,跟不上翻译,于是把山田的最后一句话翻译给了洪小囡:“他问你说的都是啥意思。”

洪小囡一听便急了:“混账!你听不懂?”“我?”陈渊石问。洪小囡大怒:“你这小子,难道叫我翻译?你娭哩屄你就不能替自己人说句话?”

陈渊石听了,心为之一颤,马上问洪小囡:“你是说他们杀了你媳妇你就一定要杀他,对吧?你是说你不能给他们粮油,帮他们杀中国人,对吧?”洪小囡马上说道:“太对了!你这不还长着良心嘛!”陈渊石听后心里一酸转而又辣,语无伦次地对山田翻译道:“他说你们杀了他媳妇就必须抵命,不能让你们吃饱了、喝足了然后再去杀他的子孙,绝他的种!”

山田听了,心里好像受到强烈震撼,痛苦地闭了一下眼睛。洪小囡笑着问陈渊石:“乖,你说啥了,噎得他够呛?”陈渊石马上回道:“我说你不想叫他们吃饱喝足了然后去杀你的子孙,绝你的种。”洪小囡一听便乐了:“好小子,你到底是上过他们的学校,知道咋对付他!比我说得还明白,也解恨!乖,你要永远记住,你是中国人的子孙!”陈渊石心里一暖,再也忍不住,不禁泪流如瀑。

“他说什么?”山田问陈渊石。

“他说我是中国人的子孙。”陈渊石回山田。

“你刚跟他说啥?”洪小囡问陈渊石。

“我说我也是中国人的子孙。”陈渊石回道。洪小囡又惊又喜地说:“中啊我的小乖!说得好!”然后对山田说,“山田,我其实不想杀你们,也不敢杀,但你们真不该杀我媳妇,再领兵到我家胡作非为!别说你,就是你们的天皇来,我只要能够得着他,我照样千刀万剐生剥油煎了他!”说罢又对陈渊石说,“你告诉他小子,咋狠咋说!”

陈渊石没有立刻翻译洪小囡的话,而是问洪小囡:“你愿意让我做你孙子吗?”“当然!”洪小囡说。“可是,是我出的主意叫他们来你家的……”洪小囡很无奈地闭上眼睛,痛苦地摇了摇头,无声地流下两行老泪,哆嗦着嘴巴迟迟吐不出一个字。

陈渊石继续问道:“能吗?你能认我做你孙孙吗?”洪小囡突然火冒三丈:“我日你个八代祖宗!你奶奶在世的时候喊我大哥,你大大见我面就叫我大大,你不是老爷我的孙子难道是我爷?日!”陈渊石一下被骂得灵魂归窍,马上用日语把洪小囡的话学了一遍,并添枝加叶地往狠处又砸了砸:“他说他太老了,要是再年轻些他就领着他的子孙们到你们日本去,杀人、放火、抢东西!还要日你的母亲、老婆、姐妹和女儿。”

山田唰的一声抽出佩刀,突然狰狞,恶狠狠地欲骂又忍住了,然后把刀入了鞘,自言自语地说:“一个民族想征服另一个民族简直是噩梦……”少顷他又对洪小囡说,“洪老先生,其实……我也不想这样,真的……”

陈渊石听了,突然觉得山田人倒不坏,竟一时忘了翻译。

洪小囡问:“他说啥?”陈渊石如梦初醒,赶紧一字不落地翻译了山田的话。

洪小囡大笑起来,声若洪钟,很难相信这声音会出自耄耋老人之口。

“他笑什么?”山田问陈渊石。

“他问你笑啥?”陈渊石问洪小囡。

“笑你翻译得好,过瘾小子!山田这个人也许本不坏,不过一码归一码,他一定得走,我跟他一起走!”洪小囡兴奋地说。

"他说他跟你一起走!"陈渊石告诉山田。

"一起走?"山田惊愕地看了看洪小囡和陈渊石。

"洪老爷,你说你跟他一起……死?"陈渊石终于明白了洪小囡的意思。

"对! 一起死,给我媳妇陪葬去,他回东京我去西天。"洪小囡笑着说。

"他说你必须死,给他的媳妇陪葬,他跟你一起死,你回东京,他去西……天……"陈渊石对山田说时嘴里磕绊了一下,后睁大眼睛直盯洪小囡。

山田喊了一声"老人家……"突然警觉地咽住,顿感死亡的气息向他席卷过来:"哼! 玩笑……"

"他说你开玩笑……"陈渊石对洪小囡说。

"哈哈! 玩笑! 对,是玩笑!"洪小囡说罢陈渊石,又转脸面朝山田,"你们开玩笑杀我媳妇,也开玩笑挖了她的奶子,又开玩笑来我家白吃白喝,还开玩笑问我要粮要油,所以我也给你开玩笑,狗日的,对吧?"洪小囡说到此处,顺手拿起马灯,往地上照了照,并用手指了指地面说,"你看……这也是玩笑哩! 哈哈……"山田刚看清楚地上是火药,还没来得及作任何反应,洪小囡就把马灯摔向了地面。吊诡的是,马灯的玻璃罩完好无损,灯苗却灭了。

洪小囡见状,马上去拿桌上的洋火,陈渊石却把洋火一把抢了去,山田看了眼陈渊石,赞许地点点头,然后对洪小囡苦笑了一下,不慌不忙地捡起了马灯。

洪小囡遂瞪着陈渊石骂道:"好小子,你这个猪狗不如的杂种! 认贼作父的王八蛋!"山田未经翻译仅凭直觉就知道洪小囡骂了陈渊石。他回到座位,拿起了桌上的勃朗宁手枪说:"很遗憾,老人家,这就是你们支那人……先不要急,枪我暂时收起,想跟你好好谈谈,你是一个伟大的老人,我想给你多留点时间,帮我想一想……我向你发誓,我一点不比你轻松……"山田的神情和语气,使人不能不信他,洪小囡和陈渊石甚至隐约地觉得,山田的躯壳里,跳动着的同样是一颗肉长的心。

洪小囡和山田看着陈渊石,一起等待着他的翻译。可是出乎意料,陈渊石不再理会山田,而是恭敬地看着洪小囡,说:"洪老爷,我曾答应过我大大，说再也不干辱没祖宗的事，其实当时我是怕挨打，胡乱哄他。但今天不是，今天我是弄明白了，明白了你和我大大的心思，也明白了我该干啥，你要给孙儿我做个证明，咱爷儿俩一起送他上路，你看中不中？”

“好小子！洪爷我给你小子做证！爷爷我赚回了你我就赚大了！来小子，咱俩一起，送这个杂碎回他姥的老家去！”洪小囡说罢仰天大笑。

“不过爷爷，你备的分量够不？”陈渊石含泪笑说。

“一千斤黑药二百斤黄药，一试不就知道了？哈哈……”洪小囡豪笑起来。

“渊石君，他说什么？”山田急切地问。

“老人家夸我好小子。”陈渊石突然挺直腰杆划着了洋火，用日语对山田说，“他让我跟他一起，送你回日本……”

山田惊恐地看着陈渊石点燃的洋火，突然明白了自己所面对的这一老一少，究竟是怎样的人，又属于怎样一个民族。

陈渊石微笑着看了看洋火头橘红色的光焰，然后轻轻一弹，燃烧着的洋火就飞向了铺满火药的地面。

绝望中，山田朝陈渊石开了枪。三人眼前白光一闪，客位房顶飞上了天。

惊天动地的爆炸声中，洪家庄园仅存的二进院瞬间被夷为平地，一进院的北半和三进院的南半的房屋全被炸塌，并升起了一个巨大的蘑菇云，直上苍穹。客位前那二十多个鬼子连根整条的胳膊都没留下，没来得及进入庄园的小鬼子还没弄清怎么回事，就又死伤大半，停在大门口的两辆汽车，也被气浪掀翻，剩下的七八个小鬼子，惊惧地退缩再退缩，最后抱头鼠窜，钻进竹巷向清化城方向逃窜。殊不知，妙聪早已让武僧们埋伏在鬼子的必经之路——深深的竹巷之中。

距离洪家庄园不足一里地的火神庙旁，钱必铭、洪书砚及其太太苗允菁和两个孙儿，还有刚刚从暗道里撤出的众家丁和用人，望着已是一片火海的洪家庄园，捶胸顿足，哭声一片。只有妙聪双手合十，叩首捻珠，一遍遍吟诵着：“南无阿弥陀佛，南无阿弥陀佛……”念了无数遍。

过了许久，背后突然有人喊他：“师父，我们回来了。”妙聪回头一看，是觉慧。

觉慧背后，齐刷刷站着二十几个武僧，有的背枪有的拿刀，个个脸膛污渍油亮，活生生一群护法神英。

“干干净净，一个没剩！”觉慧说。

“好！”妙聪说。

“不过……”觉慧欲言又止。

“怎么了？”妙聪问。

“还另外杀出一路人马，领头的还戴着黑头罩。”觉慧说。

“是谁？”妙聪问。

“不知道，和我们一起干掉了鬼子。”觉慧说。妙聪听了，略略思忖后说：“先不管这些，反正都是中国人。快！先把剩下的粮食弄到月山，带不走的，赶快分给乡亲。一定交代乡亲们，日本人一旦查到，就会丢性命。”

“好。”觉慧说。当妙聪和觉慧将粮油分发完毕，带着武僧和洪家人回到月山时，天已蒙蒙亮。在路过无声塔时妙聪发现，无声塔一侧，又出现了盗洞。

七六

洪家庄园毁灭的第三天，妙聪让觉慧带领武僧勘验了无声塔墓室，无声法师真身罐下的汉佛，果真被盗。他吩咐觉慧摆上香案，上了供香，走了一个简单的仪式，便回填了盗洞。事后，觉慧问妙聪：“师父，贼人知道是假的，还要它做啥？”妙聪说：“只有亲眼看看，方会死心……”妙聪说。

洪家的家丁和用人，带着洪小囡发放的银票，返乡的返乡，靠友的靠友，离开了月山。只剩部分武僧，洪书砚一家四口，管家钱必铭和家丁王贵，仍留在月山。

钱必铭对妙聪讲述了洪家庄园最后那段时光，讲了自己如何烧庄园、杀鬼子，也讲了给洪书砚的一万块大洋，但唯独没讲洪小囡最后亲手交给他的十万两银票。

数日来的紧张劳累突然平静下来，经历了洪家惊天巨变的妙聪十分焦虑下一步该何去何从，同时，他还操上了钱必铭的心。

在七星塔林旁小道上，妙聪对觉慧说："我已经派春生去大东村联系林队长，你让僧员们暂且先留下，等大东村林队长有了消息再商议也不迟。"

"嗯，也只能如此。"觉慧说。

少顷，妙聪问："你觉得钱管家人怎样？"

觉慧说："我正想跟师父说，他好像有心事。"

妙聪说："他昨天说要走的。"

觉慧说："好像拿不定主意。"

妙聪说："能不能再留留他……算了，随缘吧……我去上庄一趟。"

觉慧听妙聪突然改口，不好再说啥，只是叮嘱了一句："师父去吧，路上小心。"

洪家庄园的惨烈变故，迅速传遍十里八乡，乃至整个怀川。至于上庄村，更是无人不知无人不晓，并为之惊乍。

妙聪一进刘家门，刘子彦就惊形于色地说："我都急死了，想去月山，又怕节外生枝，在家挺着也等不来个音信，这下好了，师父终于来了！"话音刚落，乔杏儿就来到了客位，一听说洪小囡和日本人同归于尽，乔杏儿哭了："可怜了洪家老掌柜，多好的一个老人……真是个老英雄……"眼泪扑簌簌地滚落，掏出帕儿不停地擦。

"惊天地泣鬼神……阿弥陀佛……"妙聪说着，也落下泪来。

"师父别太难过……"刘子彦插话劝过妙聪又说，"陈疙瘩来过，说是他那汉奸儿子……也死了？"妙聪说："是。那天远远瞅见他跟日本人一起坐车来，进了洪家就再没出来，真乃天道使然！"

"哼！太好了！这方圆几十个村子，就出了这一个孽种，真是老天有眼，没有饶他！连陈疙瘩也说他该死，提起他就骂，说自己的老脸都叫他给丢尽了！"刘子彦说。

"没想到陈疙瘩也是个义士……"妙聪说罢话锋一转，"洪家的钱管家你熟识不？""说熟识不太算，但也不陌生，打过几次交道。"刘子彦说罢又问，"咋了师父？他还活着？"

“活着。除了洪老爷,上上下下几十口人,都活着。”妙聪说。“真没想到,真没想到,附近乡亲都说洪家这回怕是要绝门了,真神奇啊! 莫非……有暗道?”刘子彦问。

“是。我今天就是为此事而来,得找到庄园的暗道口,赶紧填上,决不能叫日本人发现,不然小辛庄的乡亲就要遭大殃。”妙聪说。

“庄园那么大,都成了砖瓦堆,去哪儿找啊?!”刘子彦显得难承其负。

“在四进院西屋。一定要快,白天不能动只能夜里干,填深些,面上要做好,不能叫看出来。”妙聪神情严峻。

“你放心,我一定办好。”刘子彦说。

乔杏儿一直在一旁听着,等妙聪把事情交代完,她才说:“太好了,只要洪老爷的儿子、媳妇和孙儿们都好好的,比啥都重要! 太好了……”乔杏儿像旁说也像自语,边说边抹泪,“我是妇道人家,难受了是哭,高兴了也是哭,不耽误你们说话了……”说完遂离了去。

乔杏儿刚走,妙聪就把话绕了回来:“那钱管家呢?”刘子彦说:“人倒是干练,洪老爷很指望他,庄园大小事,都是他主事。咋了?”

妙聪说:“最后见洪老爷的只有他一个,你想想看……”

刘子彦试探道:“是说洪家富甲一方,事发又突然,一些来不及办的事洪老爷会有交代?”

“嗯,我想是。”

“他现在在哪儿?”

“月山。也许他已经走了。”妙聪说,“他昨天就说要走,但后来没有走,一直在犹豫。这说明……洪老爷一旦真的有话交代,不是和月山有关,就是和洪家子孙有关,所以他需要在月山了断此事。另一方面,既然与月山或洪门子孙有关,那就必然是安排月山和他的子孙事,就会有很大的一笔钱,很大……大得他扛不动、受不了……”

刘子彦听着听着,头上便冒出汗来。他没想到,师父妙聪仅仅从钱管家离不离开月山,竟抽丝剥茧般地一层层翻腾出一大笔钱来,这笔钱看不见摸不着,但又使人不得不相信它的存在。

“师父……你咋就断定是很大一笔?”刘子彦吃惊地问道。

“是钱管家告诉我的，说洪老爷动员家丁、用人运粮杀鬼子时承诺，事情办不好杀头，办好了每人一千现大洋银票，单此项就花了三万六千块大洋。”妙聪说。“师父是说洪老爷交给他的钱要大大超过此数？”刘子彦瞪大了眼睛。妙聪点点头：“是。”“我的天！他好大胃口！”刘子彦惊呼。

妙聪把填暗道的事情安排好，刚回到月山，就听到了一个让他忍俊不禁的消息，他前脚去了上庄，钱必铭就要离开月山。意外的是，他在经凤皇台西侧的小道时，把脚崴了，且很严重。不得已他又半走半爬地回了窑洞。

很明显，妙聪的离开，减轻了他心头压力，所以他准备一走了之。据此，妙聪更加确定洪老爷最后有交代，并且事还一定与月山寺有关。

回到窑洞，妙聪仔细看了看钱必铭的脚，崴得很重并出现水肿。钱必铭问要紧不，妙聪说不轻，问他啥事这么急，钱必铭说他怕给别人添麻烦。

妙聪从窑洞一角的筐子里取出几个小布袋，一个个打开，抓出些草药叫觉慧捣碎，然后用药酒拌了拌，给钱必铭敷到了脚腕上，说：“没多大事，到明天下午你就可下地了，但要好利索，咋也得三五日。”

“谢谢妙聪师父。”钱必铭说。

“不用。吉人自有天相，钱管家在洪家危难时忘生取义，独擎危局，使得洪家上下几十口子全身而退，此乃人悲大慈，佛祖自会庇佑你，一定会叫你早日康复。阿弥陀佛……”妙聪叹吁了一声又接着说，“只是洪老爷走得叫人心痛……”

钱必铭嗯了一声，刚要说话，妙聪又说：“洪老爷最后没有交代你啥话？”“师父不说我倒忘了，老爷说家里还藏有一些东西，就是来不及了，还说取于土归于土，将来可以用那些东西把月山寺修修。”钱必铭说。

妙聪仔细琢磨钱必铭的话，一条若隐若现的线索逐渐清晰起来：“取于土归于土”，分明是说珍宝从土中来且还在土中，故难以派上用场，但洪小囡同时又交代将其用来修月山寺，这就有可能指的是另外一笔。只要钱必铭不懂取于土归于土为何意，就基本上可以断定，洪小囡确实留下一笔钱。可是，妙聪却从别处开了口：“洪老爷告诉你藏宝在哪儿了？”“没有。这可没有，真没有！说是来不及了！”钱必铭连遮带挡。

“钱管家，贫僧没别的意思，绝对相信你的话……只是太可惜了！”妙聪嘴上这样说,心里却认定,钱必铭确实不明白取于土归于土的意思。洪小囡决不会不说藏宝地点,又说用它来修月山寺。

钱必铭虽精于世故,但可惜胸无点墨,被妙聪抓住了破绽。妙聪看到了他对那笔可能存在的巨额财富的觊觎之心。

“师父,啥太可惜了?”钱必铭问。

“阿弥陀佛……修寺之财乃佛产,佛用不得,岂不可惜?”妙聪说。

“师父,哪来的修寺之钱?确实没有啊!”钱必铭有点沉不住气。

“洪老爷不是说藏宝可以修月山寺吗?藏宝就是啊!”妙聪不慌不忙地说。

“嗯,洪老爷没说在哪儿,真是太可惜了。”钱必铭逐渐安下心来。

“实际上洪老爷已经说了,取于土归于土,其实就是说了钱在哪儿……”妙聪说到此处,突然心里一颤,下意识地抬手去捂嘴巴,又赶紧改成捋须之状。他本来是用“取于土用于土”这句话反证除了藏宝还有另外一笔钱,没承想反而触发了自己的灵感,感觉自己离那笔藏宝并不远,甚至比钱必铭窝藏的那份还要近。

“你知道藏在哪儿?”钱必铭惊愕地问。

“嗯……算是吧。”妙聪的嘴角现出了淡淡的笑意,接着说道,“其实你也知道……”

“师父是神人,我哪会知道……”钱必铭的话音忽而有点沙哑,神色也有点惊惧。妙聪见状,哈哈一笑说:“其实洪老爷已经跟你说得很清楚,在土里。”听妙聪这么一说,钱必铭紧张的情绪才稳定下来,并故作镇静地说:“土里?庄园那么大,下边可都是土啊!”

妙聪听完,乍然想起,洪家庄园客位里的那副中堂对联:身自善中寄,岁从心里来。横批:土来土往。不正是取于土归于土吗?妙聪顿时被强烈惊撼:“我的洪老爷啊——”

妙聪怎么也不会想到,第一次在洪家庄园见到此联,是光绪三十三年,也是一九〇七年,但真正地读懂它,竟然用了整整三十一年。一个四字横批,蕴含了洪氏家族对独特的生存方式全部的记述、思考和预期。洪家从土中求生,最后谢世入土,不正是对洪家生存之道之始终的完整诠释吗?也正由于此，横批统领的对联就有了特殊的意义，既是对盗墓行当的深刻自省，也反映了当年洪戢老爷弃恶从善的决心和意念。作为作联对句的高手，妙聪还看到了另外一层：两联中间对应的两字是“善心”。也许，这正是洪戢老爷对子子孙孙的警世诫言，是在告诫后来人，立世之本唯有善心。

“师父咋了？”钱必铭见妙聪突然走了神，问。

“哦！”妙聪回过神自释道，“是啊，洪老爷这话等于没说啊！”说罢，遂转移了话题，“你好生躺着，崴了脚虽无大碍，但也不是立马就能好，有啥需要，跟觉慧说一声即可。”

“让师父操劳了，真过意不去。”钱必铭说。

“自家人，你就别再客气了。”妙聪话音刚落，觉慧进了窑洞：“师父，书砚一家下午要走，冯会长已经安排妥当，下午就来接他们。”

“好，你陪钱管家说话，我看看去。”妙聪说。

洪书砚一家四口，住在大士阁废墟西边几间窑洞的最西头，毗邻住着的武僧们，此刻有的院中闲坐，有的逗书砚孙儿玩耍，一见妙聪上来，皆合十喊道：“师父——”妙聪说：“我看看洪先生。”

“准备好了？”妙聪进门就问。

“师父请坐，好了，都准备好了。”洪书砚回道。苗允菁也赶忙站起说：“师父好……”

“我们先到广东，转香港，然后再去南洋。冯会长已经通过朋友和我大哥联系好。要是顺利的话，十几天就能到那边。”洪书砚说。

妙聪说：“贤侄要走了，若不嫌弃，贫僧倒是有话想说。”

洪书砚说：“前辈请讲，晚辈恭听。”

妙聪说：“贤侄一去，将天涯一方归期难料，但贫僧希望贤侄不管身在何处，切不可忘了故土……”说到此，洪书砚欲言，妙聪伸手示意止住，继续说，“我明白贤侄非数典忘祖之辈，我要告诉你的，是另有缘由……贫僧情状你知道，虽在佛家，但心难绝于天下。经多年揣摩，这战乱昏蒙之世道不会太久，到这民国三十五年以后，极有可能逐渐有个分晓，贤侄要是赶得上，一定要回来，新中国甚需要你这样的金石技巧之能匠……”

“师父，民国三十五年以后？新中国？”洪书砚禁不住打断了妙聪的话。

“是。贤侄莫要多问,贫僧也懵懂混沌,你就只当是老衲悟得禅机揣测而已。终了没那么一天,全当是老朽梦话,若万一言中,就一定回来……供贤侄审度。”妙聪说到这里,长叹一声又说,“也许老衲不该难为你,但是……”妙聪话说半截,忽又打住,洪书砚赶忙劝慰妙聪:“前辈只管讲,晚辈谨遵教诲!”

妙聪接着说:“你爷爷和你父亲平生所愿,我铭心刻骨。洪戢老爷中矫家风,倡行正道,才送你弟兄们海外读书,目的就是叫你们为国家效力,从辛亥到民国又到眼下,你祖上两代总是心系国家和百姓,援助革命,救济灾民……更有令尊洪小囡……老英雄……八十多岁的老人了……竟然在风烛残年之际,以血肉之躯与敌寇同归于尽……这都是为了我堂堂华夏和怀川百姓啊……你们后来人,万不可以忘!”

妙聪说着说着便落了泪,手也不听了使唤,几度失声。洪书砚和苗允菁赶忙双双跪倒在妙聪膝下,边哭边发誓道:“一定,一定,我们一定!”先前于洞外闲逗孩子的武僧们,此刻也闻声围到了门前,两个孙儿也疾步上前,依偎在爷爷奶奶身旁,不知所措地喊爷爷奶奶。苗允菁遂按着两个孙儿跪下,并哭着教孩子:“快告诉老爷爷,一定一定。”两个孙儿冲着妙聪边磕头边说:“老爷爷一定!老爷爷一定!”挤在门口的众武僧无不为之动容,有的红了眼睛,有的落下泪来。

下午,洪书砚一家被冯冠彰派来的人接走。临走前,洪书砚把一万现大洋银票留给了妙聪,说打日本用得着。

洪书砚一家走后,妙聪交代觉慧说春生一回来马上告诉他。觉慧说怕春生回来太晚。妙聪说不管多晚,哪怕是后半夜,也一定要告诉他,他有要事交觉慧和春生一起办。

七七

洪书砚一家临走前,曾向钱必铭辞行。一是辈分管定,二是其父洪小囡毕竟与钱必铭主仆一场,也算是生死之交。洪书砚还特意领着夫人和孩子一起给他磕了头。

洪书砚走后钱必铭一直心绪难宁。祠房泣血,客位摆兵,暗装炸药,巧布火局,以及烈火和爆炸声中的鬼哭狼嚎,无不历历在目、声声在耳。他时而心潮起伏,时而左右为难,并反复警醒自己,好男儿闯过了刀山火海,岂能在孔方兄面前卑躬屈膝?如果再见妙聪,一定把十万现大洋银票交给他,做人就该做得堂堂正正、光明磊落。

可是转眼他又变了主意,认为自个儿出生入死,保得洪家主仆数十人全身而退,已经侠义在先,仁至义尽。十万现大洋的银票全砌于庙墙,贴上佛身,又有何用?倒不如带上它,以一恶成百善,替爷爷和父亲偿还掉乡亲故旧的宿债,洗刷掉父亲和爷爷背负的骂名。

事情,须从四十年前说起。

那年,钱必铭十九岁,他在天津卫经商的爷爷和父亲回到了修武老家,想用做生意数十年的积蓄开个煤窑,但没想到先后打了几眼全是瞎井。父子俩不甘失败,高额借贷又打了最后一眼,意外获得成功,且煤层厚,质量高,产量大。遗憾的是,只生产了两个月,地下水就陡涨淹没了矿井,堵不住抽不干,父子俩叫天不灵叫地不应,爷爷气得一命呜呼,父亲丢下了一句话:账不还,没脸见人,我赚了钱就回来。从此他远走他乡,再无音信。房产田地均被债主索去。在白眼和唾骂中,钱必铭和母亲栖身破庙,以乞讨为生。后其母抑郁积疾而亡,只剩下钱必铭一人沦落辗转,到洪家当了家丁。在洪家,钱必铭用心习武练就了一身好本事,加上他心眼活,老当家洪戢就叫他当了贴身侍从。后一个女佣把自己一个远房侄女说与了他,在焦作成了家。

洪戢此后不久将其提为管家,洪小囡接手庄园后对他重用依旧,吃得越来越好,穿得越来越鲜,手里的活络钱也越来越多,心思也就越来越大,一面对洪家知恩图报,一面又梦想回修武老家一雪前耻,替父亲和祖父争回失去的体面和荣耀。

眼下,他有理由认为自己已经报答了洪戢、洪小囡两代主子的恩情。因为没有他,洪家不可能完成几十口人的逃匿计划,尤其是救了洪书砚一家四口,他甚至把给洪书砚一万大洋也作为说服自己的理由。可是,当他朝思暮想的衣锦还乡、重耀门庭的机会来到面前时,他却犹豫了。

按理说，十万大洋一出洪小园的手，就算离了旧主，但它并不因此就成了无主之财，它的主子是月山寺，抑或是早已殒逝的清了住持和空相大和尚。可是眼下，除了他钱必铭，再无人知晓此事。他想将其占为己有，但又迟迟下不了决心，在走还是留的问题上大费脑筋。好不容易横下一条心远走高飞却又崴了脚，而且还是在空相的灵塔之下。他搞不明白，莫非神灵有眼？不义之财就如此贪不得？洪家已不复存在，自己也从此无了依靠，如若把此钱交出去，不仅洗刷旧辱会泡汤，自己妻儿的生活也会成问题。他思来想去，最终还是一恶成百善的想法占了上风：自古道无毒不丈夫，一不伤人、二不夺命的事都不敢做，还算个男人？于是，他暗暗下定了决心，待养好脚，就远走高飞。

钱必铭烦躁了整整一天。晚上九点多，妙聪和觉慧回到了窑洞。妙聪一见钱必铭就致歉：一直有事忙着，也顾不上照应你。

“师父客气了，他们还把饭送到这里，说是你交代的，真是劳烦大家了！”钱必铭说。

“佛家弟子，从不因善小而不为，更不因恶小而为之，你说对吧？”妙聪说。此番话无疑捅到了钱必铭心虚处，使其难以对答。

“佛家的话，不好懂？”妙聪又问。

“听得懂，听得懂……”钱必铭赶紧回道。妙聪看了看他魂不守舍的模样，正要说什么，春生突然进了窑洞，身后还跟了一帮人，为首的是林秉杰。

“妙聪师父！”林秉杰进门就喊。

“咋啦这是？”妙聪倏地站起，林秉杰吊着左臂，满脸晦气地长吁道：“嗨……”懊悔地摇了摇头。

“快，觉慧，赶紧给林队长弄吃的。”妙聪说。

“林队长？”春生呆了。

“咋回事？”妙聪问。

“真没想到，他就是林队长！”春生看了看林秉杰才对妙聪说，“我一到大东村，就打听林队长，可处处防贼似的，有的说他走了，有的说他投敌了，我看不对劲，就赶紧往别处打听，真找不到了才往回返。说也凑巧，我走到龙洞村时，看好遇到他们向我打听月山，我就把他们领了过来，但我没想到他竟然是林队长，太巧了！”

妙聪听完笑了，林秉杰的脸上也浮出一层浅浅的笑意。“这位是？”林秉杰看了一旁沉默的钱必铭问。“哦，这是洪家庄园的钱管家。”妙聪说。

“洪家？”林秉杰突然来了精神，“听说这里有个姓洪的大财主烧掉了整个庄园，杀了不少日本人，莫非就是这个洪家？”

“正是。”妙聪说。话音刚落，觉慧就端了一大盆黄灿灿的小米饭进了洞：“先吃饭，吃了饭再说话也不迟。”妙聪跟着说道：“林队长先用饭，一会儿觉慧领壮士们先去安歇，我再过去跟队长说话。”

“好，师父你该忙就忙去。”林秉杰说。

“好好好，林队长请自便。”妙聪说完就出了窑洞，春生紧随其后。看方向，是去凤皇台。

路上，妙聪用一种平和的语调说：“几日来光顾得忙了，也不曾跟你说说话，你快五十了吧……”“是，师父，我已经四十有八了。”春生回道。

凤皇台上，月照如水。

妙聪上下打量了一下空相灵塔，然后似有意似无意地嘟哝了一句：“洪老爷走得太急了，连句话也没说上……”

春生说：“洪老爷有话留给你。”

妙聪一惊：“还真有交代？”

春生说：“我找你就是替洪老爷捎话，后来你急着叫我找林队长，我就想从大东村回来再给你说。”

“洪老爷何时说的？”

“我第一次去大东村那天，老爷走暗道去我家亲口说的。”

“说啥？”

“说家里万一出事，我就堵上暗道，再给你说一声。”

“叫我堵？”

“不，是叫我堵。他反复交代，堵好后再给你说。”

“以后呢？”

“没了……”

"没了?"妙聪问过后镇静地说,"你现在就回去堵上,一个人中不中?"

"中。砖灰木石早就按老爷吩咐准备了,最多半晌工夫。"

"你何时下山?"

"现在。"

"现在?"

"嗯……师父,我给你磕个头再走。"

"这是为何?"

"堵好暗道,我就要搬家别处了。老爷吩咐,咱俩不一定能见面。只要咱俩见面,他就不在了,老爷还说他没有照顾好你女儿,并说你该去看看她,好歹是你亲骨肉……还叫我给……你磕个头,谢谢你的大恩大德……"

"为何叫你给我磕头?"

"我是替老爷磕的。老爷说,只有你的帮助,才能救洪氏一大家……"春生说到此,呜咽起来,朝着妙聪跪下,一连磕了三个响头,并连说三声谢谢。

妙聪意识到,洪小囡这是生前留鬼话。因春生马上要走,他顾不得再思考其他,故急切地问:"你要搬去何处?"春生却所答非所问:"觉慧以后可以找到我……"说罢站起,抹了把泪眼,就隐入了茫茫夜色。

妙聪全明白了,在红果和桃儿被害、鬼子进驻庄园后,洪小囡就制订了火烧庄园的一整套计划。在殉难前告诉钱必铭用藏宝修寺院却不说地点,故意让钱必铭自露破绽,让妙聪发现他手里的银票。安排春生填埋地道并告诉妙聪,就是用地道把取于土归于土、藏宝、银票三者贯穿起来,形成一把"无形秘钥",由春生在完全不知情的情况下交给妙聪。

春生和妙聪如期见面,无形秘钥就等于交给了妙聪,使其在发现并拿到钱必铭手中银票的同时,解开洪家藏宝的秘密。洪小囡已知绿萼是妙聪女儿,辞世之际就绿萼出家一事对妙聪表示了歉疚,并奉劝妙聪要看望看望她。

祖涉黑道、隐于俗世、谙熟诡术的洪小囡,八十七岁高龄,在大难临头、生命堪忧之际,巧布谋局,灭杀强虏无数,保得全家数十人全身而退,把千万斤粮油和巨额家财转危为安,同时巧妙地把秘钥交到唯一信得过的人手里。

妙聪想着想着，恍惚中半空突然飘来了洪小囡的声音："哈哈哈哈哈，我的好师父，鬼子来中国咱不能受欺负，杀了我媳妇我不能不报复，小囡我不糊涂。这人心最难估，管家人不错，他不该把银图，藏宝修寺庙要土来归于土，春生填地道是捎信给师父，绿萼有俩爹，我走了你照顾……哈哈哈……"

听到这里，妙聪突然跪倒在空相灵塔前，泪水滂沱，仰天喊道："洪老爷——！小囡兄啊——！你是个大圣僧啊！真正的千年难修、隐于俗世的大圣僧啊——！"

随着妙聪的声声呐喊，凤皇台四周青茅涌动，并迅疾膨扩飞旋成狂飙，翻卷四去，把偌大月山的丈棵寸草摇晃得呼呼嘶啸，月亮痛楚地遮住了脸面。妙聪落泪成雨。一股股强风夹带着他的喊声，打在漫山的柏树上，发出一阵阵哀沉悲戚的呜呜声，仿佛当阳峰、凤鸣山、虎啸山、麒麟岭一起，在跟着凤皇台哭。

眼见山风大起，觉慧慌慌张张找来，已是大雨潇潇，妙聪仍然跪着，任凭雨水淋浇。

觉慧没敢惊动妙聪，只静静地伫立在雨中陪着，两人完全变成了水人。后来雨小了，妙聪问觉慧："这么多年了，你就没见过春生？"

"没有。师父咋问起这？"

"他说你能够找到他……"

"我找他干啥？……他，莫非想叫我找他？"

妙聪没有回答，仅是看了看觉慧，开始反复思忖："他说觉慧能找到他，可觉慧又全然不知，这其实就是说他自己将来会找觉慧。既然是找觉慧，那又何必对我说？是春生无意流露，还是洪小囡又一巧做？巨款？藏宝？若为此，洪小囡已经给过自己密钥，岂不是画蛇添足？难道有比巨款和藏宝更重要的事情？且必须由觉慧去完成？咳，也罢……"想到此，妙聪暗劝自己，"洪小囡是崇高睿智的逝者，觉慧是与自己相濡以沫的忠徒，逝者托生者办事，我既然搭不上手，就该让路腾道予以成全……生缘乃生，缘生乃缘，一切随缘，阿弥陀佛……"

妙聪想到这里，释怀不少，但他没想到，春生的话还真的隐藏了一个天大的秘密——

洪小囡三十岁那年，时常到清化城看戏捧角，跟比他小十岁的怀梆名伶岑小卿好上了，并想接回庄园纳为小妾，当时其父洪戢早已率家族金盆洗手，正矫正家风重塑门庭，说不孝有三无后为大，纳妾可以，戏子断然不成。无奈洪小囡是个情种，暗置私宅将其养于清化城，后于次年生下一子，取名小宝。洪小囡和岑小卿视其为掌中宝腕上玉，溺爱非常，一下竟瞒了洪戢十多年。洪小囡原本想等小宝成人后再领其回家，指望洪戢老年惜幼认下这个亲孙孙，可谁知那小宝从小厮混于台前幕后，除学了些花拳绣腿，还结识了些孟浪子弟，嗜赌宿妓，寻衅滋事，成了清化城一个混世魔头，但凡闹出点鲜样都有其母岑小卿顶着，倒也没给洪家惹上麻烦。

没承想小宝十八岁那年，岑小卿因急症去世，仅剩下小宝一人便无了拘束，时不常地横惹是非，讨债的说事的时常闹到洪家庄园，洪戢这才知洪小囡在外养了个野种。洪小囡也发现小宝成了怪物，故洪戢问他时他矢口否认，绝了小宝进家的路道。不得已他暗地白养着小宝，任其花天酒地寻欢作乐，后小宝殴人致死惹上了官司，消失得无影无踪。等洪小囡再见到他时，小宝已二十三岁，更名王魁，腿跛了，脸也添了疤痕。更要命的是，他又返祖入了盗墓行，干起了杀人越货的勾当。又由于其心黑手辣，作案时常戴黑头罩，江湖俱称黑无常。他还放出风声，说爹好爷孬，是老洪戢不叫他母子入门，使他倍受凌辱，弄到今天非人非鬼的地步，一定要索了洪戢的老命，替母亲报了那不共戴天的大恨深仇。

洪小囡虽早随其父洪戢退出江湖，但虎睡威仍在，不得已，他重新启动旧日门生，让春生暗地监视王魁，并派人潜伏在他身边，以便随时掌握王魁动向，以防不测。要求他们在万不得已时，除掉这个逆子。到了一九一五年，王魁三十二岁，洪小囡得到密报，王魁杀了一对夫妇。经进一步核实得知，王魁在十年前盯上了月山汉代金佛，并逼迫济源一对同伙夫妇将其十一岁的儿子石头送到月山，佯装出家当内应，法号为觉慧，本说好只干一两年，没承想月山寺防范甚严，使觉慧在月山寺一待就是十年，其父母不忍爱子孤苦，三番五次纠缠王魁放回石头，也就是觉慧，谁知那王魁竟然杀害觉慧父母于返途中。洪小囡闻讯大惊，遂暗调人马在焦作一家妓院将其绑架，并由四个持刀壮士将其押至山脚一个土窑洞内,自己连夜乘车轿赶往焦作。

路上的洪小囡,颠簸了一路也想了一路:怎么骂,怎么打,怎么杀。可谓是丹田膨胀,杀气腾腾。但他没想到的是,王魁一见他就扑通跪倒在地,声泪俱下:“大大,我知道你来干啥!你动手吧!俺娭已死十三年了,我先走一步,跟俺娭一起等你团聚……”洪小囡一下流泪不止,半天才说出话来:“好,既然你还认得我是你大大,你实话告诉我,不杀人中不中?”

“中。”

“你不盗墓不中?”

“中。”

“好好成个家过日子不中?”

“中。”

“说话算数?”

“算数。”

“那中,看你娭面子,我给你一万大洋,以后再作恶,别怪我手把儿狠。”

江湖恩怨难敌父子之情,再加上他对岑小卿的眷顾,洪小囡最终决定放王魁一马,先是寥寥数语把自己的意思说个囫囵,然后走出窑洞,安排手下回家取银票。

当晚,洪小囡押着王魁下榻于焦作的裕茂客栈。次日清晨,银票一到,洪小囡对王魁说:“为父说到做到,现在就把银票给你,你准备咋办?”

“屙出来的屎,我决不坐回去。”王魁说。

“那就好,你记住了,清了长老就是你害死的,月山寺的汉佛,从此不能再染指。”洪小囡说。

“中。”王魁说。

洪小囡见王魁答应得干脆,于是说:“去找点正事干,要是缺钱尽管朝我要,就算我欠你娭的账,由你代收。从今往后无论是谁,只要跟月山寺沾上点边,不管是猫儿还是狗儿,有一星半点的差池,老子就认定是你作的孽,定结果了你。”

“我记住了。”王魁说。

“那就好!”洪小囡遂吩咐手下,“银票给他,我们走!”

没承想,洪小囡回到庄园刚下车轿就听砰的一声,一根带纸的飞镖正扎在了吱呀开启的大门上。他打开一看,竟是那一万大洋银票!他马上暗叹道:“这小妞养的混账东西,好快!”

从此,王魁就跟自己的亲生父亲开始了暗水江湖的博弈,来无影去无踪,并于一九二七年开掘了无声长老的墓室。清了圆寂的那天,洪小囡曾像热锅上的蚂蚁一样在现场来回踱步,就是猜到了盗墓乃王魁所为。但由于受父子亲情的牵绊,最终还是用清了是自行圆寂这一理由劝慰了自己,事后也没再追究。王魁也确实忌惮洪小囡的江湖实力,不敢逾越博弈的底线,从不伤人性命,洪小囡自然也就从不把王魁往绝路上逼。

可是,自从日本人进了洪家庄园,这种平衡便被打破。洪小囡知道自己一旦命遭不测,孽子王魁必然会成为出笼的鹰、脱困的兽。洪小囡正是看到了这一层,所以才连钱必铭也瞒着,独自走暗道见了春生一面,除了将无形密钥交予春生外,还把王魁身边的卧底密告了春生,并嘱他一旦有人因汉佛丧命,就找到觉慧,告诉他王魁是杀害其父母的凶手,让春生与觉慧联手除掉王魁,一是弥补豢养不肖子之过,二是表达对遇害者的歉疚之心。也许他是想说:他洪小囡就是死了,也不许背叛对他的承诺,他完全有能力做到。老英雄没想到,庄园被毁后半路配合武僧杀鬼子的,正是王魁。如果他还活着,指不定会改变其决定。可是他毕竟于此前轰轰烈烈地走了,其悄然布下的杀器,已开始精密运行,谁也不可能把它停下来。

在妙聪看来,洪小囡死鬼托活人,肯定有未结之心愿,但究竟是什么,他不得而知。

雨淅淅沥沥下个不停,没完没了。觉慧再也忍不住了:“师父不能再淋雨了,一定要爱惜自己啊……”妙聪不回话,久久静默着,一遍遍地捻着念珠,速度很慢,足足又过了一个时辰,他才说:“扶我起来吧。”觉慧赶紧上前搀扶起他,一起离开了凤皇台。

七八

第二天，天晴。太阳在凤鸣山巅刚露脸，整个月山坳还弥漫着丝丝缕缕的雾气，漫山的柏树由于前夜雨水的淋洗，显得越发鲜活青翠。

一人早，妙聪顺着麒麟岭西侧的小道去武僧们的住处，手里还拿着一个小小的布袋。短短的行程，妙聪观景遂吟：金轮才露脸，纱袂缀蝉衣。媚体晨前沐，妖容怯鸟稀。

妙聪吟完便暗暗笑了，笑自己空门老衲，咋吟出这么个风情尘色的调调来。

妙聪一路北上，走到麒麟岭北端刚往右一拐，就远远地看见林秉杰正站在石堰上向南远眺。

"林队长早啊！"

"妙聪师父好！"

"昨晚老衲回来迟了，也没过来看望林队长，还望见谅。"妙聪合十说道。"我冒昧前来，已经够烦劳师父了，该是我请你见谅的。"林秉杰说。妙聪笑了："你我一客气反倒显得生疏，走，我看看你的伤口。"林秉杰说："好。"

妙聪跟林秉杰一进屋，几个小伙子就离了去。妙聪帮林秉杰解下吊带，又脱去外衣，然后一层层打开绷带，认真看了看伤口，说："还好，伤口虽深但没伤筋骨。"后又打开袋子，取出老酒药粉等，清洗过伤口又上了药，重新开始包扎。

"林队长，遇到坎儿了吧？不会是日本人吧？要是无妨，给老衲说说？"妙聪问。

"怎会不行！师父真是高人，要是日本人，我也就无须含糊了……"林秉杰说罢，长叹一声才又接着说，"你帮我哥哥脱险后，不久我就被捕，除了我是林秉清的弟弟，其他他们一概不知。西安事变后释放政治犯，我才出了狱。日本人占领焦作，我撤到大东村，跟上级接上了头。上级不承认我新发展的几个同志,我想不通,也怪我一时糊涂,听了手下人的怂恿,心想反正是打鬼子,于是就带人脱离了队伍……”

“这是啥时候的事?”妙聪问。

“上次咱们净影寺见面后。但我没有想到,却中了别人的圈套!”林秉杰说。

“咋回事?”妙聪问。

“我拉出去一共四十多人,没几天工夫,就失踪了好几个得力干将。一开始我还以为是他们自己回到了大东村,后来派人打听才知道这些人没回去,全部遭到暗害。我赶紧派人回大东村报信,可是已经晚了。当天晚上,一个副队长劝我拉队伍加入皇协军。我臭骂他一顿,但没想到他是国民党特务,半夜里先动了手。我带人边打边退,最后只剩下这五个弟兄……”说到此,林秉杰停顿了一会儿才痛悔说,“真是一失足成千古恨啊!”

“林队长别难受,既如此何不回去?”妙聪问。林秉杰看了看妙聪,无奈地说:“我又何尝不想回去……算了……”

“那边不让回去?”妙聪问。

“不是……我刚把队伍拉走时,我们中央北方局军委书记朱瑞就让我妹妹林秉英来劝我,我当时根本听不进,才走到了这一步。”林秉杰说完,陷入了沉默。停了一会儿,妙聪才说:“林队长,想问你一句,小鬼子你还打不?”林秉杰忽地从凳子上站起,说:“师父!我是东北人,日本人占了我家乡,杀我同胞,辱我姐妹,现在又谋我全中国,我岂能不打!”

“再把队伍拉起来如何?”妙聪又问。

“那敢情好……可是……”林秉杰欲言又止。

“可是没枪、没人也没钱是不?”妙聪微微笑着。

“莫非……”林秉杰顿觉弦外有音,眼睛一亮,妙聪郑重地点了点头,说:“给你二十一条快枪,二十三条汉子……中不中?”

“啊?”林秉杰大吃一惊,“哪儿来的?

“来,跟我来,林队长!”妙聪拉着林秉杰就出了窑洞,然后大喊,“抄家伙,来见过林队长!”话音刚落,院中闲来无事的一群青壮汉子就呼啦啦钻出了窑洞,眨眼工夫,一个个抱着长枪站到了林秉杰面前。

“妙聪师父，太感谢了！”林秉杰两眼放光，兴奋地说。妙聪微笑着摇了摇头，并不说话，从怀里掏出了一张叠成小块的纸，塞到林秉杰掌心，并拳起他的手，说：“林队长，这可都是老英雄洪老爷的功德！”

林秉杰打开一看，竟是一万大洋银票！接着，妙聪把洪家庄园半个多月来发生的事情桩桩件件讲了个仔细，最后悲怆地说：“林队长，这些人多半是武僧，还有几个是洪家家丁，今天就算交给你了，要为洪老英雄报仇啊！”

“什么也别说了，前辈，我林秉杰要对不起洪老英雄，我誓不为人！”林秉杰说罢，顺手从身旁拽过支枪来，枪口朝天，大声喊道：“来，弟兄们，为洪老英雄送行！”林秉杰的话音刚落，几十条枪就齐刷刷地举了起来，一阵密集的枪声，顷刻响起。

妙聪捋着胡须，笑了。

枪声在山谷间的回声未消，就听觉慧边跑边喊师父，很快来到妙聪面前，上气不接下气地问：“他、他……在吗？”

“谁？”林秉杰问。

“钱管家……”妙聪说过，又问觉慧：“他走了？”“你前脚走他后脚就出来了，我以为他在这里……”觉慧说。

“要不要追？”林秉杰问。

“不要追了，怕是来不及了。”妙聪说。

“他腿还没有好利索，跑不远。”觉慧说。

“糊涂！腿好了，他还能跑得了吗？正由于他的腿没好，我们才大意。再说了，看看这里还缺谁？”妙聪说罢，武僧和家丁们面面相觑后吃惊喊道：“王贵！”

“这几日他下过山？”妙聪问。

“他昨儿个下午下过山。”一家丁说。

“这就对了，他俩必是先雇好了车马，在山下等着，现在恐怕已经几十里开外了！”妙聪缓缓地说。

“他怎么了？”林秉杰问。

“他拿走了一笔钱，可能数目还不小……随缘吧，也许他真需要这么多钱……我佛慈悲，阿弥陀佛……”妙聪说。

“谁的钱?”林秉杰问。

“以前是洪老爷的,现在是空相先祖的。”妙聪说罢,低着头捻着佛珠,悻然离去。

“空相是谁?在哪儿?”林秉杰问觉慧。

“月山寺的开山师祖,在凤皇台空相灵塔下,已经圆寂七百多年了……”觉慧呆呆地说。

第六章　民心谁问

七九

洪家庄园，它在浩瀚苍翠的竹海中矗立了儿百年后，终于走到了生命的尽头，它走得悲壮，走得震撼，走得大气磅礴。也正由于此，人们记住了一个玉磬般响亮的名字——洪小囡。但遗憾的是，本应和洪小囡一起荣登怀川英雄榜的陈渊石，却没能够享受这个殊荣，反而带着满身的污垢和唾沫，赴了黄泉。

此后不久，八路军一二九师三八六旅陈赓部先后进入博爱、焦作北部山区。林秉杰带着他的游击队，在晋豫交界袭击日军据点，截击日军运输队，搞得小鬼子日夜不宁，威名远播。

但好景不长，刚进入十二月，国民党庞炳勋四十军、孙殿英新五军、胡宗南二十七军就进入了修武、焦作、博爱山区，处处和共产党领导的武装过不去。

一个异常寒冷的冬夜，大雪纷飞。后半夜，刘子彦和乔杏儿忽听窗棂被急促敲响："老爷太太不好了，达全出事了！"

“在哪儿?”刘子彦问。

“送四少奶奶房里了!”窗外答。

刘子彦和乔杏儿慌忙起床,来到达全屋,达全媳妇啜泣着把油灯端上前来。

微弱的灯光下,达全昏迷着,腹部一大片血红,达武手足无措地立在床边,乔杏儿一个趔趄便哭喊了起来:“我的达全儿啊——”刘子彦对达武说:“快!快叫印平去月山喊师父过来,你去请村里的大夫。”

达武走后,达全醒了,喊了一声“大大、媄……”就又昏了过去。“别哭了……”刘子彦劝过乔杏儿,然后问魏常有:“咋回事?”

“咳……国民党真可恶!”魏常有说。刘子彦扭头叫达全媳妇弄点吃的给魏常有,然后问:“现在不是国共合作?”魏常有说:“我和达全随道清支队从修武山区向月山转移,当走到焦作北部山区许河村时,遇到了国民党军的埋伏。我们派出代表跟他们谈判,还喊口号、唱歌,劝他们不要打自己人。后来他们开了枪,我们五六百人,因地形太不利,死伤了一大半。我和达全在老乡掩护下,才脱了险。”

魏常有刚说完,达武领大夫进了屋。大夫来到床前,剪开衣服,只见达全左胸肋下皮开肉绽,里边塞的一团衣物,已被血水浸透。乔杏儿边哭边要求大夫:“救救我儿啊——”大夫面带愧色,看看乔杏儿,又看看刘子彦,无奈地摇了摇头:“不行,咱是中医,这创口太大,就是用白药填满,怕也无济于事。”刘子彦无奈地说:“咳,等妙聪师父来再商量商量吧。”

“大大、媄……”达全忽然喊道。刘子彦赶紧上前说:“全儿挺住,妙聪师父快来了。”乔杏儿一把拽开刘子彦,俯在达全脸上说:“我的乖儿,挺挺,再挺挺……”达全上气不接下气地说:“媄……怕是我不中了,二老别难受,尽忠就难尽孝……叫家里人记住,死活不要跟国民党,他们可真不是东西,几百人没死在日本人手里……大大……媄……”达全话没说完,就一歪头闭了眼。

乔杏儿连喊了两声不见回应,一下就扑到了达全身上,号啕大哭起来。端着一托盘饭菜刚进屋的达全媳妇双手一松,碗筷盘子摔了一地,也扑了上去,大哭起来。大夫上前摸摸脉,后轻声说:“不中了。办后事吧。”

大夫前脚出去，妙聪跟觉慧就跌跌撞撞进了屋。妙聪进门就连连问："我是不是来迟了？我是不是来迟了？"刘子彦瘫在就近的一把椅子上，咕哝着嗓子说："不中了。"

"谁干的？"妙聪瞅了眼魏常有问，"是自己人？"

"是，国民党郭仲魁他们。"魏常有说。

"就是从新乡逃过来的那个专员？"妙聪问。

"是。"魏常有说。

"真是丧尽天良！"妙聪愤然说罢，来到床前看了看，悲痛言道，"这孩子……太冤了！"不禁老泪纵横。

紧接着，屋门被推开，刘家上下几十口子，弟兄、妯娌及各房子孙，一下拥进了屋。余下的进不了屋，站在门外雪地里，哭声一片。

清晨雪停，上庄村的房顶、竹梢、田野统统变了颜色，一片亮白。英魂夭悼，为其举孝。

天亮时，达全的尸身已被挪至二进院客位。除了达文死于非命，印善幼小病夭，这是刘家第三次白发人送黑发人。妙聪和觉慧为达全做了个简单的佛事道场，还让刘子彦弄了几丈白布，裁下一截，其余一分为二，妙聪挥毫写下一副挽联：于国尽忠成烈士国诛何理，为父施孝化英魂父悼子仁。

妙聪写好挽联，又将截下来那块布抻展，略作思忖，写下了四字横批：乞仙垂昭。

妙聪写罢横批，突然踉跄，觉慧忙一把扶住："师父！"妙聪定了定神，对觉慧说："你去问问子彦，看看哪天出殡，再看看魏常有他有无落脚处，没有就叫他找林队长。咱们现在就走，去桥沟。"

"桥沟？"觉慧问。妙聪没有回答，也没有向刘子彦告别，就径直出了刘宅。

刘子彦、乔杏儿、魏常有听觉慧说妙聪要走，一起追到大门口，妙聪已经远去。踏着他留在雪地上的深深脚窝，觉慧赶紧追了上去。

路上，妙聪问觉慧："魏常有没来？"觉慧说："他说林队长是叛徒，不愿掺和。"妙聪问："叛徒？叛跟谁了？""他没说。"觉慧说。

山道雪厚，当师徒二人深一脚浅一脚来到桥沟，已是下午四点多。章九酬让佩瑶给妙聪和觉慧做了饭，自己又陪着等二人吃过，这才坐下说话。

两人首先说起了洪小囡老英雄，说他气贯长虹，说他惊天动地。也惋惜了他的大管家钱必铭，惋惜他堂堂伟丈夫，惋惜他没能过得银钱关。一会儿疼痛断肠，一会儿唏嘘不已。最后，妙聪讲起道清支队遭国民党袭击达全丧命，章九酬禁不住勃然大怒，猛泪横抛："相煎何急！相煎何急！"并用手掌拍打着桌面，"国民党自讨天谴！自讨天谴啊！"后听说达全出殡定在一七之日，遂交代佩瑶说，"你要给我记住了，我要去送行，去送行……"

正在此时，王娴馥进了屋，一看章九酬悲愤成那样，便连连咂嘴，心疼不已。妙聪相劝片刻，后问王娴馥："听说天让贤侄一直在家，咋没见？"转了话头。

"昨儿个刚走……"王娴馥勉强笑着。

"孙殿英部到了焦作北部山区，重庆叫天让去他那儿任旅参谋长。"章九酬接着说。

"是不是盗挖东陵慈禧墓的那个？"妙聪问。

"正是他。"章九酬说，"你说天让他浑不浑，也不怕毁了名声！"

"天让贤侄可不是糊涂人，你想想看……"妙聪说。

章九酬得妙聪的提醒，思忖片刻说："你还别说，我还真没想到那一层。他走之前，胡宗南还派了一个副官，送来不少钱粮布匹，并劝他千万不要去，太坏名声。天让还特意托副官转告胡长官，说事出有因，以后面释。"

"胡宗南是谁？"妙聪问。

"天让在黄埔的校友，国民党二十七军军长。也到了焦作修武一带的山区。"章九酬说。

"怪不得！是国民党在这一地区势力大了，就容不得共产党了。"妙聪恍然说道。"一山难容二虎，要是没了日本人，迟早还有一争。"章九酬说。"依我看，国民党争未必得，共产党不争未必不得……"妙聪意味深长地说。章九酬听了，遂回道："我看也是，你发现了没有，共产党总有一股说不清道不明的暗力。""暗力？"妙聪思忖着。章九酬接着说道："你想想看，远的说不准，自从北伐军来到怀川，咱们经历的几件事，从巩亦清、天俭、林秉清到魏常有、林秉杰和眼下的达全，这些人心很齐，就拿你说的那个林秉杰，共产党都不要他了,他还是铁着心干,跟过去的改良啊,革命啊,很不一样,他们从不在意升官发财。得民心者得天下,这是再普通不过的道理了,时间久了,那还了得?!"妙聪说:"九酬兄说得极是。此消彼长本是常伦,可是共产党总是消则不退,长而难阻,且还都是得了百姓之力而一天天长大,就拿此次许河事件,看上去国民党是占了便宜,孰是孰非就民心而言,岂不是吃了大亏?"

"真是愚蠢!"章九酬说道。"非也!"妙聪说。"咋?"章九酬问。"你想想看,朝代更迭,江山易手,哪一次是输在心智上?"妙聪说。"何解?"章九酬问。妙聪说:"我看输赢不在心智,而在胸怀、在仁德。国民党也非没一点仁德,孙中山之三民主义仁之宽德之厚天下共知,所以成就了民国。可是眼下呢?倭寇侵入,政府军一败涂地。蒋介石受张学良兵谏才跟共产党联手。如今外虏未除,同室操戈,民心岂能所向?依我说,国民党的败象,自北伐失败就开始了,原因就是中途背叛,剿杀异党,太失人心。若不是抗日大局所限,共产党早就不是这个样子了。弟兄御旁氏而不为,竟然先刃手足,岂仅仅是心智所致?我看缺少仁德才是根本。"

妙聪一席话,使章九酬想起了《左传·宣公十二年》里有句话:君以此始,必以此终。但他又想:如果没有日本侵华,国民党还不早把共产党给灭了……联手抵御外侮,共产党岂不是占了名正言顺之先机,又得了发展壮大之天时?兴许,国民党正是忧患日后,所以才暗下黑手……

俄顷,章九酬把此想法说给了妙聪,妙聪盯着章九酬的眼睛看了好一会儿才说:"有道理,不过……那就不能再缓缓?如今大敌当前,国民党又不能明火执仗,偷鸡摸狗得手点蝇头小利,失了人心岂不是因小失大?反倒叫共产党一点点把民心积攒起来,等打跑了小鬼子,自己也损了,共产党受民心所养长得身强体壮,那天下还不等于是你国民党拱手白送了人家?殊不知,君以此始,必以此终?"

章九酬原本心机用得已经够深,妙聪也想到《左传》里那句话他也不感意外,但妙聪深入浅出、丝丝相扣的解析使他格外心悦诚服。他看了看妙聪光光的脑壳,再想想以前俩人过招的情形,心里又爱又恨,在心里骂道:"这秃驴,简直是诡头陀!"后一捋胡须笑了。妙聪问他:"你笑啥?"章九酬一笑说："没想到，你这高僧也有猜不透的？"

妙聪不知章九酬指啥，也不知说什么好，于是就任其成了一笔糊涂账，笑了。

八十

转眼之间，达全头七至。雪停了，但天一直阴着，格外冷。不少村宅房檐都垂挂着一尺多长的冰凌柱子。刘家大门前原来的朱门、紫柱、墨匾都用白布蒙盖，门廊上方横梁上挂着四个白纱灯笼拖着长长的白色缨穗。门两旁摆满了纸扎的童男童女、猪马牛羊和金银山、摇钱树之类的祭品。

上午十时左右，章九酬和佩瑶乘了一辆马车来到了上庄刘子彦家。先前抵达的，还有冯冠彰、林秉英等。

当章九酬和佩瑶来到客位时，马上被妙聪写的挽联吸引，喃喃读道：于国尽忠成烈士国诛何理，为父施孝化英魂父悼子仁，乞仙垂昭……章九酬读着读着，悲恸起来，踉踉跄跄赶上前，佩瑶一把没拦住，他就跪在了灵堂前，仰天喊道："乞仙垂昭！乞仙垂昭！逸仙国父啊，这孩子死得冤啊！孩子是为国司责，何理遭诛啊！为何叫我们白发人送黑发人啊?!"章九酬虽已年过花甲，但仍然底气足，嗓音大，悲怆哭喊撼人心魄，灵堂内棺椁旁的孝子女眷也随之哭天号地。刘子彦和乔杏儿慌忙前来搀扶章九酬，边哭边劝："快快起来，千万别伤了身子，章大人……快快起来……"

客位廊檐下，林秉英悄悄问冯冠彰："这挽联是谁写的？竟使老人家如此哀痛……""看字风文采像妙聪。"冯冠彰说。

"你说是月山妙聪、驴长老?"林秉英问。

"你们既然知道驴长老，就该认识眼前的他。"冯冠彰说。林秉英摇了摇头。冯冠彰接着说道："他可是个大学问人，前清进士、怀庆知府章九酬。""啊！是章老先生！怪不得！"林秉英遂叹道。

刘子彦和乔杏儿刚把章九酬搀扶起来，冯冠彰对林秉英说："快，你说的驴长老来了！"

林秉英回头看去，见除了妙聪，竟还有林秉杰，脱口喊道："二哥？"林秉杰一下怔住："秉英？"兄妹俩一下抱住。

"哥，终于见到你了……"

待兄妹俩平静下来，妙聪遂把二人做了介绍，章九酬浅浅笑笑说："久闻了，久闻了……太好了！"尤其是章九酬听说林秉英是天俭的同志后，又把兄妹俩仔细地打量了一番。

午时差三刻，开始出殡。火铳震天，爆竹声声。前边是火铳鞭炮开道，然后是四五十幅挽幛挽联，二三十人组成的响器班子吹吹打打紧随其后，紧接着是打幡的印义，纸扎的各种冥货和供品，最后依次是棺材和手持哭杖的孝子、女眷、亲朋故友和邻里乡亲。

送殡队伍浩浩荡荡，排了足足有一里多长，响器连奏，哭喊连天。几乎全村的乡亲都出来观看。有的说政府军打死的肯定是汉奸，有的说是抗日的八路军，乡亲们很奇怪，抗日的，政府怎么会打他？说法林林总总，莫衷一是。

怀川民俗，晚辈殇亡，长辈不殡。章九酬、妙聪陪着刘子彦和乔杏儿在家里说话。

当送殡的人们回到刘宅时，已经下午两点多，客位已收拾干净。刘家大院一连五进，摆满了八仙桌，酒菜很丰盛。这是怀川特有的规矩，是丧事主家答谢好友亲朋和街坊四邻的一种方式。不久，宴收人散，乔杏儿去二进院张罗收拾，刘子彦在客位陪客人。

"让大家都跟着受累了，只是今天没见魏常有先生前来，务必代我跟达全他媄捎个话，谢谢他。"刘子彦说。

"魏常有先生原本要来，临时有事，他叫我代为问候。"林秉英说。妙聪问道："魏先生原准备前来？"把林秉英一下问了个愣怔。

妙聪犹豫了片刻，又看看林秉杰才说："我以为他不愿见林队长。""哦！"林秉英恍然说道，"我明白前辈的意思，是说前几天他不想见我二哥，说他叛徒吧？"妙聪点头说是。

林秉英解释说："魏常有回去就向上级做了汇报，今天我们前来是上级委派的，想让妙聪师父帮助说服我二哥尽快归队，没承想二哥看好来了。"

“太好了!”章九酬插话言道。“章前辈也知道此事?”林秉英问。章九酬不回答,只看着林秉杰,这时大家才发现,林秉杰早已涨红了脸,迟疑了一会儿才问:“秉英,你说的是真的?”

林秉英说:“真的!组织上听说你把队伍又发展起来了,很高兴,并说焦作地下党林氏三兄妹,对革命很有贡献,林秉杰有错但没罪,抗战需要你。”林秉杰听了,猛一栽头用双手捂住面庞,浑身抽搐。

妙聪浅浅笑笑说:“林队长,今是举丧之日,也算无奈,但林队长遂了心愿,苍龙归海,继续抗日,乃是大幸!”

“是,是大幸!”在一片安抚声中,林秉杰疾步上前,抓住妙聪双手说,“妙聪师父!多亏了你啊!晚辈给你鞠躬了!”

妙聪忙说道:“队长言重,这是你精诚所至,理当如此!”

林秉杰说:“不!若不是你收留我们,帮我治好伤,还给人给枪给钱,哪会有今日的队伍,又怎能证明我的忠心!”

林秉杰的话,感染了在场所有人。妙聪非常感慨地说:“娘亲望眼穿秋水,游子归时遇扁舟。”

章九酬听了,不住点头称许:“真是好说辞,我也来两句,为林队长致贺,以企战场杀敌,旗开得胜!苍龙归海掀穹浪,壮士凌云灭鬼酋。”

章九酬和罢,客位鸦雀无声。少顷,林秉英激动鼓起掌来。林秉杰更是热血奔涌,情怀激荡:“晚辈一定奋勇杀敌,不惜肝脑涂地!”并向众人深深地鞠了一躬。

稍后,章九酬说不早了,要回桥沟。林秉英说她要随巩亦清一起去山西根据地,并问林秉杰何时过去,林秉杰思忖片刻说:“我现在还不能成行,队伍里不少当地同志,怕是有不少工作要做,你们先走一步,我尽快归队。”妙聪听了,想说什么,但又忍了住。

后妙聪、章九酬、冯冠彰和林秉英等先后离去。

刘子彦和乔杏儿一拨拨相送,一次次鞠躬致谢,每送一拨,返回时都要不住念叨一番:好人,好人……

八一

在返回月山的路上，妙聪问林秉杰："林队长，你们能不能不走?"这句话，他在刘子彦家时就想问。"妙聪师父，我想我不该走。"林秉杰说。

妙聪说："我也这样想，所以才问。但我又想，你若不回，怕再有误会。"林秉杰说："是。在刘前辈家我就想过，现主力部队已撤走，只剩下我们这几十个人，如果我们再走了，难道让老百姓指望国民党?"

妙聪眉梢一舒，点了点头。

林秉杰又补充道："一是国民党指望不着，也怕百姓不再指望我们……""阿弥陀佛……善哉，眼看着国民党指望不上，你们再不管他们……你是怕伤了百姓心。"妙聪说。

"对，师父所言极是。"林秉杰说。

"不过你们力量太单薄，会陷入濒绝的境地，也太难为你们了……"妙聪说。

"妙聪师父，晚辈曾听说过你早年投身辛亥革命的事情，你还多次营救我们的重要干部，也包括我哥哥，你为了啥? 别说此次一万大洋，就是你带到大东村那几千大洋，也够你安安生生地过好日子了。可是你图个啥……"林秉杰说着便激动起来，眉宇间腾起一股英气。妙聪怦然心动，但还是觉得自己跟林秉杰不一样，毕竟是空门僧侣，于是就说："不一样，不一样。我是佛家，一则是僧侣天下养，二则是禅戒佛规……"

二人一路走一路说，回到月山进了窑洞继续说，一会儿站一会儿坐，仿佛有说不完的话。后来觉慧说饭已经做好，二人才一起出了窑洞。

晚饭是在窑洞外吃的。饭后，天已暗了下来，妙聪伸手在空中轻轻摇了摇，然后对林秉杰说："夜里有风，西风，明天还是晴天。明天我去桥沟一趟，想见见天让……"林秉杰看看妙聪，觉得他是自语，只哦了一声。

林秉杰睡得很晚，半夜，果然刮起了大风。当林秉杰一觉醒来走出窑洞，已天亮风停，八点多钟了。凤鸣山之巅，现出了一轮金灿灿的太阳，只见碧空如洗,雪皑皑的月山,白亮得有些刺眼。林秉杰来到院前石堰边上,长长吁了口气,刚舒展了一下腰肢,就听脚下有人轻轻喊他:“林队长……林队长……”林秉杰低头一看,堰下是觉慧在喊他。还没等他开口问,觉慧就说:“快,鬼子上山了,快走!”林秉杰马上俯下身子,眼睛四周扫了一圈,果然发现凤鸣山和麒麟岭上有伏兵。

“妙聪师父已经走了?”林秉杰问。“他天刚亮就走了,你们快走,再晚就来不及了!”觉慧说。

林秉杰飞也似的回到窑洞院里,急声喊道:“快!鬼子来了!鬼子来了!”转眼工夫,全部人马就带枪冲出了窑洞。“不要乱,没我命令,不要开枪!”林秉杰说罢就带人朝当阳峰方向撤退。

他们刚攀上当阳峰一半就发现,几个制高点已被鬼子架上了机枪,机枪哒哒哒地吼叫起来,几个战士瞬间倒下,林秉杰率人仓促应战,不得已又撤回到大士阁。凤鸣山和麒麟岭的鬼子迅速朝大士阁压了过来。

觉慧利用寺院的残垣断壁做掩护,刚躲到大士阁东侧的课蜜泉后边树丛,就听当阳峰上响起了枪声,他见鬼子已堵住退路,不得已趴在那里一动不动。后鬼子缩小包围圈,漏觉慧于圈外。打了整整一个时辰,林秉杰和战士们也没冲出来。最后,觉慧踉踉跄跄地离开了月山。

妙聪来到桥沟,是想通过天让,联系林秉杰的上级,好让他名正言顺地留下来,既避免林秉杰再遭误解,也能给乡亲一个指望。可林秉杰此刻已全军覆没。

下午三点多,觉慧到了桥沟,一踏进章宅就哭喊起来:“章大人、章大人,师父、师父,出大事了!”章九酬和妙聪听到院子里有人哭喊,遂一起站起。妙聪却一下又坐回到了椅子上。他听出了是觉慧。

“别急,慢慢说,慢慢说。”章九酬劝觉慧。妙聪一声不吭,手里飞快地捻着念珠。

觉慧哭诉说:“师父走时,交代我下山买点干菜和油盐。我刚要下云梯,就见鬼子在树林里往山上爬。我赶紧通知了林队长,林队长集合人往当阳峰上冲,结果被堵了回去。后来凤鸣山和麒麟岭的鬼子也围了过去。林队长他们又想往南边冲,结果又被堵回去,咱的人一个个中枪倒下。林队长他们退回院中，打了一会儿，又退进窑洞，鬼子边打边往窑洞里扔手雷。里边不再往外打枪。鬼子把林队长从窑洞里拖了出来，扒得只剩下贴身的白色衣裤，捆在石堰边槐树上。鬼子吃过东西，就围上了林队长，他们喊着笑着，还有一个会中国话的问林队长，你是国民党还是共产党。林队长说老子是中国人，他们再问，林队长还是那句话，说老子是中国人……他们就朝林队长的腿上开了一枪，继续问林队长，林队长开始破口大骂……那帮鬼子就端着刺刀，一窝蜂拥了上去……林队长再也没说一句话，被扎得浑身血窟窿，石堰上雪被染红了一大片……后来……他们又从别处拉出一个人，有点眼熟，好像是洪老爷的家丁，他哭着喊着叫饶了他，还说他有很多钱，小鬼子不理睬他，把他捆在树上，用乱枪打死了……"

章九酬听得浑身颤抖，不停地流泪，觉慧话音刚落他就大声骂道："这日本杂种……"妙聪听着听着，往椅背上一靠，一手持着念珠，一手捂着脸，指缝间漏出大颗大颗的泪。

佩瑶闻声赶来，劝过章九酬才发现，妙聪已昏厥，手里的念珠，已滑落在地。

桥沟的夜，很宁静，一弯冷月高挂着，参差错落的房影依稀可辨，不时会有几声犬吠。

妙聪醒来时，已经晚上十点多。"可醒过来了！"佩瑶说。妙聪睁开眼睛，看到章九酬、佩瑶和觉慧背后站着刘子彦，遂挣扎欲坐，觉慧慌忙扶住。妙聪问："子彦，你咋来了？"刘子彦面现难色，看了看章九酬和佩瑶。妙聪说："说吧，我禁得住。"章九酬马上劝道："禁得住就先吃点。"妙聪说："也好。"佩瑶赶紧招呼端饭上来。妙聪很快吃过。

"师父不能再回月山了。"刘子彦说。"嗯，这我知道。"妙聪说罢又问："又咋了？"刘子彦说："钱管家出事了，今天下午被吊死在清化北门口，挂在城墙垛上，还发了布告，说他是洪家庄园的管家，私通抗日游击队。"

"还有啥？"妙聪问。刘子彦说："是冯会长送的信，说洪家有个家丁在清化喝醉了，说他杀了不少日本人，被宪兵队抓去供出了钱管家。"

"你没上月山吧？"妙聪问。

"没有。听乡亲们说月山打成浆糊了，我想你会来这里，套上马车就直接来了。”刘子彦说过，妙聪不再问话。

“林队长呢？……没来？……全没了？”刘子彦问过，见满屋无一人回答，就呜呜哭了，“太可惜！太可惜了……”

突然，“啪”的一声，妙聪扇了自己面颊一掌，泪水奔涌而下，痛悔说：“怪我了……都怪我了……”章九酬、佩瑶、觉慧、刘子彦吃惊地看着他。

停了片刻，章九酬劝道：“事已至此，节哀顺变吧……”

妙聪泪水伴着哭声：“九酬老兄啊！是我大意了啊！我何以对得起林队长！洪老爷！还有几十条人命！这都是我的罪过啊！我的佛祖啊——不能凡善皆为啊！我真不该叫钱必铭逃走，这要背上终生难偿的天债啊——”

刘子彦看看众人，又看看章九酬。

章九酬说：“你师父是责怪自己大意，疏忽了王贵。被日本人抓住的那个家丁，可能就是王贵，日本人袭击月山，就是他带的路。”

觉慧脱口而出：“对！就是他！我想起来了，日本人杀死林队长后又拖出的那个人就是他！”

妙聪突然问道：“还能不能找到洪家其他的用人和家丁？”

章九酬纳闷地看了一眼妙聪。“找他们何事？”觉慧问。妙聪反问：“你不是说王贵想用钱换命？”“嗯？是……”觉慧应道。妙聪继而说道：“那就对了，他在月山临死说用钱买命，肯定是说钱必铭手里那笔钱。”“你是说钱必铭跟王贵交了底？”章九酬问。妙聪说：“最起码他猜到钱必铭有笔钱，想以此保命。子彦，你赶紧回去，设法找到钱必铭他家……”妙聪正说着，章九酬突然打断了他：“你想找回那笔钱？”

“不。我是怕日本人再到焦作钱必铭家，他的家人就要遭大殃了！”妙聪说。

“咳……你啊！你这算慧根吗？我看有点愚根哩！”章九酬愤然说道。

“九酬兄啊……我岂能忍心不管他……可是再想想林队长，日本人再三问他是国民党还是共产党，他偏偏一口咬定自己是中国人，不说是啥党，为何？还不是说国共是一家人、是弟兄，跟日本人没关系。钱必铭是可恶，可是家人无过啊！即便有过该杀不也是咱们自己的事？”

章九酬终于明白了妙聪的一片苦心,遂喃喃道:“你啊你!”口气中充满了无奈。

“你明白不,子彦?”章九酬代妙聪吩咐道,“你连夜回去,设法打听到钱管家在焦作的住处,叫他家人赶紧躲出去。”

“好,我现在就回去。”刘子彦说。

“怕是已经晚了,真是祸福无定数,只看他妻儿的造化了!阿弥陀佛——”妙聪说。

“那师父你咋办?”刘子彦问。

“我明天一早就走。”妙聪说。

“去哪儿?”章九酬问。

“净影寺。”妙聪说罢,又交代刘子彦,“回去后,不要忘了林队长,给他弄副棺材……”

“嗯。”刘子彦说。

是夜,刘子彦披星戴月,返回上庄跟乔杏儿打了个招呼就出了门,在焦作待了整一天,才算找到钱必铭的家,可他家大门上早已贴上了白色封条。门口墙角地上,还扔着一个摔残的陶土观音。又停了两天,刘子彦买了一副上好的柏木棺材,把林秉杰葬在了虎啸山。

八二

历史的年轮在不知不觉中形成,回眸时会觉得是一瞬,苦难会把岁月抻得很长。

一九四一年,国民党对日中条山战役惨败,阵亡四万多人,被俘三万多人。章九酬的三个儿子天温、天良、天恭全部失去了音信。次年,日寇为配合太平洋战争,在隶属汪精卫的伪军第十四旅、焦作兴亚巡抚军配合下,又掀起晋豫边界大扫荡。除胡宗南的二十七军外,国民党四十军庞炳勋、新五军孙殿英以及国民党在博爱的多支地方武装先后投敌,抓丁派款,横征暴敛,加上遭遇百年不遇大旱,怀川河水断流,泉井干枯,田野龟裂,夏粮颗粒无收，好不容易等来雨水种上秋禾，又遇蝗灾，蝗虫飞起来遮天蔽日，落地寸草不留，正吐缨的玉米被蝗虫啃得只剩了秃秸秆。

在怀川人看来，全中国河南人最苦，因为河南除了日本鬼子还有黄河泛滥；全河南怀川人最苦，因为怀川除了日本人和黄河泛滥，还有大旱跟蝗虫。

春盼夏麦，夏盼秋谷，两季颗粒无收，还有野草、野菜、野果，但熬到秋天再种麦，挨到冬春两季，那就成了鬼门关。一九四三年春，怀川成了魔城鬼域，饿号惊天。挖草根吃树皮，吃罢树皮人吃人。山里，十户九绝，山外，饿殍遍野。当时有首歌谣这样唱道：

怀川人有爹也有娘
遇到了赖年景甚是心伤
明儿个要死今儿个要唱
吐一吐俺百姓黄连苦汤

怀川人有爹也有娘
为啥穿不上衣吃不上粮
除了旱灾蝗虫张狂
都怨日本鬼子和国民党

日本人有爹也有娘
为啥一个个狼心丧天良
问罢天皇问他祖上
都怨养了窝披人皮的狼

汪精卫有爹也有娘
为啥认贼作父为虎作伥
卖了祖宗又把民殃
都怨他学了秦桧张邦昌

蒋介石有爹也有娘
为啥扒开花园口放黄汤
淹死俺亲人和牛羊
都怨他长了黑心烂肚肠

怀川人有爹也有娘
为啥先辈们总是瞎指望
如来耶稣都没用场
谁快来救救俺老爹老娘

妙聪来到净影寺已经五年,他和觉慧一直住在方丈南隔壁的小屋。一个须眉如雪的七十一岁老人,却仍然相貌清俊,面廓英刚,精神头不但不见减弱,反而因容颜的沧桑而更显矍铄,仿如月山冬季里的柏树,脱尽艳翠,浓绿近墨,越发硬朗。驴长老二世也已出落成了一头壮驴。

这天傍晚,觉慧刚去国民党二十七军送中草药回来,怀里就揣着那首歌谣。妙聪不止一次听说过此歌谣,但今天看时,仍禁不住落了泪。

妙聪问觉慧:"见到天让了?"觉慧说:"见了。这顺口溜就是天让悄悄塞给我的,还交代说要师父好好保存。"

"我想也是,这歌谣是骂国民党的,咋能在国民党军部里明来明去。你闲了再录一份给我。"妙聪说。

"歌谣有亵佛祖。"觉慧说。

"差矣。无论是洋人圣经,还是中国佛法,皆度心不度人,这你还不懂?"妙聪说。

"师父教训的是。"觉慧说。

"你也累了,洗洗早点歇息吧!"妙聪说。觉慧说:"天让还叫我转告你,听说有部队从山西下来救济灾民,要你做些准备,能帮就帮些个。还说重庆要来一个大人物,专门提出要去月山看一看,不知何事,叫你有个准备。"妙聪很诧异:"从山西下来部队?"

"对。"觉慧说。

“重庆的大人物?”妙聪又问。觉慧摇头表示不知,外面传来了驴长老二世的叫声。妙聪遂按梅花易数,把月山—天让—重要人物—重庆连成一线,继而分析:天让不认识重要人物,月山和重要人物两者之间就成了断点,如若把驴儿代入天让与重要人物之间,就能将断点接上并发现,能认识驴儿的人屈指可数。在妙聪的记忆里,从晚清到眼下,既与清廷和国民政府高层有关联又识得驴儿的人,只有翁宴辞、翁灏元父子,而翁宴辞早已作古,看来重庆来人只可能是翁灏元。

当年翁灏元上月山时,妙聪正在躲避缉拿,等到危险度过,翁灏元已离开月山。妙聪对翁灏元的印象,大都是通过清了、刘子彦和章九酬得到的。

他读过翁灏元《革命非反动》一文,并深为此文的文采所折服。如今他推演出翁灏元要来,很高兴但并无十分的把握。在他看来,无论是梅花易数还是奇门遁甲,都是易经衍生出来的推演公式而已,万般无奈时偶尔用一下,是对智力的一种演习和锻炼,亦是一种缓解纠结的消遣。

有趣的是,重庆来人还真是翁灏元。

第五天上午半晌,章天让带着一队人马来到了净影寺。清一色的紫红大马,全副的戎装带械,护卫着身着便装的翁灏元。翁灏元已四十多岁,体态清瘦,风度儒雅。

此时的净影寺,早已山门大开。慧慈住持在前,妙聪、觉慧等恭立于后。天让在前边最先下马,把马缰递给属下后,协助翁灏元下了马。

“阿弥陀佛,贵客前来,山门有幸,贫僧有礼了!”慧慈合十说罢,妙聪随众僧叩首示意。

“这位是重庆……”天让话说一半,被翁灏元截住:“哪位是妙聪师父?”慧慈慌忙后撤一步,妙聪走上前说:“贫僧恭迎大驾。”

翁灏元遂向妙聪深深地鞠了一躬:“妙聪师父,晚生灏元有礼了!”

“阿弥陀佛……”妙聪念道。

“快快请,请长官寺内用茶……”慧慈在一旁赶紧礼让了翁灏元,又礼让章天让,和妙聪一起,进了寺院到方丈。

妙聪向翁灏元介绍慧慈是住持,翁灏元忙礼让慧慈上座,慧慈说啥不肯,翁灏元只得客随主便坐了上座。

“长官……”妙聪开口一半，翁灏元便截住：“师父在上，切莫将辈分倒置，更不要那些俗称，也免得拖累了这清净地的雅致。”

“当年少公子，今日砥柱才，出口便是兰馨，老衲当从。贫僧有一事相求。”妙聪笑着说。

“须效力处，师父直言就是，定尽全力。”翁灏元谦恭地说道。

“那就遂了老衲三十七年之愿，喊你公子，以偿当年你我的错过！”妙聪的口气亲切而幽默。翁灏元听了喜形于色，忙说：“谢谢前辈，谢谢前辈看重晚生……尤其是前辈您，听闻而不曾见，我一直视为大憾！家父也多次对晚辈提到您和清了前辈，可是……”翁灏元话头一转，“可是现如今，覃怀明月已成瓦砾一堆，真叫人心疼！”

“阿弥陀佛……清了长老也很惦念公子，你那篇《革命非反动》的文章，他不知读了多少遍，夸你句句枪弩，字字珠玑，无数遍地提及你，并盼你能再回月山。”妙聪虽是夸翁灏元，但毕竟是学舌清了，终难禁伤感差点咽声，让翁灏元也红了眼圈。妙聪见状补问，“公子去过月山了？”

“去了，昨日上午去的，顺便也去了上庄和桥沟，见姐夫和几个前辈身体硬朗，甚慰！”翁灏元说。

“咳！再硬朗也是枯槁朽木，无助国难而空嗟叹。”妙聪惆怅起来。

“师父差矣！天让给我说了不少情况，从洪家庄园到月山血战，洪老前辈和那林队长，一定会名留青史的！”翁灏元说。

“说起青史，公子，老衲真想多说两句，何为青史？入册记典都不如百姓的口碑啊！”妙聪说。

“师父说得是。最近这一带流传一首歌谣，您可曾听过？”翁灏元问。

“敢问公子说的是哪个？”妙聪问。

“开句是怀川人有爹也有娘……”翁灏元回。

“哦，见过。我还让觉慧誊写了一份，公子看看？”妙聪话音刚落，坐在一侧的慧慈就说：“我去找觉慧，拿过来请长官过目，请稍候片刻。”

“此次前来公子可多住些日子……”妙聪说。

“谢谢前辈的美意，我此次前来，主要是调查河南灾情，还要去山西办些事情，时间很紧……”翁灏元正说着，慧慈和觉慧进了方丈。

“请长官过目……”觉慧把歌谣递给翁灏元后俯首退去。翁灏元接过歌谣,草草一看便收起。

“公子见过?”妙聪马上问道。

“在刘前辈家里已经看过。”翁灏元说罢,摇头叹了一声又说,“黄河水患,怀川旱蝗……看来这些坏死账都要给蒋公和党国记上了!”

“哦……”妙聪更关心的是翁灏元对歌谣的看法,“公子何出此言?”

“师父有所不知啊……”翁灏元说道,“去年八月蒋委员长就在西安王曲召开前方军粮会议①,决定将河南征粮减少二百五十万石,同时又令调动一切运输工具,急调陕西储粮速运河南。十二月,又发河南赈灾资金两亿元。可见中央政府和蒋公是想解决问题的,但怀川基本是日占区,救灾之难可想而知。至于花园口决堤泛滥,报纸都做了报道,那是日本人轰炸所致,蒋公是代人受过了。”

“公子啊……”妙聪听了他的话后,欲言又止。

“师父不必遮掩,我此次前来,是调查河南的灾情。请师父知无不言,晚生虽不才,但绝非阿谀献媚之辈,若属实情,一定据实上呈。”翁灏元说。

妙聪接着说:“据贫僧所知,怀川国统区大部,去年发的救济款每人只可买六斤粮食,可是被强征的军粮每人就摊到一百三十斤之多。有些人抗而不交,军队和杂牌队就去家里吃住折腾,直到交齐为止。有一家老乡交完军粮后五口人一起自杀。”

“竟有此等事?”翁灏元很惊愕。

“出家人不打诳语……再说那黄河决堤,公子怕是忘了近密远疏的道理……”妙聪说。

“你是说,越是蒋公身边的人,越是……被蒙在鼓里?”翁灏元问。

妙聪没有从正面回答翁灏元:“炸开花园口,以水代兵,早已不是秘密,系程潜指挥。此事,天让贤侄怕是也有所闻……”

天让遂即说道:“是,长官……据说原来准备在武陟沁河口炸堤,那处因堤坝太厚不宜开掘,才挪至郑州花园口,此事由程潜长官指挥,商震第五

---

① 美国《时代》周刊1943年3月22日白修德文。

十三军所为……”

翁灏元看看天让，又看看妙聪，迟疑了好一会儿才说：“此事太大了……我想想，我想想，让我好好想想……”

八三

慧慈和天让见翁灏元神情突然凝重，遂悄悄离开，方丈里只剩下妙聪和翁灏元。

“前辈……其实百姓们无论怎样，都可以理解，他们也太苦了。我最担心的是歌谣最后一段。”翁灏元说。

“如来耶稣都没用场，谁快来救救俺老爹老娘……”妙聪念出最后两句。

“是。骂了日本人和汪精卫又骂蒋公和国民党，还说耶稣和如来派不上用场，老百姓还不是把指望寄托到共产党身上？这才是让人最最担心的……别说现在日本人猖獗，就是将来打败日本人，这天下究竟是谁的还真难说得清……”翁灏元越说越沮丧。“公子所言极是，自古以来就是人心定天下。”妙聪说。翁灏元突然感慨：争天下夺天下荼毒多少百姓。妙聪遂叹而言之：叹民心问民心成就几多英雄。

“前辈果真名不虚传！晚生随口一说，也就是个感叹，师父信手拈来便成就了一副好对子，讲出了个得民心者得天下的道理来，晚生钦佩！”翁灏元说。

“公子谬赞了，若不是被公子上忠国家、下恤苍生之情怀所动，老僧万万出不了这类句子，是公子启迪在先，老衲开蒙于后，应该说是后生可畏、可敬！”妙聪由衷赞道。

“早年登月山，曾听说师父乃诗坛奇才、词林秀手，后来还见过师父为明月禅房水墨观音中堂题的对联，拆字合部，横批暗藏，真让晚生大开眼界。三十多年了，晚生一直难忘，并为没面见师父遗憾呢！”翁灏元追思抚远，情真意切。

“咳……公子一提及明月禅房，老衲便想起月山，想起了清了住持……”妙聪的口气忽而变得沉甸甸的。

“我听说了，清了住持圆寂，是大智慧。可谓惊天动地，消息传出，惊世骇俗。”翁灏元说。

“公子怕是不知道，清了住持还打过你的主意哩！”

“嗯？什么主意？”

“当时，清了住持想度你出家，承袭山门，以耀禅宗。但清了住持最后主动放弃了……”

“哦？太意外了，为何又放弃？”

“这……清了住持没有更多的话留下……”妙聪稍顿又接着说，“不过，他当时就预言，公子将来一定会位极人臣，成为国家股肱栋梁。”

翁灏元听妙聪说到这里，多少有些意外。在他看来，不管是禅、道还是玄学诡术，所谓的未卜先知，大都是无稽之谈，回首近半生，先是留学英国剑桥专修地质矿业，学成后又归国报效，承父志，随中山，立志效忠民国，清廉实干，后得蒋介石赏识。此次前来河南，名义上是为了解灾情，实际上是受蒋介石暗遣，一是暗查军队是否真借筹军需而发国难财，二是赴共产党所辖区域协调相关事宜，可谓是两差无一小，可见蒋介石对他的信任。然而这一切，三十年前就被清了参透？这朗朗乾坤、茫茫世界，真的一切早有定数？在这无垠的山峦和无际的林莽中，真有清了这般未卜先知的高人？翁灏元一时遐思无尽，半天才缓过神：“晚生不才，承蒙清了住持错爱了……”

“公子啊……清了前辈也好，贫僧也罢，还不都是寄希望于公子？公子胸怀天下忧患，心系苍生疾苦，皆是天下黎民之大幸哩！”说完，妙聪还站起身来，合十念了一句，“阿弥陀佛……”

“啊！前辈……何至于此？灏元虽然不才，但祖德规佑，家风传世，晚生绝不敢怠惰……”翁灏元说着也站了起来。

“那就好，那就好！”妙聪眉舒脸笑站起身来，合十而道，“贫僧邀你外边转转如何？好歹留下几句，不辜妄了这好山好水才是。”

“好，师父请。”翁灏元十分高兴。

妙聪和翁灏元出了寺院，左行沿小道径直朝东走去。不多会儿就来到了一对柱形岩峰下。“好奇特的一对岩峰,大昂小躬,真像主仆两人一般!”翁灏元赞道。

“公子好眼力,此曰双姑峰,说的是唐末一皇姑从洛阳来此游玩,不幸被强人掳去后吞金自杀,其贴身宫女随其纵崖殉之,后得僧侣供奉化此双峰。”妙聪说。

“此寺建于唐?”翁灏元问。

“建于南北朝。禅林释义高祖、净土宗初祖的慧远大和尚,出家归骨都在此处。五代时的荆浩,金代的元好问、赵秉文也都曾在此隐居。”妙聪回道。

“画家荆浩?”翁灏元问。

“正是。”妙聪回罢,翁灏元说:“荆浩曾在一个叫徙谷的地方隐居,一高僧曾用诗求画,荆浩以诗相答:恣意纵横扫,峰峦次第成。笔尖寒树瘦,墨淡野云轻。岩石喷泉窄,山根到水平。禅房时一展,兼称苦空情。”

“公子真是博学广记,那个高僧是山西高平开化寺的大愚禅师,此诗名曰《画山水图答大愚》。”妙聪说。“晚生钦佩之至!师父更是了得!”翁灏元不禁赞叹。妙聪笑着说:“哪里!老衲仅是近水楼台先得月而已,实不敢与公子说文解字。”

“怎么个近水楼台?”翁灏元问过忽然想起什么,“这净影寺还有别名没有?”“有。叫金灯寺、金门寺。”妙聪说。翁灏元惊喜地说道:“记得徙谷有金灯之说,就指此处?”

“是。但徙谷并非专指,区域可至山西平顺县,此金灯也非彼金灯,那里也有一个金灯寺,在平顺县和林县交界处。有人还把元代诗人王磐‘瀑布落晴雪,金灯开夜莲’之句,说成是山西平顺县和河南林县交界处的金灯寺,显然是错了,因为其建寺时间要晚得多,是明代。”

“前辈真是博学……”翁灏元感佩说道。

“公子言重,遇到佛门佛事佛典,就不由多上心一些。”妙聪说罢,浅浅一笑,说,“贫僧有了几句,公子听听?”“太好了,师父请!”翁灏元说。妙聪略微斟酌,便出了口:谷壑伫双峰,何君殉已从。忠贤犹可敬,后世叹良松。

翁灏元一听便知妙聪是以双姑峰为题,劝告自己不可愚忠,否则就会招致后人的惋惜,惋惜其栋梁错用。其实,这又何尝不是久久笼罩在翁灏元心头的一片阴云?他欲言又止,后又踱来踱去了好一阵,才步韵妙聪原玉和道:影寺有灯明,菩提问落英。待期成佛日,宿命鼎身倾。

妙聪听得明白,翁灏元初衷不泯,仍要怀着忠君报国的赤子之心,报效蒋中正。一个是禅界精英,以俗语以劝;一个是党国要员,以禅语表白。相向吟和间,没有客套和赞美,心却是相通的。正可谓:怀揣一样心,分走两条路,是渐行渐远,还是殊途同归?又有谁,能奈何得了这诡幻多变的世事与天机呢?

吃过午饭,翁灏元、天让一行便要辞别妙聪。

在山门前,所有随行人员已经上马,天让一人拽两根马缰站在一侧,翁灏元和妙聪在做最后话别。

"前辈,晚生能在这一隅净地聆听教诲,实在是生之有幸,望前辈万万珍重,以图来日。"翁灏元说。

"阿弥陀佛……贫僧今日得见公子,弥补了三十余年之缺憾。尤其得知公子身居庙堂之高,却仍心系苍生,不胜感佩。还望公子仗地利人和,尽力周全内合而共御外侮,那就不仅仅是我怀川之福了……只是公子来去太匆匆了!"妙聪说。

"前辈嘱托,余深知分量。虽人力难左天意,但晚生仍会尽力而为……"翁灏元说罢,向妙聪深深鞠了一躬。妙聪见状,慌忙后退一步,双手合十说:"公子礼重了,礼重了……"并问道,"去山西完了差事,还取道此处吗?"

"目前整个华北已成敌区,取道河北已不可能,估计还得路过这里。"翁灏元说。

"那就好,公子归时若能再惠此处,老衲不胜荣幸。"妙聪说。翁灏元听了,揖十而道:"谢师父看重。保重,告辞了!"说过便和天让一起踩镫上马,离开了净影寺。

妙聪久久伫立在山门前,一直到不见了翁灏元的身影,才回到寺里。他一进寺院就问觉慧:"当时天让给你歌谣时,交代啥没有?"觉慧说:"没有。"并问,"咋了?"

“看来，那歌谣是特意给他准备的……”妙聪自语道。

“谁？”觉慧问道。

妙聪没有再回觉慧。他已看明白了天让的良苦用心，觉得自己有必要去上庄一趟，弄清歌谣的来龙去脉，万一天让有需，自己也好有个准备。可是不巧，妙聪当日感染上了风寒，去上庄的事被耽搁了下来。

八四

一直到第七天，妙聪稍好些准备成行，他安排慧慈领着僧人，烙了几百张擀馍，以备路上吃用和救济灾民。第二日四更天，叫驴儿驮着擀馍，师徒俩就上了路。

师徒俩跟着驴儿，听着嘚儿嘚儿的蹄声，不知不觉就走出了七八里。天空现出了鱼肚白。驴儿把师徒俩甩得远远的。

当走到一段陡坡时，驴儿突然嗷嗷地叫唤起来，远远望去，好像有个半大的孩子跃上了驴背。驴儿又蹦又跳，怎么也甩不掉它。觉慧赶紧撵上去，见那孩子光着腿，穿件红衣服，嗖地跳下驴背，钻入了路旁的密林里。

妙聪赶上前来，翻看了翻看擀馍，又抚抚驴颈，说：“二世莫怕，看你小气的，如今庄稼无收，饿殍遍野，它也难免受饿，吃咱两张擀馍又何妨。记住，光有憨力不成，要学厚道点。阿弥陀佛……”

觉慧看着妙聪，惊讶至极：“师父在说谁？”

妙聪说：“山鬼，大概是闻到馍香，就来拿了……”

觉慧不禁惶恐：“山鬼？真有鬼？”

妙聪说：“那倒不是。东晋道学者葛洪《抱朴子·登涉》里就曾经有过记载：魈，独足，喜夜里扰人。”

觉慧问：“还会穿衣服？”

妙聪说：“因地域不同，传说也不同。在咱这一带山里，时常出没一种动物，老乡管它叫人獾，有的叫它山鬼。三尺高许，青面炬发，五官似人。此物善于模仿，会把农家吓鸟禽的稻草人破坏掉，然后把破衣物扒下自己穿。

现在死人到处都是，它就更方便了。不过，这厮跟葛洪所讲的山魈有所不同，是双足，手脚比起人的要长些。”

“真是太稀罕了，啥时我知道的能跟师父一样多就好了。”觉慧叹羡道。

“觉慧，你将来定会比我强得多。”妙聪说。

“不敢……”觉慧慌忙说道。

“不敢，岂能算老衲的徒弟？”妙聪说。

“谢过师父，我记住了。”觉慧说。

一路下来，除山魈拿走有限的几张擀馍，其余大部分都发给了沿途的饥民。当二人赶到上庄时，褡裢里只剩三张。

刘宅大门前，门口两侧搭了不少茅草棚，里边横七竖八地塞满了衣衫褴褛皮包骨头的饥民。

刘宅的大门紧闭着。觉慧敲了半天才开了门。开门的是达武的二儿子印平。

“哎呀，是师父爷爷！”印平一见妙聪，十分惊喜，闩上大门就往二进院跑，边跑边喊，“爷爷，奶奶，月山爷爷来了！”

印平跑进客位，绕过屏风，又朝后院喊了几声，这才折回招呼妙聪和觉慧：“快请坐，我爷爷会马上过来，我去弄茶。”

少顷，印平端茶进来，后边跟着刘子彦和乔杏儿。刘子彦主位，妙聪宾席，乔杏儿跟觉慧陪坐左右，印平上好茶离去。

“师父辛苦了。”刘子彦寒暄。

“门口要饭的，都是本村的？”妙聪问。

“不，师父，都是外来的。”刘子彦说。

“咋回事？”妙聪问。

“本村人有住处，给些粮食就行。难就难这些外乡人，大部分是清化南边的，没地方住，也没火灶，只有做好了送出去按人头分。”刘子彦说。

“翁公子来时大门口就是这样子？”妙聪问。

“这都几个月了，一直这样。”刘子彦说。乔杏儿问道：“师父见翁公子了？”

“是，他去了净影寺。”妙聪说。

“翁公子来时见印平写的一个顺口溜,很是上心,还特意叫印平给他誊写了一份,不会有啥事吧?”乔杏儿担心地问。

“他当时说啥没有?”妙聪问。

“没说啥,就是样子不太高兴。”乔杏儿说。

“那歌谣是印平写的?”妙聪问。

“是印平听别人传唱的,抄来又改了改。”刘子彦说。

“你看是不是这个?”妙聪从怀里掏出几页纸,递给了刘子彦。刘子彦看了,连说不是。

妙聪遂让刘子彦喊来印平,详细问了才知,开始时天让悄悄塞给印平一份歌谣,让他拿给翁灏元看。印平接过一看,说自己也有。后天让收回了自己的,让印平拿自己的给翁灏元看。

妙聪听了,遂叫印平把自己那份拿来,跟天让交给自己的那份仔细对比了一下,大意一模一样,只是句子不太通畅,也有些别字。“你看,是这一份吗?”妙聪把自己那份递给了印平。印平扫了一眼便说:“是这份。”

“咋了?翁公子成了坏人?”乔杏儿问。

妙聪笑了笑说:“好人好人,跟过去一样哩!”乔杏儿高兴地说道:“好,好。那就好。”

妙聪笑了,也明白了,天让是想通过歌谣,让翁灏元了解一下百姓疾苦,看到一个真实怀川。可是看看又如何?即便是把这里的情况汇报给国民党高层,面对敌、伪、顽犬牙交错,又能有何作为?倒不如想法子自救来得实在。

想到这里,妙聪问刘子彦:“家里的粮食还多不多?”

刘子彦遂叹:“咳……不瞒师父,家里的十几囤粮食,已经囤囤见底了。前些日又拿了几百大洋,去山西买了些粮食,可谁知刚出山西就被抢……未见颗粒。现在家里的余粮就是一点不放,怕是也捏搁不了多久。离麦收还有两仨月,该如何是好?他外婆家大不如早年,两个老人先后去世,留下一个不成器的兄弟吃喝嫖赌,没几年工夫就弄得家财败尽,前不久还来寻死觅活,讹走了不少……”

乔杏儿说:“师父不要担心,家里余下的粮食估摸还有不到四千斤。我已经仔细算了，家里大大小小二十四口人，每人每天半斤粮食，有一千零八十斤就可接上麦收，要是提前十天半月，九百斤就够了。过去门口每天不下三百人，后来村里几个大户也开了粮仓，家门口的外乡人只剩百来号人，每人一天两顿粥，按一人三两算，九十天下来得三千斤，要是也按提前十天半月算，两千七百斤就够。这一共是三千六百斤，家里人再捏捏嘴省出三二百斤，连备用万一的也有了。剩下的村里人，再咋说也是守着家，东家西家互相一帮衬，也缺不了多少。”

妙聪听乔杏儿一笔笔算得仔细说得清楚，遂问：“你咋说能提前十天半月？”乔杏儿回道：“收麦，一般是在芒种，之前只要有雨水，野菜就出来了，麦子灌浆有个十天八天，也可以搓碾吃，自然能接济几天。”

“对了，还有槐花、榆钱，也可以充充饥。”妙聪说。“那怕是不行了，去年冬天树皮就快扒光了，谁知能不能长出来槐花和榆钱。”乔杏儿说。

“你计算真透彻……常言道为富不仁，你自己家里都快揭不开锅了，还要为别人想这么周全，这是上庄之福，也是乡里之福啊。真难得，阿弥陀佛。”妙聪说。

“俺是妇道人家，也没想那么多，只是觉得咱省一口就能救活生生一条命，值得。”乔杏儿说。

妙聪听了乔杏儿的话，神情突然凝重。刘子彦看在眼里，十分忧虑：“师父有啥心事？不是她哪句话不妥吧？”

“阿弥陀佛……不是不妥，而是太好，好得我无地自容。”妙聪面上一愧接着说，“你们斤斤两两地算，一顿一顿地抠，一饮一啄也不敢靡费，硬是从自家儿孙嘴里往外掏粮食，可我却真真大意了，眼下净影寺还存着一千多斤粮食。影寺村的村民就更不用说，那里地处深山，至今仍无倭寇袭扰，若能花些钱，咋也能再凑个千儿八百斤的。要是能运出来，能救多少条命啊！都怪我了，都怪我了，我咋就没想到这一层？”

“师父言重了，虽说慧慈也是师父徒弟，但咱师徒俩毕竟是寄人篱下，又怎好勉为其难？”觉慧说。

“话是这么说，但也该试一试，不仅没试甚至连想都不曾想，佛祖膝下，吾等何面侍之！”妙聪越说越懊悔，一双拿着念珠的手颤颤巍巍地开始捻动。少顷,他又突然停下捻珠,问,“家里怕是没有多余钱了吧……”

“还有一点,只是太少,剩下三百大洋不到。”刘子彦说。

“师父想要多少?”乔杏儿插话道。

“算了,算了。你们几乎荡尽家财,剩那几个也好备个不时之需,不能再动了。再说了,眼下金银价贱,也买不了多少粮食了……”妙聪无奈地说。

“师父尽管说,看需要多少,我想法凑凑。”乔杏儿说。

“不了,不了,再不能拖累你们了。”妙聪说。

刘子彦瞅瞅师父,又看看乔杏儿,他真没想到乔杏儿会这么说。他也清楚,除了刚说的那几百大洋,家里再无分文。更何况乔杏儿从不像其他大户家太太,平日里会置办个金银细软,满打满算,除了头钗、戒指,成双成对的,也只有玉手镯、银手镯各一副,那又值得几个钱?凑凑?往哪儿凑?

乔杏儿见刘子彦纳闷,把话又往实在明了处说了说:“他爹,要想开些。家再富莫过三代,人再有临死带不得分文,儿孙自有儿孙福,遇到个有成色的会挣,谁又稀罕祖业?不在乎的,你留给他个金山、银树、聚宝盆,也未必保得住。这大灾年景,留下命就是本钱,救条命就算积德,祖德厚重荫子孙,现施慈善报门庭,千万不要看脚尖前那一点点,以后遇到点不测再后悔,只怕没后悔药给咱吃。自古以来,有人图大反落无,有人图久自成大,说的都是这个理。妙聪师父,你说对吗?”

妙聪听了乔杏儿一席话,深为她的博怀和睿智而惊叹,后听乔杏儿问自己,思忖了片刻才说:“说得好。佛家也有言,缘到眼前即行善,莫到临难抱佛脚。夫人说的尽管都是俗事俗理,但无一不是处世箴言。纵看天下苍生,又有几人识得这至理名言?就连我这专心事佛的门僧,也不得不佩服夫人……阿弥陀佛。”

妙聪话音刚落,忽然进来一个小伙子,进门就说:“爷爷,查理神父来了!”说罢扭头便走。

“印义站住,没看妙聪长辈来了,你也不招呼一声,成何体统!”刘子彦训斥道。

“嗯,你好……”印义转回身红着脸冲着妙聪鞠了一躬,又慌张离去。

“你……”刘子彦欲再喊他,乔杏儿说了话:“算了吧,就他老实胆小,别难为他。”

“这是……”妙聪问。

“是达双的老大,叫印义,眼看他十六岁了,看着顶多十二三。有点好吃的,总是先让弟弟再让娘,耽误了个头,倒不枉了他名里一个‘义’字。咳……这弟兄俩,命也太苦了……师父还不知道,去年春天,他爹达双就殁了。”乔杏儿说。

“殁了?”妙聪吃惊地问,“何病?”

“是瞌睡病,咳……不说了,快去迎迎查理神父吧!”乔杏儿说。

刘子彦和乔杏儿刚刚站起,就见一个年约七旬的外国老人进了二门,印平帮他提着一只不小的柳条箱。刘子彦和乔杏儿迎出客位,把查理让进了屋。查理一见妙聪显得很激动:“是月山的妙聪大和尚!太好了,很荣幸今天见到你。”“阿弥陀佛……”妙聪矜持念道。

“哈哈,好好好,你是中国神父,我是外国和尚,我们的职业一模一样的!”查理很幽默,中国话略带怀庆口音。

“幸会幸会,查理主教……阿弥陀佛……”妙聪说道。

查理刚刚入座,就急急忙忙地把他带来的箱子提到桌子上,边打开边对印平说:“你看看,平,这会救很多人的,都是我们英国的绅士们捐助的,一共一千一百英镑。”

“太好了,太好了……”印平说道。

“这还不算最好的呢!亲爱的平!”查理兴奋起来。印平惑然地看着查理。刘子彦和乔杏儿也跟着纳闷。查理见状,马上对刘子彦说:“我要祝贺印平,他就要成为神父了!”

“神父?”刘子彦和乔杏儿不禁目瞪口呆。停了好一会儿,乔杏儿才战战兢兢地问:“神父不是不能结婚吗?”

“是啊,怎么了?”查理满面讶异,“印平没有跟先生和太太说?”

“我还没来得及说……”印平喃喃道。

“不不,查理主教,不是不同意,而是印平太小,德行也不够,怕耽误了教会。”乔杏儿说。

“哪里哪里，印平完全够格，他入教多年，又在教会深造，成绩非常优秀，英语也学得好，现已经在教区实习了两年，深得教友们爱戴，他完全称职！”查理边说边从衣兜里掏出张纸来，继续说道，“你们看过印平写的这个歌谣吗？写得太好了，他还有诗人天赋呢！写得太好了，太好了……你们中国，需要这样的神父，太需要了！明白吗？”查理说罢，还把那张纸递给妙聪，“尊敬的和尚大人，你看看，我说得对不对？”

妙聪接过那张纸，见是那份歌谣，遂问查理神父：“主教先生，这个东西……好在哪儿？”

“印平是个天才！他骂了一切中国最坏的人，最坏的事，不是吗？日本人，汪精卫，还有你们蒋委员长，讲述了中国人民的苦难，印平有着像上帝一样慈爱的心，他是个好孩子，对吗？上帝爱他，我也爱他，他属于上帝，应该为上帝工作，帮助上帝拯救苦难的中国人，我说得对吗，中国神父？”查理一口气说下来脸涨得通红。

“可是……”妙聪欲言又止。

“可是什么？我是神父也是和尚，你是和尚也是神父对吗？我们该直率而坦诚。”查理说。

“我见歌谣最后写道，他似乎不相信耶稣和如来，你注意到了吗？”妙聪说。

“不，你的理解有问题，那是幽默你明白吗？他是用一种幽默的方式告诉人们不能消极地等待耶稣和如来拯救自己。而是应该自己救自己，正如刘老先生和太太自己买粮食救济灾民一样，他们在替上帝做上帝不能马上做到的事情，多么伟大！印平以爷爷奶奶为榜样，做着伟大的事情呢！他完全可以胜任神父之职，我要在见上帝时，不，是之前，要请示罗马教皇，推荐印平接替我，当怀川地区的主教。这是一项伟大而光荣的使命，也是他自己的荣耀！”查理越说越激动。

查理的话，使妙聪对佛教突然产生了困惑。查理的背后是上帝，却能直面世俗，并理直气壮地干预和深入世俗。可佛教却不这样，总是号召信奉者隔绝尘世，独善其身。

“主教大人言之有理……不知主教注意到没有？”妙聪试探道。

“什么?”查理问。

“这个歌谣,好像在暗示人们等待着啥……”妙聪说。

“你说的我明白,你是说它在暗示人们把希望寄托在共产党那里,对吗?”查理说。

妙聪看着眼前这个洋和尚,没想到他连这一点都早已胸中有数。还没等妙聪回答,查理就说:“期待谁,是老百姓自己的事情。日本人、汪精卫、蒋介石,百姓反对,上帝和如来又帮不上忙,也许,共产党就是上帝派到中国来的呢? 跟我一样,我们都是从欧洲过来的!”

“阿弥陀佛……”妙聪笑了。

“阿弥陀佛?”查理纳闷起来。

“我师父说你说得很好!”觉慧说道。

“谢谢、谢谢,妙聪师父很能理解我。看来不管洋和尚还是土和尚,只要是和尚,就能沟通和理解。”查理笑着说。妙聪也笑了。

妙聪和查理,一起在刘子彦家吃的午饭。午饭期间,刘子彦特意让达武和印平父子作陪,但从头到尾,都是妙聪和查理谈时局,再没有提及印平当不当神父的事。

吃过午饭,妙聪和觉慧要离开,查理还没有走的意思。刘子彦和乔杏儿心里有数,查理是想等个结果。

当刘子彦送妙聪、觉慧出大门时,乔杏儿也跟了出来,忧心忡忡地问妙聪:“师父,印平当了神父就不能结婚了,我该如何是好?”

妙聪停下脚步,思考了片刻才一字一句对乔杏儿说:“我知道夫人心思,你是印平奶奶……也最知道印平的秉性,再好好劝劝,劝得了自然好,劝不了……姑且随缘吧……”

“嗯,我知道了,师父……”乔杏儿说完,眼泪就扑簌簌地滚落了下来。

八五

在离开上庄去月山的路上,妙聪一路行一路思,内心一刻也没有平静。

妙聪和觉慧回到寺院时，已下午五点多。在大士阁东侧的课蜜泉，觉慧舀了一钵清澈沁凉的泉水，端给妙聪："师父，先喝点水吧，也顺便净净手。"

妙聪没有言语，伸出双手让觉慧浇水，搓洗后又接过钵喝了几口，然后把钵还给觉慧。

"擀馍还有没有？"妙聪问。

"还有三张。"觉慧答。

"够晚上用就行。"妙聪说罢，向南走了几步，久久地看着石堰下的废墟。

"师父，今晚要住这儿吗？"觉慧问。

"嗯。"妙聪应道。

太阳很快坠落到虎啸山后，月山坳开始慢慢昏暗。觉慧重新打些水来，在大士阁前用三块砖支着钵器，放了把柴火在钵下，然后点燃。黄色的火苗很快蹿出，舔着钵底，并腾起了青烟。不多会儿，水翻起了沸花。觉慧把擀馍撕碎，一块块丢入钵中，然后去石堰边折了根树枝，一撅为二，给妙聪当筷子。

馍煮好后，觉慧用包馍布垫着，把钵端到一个鼓形石礅上，摞了几块砖当凳子，然后走到石堰边喊妙聪："师父，吃饭。"

觉慧搀扶着妙聪坐下，将树枝递上："将就用，师父……"

妙聪说："嗯，你再折根树枝吧，一起吃。"

觉慧嗯了一声，到石堰前又折了根树枝，还是一撅为二，也不再垒座，蹲在妙聪对面，夹了一块馍，细嚼慢咽起来。

"你年轻，不禁饿，多吃些。"妙聪瞅他一眼说。

"我今天在上庄吃得太多了，一点不饿。师父多吃点饼，我一会儿多喝点汤。"觉慧说。

妙聪没有再说话。师徒两个，共钵而食，互让相惜之间，夜幕降临了。

此夜无月，云遮峰挡间，星星也少得可怜。用过晚斋，妙聪和觉慧来到凤皇台。

空相灵塔下，觉慧把包单对折了一下铺到地上，然后默立一旁。妙聪围塔走了一圈，上下看看，最后团坐在觉慧铺好的包单上。觉慧随之席地而坐。这是林秉杰牺牲后妙聪第一次回月山,没有香火,也无祭品。觉慧双手合十,妙聪手持念珠。二人静默着,也不诵经,仿佛在等待什么。

妙聪是高僧,高僧也有困惑。他一向以为自己已经自觉,甚至能够觉他,并把觉行圆满作为自己追求的最高境界。他搞不清自己陷于俗世,是离觉行圆满愈发近了,还是愈发远了。尤其是查理神父对他所说的话,让他想了很多。想到了清了,想到了苍公,也想到了空相。月山八百年来两度劫难,每次都绝处逢生,还一次比一次荣耀和辉煌。以前的具体情况他不得而知,此次遭际他却目睹了全过程。

日本人炮火轰炸,虽然使殿堂坍塌严重,但梁檩木石仍在,可现在呢?什么都没有了,都被附近的乡民抢了去。这也难怪,只因月山寺本就不属于百姓,而属于达官贵人。既然它无济于百姓们的今生今世,谁又会指望它有助于来世来生?

时近子夜,凤皇台非常安静,没有一点异动或响声。觉慧隔一会儿睁眼看看,见妙聪纹丝不动,于是重新闭上眼睛。

天麻麻亮时,妙聪喊起了觉慧。很快,两人就出现在月山往桥沟的山道上。

“师父,空相先祖昨晚可曾有旨意?”

“一直有,时时有,处处有。”

“我是说,先祖来了吗?”

“先祖何时走过?你不觉得连清了师祖也一直在吗?”

“谢师父教诲,觉慧明白了。”

“明白啥了?”

“明白月山自开山建寺以来的各代先祖从未离开过。”

“为何?”

“月山在,先祖即在;先祖既在,所事即在;所事既在,旨意即在。”

“说得好……觉慧,你在这里见过先祖吗?”

“没有。只是感觉师父能见,并得到旨意。”

“你也快了……”

“师父,不过……”

“啥?”

“我又觉得我也见了,本就是一直能见的。”

“说说看,为何?”

“只要师父你在,一切都在。”

“我不在,还有你在……只要你在我就在……”

“那要是我也不在了呢?”

“你不在,就啥都没有了……明白吗?”

妙聪说罢,停下脚步,看着觉慧。觉慧忽然五体投地:“明白! 徒儿如再不明白,就愧对各代师祖和师父您了!”

妙聪弯腰轻抚了一下觉慧的肩膀说:“快起来吧,记住,这才是大事,为师年事已高,应付得了眼下已经不易,其余全靠你一人了。”“师父万请放心,徒儿一定谨遵教诲,绝不会使月山香火后继无人……”觉慧说。妙聪看着觉慧的眼睛,欣慰地笑了笑说:“我信你。”

觉慧看妙聪笑了,顿时心潮如涌。晨钟暮鼓,诵经打坐几十年了,他和妙聪总得两人独处,但看到妙聪今天这样开心的笑,这是第一次。二人心情愉悦,脚步也不禁快起来。半晌时,师徒俩到了桥沟。

此时的桥沟,山冈山坳的庄稼地片片层层,麦子已经膝高。妙聪看着眼前的一切,顿时松了口气。他知道,再有俩多月麦子一下来,乡亲就有救了。可是,当他和觉慧来到章九酬宅院门口时,一下惊呆了。

章家门楼上,挂了两只白色的纸灯笼,门两侧竖贴着两行菱形纸块,门楣上横搭着一条长长的白幅,正中束了一个偌大的白绣球,两端下垂着。

妙聪马上一阵眩晕,双腿一软,眼看就要瘫倒,觉慧忙一把搀住了他:“师父!”

妙聪猛一挺身躯挣开觉慧,跌跌撞撞地边往院子里冲,边撕心裂肺地喊:“九酬兄! 九酬兄! 九酬兄啊——”

他俩刚进院子,正堂屋门帘一掀,却走出了章九酬和佩瑶,身后还跟着一大帮,除了几个女人,其余都是半大孩子,个个披麻戴孝,一片煞白。

“咋回事?”妙聪惊愕地问。

“咳……”章九酬痛楚地摇摇头说,“天温、天良、天恭弟兄仨都不在了……还有黎晋远,也不在了……”

“这,这咋会……”妙聪顿时语塞。

“师父请,到屋里慢慢说……”章九酬泪流满面,正要把妙聪和觉慧迎入堂屋,却被佩瑶婉言拦住:“还是到客房说话吧,那里僻静些……”

“哦,好,去客房,客房……”章九酬说。

客房不大,正堂靠墙摆着条几,条几上方墙上挂着一套江南风格楼台亭榭木雕四扇屏,条几前是一张扁长书桌,书桌两边是两把官椅,章九酬和妙聪分别入座,觉慧和佩瑶分坐两侧。“九酬兄……咋回事?”妙聪提起话头。

章九酬说:“还是中条山之战……前年春,哥仨就把家眷全送了回来,当时我就有点担心。天温和天良原来都在国军第九军裴昌会部,天温是二十四师第四团参谋长,天良是五十四师第二团团长,都参加了中条山战役。但没想到,天恭是卫立煌旧部的副师长,卫立煌是战区司令,部下必然参战。战役失败以后,弟兄仨就没了一点音信。后来也有不少谎信,有的说天温和天良还在,天恭战死,也有的说弟兄仨都不在了。我还叫天让打听过,天让问了不少人,但说法不一,还有人说天良被日本人俘虏了。我倒想,抵御外辱,死就死了,为国捐躯倒也算个去处,但总不至于弟兄仨一个也不给我留吧……”说到此,章九酬哽咽起来,再也说不下去了。

妙聪劝道:“九酬兄,节哀啊……”

章九酬稍缓又说,“天俭年前回来,说他在根据地报纸上看到一篇文章,才知道三个哥哥全部牺牲,八路军的报纸称他们为“章门三烈”。开始我还不信,也许是谎信吧,直到昨天,胡宗南二十七军才派人通知,说蒋介石也是从八路军那儿获知的,还题字‘章门三烈’,并转电文于我……这我才信……这仨儿是一个也回不来了……”

章九酬说完,从怀里掏出封信递给妙聪。

妙聪打开,见是一电报抄件:国民革命军27军机要132号(陪字电419号)抄转博爱县桥沟章九酬。

印哲勋鉴：

愕悉膝下天温、天良、天恭三同志壮年烈殒，痛之切甚。前辈书香兰德教子，一门三烈报国，堪四万万同胞之楷模，务节哀璧保。

蒋中正慰嘱

中华民国三十二年寅月皓日

“不错，申文所言倒是恳切，九酬兄该当此誉。不过，他咋知道兄台字讳？”妙聪问。

“你不说，我还真忽略了，更无细想，可能是双十二事变时，天让看护他时说过，也可能翁灏元跟他说起过。”章九酬说。

“嗯……不管怎样，九酬兄三子成英，是为国家民族而殒，也算死得其所，兄年事已高，切不可悲伤过度。”妙聪说。

“按说，悬了两年的心……也该放下了，只是见了师父感伤难御。再说夫人已经不堪，我再挺不住，这一家老小的……”章九酬说道。

“夫人病了？”妙聪问过不待回答就又急切地说，“走，先看看去。”

王娴馥在床上躺着。妙聪和章九酬一进屋，天让媳妇王丽英慌忙从床沿站起。

“你看谁来了？”章九酬说。

“谁？”王娴馥少气无力地问过，见是妙聪，脸上掠过一丝微笑，“妙聪师父……”想挣扎起身。

“夫人别动，千万别动，贫僧给你号上一脉……”妙聪说。觉慧赶紧搬了一个高凳过来让妙聪坐下。

“夫人平日吃饭咸淡如何？”

“我口味重……”

“哦……现在腿脚还好吧？”

“还好。就是有个阴雨天腿疼……”妙聪把夫人的注意力引到不相干处，认真品了脉相，觉得虽有涩滞，但力度尚可，故断得她心神端正，仅脾脏有点虚弱，全因气顶中室，使血脉遇阻，于是抽手言道：“夫人玉体尚健，并无大碍，我开个方子，不日即可下床。”

“咳……家门不幸，连失三子，要我下床何用……”王娴馥泣不成声。

“夫人，贫僧有句难听话想说给你，你可不能嫌弃我……”妙聪微笑言道。

“不会、不会，师父尽管说、尽管说……”王娴馥说。

“眼下家门遭难，也是没法子的事，切莫说国难当头谁家摊上都不能说个不字，我倒是担心你倒下了，九酬兄谁来照应？虽说是佩瑶妹妹贤淑至极，也莫如你跟大人交心共命一辈子不是？另还有这一家的老小，孙男嫡女一大群，你不下床，你能放得下心？嫂夫人刚强贤惠一辈子，这时候说啥也不能塌气，话又说回来，有佩瑶妹妹辅佐你，领全家度过这灾荒兵乱才是正理……夫人，贫僧说的话，不知对不对？”

“师父的话至情至理，我该听，也该跟日本人和灾荒赌口气……”王娴馥虽是虚乏，但口气已经透出了一股心力。

妙聪见此情状，便知道夫人的病已经祛了三分，于是微微一笑：“夫人若是信我，我给你开服药，保管你三天内就下床，中不中？”

“我信。老爷早就说师父看病行医是好手段。我信你，也一百个中。”王娴馥说着，眉宇的阴晦之气就又祛了些。

“夫人好生歇息吧，我们前院开方，开过就去配药。”妙聪说罢就告辞了王娴馥，和众人一起来到了前院客位。佩瑶把四宝摆好，妙聪一挥而就：

郁金　百合　杭菊

山楂　芍药　蜂蜜

妙聪开好方子递给章九酬：“看看中不中？”章九酬只扫了一眼就倏地抬起头来：“你开的是啥……”佩瑶见章九酬纳闷，忍不住瞄了一眼，遂脱口问道：“这也算药？咋不开剂量？”

“剂量随意，够喝三次就中……”妙聪说。

“这么少能治病？”佩瑶问。

“药不能当饭吃。”妙聪说，“夫人是才女，不记得楚太子有疾，而吴客往问之？”①

章九酬淡淡一笑，佩瑶顿时恍然：“师父真是圣手……”妙聪听了，微笑着摇了摇头说：“夫人不在体恙，而在心疾，实际上现在病已经祛了七分，就是现在叫她下床也下得，但还是叫她多休息一下好，不过……”

章九酬见妙聪将话头咽下，问：“咋了？”妙聪说：“贫僧有句话不知当讲不当讲……”

章九酬说：“但说无妨。”

妙聪遂说：“如今战乱频仍，灾荒犹在，家难居中，仁兄该赶紧跳出这晦秽阴霾之境，更何况是两年前之劫数，何必于今日受其牵绊？如若是贤侄们柩归，那就该敬天伦也行人事，排排场场地送上一程，也算尽尽父子之情。可如今，英雄光耀皇天，魂融后土，岂能让这盈尺小院囚住了他弟兄们的冲天气概？”

章九酬盯着妙聪，待到他一口气把话说完，呼的一声长长嘘了一口气，马上一抖精神对佩瑶说：“师父说得好，你去吩咐一下，院里宅外的白物一律清除干净。弟兄仨堂堂正正，皆是我章家的荣耀，上可慰列祖列宗，下可荫孝子贤孙！不能再悲悲戚戚了！”“好，我立马就去。”佩瑶说罢就出了客房。

如妙聪所料，王娴馥当晚用了妙聪的方子熬药喝下，第二天一早便下了床。当她听说妙聪还住在府上，一大早就跟章九酬一起到客房禀谢。

妙聪呵呵一笑说王娴馥吉人天相，大富大贵之命，一定家道复昌云云，然后说要回净影寺，结果被章九酬和两位夫人拦下，他们要他无论如何也得小住几日。

妙聪见章九酬、王娴馥精神复常，但阳穴眉心仍残存倦晦之气，所以想再陪陪他们，也顺便再帮王娴馥灸调一下，于是就答应留下来。

---

① 汉枚乘《七发》，楚国太子接受心理疗法。

八六

妙聪原打算住个三两日便回净影寺,赶紧处理净影寺的存粮以赈灾民。一来章九酬、王娴馥和佩瑶执意挽留,二来老友相聚有说不完的话。从战局到灾荒,从刘子彦到翁灏元,从歌谣到查理神父,有时也吟诗作对,无所不谈。

第五天,妙聪再也住不下去。他掐指算算,翁灏元去山西已有时日,快该返回。他想再见见翁灏元。可人算不如天算,正当妙聪想告辞章九酬回净影寺时,天让回到了桥沟,并带来了翁灏元的消息。

妙聪和章九酬正在客房辞别,佩瑶进屋说:“天让回来了。”话音刚落,天让就进了屋。

章九酬问:“啥时候回来的,灏元走了?”

天让说:“早走了。我们在山西只待了两天。”

妙聪说:“这么说已经走了七八天了。”

天让说:“是。翁长官因急务返回重庆,行前特意叫我致歉师叔。昨天,我收到他的信。”说罢遂掏信递给妙聪。信封上写着:呈释、章二尊啓。

妙聪拆封取瓤,竟是两张不一样的纸。一张是红格信笺,一张是素白麻宣。遂把信笺递给天让,说:“是写给你父亲和我两人的,你念念吧。”

天让接信念道:

释、章二尊鉴:

晋归因急务未如期面辞,乞谅。余已将豫晋两地灾情据实呈报,蒋公闻之悲甚,遂布亟处。

另借晋地八路军报,天温、天良、天恭三壮士阵亡。晚辈特向蒋公面陈,其敬而惋之,遂悯毫题字以示嘉褒,并欲致电章老前辈,若果不日即到。此随信代转蒋题,诚望节哀。

灏元顿首

中华民国三十二年三月十八日

天让读完信，妙聪把宣纸仔细看了看，递给章九酬。上边赫然写着：

章门三烈

蒋中正

寥寥数笔七字，字体端庄毓秀。章九酬反复看了几遍，妙聪一旁赞道："字可是非同一般，甚好！"

"是。看得出柳、欧为基，也有赵孟頫[①]影子，绝非不学无术之辈，也无丝毫猥琐之气。"章九酬说。

"何止于此，字如其名，中正规整，很有功力。"妙聪说。

"我又想到他的电文，同样是领袖风范，文理皆佳……可为何总是背民心而骛之？"章九酬说。

"天让贤侄，你是神龙在海，见过大世面，一定比我们老朽有见地，何不说说？"妙聪说。

天让忙说："神龙晚辈不敢，不过既然师叔问到，晚辈就直言而不讳了……"说完，还看了看父亲。

"你师叔又不是外人，实在回答就是。"章九酬说。

"嗯……"天让应过说，"我就从灾荒说起吧……此次翁长官一到河南，在国统区见到的都是军队跟百姓们抢粮食，非常意外。据他说，国民党上层争论很厉害，有的说须保民在先，否则仗打赢了，没了百姓，不还是国将不国？也有的说，必须优先保障军队，反之就会兵卒殆尽，有民也是亡国之民。他一直以为二者必居其一。可是到了山西，他在八路军地盘上看到，很多地方都是老百姓省吃省喝支援军队。八路军还开荒种地，周济百姓。同样是军队，同是打日本，同是度灾荒，国民党一筹莫展，共产党与百姓却如鱼似水……"

天让正说着，妙聪不由赞叹："说得好，其实也很简单，兼而顾之。"

---

① 元代著名画家、书法家。

天让笑了:“是的师叔,你一听就明白了,难道国民党就没有一个明白人?”

妙聪看着天让,想想也是,国民党自辛亥革命起家,照样是群英荟萃,咋就学不得共产党呢?于是就问:“以贤侄看为何?”

“师叔和父亲都是辛亥前辈,国民党何尝不也是人才济济,就拿黄埔来说,现在国共双方高级将领,有几个不是师出同门?坏就坏在嫡庶有别,就拿我在的二十七军为例,全部物资都由中央直接调拨,而地方杂牌部队只能靠掠夺百姓生存,但这恶账都记到了国民党的身上,百姓怎会拥护?还有最关键一条……”天让说到此处,不觉之间,舌头一卷,又把话咽了回去。

章九酬问:“咋了?”天让笑了笑,谨慎言道:“再说下去怕是大大难以接受……”

章九酬嗔怪道:“你这孩儿!你还没说,怎知我心思!”

天让看看父亲,又思考再三才开了口:“父亲和师叔大人在上,晚辈直言陈述……这最关键的一条,是国共两党依靠的对象不同。从两党的宗旨上讲,一个是共产学说,一个是三民主义,对待国家和百姓,都想强国富民。可是,所依靠的对象就天壤之别了。国民党依靠的有钱人,可富人又有几个?而共产党依靠的则是劳苦大众,天下穷人以万万计,所以共产党视百姓如父母,把自己的军队叫作人民的子弟兵。国民党却沿袭历代封建王朝,把自己比作百姓的父母官。以此类推,眼下境况,就成了共产党帮父母度灾荒、国民党向儿女们抢口粮了……父亲和师叔都看了前阵那个歌谣,百姓分明就是指望共产党……翁长官还问我,那个歌谣像不像共产党写的,我说是不是不重要,关键是该好好想想咋办……父亲、师叔在上,孩儿所言若有不当,请予指教,甚至责罚。我说完了。”

天让说话间,章九酬嘴角上一直挂着淡淡的笑意。至于妙聪,他见天让坐着国民党的船,却撑着共产党的帆,说的都是贴近百姓的话,甚是高兴:“后生可畏!阿弥陀佛……”

少顷,妙聪又问天让:“有件事不知当问不当问?”

天让回道:“师叔请说。”

妙聪问:“那个歌谣贤侄是不是有意给翁灏元的?”

天让说："是。师叔好眼力。翁灏元精通中西文化精髓，忧国忧民，为官清正，很受蒋介石器重，我也是想让他多了解些实情，以便在最高当局制定政策时，施加一些影响，多为抗日军民争取些条件。"

"他会不会以为你是共产党？"妙聪问。

"他问过我，我说我四哥天俭是共产党，还告诉他在山西八路军根据地可能会见到他。"天让说。

"见你四哥了？"章九酬插话问。

"见了。他是接待翁灏元的主要成员。我三个哥哥的事，就是我四哥弄清楚的，他的好几个同学都参加了中条山战役。四哥现在是八路军对外宣传联络负责人。"天让说。

"你弟兄俩见面合适不？"章九酬问。

"开始我也这样想，但后来我想通了，他本来就负责联络工作，此时特意回避岂不是此地无银？大大方方不卑不亢，反显得光明磊落。再说了，眼下仍是国共合作期间，弟兄五个四个都是国民党，三个为党国殉职，我如今继续效力国民党，四哥公开与我联络，反而方便接待翁灏元。"

天让说此番话时，很随意，可以说跟唠家常没啥区别。然就是这番话，让章九酬很感慨。妙聪也突然有些激动："九酬兄！这天下归属现在看来已经定了啊！"

章九酬听了，马上红了脸膛："是。我也正想说此话，人家的眼界、襟怀、谋划，处处占了先机！"

天让听了他俩的话以后笑了："父亲和师叔真是一代贤达！心智超凡，从孩儿不经意的话中竟看出乾坤走向，江山归属，着实叫我感佩！"

"哈！你以为我们都是酒囊饭袋啊？"章九酬笑了。

"要是也是你是，我的可从来不装酒！"妙聪也笑了。

忽然，门口传来甜甜的声音："大大，媄叫喊您吃饭！"三人看了，是天让的两个女儿：梓童和梓婴。背后，还站着大夫人王娴馥："丽英都做好了，赶紧吃饭。天让看好回来，有空就回沁阳看看，光是下人们在家，我着实放心不下。"

"你也是，仝挡他们都在，有啥放心不下的！"章九酬说。

"你啊！你就记你的仝挡!"王娴馥说完就笑了,还不好意思地看看妙聪。

"怎么是我的？哈哈……"章九酬爽朗笑着,见妙聪稍有纳闷,接着说,"有个家丁原叫仝娃,姓人工仝,谁家的娃不是人做的？我嫌难听,就给他改名仝挡,她埋怨我改的名不好,还问我挡啥,我说挡灾、挡难、挡妖魔鬼怪！哈哈哈……"

"原来如此,呵呵!"妙聪也笑了。

吃过午饭,妙聪和觉慧要离开桥沟。章九酬知道妙聪是惦着回净影寺筹粮赈灾,于是拿了五十大洋给他:"钱太少,能多买一斤就多买一斤吧。"妙聪接过大洋,念了声阿弥陀佛,就踏上了归程。

八七

一九四三年春夏之交,怀川地区的饥荒进一步恶化。有些地方,整家整户地死去,人吃人的事件屡屡发生。

民心所望决定历史的走向。在河南,尤其在怀川,谁能给吃的,百姓就会跟谁走。

不可思议的是,重庆国民政府反应迟钝,共产党已号召根据地军民节食赈灾并组织生产自救了,他们却还在争论救民还是保军。为此,刚从晋豫边界回到陪都重庆的翁灏元先后三次上书,力陈要害,敦促速办。

翁灏元很清楚,再有两三个月,灾情就会因新粮下来而缓解,国民政府如果能此时出手,投入小见效快,就能稀释由于赈灾不力而集结的民怨。但很遗憾,国民政府没有行动。然共产党,却及时地成立了怀川党政军机构,带粮下山,解救百姓。

阔别焦作十五年的巩亦清,正是在这个时候,带了一支武装工作队,来到了一个叫歪树窑的小山村。

村子附近的农田全部荒芜,全村连个人影也不见,只有靠村边的一户人家,冒着一股炊烟,烟气很薄,刚一露出房顶就被风儿揉碎吹散。

巩亦清带人来到这户人家门前。

院门口一旁堆着一个矮土堆,一大一小两只穿着破鞋的脚露在土堆外边。

院里只有北屋和西屋,各两间,全都是石头墙矸棚顶。北屋门前坐着一个瘦得皮包骨头的老婆婆,衣衫褴褛,苍发蓬乱。一老一壮两个男人——妙聪和觉慧,均穿俗装,正在喂老婆婆吃东西,一见人来二人马上站起。

“老乡别怕,我们是八路军。”巩亦清走上前说。

“阿弥陀佛……”觉慧合十念道。

“哦,是和尚师父。”巩亦清赶忙回礼。

“长官高目,幸会了。”觉慧说。

“老婆婆怎么了?”巩亦清问。

“长官贵姓?”妙聪突然上前一步问。

“嗯? ……师父是?”巩亦清凝神看看妙聪。

“贫僧法号妙……”妙聪话说一半,巩亦清上去就握住了他的手:“妙聪师父!”

“真的是巩先生?”妙聪喜出望外,“你们可来了……”不禁潸然泪下。

“前辈! 是我!”巩亦清眼圈顿红。

“我佛慈悲,我佛慈悲……”妙聪连连念道。

“大东村一别,五年了啊!”巩亦清很感慨。

“是是是,真没想到还能见到巩先生!”妙聪激动地说。

“老婆婆怎么了?”巩亦清再问。

妙聪看看巩亦清,轻轻摇了摇头,然后对觉慧说:“你再劝劝老人家……”巩亦清见觉慧端的碗里仅是泡了几片烙饼,于是问:“没煮饭?”说罢便要去掀锅盖,被妙聪一把拦住:“别看了……净目不该看的。”

“是什么?”巩亦清问。

“婆婆亲孙女儿。”妙聪回答。

院子很快陷入静默,片刻后老婆婆哇一声痛哭起来,战士们无不为之动容。巩亦清抹把泪眼喊道:“何小壮!”

“到!”一个英俊小伙,斜挎两只驳壳枪,立马来到跟前。

“通知大家！今晚就宿营这里，两人洗锅做饭，两人打扫西屋，其余人清理院外尸体。马上行动！”巩亦清下令。

“是！”何小壮利索回道。

“小同志好英武。”妙聪夸道。

“哦，这孩子是烈士遗孤，父母都在反扫荡中牺牲，才十九岁，已跟了我四年了。”巩亦清说。

“阿弥陀佛……”妙聪念道。

“巩长官，我弄啥？”觉慧走上前来。

“呵呵，你是觉慧吧？我们可不兴叫长官，喊我巩同志、首长都行，你只管照顾好婆婆，我跟前辈说说话。”巩亦清说罢，就和妙聪出了院，在一棵柏树旁的废碾盘上坐下。

“妙聪师父，真没想到，我们会在这里相逢，前阵子天俭还提到你。”巩亦清说。

“见天俭了？他可好？”妙聪问。

“好，他现在是我们的首长哩！”巩亦清说。

“那就好，那就好啊！”妙聪高兴地说。

“妙聪师父！你是我的恩人啊！在我们根据地，你可是大名鼎鼎！”巩亦清说。

“首长言重……”妙聪说。

“别，千万别！前辈叫我亦清就行！您是辛亥革命老人，还多次营救我们的同志，资助大笔经费。我们共产党也重交情、讲义气，绝不会忘记您的帮助，我们不少大首长也知道您哩！”巩亦清说。

“惭愧惭愧，全是贵党道正行端感召天下所得。老衲只不过是顺民意尽绵薄而已，怎敢受如此殊荣！可眼下……”妙聪正说着，突然话头一转。

“怎么了？”巩亦清问。

“眼下时局维艰，饥荒更甚……又有国民党一些杂牌部队、散兵游勇四处抢粮，老百姓简直没法活了，真是叫天不应，呼地不灵……你们是路过还是？”妙聪肃然而巴望地看着巩亦清。

“既来则安！此次我来，可再不是早年的单枪匹马了！根据党中央的部署,根据地开展了大生产运动,并号召节衣缩食,带粮下山,救灾赈民。同时开辟怀川根据地,除了我们党组织和军队,还要设立怀川行署,由我负总责,统辖怀川八县的工作,希望前辈支持。”巩亦清说。

“不走了?”妙聪又问。

“不走了! 不打跑日本人,绝不走了!”巩亦清的口气斩钉截铁。

“阿弥陀佛……”妙聪半哭着唱道。

“月山寺被毁后,听说你住净影寺?”巩亦清问。

“是。一九三八年遭日本人炮轰,后来又遭偷抢,全毁了……”妙聪抹把泪眼说。

“前辈莫急,将来革命胜利了,咱再修起来!”巩亦清说。

“会吗?”妙聪问。

“咋不会! 现在根据地的寺庙没有一个不保护得好好的,爱国僧侣还自发成立抗日后援组织。将来革命胜利了,你们都是革命的功臣! 新中国,更讲究信仰自由。”巩亦清正说着,突然想起什么,于是问道,“现在章老前辈怎样?”

“还好,身体还算硬朗,就是最近才得知三个儿子全部在中条山阵亡,精神不太好……”妙聪说。

“我有一件事不明,想请教师父。”巩亦清说。

“何言请教? 请直说……”妙聪说。

“章老前辈也是明达之人,怎么一家子都干了国民党?”巩亦清很认真地问。

“咋说全家?”妙聪问。

“哦对了,除了天俭。”巩亦清补充说。“天让……”妙聪本欲说天让也是,但想自己仅仅是揣度,于是咽住。

“他也是国民党,以前在孙殿英部,现在去了胡宗南二十七军。”巩亦清说。妙聪思忖片刻,岔开话题:“中条山一战,章门三烈,不管姓国还是姓共,只要抗日就好,你说对不对?”

“对。可是,毕竟是两条路啊……”巩亦清说。

妙聪没再接话,也没法接话。巩亦清说的虽是实情,但妙聪从心底还是觉得膈应得慌，难免隐忧顿起，一时无话。所幸何小壮过来说饭已做好，巩亦清说："走，妙聪师父，咱们吃饭去。"

"好，首、长请……"妙聪喊首长时磕绊了一下。

晚饭过后，天已很晚，歪树窑一片死寂，连个唧唧的虫声也听不到。

西屋由巩亦清领着战士们住：北屋老婆婆住里间，妙聪和觉慧住外间，两人合盖一条战士们匀出的薄被。

妙聪翻来覆去，老想着巩亦清说的国共"毕竟是两条路"，久久不能入睡，最后索性叫起觉慧，悄悄出了院子。妙聪坐在碾盘上，觉慧站在一旁。

"觉慧，我有一谜，可否猜猜？"

"我愚，师父谜睿，怕猜不得。"

"山中有龙虎争王，遇怪兽忽侵，龙虎合而驱之，兽不敌乃退，龙虎如何？"

"重争之。"

"必争之？"

"必争之。"

"何者胜？"

"龙者胜。"

"理何在？"

"龙食素而养山牲，虎食荤而敌众。故而失道者虎必殁，得道者龙必赢也。"

"不能共赢之？"妙聪问。

"不能。"觉慧答。

"何理？"妙聪又问。

"道不同而不相为谋，谋则枉然。"觉慧说。

"你见过龙不？"妙聪问。

"没有……"觉慧回答。

"你见过的……阿弥陀佛……"妙聪悠悠唱道。觉慧见妙聪不再发问，也就不再作声，静静地伫立在侧，默默地看着妙聪，反复地思考、推演。还好，觉慧没辜负妙聪五年来的精心教化，很快就破解了妙聪的谜。而妙聪，好像钻到觉慧心里一样，觉慧刚刚破解，妙聪就开了口："解开了吧？"

"是，师父。"觉慧说。

"龙、虎何指？"妙聪又问。

"共产党自行节粮而救民，乃食素之龙；国民党为自保抢粮而损民，乃食荤之虎，输赢以此而定。巩长官一干人，是共产党人，故师父言徒儿见过……"

"说得甚好，阿弥陀佛……"

"师父该歇息了……"

"是……你看这碾盘、柏树……"

"哦……谢谢师父教诲。"

"何言教诲？"

"师父提及这碾盘和柏树，是提醒徒儿不忘月山的山岩和林木。放心吧，师父，有师父在、先祖在、佛祖在，徒儿绝不敢不放在心上。"

"你越发长进了……走，歇息。"妙聪最后说。

八八

老百姓生死存亡的关键时刻，共产党八路军抓住机遇，带粮下山，打击日寇，一下子就抓住了怀川百姓的心。

然国民党，却因与民争粮，引发百姓报复。百姓连对日作战失利的散兵游勇也不放过，轻者暴打，重者杀害。在百姓眼里，国民党比日军都可恶。

消息传到重庆，蒋介石震惊之余，又想起多次书乞亟赈的翁灏元，并派其再赴豫北抚民。翁灏元一到怀川，就竭尽斡旋，但收效甚微。

面对国民党一着棋错人心丧尽，翁灏元十分沮丧。但他毕竟是仁者也是智者，一念及蒋介石的知遇之恩，二念及怀川战略地位之重要，把希望寄托在德高望重，又因慷慨赈灾得民众爱戴的进步士绅身上。他首先想到了妙聪，因为他的影响力。

七月初的一天，翁灏元来到了净影寺，并让天让把章九酬、冯冠彰和刘子彦也接了过来。

方丈内，清茶数盏。翁灏元一见章九酬就问："姐夫，佩瑶姐姐还好吗？""好好好，劳……兄弟挂念了……"章九酬的话语明显磕绊。翁灏元第一次见章九酬时，佩瑶仅是外室，如今三十年已过，二人又成了郎舅，以此名分称呼，还是头遭。窘迫之间，幸好冯冠彰插上："上次没能得见翁长官，我好生惋惜，今日得见，老朽三生之幸！"

"冯老先生言重了。今日能在这钟灵毓秀之地重新见到诸位贤达，是晚生之福！"翁灏元说。

"翁公子上次巡查后将实情报告最高当局，是为百姓请命，是真正为俺怀川谋福祉哩！"刘子彦说。

"咳……说来惭愧，居仁心而不能施，逢忧怨而无力止，何颜谓为民请命？如今百姓不谅国军掠民之过，重手相向，此局面若不缓解，且不说我复命怎样，这样下去，确实是在给抗战帮倒忙啊！"翁灏元说罢没人接话，因为大家无不清楚，眼下的被动局面，是既往之孽所累，现木已成舟，亡羊补牢，确非易事。

妙聪默默地捻着念珠，眼睑半垂，思忖了好一会儿才说："我倒以为，眼下百姓怨广忌深，士绅出面看样子会好些，但作用不大，也太费时日……"

翁灏元见妙聪终于开了口，于是问道："依师父高见，该如何是好？"

妙聪说："高见难说，不过，有另外一条路可否试试。"

翁灏元说："请师父直言。"

妙聪沉默了，显得很犹豫，因为他指的是共产党。如今龙虎相斗，此消彼长，共产党在怀川人心里已占了先机，如若说服百姓宽宥国军，就等于消耗共产党的利好。除此而外，抗战之初是共产党开拓了怀川山区，而国民党发端"许河事件"全歼了道清游击队，后还将其他抗日力量也逐出了该地区。如今共产党带粮下山，打日寇救灾民，刚站稳脚跟，岂会好了伤疤忘了疼，去帮助国民党？

想到这里，妙聪下意识地看了看天让。因为在座的，只有天让说话方便。

"师叔是不是想说……"天让欲言又止。

“找共产党。”妙聪话一出口，举座皆惊。

章九酬、冯冠彰、刘子彦的目光全聚向了妙聪。翁灏元十分诧异：“那岂不是……与虎谋皮？”

妙聪哈哈笑了：“刚才我还有些许顾虑，你这样一喻，我反倒放了心。国共争雄，还真有点狮虎相斗的意思。那日本人就如怪兽，怪兽入林狮虎应共御。国共若狮虎，百姓乃皮，本来就属国共共有。皮之不存毛将焉附？现如今，狮虎其一一念之差失其皮，若不复之，狮虎其一焉存？其一亡而余其一怎能胜怪兽？以我看，共产党既有先机谋皮之良策，就会有共御怪兽之胸襟，如若他们能做百姓一些工作，势必事半功倍。”

“师父高论！”翁灏元喜出望外，但马上又忧心忡忡，“可是，理通了，路又在何处？”

妙聪说：“这倒不难，现在共产党怀川负责人是巩亦清，国共合作北伐到怀川时，我曾跟他有些交情。”

章九酬说：“依我说，最好是国民政府出面，最显诚意。”

翁灏元看了看问：“以姐夫的意思？”章九酬还没来得及回话，天让先开了口：“父亲的话有道理。不过，翁长官毕竟是堂堂的国民政府要员，求助于共产党，答应了还好，若一口回绝或是婉言推辞，都太失体面。是不是由妙聪师叔先行沟通？也好有个余地。再说了，此事关系重大，翁长官也需给重庆有个招呼，万一将来有了闪失，也好有个托词。”

“好，这样好！”翁灏元眉锁顿开。

“还是天让贤侄想得周全，旮旯缝道都想到了，甚好甚好，阿弥陀佛……”妙聪见天让去掉了翁灏元后顾之忧，一番话说得既妥帖又不显山露水，心里暗暗佩服。方丈内的气氛开始松弛活跃起来。正巧此时，慧慈进了屋。

慧慈见在座个个笑逐颜开，遂道：“今天看来是个好日子，巧来诗人禅庭聚，更有湖水山色明，大人们都委屈在这屋里边岂不太可惜？”

冯冠彰紧跟慧慈哈哈一笑说：“对对对，难得一遇，理当如此啊！住持不愧是妙聪师父高徒，张口便是锦绣。”

翁灏元听了，惨淡一笑说：“……战事正酣，饿殍遍野，还是若须雅致另待时吧……"

"阿弥陀佛……"妙聪慢慢垂首低唱,似有隐忍。

"师父莫非有话?"翁灏元问。

妙聪听问,缓缓抬起头说道:"公子既问,老衲倒是想进一言,不知允否……"

翁灏元马上接道:"请师父不吝赐教!"

妙聪回道:"赐教言重了,在老衲想来,危局仍在,但忧困而馁绝非君子之道,仰天觉苍苍,俯地知衮衮,攀山懂峥峥,临水晓委委,无论天灾还是人祸,看似来势汹汹,岂奈何我疆域如磐,儒脉相承?从远古洪荒到大禹治水,从都江水患到李冰筑堰,从匈奴弓弯到清军骠骑,从蛮夷袭扰到八国来犯,我岿然华夏,纵然是有金戈铁马,彪悍将士,但说到根上,哪一次不是靠民心思统,哪一次不是靠忠孝成盟?于是才有了这庶民之众志成城,江山之巍然屹立!"

妙聪突然发问又戛然止住,众人面面相觑,无人接话,只有翁灏元突发感佩:"说得好!真令晚辈茅塞顿开!"

妙聪笑了笑问:"那,咱们随慧慈住持一并走走?"

翁灏元亢奋地说:"好!晚生恭敬不如从命!"

众人随声附和:"太好了!太好了!"遂跟翁灏元和妙聪一起步出寺院。

出了净影寺,向东绕过双姑峰,再下坡一小段便是净影潭。妙聪、章九酬、翁灏元等一干人在慧慈、觉慧、天让伴携下来到了水潭前,驻足而观。

东岸是绝壁,其南端与南山衔接,并形成一个拐角,拐角约两丈高处有个豁口,流出一股肥硕的短瀑。

瀑布落在一片梯形石板上,隆隆作响,水花飞溅,最终梯流泻下,积水成潭。

水潭水面宽阔,越往北越窄,最后收拢成一条清澈小河,汩汩而去。

"真是好景致!"翁灏元说。

"那就请翁长官先来,开个头局!"慧慈忙说。

"俗语说客随主便,晚生岂能够喧宾夺主?"翁灏元说。

"那好,我等就先来,五言绝句,一人一首,翁公子玉口压轴。"妙聪说罢，又说慧慈："你是主家，你先来吧！"慧慈说："我听师父的。"遂吟道，"涓溪朝北去，身后卧莲台。仙子抛绫袖，琼花落水开。"

"慧慈住持全景实录，活灵活现哩！"章九酬夸赞道。慧慈赶紧说："章大人谬赞了，只怕今天我要将人丢到自己家了，献丑了！"接着，章九酬步韵和道："翠岭连襟处，衣罗一缝开。峰林舒白练，腰半瀑飞来。"

"章大人好机巧，随口就吟出个羞工部嘲太白的句子来，叫吾等不好上台面，看来俺只有临时抱抱佛脚，救救急了！"妙聪风趣言罢，一首禅机妙语便脱口而出，"净水驮山寺，流琼拜佛台。双姑悲泪下，哭瀑撼林哀。"

翁灏元听了，不禁咋舌："我真是大意了，忘了这怀川一地曾有过韩愈、李商隐等诗文泰斗，竟不知天高壤厚礼让其后人诸位，好句子你们都占了，俺后来者，如何咏得？"章九酬、妙聪和慧慈一起笑了。翁灏元看了看冯冠彰、刘子彦、觉慧、天让几个，说："该你们了。"几个人一个个把头摇得像拨浪鼓。

翁灏元见状，便不再为难他们，来回踱了几步，把妙聪的句子又轻轻诵了一遍，才步其韵吟道："瀑从天上落，奉旨洗尘埃。身影藏山寺，羞莲泪满腮。"

妙聪听后即说："不愧鸿儒之后，栋梁之英，气势情怀均蕴其内，直抒胸臆，老衲开耳了！"

章九酬感慨地说："是啊、是啊，拳拳之心，戚戚之忧，甚是贴切！"

慧慈连连说道："真好真好，除去俺个顶个好哩！"

翁灏元叹了一声，说："惹诸位笑话了……慧慈住持清灵雅致，姐夫更是功力深厚，尤其妙聪师父的句子，用双姑之忠义赋山石林木之灵性，哭叹民哀，让人不禁扼腕。如今国殇难阖，自愧没有乾坤手，只能吐吐怨气……而已啊！"翁灏元话没说完眼睛就红了。

妙聪见翁灏元如此，正要劝慰，忽见寺院方向急匆匆跑来几个人，为首的边哭边喊，到了近处才看清，原来是冯冠彰的儿子冯默金，他边哭边说："父亲啊！大事不好，日本人搞破坏，阳峰一号井瓦斯爆炸，一百三十多号人……"他话未说完，冯冠彰就瘫倒了下去。

妙聪现场施救，折腾了好一会儿，冯冠彰才慢慢清醒过来。其间，翁灏元始终静默着，一会儿踱步沉思，一会儿又停下看看，脸色十分凝重。

八九

冯冠彰被抬回寺院。在客房，妙聪又问了默金，才知道了事情的原委。

阳峰煤矿，坐落在柏山东六里外山脚下，距英商福公司的李封煤矿只有数里之遥。日寇进入怀川地区后，很快就驱逐了英国人，并武力攫取了英商福公司所有矿井的开采权，进行掠夺式开采。同时，他们对怀丰煤业公司的阳峰煤矿也觊觎已久。但毕竟阳峰煤矿是华族工业，“建立大东亚共荣圈”的遮羞布还不允许他们公开霸占，于是他们就暗中使坏，多次破坏阳峰煤矿一号井通风设备，意欲制造事故，酿成惨祸。而此次阳峰煤矿瓦斯爆炸，正是因通风设备遭破坏导致瓦斯聚集而造成的。巨大的能量从升降口喷出，井架被掀到几十米高空，掘进、辅助及运输工共一百三十余人无一生还。

默金边哭边说，几度哽咽：“事后听老乡们说，通风站不远处发现了一老一少两具尸体。我赶紧派人拉回来，工人们马上认出，是看风井的老余和他侄儿，他们是被刺刀捅死的……”

默金讲完后，刘子彦说：“好狠啊！”章九酬说：“人为刀俎我为鱼肉啊！”天让咬牙骂道：“这帮恶魔……”只有妙聪阴沉着脸，默不作声。后经过商议，认为最当紧的是先安抚矿工家眷，稳住阵脚，再从长计议。

说到这里，默金无奈地说：“理是这样，可由于战乱灾荒，煤矿生产走走停停，资金早已严重匮乏，实施安抚，太难了！”“先回去再说吧……”冯冠彰阴沉着脸说。

当妙聪、翁灏元和慧慈等在山门礼送冯冠彰时，刘子彦提出要和冯冠彰一起走，也好有个帮衬。妙聪听了连连说好，还特意交代冯冠彰说，其他事情一定要放一放，更不能找日本人说事，以免节外生枝。并说待翁灏元所托之事有了眉目，他便立即前往。后刘子彦随冯家父子一起，匆匆下了山。

刘子彦是在山口外与冯冠彰父子分的手，直接回了上庄。他很清楚，眼下最当紧的是一个字：钱。

刘子彦一进家，乔杏儿就心急火燎地对他说："冯会长家出大事了！煤矿闹瓦斯了！"

刘子彦没回话，径直朝屋里走去。乔杏儿又说："冯家二少爷宇鸿也被日本宪兵抓了去。"

刘子彦惊愕停下："啊？"

乔杏儿接着说："公司伙计来送的信，说是冯家煤矿管理不善，死人太多，引起社会不安，影响日本天皇声誉。"

刘子彦听了乔杏儿的话，不禁须眉颤抖，手一下变得冰凉，半天才喃喃说："看来他们是要把冯会长置于死地了……"

乔杏儿回道："咋办啊？冯会长可是咱家的大恩人！"

刘子彦突然六神无主："我知道，我想想、我想想……"他是奔着钱回家的，但摆在面前的，却是冯冠彰二儿子宇鸿的性命之忧，这让刘子彦猝不及防。

日本人既然精心策划了阳峰煤矿惨案，就绝不会中途止步，其终极目标，无疑是想搞垮或吞掉怀丰煤业公司。资金、生产、技术三个环节，技术是关键。冯冠彰二子冯宇鸿是总工程师，日本人抓走他就等于掐住了怀丰煤业公司的脖子。

"看来宇鸿是凶多吉少……"刘子彦一下揪紧了心。

"该想个办法啊……"乔杏儿说。

"只有一条路，花钱免灾，救出宇鸿要紧。"刘子彦说。

"能吗？"乔杏儿问，"得多少？"刘子彦没有回答。因为他无法回答。冯冠彰和默金去了阳峰，即便是回清化，怕是也到了晚上。再摸摸情况，商量个对策，最早也得到明天早上，但他没有想到，冯冠彰和默金天黑前就赶到了刘子彦家，说已经得到信，日本人以"惩戒怀丰煤业管理不善"为名，明码标价，罚金二十万大洋，限期三日，交了钱就可以放回宇鸿。

到了掌灯时分，做好的饭放凉重热，热了又放凉，冯冠彰、默金、刘子彦和乔杏儿也顾不得吃，在客位里一筹莫展。

怀丰公司可支配资金最多不过十万，加之一百多号人的遇难者家眷急需安抚，粗略估算，缺口怎么也得十几万。况且公司一直受日本人打压，经营状况连年下滑，银行、钱庄无一不晓。现在阳峰煤矿惨案又摆在面前，哪家银行或钱庄会将春雨惠枯木？可是除了钱，又有哪条路走得通？

经过几番周折，冯冠彰最后决定立即回清化，先行筹款，走一步说一步。

冯家父子简单吃了点东西，就离开了刘家。但刘子彦和乔杏儿并没因冯家父子的离去而安心。

“把这宅院卖了……”刘子彦突然迸了一句。

“卖宅院？这可不行！”乔杏儿大惊。

这个为刘家的发达含辛茹苦了一辈子的女人，一听刘子彦说要卖宅院，就像被蛇咬了一般：“我就剩这一个家了，卖掉，一家老小住哪儿？临老临老了，落个无家可归房无片瓦？”后又想起去世的双亲和不争气的兄弟，她顿时万般委屈，先是一阵抽搭，后又呜呜哭了起来。

刘子彦心疼地看了看她，心不由得越来越软，但嘴头上一点不松：“孩他娭，不哭吧……只要人活着，啥都中。这时候，咱咋能见死不救……话说回来，这宅院一多半还不都是冯大人给咱们的？眼下孩子们都已成家立业，遇灾荒日子虽紧巴点，但都能捏捏搁搁过下去，可是冯大人哩？他可是遭了天大的难啊！那么多工人死了，宇鸿也被日本人逮了去，咱总不能叫冯会长也弄个老年丧子吧……”

乔杏儿哭得更凶了。

刘子彦本来是想耐下心劝劝乔杏儿，可没想到乔杏儿反而哭得更厉害，他顿时大怒，吹胡子瞪眼地骂起来：“哭！哭啥哩哭！我日你个娭！精明了一辈子你今儿个犯啥糊涂！自从你进我刘家门，我啥事没听你的？你当了一辈子家！那是我服你。但今天这事不中，说啥都得听我的，不能商量！你哭吧你！你哭死恁娘算了！”

刘子彦大骂一通后，又掂起桌上一个茶碗摔到了地上，然后站起来扭头就走。乔杏儿哭个不停，动静越闹越大。一家老少全来到了客位。

刘子彦从客位出来，下了两层台阶，忽又折了回去。全家十几口子一下子就拥上了台阶，围住了客位门，但谁也不敢贸然进去。乔杏儿看看围在门口的孙男嫡女，赶紧忍住，从斜襟上摘下帕儿，擦把泪眼捂住了嘴。

刘子彦上前喊道：“孩儿他娭……”

乔杏儿见刘子彦又折了回来，哭着说："我没有想不通，只是要苦了一家人……"

刘子彦听了，几十年的风雨坎坷一股脑涌上心头，七十岁的老人，一下跪倒在乔杏儿面前，抱住她哭着说："孩他娭啊！是子彦我糊涂，不该骂你的……"

乔杏儿眼泪扑簌簌滚下："我没事，知道你这边舍不得子孙受苦，那边又不得不救冯家……"并劝说道，"快起来……快，孩儿们看着哩……"

刘子彦一回头见儿孙一大帮站在身后，马上站起吼道："都爬一边儿去！"然后回身拉住乔杏儿的手说，"我的好杏儿……没你，就没有我的今天，更没有我刘家这些年的体面，我今生今世没白活，要是有下辈子，我还寻你做夫妻……"

乔杏儿说："我也算值了，遇到你重情重义……再苦，我也只有认了……"同样是风烛残年的乔杏儿再次泪水盈盈，眼睛里闪着年轻时才有过的那种光芒来。

这天晚上，刘子彦翻来覆去睡不着，一方面他做好了穷困潦倒的准备，一方面也寄希望冯家的事出现转机。但无论怎样，他都很感激乔杏儿，不管贫穷还是富有，只要乔杏儿在身边，他就觉得值，反正他本来就是穷小子。他十分清楚，乔杏儿这样的女人，并不是谁想有就能有的。

乔杏儿挨了刘子彦一顿骂，本来也委屈，但心里反觉得温突突暖洋洋的。冯家的大难，激发了刘子彦，使这个年逾七旬的怀川男人突然年轻起来，这使乔杏儿感到很满足，她喜欢男人逢大事焕发出的气概，于是情不自禁的她老鸟也想依人，用身子把刘子彦偎得紧紧的。

刘子彦和乔杏儿天没亮就醒了。两人躺在被筒里，手牵着手心贴着心，一起等待着，等待着新的一天里，国破将要带给他们的家亡。

第三天，刘子彦通过查理神父作保，除了五亩口粮田，把自己的宅院和所有田产以八万大洋的价格抵押给了钱庄，扣去半年的利息两千八百块大洋，获得七万七千二百元的现洋，自己留下二千二百元作为安顿家人之用，所余尽数交到了冯冠彰的手上。

冯冠彰和刘子彦太善良了，他们本以为宇鸿只会受点皮肉之苦，但怎么也想不到,在日本人答应放人的第三天下午,当冯默金去日本宪兵队要人时却被告知,冯宇鸿是抗日分子,已经奉命转交给驻焦作日军一一七师团司令部。

刘子彦送过钱后没有回上庄,而是和冯冠彰一起在清化等消息。当冯默金回到家里把此情况告诉了父亲冯冠彰和刘子彦时,冯冠彰被气得半天说不出话,之后身架一塌,当场身亡。冯默金抱住冯冠彰一遍遍地呼喊父亲,刘子彦也在一旁连连呼喊会长,浑身颤抖着,老泪纵横。

冯家上上下下几十口子,一时哭喊连天。正值此刻,妙聪身后跟着觉慧,一脚踏进了冯家。

九十

此前,妙聪为帮助翁灏元,联系到了巩亦清后方获知,中共怀川党委、行署和军分区于一个多月前就召开联席会议,部署解决当地百姓报复国民党军一事。这完全出乎翁灏元意料。他辞别妙聪时说:“几天来,我一直在想你的狮虎之说,看来雌雄胜负,并不在于它们的大小跟强弱……”

妙聪应道:“是。而在于心胸有无山林。”

翁灏元心里一震:“也许这就是……气概。”

妙聪听出他话里有个歇脚,但由于还惦着冯家,也就没再多想,遂用佛语接上:“阿弥陀佛……”

忙过翁灏元的事情,妙聪急匆匆赶到清化。他刚进冯宅,即闻一片哭声,突然眩晕,觉慧赶忙上前扶住他。

妙聪悲痛地眯起双眼,牙齿发出咯嘣嘣的响声,泪水随之淌落,拿念珠的双手顿时也不听使唤了,簌簌地抖个不停。少顷,妙聪甩开觉慧,径直上前拨开人群,进了客位,众人哭声顿止。

冯冠彰坐在正迎门的太师椅上,头颅后仰,一双眼睛瞪得很圆。妙聪缓缓地一步步挪到他跟前,伸手捋下冯冠彰的眼睑,然后双膝跪地,悲恸欲绝地哭喊道:“我的冠彰兄!兄弟我来晚了啊!你死得冤啊!”

冯宅的哭声随之再度响起。刘子彦和觉慧上前扶起妙聪,将其搀到了东厢客房。

刘子彦和默金把如何筹款、如何交钱,又如何要人遭拒,一一告诉妙聪。妙聪仔细听后对默金说:“贤侄不要难受,日本人给宇鸿扣上抗日分子的帽子,怕是凶多吉少……眼下当务之急是派人赶紧抚恤矿上遇难矿工家眷,办好父亲的丧事,其余以后再说……钱够不够?”

冯默金说:“够了。只是我心里没底,叔伯们能不能住上几日,帮侄儿送父亲一程,也算父亲体面……”

“这不用说……”妙聪说。

“我也不走。”刘子彦说。

默金闻声跪下,哽咽着说:“我替父亲谢过叔伯,您二老是家父生前最最贴心的挚交,晚辈这厢有礼了……”

阳峰煤矿惨案一百多人无一生还,日本人抓走冯家二少爷生死不明,冯冠彰一气之下命丧黄泉,怀丰煤业一连串的噩耗很快传遍了清化城。冯冠彰生前富甲一方,为富且仁义,经常扶危帮困,人缘极好。因此,每天前来吊唁的人从名流士绅到市井百姓,络绎不绝。

灵堂就设在冯家二进院明七暗五布局的客位里,屋檐下六根明柱之间挂了五个白纱灯笼。门字形挽联赫然醒目。横批:苍天霖悼。横挂厦檐下。对联:冠誉怀川德行敦厚造福乡里传世永,彰铭清化风范纯刚施惠城郭企再生。垂在中间三个灯笼两边。熟悉的人一看便知是妙聪手笔,字体遒劲有力,对联藏头嵌尾:冠彰永生。

按怀川人的风俗,七天为一祭,三七祭满,第二十一天,是冯冠彰出殡的日子。妙聪、刘子彦早早就来到了冯家。

上午九点多钟,突然家丁来报,说是有麻烦了,矿上来了不少工人和家属,已把大门围得水泄不通。冯默金站起问了一句:“有多少人?”

妙聪先劝乱了阵脚的冯默金稳住,然后让家丁出去通告大家,说少东家马上就去。家丁出去很快气喘吁吁返回,说来人足有二百多,但不像是闹事,而像是给老爷吊孝的。冯默金和妙聪马上朝大门口走去。

在大门口,妙聪和冯默金被眼前的景象所感动,门前黑压压跪了一大片人，无论妇人还是老幼，个个头勒孝巾，加上围观的人们，把门前本来就不宽的街道完全堵塞。面前的台阶上，堆了一堆没开封的大洋。

冯默金双腿一曲跪倒在地，哭喊着说："各位大伯大叔，姑姑婶婶，兄弟姐妹……大家的情我领了，你们为我冯家死的死、伤的伤……可眼下只有这些了，等我送走了老爷，我一定给大家补上……"

冯默金话音刚落，一个壮年汉子就走上前说："大少爷沉住气，救二少爷、矿上，都需要钱，这笔账先给小日本记上，让大家先进去给冯老爷磕个头中不中？"

冯默金终于弄清工友们的意思，连忙说道："师傅们快请！请！"跪着的人全站了起来，一起往大门里拥。冯默金急忙闪开，再一次跪下并磕起头来："父亲啊！乡亲和工友为您老送行来了，为您老送行来了，送行来了！"

妙聪看着眼前发生的一切，双手合十，默默低着头，泪珠子噼里啪啦砸在地上溅起了尘烟。

午时三刻，随着一阵爆竹声，响了十二声火铳，震天动地，一片哭喊声中，浩浩荡荡的送葬队伍从冯府的门前出发。最前边是两面大铜锣开道，紧跟的是纸扎的十二生肖，后边是五对绫女绢童，再后是由二十多名乐师组成的响器班，长短唢呐、木梆铜铃、笙竽笛箫，一应俱全。响器后边跟着食案供项，整扇的猪、羊、牛肉，还摆着畜首，然后是满斗满斗的五谷杂粮。再后就是用柳枝挂满白布条的引魂幡，由冯冠彰的孙子擎着，棺材随着引魂幡，孝子跟着棺材，一个个拄着哭杖并由亲朋好友搀扶着，声嘶力竭地各自喊着不同的称谓，哭天号地。最后是那些矿工、家属和自发送丧的街坊邻居。整个送葬队伍排成了一条白花花的长龙。一街两旁的小商铺、小作坊，还自发剪制了很多纸钱，不停地向送殡队伍抛撒。殡队过后，所经之处的地面撒满了纸钱，像铺上了一层厚厚的雪。

冯默金给父亲办罢丧事，又把乡亲们的抚恤金一一送还，花光了怀丰煤业公司最后一块大洋，所属各矿的生产再难为继，走向了彻底崩溃。刘子彦无力赎回自己的宅院，用一百多块大洋买了两处十几间的小破房，偌大的家族化整为零，变得一贫如洗，重新回到了三十多年以前的苦日子。翁灏元离开怀川不久，在中共怀川党委、行署和军分区一并努力下，怀川的百姓慢慢平息下来，不再伏击打杀国民党军。

一九四五年秋，日本人无条件投降，八路军解放了焦作，冯家二少爷宇鸿，才有了消息。口信是章九酬托人捎去的，叫冯默金赶快去桥沟，说是他弟弟有了消息。

正午时分，冯默金到了桥沟。一进章宅，他就被领到了上房屋。章九酬、妙聪和觉慧在座，二话没说，叫他一起先吃饭。饭桌上章九酬和妙聪话很少，冯默金有了不祥的预感。

饭后，妙聪直截了当对默金说："别难受贤侄，你兄弟宇鸿不在了。"

"我想到了……"默金马上哭了。

"宇鸿被送到了日军驻焦作一一七师团司令部，当天下午就不在了……"妙聪声音干哑。

"叫你来，是我们老了，腿脚不便……"章九酬说。

"我懂，晚辈谢谢二位前辈体恤。"默金说罢，还分别给章九酬和妙聪鞠了一躬。

妙聪后又问起家况，冯默金说公司已完全停产，卖了些房产田地，生活还能维持，然后就离开了桥沟。

其实，章九酬和妙聪想告诉冯默金的，远不止这些。冯宇鸿的消息，源于天让派人送回的一张八路军报纸，上边登了一篇日本战俘的《悔罪书》。战俘名字叫野田秋实，是原驻焦作日军一一七师团野战医院的医生。文中详述了杀害冯宇鸿的全过程：

……这次军医训练课，其实是解剖活人，院长丹保司平是我们此课现场督导。我为主，助手是水谷。标本是个三十多岁的中国男人，不知他叫什么名字。只知道他是一个工程师，据说他父亲是商会会长。看样子他受过良好的教育。我说给他做体检，他很配合。当水谷把一团浸好麻醉药液的纱布团塞向他口里时，他开始反抗。我们六个人分别按住他的头部、肩部、胳膊和腿。他很快就昏睡过去了。那时的我已经没有一点人性，成了恶魔。我先在他下腹切开十厘米，模拟盲肠手术，摘除的阑尾像蚯蚓一样，完全是健康无异状的。然后我又从他剑突到脐下切开了三十厘米，然后分别讲解内脏各个部位的名称和功能。他的心脏节奏非常有力。后来，我在水谷的配合下又锯掉了他的右臂和左腿，在清理软组织的时候，鲜血瀑布样地喷洒出来。室内弥漫着呛人的血腥味。最后是割开气管。他的生命体很顽强。院长丹保司平还下令叫我用20CC的注射器往他静脉里注入空气，他要看看静脉容纳多少空气可以使他心脏停止跳动……我戴上听诊器，边听心脏，边用力推注射器。只推一半，就听到咕噜咕噜的响声，然后就是心脏停博前特有的唰唰声。后我揭开白盖单，他赤裸裸地躺在手术台上，左腿和右臂血淋淋扔在地上，满地血污……

我有罪，弥天大罪，我听天皇的话，怎么走到这一步，成了一个恶魔……①

在旧读书人的传统观念里，逝者已去，扰生从简，所以章九酬和妙聪对冯默金隐瞒了《悔罪书》。

冯默金走了，章九酬和妙聪久久不能自解：汲取了大量中华文明的日本人，咋会变异堕落成这样？

“妙聪师父你说说，传说中，秦时徐福三千童男童女落户日本，到底是真是假？”

“贫僧印象里，仅野史有记载，此前东瀛岛也确实已有人居。但就人种繁衍迁徙规律而言，应该是先由陆生后迁岛存，这一点估计不会错。”

“人种既然类同，咋多了这么多的兽性？”

“那就非种脉之因了。”

“咋说？”

“难道九酬兄忘了晏子使楚？”②

“南橘北枳，一方水土养一方人，若如此，岂不无药可医？”

“那倒也不是。”

---

① 引野田秋实回忆录，有文学改动。

② 引自《晏子春秋》。

“愿闻其详。”

“思危永惕怕是不行……”

“对,我想的是……该沉其岛,诛其族。”

“阿弥陀佛……”

章九酬和妙聪你言我语,话音越来越低,口气却越来越沉,一旁的觉慧深深点了一下头。

九一

妙聪念过阿弥陀佛,章九酬没再接话。少顷妙聪又说:“九酬兄,如果方便,我想在你这儿小住几日,做些功课。”

章九酬听了一笑说:“看你说的,一百一千个方便!几日就够?”后问,“功课?”

妙聪说:“是,功课。天下太平了,我也想安静一些日子,想把那驴儿调教调教,方便你我和子彦时不常通个讯息,也省些个脚力。”

“哈哈,驴长老要重操旧业了!是个好主意!”章九酬笑了笑接着又说,“我一直想问你个事……但总觉得冒昧,所以多年了一直没有开口……”

“哦?你我之间太生分了吧!请直言。”妙聪说完,遂将念珠从腕上捋下,开始拨捻。

“这多年了,我见你对那驴儿颇下心思,开始并不在意,后见它多了,便想你养那驴儿不单单是个脚力,但又猜不透其中奥妙……”章九酬说。

妙聪听了,一抬双眼,感慨地说:“章大人果然心有镜台,目至细微,竟能从不起眼处窥到贫僧背人处,不过这事说起来须费点口舌……佛门有个名典,黄龙三关,大人可曾有闻?”

章九酬说:“这倒是知道。记得是佛门临济宗黄龙派慧南的教化弟子之法,三关即三问,内容记得有些模糊了,好像是一个无解之公案……”

妙聪说:“正是。三问其一曰:‘人人有个生缘,如何是汝生缘?’二曰‘我手何似佛手?’三曰:‘我脚何似驴脚?’关于此三问,一直众说纷纭,既把此三关奉若圣典，但又从不释要领。由此看无论俗世还是禅界，徒有虚名误后来弟子者不乏其人。所谓生缘，即轮回传承，而轮回传承岂是吾等决定了的？此若喻佛祖之能，亦可曰之佛心。佛心仅是意念，达意必靠佛手，佛手即指方法，或者也包括勤勉，用于强调智慧手勤之重要，引教弟子深悟多做，至于驴脚……”

章九酬恍然：“哦！我明白了，驴乃负重跋涉之畜，驴脚就是告诫弟子除心慧手勤外要有恒心和耐力，是不是？”

妙聪停下捻珠说：“正是！简言之，驴脚喻指恒定，是强调恒心与耐力。贫僧养了这驴儿，正是要它时刻提醒自己，但凡功德，要坚持守恒，才能求得正果。”

章九酬突然提高嗓门说：“钦佩之至！看来无解公案已有解矣！真乃圣僧也！”

妙聪突然沮丧：“这哪会是愚僧所能悟得的！驴儿虽说是贫僧养的，但关乎驴脚之说，却是清了先师的彻悟，贫僧只不过是学舌而已……”

“月山啊——”章九酬长叹一声言道，“清了住持当年溘然圆寂，想起便叫人心痛！”

停了好一会儿，妙聪才平缓下来，苦笑了一下然后问觉慧：“懂了吗？”

觉慧回道：“懂了。已牢记于心。”

妙聪继而说道：“问你懂否，你却说牢记于心，可看出你心思的长进。可仔细想，懂跟记还不是一样？懂了便能记得，所以只牢记于心万不行，关键在一个‘悟’字，这驴儿从一世到二世倏忽数十年已过，它每天都在你眼前走来晃去，只怕你向来只把它当作没灵性的畜生，除了干些脚活，便再无其他用场，殊不知它也是佛徒。俗人常脏口蠢驴用作骂人，有的闻则发怒，有的置之不理，但作为佛家弟子，就该多想一层，蠢者少思或无思也，无思即心空，心空则佛亦能居。临济宗的慧南法师曰其手为佛手，脚乃驴脚，其实是说手脚无心亦不会自行善恶，善恶全在于心，心中无佛，手脚易行旁门左道，心中有佛，无手脚亦不能勤工。今章大人恰问老衲，我才言及那黄龙三关，也算你德行有成该得此点化，快谢过前辈吧……”

觉慧赶忙侧步合十道：“谢过章老前辈。”章九酬出神地看着妙聪，他闹不明白，一个“蠢”字，怎么就连上一个“空”字？还成了佛之所居，进而悟化操守，衍生智能，道出这么一番缜密而周全的说教来，同时还叫觉慧以此谢自己，一时间不知说什么好。

妙聪接着说道：“好了，赶紧去准备一下，领着畜生先去上庄，走上两遭看看它的悟性，如果行，明天就练它回净影寺。”

觉慧听罢憨憨一笑，说：“从桥沟到净影寺它早就能独来独往了，从月山到上庄是它的看家本事，只剩下桥沟到月山这段路没练过，这畜生灵得很，估计两趟下来就可以了。”

妙聪吃惊地问觉慧：“啥时候开始的？”

觉慧回道：“翁公子前年去过净影寺我就开始了。”

妙聪欣慰地笑了：“那好，今天咱先到月山，然后你就去上庄，要把桥沟、月山、上庄串连一下，我才能心里有数。”

觉慧笑问：“师父错了吧？”

妙聪迷惑：“怎么？哪儿？”

觉慧遂回道：“师父教徒儿引那驴儿串连一下，分明是叫驴儿有数，怎么又成师父你有数了？我倒觉得，就凭师父的心智，无论是师父还是驴儿，就是都不串连，师父也照旧心里有数的。”

妙聪大笑起来：“哈哈！你又乘机作弄我了，好！好！好啊——”

觉慧见妙聪笑，也笑了。

章九酬看看觉慧又看看妙聪，感慨说：“你们这师徒俩！简直就是俩肩膀抬了一个骷囊！”

妙聪和觉慧领着驴儿出了桥沟，很是高兴。那驴儿好像也知道妙聪待见他，一路蹦蹦跳跳，偶尔还调皮地尥个蹶子，回头看看妙聪跟觉慧。妙聪诗兴突至，吟道：长老朝前走，徒儿在后边。蹄花开草径，山道起尘烟。叠岭坨坨翠，秋红片片鲜。驴儿何处去，禅境菩提边。

“真好！”觉慧听妙聪边走边吟，字白意简，生动有趣，于是就趁了妙聪的好心情调侃道，“师父又错了。”妙聪一听说又错了，不由放缓脚步问觉慧：“哪儿？”觉慧说：“明明是驴儿在前，师父怎说长老在前？难道后边跟的是驴儿？”妙聪随之哈哈一笑说：“大胆！你又把老衲比作那驴儿！我可一笔不落都给你攒着哩，早先有两次，今天一天就两次，一共四次了！”“嘿嘿、嘿嘿……”觉慧憨笑起来。

不知不觉中，妙聪和觉慧就到了月山的东坡。觉慧领驴儿下山去了上庄，妙聪一人直奔虎啸山林秉杰的坟茔。

林秉杰的坟前，摆着不少吃食和核桃、柿饼等干果，有三根香正冒着淡淡的青烟。

妙聪掐指一算，正值农历七月十五，是俗家祭亡之日。他走上高处四下看看，没见人影，正准备回坟前，忽闻一股便臭，然后便见一个二十岁左右的小伙子刚从低洼处站起来。

小伙儿光头圆脸，鼻梁稍塌，眼睛炯炯，罗汉模样，手里还拉着一个四五岁男童，男童大大眼睛，白白皮肤，光光的脑壳左侧还垂了一根小辫子，很细，夹在耳背后边。妙聪问：“是你上的供吧？”小伙儿说：“是啊，咋了？”妙聪又问：“你是哪儿的？”小伙子说：“凡昌村的。”妙聪正跟小伙儿说话，却见童儿拿根草棒在地上画，走近看了，见他在反复写三个字：祁文香。

“这是你的小孩？”

“不是，是我姐姐的。”

“祁文香？”

“你咋知？”

“这童儿，闻着臭，其实香，还奇文香！”妙聪说罢，遂弯腰拢拢童儿的小辫，说，“文香啊，知道啥叫文香不？”童儿看看妙聪，只眨巴了一下眼睛。妙聪又说：“记住孩子，你叫祁文香，要一直写你的名字，等你长大了，就会写出锦绣文章，香飘天下。”“嗯！”童儿突然开口，妙聪满意地笑了，后问小伙儿：“凡昌我去过，咋没见过你？”小伙儿说：“我哄你这干啥，我叫和尚，不信你打听！”“和尚？”妙聪一喜。小伙说：“俺大名叫王天明。”妙聪问：“咋给他上坟，认识他？”王天明回答：“不认识。是俺大大叫来的，说他是八路军游击队队长，叫日本人杀了，俺村的人遇到节令都来给他上坟。”

“阿弥陀佛……善哉……”妙聪说。

“哦！你是真和尚！”王天明笑了，说他还见过一个和尚。妙聪问：“还有一个和尚？是哪儿的？”王天明说：“不知道。”妙聪没再问，只是把他又打量了一番，之后，他喃喃道："万事皆缘……"王天明听不懂妙聪的话，问道："你说啥？"妙聪问道："你咋起了个这名字？恁大大跟恁媄想叫你当和尚？"王天明说："不知道。"妙聪又问："你想不想住庙里？""住庙里不赖，比俺家一下雨就漏强。""月山寺你就可以住。"妙聪说。"你说了算？"王天明问。"不用我说，只可惜月山寺的房子全毁了。"妙聪说。"那，就不会再修修？"王大明说。妙聪遂问："你修？""我修就我修！不过得等我有钱了。"妙聪突然把双眼睁得很宽，仔细地端详了他好一阵，才说道："善哉，善哉。"接着又阿弥陀佛、阿弥陀佛地念个不停。等他转过神来，王天明已领着童儿离开。妙聪又想起了什么，便朝远处喊了喊，未闻回声。

妙聪回到林秉杰的坟茔前，盘腿而坐，闭上双眼，开始拨动念珠，嘴里流淌出绵绵不绝的梵音。萧瑟秋风里，天地两重间，妙聪对林秉杰，仿佛有说不完的话。

一直到觉慧领驴儿回来，妙聪问他："它怎样？"觉慧说："是它自己走回来的，要是它能回桥沟，从上庄到净影寺就全通了。"

"嗯。"妙聪应。

"师父，还有件事……"觉慧说。"咋了？"妙聪问。觉慧回道："刚才我在凤皇台见了章灯笼，还有一人我不认识，两人正慌慌张张下山呢。"妙聪闻声即想站起，觉慧上前扶起了他。后妙聪问："无声塔去看了没有？"觉慧说："看了，无异样。"妙聪思忖片刻后说："莫管他，咱们回净影寺。"觉慧说："好。"妙聪又说："还是先到桥沟，然后回净影寺，看看驴长老二世的本事。"觉慧笑着问："师父不信我？"妙聪哈哈一笑："要知道，耳听为虚，眼见为实呀！"觉慧马上回道："师父，你好像说过，耳听为虚，眼见也未必真，心明为实。"妙聪说："我只是听了，又不得见，何谈心明？"觉慧立马说："谢师父教诲！"

"走吧……"妙聪淡淡地说了一句，然后就和觉慧一起，把驴儿怂在前边，二人尾随而行。驴儿走上一段便回头看看，但并不停蹄，领着妙聪和觉慧，悠悠踢踏在去桥沟的山道上。妙聪看着驴儿那不慌不忙的模样，甚是高兴，于是问觉慧："已经两年了，咋想起了摆弄它？"

觉慧略显无奈地说："师父啊，你还记得我多大吗？我都快花甲了啊……”妙聪听了觉慧的话，看了看他说：“是……你也老了……”觉慧听妙聪如此说，马上想起月山的香火一事：“再咋说，我也比师父年轻，关于山寺后继……”觉慧话未完，妙聪想起王天明：“凡昌村有个后生王天明，外号叫和尚。”觉慧对王天明了如指掌，说林秉杰从日本人手里救过他母亲，父亲要他照顾林秉杰一辈子。听到这里，妙聪问：“他说有个和尚常来，原来是你……”

“是，师父。”

“也许，他是个可以托付的人。”

“师父慧眼识珠，全由师父定夺。”

“对了，我回头抓几服药，你给王天明送去。”

“怎么，他家有病人？”

“他的小外甥只有一个蛋蛋。”

“哦？”

“你见他领过一个小孩不？就没看出来特别？”

“见过。小孩偏梳了一根独辫。”

“这是古方，遇小孩独蛋就反向留根发辫，以期补配。”

“呵！管用吗？”

“你问啥？是小辫，还是我的药？”

“小辫。”觉慧说。

“糊涂，小辫管用我还给他药作何用。”

“那，这治独蛋之法，究竟是先有小辫，还是先有药方？”

“先有药方吧，大人们用了药，还不放心，于是就再添根小辫，一是调调心理，二是图个吉利。”

“我看未必，一定是先有了小辫，试了试不行，最后才去找药方，最后干脆双管齐下。”

“你跟我抬杠啊？”

“抬杠都是俩人！”就这样，师徒俩跟着驴儿边走边说，打了一路的嘴官司，不觉就到了桥沟。到了章九酬家门口时，妙聪突然发现不见了驴儿，觉慧告诉他驴已进院。院里遂传出嗷啊嗷啊的驴叫声。

驴叫声，把章九酬一家老小唤出了一多半。当得知这驴儿也学会了识途时，一家人全都乐了。只有梓婴纳闷，忽闪着一双大眼睛，拽着佩瑶的衣边角连喊带问："二奶奶、二奶奶，恁都笑啥?"

佩瑶说："笑驴长老。"

梓婴问："谁是驴长老?"

佩瑶指了驴儿又指妙聪："他俩都是。"

梓婴又指着觉慧问："他也是吗?"佩瑶一下噎住并看看觉慧，一时竟不知如何回她。

妙聪哈哈一笑说："他不是。"然后一指驴儿，"它是他的学生。"

梓婴又问："它会识字?"院子里荡起了一波笑声。

妙聪见梓婴童言无忌，模样可爱，于是就撩逗她："你会识字不?"

梓婴说："俺太会了，俺也是爷爷的学生哩!"小奶嗓清纯，含着几分自得。

妙聪说："你爷爷好厉害哩!"

梓婴马上接上："嗯。俺爷爷是前清进士，怀庆知府，四品顶戴，俺学的两千字文，就是爷爷写的。你会不?"

章九酬说她："梓婴不得无礼!"口气很温和。梓婴刚抬头看看，就被佩瑶一把拽到一边，搂着在小脸蛋上亲了两口："小乖乖，说得真好！我就喜欢你这么夸爷爷!"

章九酬见状，又哈哈一笑对妙聪说："天让不在家，我跟佩瑶就照顾她多些，生生把她惯得没个样子。快请，咱们进屋说话。"

妙聪笑道："哪里！活脱脱一束冰花，又聪又明，怎摊上娇惯?"边说边随章九酬进了屋。

章九酬先问驴长老识途自归一事，二人情趣盎然，当言及月山又谈到孤岭独茔的林秉杰时，妙聪的口气马上变得沉甸甸的。最后，他又想起了章灯笼："觉慧路过凤皇台，见了小三儿。"

"看来他们还没死心。"章九酬说。

"是。时逢灾荒，珠宝如粪土，粮食变黄金，他们自然顾不得。如今灾荒已过，战乱亦停，他们就蠢蠢欲动了，人啊——阿弥陀佛……"妙聪说。

“有碍吗?”章九酬问。

“估计他们一时半刻还解不透此谜。”妙聪说。

“我知道你一直担心灯笼离我太近,怕给我惹麻烦。我看不必过虑,好歹我是村里的族老,一个下三烂,又同宗同族,我又是长辈,他岂能奈何得我?除非乾坤颠倒遇到千年不遇的桑田沧海大变故……”

章九酬正侃侃而谈,突然止住,觉得自己有些莫名其妙,竟然把一个小混混与沧海桑田联系起来。妙聪也为之一惊,把双眉紧锁。章九酬遂问:“咋了?”

“我在想你的话。”妙聪回。

“嗯……”章九酬应过,忽又想起什么,“说到这儿,我记起当年清了长老圆寂时,洪小囡在现场,一直魂不守舍、欲前又止。这多年了,我心里一直膈应,你还记得不?”

“记得的。事后我也仔细想过,一是洪家早已经金盆洗手,二是他深知长老秉性,事情又到了那一步,进退踌躇些,可以理解。”妙聪说过问道,“你还记不记得林秉清?”

章九酬见妙聪突转话题,迟疑一下才说:“当然记得,你跟子彦营救的那个共产党高人,是他跟你说过新中国。”妙聪马上又问:“要建立一个新中国,算不算沧海桑田?”章九酬见妙聪的心思仍在自己的安危上,不由谨慎起来:“当然是。”

妙聪眼睛直盯章九酬:“我在想,国共纷争是由于日本人进中国而偃旗息鼓的。如今外寇已平,国共争斗就会再度兴起。政权交替,江山易手,岂不就是桑田沧海?”

其实,妙聪除了担心章九酬,也更操心时局。他始终怀揣着一本密账,凡逢重要历史关头,总会暗自将时局与自己的密账悄悄核对,观风头,看走向,小心翼翼地观察着历史的潮头。此密账,正是那有史近八百年的《空相演喻》,以及文中密密麻麻的批注。尤其是“农之课徭即行废黜”这段文字:

……清了、寺了,乃清朝殒而禅寺殁。夷患、内戮、文祸何焉。近乙酉乃民国三十四年,远乙酉亦民国九十四年,乃农之课徭即行废黜之日……

妙聪算了一下，清朝殒三十四年，寺歿十八年，夷患是刚刚结束，文患不详所指，但妙聪仍然坚信自己过去的推断，农之课徭废黜如果发生在这甲子六十年间，新中国也就必然在此时段，眼下国共纷争趋势明显，难道新中国之诞生，还要经历一场生死决战？难道这就是清了批注所言的内戮？

第七章　沃血忠魂

九二

一九四五年秋天，怀川突然亢奋，迎来了八年抗战的胜利。很巧，它同时也迎来了战后的第一个丰收季节。

夷乱结束了，显赫了近二百年、深藏着一大笔无人知晓的财富的洪家庄园，变成了一片废墟。于辛亥后崛起的上庄新贵刘子彦家族，仅仅鼎盛了二十年亦突然崩塌，变得一贫如洗。民国初始呈现短暂辉煌、又经日寇强权豪夺的冯冠彰家族，也已变得气息奄奄。只剩下门第显赫、英烈满门的章氏家族，蜗居在太行山腹地宁静的小山村——桥沟，暂时还算安宁。

向右看，章家有抗战"章门三烈"之殊荣，还是蒋介石亲自题字；向左看，天俭、天让都是共产党人；居中看，章九酬是前清进士、怀清知府，属于响当当的怀川名流。可以说所有的这一切，相对于家族命运来说，无一不是权威性的金字招牌和护身符。

按说，章氏家族完全可以安然地过这一历史关口。但章九酬万没想到，清了批注中和妙聪预先感知的"内戮"，很快就变为现实。鸡鸣狗盗之徒章灯笼，在桑田沧海的过程中还真成了几天气候。

一天，一架国民党的军用飞机误降焦作，一落地就被八路军包围。老百姓们稀罕极了，潮水般围上去，到了跟前才知道，飞机原来是个铁疙瘩，还这么大。

正是在这架飞机上，缴获了一本蒋介石写的《剿匪手册》。文中仍称呼共产党为共匪，并要求所属：

> ……遵照……所订剿匪手本，督励所属，努力进剿，迅速完成任务，其建功于国家者必膺懋赏……

可见，内战的导火索早已埋下。然仅十个月时间，到了次年夏，沁阳城就初现繁荣，府前街上商铺林立。白天，车水马龙，人声鼎沸；夜晚，摊贩扎堆，灯火通明。还出现了市民夜校、商人学会等。章九酬还当上了县政府的参议员。

一天快中午时，他开过会一回到家，佩瑶就对他说天让回来了，正陪夫人说话。

章九酬喜出望外。

佩瑶说："你刚走天让就回来了。"

章九酬说佩瑶："去喊他。"天让很快来到客位。

章九酬问："咋这时候回来？"

天让回道："来家看看。"

章九酬又问："听说又要打了，是咋回事？"

天让说："我就是为此事回来的。国军总参谋长陈诚已飞到了新乡，召开专门会议拟进攻怀川，已调集了三个师几十个团的兵力，恐怕战端一开就不仅是怀川，而是全国，再无宁日。"

"你是说……"章九酬犹豫了一下问，"你还要走？"

"嗯……"天让微笑着点了点头。

"你知道不，这是把性命放在刀刃上……"章九酬说。

"我知道大大，放心……"天让本想宽慰父亲，章九酬却截住了他："别解释了。这些天，八路军进城，秋毫无犯，从不欺负百姓，并调来大批物资平抑物价。小麦原来二百四十元一斗，现在才一百五。食盐原来一百五，现在才四十六。棉布原来七十多，现在才二十多……我就想不通，如今天下大半还都是国民党的，共产党哪来的这么多东西？这才几天啊，社会祥和，百姓安居乐业……”

章九酬说着说着，不禁动情起来，停了片刻才又说：“你去吧。只是千万要小心，我如今已经这把年纪，你们哥儿五个就剩你跟天俭俩了……”

章天让听了父亲这番话，心里一烫，说：“父亲在上，请原谅我们。自古忠孝两全难，更怪生不逢时，等战事了了，孩儿一定回家尽孝，以报父母双亲的养育之恩……”

章九酬说：“不管到哪儿，不要忘记我交代你的事……”天让听父亲又提汉佛，神情突然有些异样。章九酬遂问：“咋了？”

天让迟疑片刻，笑了笑说：“大大，放心好了，你就把我当作汉佛，汉佛就是我……这样你放心了吧？”章九酬满意地点了点头。

天让的话还有另外一层含义。十三年前，他接受了父亲关于汉佛的嘱托，遂向组织做了汇报。而眼下，他刚接到组织通知，让他继续在国民党军内长期潜伏，代号汉佛。时局危艰，归期遥遥，正是他此次探亲的原因。

章天让离开沁阳后不久，国民党就反攻占领了焦作。怀川从此一分两半，以博爱县清化城东的石河为界，东为国统区，西为解放区。从此，双方明打暗斗，相互渗透，斗争胶着而残酷。国民党特务偷袭、暗杀、投毒事件频频发生。修武县三区区长和政委遭偷袭遇难；博爱县二区一个地主的特务儿子投毒，一次就害死了九个民兵；就连巩亦清从山西根据地带来的警卫员何小壮，也在送信途中惨遭杀害。

何小壮是被勒死的，尸体吊在树上，他随身带的两只驳壳枪不见了踪影。他的尸体刚从树上解下，巩亦清就到了现场，巩亦清为失去战友而悲痛不已。他判断此系特务假扮老乡所为，遂掏出自己的配枪“十子连”，朝天将子弹一下打光，并捶胸顿足：“哪怕村村点火、户户冒烟，也要把反动地主跟狗特务刨干挖净，斩草除根！”

不久，为巩固新政权，怀川西部的解放区开始了大规模的肃匪反霸运动。

一天上午，天让媳妇要回娘家，这边她带着梓婴、梓童刚走，那边，桥沟村的十几个民兵就闯进了家，说是奉命押解章九酬全家回桥沟接受审查。大门派了岗哨，只准进不准出。全家十几口人全部失去了自由。只剩一个不是地主也不算剥削阶级的仝挡，能够稍有走动。

仝挡在章家已度过四十个春秋。他三十岁那年，章九酬把后院磨坊旁的几间矸棚给了他，并给他娶了个能生养的媳妇，五年得了两男一女。一家人成年累月吃住在章家，喂牲口推碾子、修家具抹灶台，起早贪黑的全都忙他一人。现如今，年过半百的他再不是当年的俊俏小生，但依旧男身女相，慈眉善目，若将满头银白换黑发，简直就是一尊活菩萨。

此时此刻，他眼瞅着章家乱成一锅粥，立马乘人不备凑到佩瑶身边说："二太太，赶紧说咋办，我想办法送话出去。"佩瑶马上交代他赶快去修武山里净影寺找妙聪，救救全家。

仝挡出门时，大门已派上岗哨，只准进不准出。正巧沁阳县政府闻讯前来干预，无奈桥沟的民兵持有怀川行署的公文，还盖着专员巩亦清的大印。仝挡在一旁见县政府也无能为力，只得悄悄溜到四进院，从西北角上磨坊旁的砖砌楼梯上到房顶，顺着当年窝藏巩亦清的矸棚一侧，顺墙溜下，出了章宅。

一阵折腾后，章家除丽英带着梓童、梓婴回娘家外，余下的十四口人，全被押回了桥沟。

回到桥沟，章九酬一家老少，洗洗涮涮，又做饭吃了。暮色已经降临。章九酬秉性刚直，加上两个儿子都是共产党，同时依仗章家两次营救巩亦清，所以他听佩瑶说已给刘子彦和妙聪送了信时，还满不在乎地说太过虑了。但到了第二天早上，情况突变，宅院不仅加了岗哨，还把全家男女老少全绑了起来，章九酬这才感到事情不妙。

上午十点多，章九酬一家被十几个民兵押出了家门。章九酬大声喊着："你们干啥？要干啥?!"章九酬一向德高望重，民兵又大都是章氏子弟，所以没一人敢回话。

祠堂门口是个一尺高的平台，上边摆着两张八仙桌，桌后边和两侧摆了几条长凳,上边空无一人。房檐下挂着白色会标“斗争反动地主章九酬”。

章家十四口人被绳捆索绑,集中在祠堂门左侧的墙角上。除了章九酬、王娴馥和佩瑶几个老人,还有天温、天良、天恭三人的遗孀,个个吓得浑身哆嗦,流泪不止,余下的就是她们一大帮半大的孩子,五男三女,全都战战兢兢。章九酬看看孩子,又看看王娴馥和佩瑶,一遍遍大喊:“谁说我是反动地主?谁给我定的?”始终没有人回话。

台下的乡亲们席地而坐,一个个抻长了脖子,惊异地看着章九酬一家老小。

很快,祠堂里走出一个二十多岁模样、身穿时称列宁装的姑娘。章灯笼和几个扛枪小伙儿紧跟其后。

章九酬马上想起了自己说过妙聪又提醒过的“沧海桑田”,脊背一阵阵发冷:难道我堂堂的章九酬,真要栽到这个下三烂手里?正当此时,章灯笼突然大声喊道:“现在斗争大会开始!欢迎工作队江枫同志讲话!”

掌声中江枫开始讲话。她说话带着奶腔,她先讲阶级斗争的复杂性,又讲敌特和反动地主的破坏性,后传达专员巩亦清的指示,说要村村点火,户户冒烟,把国民党的残渣余孽挖干刨净,要寸草不留!

江枫模样俊,口才好,慷慨激昂,振振有词,还不时挥挥小拳头喊个口号。

台下乡亲们很少有反应,仿佛在看一出看不明、听不懂的戏,因为他们想不起章九酬及其全家有何罪过。这使江枫很纳闷。她草草地结束了讲话,喊道:“现在,我们欢迎农会章主席讲话!”并带头鼓掌。

章灯笼却上去就喊:“把国民党的家属、反动地主一家押过来!”

章九酬一家老小刚被押到主席台前,章灯笼就大喝道:“叫他们全部跪下!”几个孩子哇地哭了。

章灯笼从八仙桌底下拿出了一摞白花花的东西走上前,一下摔到章九酬面前,趾高气扬地问道:“看清楚了,九酬爷儿们!这是啥?你要老实交代你家干国民党的天让给了你啥任务!不然的话,明年的今天就是你的忌日,没想到你会有今天吧?你给我说说,你当时为啥难为我,修建祠堂不叫我入宗祠、上碑文?!”

章九酬见是亡命旗，心里猛惊，没来得及回话，台下就有人起来喊："灯笼！你要官报私仇啊！你九酬爷仨儿子可都是打日本人战死的！"喊话的是章灯笼本家叔叔。台下顿时纷乱。

章灯笼见状，马上离开八仙桌冲到台前，冲台下喊："你说的我都知道！我还知道蒋介石给他写了字哩！他敢说没有？蒋介石是咱中国最大的坏人！你敢说不是？你说说，别说咱桥沟，就是全博爱县，有几个够得上蒋介石的！他不反动谁反动？今天，就是要跟章九酬这个反动地主算总账！我劝你一句，今天我可要六亲不认了！俺只认革命！你可不要为他搭上老命！"

"你来吧，你敢动我大大一指头试试！"一个壮小伙儿噌地站起喝道。会场哄地乱了。

章灯笼马上朝天打了两枪。江枫马上叱责道："章灯笼你干啥！谁叫你搞这些亡命旗！还乱开枪！"章灯笼顶撞说："我得压压他们的气势！"

枪声使台下骤然复于平静，但恐怖的气氛反而更浓。章九酬毕竟是从血雨腥风中打杀出来的，马上发现江枫和章灯笼不一样，加上佩瑶已让仝挡给妙聪送了信，他意识到眼下最当紧的，就是拖延时间以待转机，于是他直接对江枫开了口："江同志，我已是年逾古稀之人，我知道共产党明大义、通事理，老汉我就是真有罪，也该给我个认罪的机会不是？"

章灯笼马上对章九酬喊："住口！"然后又对江枫说："别听他胡扯八道！"并再次拔出手枪。

"章灯笼！你干啥?！我们共产党是要以理服人的！"江枫制止住章灯笼，转而对章九酬冷冰冰地说，"你讲吧，但要老老实实！不准掺半句假话！"

章九酬跪着挪了挪双膝，想直接面对江枫。江枫看在眼里，遂指了指王娴馥、佩瑶两个，对章九酬说："她俩年龄大了，可以坐着，你也可站起来说。"

江枫话音一落，台下所有目光全聚向了章九酬。他是双臂被反捆着跪在地上的。现在，他艰难地腾出条腿来，一脚踩了个踉跄，无奈重新跪下，反复了两次，最终才挣扎站起。台下先是很静，后江枫喊起口号。

章九酬完全站稳后，看看台下的乡亲们，又看看身旁被绳捆索绑的一家老小，最后将目光停留在天温、天良、天恭的三个孩子身上，禁不住悲情汹涌，却心一横，把涌到嗓子眼的话咽了回去，可悲怆的情绪一点未减："我章家忠烈满门，我堂堂正正刚直了一辈子。听祖父章金华的话，我一臣不事二主；听恩师翁宴辞的话，我尽忠为民做事。我实在在地这样做了，可以说是苍天可鉴！"他痛楚地闭上了眼睛，任凭雪白的须发随风凌乱。

江枫看着悲凉满面的章九酬，不觉间动了恻隐："该说就说啊，怎么了你？"

章九酬没理会江枫，甚至也不屑睁开自己的眼睛。停了好一会儿，他才看看台下，对江枫说："过去讲究的是一臣不事二主，可我却保过仨，清光绪、孙中山，还有……看来我也许真该死。我也不再求你们了，只是这仨孩子，一个十三，一个十一，小的才六岁，大大们都战死在中条山，为抗日而死，孩儿们太小，也无罪，看能不能给我留下？你们……"

会场霎时间静了下来，乡亲们一起注目江枫。章灯笼看看台下，马上嚷道："江同志千万不要信他！他是进士出身，太会说道，别听他胡说！"

江枫瞪了章灯笼一眼，刚想说什么，台下人群最后边突然闪出一个解放军，朝台上喊："来！我替他说！"

佩瑶一眼瞅见，原来是天俭和觉慧。觉慧一手牵马，一手牵驴。佩瑶心跳嗵嗵，马上哭了，她高声对章九酬说："咱天俭跟觉慧来了！"章灯笼朝天俭一看，发现还有觉慧，一时摸不清是咋回事。

章九酬一震，却并不睁眼，泪水决堤似的淋漓而下，顺着满脸的风壑霜沟，纵横奔涌。

天俭左拨右挡挤出人群，绕着会场外围朝着主席台走来，大步流星。

章灯笼脱口喊道："天俭？"

江枫问："你说谁？"

章灯笼明显发怵："章九酬的四儿子章天俭。"

江枫很愕然："是俺们的人？"

章灯笼感觉江枫的话有点扎心，遂张口结舌起来："我不知道……不知道……"并悄悄溜下了主席台。

章天俭三步并作两步走到台前,朝江枫敬了一个军礼:“江枫同志！我是太行区党委政治部章天俭。”

江枫马上还礼:“首长好!”

章天俭低声问:“章九酬说他保过仨,除了清光绪、孙中山,另一个他没讲,知道是谁吗?”

江枫伶牙俐齿:“知道。蒋介石!”

章天俭摇摇头,人声说道:“他根本不待见蒋介石,他保的是共产党。”

江枫脸一下涨得通红:“啊?”口吃起来:“首、首长……那他几个儿子……”

“你就不问问章灯笼?”章天俭盯着她的眼睛问。江枫无言以对,环顾左右,喊道:“章灯笼哪儿去了?”

“来了！来了!”章灯笼喊道。觉慧顺声音看去,一眼晃着章灯笼身后不远处有一个戴草帽的,那人一见他的目光便疾步离开了。看得出那人瘸着腿,觉慧突然似开窍了般,联想到早年间方丈被人偷听时,妙聪曾看到一个瘸腿人。他一下将柏山赠驴、月山刺探、桥沟现身联系到了一起,忽然恍悟,这肯定是同一个瘸腿人——王魁。

“难道他就是章灯笼的主子？他不是本村的,此时来桥沟干什么？也为章九酬？章灯笼跟章九酬是一族人,恩恩怨怨,不难有个理由,可是他王魁呢……”至此,一种不祥的预感迅疾袭上了觉慧的心头。

然此刻,章天俭却对此毫不知情,他正朝台下喊:“不要乱！不要乱!我给大家讲几句!”

会场迅速安静下来。

章天俭讲道:“我是天俭,好多年没见过乡亲了。刚才我说的是实话,我大大除了清光绪、孙中山,他保的是共产党！他还救过咱们行署巩专员的命！我仨哥哥是国民党不假,但都是为抗日死的。我是共产党,我的妹妹跟妹夫也是共产党,他们俩去济源山里的原大寨闹红军,十二年了,至今生死不明。我大大确实当过清朝的官,是封建官僚不假,他也有地,是地主也不假,但不能单凭这些就说他反动。他现在还是沁阳县人民政府的参议员。他究竟反不反动,这需要调查！请老少爷儿们放心,如果他真反动,我一定跟他划清界限，该杀该剐一定让乡亲们说了算。大家说中不中?!”

“中！章家从没欺压过乡亲，还捐钱修池塘挖水井，你大大是好人!”

“姓江的，不该叫坏人当农会主席!”

“他除了偷宅扒墓，就是到处欺负女人，后岗村老巴儿媳妇就是因为被他糟蹋上吊的!”最后有人喊：“章灯笼！你还去清化吸大烟、逛窑子吧!”台下哄一声闹起来了。

章九酬和王娴馥看了看天俭，天俭也看了看父母双亲，既心疼又无奈，连招呼也没打就背过了脸去，眼神复杂、面色冷峻地看着江枫。

江枫惴惴着马上下令为章九酬一家松绑。佩瑶解脱后略整发髻，便掏出一方巾帕为章九酬撣尘土。王娴馥扭着小脚颤巍巍挪上前来。佩瑶迎上并扶住她。

“天俭咋知道?”王娴馥抚着佩瑶的手背问章九酬。

“是佩瑶叫仝挡送的信。”章九酬含泪说。

“还真应了那句挡灾、挡难……”王娴馥擦了把残泪。

“老奴胜至亲……”佩瑶含着泪说。

“嗯，多亏了他。”章九酬夸的是仝挡，看的却是佩瑶，泪光里满是爱惜。

章家老小鬼门关上走了一遭，惊魂未定。当他们回到自已宅院时，晌午已过，孩子们一进门便嚷嚷饿得慌。大人们却只顾说话，不是这个揉眼就是那个抹泪，孩子们也就乖乖地再也不敢吭声。到了半下午，大人们才想起做饭。

九三

章天俭没有回家，而是于批斗会后随江枫一起进了祠堂，觉慧牵着马儿和驴儿跟在后边。章天俭交给江枫一封信：

江枫同志：

章九酬先生对共产党有功，兹派章天俭同志前往说明情况，请予接洽。反奸除霸要坚定进行，既要注意政策，又要严格审查，决不能留丝毫的隐患。

巩亦清

江枫看罢信思考片刻，说："请首长指示，下一步我们该怎么办？"

章天俭来回踱了好一会儿才说："我只是来说明情况，巩亦清同志的信已经讲得很清楚。但有些情况我必须向你通报，我是受太行区党委指示，来怀川调查锄奸运动扩大化问题。现在'左'的思潮很严重，提出什么村村点火、户户冒烟，挖地三尺、斩草除根，具有很严重的盲目性，有的地方还出现了灭门绝户的错误做法，甚至把我党的统战团结对象都给杀了，积极分子队伍建设也出现不少问题。像这个村的农会主席章灯笼，不能因为他穷，就认为他是革命者，队伍里边混进不少地痞无赖和不务正业的投机分子，如果不认真甄别控制使用，势必要给我们党的解放大业造成严重危害。现在敌我斗争尖锐复杂，千万不可把斗争公式化、简单化，做出亲者痛仇者快的事情来，希望你按照巩亦清专员的指示，严格审查，但注意政策！"

江枫和章灯笼原计划就是要先批斗公审，掌握证据，然后处死章九酬。她已听出，巩亦清所讲的既要注意政策，更要严格审查，在章天俭的口里已变为要严格审查，但必须注意政策。她心里矛盾着，但犹豫后还是说："首长，幸亏你来了……不然我就犯大错了……"

章天俭看看江枫，又朝屋外看看，压低嗓子对江枫说："一定要稳住章灯笼，不要让他感觉我们不信任和疏远他，免得节外生枝，我现在就回去向地委汇报。"

章天俭出了屋子，交代觉慧："现在我还不方便回家，你先去照顾一下，我很快就回来。"他说完就去接马缰，然觉慧却抓得紧紧的，还暗使了眼色。章天俭意识到有新情况，遂佯装无事和觉慧一起出了祠堂。

出了祠堂，觉慧讲了王魁，章天俭面色一下惨白："这里情况太危险，我立即回去调人，你赶紧告诉我大大，叫他心里有数。"说完翻身上马离去。

觉慧到了章家，章九酬这才知妙聪接信后即派觉慧找到巩亦清。巩亦清遂让天俭和觉慧持信到桥沟。于是就有了祠堂前"刀下留人"那一幕。

觉慧接着讲了王魁的出现和天俭的去向，章九酬意识到情况已万分紧急，遂叫觉慧通知刘子彦，让他把回娘家的丽英和两个孩子送到七方张广江家，以防桥沟民兵再去抓人。

觉慧正要离开，忽然又提出要笔墨，说叫驴儿去找师父，他去上庄。章九酬马上让佩瑶备纸墨。笔墨一来，觉慧飞快写信：赠驴人王魁在桥沟。之后，他将信折好放怀中，匆匆离去。

在村口，觉慧掏出纸条塞进褡裢，然后把驴头调向净影寺方向，扑通跪下，冲着驴儿就是仨响头："长老在上，我给你磕头了！我知道你老了，但好歹我伺候你多年。章大人全家就指望你了，救人一命，胜造七级浮屠，快找师父去！一定要快！快去啊……"

觉慧说完便落泪了，驴儿回过头看他片刻，然后闷着嗓子呜呜了几声，猛一甩头，朝着净影寺方向奔去。觉慧的目光被驴儿的身影牵去很远，半天才回过神，赶快去了上庄。

觉慧刚离开，章九酬就捋着胡须自言自语道："这一天，还真的来了！"

他刚躲过共产党的误杀，就要面对盗墓贼的暗箭。但实际情况更糟，在前往行署的路上，距桥沟四里处，章天俭遭到了王魁团伙的半路劫杀，背后中枪，被就近掩埋。

桥沟和外界的联系由此中断，完全被章灯笼及受其蒙蔽的民兵所掌控。

批斗大会结束以后，表面上章家基本恢复自由，门口却依然设着岗哨。章九酬唯一的指望，就是天俭快快回来，可这都随着天俭被暗杀而变得毫无可能。

子夜时分，天下起小雨。岗哨刚刚躲到门楼下，就听见不远处有脚步声，遂问道："谁？"

"章主席叫你回去，岗不用站了。"黑影里有人说。

"你是谁啊？"岗哨又问。

"我！真笨，我的声音你都听不出？"黑影里的脚步声越来越远，岗哨听黑影里不再回话，遂试推了下大门，里边闩着，就离了去。没过多会儿，十几条黑影翻墙进了章宅，然后分头行动，把章九酬一家十四口人全部捆了起来，并塞上嘴巴，集中到了三进院的窑洞里。

窑洞顶是土夯的平台，农忙时做碾场。窑洞五开间，坐东朝西。北边的两间，里间开窗，外间开门室内，与南边的三开间相连。除章九酬外，一家老小全被押在北边两间。

南边的三开间门开最北边，室内很宽敞，点了四五根蜡烛。章九酬被捆坐在室正中的柳圈椅上，对面坐着一个蒙面人。

蒙面人先招呼手下给章九酬松了绑，然后说："爷儿们，别怕。弟兄们今天来就是打听个事，只要说了马上就撤，保你全家老小一根头发丝也不会少，您老是见过大世面的人，懂得破财免灾的道理。"

"那还值得这样？所有家产都在这里，要就拿去。"章九酬沉稳地说。

"钱我不要，您老还得养老，我要的是您现在用不着的。"蒙面人说。

"你直说吧，到底要啥？"章九酬问。

"章老爷果真是爽快人。您一定记得，清了老头临走时，说汉佛其实就是个铜疙瘩，还有那什么玉仿舍利。你尽可把仿舍利留下，把佛像给我就中。"蒙面人说。

"这个我可帮不了你，我连听说都是头一回。"章九酬说。

"灯笼进来！"蒙面人突然喊道。章灯笼急忙进屋。蒙面人指着他说，"章老爷，您不会不认识吧？按辈分他喊您爷爷。实话告诉您，俺操您的心几十年了，您跟清了、妙聪设计了连环迷魂阵，哄死我了！"

章九酬此刻已基本断定蒙面人就是王魁，厉声问道："你是谁？"然后斩钉截铁说，"有种就放下面罩叫老夫看看！否则你休想！"

"好，你有种……"蒙面人阴冷地夸了一句，然后说，"你不会忘记你和妙聪、清了那俩秃驴在方丈那一回吧？他俩可是给你说得很清楚啊！好好想想……三十来年了，哼哼。"

"你说的啥，我不懂。"章九酬说。

"不懂好办！"蒙面人说过又吩咐手下，"去把老夫人请出来。"两个歹徒很快就把王娴馥推搡到蒙面人面前。

烛光里，蒙面人只挥了下手臂，白光一闪，王娴馥就倒在了地上，喉咙喷血如泉涌。章九酬惊怒交加，激愤地站起，心碎而愤怒地恨声骂道："畜生！"几个歹徒马上把他重新按在椅子上。

章灯笼看了看睁着双眼倒在血泊中的王娴馥，愤愤地问蒙面人：“她可是俺恩人，你怎么杀她？”

蒙面人没有理会章灯笼，只是对章九酬说：“九酬爷儿们，你还是痛快点说吧。今天这一关，你是过不去了。说吧。”

章九酬咬着牙说：“看来你对老夫是知根知底啊！我仨儿都死在战场上，还怕你这？你这是杀我女人给我看，你也不想想，爷我是刀尖火海里滚出来的，还怕个死人？再说了，今天上午我一家人早死过一回了！你继续杀，手软是个龟孙！”

蒙面人笑了：“爷儿们，你不会是以为你那共产党儿子章天俭很快就会来救你吧？你该好好想想，他走多少时辰了？要能来他晚饭前就该到了……要不，我能这样消停？”

章九酬听了，心就像突然被人剜去，一咬牙说道：“这一层老夫我早已想到，你们还有啥做不出来？！”

蒙面人没耐心了，说：“灯笼，去请二夫人。”

章灯笼没有任何反应，一双惶恐的眼睛只顾盯着血泊中的王娴馥。“灯笼！”蒙面人怒喝了一声。

章灯笼刚明白蒙面人是对自己发怒，就已有人拉出了被五花大绑的佩瑶。口塞布巾的她一看到血泊里的王娴馥，马上就扑倒在地，用额头拱着王娴馥的面颊，呜咽着，浑身战栗，悲恸欲绝。

蒙面人盯着章九酬问：“我的爷，看来你亲儿子你可以不在乎，大夫人你也可以不心疼，可你舍得让我也送走你的心头肉二夫人？”

章九酬猛地站起，很快又坐下。他意识到贼人志在必得，只要不交汉佛，他们就会残害家人。但他又想，贼人毕竟是因财起意，与自己和家人并无深仇大恨，如能让贼人死心，家人兴许还有救。为此，他想到了自尽。

一念及此，他冷冷一笑说：“小妞养哩你！不就是叫我看着家人一个个死去，逼我开口？老子岂是你这般蟊贼吓大的？你来小子，你要真有种，叫我老汉替你杀，中不中？”

蒙面人问：“你啥意思？”

“狗杂种！这你都听不懂？我是说老夫我替你来！一个一个杀给你

看,只怕是吓傻了你这狗日的!”说罢,章九酬突然仰天大笑,笑得屋内歹人一个个毛骨悚然。

蒙面人万没有想到,章九酬面对亲人一个个死去竟还能豪气冲天并嘲弄他。只听咣啷一声,他将一把黑柄白刃的短刀扔在章九酬的脚下:“给你! 我就不信了!”

章九酬遂弯腰去拾,两个歹徒慌忙去拦。“别拦他!”蒙面人喊。

章九酬缓缓拾起短刀,一步步挨到捆着的佩瑶和死去的王娴馥跟前,一曲双腿跪下,先将王娴馥眼睑合上,然后对佩瑶说:“佩瑶……我把你嘴里的布巾掏出来,跟我说会儿话……”佩瑶看着章九酬,泪流不止。

她知道他不愿眼睁睁看着家人一个个被杀,他要舍命为全家换取哪怕是一丝丝的生机。

章九酬慢慢扶起佩瑶,用左臂扤住她脖颈,用紧握刀柄的右手,摘去了她口里的布巾。

佩瑶含泪说道:“爷……自从你在我手心写下佩瑶,我便知道它从此就成了你的命,你眼下啥心思我知道,让我跟你一起走吧……不,先送我走……中不?”

章九酬听她把它加重了口气,一语双关,既指自己,也指汉佛,想起了他和佩瑶当年闲游月山,对联打趣的恩爱情形,顿时泪流如注,并随手慢慢把短刀撂在地上,紧紧地搂住了她:“我的好佩瑶……”

佩瑶依偎在章九酬怀里,任由他的泪水吧嗒吧嗒落在自己脸上。她深情地看着他,看他的苍苍白发,看他直挺的鼻梁,看他滂沱的泪眼。

她爱他,爱他的正直和才华;也迷恋他,迷恋他的英刚跟缠绵。如今他和她都老了,但有滋有味的日子一直在继续……可眼下他要走了,为了拯救家人和她。

按说,佩瑶亦属暮年成妪,但她依旧舍不得他,更不敢想象没有他,自己会怎样。她伸出手,替章九酬揩了把眼睛:“答应我,答应佩瑶跟你一起走……”同时,用另一只手悄悄地捡起了那把黑柄白刃短刀,猛闪到胸前,朝着自己的心窝就刺了进去,顿时血光飞溅。

“佩瑶——”章九酬撕心裂肺。

“爷……佩瑶等你……”佩瑶用力聚了聚将散的眼神，凄美地笑着喃喃了一声，“九酬哥……”章九酬颤抖着小臂托着佩瑶，眼睁睁看着她闭上了眼睛。

章九酬平静地端详了一会儿佩瑶，然后将她小心翼翼地放在地上平躺着，一咬牙拔出短刀，用衣角擦擦刃上的血浆，平静地问蒙面人：“下个该谁？”

佩瑶之死，众贼人俱惊。章九酬问下个该谁，使蒙面人看怪物似的看着他。章灯笼更是灵魂出窍，傻傻地张大了嘴巴瞪大了眼。

章九酬突然大笑一阵，然后端坐地上骂道：“狗日的你们一个个给我记着，爷爷我饶不了你们……”接着，他将刀尖深深地扎进自己脖子左侧，一边对蒙面人微笑着，一边将刀刃向脖子右侧划去，并说：“尤其是你王魁，自从你把驴儿送给觉慧，俺一直盯着你呢！记着你爷……我的人不会放过你……”

章九酬划刀的速度很慢，慢得使蒙面人及所有在场的歹徒都心生寒意，直到刀刃划空，脖子几乎全断，最后脸一仰，头颅便耷拉到了背后，鲜红的血浆顺着齐刷刷的脖颈断截面咕嘟嘟地往外冒，而那滴血的短刀，却依然紧攥在他的手里，躯体端坐，稳若泰山。

蒙面人呆呆看了片刻，猛地摘掉蒙面巾，双手抓住自己的头发，发疯似的喊道：“鬼！鬼！”

章九酬不愧是胸怀韬略的大丈夫，临危不惧，自屠其身，临死了还利用刚获得的信息，特意喊出了王魁的名字，使王魁误以为自己早已暴露。章灯笼听章九酬喊出了王魁，看了一眼他便抱头鼠窜。谁知他刚出门就被推搡回来，王魁上去就是一刀，捅进了他的腹部，并骂道：“你这个蠢货，是你露了马脚吧？我岂能留你！”遂又持刀用力一搅，章灯笼猛睁了一下眼睛，像摊泥一样倒下了。

王魁惊恐地看了看屹立不倒的章九酬，正要离去，手下突然提醒：“这老头儿喊了你，怕是他家人都听到了。”

王魁马上说：“那就怪不得我了……”然后跌跌撞撞地仓皇离去。

也许是秉性使然，也许是瞬间疏忽，章九酬临机决断，借刀杀人，使章灯笼一命呜呼。但此也是一把双刃剑,在诱发贼人内讧的同时,也使自己的一家老小,绝了最后一线生机。

最后,章宅燃起了冲天大火。然此刻,驴长老二世正驮着妙聪,还在拼命赶往桥沟的途中。

驴二世是天黑以后才到达净影寺的。它嗷啊嗷啊地唤醒了众僧,也唤出了妙聪。

慧慈挑着灯笼,妙聪从褡裢里摸出字条一看,二话没说,骑上驴儿就潜入了夜色中。“赠驴人王魁在桥沟”几个字,使他痛悔了一路。

驴长老二世一路气喘吁吁,大汗淋漓,妙聪在驴背上几次心疼落泪,因为它已经二十六岁,跟妙聪一样同处暮年。可它那股拼死前奔的劲头,即便是青壮的马也未必能及。遗憾的是,当他和它赶到桥沟时,看到的却是章九酬宅院的冲天大火。妙聪双脚刚刚落地,驴长老二世便一头栽倒,当场气绝。

妙聪含着泪颤着手,轻轻触了触它的鼻息,又抚了抚它热腾腾、湿漉漉的脊背,一下子瘫倒在地。在他看来,章九酬全家蒙难,缘于他二十年前对赠驴人王魁的疏忽。这使得作为智者重情重义又机敏谨慎了一辈子的他,再一次因失算而心魂受到重创。他挣扎着刚站起就摔倒,再挣扎再摔倒,最后用双手强撑地面,半爬着身躯,远望着章宅上空的火光,悲恸欲绝地哭喊道:“九酬兄啊!是我妙聪害了你啊——”

章宅的冲天大火映红了整个桥沟村,江枫带着民兵们迅速赶到章宅,和乡亲们一起往里冲,很快控制了火势。

民兵们刚冲进章宅三进院的窑洞,呼啦一下又退了出来,有的失魂落魄,有的弃枪而逃。江枫进屋一看顿时惊呆,外间屋,章九酬、王娴馥、佩瑶、章灯笼横尸血泊;里间屋,女人和孩子们捆着被杀,血流成河。

江枫痴呆呆看看横七竖八浸泡在血水中的一个个孩子,啊的一声便捂着嘴跑出窑洞,踉踉跄跄,朝着夜空撕心裂肺地喊:“这是谁啊!——”眼神突然散乱,瘫倒在地。

觉慧从上庄回到桥沟后,直到天明,才在东北方小山岗上找到妙聪。觉慧迈着沉重的脚步,一步步挪上前,双腿一曲,面朝妙聪跪下,痛心疾首地说:“师父,是徒儿二十年前那次粗心酿成了今天的大祸啊!我昨晚路过柏山顺便问了，王财主根本没有儿子，只有俩闺女……”说完他号啕大哭。

妙聪双手合十凝视前方，始终没搭觉慧的腔。他把汉佛第一次被盗至今的所有细节仔仔细细地推敲了一遍，直到觉慧不再号啕只剩啜泣，他才慢悠悠地说：“别再悔了，刚才我跟你想的一样，也以为王魁当初赠驴，是为掌握我们的行踪。其实，掌握不掌握你我行踪，与祸及章大人并无多大干系。”

“那他们怎么会……”觉慧欲问又缄口。

“我知道你的意思……”妙聪看觉慧谨慎，稍停顿才又说，“实话对你说，章大人确实是受托人，这是你师祖在世时和我一起商定的。汉佛那么重，你我来来去去的，又总是两手空空，贼人不会不揣度，汉佛有可能交由一个咱们信得过的局外人。刘子彦拙朴憨厚德行可靠，但胆魄和谋略尚欠，故贼人不会怀疑他；冯冠彰豁达仗义，也不乏胆识和灵透，可他跟山寺交往有限，故也不在他们考虑之列。这样一来，和我月山寺情谊深厚者就仅剩下了两个人……”

“是。洪老爷和章大人。”觉慧说。

“对。但他们是万不会算计洪老爷的。一是知晓我们对洪老爷一向敬而远之，二是也不敢以小巫惹大巫。不过这都不是最关键的。”妙聪说。

“嗯？”觉慧欲知下文。

“关键是那次方丈隔墙有耳……你该记得的。”妙聪说到此看了看觉慧。

“记得。是师祖、章大人和师父都在，师父慌张撵出去那一回。”觉慧说罢又问，“那时章大人就被盯上了？”

“那倒不会，那时贼人还不知如何识别汉佛的真假……”妙聪说。

“师父何意？”觉慧有些不解。

“当时，无声法师身下佛像腹内有物没有？”妙聪突然问。

“师父当时催得紧，我也慌张，没有注意……倒感觉里边是空的……”觉慧说。

“那就对了……”妙聪说。

“怎么了？”觉慧问。

“咳……”妙聪长叹一声，然后说道，“十九年了，直到今天我才厘清……不过，我想先问问你，你要实话对我说。”

“徒儿绝不敢妄言。”觉慧说。

“可知汉佛所藏何处?”妙聪问。

“师父……”觉慧犹豫了。

“直说无妨。”妙聪说。

“师父有一首诗：钩月荫处隐玉珏，于无声处凭自觉。菩提镜台滋悟性，禅心法眼补圆缺。最后的三个字，就是告诉我汉佛藏身处。”觉慧说。

“对。”妙聪接着说，“都这个时候了，你仍用暗语，可惜的是，此事早已泄密……你师祖圆寂那天就泄密了，于生死攸关之际，他失了周全，可最不该的是我，我不该只顾了心疼他老人家，而忽略了一个致命的漏洞……”妙聪说。

“我有些不明白……”觉慧深陷惑顿。

“老住持当时奉劝世人归还玉仿脚趾舍利，你想想，要是墓下两尊佛都没有玉仿脚趾舍利，还不等于明示于人，真汉佛带有玉仿舍利?”妙聪说。

“师父是说墓下的佛像只是比葫芦画瓢，做了个空身子?”觉慧问。

“对。”妙聪说，“这样一来，贼人就认定第一次盗走的佛像是赝品，把希望寄托在第二尊佛像身上。而我……我和你师祖却偏偏把第二尊佛像作为障眼法，以图贼人到此便住手，从此打消念头……最不该的是，你我还又提醒了贼人一次……”

“师父我……”觉慧惶惶问道。

“这没你啥事……”妙聪不慌不忙地说，“你想想看，从第一次开掘到第二次开掘，中间相隔整十年，可见贼人们当时并没有破解你师祖的话……”

“那……”觉慧欲问又止。

“还记得小三儿又来过月山一次不?”妙聪问。

“记得……”觉慧说，“我按师父交代，还专门向他提到玉仿脚趾舍利。”

“是，这就等于又告诉一次他们，第二尊佛像也是假的。”妙聪说，“但贼人也不是一下就明白的，他们又用了整整四年……终于知道了还有一尊带玉仿脚趾舍利的……真汉佛。”

“但我不明白，为何他们不找师父，偏偏图谋章大人？”觉慧急切地问。

“这一点倒不难想透，我横竖孤身一人，贼人要挟无用，更何况有你师祖视死如归在前。可章大人就不同了……”说到此妙聪突然浑身战栗，大声哭喊起来，“可是我的九酬兄啊！你可是一家老小十几口人啊——为那个不问人间疾苦、不管众生死活的金疙瘩，值得吗？啊？你叫老衲如何苟活啊——”

“师父……师父……”觉慧连连呼唤，然妙聪只是一个劲号啕大哭，声声惨烈，肝肠寸断。

可是后来，他突然笑了，笑得令人心疼也心碎。他眼里浮着泪光，嘴角漾着笑意。那么绝望，轻蔑地笑了，含着对老友章九酬的愧疚，也含着对自己心智的无奈和讥讽。觉慧心疼地看着他，不停地抹眼拭泪。

妙聪笑得很安静，并默默地瞭望着章宅上方的缕缕残烟，眼睛一眨也不眨，仿佛心被谁摘了去。

后来，他莫名地想起了送口信的仝挡，并忆起一次在章九酬家小住的情形。当时章九酬情绪飞扬，说王娴馥曾戏谑他给仝挡改的名字太不好听。他却说他觉得甚好，好就好在那个“挡”字上，可以挡灾、挡难、挡妖魔鬼怪！

仝，乃人工之仝。人工之挡岂能奈何天意？按理说，人工皆存私，天意必为公。可为公为何不解仁者之忧？无私为何又不避义者之难？

仝挡匆匆离去时说，要赶紧回沁阳替章家看宅子，想必那宅子一定还在，老友章九酬的音容笑貌如今也在，可是章大人……他人呢？

想到此，妙聪痛楚地轻轻摇了摇头，然后敛住笑容，闭上了眼睛。可泪水怎么也止不住，大股大股地直往外涌。

少顷，他擦了两把眼睛，将脸高高仰起，朝向青天，一刻也不停地拨捻着那串他几乎捻了一辈子的念珠，任凭自己的一绺白须在清风中摇曳，像是在品味，品味世态的不伦与无常。

他此刻无论模样还是神态，几乎使人错以为他是清了。

最后他低吟道：黄龙自古留三问，未卜妖魔弑义卿。人工未能左天意，独余老衲孤苦行……

觉慧听了，整了整表情，挺了挺脊梁，想劝但没出口，仅轻轻地念了一句：“阿弥陀佛……”音未落，泪已滔滔。

第八章　金刚圣果

九四

章家发生惨案的消息很快传到了上庄。

在此之前,刘子彦怕出意外,刚把王丽英和梓童、梓婴送到章九酬的外甥七方村张广江家,并问张广江万一桥沟农会来要人咋办。张广江说:"他敢!这里是七方,不是他桥沟!我是这儿的农会主席,我说了算,哪个王八蛋敢来,看我不砸碎了他的骷囊壳!"

刘子彦安顿好丽英母女三个返回上庄时,乔杏儿已哭得眼肿如桃,说听村工作队说章九酬一家惨遭灭门,刘子彦当即昏倒,全家折腾了好一阵才醒来。

事后,刘子彦全家为章九酬一家举孝二十一天,两处住宅全都插上了招魂幡。

一开始村里人以为刘子彦或乔杏儿死了,来吊唁时才知道是为朋友举孝。知道些底细的乡亲劝他小心些好,别引火烧身,刘子彦捶胸顿足地疯喊道:"我日他八代祖宗,最多把我刘家也全杀了!我不信老天会饶了这些畜生!”

历史和人有时很相像,步履总是歪歪扭扭,但它又不完全同于人,因为它意志坚定,步伐稳健,总是朝前。

内战,将怀川一分为二,国统区的日子日益不堪,短短两年就被折腾得日月无光、阴曹地府一般。战争永远是悖人性的,它绝不会厚此薄彼,解放区的日子过得也不轻松。

不久,中共开始整风。怀川地委和行署当时仍不知章天让是共产党,对章九酬一家做出了“民主进步人士,对抗日有功”的笼统结论。江枫对章门惨案和章天俭的牺牲,负有较大责任,因其患了精神病,不予追究。巩亦清“左”倾蛮干,导致该地区杀人过多,对章门惨案和章天俭牺牲负有重要责任,给予严厉党纪、政纪处分。

一天,觉慧去山外购买油盐酱醋,在返回净影寺途中,见解放军的大队伍正向焦作方向运动,碰巧遇到了巩亦清。巩亦清还专门写了一封信给妙聪:

妙聪师父:

未见已久,问好。告诉你些好消息,我们马上要进攻焦作、修武、武陟一带。胜利后,整个怀川就会连成一片。和章九酬前辈一样,你曾给予我们重要帮助,我党是不会忘记你这个老朋友的。

致礼

巩亦清

一九四八年十月十一日

信写在一张黄草纸上。妙聪捧在手里,看了一遍又一遍,感到巩亦清对章九酬的说法已有了变化,但这有何用?!他把信小心叠好放入怀中,然后问觉慧:“听说物价还在涨?”觉慧回道:“是,我们这些东西幸亏是用银元换的,要是金圆券怕是驴儿也驮不动。一个桃子就卖三万,一个鸡蛋两万,一斤白面十四万,一条肥皂听说前几天还十二万,今天就十五万了。老百姓骂得很厉害。对了,他们还骂一个人……”妙聪问:“谁?”觉慧拿出一张皱巴巴的报纸:"你看这张报纸上就有,全国都在骂翁长官,说是他出的主意,把法币换成了金圆券。"妙聪接过,标题很醒目:"金圆券帮倒忙,翁灏元毁民国",文中写道:

……太子定调,高级参议翁灏元操盘,所谓的金融改革,完全是给蒋大总统帮了倒忙、大倒忙。一张金圆券可抵百万解放军,帮共产党毁了民国三十七年之家业,毁了三民主义于民心。呜呼辛亥!哀哉国父!什么华夏神童?什么留洋学子?什么股肱幕僚?分明是朽木之蠹、掩耳之爪、蠢驴之首也……

妙聪看完了报纸,百感交集,因为他最清楚,翁灏元乃忧国忧民、知恩图报之君,同时又是精通金石矿业、工商经济的博学之士。他也深知蒋介石推行所谓金融改革,目的是挽救奄奄一息的独裁政府。翁灏元奉命搞金圆券的初衷,绝非是为自毁长城,但此时的国民政府,早已病入膏肓,千疮百孔,无论什么灵丹妙药,都不可能使其起死回生。其一躯之溃,已不是一肢之伤,其全躯之疾,更非一药可医。

但此文章的捉刀手,却是糊里糊涂地只顾哭、只顾骂,一会儿哭辛亥功亏一篑,一会儿哭国父九泉难安,一会儿骂翁灏元是蠢驴帮倒忙,一会儿骂民国是朽木成汤腐。想到此妙聪不禁哑然失笑:"我看翁灏元这个倒忙帮得甚好!是天意使然,是民心使然。"

欣悦之余,妙聪为自己刚出口的话吃了一惊,不由得记起清了当年欲度翁灏元做佛门弟子,并预言他日后必成重器,再联想清了批注中的"但凡玄物,法禁他用,莫擅妄念"等,他思忖道:难道苍天、佛祖之所以让翁灏元成为国之重器,就是为了今天的金圆券?并用其才华和愚忠来葬送民国?

妙聪的胸腔顿时排浪迭起,轰隆作响,他顿时恍然,意识到,林秉清说的新中国,就要来了。乾坤自转,霸主轮回,英雄喋血,胜负在道而非人也,人君而道左,君必左也!人左而道君,必归道也!其道谓之道而非道,乃民心向背也!

妙聪惊愕地突然睁大眼睛,向头顶上方看去,仿佛他的目光可以穿透屋顶,看懂苍天。

“可惜了翁长官……”觉慧也朝屋顶看了看说。

“嗯?”妙聪回过神惑然地看他一眼。

“我不敢说……怕伤及翁长官的尊贵……”觉慧说。

“哦……不妨说说看。”妙聪说。

觉慧说:“翁长官有佛手亦有驴脚,只可惜他遇人不淑,心中无佛,只有草帽将军。”妙聪心里一震,盯着觉慧,满目的诧异。觉慧忙问:“师父,我错了?”妙聪笑着说:“非也!哈哈,老蒋!草帽将军!妙!心域被草帽将军所占,佛祖便无处安身,佛手、驴脚,犹有何用?!阿弥陀佛……快,收拾一下,咱们该回月山了!”觉慧笑了:“师父,我正想说哩!”并问,“现在吗?”妙聪道:“要待何时?”也笑了。

路上,妙聪心事重重。他一直在品嚼觉慧说的草帽将军和报纸上那篇文章。尤其是神童、学子、幕僚等一连串字眼,更使他忆起了与翁灏元寥寥几次的接触,陡添不少感叹:难道,无垠江山,悠悠尘世,一切真的早有了定数?

当师徒俩回到月山麒麟岭的窑洞时,天已傍晚。

觉慧先是打扫,然后去做饭。妙聪打开包裹,翻出《空相演喻》,但迟迟不打开,他的目光久久停留在觉慧带回的报纸上。报纸右上角有篇小文,标题很醒目:蒋公先失左膀,又失右臂。

小文半讯半杂,先引用《中央日报》11 月 15 日快讯,然后对仗开言:智囊病躯赴港,文胆仙鹤归天。说蒋介石的高级幕僚翁灏元赴港治病,文胆陈布雷自杀殒命,并将二人行径归结于对蒋介石及其政府的彻底绝望。

妙聪出神了好久:翁灏元既然是赴港治病,那就说明其病未入膏肓,可以医治。那么,此回春妙手,会是共产党?

窑洞越来越昏暗。

妙聪捋着胡须笑了笑,然后丢开报纸,捧起《空相演喻》喊道:“觉慧,快掌灯来!”

那晚,月山彻夜无眠。

皎月,在薄云的遮掩下,像大半个薄厚不匀的野菜烙饼,先是凌空当照,后又湮入浓云。似薄霜一般飘洒在月山坳内外的月光，慢慢地被收拢起来，大地一片黑暗。

刘子彦在昏黄的油灯光下怅怅地叹了一声："这仗，打到啥时候是个头啊！"

此时的刘子彦，再也不是昔日里人丁兴旺、富甲一方的上庄新贵了，老大达文父子早已去世，达文媳妇回了娘家一去不归，三子达双去世后，媳妇玉珍领着印义、印轩靠给有钱人家缝补洗涮艰难度日，没成家的四子达全在许河事件中命丧黄泉。只剩下达武一家，除了大儿子印合从军外，还算周全。

刘子彦和乔杏儿卖掉了宅院后，又分两处买的十间小破房，一处是两座三开间的土坯房，一处是两座两开间的土夯矸棚。刘子彦最初看中的是一个完整的小四合院，但乔杏儿死活不愿意，说离老宅太近。刘子彦想想也是，老守着自己败家卖掉的老宅，还怎么过日子？

达武一家人口多，另居在别处的六间土坯房。老两口和达双媳妇玉珍领着印义、印轩在一起，住的是两座两开间矸棚。全家人仅靠几亩薄地过活，一年四季最多吃个半饱。但刘子彦最担心的不是这些，而是打仗。

开初，乡亲们听说共产党要东过石河，解放焦作、修武，家家踊跃报名，父送子，妻送郎，甚是积极。但一仗下来，听说共产党打县城是用死人堆梯子，就都害了怕。

村里一个干过伪保长的，其子为躲避参军，竟用土枪打断自己一只小臂。为躲丁，村人一时自残成风。不过还好，后经农会和工作队的人挨门挨户劝解，说真不愿意去的，决不勉强，以后还要种地过日子，这才刹住了自残风。

刘印义是民兵，为解放军抬担架去了，第六天早上，在太行八中上学的刘印轩也上了前线，这让刘子彦和乔杏儿整天把心提到嗓子眼。尤其是刘子彦，夜间听不得一点风吹草动，稍有动静就要尿裤子，还说印义和印轩十有八九难回来。乔杏儿遇此就奚落他老糊涂净说丧气话，但转过脸照样偷抹泪。

一天傍晚，刘子彦和乔杏儿没有盼来印义、印轩，却盼来了查理神父。

查理神父没有像往日一样穿神袍，而是一身中式打扮。他的身后，跟着达武、印平父子俩。

“神父，你这是？”刘子彦问。

“我要离开一阵子，这里的工作要交给印平，他说要你们二老答应才可以。”查理说，“他当神父已经期满，可以担任主教了，我已经报告了梵蒂冈，等教皇正式任命下来，印平就是主教了，现在先以代主教身份主事。”

“这合适吗？”乔杏儿问。

“合适！很合适！我出具一份委托书给印平就可以了。”查理说。

刘子彦和乔杏儿面面而觑，一时无语。达武一向是吃闲饭不管闲事，更不知该如何说。查理见状，遂从怀里掏出一份文书交给印平，用英语说：“决不要轻易把这文书示人。要看准共产党尊重信仰是真的，再把它拿出来。等和平了我会给你写信，这些话跟家里人说不说你自己定，好吗？”“好，我一定谨慎从事。”印平用英语回答。

查理走后，刘子彦和乔杏儿问印平查理和他说了啥，印平如实做了回答。刘子彦听后说：“这样好，共产党叫信咱就信，不叫信咱就不信。”印平没有回答，因为他早已决定献身天主。

一九四八年十月二十四日，印平暗中接任天主教怀川地区代主教的第二天，怀川西部的国民党军全线溃败，焦作解放，百里怀川连成一片，全成了解放区。

印义、印轩弟兄俩九死一生，终于先后回了家，把刘子彦老两口和达双媳妇玉珍高兴得直哭。又过了一个月，在国民党部队当军需团副的印合也回了家，还带回了一个媳妇和一双儿女。但这都比不上划成分给刘子彦、乔杏儿带来的喜悦。他们因救助冯冠彰而变穷，加上乡亲们念及他们当年赈灾救人，给他一下划了个贫农。不仅没受土改打击，还成了共产党依靠的对象，分了不少的家具物什，全家高兴得不亦乐乎。刘子彦和乔杏儿逢人便吆喝，赶上了好年景！赶上了好年景！

印合媳妇叫陈幺妹，是四川人，个头不高但很俊。儿子乃顺八岁，女儿乃淑六岁，也是一个赛一个聪明可爱。刘子彦和乔杏儿高兴之余很纳闷，印合在西北当兵，咋娶了一个四川媳妇？

殊不知,印合媳妇是红军西路军女战士,是被国民党俘虏后才嫁给印合的。刘子彦担心地问:“你们俩这是国民党抓了共产党当媳妇,不会有事吧?”印合却说他跟幺妹都是解放军,乔杏儿问咋回事,印合说他俩是解放军的俘虏,后来干脆参加了解放军。印合这么一解释,全家都乐了。

乔杏儿感慨地说:“真没想到,当俘虏也当得巧,竟成了解放军!”

刘子彦笑着嗔怪她:“巧?咱若不是把家产变卖了帮衬冯会长,现在还是个大地主哩!”

一家人正乐和,印合的儿子乃顺一溜小跑进了屋,拽着乔杏儿衣角就喊道:“太奶奶!太奶奶!大门外有头毛驴儿!”

刘子彦和乔杏儿简直不相信自己的耳朵,偌大的上庄,原来也养有几头驴,但灾荒年都被杀吃了,连月山的那头驴儿——驴长老二世,也已经去世一年了,咋会有驴?他俩赶紧来到院门外瞅了瞅,结果连个驴影儿也没见。

“咋回事?”刘子彦看看左右,又看乔杏儿。

“是不是师父回月山了?”乔杏儿问。

“驴魂儿来送信?”刘子彦很惊惑,“你胡说啥啊!”

“哼!”乔杏儿说,“快!快弄些个米面、粮油、咸菜啥哩,赶紧给师父送到月山。”说罢扭头就往回走。刘子彦一下呆住。

乔杏儿走了两步听身后无动静,回头见刘子彦原地傻站着,于是说:“你大老爷儿们懂个啥?没听说小孩儿有天眼?快,快跟我回家收拾,叫印合跟印平给师父送去!”

印合和印平去月山送东西回来,印合嘴快一进门就说:“送到了!他俩都在月山。还住在土窑洞。”

刘子彦讶异地看着乔杏儿说:“还真是啊……”

乔杏儿顿时喜上眉梢:“信了吧?你也不想想,师父是个神人,那毛驴咋会是肉体凡胎!它好歹也是个长老哩!还不是怕师父受罪,才来报信?”

九五

一九四九年秋。正值收获时节,秋高气爽,山外田野金黄片片,连绵竹海随风荡漾,焕发着仙境般的神韵。

十月一日这天,月山碧空如洗,蓝天、白云、绿树在习习和风吹拂下像幅会动的画。

妙聪和觉慧回到月山倏忽已经一年,师徒二人执着地踏着先祖的足迹,坚守着信仰,守候在月山。

妙聪用过午斋,打开了《覃怀物藏》闲读:

> ……覃竹万顷耳,斑对[illegible]田四种,始于汉,从湘入怀也,今覃地煤盛而工开,工达而脉损,故忧竹殒不日也……

妙聪又想起了那个关于竹子的民谣:竹竿开花猫媳蛋,朝廷坐不了两年半。一九三七年竹子开花后大片大片死去,紧接着就来了日本人。到了第四年,一九四二年竹林刚有所恢复,就又遇大旱再遭花劫。又是从第四年开始恢复,直至一九四九年春天,连续三年,新笋纷纷破土而出,破篱冲天,格外茂盛。

在妙聪看来,这无疑是一个好兆头。旧庭已死,新朝必立,皆成定局。他感慨着,亢奋着,整日里捧着《空相演喻》反复研读,不厌其烦,孜孜不倦。此刻映入他眼帘的,是清了的跋文:

> 兹亦宗师空相潜演授足之禅语,逊日及八百年弗后也。余旁注拙纂所得,故须谨遵师祖曰,但凡玄物,法禁他用,莫擅妄念。切切依嘱传之。

妙聪细细揣摩,觉得其无非有三个意思:一是说其系空相教授弟子禅语之集成，二是说其所涉只有八百年，三是说其要谨研慎用。若是从金正隆三年即一一五八年算起，距今已有七百九十一年，所剩只有九年。那么文祸呢？是发生在这余下的九年之间还是九年之后呢？想到这里，妙聪继而打开《空相演喻》，并找到经清了批注、推演了无数遍的寥寥数语：

空相演喻——

……清了寺了，夷患、内戮、文祸三荼后世运其昌至乙酉年农之课徭即行废黜，又甲子而复兴……

清了旁注——

……清了、寺了，乃清朝殒而禅寺殁。夷患、内戮、文祸何焉。近乙酉乃民国三十四年，远乙酉亦民国九十四年，乃农之课徭即行废黜之日，又甲子而复兴，其曰复兴于民国一百五十四年，二〇六五年也，果有其日乎……

妙聪掩卷而思：据《空相演喻》引述，空相禅功推演所及是八百年。又据清了批注，可见“废黜农之课徭”是二〇〇五（乙酉）至二〇〇六年元月；“又甲子而复兴”是公历二〇六五（乙酉）至二〇六六年元月。如若这样，《空相演喻》所涉世事则大大逾出八百年。

所剩九年即一九四九年至一九五八年，届时此书就无用了？那么究竟是书无用了，还是无人能用呢？

清了已逝去二十二年了，到了今天，面对《空相演喻》这一扑朔迷离、玄机重重的八百年箴言，妙聪只能孤思独演。

眼下，国共争锋的“内戮”已近尾声，国民党败局已定。妙聪有理由相信，林秉清所讲的新中国，真到瓜熟蒂落的时候了。不然，“废黜农之课徭”和“又甲子而复兴”，岂不真成了无源之水、无本之木？想到此，妙聪心头的乌云顷刻化去，心中顿时豁亮。而脑中刚刚闪现的“瓜熟蒂落”几个字，引得他重新打开了《空相演喻》，并很快找到了此段文字：

……困顿入梦，有声曰：“瓜熟蒂落”。何意不解，顿醒睹观音幻影手持拂尘而去，留金刚圣果一枚，何意不知；空相塔下闻师祖曰：月恒日升之时耳……

月恒日升之时？妙聪读到此，心里不由一颤，觉得此话十分眼熟，但又想不起在哪儿见过，也许是耳熟？除了月恒日升，好像后边还有一句什么。他赶紧再看那段文字，只晃了一眼就在心里喊道：金刚圣果日！他终于完全忆起，此话是师父清了的临终念叨，原话是：月恒日升时，金刚圣果日。此话是空相还是无声说的，当时他深陷悲痛亦顾不得厘清，只记得其与汉佛腹内银棺里一幅锦帖有关，

已经二十多年了，难道金刚圣果就是新中国？难道师父清了早就知道有这一天？他想着想着，便恍恍惚惚地从俗世步入了空灵：

一幅巨大的画卷轰隆隆地从云端垂下，上挂云天，下接地壤，仔细一看，竟是他亲手画绘并挂在明月禅房迎门墙上的那幅水墨观音图。除了大小，其余一模一样。更让他瞠目的是，素裳观音笑吟吟的，纤纤玉手，一只持一柄紫把白梳的拂尘，一只托一枚闪着金光的果儿，正从图中祥云莲座上缓缓步下，朝着他缓缓而降，徐徐飘来。

当观音到跟前时他才看清，那枚光芒四射的果儿，竟然是悬浮在观音掌心之上的。他正要看个究竟，那枚果儿突然强光一闪，刺得他双目一眩，瞬间又回到了人间。

漫山的柏树更加苍翠了，山外的原野也更加妖娆了。碧碧蓝天，袤袤大地，日升月恒，夺目同辉。

俗话说无巧不成书，但再巧的书何时比真事真的巧过？就在妙聪进入空灵的同时，毛泽东在北京的天安门城楼，用厚重的湘音宣布新中国成立。尽管新中国没有一夜间就抹去华夏这片古老土地上所有的疮痍和伤痕，但着实给人一个新的念想，一个触手可得的希望。

不久，“中国人民从此站起来了”这句话，从天安门不胫而走，传到怀川，也传到了月山。

自从妙聪从林秉清口中听到“新中国”这个词,历经了十五年的风风雨雨。洪小囡、林秉杰、冯冠彰、章九酬等于清了之后先后离他而去。逝者如斯,一切均无法改变。妙聪为这些人无缘新中国而感到遗憾、痛惜。

尤其是章九酬,他是为了汉佛而惨遭灭门的。恩师清了也已先逝。只剩下他独自承受着炼狱般的煎熬。所有这一切,只要他想起,便如万箭穿心。所以他一直把替天行道,抓住王魁,作为他未竟的功德。

可是,先八年夷乱,后三年内戮,妙聪总是无处着手。现如今,江山归属已定,天下大治即行,那未竟的功德害得他昼不得安,夜不能寐,苦思冥想,他终于从旧年往事的一团乱麻中,逐渐分析出一根线索:春生。

当年春生说觉慧能够找到他,为何要找他?怎么找?又去哪儿找?这使妙聪煞费苦心。但妙聪没想到,苦苦寻觅王魁的,还有怀川行政行署专员巩亦清。

一天晚上,在原英商福公司小礼堂,怀川军民联欢会正如火如荼地进行。巩亦清在会场接到通知,让他去地委一趟。在常委小会议室,地委书记和军分区司令员告诉他,一会儿有首长向他了解一些情况,具体内容由首长当面告知。书记和司令员说完就离开了会议室。

十多分钟后,客厅门被打开,书记领进两个男人,一个年近五十,身材修长而刚健,着军服;一个四十出头,体形略瘦,着便装。巩亦清赶紧站起。书记对来人介绍:“这就是巩亦清。”然后又介绍穿军装的,“这是首长。”

书记的介绍很有分寸。巩亦清马上行军礼:“首长好。”首长回礼后示意请坐,说:“今天来,主要是想了解一下章家惨案和章天俭同志牺牲的情况。”“好……”巩亦清觉得他面熟,不觉有些分神。

讲述中,巩亦清始终把头埋得很低,还夹杂了不少检讨,尤其谈到章天俭,说他是自己在根据地时的老上级,并数度哽咽落泪。首长也不止一次地揩拭眼角,直到听他讲完才把手帕塞进衣兜,问:“据说此案已有眉目?”

“是。”巩亦清说,“王魁团伙在洛阳偷挖王冢,三人被捕,其余人目前正全力追缉。”

“好,要抓紧时间结案,一个也不能漏网。”首长说。

“是!”巩亦清嗓音突然洪亮,斩钉截铁。

“好。第二件事,认识一下这位同志。”首长终于露出点笑容。四十多岁男子马上站起来行礼:“首长好,我叫钱复刚。”

“你好。”巩亦清回礼道。

“你们该认识的,最起码听说过。”首长说。

“哦,复刚同志是?”巩亦清试问。

“洪小囡你知道吧?”首长问。

“是……”巩亦清多少有些纳闷。

“可是,跟钱同志有何关系,对吧?”首长笑了笑,“巩专员不会不知洪小囡的管家也姓钱吧?”

“哦,叫钱必铭……”巩亦清半恍然半犹疑。

“他是复刚同志的父亲。”首长略顿,又说,“你刚才提到一九二七年营救你,除了章九酬父子,你好像少说一个人。”

“哦……月山寺妙聪。”巩亦清说。

“对。眼下需要你把复刚同志引荐给他,具体细节由复刚同志和你商量。”首长说。

“好……”巩亦清口气有点迟疑。

“明白了?”首长提高了嗓门。

“明白了!”巩亦清马上振作。

“请复述。”首长命令。

“是!”巩亦清呼地站起,庄重地复述道:“把钱复刚同志引荐给月山妙聪师父,凡钱复刚同志需要配合的,包括细节,一切听从钱复刚同志安排!”说完,还行了军礼。首长点点头,遂和钱复刚一起离开。

就在首长离开的瞬间,巩亦清发现他极像一个人,遂一阵眩晕,踉跄地追到门口,忽又停下,吃力地扶住门框:“他? 自己人?”早已被章家惨案和章天俭牺牲压得透不过气来的他,顿觉天旋地转。

除了行署专员,巩亦清还有另一个身份:怀川地区隐蔽战线总负责。他很快就把此次会见与中央密派人员赴台联系了起来。

首长神龙见首不见尾,书记介绍时甚至连姓名都不说,这使巩亦清对自己的“左”倾蛮干十分痛悔。他已经完全想起,刚刚离去的首长,很像章九酬。

巩亦清没走眼，他是章天让，系直属中央的高级密派，代号汉佛，将赴台执行潜伏任务。将钱复刚介绍给妙聪认识，是中央为配合章天让，直接布局的一个策应环节。

巩亦清哭了。当年章家父子营救他的过程，章天俭尸体被找到时的样子，以及章家老小一个个尸陈血泊的情形，全都在瞬间浮到他眼前，尤其是章天让悄悄拭泪又暗收手帕时强忍悲痛的神态……可是章天让马上就要走了，娇妻爱女寄人篱下，他自己却要孑然只身天涯海角。

章家对他有救命之恩，他却由于过失而导致恩人全家惨遭灭门。他很后悔没对章天让说点什么，但仔细想想，他不是想说而是想听，听章天让批评、听章天让责骂，甚至是破口大骂……即便是章天让动刀动枪地惩罚他……巩亦清最后这样想着，泪如雨下。

待章天让和钱复刚离去好一会儿，他才迈着沉重的脚步从会议室走出。他走出走廊、穿过中厅，又来到院里，孤寂寂地在黑暗中踱了很久。痛定思痛，他决定尽快联系妙聪。

太阳升起了，月山还是老样子，满山的翠柏依旧葱茏。一片废墟、两个和尚、三处残塔，是日月每天交替路过月山上空时，能够看到的全部内容。

一个月后的一天，觉慧突然提起春生，妙聪问咋又想起这事，觉慧说天下太平了，越发想念自己的父母。春生离去十余年来，觉慧一直难忘他临走时撂下的那句话。

“他当时那样说，十有八九牵扯到我父母……”觉慧说。

“其实，找你的，是洪老爷。”妙聪不慌不忙捻着念珠。

“洪老爷?”觉慧一惊。

“除此而外，恐怕还牵涉……”妙聪说。

“啥?”觉慧问。

“汉佛。洪老爷好像是在等一个结果……”妙聪说。

“只有等到结果，他才会告诉我?”觉慧问。

“现在看，是。”妙聪说。

“洪老爷一去……岂不成了死结?”觉慧喃喃道。

“所以留话给春生。”妙聪很平静。

“师父是说……他生前安排好的?”觉慧问。

“这样的话,就只有一种可能……洪老爷早知汉佛被盗和你父母失踪的内情,甚至也想到我的安危,但唯独没料到会祸及章大人的性命。”妙聪说完看了眼觉慧。

“是,章大人遇害时洪老爷逝去已多年……”觉慧平静地说了一半,忽又惊愕,“难道等的结果……不是汉佛被盗就是师父遇难?”

“对,这就是春生要等的结果。但我想不通的是,既然洪老爷知道汉佛关乎我的安危,为何不透一点口风? 这太有悖于常理……”说到此,妙聪停下捻珠将其拢至手中。

“汉佛情况他不得而知,师父又安好,所以……”觉慧正说着,突然恍然,“恁是说……春生若知章大人遇难,马上就会找我?”觉慧问。

“不会。他并不知道章大人与汉佛有关。”妙聪说。

“这么说……春生就一直没有远离?”觉慧急切地问。

妙聪没回话,也不睁眼,重新开始一颗一颗地拨捻念珠,拨到佛首后再掉头重拨。觉慧一声不吭地等待着。

妙聪终于停下捻珠,说:“你说对了,十有八九,春生没远离,就在附近。”

觉慧迟疑了一下后又愤然:“这岂不是明知攸关师父性命,还袖手旁观,任其作孽?”

妙聪缓缓说道:“莫大惊小怪,洪老爷怕是有难言之隐……依我看……要么是他认为我能逢凶化吉……要么就是他与那个王魁……”说到这里,妙聪突然咽住,猛然想起章九酬生前多次提醒说洪小囡在清了圆寂现场的反常。他突然喊了一声:“啊!”浑身战栗,泪水顿下。

觉慧十分诧异:“师父……咋了?”

妙聪眼神迷离,带着哭腔说:“洪老爷……和那个王魁……若非大恩大惠,就是至亲骨肉……”

觉慧听了,顿时瞠目。

窑洞骤然安静下来。师徒俩再无了一句话。一直到午后,觉慧才去做了点吃的。妙聪两次端起碗递到嘴边，却又放下，后干脆让觉慧收起，说晚些时候再吃。

到了半下午，觉慧劝他多少吃了点东西。刚吃过收了碗筷，窑洞门口悬挂的草苫突然被掀开，巩亦清一脚踏进了窑洞，身后跟着魏常有。

觉慧搀扶着妙聪勉强站起。巩亦清上前握住妙聪的手说："前辈，我们好久不见了！"

妙聪吃力地说："真不知巩专员大驾光临……早就盼着见你了，但又想天下初定……怀川百废待兴，首长日理万机，不敢轻易叨扰……"

巩亦清说："前辈言重了，千万别再喊什么首长，我早就该来看望您的，还望前辈见谅！来来来，咱们坐下说话……"

"好……"

"前辈身体不适?"

"无妨……首长看好来了，老衲有件事想问问……"

"前辈请，晚辈定当知无不言。"

"听人讲毛主席说，中国人站起来了，是真是假?"

"原话是中国人民从此站起来了。前辈问此何意?"

"哦，人民，人民！说得真好……过去新朝一立，皇帝个个自诩代天行道，自谓天子，可毛主席却首言人民。"

"前辈不愧是一位高僧，才会有这样的见地……"巩亦清看着妙聪，略忖才接着说，"我想跟前辈打听一个人。"

"请先生直说。"妙聪说。

"前辈可知有一个叫春生的?"巩亦清问。

"先生也找他?"妙聪很吃惊。

"早就想找前辈核实此事，但此案一直严格保密，所以才拖到今天。亦清说罢又问，"莫非，前辈也在找他?"

"不，是觉慧找他……"妙聪说。

"哦? 这我可没想到……"巩亦清看着觉慧说。觉慧遂把来龙去脉告诉了巩亦清。

"先生已见到了春生?"妙聪问。

“是。”巩亦清说，“王魁手下偷掘洛阳王家被捕，审理此案时，找到了春生，这才知王魁叫洪小宝，是洪小囡的私生子，觉慧的父母就是他杀害的。洪小囡父子俩有约在先，不准对汉佛和关联人萌邪念、动杀机。并安排春生通过内线监视王魁，他若遵守诺言就放其一条生路，否则就找觉慧说明真相，然后联络洪小囡事先备好的人手，除掉王魁。现在王魁归案，其党羽二十三人全部落网……不过太晚了……太晚了……我也是一时糊涂……”说到此，巩亦清突然打住。妙聪知道他说的糊涂是指他对章家的误解，心里多少得些慰藉。

好一会儿，巩亦清才又接着说：“大概你不会想到，月山寺失窃的那两尊赝品汉佛也有了下落……”

“在哪儿？”妙聪很吃惊。

“在英国收藏家凯斯的手里，但很可惜，他今年春上就离开了北京，回了英国。”巩亦清说。

“是住在焦作的英国人凯斯·司瓦洛利？”妙聪问。

“是他。前辈认得？”巩亦清有点意外。

“曾有过一面之交。”妙聪说，“那两尊虽为仿制品，但工艺十分精湛，太可惜了……不过，鬼托人办事，人不知因果，也不能预知。你们替天行道，取而代之并惩恶，真乃是大慈大悲，苍生之幸！”

“前辈刚说什么？鬼托人？”巩亦清问。

“呵呵……”妙聪笑了笑说，“出家人的妄语，全是妄语，请先生切莫介意。”

“哈哈……不会，不会。”巩亦清笑了。

“春生现在何处？”妙聪转而问道。

“就在门外。”巩亦清说罢，遂将春生喊进了窑洞。此时的春生，已逾花甲，一身邋遢，满脸沧桑。

“妙聪师父！都怪我了，我当时要早说出实情，章大人绝不至于满门遇害……”春生一进门便下跪，痛哭流涕。

“莫哭莫哭，请快快起来！”妙聪劝罢，觉慧赶忙去拉他，但他死活不起，并说有当紧话：“妙聪师父，洪老爷生前特意交代，一旦遇到你，叫我代他赔个不是,他说他对不起你……”

“洪老爷为啥叫你联络觉慧?”妙聪点了点头问。

“觉慧的父母是王魁杀的,洪老爷说冤有头债有主,觉慧该向王魁索命……洪老爷怕王魁猜到只有你知道汉佛下落,所以担心他加害于你。后王魁发毒誓绝不再打汉佛的主意,老爷才放他一条生路。老爷怕王魁反悔,于是交代我,他只要敢动汉佛擅开杀戒,我就告诉觉慧他父母被害真相,然后俺俩合伙除掉他。老爷当时哭了,说这样做会危及你性命,如果苍天佑你躲过此劫,那便再好不过,但你到时定会知晓他徇了私情,所以叫我一旦见你,就代他赔个不是,叫你别恨他……师父啊,我代老爷给你磕头了……”

春生边说边哭边磕头,话音刚落,妙聪就怆然哭喊道:“小囡兄啊……贫僧何尝不知虎毒不食子的道理! 你这是大圣大贤、大仁大义啊!”

巩亦清见状,马上说道:“前辈何至于此,洪小囡若实情相告,以前辈的韬略,定会想个万全之策的! 再怎么也不会死那么多人!”

妙聪强忍悲痛说:“当时洪家已陷于灭顶之灾,洪老爷八十多岁了,情急之下有所疏漏也是在所难免,再怎么说也是虎毒不食子。如若不是我将汉佛托付章大人,没有识破王魁赠驴之伎俩,又疏忽了真假汉佛……怎会让那孽障钻了空子! 此事要怪也只能怪老衲,先生言及韬略,更是羞煞老衲,我太迂腐了! 区区一尊汉佛,是能免灾,还是能祛祸? 从辛亥到北伐,又从抗日到内战,如若不是那么多的仁人志士,抛家舍业,血荐轩辕,仅仅靠那汉佛,又怎会有当今的太平!”

巩亦清听了,顿时亢奋:“如今王魁落网,必将受到严惩,前辈该高兴啊! 另外,我还有个好消息,怀川地委跟行署,要召开民主进步人士座谈会,特意邀请你参加,共商重建怀川大计,再过些日子,你还得去趟北京,参加一个全国会议……”

妙聪听着听着,将情绪慢慢按捺住,说:“谢谢政府,谢谢巩先生,贫僧德薄品陋,那些事关国计民生的要紧处,还是不要让老衲去献丑误事了吧……”

巩亦清说:“这可是中央政府的通知。行署还专门研究,决定让觉慧随行照顾,其他事项,由博爱县政府具体安排……”妙聪听了,有些感动:“谢谢了,谢谢了……你们真是情至诚、思入微啊……"

"对了,还有个好消息,常有马上要去电厂当厂长了。"巩亦清说。魏常有在一旁憨憨地笑了。

"这可真是可喜可贺!"妙聪说罢又问,"老百姓今后也能用上电?"

"当然!"巩亦清说。

"太好了!"妙聪马上赞道。

"前辈莫非……有啥想法?"巩亦清心里惦记着妙聪去北京开会的事,突然问。

"百姓也能用上电,我高兴啊!连昔年的英国人的厨子,都要成新政府的干才了!"妙聪说。巩亦清见妙聪所答非所问,于是笑了笑说:"你要去北京的话,有可能见到两个故人……"

"哦……?"妙聪有点意外。

"你猜猜?"巩亦清试探道。

"会有林秉清林先生?"妙聪一喜。

"前辈果然言中!再猜……还会有谁?"巩亦清说。

"还有?"妙聪心里一震,想起了绿萼。一阵隐痛迅疾袭遍全身,思忖了片刻,直到想起巩亦清并不认识绿萼,才将心事暗暗收起,苦笑着说,"咳!猜不到,猜不到,真猜不到了……"

"还有当年的翁先生!"巩亦清说。

"翁公子?真想不到……真想不到……不过,其实我早就应该想到的。"妙聪喃喃道。

"哦?"巩亦清欲听。

"你一定还记得,一九四三年他曾来过一次。"妙聪说。

"对,是协调老百姓报复国民党军的事。"巩亦清说。

"是。当时我曾说国共就像狮虎,输赢成败不在强弱,而是要看谁心中有山林。翁公子当时说,也许这就是……气概。他说到'气概'两字前停歇了一下,我想他有话隐忍,直到前阶段报纸上奚落他搞金圆券,我才想起此事。如果我猜得不错,他隐忍的,该是'王者'二字,夸共产党有王者气概。"妙聪说。

“哦!”巩亦清笑了,“看来,从那时起,翁先生就重新做了选择,所以没去台湾,而是去了香港,后又辗转赴京。他目前已在国务院担任要职,具体情况,你还是到了北京再听他亲口说好了!”

巩亦清说完,妙聪马上感慨:“有容乃大,四海归一,这是普天大幸啊!”

“是啊!是啊……”巩亦清正连连乐道,妙聪却面色一暗,念起了阿弥陀佛,声音又闷又沉。

巩亦清不知妙聪心底有苦楚,看他突然间沉默,不禁揣思起来:“也许这就是出家人?这就是觉悟大成的圣僧?一涉及功名便明辞暗拒,一触及情分便惊魂彻骨,如此的话,圣僧岂不成了情僧?咳……僧俗两界,近在咫尺,却又似隔关山重重……也许此皆因信仰……抑或……还有别的什么?”

待妙聪稍微平静一些,巩亦清又问起一件往事:“刚咱们说到林秉清,一九三四年他跟你当阳峪分手,曾把一个年轻人介绍给你,可还记得?”

“记得。你说的是钱复刚吧?”

“前辈好记性,正是。”

“后来再没有见过他,怎么,他也在北京?”

“不不不,那倒不是。不过……他父亲是你的老相识。”

“钱……钱复刚的父亲……钱必铭?”

“对!他托我捎个信,不日将来拜访。”

“太意外了!真是……太意外了……”

“据说,当时钱必铭还带走一大笔钱?”

“巩先生也知此事?”

“我最近才知,恐怕此事并非原以为那样……”

“哦?”妙聪万没想到,在钱必铭劫走佛财、不辞而别又被日本人杀害的十一年后的今天,其儿子钱复刚会来月山。十五年前,资深共产党人林秉清曾将其托付,而十五年后,同样是厉害角色的巩亦清又再度将其引荐,想到这些,妙聪遂将高僧宏庙、经籍秘典、断碑残塔,乃至堆堆瓦砾,一一联系起来,细细筛审,最后将目光锁定在无声塔顶端的汉佛上。因为月山寺早已经什么都没了,能与俗世牵扯上的,就剩下剥了皮囊还留着骨、打断骨头又连着筋的汉佛。它周身瑰宝，胸藏舍利和锦帖，稳坐于无声塔的最顶端。

而汉佛的知情者，除了妙聪和觉慧，清了和章九酬已舍生取义，所剩章天让就成了唯一。难道钱复刚来月山与章天让有关？妙聪虽如此猜测，但未料到，这是共产党最高层布局，它才把这月山跟俗世，台湾和大陆，紧紧地捆绑到了一起。也许，这是种缘分，缘于章天让本就是“汉佛”。

妙聪一直沉默着。一直观察不语的巩亦清以为，妙聪非为佛财旧账揣摩，而是为北京开会作难，于是大度一笑，说：“对了，今天我还给前辈带了个好物件哩！”

“呵呵，巩专员客气了。”妙聪笑着说。巩亦清随即站起来：“走走走，咱们一起出去看看，前辈若是不喜欢，我还带回去就是！哈哈……”在朗朗的笑声中，巩亦清、魏常有和春生，先出了窑洞。

妙聪刚刚起身，觉慧便轻轻喊道：“师父……”妙聪看了他一眼，稍作思量后说：“莫要担心，我本也想去北京的，见见林先生和翁公子，但我思来想去，咱们毕竟是出家人，世道浑噩时力尽绵薄是佛家人的宿命。眼下天下已定，万事复常，无论是俗子还是僧侣，但凡求正果者，都该回归庙堂。该青灯黄卷的就青灯黄卷，勤思慎悟，专心经著和佛堂，再无须贪恋什么俗世；该出将入相的就出将入相，恪守本分，躬亲社稷和天下，再不用亡命天涯。但愿都莫忘了君者舟、庶人水的道理。再过些日子，也许会更久一些，三年五载，巩先生、林先生，也包括翁公子他们，一定会理解咱们、宽宥咱们的……”

“师父说得真好，恪守本分，勤思慎悟。”觉慧说罢又轻轻唱了一句，“阿弥陀佛……”

妙聪看了看觉慧，仅轻轻摇了摇头，并无话语。觉慧不解其意，只是惑然地看着他。

当妙聪在觉慧搀扶下走出窑洞时，太阳已坠到虎啸山之巅，浓烈的晚霞布满了天际。巩亦清、魏常有、春生还有战士们，在窑洞口等待着。不远处一棵柏树上，拴着一头苍灰色毛驴，挺着长长两耳，闪着大大双眸。妙聪一喜，然后忙不迭上前抚住了驴儿，说：“谢谢先生，太谢谢、太谢谢你了……”

巩亦清扑哧笑了:“前辈！你是谢毛驴还是谢我啊!”觉慧也乘机打趣:“师父！这就是恁的不对了！哪有恁这样自己谢自己的!”妙聪转过身来,不禁纵情大笑。

月山的峰峦林莽间,笑声的回响一波波扬起,又一波波消隐。妙聪和他的驴儿,周身被夕芒镀上了一圈金灿。时空突然静止,瞬间凝成了画。

残阳沐血,万物息声。

后话

王天明一九五一年当上了月山护林员,于以后几年数次致信首长,建议在月山建烈士陵园并修复寺院。一次,首长视察河南,曾在新乡专列上问起月山。中共中央办公厅也曾回复王天明,说首长要他体谅国家暂时困难,静待经济好转。

一九五三年春,妙聪最终还是在觉慧陪伴下去了北京。五月份全国佛教协会成立期间,妙聪和女儿绿萼在广济寺邂逅,但形同陌路,仅以佛号相称。

一九五七年秋,妙聪和觉慧回到月山,一头扎进了柏树林,一棵挨一棵地烧香、念经,末了还用朱砂在每棵树的根部一一做了记号。不久,在北京身居高位的林秉清,在阔别怀川二十三年后,被打成右派下放到了焦作,继续当他的中学教师,后死于一次交通意外。直到八十年代初,权威党报才发表了署名文章,称其是早期职业革命家,后成马克思主义者。妙聪和觉慧后历尽时艰,分别于八十、九十年代末去世。

一九六六年“文化大革命”开始,月山又闹了一阵山魈,传说很玄乎。直到改革开放,人们才得知真相,是王天明为保护老干部摆的迷魂阵。王天明于二〇〇〇年去世,其长颗独蛋、梳根偏辫的外甥祁文香,让妙聪说中,还真写出了锦绣文章《空相和尚考》,成了名人。

二〇〇六年,国家免去农业税,怀川农民的高兴劲丝毫不亚于土改时分田。不幸的是,自乡镇工业兴起,山外瀚海般的竹林或坨坨枯死,或片片成茅,成了怀川人心头难言的痛。

人们联想到《空相演喻》中说的文祸、废黜农之课徭,以及《覃怀物藏》说的工达而脉损、竹殒不日等,觉得驴长老妙聪和他的师父清了,并未走远……

2008.11.07 — 2011.11.06 商场北街家中提纲

2012.03.07 — 2012.09.07 商场北街家中一稿

2012.09.15 — 2012.11.10 月山明月禅房二稿

2012.11.15 — 2013.10.25 田涧上庄书斋三稿

2013.10.30 — 2014.10.10 田涧上庄书斋四稿

2014.10.20 — 2015.08.16 田涧上庄书斋五稿

2015.10.20 — 2015.11.10 田涧上庄书斋六稿

图书在版编目(CIP)数据

驴长老/樵声著. —郑州:河南文艺出版社,2017.2(2017.5 重印)

ISBN 978-7-5559-0428-1

Ⅰ.①驴… Ⅱ.①樵… Ⅲ.①长篇小说-中国-当代 Ⅳ.①I247.5

中国版本图书馆 CIP 数据核字(2016)第 240067 号

出版发行 河南文艺出版社
本社地址 郑州市鑫苑路 18 号 11 栋
邮政编码 450011
售书热线 0371-65379196
承印单位 河南新华印刷集团有限公司
经销单位 新华书店
开　　本 700 毫米×1000 毫米 1/16
印　　张 30.75
字　　数 440 000
版　　次 2017 年 2 月第 1 版
印　　次 2017 年 5 月第 2 次印刷
定　　价 46.00 元

图书如有印装错误,请寄回印厂调换。
印厂地址 郑州市经五路 12 路
邮政编码 450002 电话 0371-65957864